단
종
애
사

단종애사

초판 1쇄 발행 | 2026년 2월 13일
초판 5쇄 발행 | 2026년 3월 19일

지은이 이광수
편저자 이정서
발행인 한명선

주소 서울시 종로구 평창길 329(우편번호 03003)
문의전화 02-394-1037(편집) 02-394-1047(마케팅)
팩스 02-394-1029
전자우편 saeum2go@hanmail.net
블로그 blog.naver.com/saeumpub
페이스북 facebook.com/saeumbooks
인스타그램 instagram.com/saeumbooks

발행처 (주)새움출판사
출판등록 1998년 8월 28일(제10-1633호)

이광수 장편소설   이정서 편저

단종애사

새흥

일러두기

1. 원본 : 1928년 11월부터 1929년 12월까지 〈동아일보〉에 연재된 작품을 원본으로 삼았다.
2. 편저는 작품의 원형과 본뜻을 훼손시키지 않는 선에서 대부분의 문장을 현대의 독자들이 이해하기 쉽도록 손봤다. 표기 또한 2015년 현재의 표기 원칙에 따랐다.
3. 편저를 하면서 현대에 거의 쓰이지 않는 한자어들은 분위기를 해치지 않는 선에서 풀어 썼다. 혹시라도 해석에 오해의 소지가 있는 것은 ( ) 안에 한자를 표기했다. 가능한 한 한자 표기를 자제했고, 따라서 소설 속 인물이나 지명의 한자 병기는 대부분 생략했다.
4. 현재는 잘 쓰이지 않는 우리말이나 한자어는 ( ) 안에 그 간략한 뜻을 적었다.
5. 원본에 '박정(朴靖)'이라는 인물이 나오는데, 이 책에서는 역사상의 인물 '박쟁(朴崝)'으로 표기하였다. 또 권절의 호가 '동정(東亭)'으로 표기되어 있지만 역시 한자 오기나 편집자의 실수로 보아, 역사상의 인물 권절의 실제 호인 '율정(栗亭)'으로 표기했다. 이 외에도 명백히 한자 표기에 의한 착오로 보이는 몇 가지 문제를 인물사전 등에 의거해 바로잡았다.
6. 원래 이 소설이 신문에 연재된 작품이다 보니, 군데군데 중복되는 표현뿐 아니라, 등장인물들의 나이가 일관되게 그려져 있지 않고 앞뒤 상충되는 경우도 있어서 역시 인명사전에 의거하여 소설 전개에 모순됨이 없이 바로잡았다.
7. 신문 연재를 시작하며 밝혔던 '연재의 변'을 이 책의 '작가의 말'로 대체했고, 그 과정에서 심한 한문투는 현대어로 바꾸었다.
8. 소설의 원래 장제목은 '고명편(顧命篇) / 실국편(失國篇) / 충의편(忠義篇) / 혈루편(血淚篇)'이었다. 이를 '세종대왕, 문종대왕의 유언 / 나라를 잃다 / 충신들의 죽음 / 단종대왕, 죽음으로 살다'로 바꾸었다.

단종대왕처럼 만인에게서 동정의 눈물을 끌어낸 사람은 조선뿐만 아니라 전세계를 두고 보더라도 드문 일일 것이다.

왕 때문에 의분을 머금고 죽은 이가 사육신(死六臣)을 필두로 백이 넘고, 세상에 뜻을 끊고 일생을 강개한 눈물로 지낸 이가 생육신(生六臣)을 필두로 천에 이른다.

육신(六臣)의 충분 의열은 만고에 꺼짐 없이 조선 백성의 정신 속에 살 것이요, 단종대왕의 비참한 운명은 영원히 세계 인류의 눈물을 자아내는 비극의 제목이 될 것이다. 더구나 조선인의 마음, 조선인의 장점과 단점이 이 사건에서와 같이 분명한 선과 색채와 극단적인 대조를 가지고 드러난 것은 역사 속에 유일무이할 것이다. 나는 나의 부족한 몸과 마음의 힘이 허락하는 대로 조선 역사의 축도요, 조선인 성격의 산 그림인 단종대왕 사건을 그려 보려 한다.

이 사실에 드러난 인정과 의리(그렇다, 인정과 의리는 이 사실의 중심이다)는 세월이 지나고 시대가 변한다고 낡아질 것이 아니라고 믿는다. 사람이 슬픈 것을 보고 울기를 잊지 않는 동안, 불의를 보고 분을 참지 못하는 것이 변치 않는 한, 이 사건, 이 이야기는 사람의 흥미를 끌 거라고 믿어 의심치 않는다.

1928년 11월 24일 이광수

정의가 불의 앞에서 힘을 잃는 나라, 위선과 거짓이 정도(正道)를 누르고 버젓이 행세하는 나라, 우리 앞에 놓인 이 사회의 비극의 단초는 어디서부터 찾을 수 있을까요?

저는, 그것을 해방 후 반민특위의 실패에서 찾았던 적이 있습니다. 그러나 그것은 너무 협소한 시각이었다는 것을 이 책을 만나고 나서 알았습니다.

물론 이 책은 소설입니다. 그러나 소설이 더 현실적일 수 있다고 믿는 저에게 이 책이 준 교훈은 아주 큽니다. 하여 시간이 흘러 기회가 생긴 이후, 저는 가장 먼저 이 책을 젊은이들에게 읽히고 싶었기에 저자인 춘원의 문체에 손을 대게 되었던 것입니다.

"조선인의 마음, 조선인의 장점과 단점이 이 사건에서와 같이 분명한 선과 색채와 극단적인 대조를 가지고 드러난 것은 역사 속에 유일무이할 것이다."

이 책의 저자 춘원의 말입니다.

그렇습니다. 이 책은 단종이 그의 삼촌 수양대군(세조)에게 왕위를 빼앗기고 영월 청령포로 유배되어 결국 죽임을 당한, 조선왕조 500년 역사상 가장 슬프고 애달픈 대목을 다루고 있습니다. 비운의 왕 때문에 의분을 머금고 죽은 이가 사육신(死六臣)을 필두로 일백이 넘고, 세상에 뜻을 끊고 평생을 강개한 눈물로 지낸 이가 생육신(生六臣)을 필두로 일천에 이른다 하였습니다.

이 책 한 권에 권력의 광기와 피비린내, 내치와 외치의 전략과 음모가 한데 뒤엉겨 있고, 그런 치세와 처세 속에서도 죽음으로서 지킨 인정과 의리가 펄펄하게 살아 있기도 합니다.

역사책에서는 계유정난(癸酉靖難)이라 부르지만, 이 사건이 가져온 파장은 실로 엄청났습니다.

조정을 온통 검붉은 피로 물들게 했던 단종 복위 사건을 비롯하여 그 후의 중종반정, 인조반정, 이괄의 난, 경종 독살 미수 사건 등에 지대한 영향을 미쳤을 뿐만 아니라, 이것이 실제로 우리 몸에 작동하는 유전자(DNA)처럼, 일본에의 저항과 광복, 그리고 다시 군부 쿠데타와 광주 항쟁, 다시 전두환 정권의 탄생과 민주화 항쟁으로 이어져 온 것이니까요.

혹시라도 아직 이 소설을 읽지 않았다면, 저자 '춘원'에 대한 편견을 잠시 내려놓고 반드시 읽어 보길 권합니다. 더불어 우리의 아이들에게도 아무리 불의가 힘이 세고, 언제나 이기는 듯 보여도 그에 저항하는 '정의'는 있어 왔고… 그래서 이 나라가 유지되고 있는 것이라고… 그런 이야기를 한번쯤 나누어 볼 수 있게 되길 바랍니다.

이정서

차례

작가의 말 ──────────── 5

편저자의 말 ──────────── 6

세종대왕, 문종대왕의 유언 ──── 11

나라를 잃다 ──────────── 93

충신들의 죽음 ─────────── 325

단종대왕, 죽음으로 살다 ────── 483

세종대왕,
문종대왕의 유언

누구보다 조선을 사랑하고 한글과 음악, 시계로 유명했던 세종대왕 치세 23년(1441) 7월 23일, 경복궁 안 자선당(資善堂)에서 한 아이가 태어났다. 세종대왕의 맏손자이자 장차 단종대왕(端宗大王)이 될 아기였다.

첫가을 아침볕이 경회루 연당의 갓 피어난 연꽃에 넘칠 때에 동궁의 거처인 자선당에서 아기의 첫 울음소리가 울려왔던 것이다.

궁녀는 이 기쁜 소식을 서둘러 대전마마께 아릴 양으로 남치마를 펄럭이며 경회루로 달음질쳐 왔다. 이때에 임금은 매양 하던 대로 집현전에 입직하는 학자들을 데리고 경회루 밑에서 연꽃을 보고 있었다. 이날 왕을 모신 학사는 신숙주(申叔舟)와 성삼문(成三問) 두 사람이었다.

세종대왕은 연꽃을 보면서도 자선당에서 기별이 오기를 고대하고 있었다. 세자빈이 지난밤부터 아기를 낳기 위해 밤새 산통을 겪고 있었던 것이다. 세종대왕은 옷을 끄르지 않고 때때로 나인을 보내 묻고 친히 내의(內醫)를 불러 약을 준비시키는 등 거의 밤을 새웠던 것이다.

두 나인이 달려오는 것을 가장 먼저 본 이도 대왕이었다. 아직도 젊은 두 학사는 연꽃 보기와 글짓기에 정신이 팔려 있었다.

나인들이 가까이 오는 것을 지켜보는 대왕의 얼굴에 긴장한 빛이 역력했다.

"상감마마, 세자빈께옵서 방금 순산하시어 계시옵나이다."

앞선 늙은 상궁이 읍하고 허리를 굽혀서야 비로소 대왕의 얼굴이 풀리며 웃음이 돌았다.

"세자빈께옵서는 매우 신고하시다가 옥 같으신 아들 아기를 낳으시고는 곧 잠이 드시고 아기씨는 자선당이 쩡쩡 울리도록 기운차게 우시옵니다."

대왕은 원손(元孫)이 태어났다는 기별에 매우 만족해하며 얼굴 가득 웃음을 그리며 두 학사를 돌아보았다.

"이해에 경사가 많구나. 김종서가 육진(六鎭)을 진정하고 돌아오고 이제 원손까지 태어났으니 이런 경사가 또 어디 있겠느냐!"

"성덕이시옵니다."

숙주, 삼문이 허리를 굽히며 말했다.

"내 몸에 무슨 덕이 있을꼬. 조종의 성덕이시라. 하늘이 큰 복을 이 나라에 내리심이로다. 여봐라, 그래 아기가 크더냐?"

"네, 크옵나이다" 하고 한 상궁이 아뢰니 다른 상궁이 이었다.

"갓 납신 아기로 뵙기 어려울 만큼, 몸이 크고 울음소리 웅장

단종애사

하셔서 삼칠일은 지낸 듯하옵니다."

대왕은 만족한 듯 고개를 끄덕이면서 두 학사를 돌아보며 물었다.

"어떠한가? 오늘로 국내에 대사(대사면)를 내려 팔도 죄수를 풀어 주려 하는데, 법도에 어그러짐은 없겠는가?"

대왕은 혹시라도 그릇됨이 있을까 묻는 것이다.

신숙주가 나서 말했다.

"대사를 내리심은 하해 같은 성은이시니 어찌 법도에 어그러짐이 있사오리까. 또 국가에 원자 원손이 나시면 죄인을 방면하고 어려운 백성을 위로하심은 열성조의 유범(遺範)이신 줄로 아뢰옵니다."

대왕은 다시 성삼문을 돌아보았다. 다른 의견이 있는가 해서였다. 삼문도 왕의 뜻을 살피고 몸을 굽히며 말했다.

"하해 같으신 성은으로 대사를 내리시고 백성들을 위로하심이 지당하온 줄로 아뢰오."

두 학사의 말이 일치하매 대왕은 기뻐하며 고개를 끄덕였다.

대왕은 오늘 조회에 어떤 모양으로 여러 신하의 하례를 받고, 팔도 죄수에게 일세히 대사령을 내릴 것인가를 생각하며 기쁜 마음으로 연당 가로 걸음을 옮겼다.

수은 같은 이슬방울을 얹고 맑은 가을 물 위에 뜬 연잎과 방금 아침 하늘에서 내려온 듯 우뚝우뚝한 향기로운 분홍 꽃, 다 핀 꽃, 덜 핀 꽃, 나중에 필 봉오리, 이따금 꿈틀꿈틀 물결 일으키는 물고기, 늙은 소나무와 무성한 나무숲 사이로 불어오는 첫

가을 아침나절의 서늘한 바람, 그것에 날려 오는 새소리, 연당 가로 걸어 돌아가는 대로 눈에 띄는 종남산·인왕산·백악, 파랗게 맑은 하늘에 활짝 날아오를 듯한 근정전의 추녀 끝…… 어느 것이나 태평성대의 기쁨을 느끼게 하지 않는 게 없었다.

게다가 이제 겨우 사십오 세밖에 안 된, 영기와 총명을 겸비한 임금과, 그를 모신 이십사오 세 되는 충성 있고 재주 있는 두 신하 사이였다.

왕이 문득 걸음을 멈추었다. 두 학사는 무슨 말씀이 계실 것이라 여겨 자연스럽게 왕의 좌우로 한 걸음쯤 뒤쪽에 섰다. 왕은 몸을 돌려 두 학사를 그윽이 바라보다 말했다.

"경들에게 어린 손자를 부탁한다. 나를 섬기던 충성으로 이 어린 손자를 섬겨 다오."

그 목소리는 심히 무겁고도 슬픈 빛을 띠었다. 왕의 두 눈에는 눈물까지 빛나는 듯하였다. 그에 젊은 두 학사는 전신이 찌르르하여 굽힌 허리를 오래 들지 못했고, 목이 메어 말이 나오지가 않았다. 왕은 두 신하의 분명한 대답을 들으려 했다.

"숙주야."

왕은 신숙주를 먼저 돌아보았다. 신숙주는 삼문보다 나이가 위였으므로 왕은 언제나 성삼문보다 신숙주에게 먼저 물었다. 장유의 차례를 소홀히 하지 않으려는 배려였다.

"네."

신숙주는 더욱 감격하여 왕의 앞에 두 손으로 땅을 짚고 엎드렸다.

단종애사

"어린 손자를 부탁한다. 내가 천추만세한 후에라도 내 부탁을 잊지 말아라."

신숙주는 이마를 조아리며 아뢰었다.

"상감마마, 성상을 섬기고 남는 목숨이 있다면 백번 고쳐 죽어도 원손께 견마지역(犬馬之役)을 다할 것을 천지신명 전에 맹세하옵나이다."

신숙주의 눈에서도 눈물이 흘러 엎드린 박석(薄石)을 적셨다. 왕은 다시 성삼문을 향하여 같은 부탁을 하니, 삼문은 다만 땅에 엎드려 흐느낄 뿐이었다. 왕은 두 학사의 충성된 맹세를 확인하고 만족했지만, 얼굴의 추연한 빛이 풀리지는 않았다.

"일어나거라. 조회에 늦겠구나. 오늘 일을 기록하여 후세에 전하여라."

왕이 말하고 걸음을 대전으로 옮기기 시작했다.

왕이 내전에 드는 것을 허리 숙여 배웅하고 서로를 말없이 바라보는 신숙주, 성삼문 두 사람의 얼굴은 젖어 있었다. 둘은 살이 죽이 되고 뼈가 가루가 되더라도 새로 태어난 아기에게 충성을 다하리라고 천지신명께 속으로 거듭거듭 맹세한 것은 물론이다.

그때 땅땅 하는 쇳소리가 들렸다. 벌써 내불당에서 아기의 수명장수를 축원하는 기원을 하고 있었던 것이다.

왕이 이렇게 아기의 앞날을 근심하는 데는 여러 가지 이유가 있었다. 첫째는 세자궁의 병약함이다. 세자궁은 이제 서른이 안 된 젊은 몸이지만, 나면서부터 허약 체질인 데다가 연전에는 한

1년, 이름 모를 병환으로 누워 지냈는데, 이후로는 더욱 몸이 쇠약하여 성한 날보다 앓는 날이 더 많았다.

그런 데다 동궁은 효성이 지극하여 부왕인 세종에게 아침저녁 문안을 거르는 법이 없었거니와 아침저녁 식사 때에는 반드시 곁에 읍하고 서서 식사가 끝나기를 기다리고, 또 밤 자리 시중을 들게 되면 아무리 밤이 깊더라도 '물러나라'는 명이 있기 전에는 물러섬이 없었다.

이처럼 온종일을 부왕을 모시고 나서 밤 깊어 자선당에 돌아온 뒤에도 곧 침소에 드는 것이 아니라, 늦은 저녁을 먹기 바쁘게 좌필선 정인지와 우문학 최만리 두 사람을 비롯하여 신숙주, 성삼문, 유성원, 이개, 최항, 이계전, 박팽년, 하위지 같은 젊은 어학우(御學友)들을 불러 삼경이 넘도록 학문을 논하고 백성들의 사정을 들었다.

그 가운데 정인지를 스승으로, 신숙주·성삼문을 벗으로 여겨 날이 새도록 붙들어 두는 일도 가끔 있었다. 이러한 일들이 모두 세자의 건강을 해한 것 또한 물론이었다.

세종대왕의 맏아들인 세자에게는, 같은 어머니인 심씨(沈氏) 태생의 수양대군(둘째), 풍채와 문장과 글씨로 일세를 풍미한 안평대군(셋째)을 비롯해 금성대군·영응대군 등 일곱 대군과, 두 명의 공주, 열 명의 군(君), 두 명의 옹주(翁主)가 동기로 있었다.

세자는 한 달에 몇 번씩은 반드시 이 여러 형제를 번갈아 불러 우애를 표했고, 그들도 어려운 일이 생기면 반드시 세자궁으로 달려와서 청할 만큼 우애가 깊었다.

열일곱 아우 중에 가장 말썽꾸러기로 부왕에게 걱정을 듣는 이는 수양대군과 안평대군 두 사람이었다. 수양은 호협(豪俠)하고 안평은 방탕하였다. 수양은 열네 살에 남의 집 유부녀의 방에서 자다가 본서방에게 들켜 발로 뒷벽을 차서 무너뜨리고 달아나기를 10리나 하였고, 열여섯 살 적에는 왕방산 사냥에서 하루에 노루와 사슴을 스무 마리나 쏘아 잡아서 전신이 피투성이가 되어 이영기로 하여금, "뜻밖에 태조대왕의 신무(神武)를 다시 뵈옵니다" 하고 눈물을 흘리게 만든 일도 있었다.

세종은 수양대군이 너무 날래고 날뛰는 것을 제어하기 위하여 항상 소매 넓은 윗옷과 가랑이 넓은 바지를 입히고, "너같이 날랜 사람은 넓은 옷을 입어야 한다"며 경계했다.

이렇게 수양대군은 부왕에게는 걱정거리가 되고 궁중에서는 웃음거리가 되었지만 세자는 오히려 그것이 가엾어서 더욱 이 아우를 돌아보았다. 그래서 한번은 수양대군의 피 묻은 활에다 '활은 철석같고 살은 벽력같도다. 내 그 켕김을 보았으나 늦춤을 보지 못하다(鐵石其弓 霹靂其矢 吾見其張 未見其弛)'라고 썼다.

안평대군은 체면을 돌아보지 않고 주색을 즐겼으나 수양대군과 같이 우락부락하고 왁살스러운 말썽꾼은 아니었다. 다만 '세상이 어찌 되든 나는 술이나 마시련다' 하는 식이었다. 그러나 안평대군에게도 숨길 수 없는 영웅의 기상이 있었던 것은 물론이었다.

그 밖에 금성대군은 사리에 밝고 의리가 있고, 영응대군은 얌

전했다. 이처럼 여덟 대군이 모두 한 가지 특색을 지녔다. 이 여러 가지 성향을 지닌 아우들을 한결같은 우애로 사랑한 세자에게는 성인의 도량과 인자함이 있었던 것이다.

이러한 모든 사정을 생각할 때에 세종이 아기의 전도를 염려했음은 당연하다고 하지 않을 수 없다. 세자를 사랑하고 아끼는 만큼 세자의 병약함이 항상 가슴에 찔렸고, 남이 생각하는 것보다 더욱 세자의 수명이 길지 않으리라고 생각했던 것이다.

8형제 중 모두가 다 건강한데 세자 하나만이 어질면서도 병약하다는 것이 아버지의 마음을 더욱 애처롭게 했던 것이다. 게다가 세자는 삼십이 가깝도록 후사가 없었다. 휘빈 김씨와 순빈 봉씨가 다 생산이 없이 폐함을 당하고, 지금 아기를 낳은 현덕빈 권씨도 열세 살에 양제(良娣)로 동궁에 들어와 5년 전에 양원(良媛)으로 봉해져 처음으로 잉태하고, 세자빈에 봉함을 받고 경혜공주(敬惠公主)를 낳은 뒤, 이제 다섯 살 터울로 원손을 낳은 것이다. 사정이 이러하매 세자와 세자빈의 기쁨이야 더 말할 것도 없지만 세자를 애처롭게 생각하는 왕의 기쁨이야 결코 예사로울 수 없는 것이다. 불행히 세자가 비록 왕위에 올라 보지도 못하고 죽는 일이 있다 하더라도 아기가 자라면 그 뒤를 이을 것이라 여겨 왕의 마음은 기뻤던 것이다.

그러나 위에 수양대군·안평대군 이하 여러 대군이 있고, 그 중에도 수양대군 같은 패기만만한 이가 있으니, 원천석의 말과 같이 장차 형님 되는 세자를 극(克)하려는 기미조차 있으니, 하물며 세자마저 죽고 어린 아기가 등극하게 되면 필시 무슨 불길한 사단이 있을 것은 누구라도 상상할 수 있는 일이었다. 더군다나 대군들의 이런저런 성미와 장단점을 잘 알고 있는 명철한 부왕으로서는 마음이 편할 리 없었던 것이다.

왕이 신숙주, 성삼문에게 아기를 부탁함도 이 때문이었다. 숙주, 삼문이 지금은 비록 나이도 어리고 벼슬도 낮지만 아기가 자라 왕위에 오를 즈음에는 황희, 황보인, 김종서, 정분 같은 이들은 벌써 늙어 죽거나 살아 있더라도 권세에서 물러났을 것이고, 이들이 그 자리를 차지하고 있으리라고 왕은 생각했던 것이다.

왕은 그러나 더욱 그 일을 확고히 하기 위하여 그날 조회가 끝난 뒤에 황희, 황보인, 김종서, 정분, 정인지 다섯 사람을 남으라 한 뒤 다시 아기의 후사를 부탁했다.

사흘 안에 대사의 은명이 팔도에 다 돌아 수천 명 죄수들이 일제히 청천백일을 바라보게 되고, 전국의 백성들은 국가에 원손이 탄생했다는 점보다 인자하고 병약하신 세자궁께서 아드님을 얻으셨다는 사실을 진정으로 송축하였다. 불쌍한 죄인들은 넉넉히 진휼함을 받았고, 벼슬아치들은 일품씩 가자(加資)를 받았으며, 전국의 사찰에서는 일제히 태어난 원손의 수명장수를 축원하는 큰 재를 베풀어 중들과 거지들이 배를 불리게 되었다.

왕이 불도(佛道)를 숭상하므로 아기가 난 날로부터 7월 25일까지 사흘 동안 일절 짐승을 죽이지 말라는 전교를 내려 금수까지도 아기의 은혜를 찬송하게 되었으니, 진실로 팔도강산에 귀신과 사람과 짐승이 한가지로 이 아기의 탄생을 기뻐하였다. 이러한 축복 속에 낳은 이가 세상에 과연 몇이나 되랴.

그러하건만 아기에게는 벌써부터 슬픔이 찾아오기 시작하였다. 아기가 태어난 다음 날, 세자빈 권씨는 사랑하는 아기에게 젖꼭지 한 번도 물려 보지 못하고 세상을 떠났다. 아기의 첫 울음소리를 듣고 꼭 하루 밤낮이 지난 후였다.

고통이 심하고 기운이 탈진하여 도저히 살지 못할 줄을 안 세자빈은 그의 친정어머니 되는 화산부부인 최씨와, 세종대왕을 모셔 한남군·영풍군을 낳고 장차 아기에게 진유(進乳, 젖을 줌)할 혜빈 양씨에게 아기를 부탁했다.

아기는 세상에 나온 지 하루 만에 어머님을 여의고, 혜빈 양씨의 젖으로 자라나게 된 것이다.

혜빈은 본래 천한 집 딸로, 인물이 아름다운 까닭에 열세 살에 나인으로 뽑혀 들어와 중전마마의 귀염을 받으며 궁중에서 자라났다. 십오륙 세가 되매 대단히 아름다운 자색을 갖추고 또한 영리하여서 점점 왕의 총애를 받게 되었고, 열여덟 살에 한남군을 낳았고 스물네 살인 작년에는 둘째로 영풍군을 낳았다. 영풍군은 아직 돌을 바라보는 어린 아기로서 원손 아기와 젖을 나누어 먹게 된 것이다.

처음에는 아기를 위하여 따로 유모를 구하려 하였으나 왕은 특별히 총애하는 혜빈으로 하여금 아기에게 젖을 먹이게 분부했다. 혜빈도 세자궁과 나이가 비슷할 뿐 아니라 자신이 지체가 낮다 하여 궐내에서 항상 휘둘려 지낼 때에 세자빈은 부왕이 사랑하시는 서모로 정답게 대접했음을 매양 고마워하던 차라 왕의 분부가 있기 전부터 아기에게 젖을 드릴 생각을 가지고 있었

단종애사

던 것이다. 왕의 뜻이기도 했지만 혜빈은 비록 자기가 낳은 영풍군에게 다른 유모의 젖을 먹이더라도 아기에게는 남의 젖을 주지 않을 결심을 하고 있었다.

그러나 우애심이 많은 세자는 자기 아기 때문에 아우 영풍군이 어머니의 젖을 잃게 되지 않도록 혜빈의 젖을 두 아기에게 공평히 나누어 주도록 분부를 내렸고, 그 때문에 따로 유모 하나를 가려 부족한 젖을 채워 두 아기에게 주기로 하였다.

이렇게 되자 혜빈은 한 달이면 20일은 동궁인 자선당에 거처하게 되었다. 그래서 아기는 마치 혜빈의 친아들과 같은 사랑을 받으며 자랐고, 서삼촌 되는 영풍군과는 마치 쌍둥이와 같았다. 후일에 영풍군이 단종대왕을 위하여 목숨을 버린 것도 이러한 오랜 인연 때문이었다 할 것이다.

하루에 한 번씩 세자는 반드시 아기를 불러 안아 주었다. 세자는 아기를 안을 때마다 죽은 세자빈을 떠올리며 눈물을 흘리는 일이 잦았다.

세자가 아기를 불러 안을 때에는 반드시 영풍군도 안아 주고 그 귀애함을 조금도 차별 없이 하였다.

다섯 살 되는 경혜 아기는 반은 동궁에 있고, 반은 외조모 최씨를 따라 있었다.

최씨는 외따님인 세자빈이 국모(國母)라는 존칭도 못 받아 보고 한창나이에 돌아가신 것을 슬퍼하여, 아직 육십도 못 되었건만 갑자기 눈이 어두워질 지경이었다. 최씨 부인은 세자의 특별한 주선으로 적어도 열흘에 한 번씩은 궐내에 들어와 외손자 되는 어린 아기씨를 안고서 눈물을 흘렸다.

"눈이, 아기씨 눈이……."

아기의 눈 모습이 그 어머니 되는 세자빈 권씨의 그것과 똑같은 것을 보고 최씨는 목이 메었다. 그러나 이 아기가 자라 장차 세자궁이 되고 상감마마가 될 것을 생각하면 슬픈 중에도 희망과 기쁨이 있었다.

'그렇지만 내가 죽기 전, 이 아기 상감님 되시는 것을 볼 수 있을까?' 하고 부인은 입 밖에 말을 내지는 못하나 아기를 대할 때마다 늘 혼자 한숨을 쉬었다. 17년 후에 자기도 이 외손자 때문에 참혹한 죽음을 당할 것은 생각도 못하였을 것이다.

어머니를 여읜 아기와 그 단 한 분 동기 되는 누님 경혜 아기는 남달리 인자하신 아버지와 늙은 외조모와 혜빈 양씨의 사랑 속에, 또 조부 되는 세종대왕의 특별한 자애 속에서 무럭무럭 자랐다. 삼칠일, 백일이 지나 아바마마께 안길 때에는 수염을 잡아 뜯을 정도가 되었다.

이렇게 아기가 목을 가누고 사람을 알아보게 된 때부터 세종대왕께서는 가끔 아기를 데려오라 하여 몸소 품에 안고 대궐 뜰을 거닐기를 자주 했다.

한번은 아기를 안은 채로 집현전으로 행차했는데 마침 입직하던 신숙주와 성삼문이 버선발로 뛰어나와 맞는 것을 보고는, "이 애를 부탁한다"고 다시 한 번 말했다. 두 사람은 지난해 경회루 하교를 생각하고 황송하여 땅에 엎드려 눈물을 흘렸다.

단종애사

어느덧 10여 년이 지났다. 아기가 자라 왕세손(王世孫)이 되고 왕세자가 되었다가 임신년(1452) 5월 14일에 등극하여 왕이 되니, 이분이 바로 단종대왕이다.

그렇게 조선을 위하여 큰일을 많이 한 세종대왕이 경오년 2월 승하한 지 3년이 지나 지난 2월에 대상이 지나고, 그 후 석 달이 못 되어 임신 5월 14일에 우리가 지금껏 세자라고 불러 오던 문종대왕(文宗大王)이 죽고 이제 열두 살 나이의 아이가 왕위에 오른 것이다.

5년 내에 연달아 세 번(5년 전 소헌왕후가 죽었다) 국상이 나고 어린 임금이 등극하니 나라 안은 슬픔과 근심에 가득 찼다. 장차 큰 폭풍우를 앞둔 날씨처럼 조선 팔도는 암담한 구름에 싸였다.

처음 세종대왕이 승하하매 세자는 부왕의 영구(靈柩) 앞에서 왕위에 올랐다. 왕이 애통해하는 모습은 차마 보기 힘들 정도였다. 때는 2월이라 중춘 절후라 할 만하건마는 그해 따라 늦추위가 심해서 그즈음에는 풀렸던 한강이 다시 얼어붙을 지경이었다.

그럼에도 왕은 병약한 몸을 돌아보지 않고 잠시도 여막을 떠나는 법이 없었다. 아무리 신하들이 추운 동안만이라도 방에 들기를 청해도 왕은 듣지 않았다. 본래 병약한 데다가 지난 1년 동안 등에 큰 종창을 앓아서 아직 합창이 덜 된 몸이라, 가까운 신하들은 물론이거니와 누구나 이 일을 아는 이는 인자하고 효성이 남다른 왕이 걱정스럽지 않을 수 없었다.

세종대왕이 오십이 가까우면서부터 몸이 편치 않은 날이 많아, 승하하기 6년 전(을축년)부터는 세자에게 참결서무(參決庶務,

종사에 참여)하라는 하교가 있었고, 이때부터 6년간 세자는 부왕을 대리하여 군국대사(軍國大事)를 참결했었다. 이렇게 낮에는 종일 정사를 보고도 밤이면 부왕 곁에서 시탕의 정성을 다하였는데, 밤이 늦더라도 왕께서 두세 번 물러나라는 분부가 있기 전에는 물러나는 일이 없었다. 더구나 세종께서 승하하기 전 두어 달 동안 세자는 거의 하루도 옷을 끄르고 편안히 쉰 적이 없었다.

이리하여 왕이 된 뒤에도 첫째는 혼전(魂殿)에 들기에, 둘째는 여러 정무를 직접 결재하기에, 셋째는 학문을 연구하고 민정을 살피기에 잠시도 한가한 적이 없었다. 병약한 몸으로 그렇게 바쁘게 일을 보니 건강은 갈수록 나빠질 수밖에 없었다.

그래서 판서 민신 같은 이는 간일시사(間日視事)를 주장했다. 다시 말해 하루는 쉬고 하루는 정사를 보게 하자는 뜻이다. 당시 영의정이던 황희도 민신의 뜻에 찬성하였고 다른 노신(老臣)들도 왕을 사랑하는 마음에 진정으로 민신의 말에 찬성하였다. 그래서 가끔 왕께 간일시사하며 몸을 돌보기를 권하였으나 왕은 "임금이 게으르면 천년을 산들 무엇하리. 부지런히 정성을 다하면 1년만 살아도 족하다" 하며 듣지 아니했다.

한편 정인지 일파는, 임금이 정사를 게을리함은 나라를 망하게 하는 일이라 하여 민신 일파의 의견에 반대했는데, 이 때문에 기운 없는 늙은이들은 성인의 뜻을 내세우는 그들의 의견을 반대하고 기어코 왕을 휴양하게 할 용기를 낼 수 없었다.

결국 이래서 문종대왕은 부왕의 거상을 벗자마자 그렇게도

　　　　　　　　　　　　　　　　단종애사

사모하던 부왕의 뒤를 따르게 되었다. 어찌 보면 하늘이 왕의 효성을 보아 삼년상을 마칠 수명을 왕에게 허락한 것이다.

현덕왕후 승하 후, 10년이 넘도록 문종대왕은 다시 왕후를 책봉하지 않고 지존의 몸으로 혼자 지냈다. 세종대왕 승하 전에 세종 역시 세자비 책립에 대하여 근심이 있었지만, 세자가 장성했을뿐더러 덕이 높음을 알아서 굳이 혼인을 재촉하지 않았고, 혹 근신(近臣)이 그러한 뜻을 여쭈면 문종대왕은 "남녀와 음식은 사람의 욕심 중에 가장 큰 것이지마는 나같이 병약한 사람은 그것이 다 긴치 않으이" 하고 웃을 뿐이었다.

왕은 두 분 아기(세자와 경혜공주)를 지극히 사랑했다. 정사가 끝나고 내전에 들면 두 분 아기를 불러 그날그날 배운 글도 외어 보라 하고 온종일 무엇하고 놀았는지 묻고, 칭찬할 것이 있으면 등과 머리를 쓰다듬으며 칭찬하고, 책망할 것이 있으면 앞에 세우고 엄숙하고도 인자한 낯빛과 말소리로 책망했다. 그러면서도 과도히 사랑하거나 엄하지 않았음은 물론이었다.

아기들도 아바마마 한 분을 아버지 겸 어머니로 사모하고 따라서, 아무리 장난에 빠져 있다가도 왕께서 내전으로 들어올 시각이 되면 먼저 달려와서 부왕이 들기를 기다렸다.

그러다가 작년에 경혜공주가 참판 정충경의 아들 영양위 정종(寧陽尉 鄭悰)에게로 시집간 뒤에는 오직 세자만을 곁에 두고 사랑하였다.

이처럼 왕은 다만 병약했을 뿐 아니라 전혀 가정의 즐거움이 없었다. 동궁으로 있을 때 두 번이나 세자빈을 폐하게 된 것도 물론 왕의 뜻은 아니었다.

처음으로 맞은 휘빈 김씨는 상호군 김오문의 딸로 외모가 아름다운 사람이었다. 그때 세자의 나이 열다섯, 휘빈도 동갑 나이였다. 세자는 어려서부터 골격이 장대하고 얼굴이 두툼하고 잘생겨서 둘이 함께 있으면 마치 빚어 놓은 듯이 아름답다고 가까이 모시는 사람들이 혀를 찼다.

둘의 첫사랑은 자못 깊어서 세자가 공부를 빼먹는 날이 있고 얼굴에 핏기가 적어진다고 수군거릴 지경이었다. 그렇게 가례(嘉禮) 후 두 해가 지나 열일곱 살이 되던 해였다. 세자는 남자다운 기상이 더욱 씩씩하고 휘빈은 아침 이슬 받은 함박꽃같이 환하게 피어났다.

이렇게 아름답고 서로 사랑하는 젊은 한 쌍을 축복하는 이보다도 시샘하는 이가 많았으니, 그중에 가장 심하게 샘을 내는 이가 세자의 모후인 소헌왕후 심씨였다. 며느리 귀애하는 시어머니 없다는 말도 있지만, 원체 성미가 억척스럽고 호랑이 같아 주위의 두려움을 받는 왕후는 아들인 세자를 크게 사랑하는 만큼 그 아름다운 며느리를 미워했던 것이다. 중전이 세자빈을 미워하는 눈치를 본 궁녀들은 너나없이 휘빈의 흉을 보고 없는 흉을 만들어 중전께 아뢰니 원체 며느리가 미웠던 왕비는 며느리 흉보는 말이면 다 옳게 들었다.

문종·세조 두 분 대왕과 그에 못지않은 안평대군·금성대군 같은 영걸을 낳은 그녀가 결코 범상한 아낙네가 아닐 것은 물론

단종애사

이요, 동방의 요순이라고 부르는 세종대왕을 내조할지니 덕으로도 부족함이 없으련만 휘빈을 대하는 데는 오직 시기뿐인 범상한 아낙네가 되었다.

마침내 자선당에서 요사스럽고 기이한 물건 하나를 찾아 휘빈이 이것으로 세자를 미혹시켰다며 중전께 바친 궁녀가 있었다. 휘빈이 열여덟 살 적 일로, 결국 그로 인해 휘빈은 폐함이 되었다.

휘빈이 세자를 호리기에 썼다는 요물이란 것은 부적이었다. 이것을 한 장은 몸에 지니고, 한 장은 남편의 옷깃 속에 넣고, 한 장은 내외가 자는 방바닥에 감추고, 한 장은 땅속에 묻고, 한 장은 불에 살라 하늘로 올려 보내면 남편의 마음이 그 아내에게 혹하여 다른 계집에게는 가지를 못하는 것이라고, 궁중에 출입하는 어떤 늙은 승려가 중전인 심씨에게 설명했다.

이러한 요기로운 부적이 휘빈의 방에서 나왔다 하여 궁중 곳곳에서 수군거리고 휘빈에 대한 험담은 더욱 늘어났다. 그 말을 다 듣고 보면 휘빈은 마치 세상에 무서운 요물인 듯하였는데, 어떤 간사한 궁녀는 휘빈이 구미호의 화신이어서 밤이면 어디를 나갔다가는 이슬에 푹 젖어서 들어오는 것을 보았다고까지 하였다.

마침내 세종께서 중전과 자리를 같이해서 며느리 휘빈을 불러 전후 사정을 물었다. 여러 날 괴로움에 잠을 이루지 못하여 초췌해진 세자빈의 모양은 참으로 가련하였다. 시아버님 되는 왕은 본래 휘빈을 귀애하던 터라, 측은히 여기며 이 소문이 사실이 아니기를 바랐다.

"아가, 듣거라. 네가 요기로운 부적을 몸에 지녔다 하니 그런 일이 있느냐? 만일 그렇다 하면 그것은 용서할 수 없는 큰 죄로다. 필부의 집에서도 삼갈 일이거든 후일에 일국의 국모가 될 자리에 있어서는 말이 안 되는 일이다. 고래로 이런 일은 애매한 (억울한) 누명을 쓰는 수가 많은 것이니 네 바른대로 아뢰어라" 하고 휘빈을 인자하게 사랑하는 마음을 감추고 가장 엄숙하게 물었다.

이 일은 만일 세종이 휘빈에 대한 특별한 자애가 없었다면 휘빈은 대궐 마당에서 무서운 국문(鞫問)을 피하지 못했을 만큼 중차대한 문제였다. 그리 되면 좌우에 많은 사람들이 늘어서서 그 부끄럽고 욕됨이 비할 데 없었을 것이다. 이번에도 중전과 궁녀들은 물론이거니와 승정원, 사헌부, 사간원의 말썽 좋아하는 신하들도 세자빈을 엄하게 국문할 것을 주장했던 것이다.

휘빈은 부왕의 물음에 다만 흐느껴 울 뿐이더니 겨우 정신을 수습하여 한 번 일어나 절하고 들릴락 말락 가늘고 떨리는 소리로 "상감마마, 모두 미천한 소신이 덕이 없는 탓이옵니다" 했다.

이 말에 중전이 펄쩍 뛰며 "흥, 그래 네가 아무 잘못도 없이 모함을 받아 억울하다는 것이냐? 상감께옵서 인자하신 것을 믿고 그렇게 말씀 사뢰어서 네 죄를 면해 보려고? 천지신명이 다 알고 내려다보고 있거늘!" 하고 독한 눈매로 마루 위에 엎드린 휘빈을 노려보았다.

왕은 중전의 성난 양을 보고 잠깐 양미간을 찡그리더니 "듣거라, 말 한 마디에 네 목숨이 달렸으니 분명히 대답을 하여라. 네

단종애사

방에서 요기로운 부적이 나왔다 하니 그것이 진실로 네가 지녔던 것이냐, 전혀 모르는 것이냐?" 하였다.

휘빈은 입술을 물어 울음을 참고 이윽히 생각하더니 잠깐 눈물 어린 눈을 들어 중전을 우러러보고 "신명을 속이고 감출지언정 어찌 상감마마께 거짓을 아뢰오리까. 부적은 몸에 지닌 적이 없사옵고 그것이 무엇인지 한 번 본 적도 없사옵니다" 하고 흐느껴 울었다.

이 말에 중전은 뛰어 일어서서 분을 이기지 못하는 듯이 펄펄 뛰며 "오, 요망한 것이 이제는 나를 잡으려 드는구나. 내가 너를 해하려고 이 일을 꾸며 내었다는 말이로구나. 상감께서 밝히 살피시오" 하고 얼굴이 파랗게 질리고 산후 발한이라도 든 사람처럼 부르르 떨었다.

왕은 부적을 찾았다는 궁녀를 불러 세자빈과 대질을 시키려 하였으나, 세자빈은 다시는 입을 열지 않고 울지도 않았다. 일이 이렇게 되면 오히려 벗어나지 못할 줄을 알았던 것이다.

그러나 휘빈의 이 태도는 부왕은 물론 세상 사람의 동정을 끌어서, 중전의 비위를 맞추려는 간사한 무리들을 제외하고는 휘빈의 애매함을 불쌍히 여겼다.

그때 세자는 세자빈을 사랑하는 정이 더할 수 없이 깊었지만 열여덟 살 나이의 세자 신분에 어찌할 도리가 없었던 것이다.

휘빈은 세종의 특별한 처분으로 국문을 면하였지만 세자빈의 지위에서 쫓겨나게 되었고, 이제 한 명의 죄인 김씨가 되어 한 깊은 눈물을 뿌리고, 그날 밤이 들기를 기다려 겨우 시녀 두 사람을 데리고 궁녀 타는 가마에 앉아 마음 없는 무리의 손가락질을 받으며 건춘문을 나서 삼청동 아버지 집으로 돌아갔다. 그날에 친정에서도 곡성이 진동한 것은 말할 것도 없다.

휘빈이 동궁에서 쫓겨나고 나자 세자는 며칠 동안 침식을 끊고 휘빈을 그리워했지만, 모래 위에 엎지른 물은 다시 담을 길이 없었다.

이 일이 있은 뒤로 그렇게 쾌활하던 세자의 용모와 태도에는 침울한 빛이 돌게 되고 매사에 비감하고 상심하는 일이 많게 되었다. 그 뒤에 뜻을 나라 다스리는 큰일에 두었지만 이 비극적인 인생의 쓰라린 첫 기억은 세자의 일생을 어둡게 하였다.

휘빈이 폐위되고 곧 다시 종부시소윤 봉려의 딸이 간택되어 두 번째 가례를 치르니, 이분이 순빈이다. 순빈은 중전의 영지(令旨)로 고른 사람으로, 재색이 아름답지 아니했다. 얼굴만 수수한 것이 아니라 마음도 영리하기보다는 어리석은 편이었다.

순빈 봉씨는 아무 일이 없이 무사히 지내기는 하였으나 세자빈으로 든 지 8년 동안에 한 번도 성태하지 못해 이것이 큰 걱정이었다. 그래서 중전은 여러 번 가까이 모시는 사람들을 시켜 세자께 후사를 구함이 마땅하단 말을 전하고, 세자빈이 성태를 못하니 다른 여자를 가까이할 것을 권하며 여러 번 자색 있는 나인을 추천하였다.

그러나 세자는 원래 여색에 마음이 없는 데다 정실 외에 다른 여자를 가까이함은 가도(家道)를 어지럽게 하는 것이라 하여 이러한 꾐에 응하지 아니했다.

단종애사

마침내 중전이 참다못해 직접 세자를 불러 속히 다른 여자를 들여 후사를 얻기를 권했는데, 그 간절함이 명령에 다름 아니었다.

"동궁은 내 말도 아니 들으려나?"

중전의 그런 말에 효성이 깊었던 세자는 더 이상 거역할 도리가 없었다.

중전의 근심도 결코 무리가 아니었다. 보통 집에서도 아들이 삼십을 바라보도록 자식을 못 보면 근심이 되거늘 하물며 왕가이랴. 더구나 세종대왕께서 미령한 때가 많으니 언제 세자가 즉위해야 할지도 모를 일이었다. 세자가 즉위하여 왕이 되면 다시 세자를 책립해야 할 것이니, 그렇지 아니하면 궁중에 항상 불안이 있을 것이다. 언제 어떠한 음모가 일어나 어떠한 상서롭지 못한 사단이 일어날지도 모르는 것이다.

이 때문에 세자빈인 순빈이 생산을 못하는 것은 다만 중전의 걱정에 머무르는 것이 아니라 대전의 근심도 컸다. 말하자면 내외의 걱정으로 중전의 재촉이 있었던 것이다.

이리하여 수측 양씨가 뽑혀 세자의 잠자리를 모시게 되었다.

양씨는 자색으로 이름이 높았다. 이렇게 아름다운 양씨를 택한 것은 이유가 있다. 순빈이 너무도 자색이 없어 세자가 예전 휘빈 때 모양으로 그 방에 드는 일이 드물다고 본 까닭이다. 그래서 아무쪼록 아름다운 여자를 택한 것이 수측 양씨였다.

양씨가 동궁에 들어온 뒤로 순빈 봉씨의 태도가 돌변하였다. 그렇게 순하고 어리숙해 보이던 순빈의 마음속에 놀랄 만한 질투의 불길이 숨어 있었던 것이다.

세자가 양씨와 자리를 같이한 날이면 순빈은 온종일을 울음으로 지내고 좌우의 시녀들을 까닭 없이 못살게 굴었다.

이렇게 되면 순빈과 수측 양씨는 아기 낳기 경쟁을 하게 된다. 순빈 편에서 보면, 아무리 자기가 지금은 세자빈이라 하더라도 후사 될 아기를 낳지 못하면 장래가 캄캄하고, 비록 지금은 종이나 다름없는 양씨라도 세자빈보다 먼저 사내아기만 낳게 되면 비록 당장에 세자빈까지 승차는 못하더라도 생전 융숭한 대접을 받을뿐더러 그 아기가 자라 임금이 되는 날에는 그 영화가 그지없을 것이었다. 잘 되면 왕후로 추숭을 받을는지도 모를 일이었다.

양씨의 자색은 젊은 세자의 마음을 끌었다. 아무리 남녀에 담박한 세자도 품속에 들어온 어리고 아리따운 양씨를 떠밀어 낼 아무런 이유가 없었다. 점점 순빈에게 발길이 멀어지고 양씨 처소로 들게 된 것이다.

마침내 양씨가 동궁을 모신 지 1년쯤 되어 양씨가 잉태했다는 소문이 궁중에 퍼졌다. 이 소문은 대전마마와 중전의 귀에도 들어갔다. 이것이 기쁜 소문인 것은 물론이다.

양씨가 입맛을 잃고 헛구역질을 하여 눕게 되자, 세종은 친히 내의에게 태모에 좋은 약을 쓰게 하고, 중전은 하루 두 번씩 궁녀를 동궁으로 보내 보약을 달이게 하고 양씨에게 여러 가지로 고마운 말을 내렸다.

이렇게 되자 동궁에 있는 궁녀들은 하나둘씩 양씨를 가까이

단종애사

하고 순빈을 우습게 여기게 되었다. '시집온 지 8년이 되어도 못하는 사람이 언제 성태할라구' 하는 것이 여러 궁녀들의 의견이었다. 또 능력 없던 순빈은 평소 궁녀들의 마음을 살 줄도 몰랐다. 고마운 말마디, 피륙 몇 자, 먹다 남은 음식 부스러기…… 이런 간단한 것들이 의리 없고 욕심 있는 무리의 혼을 사는 줄을 순빈은 몰랐던 것이다.

순빈은 분한 마음과 질투에 몸이 타는 듯하였다. 이때에 순빈의 친정어머니 이씨가 옳은 말로 순빈을 타일렀다.

"성태 못하는 것도 천생 팔자지요. 아무리 자녀를 많이 낳더라도 여편네로 태어나서 첩을 보는 것은 사가에서도 면치 못할 일인데 하물며 궁중인데 더한 일이지요. 국모가 되려면 삼천 궁녀를 다 시앗(첩)으로 알고 거느려 갈 도량이 없으면 아니 되는 것이오. 질투는 사가에서도 칠거지악에 들거든 하물며 궁중에서는 비할 바 아니지요. 질투하는 빛이 드러나기만 해도 덕이 없다고 몰려날 것이니 애시당초 그러한 빛도 보이지 마시오. 여편네로 태어났으면 참는 것이 운명이니 그리 아시오."

우는 딸에게 이렇게 간곡히 권하고는 "양씨에게 날마다 사람을 보내어 묻고 이따금 맛난 음식도 만들어서 보내세요. 어머니가 딸에게 하듯 말이요. 그리하면 인자하신 세자께서 그 덕에 감동하시와 정을 돌리실 것이요, 대전·중전께옵서도 칭찬하실 것이니, 이리하면 비록 일생에 잉태하지 못하더라도 그 지위가 위태하지 아니하오리다"고까지 하였다.

그러나 순빈은 이 말대로 실행할 만한 마음도 능력도 없었거니와 순빈의 비위를 맞추어 꾀는 사람이 있었다. 어머니의 지혜로운 계책보다도 간사한 꾐이 질투로 흐려진 순빈의 마음을 사로잡았다.

간사한 꾐은 궁녀 수규 홍씨에게서 나왔다.

홍씨는 남들도 알아줄 만큼 아름다운 얼굴을 가졌고, 저 또한 그렇게 믿고 있었다. 열다섯 살에 궁녀로 들어와서부터 동궁에 있었는데, 그가 궁중에 들어올 적에 그의 부모(아비는 늙은 별감이다)와 이웃은 모두 얼마 안 있어 반드시 영화를 누리리라고 믿었다. 홍씨가 자랄 적에 그를 본 사람이면 누구라도 그 아름다움을 칭찬했던 것이다.

그러나 동궁에 들어온 지 10년이 되도록 아직 좋은 기회가 닿지 않았다. 휘빈이 있는 동안에는 어느 누구도 감히 세자에게 눈 걸어 보지 못했는데, 후궁 3천을 다 모아 놓더라도 휘빈의 아름다움을 당할 사람이 없었던 것이다. 그러나 휘빈이 나가고 순빈이 들어오면서부터 자신의 외모에 적이 자신이 있는 동궁 궁녀들은 혹시나 세자의 눈에 들어 볼까 하고 외기러기 짝사랑을 바치는 이가 한둘이 아니었다. 그중에서도 홍씨가 자색으로나 세자의 근거리에 있는 것으로나 모두가 으뜸이었다. 그러나 세자는 누구에게나 다정하면서도 누구에게나 엄격했다. 좌우의 어린 궁녀들을 마치 동생같이, 자식같이 귀애했지만 세자는 어느 궁녀의 손목 한 번 아니 잡기로도 유명했다.

세종대왕은 아주 색에 범연하신 양반은 아니어서 귀여운 궁녀를 보면 가까이 부르기도 하고 농담도 하고 혹 손목을 만지기

　　　　　　　　　　　　　　　　　　단종애사

도 하고, 마음에 들면 잠자리를 살피게도 하였다. 그래서 그들의 몸에서 아들 열과 딸 둘(살아서 자란 이만)이나 두었지만 세자는 결코 그런 일이 없었다.

그래도 홍씨는 기어코 세자의 마음에 들려고 열심이었다. 비록 나이는 스물다섯에 이르렀지만 아직도 처녀였던 그녀는 세 살은 넉넉히 젊어 보였다. 여자로는 익을 대로 익은 때로, 피부에 기름은 오를 대로 오르고 윤택은 날 대로 났다. 그렇지만 향후 이삼 년만 지나면 이 꽃은 아주 쇠어 버리고 말 것임을 알기에 홍씨는 마음이 조급하였다.

이때에 수측 양씨의 사촌 되는 침방 나인 양씨가 이제 겨우 열일곱 살이면서 왕의 귀여움을 받아 거의 밤마다 세종대왕을 모시게 되어 단박에 내명부 정육품 상침(尙寢)이 된 것이다. 중년이 된 왕은 이제 남은 사랑을 온통 어린 양씨에게 쏟는 듯하였고, 중전은 중전대로 왕이 어린 양씨에게 혹한 것을 보고 부인의 질투로 불같이 화를 냈지만 어찌할 수 없는 일이었다. 이이가 장차 어린 임금 단종대왕께 젖을 드리고 마침내 그 어른으로 인해 목숨까지 버리게 되는 혜빈 양씨다.

이런 것을 보면서 홍씨의 마음이 자못 조급하였다. 사람들은 '모두 양씨 판인가' 하고 수군거리기도 했다.

그런데 마침내 수측 양씨가 세자를 모시어 아기를 갖게 되었다. 이제 홍씨의 운수는 영영 멀어져 버린 것이다. 홍씨는 한껏 슬프고 분하였다. 나도 상감을 모시는 궁녀만 되었더라면 벌써 왕의 사랑을 받아 아들딸도 낳고 빈에 봉함이 되었을 것을, 어찌어찌하여 자선당 시녀가 되어 부처님 같은 동궁을 만난 탓으로 꽃 같은 일생을 허송하게 되었다. 마지막 기회를 빼앗아 가는 양씨를 곱게 둘 내가 아니다…… 홍씨는 이렇게 생각하였다.

"마마!" 하고 홍씨는 울고 앉아 있는 순빈 앞에 읍하고 섰다. 순빈은 혹시나 아침에라도 세자께서 자선당으로 들어오실까 싶어서 몸단장을 하고 있다가 해가 높아도 소식이 없자 우는 중이었다. 홍씨의 눈에도 눈물이 있었다.

"왜 그러느냐, 양가년이 뒈졌다는 기별이라도 있느냐?" 하고 순빈은 눈물에 젖은 낯을 들었다. 그 눈에는 원망과 독이 가득 차 있었다.

"양씨는 오늘부터 입맛도 돌아서 아침진지를 한 주발 다 자시고, 이따가 점심에 드린다고 시방 한쪽에선 곰국을 끓이고 한쪽에선 녹용을 달이느라고 눈코 뜰 새 없사옵고, 상감마마 중전마마께옵서도 여러 가지 음식을 내리셔서 마치 잔치나 벌어진 듯하옵나이다."

"잘들 하는구나. 그래 동궁마마는 또 양가년한테 계시더냐?"

"네, 마침 동궁마마께옵서는 양씨의 머리와 손을 만지시고 여러 가지 정다운 말씀을 하시는 모양을 뵈오니 자연 분하고 비감하와 눈물이 흘렀습니다."

순빈은 이를 뽀드득 갈았다. 그렇게 순한 순빈의 속에 어디 그러한 독이 들었던가 싶어서 홍씨도 놀랐다.

순빈은 벌떡 일어나 미친 듯이 뛰어나가려 하였다.

홍씨는 꿇어앉아 순빈의 옷소매를 잡았다.

단종애사

"놓아라. 왜 붙잡느냐. 내가 동궁마마 앞에서 양가년과 사생결단을 할란다. 밤새도록 붙어 자고도 무엇이 부족하여 아침에도 놓지를 못한다더냐. 인자하신 동궁마마께옵서야 그렇게 야멸치게 나를 잊으실 리가 있겠느냐마는 고 여우 같은 양가년이 동궁마마를 호리는구나. 에라 놓아라! 내가 고년을 물어뜯어서라도 죽여 버리고 말란다."

"순빈마마, 분을 참으시고 진정하시와요. 이렇게 뛰어가시면 남이라도 웃고, 옳으신 일도 그르치게 됩니다. 궁중에서는 이러한 법이 없습니다. 진정하시와요."

"그러면 어찌한단 말이냐. 이 터지는 가슴을 어떻게 참으란 말이냐. 고년 양가년을 살려 두고야 내가 어떻게 물인들 목으로 넘긴단 말이냐" 하고 방바닥에 주저앉아서 몸부림을 한다. 곁에서 보던 나인들은 고개를 돌려서 입을 삐죽댄다.

홍씨는 순빈을 뒤로 안아 일으키는 틈에 입을 순빈의 귀에 가까이 대고 얼른 "마마, 이년이 양가년을 없애 드리리다" 하였다. 홍씨는 다른 궁녀들이 다 나가고 없는 틈을 타서 "마마, 양가년 하나를 없애기야 어려울 것이 있습니까. 그깟 년 쥐도 새도 모르게 없애기는 여반장입니다. 소인이 8년 동안 순빈마마를 모시와 하늘 같으신 은혜를 입었사오니 마마를 위하여서라면 목숨인들 아끼오리까. 만일 마마께옵서 하라고만 하옵시면 사흘 내에 양가년을 찍소리도 못하게 없애 버리겠습니다" 하였다.

없앤단 말에 순빈은 깜짝 놀라며 "없애다니? 사람을 어찌 죽이기야 하느냐" 하였다.

"양씨가 살아 있으면 마마께옵서는 앞날이 어찌 되시올지 생각만 하와도 가슴이 아프옵니다."

"그러하기는 하다마는 사람을 죽여서야 어이 하겠느냐. 그저 고년이 동궁마마를 꼼짝 못하시게 호리지만 못하게 하였으면 좋겠다."

"아기는 낳아도 상관이 없습니까?"

순빈은 이윽고 생각하더니 "밴 아기를 아니 낳게 할 수야 없지 않겠느냐" 한다.

"양씨는 아들을 낳고 마마께옵서는 성태를 못하시면 어찌 되올지."

순빈의 마음은 괴로웠다.

"그러면 어찌할꼬?"

"양씨를 두고 동궁마마를 도로 찾으려 하심은 나무를 세워두고 그늘은 없애려 듦과 같사옵니다."

"그러면 어찌할꼬?"

"아뢰기 황송하옵니다."

"아나, 무슨 말이나 하여라. 내가 지금 너 하나밖에 믿을 데가 있느냐. 동궁마마는 양가년한테 홀려 저 모양이시고 중전마마께옵서도 인제는 나를 돌보아 주시지 아니하시는 모양이니 내가 누구를 믿으랴. 아무런 말이라도 하여라. 나를 살려 주려무나."

홍씨는 일어나 옆방과 좌우를 둘러보고 순빈 곁으로 가까이 와서 입을 순빈의 귀에 대고 "범 한 마리를 잡는 것과 두 마리를 잡는 것 중 어느 것이 쉽겠습니까?" 한다.

단종애사

"하나 잡는 것이 쉽지."

"그와 같습니다" 하고 홍씨는 뜻있게 웃었다.

순빈은 그래도 못 알아듣고 "그와 같다니?" 하고 눈을 동그랗게 떴다.

"양씨 속에 듭신 아기가 납시면 마마 편이 되오리까, 양씨 편이 되오리까?"

"양씨 편이 되겠지" 하고 그제야 홍씨의 말을 알아들은 듯이 순빈은 입맛을 다시고 고개를 끄덕였다.

홍씨는 그리 힘들이지 않고 비상(砒霜) 한 봉지를 구했다.

이런 무서운 약을 구하기는 심히 어려울 것 같지만 궁중에서 살아가는 여자라면 다 길이 있었다. 언제 무슨 일이 생겨서 내 몸이 죽어야 될지도 모르고, 또 언제 내 원수 될 사람을 죽여야 될지도 모를 일이지만, 시녀의 몸으로서 언제 자기가 직접 모시는 상전을 위하여 남을 죽일 준비를 하게 될지도 모르는 일이기 때문이었다. 더구나 세력 있는 어른을 가장 가깝게 모시는 궁녀일수록 그러했다.

위에서 미운 사람을 죽이려면 미친개 잡듯이 철여의 하나로 후려갈겨서 거적에 싸 내던지면 그만이겠지만, 아무 세력도 없고 미천한 목숨 하나만 가진 나인 따위가 힘 있는 사람을 죽이려면 방자질을 하거나 음식에 독약을 치거나 하는 길밖에 없다. 궁중에 있는 사람들의 이러한 요구에 응하기 위해 서울 장에 여러 종류의 사람들이 여러 가지 직업을 가지고 먹고사는 것이다.

중, 무당, 태주, 도사, 의원, 방물장수 등등.

홍씨도 이런 무리에게 많은 재물과 혹은 몸까지도 내어주어서(이것이 여자로서는 가장 유력한 수단이다) 이 비상 한 봉지를 구한 것이다. 비록 이것으로 목적을 이룬다 하더라도 그는 두고두고 그 사람의 입을 틀어막기 위해 뇌물을 대어주거나 그것으로도 당해 낼 재간이 없으면 그자까지 없애 버리는 수밖에 없는 것이다. 이리하여 이러한 일과 약은 더욱 횡행하게 되는 것이다.

홍씨는 그 비상 한 봉지를 품에 품고 수측 양씨에게 먹일 기회를 엿보았다.

순빈은 그래도 사람을 죽인다니까 벌벌 떨고 겁을 내어서, 아무리 양씨가 밉더라도 목숨은 죽이지 말고 세자를 호리지만 못하게 하기를 원하였다. 홍씨는 속으로 픽 웃으면서도 네, 네, 하였다.

"이애, 그 약을 먹이면 어떻게 되느냐?" 하고 순빈이 물을 때에 홍씨는 "이것을 먹으면 낯바닥과 온 몸뚱이가 푸르뎅뎅해진다고 합니다" 하고 대답했다.

"살빛이?"

"네."

"그러면 미워지겠지?"

"낯바닥이 죽은 년의 낯바닥같이 되면 그년을 누가 거들떠보기나 하겠습니까."

순빈은 고개를 끄덕끄덕했다.

만일 모든 위험을 무릅쓰고 양씨 죽는 것만을 목적으로 한다면 그러한 기회를 얻기는 그다지 어렵지 아니할 것이지만 저는 살고 양씨만 죽이자니 그 기회를 얻기가 쉽지 않았다. 나 한 몸 잘되어 보자고 하는 일이니 섣불리 했다가 발각이 되어 내 몸 하나만 없어지면, 아무리 양씨 죽이는 일은 성공한다 하더라도 그런 싱거운 일은 없을 것이다. 이렇게 생각하므로 홍씨는 고양이 것을 훔치려는 쥐와 같이 조심조심 물샐틈없이 일을 처리하려 애를 썼다.

홍씨는 양씨가 거처하는 여경당(餘慶堂)을 하루에 한 번씩 오갔다. 겉으로는 동궁빈마마의 뜻을 받아 양씨에게 문안을 왔다는 것이 핑계이지마는 기실은 양씨 먹는 음식에 독약을 치자는 것이 목적이었다.

"저것이 왜 요새 날마다 와?"

"무슨 낌새를 보러 온 게지, 저 여우 같은 것이."

이렇게 여경당 시녀들은 홍씨를 보고는 눈을 흘겼다.

여경당 뒤 툇마루에는 날마다 시녀 하나가 양씨 먹을 보약을 달이느라고 지켜 앉아 있었다. 중전마마의 특별한 분부라 약 맡은 시녀는 잠시도 탕관 곁을 떠나지 않았다. 홍씨가 유심하게 엿본 것은 이 약탕관이었다.

열 사람이 지켜도 한 도둑을 못 당한다고, 마침내 홍씨는 기회를 얻었다.

하루는 홍씨가 여경당에 가서 양씨에게 문안을 하고 물러 나와, 뒤 툇마루에 혼자 앉아서 약을 달이는 중전 시녀와 무심한 이야기를 속삭이던 중이었다.

이야기는 요사이 어디서나 그렇듯이, 왕의 사랑을 한 몸에 받고 1년이 못 돼 상침에 봉해진 양씨(장차 혜빈이 됨)와, 궁에서 나갈 때마다 한 번씩 오입을 하여 장안에 예쁘장한 계집을 둔 사내들이 마음을 놓지 못한다는 수양대군에 관한 이야기였다.

한참 이야기꽃을 피우며 약을 달이던 나인이 "약 넘지 않나 잠깐만 보아 주우" 하고 뒷간으로 가버린 것이다. 여러 날 보는 동안에 홍씨에게 여편네들 사이에 흔히 보는 얕은 정이 든 것이다. 홍씨는 "응, 얼른 오우. 내가 온 지가 너무 오랬으니깐 곧 가야 하겠어. 또 제조상궁(여러 나인을 감독하는 나인)이 쨍쨍거리겠네" 하고 바쁜 태도를 꾸며 보였다.

홍씨는 빠른 눈으로 사방을 둘러보았다. 아무도 없었다. 홍씨의 가슴은 두근거렸다. 큰일을 저지른다는 생각이 천근 무거운 돌처럼 전신을 내리눌렀으나 오랫동안 별러 온 일이기에 갑자기 뜻을 바꿀 힘은 없어서 그녀의 손은 운명적으로 허리춤 속으로 들어갔다. 그 속에서 초록 명주 헝겊에 싸인 봉지가 꺼내졌고 노르무레한 가루가 김이 나는 약탕관 속에 뿌려졌다. 그 모든 행동이 실로 번갯불 같았다. 홍씨는 초록 헝겊을 마룻구멍에 집어넣어 버리고 아무 일도 없다는 듯이 시치미를 떼고 앉아서 약탕관에 김이 오르는 것을 바라보았다. 그러나 무엇이라고 형용할 수 없이 가슴이 설레는 것을 금할 수가 없었다.

약 달이던 나인이 뛰어와서 "에그, 오래 지체해서 미안하우. 약이 끓어 넘지는 않았수?" 하고 약탕관에 가만히 귀를 기울이더니 안심한 듯이 제자리에 앉았다.

단종애사

홍씨는 후끈거리는 자기의 낯빛이 혹시나 이상해 보일까 보아 "그럼 난 가우" 하고 한 번 웃어 보이고 일어섰다. 다리가 마음대로 놓이지를 아니하고 힘없이 떨렸다.

자선당에 다다라서야 홍씨는 마음이 놓였다. 아무러한 일을 저질렀더라도 이곳에만 들어오면 안심이 되던 옛 습관이 있는 까닭이다.

홍씨는 눈으로 '되었다'는 뜻을 순빈께 고하였다. 순빈의 낯빛은 갑자기 변하였다. 겁이 난 것이다. 그러나 모래 위에 엎지른 물이라 다시 주워 담을 수는 없다. 이제는 다만 던져진 윷가락이 도가 되어 떨어지나 모가 되어 떨어지나를 기다릴 뿐이다. 이렇게 생각하면 마음이 모질어지고 진정이 되었다.

순빈은 두통이 난다는 핑계로 가까이 있는 나인들을 모두 물리고 혼자 자리에 드러누웠다. 무슨 큰 변이 생기지는 않을까 하고 순빈은 문밖에서 들리는 소리 하나하나에 귀를 기울였다. 모든 발자국 소리와 말소리가 다 자기의 죄를 나타내는 것만 같아서 아직도 3월 선선한 때이건만 전신에 땀이 죽 흘렀다.

홍씨도 다른 나인들과 함께 웃고 이야기하고 돌아다니고는 있었지만, 그 태연한 듯한 것이 도리어 태연치 못하고 조그마한 소리에도 가슴이 두근거려서, 될 수 있는 대로 기둥 뒤 벽 모퉁이에 몸을 숨기고는 손으로 제 얼굴을 만졌다.

"아, 쉽지 않은 일이다."

이렇게 한탄하였는데, 일각일각마다 10년 살 목숨이 줄어드는 듯하였다.

그러나 순빈과 나인 홍씨가 오래 마음을 졸일 사이도 없이, 중전께서 수측 양씨에게 내린 보약에 독약이 들어 있다는 사실이 곧 발각되었다.

양씨가 약그릇을 당겨 마시려다가 문득 너무 뜨겁지나 아니한가 하는 생각이 나서 왼손 무명지로 약을 저어 보았다. 그러할 때에, 양씨의 운수가 좋아서 그 손가락에 끼었던 은가락지에 약이 묻었다. 묻자마자 은가락지는 연빛으로 변하여 버렸다.

"에그머니!" 하고 양씨는 약그릇을 떨어뜨렸다.

"누가 내 약에 독을 쳤네" 하고 양씨는 얼굴이 파랗게 질리며 소리를 질렀다.

곁에 섰던 약 달이던 나인은 입을 벌리고 사지를 떨었다. 다른 나인들도 놀라 약그릇 가까이로 모여들었다. 양씨 앞에는 까만 약이 흥건히 고여 있고 약그릇에도 엎지르고 남은 약이 말없이 번쩍거렸다.

"누가 나 먹는 약에다가 독을 쳤어?" 하고 양씨는 약 달이던 중전 나인을 흘겨보았다. 다른 나인들의 눈도 그 나인한테로 모였다.

"나는 애매하오" 하고 중전 나인은 겨우 떨리는 입을 벌렸다. 그러나 이 약에 만일 독이 든 것이 사실이라 하면 도저히 자기가 그 죄를 벗어날 수 없는 줄을 깨닫고 얼른 양씨가 엎지르고 남은 약을 들이마셨다.

그러나 약을 먹어 보지 아니하더라도 은가락지가 까맣게 죽는다 하면 독이 든 것은 분명하다 하여 곧 동궁마마께 이 연유를 아뢰었다.

동궁은 그때에 집현전에서 여러 학자들과 글 토론을 하다가 이 놀라운 기별을 듣고 곧 여경당 양씨의 처소로 왔다.

동궁은 양씨와 나인들에게서 전후 사정을 듣고 엎지른 약과 죽은 은가락지를 낱낱이 살피고 남은 약을 먹었다는 중전 나인을 불렀다.

중전 나인은 이때에 벌써 복통이 난다고 괴로워하고 입술이 파랗게 되어 있었다.

인자한 동궁도 이 일에는 대단히 진노하며 목소리를 높여 "여봐라, 인명이 지중하거든 네 무슨 연유로 약에 독을 넣었느냐?" 하고 중전 나인을 노려보았다.

중전 나인은 마루에 엎드려 고개를 들지 못하고 떨리는 소리로 "동궁마마, 살피시오. 소인이 수측 양씨와 아무 은원이 없사온데 약에 독을 칠 리가 있사오리까. 과연 애매하옵니다" 하고 애원했다.

이 일이 인명에 관계있는 중대한 일일뿐더러 독약을 친 혐의를 받는 나인이 모후 궁에 속하였은즉 동궁이 자의로 처결할 수 없고, 또 이러한 일이 동궁에서 생긴 것은 동궁의 덕이 부족하여 부모 두 분 마마께 걱정을 끼침이니 불효막심하다 하여, 우선 대전 내전에 사람을 보내 사연을 아뢰고 뒤따라 동궁이 몸소 양전에 입시하여 석고대죄하기로 하였다.

이렇게 되니 궁중이 크게 소동하여 다만 서로 마주 볼 뿐, 감히 입을 열어 말하는 이가 없었다. 이런 때에 입 한 번 잘못 놀렸다가는 어느 귀신이 잡아가는지 모르게 목이 달아나는 줄을 궁중에 살아 본 사람들은 누구나 다 아는 까닭이다.

조정 일을 마치고 내전에 든 세종은 중전과 더불어 독약 사건에 대하여 말씀을 나눈 후에, 곧 약 달이던 나인을 잡아들여 내전에서 친국(직접 취조함)하기로 하였다.

약 달이던 나인은 독약을 먹었으나 양이 많지 않았기에 아직 죽지는 아니하고 일어서지만 못해 누운 대로 널쪽에 담아다가 내전 뜰에 내려놓았다.

상감과 중전은 대청 정면에 좌정하고, 곁에는 동궁이 읍하고 섰고, 20여 명 궁녀가 좌우로 옹위하고, 섬돌 계단 위에는 내시 둘이 대령하고, 계단 밑에는 철여의를 든 관노 네 명이 호랑이라도 때려잡을 듯이 벼르고 서 있었고, 뜰 한가운데 널쪽 위에는 얼추 다 죽은 나인이 엎드려 있었다.

상감은 목소리를 높여 "듣거라. 네 무슨 연유로 태중에 있는 아기를 해하려고 약탕관에 독약을 넣었어?" 하니 내전이 뜨르르 우는 듯하였다.

"상감마마, 소인이 하늘 같은 성은을 입사옵건대 무엇이 부족하여 태중에 계옵신 아기씨를 해할 생각을 하오리까. 천지신명이 내려다보시거니와 소인은 진실로 애매하옵니다."

목과 입이 부어 소리는 분명치 아니하나 독이 난 때라 말소리는 힘 있게 들렸다.

"어쩐 말이냐. 그러면 네가 치지 아니한 독이 어떻게 약에 들어간단 말이냐. 바로 아뢰어라" 하니 계단 위에 선 내시들이 "바

단종애사

로 아뢰어라" 하고 소리를 길게 뽑았다.

"생각하오면 소인이 죽을죄로 잠깐 남더러 약을 보라 하옵고 자리를 떠난 일이 있사오나 그 밖에는 아무 죄도 없사옵니다."

"남더러 보라 하였다니, 남이란 누구냐?"

"자선당 나인이오."

이 말에 중전이 무릎을 쳤다. 생각하던 바와 같다는 뜻이었다.

곧 내시와 관노가 자선당으로 달려가서 발이 땅에 붙지 않게 홍씨를 끌어다가 약 달이던 나인 곁에 엎드리게 하였다.

홍씨는 얼굴이 약간 상기는 되었지만 태연하였다.

상감은 홍씨의 아름다운 자색을 이윽히 바라보더니 "네가 약 달이는 것을 맡아본 일이 있느냐?" 하고 물었다.

"네" 하는 홍씨의 대답은 싸늘하였다.

"그 약에다 독약을 친 일이 있느냐?"

"소인이 그 약에다 비상을 탔습니다."

상감과 중전, 세자궁은 물론 좌우가 다 놀란 가운데 약 달이던 나인도 놀라서 고개를 들어 홍씨를 바라보았다. 독약을 친 것이 놀라운 것보다 그렇다고 실토하는 것이 놀라웠던 것이다.

한참 동안은 서로를 바라볼 뿐 꼼짝 안 했는데, "네 무슨 연유로 약에다가 비상을 타서 인명을 해하려 하였어?" 하고 얼마 뒤에야 왕이 물었다.

"소인이 죽는다 한들 하늘 같으신 상감마마께 무엇을 감추겠습니까. 이실직고하오리다. 소인이 궁중에 들어와 동궁마마를 모셔 온 지 10년이 되옵거니와, 천한 몸이 분수를 알지 못하옵고 매양 동궁마마께옵서 돌아보시와 거두어 주시옵기를 고대하였으나 동궁마마는 성인이시라 일절 여색에 뜻을 두지 아니하시오니 소인은 금생에 이루지 못할 소원을 품고 지내옵다가, 천만 뜻밖에 수측 양씨가 밖에서 들어와 동궁마마의 사랑을 받는 것을 보니 미련한 계집의 생각이라 샘나는 마음을 누를 길이 없었고, 또 근래에 동궁마마께옵서 양씨만 귀애하시며 빈마마를 돌아보시지 아니하셔서 빈마마께옵서 주야에 눈물로 지내시니 이것이 다 양씨의 소행이라 생각하고 차라리 양씨를 죽여 빈마마와 소인의 분한 마음을 풀까 하와 이런 일을 저질러 상감마마께 성려(聖慮)를 끼쳤으니 소인의 죄는 만번 죽어도 아까울 것이 없사옵니다."

홍씨의 목소리는 아름답고도 분명하고 조금도 떨리는 기색조차 없었다. 그러나 말이 끝나고 나서는 참았던 울음이 터진 듯이 등을 들먹거리며 울었다.

이 말에 상감은 중전을 보고 웃고, 처음부터 고개를 숙이고 있던 세자궁도 고개를 들어 홍씨를 바라보고는 더욱 고개를 숙였다.

이리하여 독약 사건은 판명이 되었다.

그러나 중전은 이것만으로 만족하지 않고 기어이 이것이 순빈이 시킨 것이라는 사실을 밝히려 하였다. 예전 휘빈 김씨는 너무 아름답고 영리한 것이 미웠지마는, 이번 순빈 봉씨는 너무 못나고 어리석은 것이 미웠다. 게다가 8년이 넘도록 잉태를 못하니 중전의 눈 밖에 날 대로 나서 이번 기회에 폐하여 버릴 생각이

단종애사

들었던 것이다.

그 일은 어렵지 않았다. 중전은 순빈이 정직하고 어리석다는 것을 알고 있기 때문에 한번 불러 물어보기만 하면 곧 실토하리라고 생각하여 변이 있은 지 며칠 후에 순빈을 내전으로 불렀다.

순빈은 두 마디도 기다리지 않고 실토를 하였다. 그러나 양씨를 죽이자는 것이 아니라 얼굴이 미워지고 남자를 혹하게 하는 재주만 없어지게 하려 한 것이라고 말하였다. 이것이 사실이지만 세상에 그 말을 믿어 줄 사람이 없었다. 홍씨는 벌써 때려죽여 버렸으니 순빈의 말을 증언해 줄 이는 이 세상에 없었다.

순빈은 당연히 '실덕(失德)'이란 죄명으로 폐위되었다.

"무자(無子)함도 칠거지악에 들거늘 질투하고 살인하고……."

이것이 중전이 마지막으로 한 말이다.

순빈은 울면서 모든 수치를 당하고, 마침내 궁중에서 쫓겨나갈 때에는 체면 불고하고 "아이고 아이고" 목을 놓아 울었다. 한번 더 동궁마마의 낯을 뵙게 해달라고 애걸하듯이 간청하였으나 이미 죄를 짓고 폐하여진 세자빈의 말을 들어주는 이는 없었다.

이렇게 순빈 봉씨도 폐함을 당하였다. 세자궁은 이 일을 퍽 슬프게 생각하였다. 그렇게 마음으로 자기를 따르던 순빈이 울고 나가는 것이 불쌍하였다. 그러나 부모가 하시는 일을 자식으로서 어찌할 도리가 없었고, 다만 얼마 동안 순빈을 돌아보지 아니하여 그런 일을 저지르게 한 것을 후회하는 생각이 들 뿐이었다.

그 후 두 달이 못 돼 양원 권씨를 세자빈으로 봉하니, 이이가 나중에 경혜공주와 단종대왕 두 분을 낳고 후에 현덕왕후라고 추숭을 받은 양반이다.

현덕빈 권씨는 한성부판윤 권전의 딸로, 열세 살에 나인으로 동궁에 뽑혀 들어와서, 양반집 따님인 까닭으로 곧 승휘(承徽)로 봉함이 되고 얼마 지나지 아니하여 양원이 되고, 동궁에 든지 7년째인 열아홉 살에 봉씨가 폐위된 뒤를 이어 세자빈이 되고, 빈이 되자마자 잉태하여 경혜공주를 낳고 스물네 살 되던 해에 단종대왕이 될 왕손을 낳고 그 이튿날 승하한 것이다.

동궁빈으로 있는 만 5년을 그 사나운 중전에게도 아무 탈을 잡히지 않고 유덕하다는 칭찬 속에 지냈던 현덕빈 권씨가 돌아간 뒤에 세자궁의 안타까움과 슬퍼하는 소리는 밖에까지 들릴 정도였다. 이후 세자는 다시 여자를 가까이하지 않고 경혜공주와 왕세손 두 아기를 어루만지며 일생을 혼자 지냈다.

수측 양씨도 순빈이 폐함을 당하던 때에 딸(경숙옹주)을 낳고는 이내 동궁을 모시어 보지 못하고 말았다.

세자는 개인적으로 이처럼 행복하지 못한 사람이었다. 남달리 감정이 예민하고 인자한 성품이었던 그의 일생을 회고하면 비감한 일이 많았다. 왕위에 올라 2년 남짓한 동안에도 거의 병환에 시달렸고, 웬일인지 나라 안에도 기근과 여역(癘疫, 전염병)이 많아 근심되는 일이 많았다. 세자궁으로 수년간 대리하는 동안이나 왕으로 2년 있는 동안이나 이러한 모든 불행을 다 자신

　　　　　　　　　　　　　　단종애사

의 허물로 여기고 슬퍼했다.

부왕인 세종대왕의 대상을 치르고 탈상한 임신년 2월 그믐께 문종대왕의 병환이 심상치 않게 깊어졌다. 정월 이래로 오후가 되면 한열이 나고 입맛이 없어지고 밤이면 잠도 잘 이루지 못해 고생하다가, 그 추운 날에 대상을 치르고 나서부터는 열기도 더 오르고 입맛도 더욱 없어져 눈에 띄게 초췌한 빛을 보였다.

그러나 부왕도 승하하고 모후 되는 심 중전은 부왕보다도 2년 전에 돌아가고 세자빈도 없고 경혜공주도 작년에 하가(下嫁, 시집감)하니 나인과 내시밖에는 가까이 왕의 거처와 범절을 돌봐 드릴 이가 없었다. 오직 혜빈 양씨가 뒤에서 나인을 시켜 간접으로 왕의 먹고 입는 것을 돌보아 주었을 뿐이다.

혜빈 양씨는 동궁빈으로 죽은 현덕왕후 권씨의 유촉(遺囑)을 받은 이래로 어린 왕세손(아기가 아홉 살 되던 때에 세종대왕께서 왕세손에 봉했다)을 제가 낳은 아이나 다름없이 젖을 주고 양육하였다. 젖도 왕세손을 드리고 나서 남는 것이 있어야 자기가 낳은 자식인 영풍군을 먹였다. 어느 친어머닌들 이에서 더하랴 싶을 정도였는데, 그렇게 혜빈을 미워하던 심 중전조차 승하할 때에는 특히 혜빈을 불러 칭찬을 했고, 세종대왕이 승하할 때에도 세자궁과 다른 여러 아들이 모여 앉은 곳에서 혜빈을 앞에 불러 "혜빈이 비록 천한 집에서 생장하였으나 내가 사랑하던 바요, 10년 동안 왕세손을 양육하였고 또 부덕(婦德)이 있으니 왕후의 예로써 공경하여라" 하는 어명까지 내렸다.

이러하므로 원래 효성이 지극한 문종대왕은 그때부터 혜빈을 공경함이 모후를 대함과 같았고, 혜빈도 미령한 왕과 어린 세자를 위하여서는 목숨을 아끼지 않기를 스스로 맹세한 것이다. 경혜공주가 시집을 가던 때에도 혜빈이 어머니의 역할을 다한 것은 말할 것도 없다.

왕의 환후가 더욱 깊어질수록 혜빈의 근심은 여간이 아니었으나 친히 모실 도리가 없어 오직 심복 되는 궁녀를 시켜 범절을 보살피게 하니 매양 마음에 차지 아니하여 애를 썼다.

그렇지만 왕은 당신의 병환을 그리 염려하지는 아니하는 듯하였다. 이번 병환이 심상치 아니한 줄을 모르지 않으면서도 왕은 죽고 사는 것이 도시 천명이라 하여 사는 것을 욕심내지도, 동시에 죽는 것을 두려워하지도 않았다.

그러나 아무리 모든 것에 초탈한 왕이라도 외아들인 어린 세자궁을 생각하면 마음이 아프지 않을 수 없었다. 자신의 수명이 얼마 남지 않았음을 깨닫고는 더욱 그러했다. 열두 살 되는 어린 세자가 세상모르고 내시들과 나인들을 따라 뛰놀고 장난하는 것을 볼 때에는 장차 국왕이라는 높고 위태한 자리에 앉아 수없는 시기와 음모의 표적이 될 것만 같아 한없이 가여웠다. 귀신 아닌 바에 앞날에 일어날 모든 일을 미리 내다보지는 못하더라도 사랑하는 아버지의 눈에는 그 아기의 전도가 험할 것만 같아서, 마치 풍랑 많은 바다에 일엽주를 태워 내보내는 것만 같았다.

2월 그믐 무렵, 어느 날 왕은 며칠 밤을 뜬눈으로 새운 끝에

단종애사

집현전 여러 신하를 내전으로 불러 잔치를 베풀었다.

신숙주·성삼문·박팽년·최항 이하 20명의 집현전 학사와, 왕이 세자궁으로 있던 동안 번갈아 시강(侍講)하던 좌필선 정인지와 우문학 최만리가 초대되었다. 이때에 정인지는 우참찬이요, 최만리는 부제학으로 다 높은 벼슬에 있었다.

왕은 병환 중이라 초췌했지만 평소에 친구처럼 믿고 사랑하는 집현전 신하들이 모두 한자리에 모여 즐겁게 담론하는 것을 보면서 기쁨을 금치 못했다.

그러나 최근 들어 병색이 더욱 현저한 용안을 보면서 뜻있는 몇몇 신하는 마음이 놓이지를 않아 어서 이 잔치가 파하기를 바라기도 하였다.

이 자리에 모인 20명의 집현전 학사들은 세종대왕이 평생 정성을 다하여 기른 국가의 보배였다. 비록 아직 사십이 못 된 젊은이들이지만 세종은 그들을 가장 존경하고 가장 믿었다. 왕이 무슨 일을 하려다가도 집현전 학사가 "못하십니다" 하고 간하면 아니할 만큼 그들을 소중히 여겼으니, 이것은 후세 자손들로 하여금 어진 선비의 말을 좇게 하는 본을 보이려 함이었다.

한번은 이러한 일까지 있었다.

세종은 불도를 존숭해서 대전 안에 내불당이란 것을 두고 때로 승려를 불러 법문을 듣고 몸소 불전에 예배도 드렸다.

집현전 학사들은 대전 안에 불당을 두는 것은 태조대왕의 유교입국(儒敎立國)의 뜻에 어그러진다는 이유로 내불당을 폐하고 궁중에 일절 승니(僧尼, 비구와 비구니)를 들이시지 말라고 아뢰었다.

그러나 대대로 불도를 존숭하던 것이 골수에 젖어 차마 내불당을 폐할 뜻이 없을뿐더러 왕후 심씨가 더욱 듣지 아니하므로 세종은 이때 처음 집현전 신하들의 말을 듣지 아니했다. 이러기를 세 번이나 한 뒤에 집현전 학사들은 일제히 물러 나가 사흘 동안 다시 입시하지 않고 고했다.

"상감께옵서 신들의 간함을 아니 쓰실진대 신들이 무엇하러 국록을 먹사오리까. 상감께서 버리시오니 신들은 물러가나이다."

이때에 세종대왕은 수상 황희를 돌아보고 "이 사람들이 나를 버리고 가는가" 하고 눈물을 흘렸다.

이러한 집현전이다. 사헌부와 사간원보다도 높아서 삼사(三司)의 수위(首位)에 처하였고, 직접 왕의 뜻을 좌우하는 데는 정부(政府)와 정원(政院)보다도 힘이 있었으니, 이렇게 되도록 세종대왕이 만든 것이다.

문종대왕도 30년 세자로 계시어 부왕의 뜻을 좇아 집현전 제 신들을 가장 존중해서 좋은 음식이 있으면 반드시 집현전에 하사했고, 만사를 반드시 집현전에 하문했다. 집현전 학사를 부를 때에는 친구의 예로 자(字)를 부르는 일조차 있었는데, 세자로 있을 때 가끔 밤에 집현전에 몰래 들어 "근보(謹甫)" 하고 불러 입직하는 학사를 놀라게 한 일도 있었다. 근보는 성삼문의 자다. 그래서 입직하는 학사들은 언제 부름을 받을지 몰라 관복을 끄르지 못하고 입은 채로 누워 잘 지경이었다.

이러한 집현전이다.

집현전은 다만 정치와 도덕으로만 가장 높은 데가 아니라 모든 학문, 천문학·기상학·역사학·지리학·문학·예술·철학·의학·본초학(本草學)·농학·역학(譯學)에도 최고 학부였다.

조선의 보배요 자랑이 되는 훈민정음도 집현전 학사들의 손으로 된 것이다. 그중에도 신숙주, 성삼문이 처음부터 끝까지 전력을 다해 세종대왕이 승하하기 4년 전에 발표했던 것이다.

문종대왕은 집현전의 어느 학사보다도 학식이 높았다. 경사(經史)는 말할 것도 없거니와 시문서화(詩文書畵)에 능해서 그림의 매화와 글씨의 초서는 당대에 으뜸이었고, 학술 중에는 천문학을 가장 잘해서 우레와 소나기가 올 방향과 시간을 예언했다고 한다.

그러므로 집현전 신하들은 문종대왕에 대해서는 다만 군신지의(君臣之義)에 머문 것이 아니라 수십 년을 매일 대한 벗이요 동창이었던 셈이다. 그처럼 사사로운 정분도 두터웠던 것이다.

이날의 잔치는 극히 검소하였으나 좋은 벗, 좋은 술, 좋은 풍악으로 십분 즐겼다. 밖에는 봄눈이 펄펄 날리고 바람조차 불었으나 내전 대청인 사찬장(賜饌場)에는 사방에 숯불을 피워 훈훈한 것이 꽃피는 봄날과 같았다.

정면에 옥좌(玉座)가 있고 옥좌 좌우에 늙은 상궁 한 쌍, 젊은 궁녀 한 쌍이 서고 그 좌우로는 반쯤 핀 매화 두 분이 엷은 향기를 토하고 있었다.

매화 분에서 시작하여 옥좌의 왼편 줄에는 수양대군이 수석이 되고 그다음에 정인지가 앉고, 오른편 줄에는 안평대군이 수석이 되고 그다음에 대제학 신석조와 최만리가 앉고 박팽년, 하위지, 신숙주, 원호, 권절, 성삼문, 최항, 유성원, 이개가 늘어앉았다.

신석조, 정인지, 최만리 세 사람은 백발이 성성한 중로였지만 기타는 대개 사십 이하의 장년이었다.

비록 병중이었지만 여러 신하들을 부를 때에 왕의 위의를 갖추기를 소홀히 아니해서 익선관을 쓰고 곤룡포를 입었다. 초췌하기는 했을망정 원래 좋은 풍신이라 위풍이 늠름하고 그러면서도 웃을 때와 말할 때에는 춘풍 같은 화기를 발하였다.

순배와 담론이 끝날 줄을 몰라, 벌써 날이 저물어 내시들이 분주히, 그러나 발자국 소리 하나 없이 안팎에 등촉을 밝혀 낮과 같이 휘황하게 되자 임금이나 신하나 흥은 밤과 더불어 깊어가는 듯했다.

장식(掌食) 나인은 말없이 음식을 나르고 주궁(奏宮), 주상(奏商), 주각(奏角), 주변치(奏變徵), 주치(奏徵), 주우(奏羽), 주변궁(奏變宮)의 노래를 맡은 일곱 쌍의 궁녀들은 아름다운 목소리로 만세악(萬歲樂), 가빈곡(嘉賓曲) 같은 여러 가지 노래를 부르고, 악기를 맡은 내시들은 금, 석, 관, 현의 여러 가지 풍악을 울려댔다.

술이 취하고 풍악이 울리더라도 과도히 질탕함이 없음이 군자의 잔치였다.

그러나 아무도 이때에 왕의 가슴속에 있는 무거운 근심을 알아보는 이가 없었다. 어린 세자에게 나라를 맡기는 근심, 이 말

단종애사

을 하려고 이 잔치를 벌인 줄을 알지 못하는 그들은 그저 즐거워했다.

이윽고 왕의 부름을 받아 세자궁이 복건, 청포의 평복으로 두 내시의 부축을 받아 대청으로 들어와 부왕의 옥좌 곁에 읍하고 섰다. 열두 살로는 키가 큰 편이나 몸은 호리호리하고 가늘었다. 남아답다기보다는 아름다운 편이었다.

일동은 일제히 일어나 몸을 굽히며 세자를 맞았고 왕도 웃음을 머금고 고개를 돌려 세자를 바라보았다.

왕은 어탑(御榻)에서 내려와 바닥에 앉아 세자를 앞에 앉히고는 세자의 등을 만지며 눈을 들어 수양대군과 정인지에서부터 성삼문, 신숙주, 박팽년, 최항, 하위지, 유성원, 이개 등을 차례로 보고 최만리, 신석조와 안평대군까지 두루 살핀 뒤에 약간 떨리는 듯한 음성으로 말했다.

"경들에게 이 아이를 부탁하오."

이때에 수양, 안평 두 대군을 비롯하여 모든 신하들은 일제히 엎드려서 그 넓은 방 안에는 먼지 하나 움직이지 아니하는 듯 고요하고 오직 촛불만 춤을 추어 분벽에 그림자를 흔들었다.

왕의 이 한 마디에 여러 신하들은 취했던 술이 일시에 깨는 듯하였다.

왕은 다시 말을 이었다.

"내 병이 심상치 아니한 줄을 알매 오늘 경들에게 이 부탁을 하오."

비장하다고 할 만한 엄숙하고 무거운 기운이 온 방 안을 내리

눌러서 사람들은 숙인 고개를 쳐들 힘이 없었다. 모두 돌로 깎아 놓은 사람같이 고요하고 오직 왕의 초췌한, 해쓱한 모양만이 움직이는 듯하였다. 어린 세자궁조차 약간 고개를 숙인 채로 꼼짝하지 않았다.

궁녀들 중에는 벌써 얼굴에 눈물이 흐르는 이조차 있었다. 이 인자하고도 병약한 임금은 궁녀들의 사모하는 정을 한 몸에 받고 있었다. 문종대왕이 등극한 이래로 어느 궁녀 하나를 죽이기는커녕 때린 일도 없었던 것이다. 왕은 오직 관대해서 모든 것을 용서했고 더구나 불쌍한 궁녀와 내시들을 어여삐 여겨서 그 잘한 것은 칭찬하되 잘못한 것은 못 본 체하였다.

세종대왕은 달랐다. 그 어른은 엄한 데가 있어서 궁녀나 내시나 잘못한 것이 눈에 들어오면 때리기도 하고 죽이기도 하였다. 그러므로 세종대왕은 무서웠다. 그러나 문종대왕은 무서운 어른이 아니었다. 이것이 왕의 지극히 인자한 특장도 되지만 동시에 제왕으로서는 흠결이 될지도 모른다.

수양대군의 말을 빌리면, 왕은 무능했다. 왕이 너무 위엄을 부리지 않기 때문에 기강이 해이해지는 것이다. 왕이 벽력과 같은 위엄을 부려 신하들이 벌벌 떨어야 나랏일이 되어 간다는 것이 수양대군의 의견이다. "이놈의 말에도 귀를 기웃, 저놈의 말에도 귀를 기웃, 이러니까 조정의 위엄이 없어지고 신하들이 기를 펴는 것입니다" 하고 수양대군은 왕께 아뢴 일까지 있었다.

그때에 왕은 "네 말이 옳다" 하고 칭찬을 해주었다.

'아무 힘도 없이 주둥이만 까는 선비'(이것이 집현전 신하들에 대

단종애사

한 수양대군의 의견이다)들을 모아 가지고 오늘처럼 지나치게 정중한 대우를 하는 것도 꼭 필요한 일이 아니라고 수양대군은 내심 불만스러웠다. 정말이지 궁녀로 하여금 술을 치고 가무를 하게 함은 종친(宗親)을 모아 벌이는 잔치나 다름이 없는 것이다.

만일 이 무리들에게 시킬 것이 있으면 "이리이리 하여라. 하면 상을 주마, 아니하면 죽이리라" 한마디면 족하다. 이렇게 융숭하게 저 못난 무리들을 대접할 필요가 없는 것이다. 만일 어린 세자를 부탁하겠거든 대군인 자기에게만 부탁하면 그만이 아닌가. 수양대군은 이렇게 생각했다. 형님 되는 왕이 하는 일이 모두 부질없어 보였다.

수양대군이 이 잔치에 불만을 품는 이유는 또 하나 있었다.

형님 되는 왕과 아우 되는 안평대군은 다 어느 학사에게 지지 않는 문장과 학식이 있기 때문에 모인 신하들과 말이 어울리지마는 유독 수양대군은 율(律) 한 수 지을 줄 모르고, 저 무리들이 반드시 떠들어 대는 한(漢)·당(唐)·송(宋)의 곰팡내 나는 옛이야기는 알지도 못할뿐더러 듣고 있자면 골치만 아플 뿐이다. 그런 구린 소리는 묵은 책 좀먹는 집현전 구석에서나 할 것이지 한 나라를 다스리는 왕의 궁전에서 할 것은 아니라고 보는 것이다.

"이러고 나랏일이 어찌 돼" 하고 수양대군은 문종 즉위 이래로 형님이신 왕이 하는 일이 매양 불만이었다. 왕이 상제 노릇하느라고 세월의 대부분을 허비하는 것도 못마땅하였다. 왕이란 그런 헛된 일에 세월을 보낼 것이 아니라고 생각하였다. 효자가 반드시 좋은 왕은 아니다. 이것이 형님을 빈정대는 수양대군의 생각이었다.

"거상은 1년이면 족하다."

이렇게 수양대군이 주장하는 것도 형님에 대한 반감이 가장 큰 원인이다.

형님 되는 왕의 문약(文弱)을 불만스럽게 여기는 수양대군은 자연히 문학과 풍류를 좋아하는 아우 안평대군이 미웠다. 더구나 안평대군이 근래에 와서 명망을 크게 떨쳐 그의 한강 정자인 담담정(淡淡亭)과 자하문 밖 무이정사(武夷精舍)에는 날마다 천하의 문장재사와 풍류호걸들이 모여들어 질탕히 놀므로 세상에서 안평대군 있는 줄은 알고 수양대군 있는 줄은 모르는 것 같아 그것이 분하였고, 나아가 형제가 혹시 대면할 때면 안평이 형님 되는 자신을 가볍게 보는 빛을 보이는 것 같아 분하였다.

한번은 무슨 말 끝에 안평이 "형님이 무얼 아신다고 그러시오? 형님은 산에 가서 토끼나 잡으시우" 하고 수양대군이 활 쏘는 것밖에 능력이 없는 것을 빈정거릴 때에 수양은 분노하여 "요 주둥이만 까는 것이" 하고 벽에 걸린 활을 벗겨 든 일까지 있었다. 그 후부터 수양은 안평을 만나려고 하지 않았는데, 왕이(세자로 있을 때에) 듣고 두 아우를 불러 화해를 시켰다. 그렇지만 패기만만하고 안하무인인 두 사람이 진심으로 화합할 리는 없었던 것이다.

이 연회 자리에서도 수양, 안평 두 대군은 가끔 힐끗힐끗 서로 눈이 마주칠 때마다 불꽃이 이는 듯하였다. 모든 사람들은 그 눈치를 알기 때문에 이상한 흥미를 가지고 가끔 두 대군을 바라보았다.

그러나 왕이 옥좌에서 내려앉고 세자의 등을 만지며 슬픈 부탁을 할 때에는 아무리 철석같은 수양대군이라도 진심으로 고개를 숙였다.

일동이 엎드렸던 고개를 들기를 기다려서 왕은 한층 더 힘 있는 어조로 세자를 바라보며 "너는 평생에 여기 모인 여러 현인들을 고굉(股肱, 온몸)과 같이 믿고 스승과 같이 공경하여라. 이 사람들은 다 나의 옛 친구들이니 네게는 부집(父執)이니라. 군신지분(君臣之分)이 있다고 하여 교만한 마음을 가지지 말아라. 수양, 안평 등 여러 숙부가 있고 이 모든 현신이 있으니, 비록 네가 어리더라도 염려 없을 것이다. 부디 오늘 일과 내가 한 말을 잊지 말아라" 하고 다시 한 번 세자의 등을 만지고 눈물을 보였다.

세자는 일어나 부왕의 앞에 절하고 엎드리며 낭랑한 목소리로 "아바마마, 소신이 비록 어리고 몽매하오나 하교를 지워 버리지 아니하오리다. 아바마마, 천추만세 후에라도 수양, 안평 두 분 숙부를 주공(周公)*과 같이 믿잡고 집현전 모든 부집을 스승으로 공경하려 하옵니다" 하였다.

어린 세자의 이 말은 모인 사람들의 폐부를 뚫는 듯하였다. 성삼문 같은 이는 감정을 겨우 억제하였고 수양대군도 자기에

---

* 중국 주나라 문왕의 아들로, 형인 무왕을 도와 주나라의 기초를 튼튼히 하였다. 무왕이 죽은 후 어린 조카 성왕을 대신해 섭정했으나 7년 뒤 성왕에게 권력을 돌려주었다.

게 세자를 부탁만 하면 주공이 되어 보리라 하였다.

세자가 영민하다 함은 전부터 소문이 있는 바이거니와 오늘에 비로소 모든 사람이 목전에서 그 총명함을 보고 감격하였다. 젊은 학사들은, '마정방종(摩頂放踵, 머리끝에서 발끝까지 닳음)하더라도 세자를 도와 요순 같으신 성군이 되시게 하리라' 하고 속으로 맹세하였다.

왕은 눈물을 거두고 잔을 올리라 하여, 친히 잔을 들어 "오늘 내가 경들과 큰 언약을 하였으니 손수 사례의 술을 권하리라. 인생이 덧없으니, 뉘라 목숨의 조석을 알리오. 이렇게 군신이 모여 즐김도 늘 있지 못할 성사라. 경들은 내가 권하는 술을 받아 이 밤이 맞도록 취하여 즐기지 아니하려는가" 하고 손에 든 잔을 먼저 수양대군에게 주었다.

수양대군은 황감하여 꿇어서 어전에 나아가 두 손으로 왕이 내리는 잔을 받았다. 이처럼 잔을 받을 때마다 장진주(將進酒) 노래가 울어 났다.

술은 취하고 밤은 깊어 간다. 촛농은 흘러내리고 불꽃은 튄다. 비단 장을 두른 대궐 안에도 찬바람이 휘돈다. 밖에는 여전히 눈이 내린다. 대궐 지붕과 마당에 눈이 한 뼘이나 쌓였다.

사람들의 취한 눈은 촛불 빛에 빛났다.

왕은 아무리 흥이 깊더라도 늙은 신하의 사정을 잊으실 리가 없다. 어느 때 왕이 말했다.

"학역재(學易齋), 나가오."

학역재는 정인지의 호다. 정인지는 왕이 세자궁으로 계실 때에 좌필선으로 있었기 때문에 스승 대접을 하여, 부를 때에는 반드시 학역재라는 호로써 불렀다. 스승을 존경하는 뜻이다.

정인지는 이때에 벼슬이 의정부 우참찬이요 나이 쉰일곱이었다. 몸은 작으나 기운이 좋아서 백발은 있어도 아랫수염이 조금 있는 얼굴에는 아직 주름이 없고 목소리가 쩽쩽하여 쇳소리와 같았다.

그는 아래턱이 빠르고 코가 날카롭고 얼른 보기에 작고 간사한 듯하지만 성품은 자못 호탕하고 자부심이 많았다. 그는 일찍이 술에 취하여 말하기를, 자기가 만일 공자의 제자가 되었으면 안자(顏子), 증자(曾子)는 바라지 못하여도 자유(子游), 자하(子夏)만큼은 되었으리라고 장담하였다. 좀 경망스러운 흠이 있지마는 모략과 수완이 있어서 세종대왕의 칭찬을 받았고, 특별히 교제를 잘하므로 명나라 사신이 올 때면 항상 관반(館伴, 사신을 접대하는 정삼품 벼슬)이 되었다. 그때에는 소위 천사(天使) 접반(명나라 사신을 접대하는 일)은 어려운 일 중에도 어려운 일이었던 것이다. 명나라 사신 예겸이 왔을 때에도 그 관반이 되어 조금도 꿀림 없이 직분을 다하여 예겸으로 하여금 탄복케 하였으니, 그의 득의를 짐작할 것이다.

그의 재주는 무서웠다. 열아홉 살에 태종 갑오(甲午) 문과에 장원급제하고 서른세 살에 중시(重試)에 또 장원이 되어 당시에 명성이 자자하였다. 글을 알기로나 짓기로나 당대 일류였으나 실제 정치에 더욱 흥미가 있었다. 그러나 세종대왕에게 "인지는 재주가 너무 승하다"는 비평을 받은 것처럼, 그는 덕이 재보다 부족하다는 말을 흔히 들었다.

어찌 되었건 문종대왕이 왕자의 학문을 배운 것은 정인지로부터이다. 그러므로 왕이 정인지를 공경하고 소중히 여김은 진실로 극진하였다.

인지의 늙음을 생각해서 먼저 물러가라는 하교는 진실로 황송한 일이어서 모두 정인지를 위하여 영광으로 알았다.

정인지는 황송한 왕명을 받고 탑전에 엎드려 이마를 조아리고 다시 세자궁 앞에 몸을 굽혀 하직하는 예를 갖췄다.

왕은 일어서서 정인지의 부복례(俯伏禮)를 받고 세자는 정인지의 국궁함을 읍함으로 답하며 "선생, 추우시겠소" 하였다. 부왕이 정인지를 공경하는 뜻을 본받은 것이거니와 또한 세자빈객(世子賓客)에 대한 예도 되는 것이다.

정인지는 왕과 세자의 융숭한 대우를 황송히 생각하면서 최만리와 함께 어전에서 물러 나왔다.

정인지가 물러난 뒤에도 수없이 순배가 돌아 자정을 넘길 때쯤 하여서는 하나씩 둘씩 일고여덟 명이나 상감 앞에 쓰러졌다. 겨우 쓰러지지 아니한 사람들 가운데는 눈이 내려 감기고 혀가 돌아, 이야기한다는 것이 팔과 고개만 내젓고 속으로는 어전인 줄 알면서도 입이 말을 아니 들어 허허 하고 너털웃음을 막지 못하는 이조차 있었다.

신하들이 대취하여 몸을 가누지 못하고 모로 쓰러질 때마다 왕은 궁녀를 시켜 벨 것과 덮을 것을 주라 하였다.

몇 번 눈을 떠서는 어전인 줄 알고 황송하여 정신을 차리려고

단종애사

몸을 들먹거리다가는 그만 아주 코를 골아 버리는 이도 있었다.

제일 먼저 코를 곤 이는 최항이었다. 통통하고 키가 조그마하고 수염이 전혀 없는 최 승지는 술도 다른 사람 갑절은 먹고 떠들기도 갑절은 떠들었으나 그 대신 맨 먼저 코를 골아 버렸다.

왕은 최항이 코 고는 것을 보고 웃으며 "저 사람은 본래 잠으로 유명하거든" 하고는 목침을 가져다주라 하였다.

최항이 잠으로 유명하다는 왕의 말에는 연유가 있었다.

세종대왕께서 과거시험을 치르는 앞날 꿈에 성균관 서쪽 정자 잣나무 밑에 용 한 마리가 서려 있음을 보고 이상히 여겨 곧 무감(武監, 왕의 호위무사)을 보내 보고 오라 했다. 무감이 달려가 본즉, 어떤 통통하고 작달막한 사내 하나가 보따리를 베고 누워 자는데 한 다리를 잣나무에 뻗고 자고 있었다. 이것을 그대로 왕께 고했는데, 이튿날 과거에 장원한 사람을 보니 바로 그 사람, 최항이었다. 이후 이것은 유명한 이야깃거리가 되었고 성균관 잣나무까지 이름을 얻어 장원나무라고 불리게 되었다. 이러한 일이 있었기에 세종은 특히 최항을 사랑하여 과거한 지 몇 해가 안 돼 집현전 직제학을 내리고, 14년 만에 정묘년 중시에 입격하매 부제학을 삼아 강설(講說)·사명(詞命)·편찬(編纂)·제술(製述)을 모두 주관하게 하고 그중에도 명나라에 보내는 왕가의 서한을 도맡아 쓰게 했다.

문종대왕은 부왕이 사랑하던 신하였기에 역시 최항을 아껴, 즉위하면서 우승지를 삼았다.

이러한 옛일을 생각하고 '잠으로 유명하다' 하였던 것이다.

신하들은 모두 이 뜻을 알기에 웃었다.

평소 같으면 남보다 세 곱절은 먹고 떠들 성삼문이 오늘은 매우 조심스러운지 꾸벅꾸벅 졸면서도 좀처럼 쓰러지지 아니하였다. 눈초리가 쑥 올라간 큼직한 눈은 보기만 해도 쾌활했는데, 왕이 주는 술을 사양할 수 없어 그렇게 받아먹고도 취하지 않은 척하려고 애써, 졸음이 매달리는 커다란 눈을 더욱 크게 뜨고 쑴벅거리는 모습은 우습기조차 하였다.

곁에 앉은 신숙주는 가느다란 눈으로 성삼문을 곁눈질해 보고 웃었다. 집현전 여러 학사 중에 성삼문과 가장 절친하기는 신숙주였다. 성삼문과 신숙주는 서로 같은 점보다도 다른 점이 훨씬 많았다. 삼문은 키와 눈이 크고, 숙주는 그와 반대로 키도 눈도 작았다. 삼문은 눈초리가 봉의 눈인데 숙주는 팔자 눈이었다. 성질로 보더라도 삼문은 서글서글하면서 아무렇게나 하는 점이 있으되 숙주는 겉으로는 서글서글한 체하면서도 속은 매우 깐깐하여 이해타산이 분명했다. 삼문이 아무리 재주가 있다 하더라도 일을 도모하기에는 도저히 숙주와 겨룰 수가 없었다. 그러므로 삼문은 무엇에나 일에는 항상 숙주에게 졌다. 삼문은 속에 무엇을 하루를 숨겨 두지 못하는 성미나 숙주는 필요하기만 하면 일생이라도 마음에 감출 수가 있었다. 그러므로 삼문의 속은 숙주가 빤히 들여다보지마는 숙주의 속을 삼문은 3분지 1도 알지 못하였다. "요 눈 조꼬맹이가 또 무슨 꾀를 부려" 하고 삼문은 숙주를 노려보았다. 그러면서도 두 사람은 더할 수 없이 친하였다.

단종애사

신숙주, 성삼문이 다 취하여 쓰러지되 아직도 끄떡없기는 점잖기로 유명한 박팽년과 가냘프기로 유명한 이개다. 그렇게 근엄한 하위지도 쓰러지고 말았건만 핏기 없이 창백한 얼굴에 불면 넘어갈 듯 가녀린 이개가 버티고 있는 것을 보고 왕은 웃으며 "조상의 힘이로군" 하였다. 이는 이개가 이목은(李牧隱)의 증손인 것을 두고 하는 말이었다.

마침내 이들조차 쓰러지고 말았다. 오직 왕이 홀로 깨어 취한 눈으로 여러 신하를 돌아보았다.

왕은 내시를 시켜 이 사람들을 문짝에 담아 입직청(入直廳)으로 옮겨다 누이라 하고, 침전 이불을 내어주라 하고, 그도 부족하여 왕의 잘두루마기까지 내어 손수 덮어 주었다.

신숙주가 잠을 깬 것은 벌써 해가 높은 때였다. 이상한 향기가 나기에 돌아본즉 몸에 덮은 것은 상감의 잘두루마기였다. 숙주는 벌떡 일어나 꿇어앉아서 잘두루마기를 두 손으로 받들고 감격의 눈물을 흘렸다.

"이 임금 위하여 몸을 아니 바치면 어디다 바치리" 하였다. 더불어 어젯밤 왕이 자기들에게 베푼 융숭한 대접을 생각하자 더욱 감격함이 깊었다.

곁에 자던 성삼문도 그 커다란 눈을 뻔히 떠서 숙주의 하는 양을 보았다. 살펴본즉 자기가 덮은 것도 왕의 갖옷이었다. 숙주보다도 감격하기 잘하는 삼문은 그 갖옷을 안고 소리를 내어 울었다.

"범옹(泛翁)이, 이런 일도 있는가" 하고, 삼문은 어찌할 줄 모르는 동생이 철난 형을 바라보는 모양으로 숙주를 바라보았다. 범옹은 숙주의 자였다.

삼문의 이 말에 숙주는 잠깐 고개를 들어 삼문을 바라보았다. 삼문의 얼굴에 눈물이 범벅이었다. 둘은 말없이 맥맥히 마주 보고만 있었다.

이것은 신숙주, 성삼문 두 사람의 일만이 아니다. 정인지, 최항 같은 이도 이와 같은 감격을 느꼈다. 그 증거로, 이 일이 있은 지 며칠 안 되어 정인지가 그의 심복 되는 승지 최항을 통해 왕께 수양대군이 녹록한 사람이 아니요, 근래에 사람 사귀는 모양이 수상하니 지금 수양을 제어하는 것이 후환이 없으리란 뜻을 아뢰었던 것이다.

물론 왕이 이 말을 들을 리는 만무하다. 비록 수양대군이 딴 뜻을 품은 줄을 적확히 알았다 하더라도 왕의 마음으로는 골육을 해할 수가 없으려니와 형제간에 우애지정이 지극한 왕으로서는 도저히 수양대군이 딴 뜻을 품었으리라고 생각할 수도 없는 일이었다.

"상감께 사뢰었나?"

"네, 그 이튿날."

"상감께서 무어라 하시던가?"

"빙그레 웃으시고는 다른 말씀을 하십디다."

"상감께서 너무 마음이 약하시니까, 웬걸 들으실라구."

이러한 담화가 며칠 뒤에 정인지, 최항 사이에 교환되었다. 그 끝에 정인지는 무엇을 목전에 보는 듯이 "허, 허" 하고 한탄인지 비웃음인지 알 수 없는 웃음을 웃고는 최항더러 "발설 말게" 하고 당부하였다. 그 뒤부터는 정인지는 다시는 수양대군에 관하여 아무 말이 없었다. 정인지는 이런 말을 낸 것을 깊이 후회하였던 것이다.

이 일이 있은 뒤로부터 왕의 병환은 더욱 침중해져 5월 24일에 마침내 어린 동궁에게 나라를 맡기고 승하하였다.

왕이 승하하기 전날, 결국 일어나지 못할 줄 알고 영의정 황보인, 우의정 김종서, 좌찬성 정분, 우찬성 이양, 이조판서 이사철, 호조판서 윤형, 예조판서 이승손, 병조판서 민신, 도승지 강맹경, 집현전 제학 신석조 등을 불러 세자를 보좌하기를 유언하였다.

왕은 경복궁 천추전 동녘 방(지금으로 이르면 동온돌)에 누웠는데 방 안에는 세자와 공주, 혜빈 양씨와 지밀나인 두엇이 들었고 대청에는 승정원이 주야로 입직하고 정부와 육조 대관들이 때때로 드나들었다.

유언이 있던 날에 신숙주, 성삼문은 승지로 입직하여 있었다.

왕은 겨우 손을 들어 수상을 불렀고, 황보인이 병석 앞에 엎드린 때에 세자의 등을 만지며 "부탁하오" 한 마디를 하고는 기운이 없는지 다시 말이 없었다. 무슨 할 말이 있는 듯이 입을 움직였지만 소리는 들리지 않았다.

왕의 입술과 눈은 움직이되 말이 없었고, 어렵게 세자의 등을 두어 번 만지고는 흘러내리는 손을 보고 황보인은 떨리는 늙은 음성으로 "상감, 염려 마시옵소서. 소신 등이 충성을 다하여 세자궁을 보좌하오리다" 하였다. 이 말이 들린 모양인지 왕은 약간 고개를 끄덕이는 듯 그 긴 수염이 가슴 위에서 흔들렸다.

김종서, 이양, 민신 같은 노신들은 뼈만 남고 핏기 없는 왕의 얼굴을 우러러보는 한편, 그 곁에 고개를 숙이고 앉아서 흐느껴 우는 세자궁을 보고 울음을 머금고 눈물을 떨어뜨렸다.

도승지 강맹경, 입직승지 신숙주·성삼문은 곧 어전에 필묵을 들어 이날에 고명(顧命, 임금이 유언으로 세자나 종친·신하 등에게 나라의 뒷일을 부탁함)하심과 고명 받은 사람의 이름을 정원일기(政院日記)에 기록하였다.

유언이 끝난 뒤 얼마 안 있어 수양대군과 각 대군이 입시하였다. 왕이 부른 것이다. 마지막으로 사랑하던 아우들을 한번 보려 함이었다. 세자는 수양대군이 들어옴을 보고 일어나 수양의 소매를 잡으며 "숙부, 어찌하오?" 하고 울었다.

대군들이 왕의 곁에 꿇어앉아 왕이 정신이 들기를 기다린 지 얼마 지나 왕은 잠깐 눈을 떴다. 오랜 병환에 기운은 더할 수 없이 쇠약했으나 정신은 끝까지 분명했다.

두 번째 눈을 떴을 때 왕은 기운을 적이 회복한 모양으로 방안에 둘러앉은 대군들을 돌아보았다. 돌아보던 눈이 양녕대군에 미칠 때에 왕은 고개를 들려 하였다. 생시에 양녕대군이 들어오면 왕은 반드시 일어나던 습관이 있었기 때문이다. 그러나 고개가 움직여지지 않자 왕은 다시 눈을 감고 한숨을 쉬었다.

육십이 가까운 양녕대군은 귀밑과 수염이 눈같이 희었다. 양녕대군은 태종대왕의 맏아들이요, 세종대왕의 형님이요, 문종

　　　　　　　　　　　　　　단종애사

대왕의 백부다. 따라서 종친 중에는 가장 항렬이 높은 어른이다. 태종대왕께서 위(位)를 셋째아들인 충녕대군에게 전할 뜻이 있음을 보고 당시 세자로 있던 양녕대군은 거짓 미치광이가 되어 일생을 술에 취하거나 산수 간에 방랑하기로 보냈다. 그래서 충녕대군이 태종대왕의 뒤를 이어 세종대왕이 되고, 당연히 왕이 될 양녕대군은 지금은 한 사람의 늙은 선비로 남았을 뿐이다.

양녕대군이 왕위를 피한 것에는 또 다른 이유가 있다. 그는 조부 되는 태조대왕과 아버지 되는 태종대왕의 부자간 싸움을 보았고, 정종대왕과 태종대왕 간의 왕위 다툼과 '방간의 변' 등 피비린내 나는 사변을 목도하였다. 모두가 왕위를 위한 다툼이어서 만약 자기가 왕이 되어도 반드시 패기만만한 셋째아우 충녕대군이 가만히 있을 리가 없을 것을 알았고, 또 한 번 세상사를 달관할진대 그까짓 왕위라는 게 그리 탐낼 것도 아니었다. 차라리 좋은 산수를 찾아 경개 보기로 낙을 삼고, 달 아래 꽃 아래 술에 취해 미친 노래를 부르는 것이 인생의 낙이라고 생각한 것이다. 이를테면 태종대왕의 정치적 야심과 천재를 받은 이가 세종대왕이요, 그 어른의 염세적·초세간적 방면을 이은 이가 양녕대군이었다 할 것이다.

양녕대군은 마당에 새덫을 놓고 글을 배우다가도 새가 걸리는 것을 보고 새덫으로 뛰어갔다는 것으로 유명하다. 또 양녕대군이 장차 폐위되려 할 때에 그 바로 아우 되는 효령대군이 아마 자기가 세자가 되는 줄 알고 갑자기 얌전해져서 글공부를 하는 것을 보고 발로 그 등을 차며 "충녕이 성덕이 있지 아니한가"

하고 웃었고, 효령은 그제야 깨닫고 책을 집어던지고 문밖 절로 뛰어나가 북을 치고 염불을 하여 하루 새에 북 가죽이 노닥노닥 떨어졌다는 것으로 유명했다.

이러한 내력을 가진 이였기에, 평소에 궁중에 출입함이 없었으나 문종대왕의 임종에 소명을 받고 들어와 곧 천명을 다하려는 왕과 그 곁에 울고 있는 세자를 대하게 되자 흉중에 태조대왕 이래의 모든 광경이 구름 일 듯 일어 나와 실로 마음을 진정할 수가 없었다. 양녕대군의 늙은 눈에 맺힌 한 방울 눈물, 그 속에 끝없는 감회가 들어 있었다. 강성한 대군들, 어린 임금…… 이런 생각을 할 때에 양녕대군의 경험 많고 지혜 많은 생각에는 수없는 어려운 일, 슬픈 일이 역력히 떠올랐다.

양녕대군은 고개를 들어 세자궁을 보고 다시 수양, 안평, 임영, 금성, 평원, 영응 등 여섯 대군을 차례로 둘러보았다. 광평대군은 이때에 벌써 작고하였다.

양녕대군이 여러 대군을 돌아보매 여러 대군은 다 근심된 얼굴로 잠깐 눈을 들어 왕과 세자를 바라보고는 다시 고개를 숙여 왕의 입이 열려 무슨 말씀이 있기를 기다렸다. 그러나 산전수전 다 겪은 양녕대군의 눈은 이 여섯 대군의 속을 꿰뚫어 보는 듯하였다. '일은 이 속에서 나는구나' 하고 양녕은 생각했다. '다만 이 중에 어느 사람이 일의 장본인이 될는지가 문제다.'

세상은 안평대군을 말했다. 안평이 담담정과 무이정사에 수없는 문객을 모은다 하여 혹 딴 뜻이나 품은 것이 아닌가 하고 어떤 사람은 의심했다. 안평을 우려하는 이러한 소리는 근래에 수양대군 궁에 출입하는 사람들의 입에서 더욱 많이 나오게 되었다. 그 말의 장본인은 아마도 수양대군의 심복인 권람(權擥)일 것이다. 비록 안평대군에게 호의를 가진 이라도 왕자의 처지로서 문하에 사람을 많이 모으는 것이 도리에 합당치 않다는 비난은 하였다.

그렇지만 양녕대군은 안평의 뜻을 잘 알았다. '안평은 흉한 생각을 할 사람은 아니야' 하고 지혜로운 양녕의 눈이 보는 것이다. 그 까닭은 안평대군이 반드시 대의를 중히 여겨서 그런다기보다는 그 역시 자기 모양으로 귀찮은 권세의 자리를 즐겨 하지 아니하기 때문이었다. 양녕이 보기에 오히려 안평은 왕이 되라고 하면 먼저 달아날 사람이었다.

제일 마음 놓이지 않는 이가 수양대군이다.

'암만해도 가만히 있지 아니할걸' 하고 양녕대군은 수양대군의 어렸을 때 일을 생각했다. 원천석이 "이 아이 모습이 내조(乃祖, 할아버지)와 흡사하오" 하던 말도 떠올렸다. 내조라면 태종대왕을 이름이고, 아버지 태종과 같다고 한 말에는 형을 극하고 아버지를 극하고 권력을 잡은 것도 포함된다는 뜻이다. 문종대왕이 오래 살았다면 수양은 형을 극하였을는지 모르고 세종대왕이 오래 사셨다면 아버지라도 극하였을는지 모른다. 그런데 아버지인 세종도 돌아가고 형님인 문종도 죽게 되었으니 수양이 아비와 형을 극하였단 말은 들을 기회가 없이 된 터였지만, 앞으로 과연 어린 조카이자 열두 살 되는 세자, 장차는 어린 임금을 순순히 섬길 것인가. 이런 생각을 하면 양녕대군은 머리를 흔들지 않을 수 없었다.

'아니! 아니 될 말!'

그는 속으로 외치며 붉은 광채가 나는 수양대군의 살기등등한 눈을 한 번 더 보지 않을 수 없었다.

'만일에 수양이 무슨 일을 저지른다 하면, 늙은 몸이 또 서울을 떠나서 종적을 감추어 버리는 것이 상책이겠군.'

양녕대군은 이렇게 생각하고 자기의 신세를 비웃었다. 세종대왕은 양녕대군을 형님으로 극진히 대접하였지만 그래도 그는 세종대왕 생전에는 가능한 한 도성에 들기를 피하다가 세종대왕 승하 후에야 마음 놓고 서울에 자리를 잡고 있었던 것이다. 그렇지만 궁중에 다시 변이 생긴다 하면 종실의 어른으로 관여하지 않을 수 없을 터이다. 관여한다 하면 그 모두가 뒤숭숭하고 위태한 일일 뿐이다. 이렇게 양녕대군은 벌써부터 보신책을 생각한 것이다.

'그러면 누가 수양을 당해 낼꼬?'

대군의 생각과 눈은 다시 여섯 대군 위로 돌아갔다.

광평이 덕이 있었으나 불행하게 일찍 죽고, 임영은 나이가 지긋하나 수양·안평에 비길 수가 없는 인물이요, 평원·영웅은 아직도 20세 내외의 약관이니 장차 날개가 돋고 발톱이 나면 몰라도 아직은 수양에 비기면 수리와 병아리 격이다. 그러면 안평이냐. 안평은 명망으로나 실력으로나 적어도 수양을 누를 만하지만 그러할 뜻이 없으니 반드시 수양의 손에 없어질 것이요, 오직 하나 금성대군이 아직 삼십 미만이로되 기개로나 식견으로나

단종애사

수양대군의 적수가 될 수도 있겠지만, 그는 아직 나이 젊고 명망과 우익이 부족하다.

양녕대군은 여기까지 생각하고는 한숨을 쉬었다.

여섯 대군 외에도 장성한 군이 여럿 있지만 별로 뛰어나게 잘난 이도 없었거니와 설사 잘난 이가 있다 하더라도 톱날 같은 대군들이 살아 있는 동안 군으로는 궁중에서 힘을 쓸 수 없을 것이다.

그렇다 하면 종실 중에는 수양의 적수가 없다. 수양이 하려고만 들면 무슨 일이나 될 형편이다.

그러면 신하 중에는 어떠한가. 양녕대군은 신하들을 생각해 본다.

황희가 80세만 되었어도 아무도 감히 조정을 배반하여 고개를 들 엄두를 내지 못할 것이지마는 나이 구십이니 아무리 황희인들 무엇하랴. 게다가 근래에는 병으로 눕고 귀가 절벽이 되어 손바닥에 글자를 써서 겨우 의사를 통하는 형편이다.

다음에는 영의정 황보인인데 나이 칠십이 넘어 늙기도 하였거니와, 본래 세종대왕 같은 명군 밑에서 임금이 시키는 대로 '예, 예' 하기나 할 호인물이지 수완이 있거나 아귀통이 센 인물은 아니다. '난 대로 있는 황보 정승'이란 별명은 못난이란 뜻이다. 온후 겸양의 덕은 있다 하더라도 난세에 다스릴 힘은 바랄 수가 없다.

좌의정 남지는 식견이 있으나 몸을 아껴 나랏일보다도 일신 일가의 안전을 더 중히 여기는 사람이니 어려운 일에 믿을 수는 없다. 벌써 무슨 기미를 보았는지 남지는 병을 핑계 삼아 집에 누워 있다. 그러나 그 병이란 게 얼마나 중한 병인지 알 수 없다. 그는 안평대군이 혼사 청하는 것도 거절할 정도로 조심하는 사람이다. 안평대군이 강청하므로 부득이 그 아들 우직을 사위 삼았다가 나중에 우직이 그 아버지와 함께 죽임을 당하는 통에 시호(諡號, 죽은 뒤 칭송하여 붙는 이름) 하나를 밑졌으나 몸은 온전함을 얻었다.

"에익, 얄밉게 약은 것!" 하고 양녕대군은 가만히 남지를 향하여 혀를 찼다.

삼공(三公) 중에 가장 믿을 만하기는 우의정 김종서라고 양녕은 생각하였다. 그 아래위 똑 자르고 가운데 토막만 남겨 놓은 듯한 조그맣고 몽톡한 몸, 그것은 도시 충분(忠憤) 덩어리요 담 덩어리다. 동그란 눈을 홉뜨고 소리를 지를 때에는 그 소리가 벽력같다고 한다. '호랑이'라는 그의 별명은 어느 점으로 보거나 합당하였다. 두만강 가의 사나운 야인(野人, 압록강과 두만강 유역에 거주하던 여진족)들의 무리도 이 호랑이의 벽력같은 소리에 벌벌 떨고 달아난 것이다.

'장차 나라에 무슨 어려운 일이 있다 하면 믿을 사람은 절재(節齋) 하나야' 하고 양녕은 생각한다. 절재는 김종서의 당호다.

그 밖에는 늙은이라 기력이 없거나, 그렇지 않으면 세력을 따라 이리저리 빌붙기를 예사로 할 무리들이다. 딴은 그렇기도 할 게다. 제 아비, 할아비도 왕씨(王氏)의 녹을 대대로 먹다가 일시에 이씨(李氏)의 녹을 바라고 무릎을 꿇지 아니하였나. 그렇게

　　　　　　　　　　　　　　　단종애사

상황에 따라 변통 잘하는 정신은 처세의 비결로 아들, 손자로 이어져 오는 것이다. 이렇게 생각하고 양녕대군은 '웅' 하고 구린 것을 입에 넣었던 것같이 입맛을 다셨다.

이때에 왕은 다시 눈을 뜨고 여러 대군을 돌아보았다. 돌로 깎아 놓은 듯이 가만히 있던 대군들은 바람에 흔들리는 풀잎 모양으로 몸을 움직였다.

수양대군이 특별히 왕의 입이 열리기를 기다리는 것은 까닭이 있다. 만일 세자의 숙부들 가운데 특별히 섭정(攝政, 군주를 대신해 나라를 다스림)의 고명을 받는다 하면 그것은 수양대군 말고는 없으리라는 것을 아는 까닭이다. 안평대군이 비록 명성이 있다 하나 항렬로나 정치적 수완으로나 도저히 자기를 당하지 못하리라고 생각할뿐더러 왕은 어려서 그랬던 것처럼 자기를 신임할 것을 믿었다. 요전 집현전에서도 자기에게 특별한 고명이 계실 것을 고대하다가 실망하였거니와 이번 임종의 유언에는 반드시 그 뜻이 있으리라고 믿은 것이다.

이것은 수양대군뿐 아니라 다른 대군들도 혹시나 하고 생각하였던 것이다.

어젯밤 권람이 "나으리, 장차 크게 운수가 트이시오" 하고 수양대군을 보고 유심히 웃을 때에 "그 무슨 말인고?" 하고 수양이 시치미를 떼었으나 속으로는 은근히 큰일을 기대했던 것이다. 세자가 성년이 되기까지 섭정의 고명을 받거나 그렇지 않더라도 세자를 보호하고 지도하는 무슨 직함이라도 반드시 내리리라고 생각하여 그 밤에 잠을 이루지 못했고, 낙랑부대부인(수양대군의 부인) 윤씨도 반드시 무슨 좋은 일이 있을 것이라 믿었다. 권세에 대한 야심으로는 부인이 도리어 수양대군보다 왕성하였다.

'주공과 성왕.'

이것이 수양대군이 그윽이 혼자 생각하고 자부하는 바였다. 군국대사를 한 손에 쥐고 천하를 호령하는 것, 이것이 수양대군이 꿈에도 잊지 못하는 야심이었다. 이제 그 야심이 바로 눈앞에 와 있는 것 같았다.

그러나 왕은 흐느껴 우는 세자의 등을 또 한 번 만지고 들릴락 말락 한 목소리로 "이 아이를 경들에게 부탁한다" 하고 세자에게 "여러 숙부 있으니 무슨 염려 있느냐" 했을 뿐 수양대군에게 특별히 아무런 유언도 하지 않았다.

이것이 왕의 마지막 말이었다. 그 뒤에 몇 번 눈을 떴지만 말은 못하고 운명하였다.

이날에 수양대군의 실망이 얼마나 컸던지는 궁으로 돌아와 그길로 사모를 벗어 내동댕이쳐서 모각(帽角)이 부러진 것만 봐도 짐작할 수 있다. 부인 윤씨도 낯빛이 변하였다. 더구나 대군들이 들기 전에 벌써 영의정 황보인 이하에게 보좌의 고명이 있었음을 듣고 나서 수양은 서안을 치며 통분하였다.

큰 기회는 사라졌다. 지금껏 마음에 그렸던 공중누각은 무너져 버리고 만 것이다.

수양대군 궁 사랑에서 대군이 궁중에서 돌아오기를 기다리

단종애사

며 낮잠을 자고 있던 권람이 밖에서 떠들썩하는 소리에 잠을 깨어 머리맡에 놓인 냉수 그릇을 잡아당겨 벌컥벌컥 들이켜고는 가만히 귀를 기울였다. 안에서 대군의 성난 소리가 들렸다.

"틀린 게로군" 하고 권람은 혼자 픽 웃었다. 그렇게 자존심 강하고 성미 급한 수양대군이 궁에서 실망하고 분통을 터뜨리는 모습이 눈에 선했다. 그것이 우스웠다. 그러나 이제 자기가 나설 날이 온 것이다. 만일 쉽사리 권세가 수양대군의 손에 들어온다면 자기는 수양대군에게 아무 공도 세우지 못할 것이 아닌가. 이제 이로 인해 자기는 수양대군에게 가장 긴요한 사람이 될 것이라는 생각에 권람은 혼자 기뻐하였다.

안에서는 수양대군이 또 한 번 소리를 지르는 것이 들렸다. 아마 애꿎은 어떤 궁인이 애매한 분풀이를 당하는 모양이었다. 권람은 또 한 번 피식 웃고는 일어나서 마른 손으로 얼굴과 목덜미를 세수하듯이 두루 비비고 망건과 갓을 바로잡고 툇마루에 나가 앉아서 난간에 기대어 마당으로 가래침을 퉤 뱉고는 소매로 입을 씻었다. 그러고는 왼장 치고 앉아서 두 손으로 두 발을 만지며 몸을 흔들었다.

나이는 삼십사오 세밖에 안 되었으나 십칠팔 세 때부터 부족증이 있어서 몸에는 살이 없고 얼굴은 움에서 나온 듯이 희었다. 오직 영채 있는 두 눈이 그의 목숨을 부지하는 듯하였다. 모시 두루마기는 까맣게 때가 묻고 버선 끝은 더구나 고린내가 날 듯하였다. 궁한 샌님인 것은 얼른 보아도 알 수 있었다.

그는 유명한 권근의 손자요 권제의 아들이다. 권근은 고려조의 명대부(名大夫)로서 계룡산에서 태조대왕에게 올린 송덕표 한 장으로 태조의 총신이 된 사람이다.

"공은 고려 말의 명대부라. 만일 당시에 유방으로 만족하였던 들 그 문장 명론이 어찌 목은 같은 이들만 못하였으리마는 계룡산에서 올린 송덕표가 문득 그를 개국 총신을 만들었으니 슬프도다. 이미 항복한 뒤에도 벼슬이 삼사에 차지 못하고 나이는 육십을 넘기지 못하였으니 그 얻은 바도 적도다. 오직 그 자손이 서로 이어 벼슬이 끊이지 아니하여 지금까지 성한 고로 사람이 다 양촌(陽村) 양촌 하고, (권근이) 덕행이 있는 듯이 말하는 이가 있거니와, 심하다, 그 도명(盜名)함이여!"

이렇게 상촌(象村, 조선 중기의 문신인 신흠의 호)은 말하였다.

권근이 태조대왕에게 절개를 꺾기 전까지는 전국의 선비들이 그를 으뜸으로 삼아 명성이 삼은(三隱)에 뒤지지 아니했다. 그는 태조가 개국한 뒤에도 야은 길재와 목은 이색 같은 이와 다름없이 시골인 충주에 숨어 있어 고려를 위하여 절개를 지켰다. 태조는 사림의 뜻을 거두는 것이 민심을 거두는 데 심히 요긴함을 알아서 고려 말의 여러 문신들을 재물로 혹은 군신의 예가 아닌 빈례(賓禮)로까지 청하였으나 목은, 야은 같은 이들은 준절하게 거절했다. 그래서 태조, 태종 두 대왕도 마침내 그네들의 절개를 꺾지 못할 것을 알고 가만히 여생을 마치도록 내버려 두는 것이 상책임을 알았던 것이다.

권근도 이러한 사람 중 하나였다. 태조는 그의 문장과 지식과 명망을 익히 알아서 어떻게 해서든 그를 유혹할 결심을 하고 우선 그의 아버지 권희를 달래 그가 데리고 있던 손자, 즉 권근의 아들인 권규를 태조대왕의 손녀딸(나중의 경안공주)과 혼인시키고 다시 권희를 달래 권근을 서울로 불러올리게 하였다. 이는 왕의 힘으로는 권근을 움직일 수 없다는 걸 태조가 생각했기 때문이며, 또 권근으로 하여금 서울에 올 핑계를 주고자 함이었다.

근은 아버지의 명을 어길 수 없다 하여 마침내 서울로 올라오게 되었고, 이것은 이미 훼절의 시작이었다. 오는 길에 관원들의 대우가 융숭했다. 그래도 그는 차마 바로 서울로 들어올 면목이 없어서 이리저리로 길을 돌아 간신히 수원까지 왔는데, 그때 희가 사람을 수원까지 보내 성화같이 근을 재촉하고, 근은 또 아버지의 뜻을 거스를 수 없다 하여 곧 서울을 향하여 한강에 다다랐다. 아비 희는 한강까지 친히 마중 나와서 근과 함께 밀실에서 종일 무슨 이야기를 하였다. 그리고 근이 곧 서울로 들어가는 맡에 대궐로 향하여 빈례로 태조를 만나니 이것은 물론 한 번 뿐이고, 둘째 번부터는 조그마한 벼슬아치로 칭신하고 무릎을 꿇었다. 그러고는 태조대왕이 청하는 대로 전국 명승지의 기(記)를 지어 올리고, 고려 왕조의 역사를 편술한다는 핑계로 지제교(知製敎)라는 벼슬을 받았다.

이렇게 권근은 절개를 허물어뜨렸다. 이 일이 있은 뒤부터 사람들은 모두 권근에게서 얼굴을 돌리고 침을 뱉었다. 그의 친구인 원천석은 그의 훼절을 평하는 시를 지었는데, 후에 그 자손이 후환이 무서워 불에 던진 것이 첫 소절은 타버리고 나머지만 남아 전한다.

……머리 허연 양촌이 의리를 말한다면, 어느 세상엔들 어진 사람이 없으랴.

이렇게 하여 권근은 예문관 대제학까지 되어 태조, 태종 두 분 대왕의 충실한 대서인(代書人)이 되었다.

권람은 그러한 권근의 손자요 권제의 아들이다. 그 아버지 권제도 세종의 사랑을 받아 일생 동안 대제학을 내어놓지 않았다.

그러나 권근이나 권제나 다 벼슬은 좋아도 재산은 없었다. 재산이라고는 남산 밑 비서감(秘書監) 동편 태조가 내준 집 하나가 덩그렇게 있을 뿐이다. 이 집은 찾아오는 사람 없기로 유명한 집이기도 하다. 권근이 한 번 절개를 굽혀 전국의 선비가 고개를 돌린 뒤로부터 이 집을 찾는 사람이 없었던 것이다. 충주 모옥(茅屋)에는 문전여시(門前如市)하더니 장안 갑제(甲第)에는 찾는 이가 없다고 세상은 권근을 비웃었다. 아무리 왕의 세력이 커도 인심은 어찌할 수 없었던 것이다.

장안에 벼슬하는 사람들치고 고려 왕씨의 신하 아닌 이가 있으랴마는 다른 사람 훼절한 것은 그다지 책망하지 않으면서 하필 권근을 책망함은 그리 심했을까. 거기에는 두 가지 이유가 있었다. 첫째는, 세상 사람들이 평소에 권근에게 바라던 바가 컸던 것이다. 비록 대세가 다 변해서 그가 혼자 힘으로 천운을 만회할 수 없다 하더라도 모든 권세의 유혹과 위협을 물리치고 하늘이 무너질지언정 끝끝내 곧은 절개를 지키다가 죽기를 바랐던 것이다. 둘째는, 그가 예사 정치가나 관료가 아니요, 천하에 대의명분을 가르치던 사람이었던 까닭이다.

'머리 허연 양촌이 의리를 말한다면' 하고 운곡이 빈정댄 것은 이것을 가리킨 것이다.

이런 연유로 남산 밑 권근의 옛집인 후조당(後凋堂)은 생전에도 친구조차 찾아오지 않기로 유명하였거니와, 그 아들 권제도 대제학이라는 맑은 벼슬을 하는 중에도 집현전에서는 고개를 잘 들지 못하였고, 사람들도 될 수 있는 대로 널리 교제하기를 꺼려 여전히 그 집을 찾는 사람이 없어 일종의 흉가처럼 되었는데, 다시 그 아들 권람에 이르러서는 더욱 그러하였다.

권람은 권근의 손자라, 권근 때부터 3대나 지났으니 세상이 권근의 일을 잊을 만도 하건만 그렇지를 않았다. 전하고자 하는 공명은 곧 잊혀져도 잊어 주었으면 하는 허물은 전하는 법이다. 권람도 재주 있고 글을 잘했지만 선비들 틈에 끼어들지를 못하여 매우 고적하게 살았다. 뿐만 아니라 세종대왕이 병환이 들어 정사를 친히 보지 못하게 된 때부터는 권람을 권근의 손자라 하여 특별히 끌어올려 줄 사람도 없었고, 또 웬일인지 나이 35세나 되도록 과거에 계속 낙제를 하여 권람의 신세는 더욱 궁색하게 되었다. 그 친구 서거정이 일찍이 "옛날 맹교가 낙제를 하고서 출문즉유애(出門 有礙)하니 수위천지관(誰謂天地寬)이라고 하여 몸 둘 곳이 없는 듯이 슬퍼하더니, 지금 자네 신세가 꼭 그러이그려" 한 적이 있었다.

그 말에 권람은 웃으며 "팔잔 걸 어찌하나" 하고 태연하였다. 이를 두고 서거정이 권람은 결코 녹록한 장부가 아니라고 탄복하였다고 한다.

　권람은 별로 찾아오는 사람도 없고 또 찾아갈 곳도 없어서 자기 집인 후조당 벼루 위에다가 조그맣게 초당 한 채를 짓고 소한당(所閑堂)이라고 부르며 거기서 혼자 글 읽기로 일을 삼았다(이 소한당은 후일 세조대왕이 다녀가기도 하였다).

　그러다가 어찌어찌하여 수양대군과 사귀게 되어 자주 수양대군 궁에 출입하게 되었다. 피차에 뜻이 맞아 수양대군은 때때로 궁노를 시켜 남산골 권 생원 댁에 땔나무와 양식을 보냈다. 권 생원이라 함은 물론 권람을 가리킨 것이다.

　이번 문종대왕 임종을 앞두고 입궐하라는 명이 내렸을 때에도 수양대군은 권람에게 미리 말을 하였고, 권람도 그 결과를 기다리느라고 사랑에서 낮잠을 자고 있었던 것이다.

　이윽고 수양대군이 몹시 불쾌한 얼굴로 사랑으로 나왔다. 원체 기골이나 몸집이 남보다 컸지만 무슨 일에 성이 난 채로 밖에서 들어올 때에는 몸이 더 커져서 방이 그득 차는 듯하였다.

　권람은 일어서서 읍하여 대군을 맞으며 "벌써 대궐에서 나오시었소? 상감 환후 어떠하시오니까?" 하고 슬쩍 눈치를 살폈다.

　수양대군은 상감 환후에 대해서는 대답도 없고 "늙은것들한테 보좌의 고명을 내리시었다네" 하고 아랫목에 앉았다.

　"늙은것들이라니, 누구를 말씀이오니까?"

　"황보인, 남지, 김종서, 이런 것들이지 누구여."

　"황보인은 영의정이요, 남지는 좌의정이요, 김종서는 우의정이니 삼공이 보좌의 명을 받잡는 것이 당연하지 아니하오니까"

하고 권람은 슬쩍 한번 수양대군의 비위를 건드리고 결과가 어찌 되는가 하고 수양의 뒤룩뒤룩하는 눈자위를 보았다.

수양은 벌떡 일어설 듯이 몸짓을 하며 "이 사람, 자네마저 그런 소리를 한단 말인가. 자네마저 그 늙은것들의 편당이란 말인가. 그따위 귀신 다 된 것들이 무엇을 한단 말인가" 하고 소리소리 지르며 펄펄 뛰었다.

권람은 수양이 자기가 놓은 덫에 걸린 것을 보고 속으로 웃으며, 그러나 겉으로는 가장 엄숙하게 무릎을 다시 꿇으며 "아니오, 소인이 황보인의 편당이 되는 것이 아니외다마는 달리는 그만한 중임을 맡을 사람이 없기에 그리 된 것이란 말씀이오" 하고 또 한 번 단단히 수양대군의 간을 건드렸다.

수양대군은 그제야 권람의 말뜻을 알아듣는 듯이 "이 사람아, 글쎄 상감께서 그리하시는 일을 어찌한단 말인가" 하고 누그러지는 자세로 권람을 바라보았다.

"글쎄외다. 나으리 모르시는 일을 소인이 어찌 아오리까마는, 아닌 게 아니라 천명이니 천명을 상감께선들 어찌하오리까. 모두 어수선한 일이요. 또 소인 같은 무리가 알 바는 아니나 나으리가 오죽이나 잘 아시겠소. 이런 때에 여러 말 하는 것이 다 긴치 아니한 일이요. 또 소인이 볼일도 좀 있으니, 소인 물러가오" 하고 권람이 벌떡 일어나서 읍하고 물러 나가려 했다.

권람의 말이 황당해서 무슨 소린지 알 수는 없으나 그래도 무슨 깊은 의미가 있는 것을 수양이 모를 리가 없다. '천명을 상감께선들 어찌하랴' 하는 말이 수상하였다. 또 겉으로는 아무렇게나 구는 듯한 권람의 일언일동에는 다 무슨 의미가 있는 줄을 수양대군은 미리부터 알다 보니 오늘은 특별히 권람의 말이 무슨 예언같이 들렸다.

"이 사람, 앉게."

"아니오, 일후 또 오지요."

수양대군의 만류도 듣지 아니하고 권람이 부득부득 신을 신는 것을 보고 성급한 수양대군이 참다못하여 벌떡 일어나서 권람의 소매를 끌어당기며 "정경(正卿)이, 오늘 내가 꼭 자네를 붙들어야만 할 일이 있네" 하였다. 정경은 권람의 자다.

권람은 어쩔 수 없다는 듯이 수양대군에게 끌려 들어갔다.

수양대군은 권람을 끌고 큰사랑을 지나 안사랑 가장 조용한 방으로 들어갔다. 권람은 수양이 끄는 대로 끌려 들어갔다. 권람의 말없는 술책은 생각하던 바와 같이 효과를 발휘하여 수양대군의 흉중에는 자못 알 수 없는 풍랑이 일어난 모양이었다. 물론 이 술책은 오늘에 시작된 것이 아니다.

수양대군은 술을 내오라 명하고는 좌우를 물리고 권람과 단둘이 마주 앉았다. 두 사람은 한참 동안 서로 마주 볼 뿐, 아무도 먼저 입을 열지 않았다. 수양대군은 권람이 먼저 입을 열기를 바랐으나 권람은 아주 무심한 듯이 벽에 걸린 서화와 활과 전통, 검 등속을 이것저것 돌아보고 있었다. 그렇다고 권람이 진실로 무심할 리는 만무했다. 다만 수양대군의 비위를 결정적으로 건드려서 성급한 그의 오장이 부글부글 끓어오르기를 기다리고 있을 뿐이었다.

단종애사

장차 조선 팔도를 흔들려는 큰 뇌성벽력과 폭풍광랑이 지금 이 자리에서 비롯되는 것이다. 벽 위에 걸린 활시위가 스르릉스르릉 우는 듯했다.

"여보게, 자네가 내게 할 말이 있지 아니한가. 있거든 하게" 하고 수양대군이 마침내 입을 열었다. 이렇게 말하는 수양대군의 사색(辭色, 말과 얼굴빛)은 매우 은근하였다.

권람은 무엇을 주저하는 듯이 잠시 눈을 감았다가 뜨며 "모든 것은 나으리 마음에 있사외다" 하고 대답하였다.

"하면 된다는 말인가?"

"그러하오이다. 잘하면 된다는 말씀이외다."

"자네가 나를 도울라는가?"

수양대군의 이 말에 권람은 대답하지 않았다. 수양대군은 초조한 듯이 권람의 손을 잡아당기며 "자네 오늘 나허구 맹약하려나? 나는 오직 자네를 믿으니, 자네가 나를 도울라는가?"

그래도 권람은 대답이 없었다. 수양대군은 다른 손으로 권람의 다른 손을 마저 잡으며 "왜 대답이 없는가? 내 인물이 부족하다는 말인가, 또는 내 정성이 못 미쳐 그러함인가?"

수양대군의 사색은 더욱 간절하여졌다. 그제야 권람이 수양대군 앞에서 자리를 피하여 앉으며 "나으리께서 그처럼 소인을 믿으신다면 인생은 감의기(感義氣)라니, 소인이 견마지역을 다하오리다" 하였다.

권람의 허락하는 대답을 듣고 수양대군은 극히 만족하여 다시 한 번 권람의 손을 힘 있게 잡고는 이내 주안을 대하여 술을 마셨다. 큰일을 생각하면서도 만사를 잊은 듯이 술을 마시는 데는 수양대군이나 권람은 흉내가 아니라 기상이 있음이다.

상감이자, 수양대군에게는 친형님이 되는 이의 목숨이 경각에 달려 있는 이때에 술을 마시고 취흥이 도도하다 함은 심히 불충하고 아우로서의 도리가 아니었음에도 수양대군이나 권람은 그런 것을 살필 만큼 양심이 예민한 사람은 아니었다. 그러나 그 동기를 두고 보면 두 사람이 완전히 달랐다. 수양대군은 충효 같은 것은 남이 내게 대하여 가지기를 바랄 것이지마는 내가 남에게 대하여 가질 것은 아니라고 생각한다. 그런데 권람은 충효란 것은 할 형편이 되면 하여도 좋고 못할 형편이 되면 말아도 좋은 것같이 생각한다. 이를테면 충효란 술과 같다. 먹어도 좋고 안 먹어도 좋은 것이다. 그러니까 권람의 생각에는 남이 내게 불충불효를 하더라도 '그러면 어떠냐' 하고 마음에 두지 않겠지만 수양대군은 그렇지 아니하여 자기의 불충불효는 용서하더라도 자신에 대한 남의 불충불효는 추호도 용서할 수 없는 것이다.

아무리 술을 마신다기로 가슴에 큰일을 생각하는 사람이 속까지 취할 리는 없었다. 그래서 겉으로 취한 눈을 무심히 굴리는 듯하면서도 피차 서로 저편의 눈치를 엿보고 불현듯 해학같이 나오는 말 한마디에서도 피차의 속을 들여다보려고 칼날 같은 마음이 저편의 가슴 깊은 속으로 들락날락하는 것이다.

"무릇 큰일을 하는 법이 선살후생(先殺後生), 먼저 살한 후에 생하는 법이외다. 죽이는 일이 첫 일이외다."

단종애사

"꼭지를 먼저 따는 것이지요."

"나으리께서 사냥을 아시니 만사가 사냥과 같습니다. 먼저 몸을 숨겨 가만히 엿본 뒤에 확실히 겨누어 번개같이 활을 당기는 것이고, 살이 맞은 뒤에는 크게 소리를 치는 것이지요."

이러한 말들을 권람이 수양대군에게 한 것도 물론 취담에 섞였다. 이런 기회 저런 기회에 지나가는 소리로 한마디씩 권람이 던지면 수양대군은 듣는 체 마는 체하면서 다 귀담아듣는 것이다.

우선 몇 사람을 죽일 것, 죽일 때에는 꼭지 되는 큰사람부터 먼저 할 것, 죽이되 가만히 죽이고는 질풍같이 몰아 들어갈 것. 이런 뜻을 수양대군은 권람이 지나가는 말로 던지는 속에서 다 알아들었다. 그뿐 아니라 가장 먼저 죽여야 할 꼭지가 김종서인 것까지 이 자리에서 모르는 사이에 말이 다 되었다. 수양대군은 처음에는 황보인을 죽일 사람의 꼭지로 알았었다. 황보인이 영의정이니 그렇게 생각하는 것이 당연한 일이다. 이에 대하여 권람은 '양호유환(養虎遺患)'이란 말을 슬쩍 던졌다. 김종서의 별명이 '호랑이'다. 이만하면 수양대군은 김종서가 죽일 사람의 꼭지란 뜻을 알아들었다. 실상 무섭기는 김종서 하나다.

점점 이야기가 노골적이 되어 서로 꺼림이 없이 된다.

"이 일에는 세 가지 사람이 있어야 하오. 첫째는 모략 있는 사람이요, 둘째는 용력 있는 사람이니, 이 두 가지 사람은 일을 이루는 데 쓰오. 그러나 일이란 이루기보다도 지키기가 어려운 것이오. 수성이 창업보다 어렵다는 것이 이를 두고 이른 것이오.

그런데 모사(謀士)와 용사(勇士)는 창업에 쓰이지마는 수성지재
(守成之材)는 따로 있는 것이오" 하며 어떠한 사람을 구해야 할
지도 말하였다.

"모사야 자네를 두고 달리 구하겠나마는 용사와 치평지재(治
平之材)는 어떻게 구할꼬? 이것도 자네 마음속에는 있을 것이니
아끼지 말고 말하소" 하고 수양대군은 다시 권람의 손을 잡았다.

수양대군의 말에 권람은 "나으리 아시는 바와 같이 소인 같은
썩은 선비가 무슨 대단한 모략이 있으리까. 그뿐 아니라 매양 몸
이 성치 못하니 모든 일이 다 귀찮을 뿐이외다. 남산 밑에 가만
히 누워 있는 것이 소인의 일이외다" 하는 말로 한번 슬쩍 몸을
뺐었다.

수양대군은 "그 웬말인고? 자네는 천하 호걸을 많이 교유하
니까 사람을 많이 알 것이니 내게 말을 하게. 내가 오직 자네만
을 믿는 뜻을 자네가 모르겠나. 만일 사양하는 말로 피하려 하
면 그것은 친구에 대한 도리가 아닐세. 자네 말이 세 가지 사람
이 요긴하다고 하였으니 어찌 심중에 둔 사람이 없을 리가 있겠
나. 자네 마음에 쓸 만한 사람이면 내가 쓸 것이요. 자네가 믿는
사람이면 내가 믿을 것일세. 원체 이런 일을 시작하려는 것이 자
네 말을 듣고 하는 것이니까 무엇은 자네 말을 아니 듣겠나. 이
야기하면 듣고 계책을 세우면 쓸 것일세" 하였다.

사실 권람의 목적은 수양대군의 입에서 직접 이런 말이 나오
게 하자는 것이었다. 지금까지도 수양대군이 자기를 믿지 못한
것은 아니지만 그래도 수양대군 자신의 높은 지위를 더 많이 믿

단종애사

었다. 그러나 이미 보좌의 고명이 황보인, 남지, 김종서 등에게 내렸으니 이제 문종대왕이 승하하고 세자궁이 즉위하는 날이면 수양대군은 일개 권세 없는 종친에 불과한 것이다. 이제부터 수양대군은 자기 지위를 지혜와 힘으로 획득할 길밖에 없으니, 이리 되면 권람은 수양대군에게 있어서 가일층 중요한 인물이 되는 것이다. 이런 관계를 수양대군의 입으로 분명히 선언하게 하는 것이 권람 자신의 지위를 확립하는 것이기도 하거니와 장차 일을 해나갈 때에 자기의 말이 수양대군에게 큰 위력을 발휘하는 데 긴요하다고 생각하였던 것이다. 이를테면 수양대군은 완전히 권람의 수중에 쥐어진 것이다.

이만하면 권람도 만족이었다. 권람의 눈앞에는 자기의 부귀가 번쩍번쩍 빛나는 듯하였다.

"나으리가 그처럼 소인을 믿으시니 소인도 생각하는 바를 아뢰오리다. 첫째, 모략 있는 사람으로는 한명회(韓明澮)만 한 이가 없소이다" 하는 권람의 말에 수양대군은 "한명회, 그 뉘 아들인가?" 하고 묻는다.

"한상질의 손자오이다."

"나이는 몇 살이나 되었나?"

"지금 서른여덟이외다."

"무슨 벼슬을 하나?"

"경덕궁직(敬德宮直)이오."

"어? 경덕궁직?" 하고 수양대군은 "이 사람아, 나이가 서른여덟에 벼슬이 겨우 궁직이야? 허허허" 하고 크게 웃기를 그치지 아니하였다.

　권람은 정색하고 수양대군이 웃기를 그치기까지 가만히 있었다. 수양대군은 한참 웃다가 권람에게 미안한 생각이 나서 웃음을 그치고 "그래, 그 한 무슨 횐가가 그렇게 모략이 용하단 말인가? 자네가 그만큼 칭찬하는 것을 보면 범연하겠나마는 어떻게 그리 출세가 늦은가?" 하고 아직도 수양대군의 입언저리에는 억지로 누른 웃음이 넘실거리고 있었다.

　권람은 그제야 말을 이어 "한생(韓生)의 재주는 옛날 관중(管仲)에나 비길까 지금에는 비길 사람이 없소이다. 나으리가 만일 치평대업(治平大業)을 하시려거든 한생이 아니면 불가하외다" 하였다.

　수양대군은 곧 송도(松都, 개성)에 사람을 보내 한명회를 불러 올리라 하고 다시 권람을 향하여 "지금 공경(公卿)으로 있는 사람 중에는 쓸 만한 사람이 없을까?"

　"우의정 김종서 하나요. 하지만 김종서는 호랑이니까…… 호랑이는 길드는 법이 없소이다. 정분이 있으나 무해무익하니 말할 것 없고, 혹 인연이 있으시거든 정인지를 끌어 보시지요. 첫째, 정인지는 명나라 대관 중에 안면이 넓고 집현전에도 최항 이하로 당여(黨與, 같은 편 사람들)가 있으니 끌어 둘 만하외다."

　"정인지가 내게로 끌릴까?" 하는 수양대군의 말에 권람은 웃으며 "인지는 절개보다도 부귀를 중히 여기는 사람이외다" 하였다. 수양대군도 고개를 끄덕끄덕하였다.

　　　　　　　　　　　　　　　　　　단종애사

나라를 잃다

경덕궁직 한명회는 벼슬은 미미하지만 송도에서 알 만한 사람은 알았다. "어, 그 녀석한테 걸렸다가는 큰 코 떼이네" 하는 것이 송도 사람들의 한명회 평이었다. 경덕궁 기와를 벗겨 팔아먹는다, 궁 후원 나무를 찍어 팔아먹는다는 등의 소문도 한명회가 궁직으로 온 지 석 달이 못 돼 나돌기 시작하였다. 그 소문은 결코 헛소문이 아니었다. '술과 여자, 재산을 탐한다(貪財嗜酒色)'는 그의 특색은 이때부터 드러났던 것이다.

한명회의 아내는 민대생의 딸이다. 민대생의 사위가 넷이나 되는 중에 셋째인 한명회는 다른 동서들에게 업신여김을 받는 것은 물론이거니와 그 장모 되는 민대생의 부인도 다른 사위와 같이 귀애하지 않고 언제나 쓴 오이 보듯 하였다. 명회가 이렇게 장모와 동서들에게 푸대접을 받는 까닭은 여러 가지 있지만 그 중에 가장 중요한 것은 괴상하게 생긴 용모 때문이었다.

한명회는 그 어머니가 잉태한 지 일곱 달 만에 나왔다. 그 어머니가 그를 잉태하고 낳기까지 일곱 달 동안을 죽도록 고생하여, 말하자면 더 참을 수 없어서 일찌감치 낳아 버린 것이다.

나온 것을 보니 사람의 새끼 비슷하기는 하나 아직 사지가 완전히 형성되었다고 볼 수 없을 정도여서, 그까짓 것을 젖을 먹이려고 애쓸 것도 없이 내다가 버리자고 하는 것을 그 집에 있던 할멈 하나가 주워다가 솜에 싸서 더운 방 안에 두어 길러 내었다고 한다. 명신록(名臣錄)을 보면 '시생월수년 방시성형(始生越數年方始成形)'이라고 하였으니, 난 지 이삼 년이 지나서야 비로소 사람 같은 형상이 되었다는 말이다.

그러하던 것이 자라서 한명회가 되었다. 얼굴이 아래가 퍼지고 위가 빠르고 코가 크고 눈은 크나 사팔뜨기요, 머리는 뾰족하게 잡아 뽑은 듯하였다. 이것을 보고 영통사(靈通寺)에서 늙은 중 하나가 '광혁첨(光赫尖)'이니 귀히 될 징조라고도 하였다. 어찌 되었건 날 때는 병신스러웠고 자라나매 괴물 같았지만 재주도 있고 엉큼하여 범상치 아니하게 보는 사람도 있었던 것이다. 그 종조부 한상덕이 '이 아이는 내 집 천리구(千里駒)야' 하여 데려다가 양육한 것이나 민대생이 사위를 삼은 것이나 다 그를 범상치 않게 본 까닭이다. 진실로 한명회는 열 달을 못 채우고 미리 날 때에 선악을 가리는 양심 하나는 잃어버리고 나온 모양이었다.

이러하니 장모가 귀애할 리가 없고 처남과 동서들이 비웃지 아니할 리가 없었다. 그러나 명회는 그런 것들은 다 무슨 상관이냐는 듯이 태연하였다. 그렇게 명회는 뱃심이 있었거니와 명회를 미워하는 사람에게는 그 뱃심 좋은 것이 더욱 미웠다.

다른 동서들 중에는 옥관자 붙인 사람까지 있어도 명회는 집을 이루지 못하여, 조부 되는 문열공(文烈公)의 사당이 있는 집도 비워 버리고 아내는 처가에 맡겨 두고 이따금 생각이 나면 가서 만나 보고 자기는 이 사랑 저 사랑으로 돌아다녔다. 그중에 가장 많이 가 있던 곳이 권람의 집이었다.

명회는 권람의 집을 자기 집처럼 여겨서 만일 어떤 친구와 만날 일이 있으면 그곳으로 정하였고, 권람의 집에서도 한명회를 한집 식구로 알아서 아침밥은 말고라도 저녁밥은 차려 놓았다. 그러면 흔히 명회는 밤이 깊어서 술이 잔뜩 취하여 무어라고 혼자 지껄이고 웃으며 권람의 집으로 들어와 밥을 찾아 먹고, 아직도 기운이 남아 있으면 권람과 무슨 이야기를 하고 떠들다가는 두건도 벗지 않고 이튿날 낮이 기울도록 코를 골고 잤다. 그러면 아침 밥상은 부엌에서 그대로 묵혀졌다.

명회가 돌아다니는 곳을 아는 사람이 없었다. 그렇게 형제 이상으로 절친한 권람도 명회가 사귀는 사람을 다 알지는 못하였다. 다만 가끔 권람의 집 사랑으로 오는 사람들의 꼴을 보아 그가 한량(閑良), 술객(術客, 음양·복서·점술에 정통한 사람) 등과도 사귀고 있다는 걸 알 수 있을 뿐이었다.

한번은 권람이 "여보게 자준(子濬)이, 자네가 무슨 술(術)을 배우나?" 하고 물은 일이 있다. 자준이라 함은 명회의 자다.

명회는 너털웃음을 치며 "왜? 내 눈에 벌써 신기로운 빛이 나타나나?" 하고 그 사팔뜨기 눈을 번득이며 권람에게 되물었다.

권람은 딴은 그 눈이 술객의 눈과도 같다고 생각하였다. 어찌 보면 청맹인가 싶으면서도 자세히 보면 그 눈에는 일종의 광채가 있었다.

권람은 웃으며 "과연 자네 눈에는 신기(神氣)는 모르겠지만 귀기(鬼氣)가 있네."

"어, 거 무슨 소린고? 귀기가 있다니. 내 눈이 이래 보여도 천강성(天 星) 정기를 받은 눈이야. 자네 눈보다는 나으이" 하고 명회는 어떤 도인(道人)이라는 자가 자기의 상을 보고 하던 소리를 옮겼다.

권람은 그래도 조부 이래로 유가서(儒家書)를 존숭하는 집에서 자라났으므로 술이란 것을 믿지 아니하였으나 명회는 사실상 잡술을 좋아하였다. 그래서 어느 술객에게서 얻어들은 소리를 제가 할 줄이나 아는 듯이 흉내를 내고는 웃었다.

한번은 명회가 어떤 술객 하나를 데리고 권람의 집으로 달려왔다. 그때에는 조선에 '도사'라는 것이 많아서, 무슨 풍운조화나 부리는 재주가 있는 듯이 사람의 마음을 혹하게 하고 돌아다녔다.

그 술객이란 자가 권람의 상을 보더니 "10년 내에 배상(拜相, 정승으로 임명을 받음)하시겠소" 하고 능청스럽게 일어나 권람에게 절을 하였다. 10년 내에 정승이 되겠다는 말에 권람도 너무나 기뻐서 자기도 모르게 일어나 마주 절을 하였다. 그것을 보고 명회는 웃었다.

술객은 수년 내에 조선에 큰 정변(政變)이 일어난다는 말과 함

단종애사

께 인명이 많이 상할 것이며 그 일을 맡을 사람이 한명회, 권람 두 사람이 되리라는 듯이 말하였다. 그는 명회를 보고는 "귀하시기로 말하면 영의정을 30년은 지내시겠소마는 눈에 살기가 많으니까 인명을 많이 해하겠고, 혹시 검난(劍難, 칼로 인한 재난)이 있다 하겠지마는 생전에는 염려 없소" 하였다.

이날 권람과 한명회는 너무나 기뻐서 온종일 술을 마시고 즐겼다. 그리고 이날에 두 사람은 목숨까지 나눌 의형제를 맺었다. 그리고 일생을 관중(管仲)과 포숙(鮑叔)으로 자처하였다.

"상감만 승하하면 세자궁은 어려서 반드시 수양과 안평이 무슨 일을 내고야 말 것일세. 그런데 안평은 지금 명성이 높지마는 의리를 아는 체하고 문하에 사람이 없으니 무슨 일을 하겠나. 수양은 인물이나 명성이 안평만은 못하지만 사람이 영악은 하니까 인정이고 의리고 얽매일 사람은 아니요. 자네와 나, 우리 둘만 붙으면 반드시 성사가 될 것일세. 그리 되면 우리 둘이 10년 내에 정승이 된다는 말도 그럴듯하지 아니한가. 문장 도덕으로야 내가 자네를 당하겠나마는 사업을 경륜하는 데는 과히 자네만 못지아니할 것일세. 마침 자네가 지금 수양대군 궁에 긴히 다니니 이것이 다 천의야. 내가 부탁 안 해도 어련히 알아서 하겠지만 기회를 잃지 말고 수양대군을 바싹 죄어서 나를 천거만 하게. 내가 수양을 만나기만 하면 그 뒤부터는 만사가 다 내 손바닥 안에 있으니까."

이것은 한명회가 보름 전에 다니러 상경했을 때에 권람에게 하고 간 말이다.

한명회가 말한 바와 같이, 문장 도덕은 권람이 한명회보다 나았으나 모략으로는 한명회가 권람보다 훨씬 상수였다. 권람이나 한명회에게 도덕이란 것도 우습지만 그래도 권람은 선악을 변별할 줄은 알았다. 어떤 것은 인정에 맞는 일이요, 어떤 것은 인정에 맞지 않는 일이요, 어떤 것은 세상에서 옳다고 하고 어떤 것은 세상에서 마땅치 못하게 여길 것임을 잘 알았다. 다만 그까짓 것을 그다지 요긴한 것으로 여기지 않았을 뿐이다.

그렇지만 한명회는 전혀 선악을 변별하는 양심이 없었다. 그에게는 오직 욕심과 그 욕심을 채우려는 한량없는 꾀가 있을 뿐이었다. 어느 놈의 돈을 먹으리라 하면 반드시 먹었고, 어느 계집을 내 것으로 만들리라 하면 반드시 만들었다. 그래서 정보의 서매(庶妹)가 자색이 있는 줄을 알고는 곧 정보와 친한 체하여 마침내 그 서매를 첩으로 얻었다. 그것도 석 달 안에. 그러고는 충신 정몽주의 손녀를 첩으로 삼았노라고 아는 사람들에게 제 분수에 맞지 않는 말을 지껄여 댔다. 썩은 선비들이 충신이라 떠들고 종사(宗師)라고 존중하는 정몽주의 손녀를 첩으로 삼아 그 이름을 짓밟는 것이 유쾌하였던 것이다.

누구나 도덕적 양심만 떼어 놓으면 상당히 꾀가 나오는 법이지만 한명회의 계교는 실로 무궁무진하였다. 그는 체면이라든지 선악이라든지 인정이라든지 따위를 전혀 돌아볼 줄 모르기 때문에 아무런 짓이라도 목적을 위해서는 가리지 않았다. 후일에 세조대왕이 "한명회는 내 자방(子房)*이야" 하고 누누이 칭찬한 것이 다 이 꾀 때문이다.

단종애사

그러므로 사람을 사귈 때에도 그는 도덕 있는 사람을 구하지 아니하였다. 상놈이거나 깍정이거나 도둑놈이거나 죄인이거나 어떠한 사람이든지 자기의 욕심을 이루기에 필요하다고 여겨지면 사귀었고, 또한 도덕 있는 사람이라도 필요한 사람이면 사귀기를 사양치 아니하였다. 집현전 여러 학사들 중 후일에 가장 가깝게 지낸 이가 신숙주였다. 그것은 신숙주가 도덕지사인 까닭은 물론 아니요, 도리어 그가 목적을 위하여서는 수단을 가리지 아니하는 것이 자기와 서로 맞았던 까닭이다.*

한명회가 경덕궁직으로 있을 때에도 그의 곁을 떠나지 아니하고 따라다닌 사람 셋이 있다. 양정과 유수와 임운이다. 세 사람은 다 골격이 장대하고 남보다 힘이 세서 모두 고향에서 사람깨나 때려죽이고, 혹은 옥을 깨뜨리고, 혹은 대로변에서 행인을 엄습하여 돈을 빼앗아 먹고 살던 무리다.

그들은 한명회가 두둔하고 숨겨 준 은혜에 감격하여 죽기로써 한명회의 명에 복종하기를 맹세하였다. 그중에도 임운 한 사람은 한명회의 구종이 되어 항상 그의 시중을 들고 양정, 유수 두 사람도 그가 가는 곳이면 그림자처럼 따라다니다가, 만일 어느 누가 명회를 건드리기라도 하려고 하면 맹호같이 내달아서 그 사람을 초주검을 만들었다. 송도 사람들이 한명회를 무서워하는 이유는 그의 뾰족한 머리나 사팔뜨기 눈이 아니라, 실은

---

* 중국 한나라의 건국공신인 장양(張良)의 자. 장자방은 한나라 고조를 도와 천하를 통일하여, 소하·한신과 함께 한나라 창업의 삼걸로 일컬어진다.

그의 곁을 떠나지 않는 흉물 세 사람이었던 것이다.

한명회도 세 사람에게는 극진하였다. 그렇게 궁한 신세로도 생기는 것이 있으면 반드시 세 사람에게 나누어 주었다. 경덕궁 직으로 받는 급료도, 받는 날로 세 사람에게 나누어 주었다. 명회가 경덕궁 기와를 벗겨 파는 것도 이렇게 자기 분에 맞지 않는 부하를 세 사람씩이나 기르는 까닭이다.

양정과 유수는 자기네 같은 무리를 많이 알았다. 그 무리들은 대개 귀신 모양으로 낮에는 숨고 밤에만 나와 다니는 무리들이다. 모두 사람깨나 죽이고 포도청 출입을 예사로 아는 무리들이었다. 그들의 겨레는 모래판에 마 뿌리 모양으로 얼키설키 끝간 데를 몰라 조선 전국에 널리 그득 찼다. 그들은 일종의 도적 나라를 건설하여 신라·고려는 바뀌되 이 나라만은 영세 불변할 듯하였다. 양정과 유수는 이 도적 나라 백성이었다. 두 사람은 한명회가 끝내 곤궁한 것을 보고 도적의 소굴에 들어가서 거기 두령이 되기를 권하고, 만일 그러할 뜻만 있으면 자기네가 앞장을 서겠노라고까지 말하였다.

"가만있게. 경덕궁 기와나 벗겨 먹어 가며 좀 더 기다려 보세" 하고 명회는 두 사람의 권유를 아직 거절하였다. 그렇지만 만사가 다 뜻대로 되지 않으면 양양으로 들어가면 그만이라고 생각하였다. 강원도 양양 어느 산골짜기에 도적 나라의 대두령이 있단 말을 들은 까닭이다.

그리고 자주 권람에게 편지를 부쳐 기회를 잃지 말 것을 당부하고, 한편으로는 임운을 시켜 안평대군 궁과 수양대군 궁의 동

단종애사

정을 정탐하게 하였다. 그것은 임운의 일가 되는 사람이 수양대군 궁 궁노로 있던 까닭이다. 또 양정과 유수도 장안에 돌아다니는 끄나풀을 통하여 한명회가 시키는 대로 이 사람 저 사람의 행동을 정탐하였다. 이렇게 정탐을 당하는 사람들 중에는 정승도 있고 판서도 있고 집현전 문신들도 있고 수령 방백도 있었다.

한명회는 손에 수백 명 되는 사람의 명부를 만들어 가지고는 양정, 유수와 임운이 정탐하여 보고하는 대로 각각 이름 밑에다 적어 넣었다.

"아무 달 아무 날 밤 안평대군이 담담정에서 시회(詩會)를 열었는데 모인 것은 누구누구요, 한 이야기는 무엇무엇이오."

"누구가 누구를 심방하였소."

"어느 벼슬이 갈리고 누구가 물망에 올랐소."

모두 이런 것들인데 열 가지에 한 가지도 들을 만한 것이 없건마는 그래도 명회는 일일이 명부록에 깨알 같은 잔글씨로 적어 넣었다. 그 보고들 중에 종성부사 이경유가 이번 서울 올라오는 길에 함길도절제사 이징옥이 우의정 김종서에게 보내는 선물, 야인이 쓰던 활 하나와 칼 하나를 가져왔다는 소문도 있었다. 명회는 이 보고를 듣고는 무슨 보물이나 얻은 듯이 기뻐하였다.

"그런 것은 다 아시어서 무얼 하시오?" 하고 양정이나 유수가 물으면 명회는 "심심파적일세" 하고 웃거나, "내가 장차 염라대왕이 될 터이니까 모두 알아 두는 것이야" 하기도 하였다. 양정이나 유수는 힘쓰고 날랜 것밖에 별로 아는 것도 없고 꾀도 없는 사내들이다. 명회가 자기네보다 모략이 많은 것을 잘 알고 탄복하는 바지만, 아직도 명회가 무슨 큰일을 낼 사람이라고까지는 생각지 아니하였다.

바로 요전번 단옷날 일이다. 유수부 벼슬아치들이 만월대(滿月臺)에다 잔치를 베풀고 하루를 즐거이 놀았다. 그 끝에 누가 말하기를, 우리는 다 서울 친구로서 같이 옛 서울에 벼슬을 사는 터이니 오늘을 기회로 하여 계(契)를 모아 오래 두고 서로 사귐이 어떠한가, 하여 모두가 다 찬성하였다. 그때에 명회도 자리에 있다가 "그거 좋은 말이오. 나도 넣어 주시오" 하였다. 사람들이 보니 경덕궁직 한명회이므로 모두 입을 비쭉거리고 아무도 끼워 주자는 이가 없어서 톡톡히 망신을 당하였다. 명회는 이 말을 양정과 유수 두 사람에게도 하지 아니하고 다만 혼자 마음에 새겨 언젠가는 이 분풀이를 하리라고 맹세했다.

한명회가 말하지 않더라도 이 말은 송도에 짜하게 퍼졌다. '그놈 밉더니', '그놈 껍죽대더니' 하고 모두 잘코사니 하였다. 오직 이 말을 듣고 분히 여긴 것은 양정과 유수, 임운 세 사람이었다. 양정은 발을 구르고 임운은 울고 유수는 당장에 그놈들을 모두 때려죽인다고 야료를 하였다.

명회는 웃으며 "잠깐만 참으소. 다 그럴 날이 있네" 하고 가까스로 무마하였다.

"참기는 언제까지나 참으란 말이오. 이러다가는 밤낮 마찬가지지" 하고 세 사람은 좀처럼 불만을 거두지 아니하고 어서 양양으로 가서 도적이 되기를 졸랐다. 만일 명회가 안 들으면 자기네는 달아날 뜻까지 비쳤다.

　　　　　　　　　　　　　　　단종애사

이러한 때에 문종대왕이 승하하고 세자궁이 즉위했다는 소문이 송도에 들려왔다.

명회는 이 소문을 듣고 발을 동동 구르며 권람을 원망하였다.

"이 사람이 과단이 부족하여."

명회 생각에는 세자궁이 즉위하기 전에 수양대군으로 하여금 왕위를 계승하게 하고자 함이었다. 그때 자기가 특별한 공을 세워 공신이 되고자 함이었던 것이다. 그랬는데 벌써 새 임금이 등극하였다니, 큰일은 모두 틀려 버리고 만 것이다.

"내가 서울에만 있었더라면 이렇게는 안 되었을 것을" 하고 명회는 이를 갈았다.

세자궁이 즉위하기 전에 수양대군을 들여앉히기는 용이한 일이지만 한번 세자가 왕이 된 이상 그 왕이 승하하시기 전에 왕을 바꾸기는 여간 어려운 일이 아니다. 까딱 잘못하면 역적이 되고 마는 것이다.

명회는 차라리 도적 속에 들어가 전국에 있는 도적의 무리를 몰아 가지고 한번 설레어 보다가 잘되면 조선왕이라도 되어 보고 못 되더라도 일신이 안락하게 살아 볼 수 있을까 하고 양정과 유수를 불러 도적의 일을 자세히 물어보았다. 두 사람은 이제야 한명회가 바른길로 들려 한다고 기뻐하며 자기네가 아는 대로 도적에 관한 이야기를 하고, 도적의 대두목이 되면 서울 장안의 대저택에 앉아서 처첩·비복 거느리고 영화를 누릴 수 있다는 말로 명회의 비위를 끌기 위해 애썼다.

그렇지만 정승·판서의 높은 벼슬, 이를테면 이조판서·병조판서의 푸른 서슬, 영의정·좌우의정까지는 못 바라더라도 의정부 좌우찬성의 높고 귀함, 그 좋은 권세를 단념하기가 심히 어려웠다. 그래서 하룻밤을 이럴까 저럴까로 새우고 새벽에 편지 한 장을 닦아 임운을 주어 성화같이 서울 권람에게로 보냈다.

……지금 상황이 이와 같고, 안평대군이 임금의 자리를 엿보니, 화란이 일어날 것이 아침 아니면 저녁인데, 그대 홀로 이 생각을 못하는가…… 화란을 평정함엔 난리를 평정하고 세상을 구할 힘이 있는 임금이 아니면 불가하거늘, 수양대군은 활달함이 한고조와 같고, 영민하고 용맹스럽기가 당태종과 같으니, 천명이 있는 곳을 소연히 알지라. 지금 그대가 가까이 모시거늘 어찌 차분하게 의견을 밝혀 늦기 전에 결단케 하지 않는가…….

이 편지를 보면 명회는 분명히 조금도 거리낌 없이 수양대군으로 하여금 왕위를 찬탈하게 하기를 권한 것이니, 이것은 권람도 감히 발설 못한 바요, 수양대군도 감히 드러내 놓고 생각지 못한 바다.

명회는 권람이 이 편지를 반드시 수양대군에게 보일 것을 알고, 수양대군이 이 편지를 보면 크게 구미가 동하고 기뻐할 줄을 알았다. 그러므로 이 편지는 권람보다는 수양대군이 보도록 하기 위함이었다. 얼마쯤 늦은 감이 있지만 지금부터라도 수양대군을 충동하는 것이 자기의 욕심을 이루는 길이라고 믿은 것이다.

단종애사

수양대군을 한고조와 당태종에 비긴 것은 다만 아첨뿐이라고만은 할 수 없으나, 안평대군이 기회를 엿보고 있다고 한 것은 완전히 명회가 지어낸 말이로되 수양대군을 움직이기에 가장 큰 힘이 있는 말이다. 첫째는 수양대군이 안평대군을 미워하는 심리를 이용한 것이요, 둘째로는 수양대군이 거사할 좋은 핑계를 장만해 준 것이다.

'안평이 신기를 엿보기로 부득이하여⋯⋯.' 수양대군이 일어나서 새 임금을 옹호하는 파를 안평대군의 당으로 몰아 없애 버리고 정권을 잡는 날이면 일은 칠분이나 성공하는 것이다. 그후사는 더 되면 좋고, 안 되더라도 자신의 이조판서 한 자리는 떼어 놓은 당상이라고 생각한 것이다.

"안평이 애매하지만 나 같은 사람을 만난 것이 제 팔자지" 하고 명회는 혼자 웃었다.

이 편지를 주어 임운을 서울로 떼어 보내고 명회는 자못 심기가 불편하였다.

이 편지는 최후 수단이다. 만일 이 편지에 무슨 향기로운 회답이 없으면 자기는 영영 궁직으로 늙어 죽을 수밖에는 없을 것 같았다. 나이 벌써 서른여덟, 사십이 눈앞에 있으니 이제 다시 과거를 보러 다닐 면목도 없을뿐더러 글짓기는 본래 싫어하는 데다가 그것도 놓아 버린 지가 오래여서 붓대를 들면 골치부터 먼저 아프니 제 힘으로 과거에 급제할 가망도 없고, 그렇다고 조정에 자기를 알아 남행으로 원 한 자리라도 시켜 줄 사람도 없으니 이제는 꼼짝없이 일생을 망쳐 버리고 만 것이다.

정당한 길을 밟으려면 경덕궁직으로 그냥 있어서 어떻게든 기회를 기다리는 것이 좋겠지만, 그것도 지나간 네댓 달에 진절머리가 나고 말았다. 기왓장 벗겨 술값을 벌고 마루청 널을 뜯어 불 땔 나무를 삼는 것이 겉으로는 웃고 하는 일이지마는 속으로는 그리 즐거울 리 만무하였다.

더구나 지난 단오에 부료(府僚)들한테 망신을 당한 뒤로는 송도라는 곳이 지긋지긋하였다. 길에 나서면 모두 뒤에서 손가락질하는 것 같았다. 사실상 만월대 망신이 있은 뒤로는 송도 사람들은 명회를 미워하기만 하지 않고 멸시하기까지 하여 길에서 마주칠 때에는 분명히 비웃는 눈살을 보였다.

송도 와서 소득은 정포은 선생의 손녀를 첩으로 삼은 것이지만 그것도 이렇게 일생을 궁하게만 산다면 귀찮기만 할 것이다.

이렇게 생각하면 돌아갈 곳은 양양밖에 없는 듯하였다. 자기만한 모략을 가지고 도적청에만 들어가면 곧 한몫 메는 두목이 될 것이요, 지금 대두령이 어떤 놈인지 모르나 몇 해 동안이면 그까짓 놈 하나 처버리고 자기가 대신 들어앉기는 땅 짚고 헤엄치기 같았다. 그러나 이렇게 낮에 자고 밤에 다니는 사람이 되기에는 이 세상이 너무나 아까웠다.

이렇게 명회의 번거한 생각은 다람쥐 쳇바퀴 돌 듯이 뱅뱅 돌았다.

이때 명회의 첩 정씨가 밖으로부터 황황히 들어오며 "여보시오, 서울서 사람이 왔어요" 하였다. 정씨는 이제 열여덟 살, 분홍치마 연두저고리에 계집애 모양으로 어리게 차렸다. 그러나 가난한 살림에 손수 아침저녁 동자(밥 짓는 일)하느라고 손이 거칠고 앞치마는 거뭇거뭇 때가 묻었다. 송도서 사는 명회의 가정은 실로 우스웠다. 명회와 정씨 모녀뿐, 마치 막벌이꾼 치는 주막집 같았다.

"서울서 사람이?" 하고 명회는 대문으로 뛰어나갔다. 거기에는 낯익은 권람의 집종 바람쇠가 서 있다가 명회를 보고 반가운 듯이 허리를 굽히고는 품속에서 서간 한 장을 내어 명회에게 주었다.

밖에서 두런두런하는 소리에 사랑에 있던 양정과 유수도 튀어나와서 멀거니 명회와 바람쇠를 번갈아 바라보았다. 바람쇠는 전에도 두어 번 편지를 가지고 왔었으므로 두 사람을 잘 안다. 그러나 그전 편지도 별 신통한 게 없었으므로 이번 것도 그저 그러리라고 생각하고 두 사람은 실망한 듯이 한 사람은 방으로 들어가고 한 사람은 밖으로 나가 버렸다. 두 사람의 꼴은 기름장수와 같이 꾀죄죄 때가 흘렀고 얼굴은 낮잠을 과하게 잤는지 부석부석하였다. 혹은 즐기는 비지를 좀 과식하였는지도 모른다.

명회는 미처 방에도 들어오기 전에 권람의 편지를 떼었다. 처음에는 예사로 읽더니 차차 눈이 종이에 꼭 들어박히고 발이 마당에 꽉 붙었다. 명회는 다시금 편지를 보아 자기 눈이 잘못 본 것이 아닌 줄을 확실히 안 뒤에는 편지를 한 손에다 꽉 쥐고 껄껄 웃기를 금치 못하였다. 명회는 한 번 크게 에헴 하여 가래를 뱉고 마루에 올라섰다.

"무슨 좋은 기별이 있어요?" 하고 정씨도 남편이 근래에 드물게 기뻐하는 양을 보고 창으로 내다보며 물었다.

명회는 정씨가 묻는 말에는 대답도 아니하고 정씨더러 "이봐, 내가 급히 상경할 일이 생겼으니 의복 내어놓게" 하고는 사랑으로 나가려 했다.

정씨는 놀라 일어나 나오며 "아니, 서울을 가시다니 오늘 가시오?" 하는 말로 명회를 붙들었다.

"옷이나 내어놓으라면 내어놓아. 무엇을 안다고 참견이야."

명회는 핀잔을 주고는 사랑으로 들어가 버렸다.

남편이 상경하는 데는 두 가지 일이 있다. 한 가지는 귀하게 되어 좋은 벼슬로 올라가는 일이니, 그렇다면 작히나 좋으랴. 정씨 자기도 덩실덩실 춤이라도 출 일이지마는 궁상이 덕지덕지한 남편의 꼬락서니에 무슨 좋은 일이 생길 것 같지도 않고, 그렇다면 이번 서울 올라가는 것은 자기 집 일로 가는 것이요. 집 일로 간다 하면 본마누라 민씨를 만나러 가는 것이다. 민씨도 나이 사십이 되었으니 서방을 빼앗길 염려는 없으니 겁날 것도 없지마는 그래도 여편네 마음이라. 자기는 첩이고 다른 데 본마누라가 있어서 남편이 그리로 간다면 비록 제삿날 제사 참례를 가더라도 싫었다. 그래서 정씨는 반닫이 열쇠를 든 채로 눈물을 흘렸다.

명회가 사랑에 들어오는 것을 보고 양정과 유수 두 사람은 장기판을 밀어 놓고 명회의 자리를 내었다.

명회의 시치미 떼는 얼굴에는 아무리 하여도 숨길 수 없는

단종애사

기쁨이 있었다.

"서울서 무슨 기별 있소?" 하고 양정이 잠자코 있기가 미안한 모양으로 그러나 그다지 흥미는 없는 목소리로, 이를테면 명회의 얼굴을 보아 물은 것이다. 유수는 지금까지 두던 장기 수만 생각하고 있었다.

명회는 양정이 묻는 말을 기회로 의기양양하게 "나는 오늘 곧 서울로 가야 하겠네" 하고 대단히 바쁜 듯이 벽장문을 열었다 닫았다 한다. 집은 지난 시대의 집이라 큼지막했지만 안에는 거미줄뿐이라 벽장문을 연대야 켜켜이 앉은 먼지밖에 있을 것이 없고, 혹 있다면 양가와 유가의 발 고린내 나는 버선짝일 것이다.

명회가 서울 길을 떠나게 되었단 말에 두 사람은 좀 놀랐다. 그러면 바람쇠가 가지고 온 편지에 그래도 무슨 뜻이 있었던가 해서였다.

"아니, 무슨 급한 일이 있기에 해가 저녁때가 다 되었는데 길을 떠나신단 말이오. 엊그제 국상이 났거든 어명이 내리실 리도 만무한데."

이렇게 양정이 반쯤 빈정대어 말하는 것을 유수가 곁에서 "어디 서울 가까운 능참봉으로나 승차를 하여 가시오? 그리 되면 우리도 서울 구경이나 자주 하게. 또 하늘엘 올라야 별을 따고 서울을 가야 과거를 한다는 셈으로 그래도 서울 가까이 있어야 무엇이 생기는 것이 있지그려. 송도 만월대 구석에서 도깨비 모양으로 궁 기왓장이나 굴리고 있으면 백년을 가봐야 신통한 구석이 있소?"

농담 절반, 신세타령 절반으로 손에 든 장기짝을 딱딱거린다.

명회는 이 버릇없는 말을 용서할 수 없다는 듯이 사팔뜨기 눈으로 한 번 두 사람을 노려보고 일어나려 하다가 도로 앉으며 "이번에 내가 상경하는 것은 일절 발설 말게. 수양대군이 밤을 도와 올라오라고 나를 부른 것이니까 아마 무슨 큰일을 의논하실 모양인즉, 양정이 자네는 나와 같이 오늘 떠나고 유수 자네는 집에 있게. 생각건대 내가 이번에 서울 가면 다시 송도에 오지 못할 듯싶으니까 임운이가 오거든 같이 가속 데리고 서울로 올라오게. 내가 가는 대로 또 곧 기별도 할 테야" 하고는 여전히 바쁜 듯이 안으로 들어가 버린다.

두 사람은 마주 보고 한참이나 말이 없더니 유수가 장기짝을 장기판에 내버리며 "무슨 수가 나는가 뵈" 하고 눈을 꿈쩍한다. 양정도 '흥' 하고 코로 웃는다.

한명회는 양정을 데리고 그날로 집을 떠나 서울로 향하였다. 하필 유수로 하여금 집을 보게 하는 데는 까닭이 있다. 양정은 유수보다 얼굴이 잘생기고 풍채가 좋아서 집에 혼자 두면 젊은 첩 정씨를 빼앗길 염려가 있기 때문이다. 명회는 결코 사람을 믿는 일이 없었고, 특별히 첩에 대해서는 항상 반반한 남자가 가까이하는 것을 의심하였다. 자기 얼굴이 흉하기 때문에 더욱 풍채 좋은 양정을 의심한 것이다.

명회가 정씨와 대화하기를 허락하는 남자는 정씨의 적형(嫡

단종애사

兄) 되는 정보 한 사람뿐이었다. 그러나 정보도 근래에는 서울에 올라가 성삼문, 박팽년 같은 이들의 집 사랑으로 돌아다니고 송도에는 없었다.

"대문 밖에 나가지 말고 아무도 대문 안에 들이지 말어!" 하고 정씨를 단단히 노려보고 명회는 집을 떠났다.

한명회와 양정 두 사람은 바람쇠를 따라, 말을 탈 형세도 못 되므로 터덜거리고 걸어서 성화같이 서울로 향하였다. 만일 주막이나 나룻배에서 거행이 더디면 양정이 눈을 부라리고 "이 양반은 어명으로 급히 가시는 양반이야" 하고 호통을 빼었다.

"이 사람아, 어명을 함부로 쓰다가 목 달아나려고 그러나?" 하고 단둘이 되었을 때에 명회가 책망하면 양정은 어깨를 으쓱 올리며 "한번 그랬으면 작히나 좋소?" 하였다. 홍제원(洪濟院)에는 임운이 인마를 데리고 마중 나와서 기다리고 있었다.

한명회와 양정이 5월도 다 지난 염천에 땀을 뻘뻘 흘리고 먼지투성이가 되어 앞서거니 뒤서거니 허덕거리고 오는 것을 보고 임운이 한 마장이나 마주 나아가 맞았다.

"생원님, 얼마나 더우시오?"

"덥구 뭐구 다리가 아파 죽을 지경일세. 사람을 부르거든 말 탈 노자라도 보내든가, 오뉴월 염천에 이거 어디 살겠나" 하고 명회가 길가 조그마한 나무 그늘에서 볕을 피하며 연신 부채질을 한다.

임운은 손을 들어 홍제원을 가리키며 "저기 수양대군 궁에서 인마가 나와서 아침부터 기다리오. 말이 두 필에 안장이 어른어른하고 발 등자까지 은이오. 전배 한 쌍, 구종 한 쌍에 수령 행차 이상이오. 소인이 다 어깨가 으쓱하오" 하고는 편지 한 장을 내어 명회에게 준다.

떼어 보니 편지는 권람의 것인데, 수양대군께서 명회가 오기를 심히 고대한다는 말과, 선비를 존숭하는 예로 대군이 명회를 몸소 나와 맞을 것이로되 국상 중이라 그리 못한다는 말과, 또 명회가 명색 없이 수양대군 궁에 출입을 하면 남의 의혹을 살 염려가 있으므로 명회를 송도서 청해 오는 의원으로 대접한다는 것과, 인마를 보내니 타고 다른 데 들르지 말고 곧 수양대군 궁으로 오라는 말과, 거기 오면 권람 자기도 만날 것이란 말이 씌어 있다.

명회는 심히 만족하였다. 하늘에 오를 듯이 기뻤다. 그러나 그런 빛은 내지 않고 날이 더운 것과 발이 부르튼 것만 짜증을 내었다. 그러고는 인마고 수양대군이고 다 귀찮은 듯이 나무 그늘에 퍼져 앉아서 하늘에 떠도는 구름만 바라보았다. 양정과 임운은 명회의 속을 들여다보는 듯이 물끄러미 보다가 픽 웃었다.

명회와 양정은 은으로 장식한 준마에 덩그렇게 올라앉아 네댓 명 구종의 호위를 받아 거들먹거리며 서대문을 들어 자핫골 막바지 수양대군 궁으로 들이몰았다.

명회가 온다는 소리를 미리 듣고 수양대군과 권람은 계하에 내려서 맞았다. 명회의 초초한 행색이 오늘은 땀이 배고 먼지에 젖어 더욱 초초하건만 기고만장한 모양을 짓고 있었다.

수양대군은 명회가 권람에게 한 편지를 보고 더할 수 없이 기

단종애사

뻐하였다. 안평대군이 신기를 엿본다는 말이나 천명이 분명히 자기에게 있단 말이나 자기를 한고조, 당태종에 비긴 말이나 다 일생에 처음 듣는 비위에 맞는 말이었다. 급기야 명회를 대하자 그 머리와 눈이 미상불(아닌 게 아니라 과연) 우스꽝스러웠으나 그것이 도리어 비범한 표식인 것같이 생각되었다.

한명회에 대한 수양대군의 대접은 실로 융숭하였다. 처음 계하에서 서로 맞을 때에는 한명회가 읍할 때에 같이 읍함으로써 대답하였고, 그보다도 놀라운 것은 정청에 올라 한명회가 대군께 대하는 예로 절할 때에 수양대군이 마주 절한 것이다.

애초에는 수양대군이 하는 양을 보아 좀 거드름을 부리려 하던 한명회도 수양대군이 이처럼 공손하게 대해 주는 데에는 그만 감지덕지하여 어찌할 줄을 몰랐다. 다만 권람이 곁에서 보아두었다가 후일에 자기의 천착스러움을 비웃지 아니할 만큼만 대응하였다.

수양대군은 국상 중에 궁중을 떠나지 못할 처지이지만 궁중에 들어간대야 황보인·김종서 등 고명 받은 늙은것들이 좌지우지하는 꼴이 보기 싫고 안평·금성 등 아우 되는 대군들도 수양대군을 슬슬 따돌리는 기미를 보고는 흥분해서 될 수 있는 대로 궁중에 있기를 피하였다. 더구나 오늘은 한명회를 만났으니 한시바삐 그의 계책이 듣고 싶어서 한명회와 권람을 밀실로 끌어들여 두 시간이 넘도록 이야기를 나누었다.

"대사가 장차 어찌 될 것이오?" 하고 수양대군이 먼저 문제를 끌어내었다.

한명회는 지금이야말로 자기 일생의 부침이 달린 큰 시험인 줄 알고 있었으므로 전력을 다해 자기 의견과 계책을 묻는 대로 대답하였다.

"소인이 무엇을 알리까마는 민심은 곧 천심이라. 민심이 돌아가는 것을 살피옵건대 천명이 나으리께 있는 것은 소연한 일인가 하오" 하고 자기가 권람에게 한 편지를 수양대군이 보았을 줄 번연히 알면서도 또 한 번 수양대군을 칭찬하여 한고조와 당태종을 끌어내었다. 그러면서도 그 목소리와 안색은 진실로 지성스럽게 꾸몄다.

수양대군은 좀 낯이 간지러운 듯이 권람도 바라보고 바깥도 바라보더니 명회의 송덕하는 말이 한 대목 지나간 때를 타서 "천명이 내게 있다니. 그게 될 말이오? 나같이 덕이 적은 사람이 어찌 천명을 감당하겠소?" 하고 정중한 언사로 겸사를 했다.

한명회는 수양대군의 이 말에 펄쩍 뛰며 "아니외다. 그렇지를 아니하외다. 겸양지덕이 좋기는 하오나 그것은 태평 무사할 때에나 쓰는 것이외다. 천명에 대하여는 겸양이 없는 것이외다. 만일 천명을 피하려 한다면 그것은 겸양이 아니라 역천(逆天)이외다. 태조대왕께서 창업하신 간난을 생각하시거나 백성들의 갈망을 생각해 보시더라도 겸양하시는 것이 옳지 아니하외다. 원형이정(元亨利貞, 사물의 근본이 되는 원리)으로 말씀드리면, 대행대왕께옵서 승하하옵시면 나으리께서 상주가 되시어야 할 것인데, 그리 안 된 것은 황보인·김종서 무리들의 간계에서 나온 것이외다" 하고 도도히 말하였다.

어찌하여 왕세자를 두고 수양대군이 상주가 되어야 하는 것인지, 그것은 수양대군도 알 수 없는 이치였으나 그래도 명회의 말은 한마디 한마디가 다 비위에 맞았다. 마치 내 속에 들어와서 내가 하고자 하는 바를 다 살핀 뒤에 내가 할 말을 대신 하여 주는 것 같았다. 더구나 수양대군 자기가 상주가 되어 왕위를 계승하는 것이 원형이정이란 말은 이치에 닿지 않으면서도 마음에 들었다.

그렇지만 수양대군은 도리어 송구한 빛을 보이며 "그것은 지나친 말이오. 세자궁이 계시니 세자궁이 상주 되옵심이 마땅하고 나는 오직 충성을 다하여 어리신 상감을 도울 수 있을 뿐이오. 어찌 털끝만큼이라도 다른 뜻이 있겠소. 오직 걱정되는 것은 황보인·김종서의 무리가 안평을 떠받들고 나랏일을 그르치려는 것이니, 그것을 막을 계책을 내게 말하오" 하였다.

수양대군의 이 말에 한명회는 마른하늘에 날벼락을 맞는 것 같았다. '아뿔싸, 수양대군에게 한 수 졌구나' 하고 명회는 고개를 숙였다. 잘못하다가는 이 모가지가 날아날는지도 모른다.

명회는 수양대군의 진의를 의심하지 않을 수 없었다. 그러면 지금까지 생각하기를 수양대군이 왕의 자리를 엿본다고 한 것은 자기의 잘못이던가. 수양대군은 과연 주공이 성왕을 돕던 옛일을 본받으려 하는 충성밖에 다른 뜻이 없었던가. 그렇다 하면 자기가 오늘 말한 것은 큰 실수다, 하고 명회는 후회도 하였다.

그러나 그만한 일에 움츠러질 명회가 아니다. 그는 수를 내어 수양대군을 걸어 보려 하였다. 첫 수는 졌지마는 둘째 수에는 자기가 이길 것을 믿었다. 그야말로 건곤일척(乾坤一擲)의 결심으로 명회는 자리에서 분연히 일어나며 "소인 물러가오" 하고 한 번 읍하였다. 명회의 용모와 눈찌(쏘아보는 눈길)에는 실로 비장한 빛이 떠돌았다.

이 뜻하지 않은 행동에 권람이 먼저 놀라서 일어나 명회의 소매를 잡으며 "이 사람, 이게 웬일인가" 하였다.

명회는 권람이 잡은 손을 뿌리치며 "아니, 나를 붙잡지 말게. 선비의 행색이, 한번 말을 내었다가 용납이 되면 머물고 용납이 아니 되면 물러가는 법이야. 나는 원래 세상일에 뜻이 없는 사람이야. 부귀와 공명이 내게 뜬구름이로세. 가만히 세상에서 숨어 유유자적하는 것이 나 같은 사람의 본색이거늘 자네 말을 그릇 듣고 서울에 올라왔다가 이제 나으리 뜻이 내가 생각하던 바와 다르니까 나는 물러가는 것이 옳은 일일세" 하고 다시 수양대군을 향하여 "소인 물러갑니다" 하고 두어 걸음 문을 향하여 나아갔다.

이때에 수양대군도 창황히 "여보. 앉으오. 나를 버리지 마오" 하였다. 그 말은 심히 은근하였다.

권람은 명회를 붙들어 앉혔다.

'나를 버리지 마오' 하는 수양대군의 말 한 마디면 명회도 목적은 이룬 것이다. 수양대군은 마침내 내 약주머니 속에 들었다고 명회는 속으로 만족한 웃음을 지었다.

한명회가 다시 자리에 앉은 뒤에 수양대군은 단도직입으로 시국에 처할 계책을 물었다.

단종애사

"낸들 나랏일에 무심할 리가 있소? 근심이 되기에 이렇게 계책을 묻는 것이 아니오. 그렇지마는 내가 무슨 힘이 있소? 군국 대사가 모두 황보인·김종서 무리의 손에 있으니 고장난명(孤掌難鳴, 혼자의 힘만으로는 일을 이루기 힘듦)이라. 내가 어찌하면 좋겠소. 아끼지 말고 높은 계책을 말하오."

한명회는 수양대군이 말하는 바가 모두 도리에 맞고 또 대인의 기상이 있음을 보고 탄복하였다. 그리고 저절로 고개가 숙여짐을 깨달았다.

"일을 하는 데는 힘이 으뜸이니 힘을 기르셔야 하오" 하고 명회가 대답한다.

"그 방법이 어떠하오?" 하고 수양대군이 다시 묻는 말에 명회는 "힘을 기르는 데 가장 빠른 방법은 불평객을 모아들이는 것이오" 하고 아뢴다.

"불평객이 누구며 불평객을 모으는 방법은 어떠하오?" 하고 수양대군이 묻는 말은 점입가경이다.

"세상에 불평객이 없는 때가 없사외다. 세종대왕께옵서는 요순과 같으신 성군이거니와 재위하신 지 30여 년에 문(文)을 높이고 무(武)를 가벼이 하시오니 태평성대에 그럴 만한 일이지만 그 때문에 무신의 불평은 면치 못할 일이요. 또 재야의 인재도 문장재사는 뜻을 이루기 쉽되 궁시(弓矢)를 잘하는 사람은 일생에 달할 길이 없으니 자연 문인은 교만하여지고 무사는 불평하게 되는 것이외다. 또 문신 중에는 자기의 현재 처지를 불만스럽게 여겨 매양 불평하는 이가 있는 것이니, 이러한 무리를 가리켜 불평객이라 하는 것이외다" 하고 한명회가 좋은 구변으로 기운차게 말하는 동안 수양대군은 혹은 눈을 감고, 혹은 눈을 뜨고, 혹은 고개를 끄덕끄덕하고, 혹은 무릎을 치며 명회의 말에 탄복하는 기색을 보였다.

그런 수양대군을 보며 명회는 더욱 기운이 나서 불평객을 모아들이는 계책을 말하였다.

"이렇게 불평을 가진 사람들은 매양 어디서 자기네를 불러 주기를 기다리는 것이외다. 마치 목마른 사람과 같이 어디서 물소리만 나면 그리로 모여드는 것이외다. 이제 만일 나으리께서 세상의 불평 가진 무리를 받으신다는 소문만 나면 한 달이 안 돼 팔도의 불평객은 나으리 문하에 모여들 것이외다. 사람이란 궁할 때에는 밥 한 끼를 베풀어도 골수에 사무치는 것이니 사방에서 모여드는 불평객에게 우선 술 한 잔, 밥 한 그릇으로 그 모여 온 뜻을 사례하고 후일에 각각 공로를 따라 높은 벼슬과 많은 녹이 있을 것을 보이면 나으리를 위하여 죽을 사람이 어찌 천이요 만뿐이리까. 이리하면 나으리의 힘은 대적할 수 없이 커지는 것이외다."

명회의 이 말에 수양대군은 고개를 끄덕임으로써 옳게 여긴다는 뜻을 표하다가 "그렇지마는 그따위로 궁하여서 모여드는 사람들이 만 명이면 무슨 일을 하겠소. 좀 큰사람을 얻어야 할 것이 아니오? 큰사람 얻는 방략은 어떠하겠소?" 하고 새 문제를 냈다.

한명회는 이렇게 대답한다.

단종애사

"사마골(死馬骨, 죽은 말 뼈)을 오백금으로 사는 것이 천리마를 구하는 법이외다. 범상한 사람을 겸손하고 후한 예로 맞아들이면 걸출한 사람도 찾아오는 것이외다. 천하사에 뜻이 있는 사람은 항상 사람 많이 모이는 곳으로 가는 것이외다. 나으리가 많은 사람을 문하에 모으시면 모인 사람이 비록 모두 다 하잘것없는 무리라 하더라도 세상이 다 나으리의 세력을 두려워하고 우러러보게 될 것이외다. 한번 나으리의 세력이 이만하게 되면 마치 천하의 물이 다 한바다로 모여드는 모양으로 천하의 인걸이 다 나으리 세력을 따라 모여들 것이외다."

한명회는 한층 더 기운을 내고 목소리를 높여 "지금 황보인 같은 무리가 국정을 잡았다 하나 그까짓 문신들은 난시에는 아무 힘도 쓰지 못하는 것이외다. 난시에는 100명의 문장지재보다도 힘쓰는 사람 한 명이 힘이 있는 것이외다. 이제 소인을 따라다니는 양정 한 사람에게 철여의 하나만 들려 내놓으면 만조백관은 경각에 끽소리를 못하게 만들어 놓을 것이외다. 안평대군이 아무리 문객이 많다 하더라도 그까짓 심장적구(尋章摘句, 다른 사람 글귀를 따서 글을 씀)하는 무리들이야 만 명이면 쓸데가 무엇이오니까. 하고 보면, 소인이 말하는 불평객은 결코 힘없는 무리가 아닐뿐더러 이 사람들이야말로 진실로 큰 힘을 내는 무리외다. 이 불평객들은 하나씩 하나씩 흩어 놓으면 아무 힘이 없지만 위에서 거느리는 자만 있으면 무서운 힘을 발하는 것이외다. 말씀하기 황송하오나 태조대왕께옵서 천명을 받으심도 불평객을 모으신 것이 큰 힘이 되었다고 생각하옵니다" 하였다.

수양대군은 더더욱 한명회의 말에 탄복하여 마치 무엇에 취한 이와 같았다. 권람의 말도 매우 지혜로운 데가 있거니와 이처럼 구구절절이 귀신같지는 못하였다. 한명회에 비기면 권람은 예사 선비에 불과한 듯하고, 한명회는 진실로 옛날 장양이나 제갈량 같은 신통한 모략을 가져 도저히 헤아릴 수 없는 듯하였다. 어떻게 이러한 사람을 오늘에야 만났는가 하여 수양대군은 다시금 한명회의 괴상한 용모를 바라보고 이는 하늘이 자기를 위하여 보낸 사람이라고 기뻐하였다.

　"그러면 어떻게 하면 그 불평객들을 모을 수가 있겠소?" 하고 한 가지 새로운 문제를 또 꺼냈다.

　명회는 수양대군이 자기의 말을 잘 알아들음과 더불어 제출하는 문제가 모두 긍경(肯綮, 문제의 핵심)에 맞음을 보고 더욱 기뻐하여 이렇게 말하였다.

　"그것은 어렵지 아니하외다. 광활하고 조용한 땅을 택하여 사정(射亭)을 세워 습사장(習射場)을 베풀고 나으리가 친히 사정에 임하시어 같이 활을 쏘고 그날 가장 잘 맞힌 사람에게 상급을 내리고 나으리 친히 그 사람을 불러 칭찬하는 말을 주시면 팔도의 활 쏘는 사람이 다 그리로 모일 것이외다."

　명회의 말은 절절이 옳았다.

　수양대군은 감격을 이기지 못한 듯이 손을 내밀어 명회의 팔을 잡으며 "이 사람, 어찌 이리 만나기가 늦었나" 하고, '하오' 하던 말을 '하게'로 바꾸었다. 그만큼 수양대군은 명회를 친하게 대우하는 것이다.

명회도 수양대군이 이와 같이 하는 것을 보고 심히 기뻤다.

이로부터 한명회는 거의 날마다 수양대군 궁에 출입하였다. 한번 오면 아침이면 해가 지도록, 저녁이면 밤이 깊도록 수양대군과 단둘이 밀실에 마주 앉아 여러 가지 비밀한 의논을 하였다.

권람이나 명회와 마주 앉게 되면 수양대군은 끼니도 잊을 지경이었다. 부인 윤씨(후일의 정희왕후)가 화를 내어 흔히 "또 국 식게 하는 사람(寒羹郞)이 왔느냐" 하고 소리를 질렀다. 부인도 이 '국 식게 하는 사람'이 장차 자기로 하여금 일국의 국모가 되게 할 모든 계책을 내는 사람인 줄은 아직 몰랐던 것이다.

이렇게 날마다 만나고도 부족하여 수양대군은 명회의 심복되는 임운을 궁노로 삼아 수양대군 궁에 거처하게 하고, 무시로 무슨 비밀한 일이 있으면 임운을 시켜 명회와 통하게 하였다. 그래서 임운은 궁노면서도 상시로 수양대군에게 불려 마주 앉아 담화하는 때가 많았다. 그래서 궁노들 간에 임운의 세도는 대단하였다. 모두 임운을 부러워하였다.

어떤 날 한밤중에라도 수양대군이 임운을 집에 보내 명회를 부르는 일도 있고 또 명회가 첫닭 울 때에 수양대군 궁에 올 때도 있었다. 그러한 때에 다른 사람에게 알리지 않고 무상출입하기 위하여 임운의 팔에 줄을 매어 들창 밖으로 한 끝을 늘여 놓고는 어느 때에나 그 줄만 잡아당기면 임운은 명회가 온 줄을 알고 곧 일어나 소리 나지 않게 대문을 열어 주는 것이다.

"이거, 유부녀 보러 다니는 셈인걸" 하고 명회가 소리 안 나게 어깨로 대문을 사르르 밀고 들어서면 임운은 "원체 많이 해보셨거든" 하고 웃었다. 그러나 한명회는 만족하였다. 자기가 세종대왕의 아드님인 당당한 수양대군의 궁을 무상출입하는 것이 생각할수록 기뻤다. 그래서 다음 날 아침이라도 늦지 않을 일이건만 아닌 밤중에 도적같이 살금살금 걸어와서 임운의 방 들창으로 늘어진 줄 끝을 툭툭 당기곤 했는데, 그것을 더할 수 없는 낙으로 알았던 것이다.

명회의 집은 수양대군 궁에서 멀지 않은 곳에 있었다. 물론 수양대군이 정해 준 집이다. 그리 크지 않으나 안채 있고 사랑 있고 행랑 있고, 비록 평대문일망정 20칸은 넘는 집이었다. 명회 평생에 이만한 집에 살아 본 일은 없었다. 두어 사람의 비복까지도 수양대군 궁에서 얻어 와 부리고 있었다. 양식과 나무와 찬거리도 부족함이 없고 안방에는 큰마누라 민씨, 건넌방에는 애첩 정씨를 두고 거드럭거리고 살게 되었다.

사랑에는 예나 이제나 다름없이 양정과 유수가 문객 모양으로 유숙하며 낮잠과 장기로 세월을 보내거나, 그렇지 않으면 눈찌 불량한 무리들이 모여 수군거렸다. 후에 홍달손이 더 와 있었다. 송도서 강목 칠 때와 달라서 명회의 사랑에서는 가끔 술 취한 사람들이 지저귀는 소리가 들렸고 양정, 유수도 동정에 때묻은 옷은 걸치지 않게 되었다.

명회의 사랑에 출입하는 무리는 갈수록 늘었다. 사거리 반찬 가게에서도 한 생원 댁에 웬 사람이 저리 다니느냐고 수군거리게 되었다. 그렇게 사람이 많이 다녀도 의관이 제법 똑똑한 위인은 하나도 없고 옷에 기름이 묻지 않았으면 갓모자가 쭈그러지

단종애사

거나 망건편자가 뚫어지거나 하였다. 어떤 때에는 동저고리 바람에 갓만 얹고 꽁무니에 목달이버선 한 켤레 찬 사람도 있고, 심지어 땅꾼 같은 사람도 왕래를 하였다. 국상이 났어도 백립하나 변변히 쓴 사람 없고 백이면 백이 다 갓모자에다가 백지 조각을 오려 붙인 이들이었다.

그러나 누군들 이 사람들이 1년이 못 되어 좌명공신(佐命功臣)이니 익대공신(翊戴功臣)이니 하여 무슨 부원군, 무슨 부원군 하는 대감들이 될 줄을 어찌 알았으랴.

문종대왕이 승하한 지가 벌써 다섯 달이나 지나 백악으로 낙엽 날리는 찬바람 부는 10월이 되었다.

명나라에 사신을 보내 사고면(賜誥冕, 황제가 임명장과 관복을 하사하는 것)에 사례하여야 한다는 의논이 조정에 일어났다. 그때에는 명나라 조정에 안면을 익히는 것은 조선에서 세력을 잡는 데 매우 요긴한 일이었기 때문에 누가 이번 사신으로 갈까 하는 것이 큰 관심거리였다.

어린 새 왕이 정전에 나온 가운데 삼공육경(三公六卿), 삼사 장관(三司長官) 이하 여러 대관이 모이고 수양, 안평, 금성 등 여러 대군도 참석하여 정부와 종친이 서로 겨룬 끝에 마침내 종친 편이 이겨 수양대군이 사신으로 가게 되었다. 이렇게 된 데는 내력이 있다.

애초에 새 왕이 등극한 처음에 대사헌 기건이 상소하여, 여러 대군이 궐내에 출입하면서 정원(政院)을 거치지 않고 국정에 대해 간섭하고 사람을 모아 정치를 논하는 것을 금하기를 청하였다. 이것은 임금이 어린 것을 이용하여 강성한 숙부들이 국정을 휘두를 염려가 있기 때문이니, 대사헌 기건의 의견을 뜻있는 이는 다 옳게 여겼다. 이현로 같은 이도 그리하는 것이 옳다고 영의정 황보인, 좌의정 김종서, 우의정 정분을 보고 직접 방책을 올렸다. 그래서 마침내 이 뜻대로 확정될 뻔하였다.

만일 그리 되었다면 수양대군 이하 여러 대군은 궁중에 들어와 어린 임금을 휘두르지 못할뿐더러 자기 집에서도 정치적 의미로 당파를 모으거나 정권 잡은 사람과 서로 왕래하기 어렵게 되었을 것이다. 적어도 왕이 어린 동안에는 이래야만 될 것이라고 황보인도 생각하였던 것이다.

그러나 황보인 노인은 이것을 끝끝내 실행할 기력이 없어서 그만 수양, 안평 두 대군에게 위협을 당하고는 맥없이 쭈그러지고 말았다.

이 말을 수양대군에게 밀고한 것은 도승지 강맹경이었다.

수양대군이 대사헌 기건의 '금분경안(禁奔競案)'을 듣고는 곧 권람과 한명회를 불렀다.

한명회는 펄쩍 뛰며 "어떻게 해서라도 이것은 못하게 하여야 합니다. 만일 기건의 말대로 된다 하면 종친은 수족을 얽어매어 가두어 놓음이나 다름없는 것이외다" 하고 수양대군의 성미를 돋웠다.

"그러면 어찌하나. 기건의 말을 다들 옳게 여기는 모양이오. 벌써 정부에서도 뇌정(牢定, 확정)이 된 모양이니 이제 어떻게 하

단종애사

면 그것을 막을 수가 있나. 지금 형편에 내가 말한대야 그 말이 설 리도 만무하고⋯⋯ 어허, 괴이한 일이로군" 하고 수양대군은 한탄하였다.

한명회는 한 번 웃으며 "그리 염려하실 것은 없는 것 같사외다" 하고 사람들이 다 어렵게 생각하는 일이라도 자기에게는 다 처리할 묘책이 있는 자신을 보였다.

"이 일이 심히 어렵기는 하나 반드시 안 될 일은 아니외다. 기건의 말을 막아 낼 방안이 두 가지 있으니 그것을 나으리가 이용하시오."

"그래, 어찌하면 막아 낼까? 세상이 다 기건의 말을 옳게 여기는 모양이니까 섣불리 반대하다가는 일도 되지 아니하고 도리어 망신만 당할는지 모르니 차라리 내버려 두고 후일을 기다리는 것이 상책일지 몰라."

수양대군은 기건을 두려워하는 모양이었다. 당시 실로 기건의 명성은 높았다. 기건이 대사헌이 된 지 1년이 못 되어 부정한 생각을 가진 대관들이 전전긍긍하게 되었다. 그처럼 기건은 곧고 엄한 사람이었다. 또 그는 어린 임금이 위에 계신 이때에 기율을 엄하게 세우는 일이 지극히 필요함을 자각하여 목숨을 걸고 대사헌의 중한 직무를 다하려고 결심하였던 것이다. 이번 금분경안은 그가 가장 큰 결심을 가지고 내놓은 것이니 세력 없는 수양대군이 이것을 두려워하는 것은 당연한 일이었다.

한명회는 또 한 번 웃으며 "두 방안이 무엇인고 하니, 첫째로는 안평대군을 움직이는 것이외다. 지금 형편으로 나으리 혼자서는 정부를 움직이기가 어려우실는지 모르지마는 안평대군과 합력하시면 될 수도 있을 듯하외다. 또 듣건대 안평대군과 김종서는 서로 친밀히 내왕이 있다 하니 더욱 좋고, 그렇지 않더라도 안평대군의 친당(親黨)은 정부와 각사(各司)에 없는 곳이 없으니까 안평대군과 합력을 하시지요" 하고, 가만히 수양대군의 눈치를 엿보았다.

수양대군은 안평대군이란 말만 들어도 와락 흥분이 되었다. 형님인 자기를 보면 늘 비웃는 듯 불쌍히 여기는 듯 하는 그 태도도 미웠지만, 문하에 천하 명사를 다 모아 놓고 서슬이 푸른 것을 생각하면 견딜 수 없이 분하였다. 더구나 그러한 안평대군과 힘을 합치라는 한명회의 말은 욕과 같았다. 안평대군과 협력하라 함은 곧 안평대군에게 붙어서 힘을 빌리란 말과 얼마 다르지 아니한 것이다. 이렇게 생각하고 수양대군은 눈살을 찌푸렸다.

한명회는 물론 그것을 다 알아보았다. 자기의 말에 수양대군의 흉중이 자못 불편스러울 줄을 알았으나 그것이 일이 되는 조짐이라고 보기 때문에 속으로는 웃었다.

침묵하던 수양대군이 이윽고 "안평이 내 말을 들을 듯싶은가?" 하고 억지로 얼굴에 화기를 보였다.

"그것은 염려 없을 줄로 생각합니다. 나으리가 안평대군더러 이렇게 하여라 저렇게 하여라 하면 자존심이 강하신 안평대군이 들으실 것 같지 아니하외다마는, 기건의 일은 나으리께만 관계있는 일이 아니라 종친 전체에 관계되는 일이니까 안평대군의

단종애사

자존심을 한번 건드려 두면 그만일 것이외다. 기건이가 종친의
분경을 금한다는 것은 종친을 의심하는 것이요, 특별히 종친 중
에 가장 세력이 있는 안평대군을 의심하는 것이라고 나으리가
안평대군께 한번 말씀만 하시면 반드시 안평대군이 가만히 있
지 아니할 것이외다. 그래서 만일 안평대군이 분해하시거든 나
으리가 안평대군을 모시고 황보인 이하 여러 집정(執政)이 모인
곳에 가셔서 종실을 의심함은 무슨 까닭이냐고, 이것은 필경 우
리를 욕보이려 하는 것이니 우리는 상감께 상서하여 처분을 기
다리겠노라고 준절하게 말씀하시면 못난 황보인이가 반드시 겁
을 내어 수그러질 것이외다. 그렇게 수그러지는 것을 보시거든
한 번 더 크게 책망하시어 그 무리들의 예기를 꺾어 버리시면
후일에도 나으리를 두려워할 것이니 이야말로 일거양득이외다.
아무 때라도 나으리께서 한번 위령을 세우시지 아니하면 아니
될 터인데, 이번이 마침 좋은 기회니 잘하면 전화위복이 될 것이
외다."

명회의 계책을 듣고 수양대군은 비로소 얼굴에 화기가 돌며
"자준이는 과연 장자방의 환생이로세. 과연 자네 말이 묘책일
세. 안 그런가?" 하고 권람을 돌아본다. 자준은 명회의 자다.

"한명회의 말이 그럴듯하외다" 하고 권람도 찬성하는 뜻을 표
하였다.

수양대군은 곧 사람을 보내 안평대군을 불렀다. 안평대군은
일찍이 형님인 수양대군에게 불려 본 일이 없었으므로 처음에
는 이상히 여겼다.

"형님이 나를 불러?" 하고 안평대군은 수상스러운 듯이 좌우를 돌아보았다.

문객 중에 어떤 사람은 수양대군의 뜻을 헤아릴 수가 없으니 병을 핑계 삼아 가지 말기를 권하였다. 그러나 안평대군은 듣지 아니하였다.

"우리 형제 우애지정이 부족하여 매양 한이더니 형님이 이렇게 부르시니 아니 갈 수 있나."

이렇게 말하고 안평대군은 심히 강개한 안색으로 곧 수레를 내어 수양대군 궁으로 향하였다.

수양대군은 반가운 얼굴로 안평대군을 맞아 대사헌 기건의 금분경안 이야기를 하고, 한명회의 말대로 이것은 결국 안평대군을 의심하는 일이요, 또 기건 자신의 생각이 아니라 모두 시키는 사람이 있는 것이라 말하고, 만일 이대로 둔다면 종실의 큰 욕이니, 곧 황보인 이하 여러 집정을 보고 항의할 것이라는 말을 하였다.

안평대군은 "그것이 종실에 그리 욕될 것이 있습니까? 분경을 금하자는 것은 선조부터도 있어 오던 말이니까 당연한 일인가 합니다" 하고 수양대군의 뜻에 찬동은 아니하였으나, 면에 끌려 굳이 반대도 못하였다.

그의 뜻이 어떠하건 함께 황보인에게 가기만 하면 수양대군의 목적은 이룬 것이 된다. 같이 가서 안평은 곁에 앉혀 놓고 수양대군 자기가 나서서 말을 하면 결국 안평도 같은 뜻으로 보이게 되는 것이다.

단종애사

이때에 마침 황보인은 의정부에 앉아 우의정 정분과 국사를 말하고 있었다. 좌의정 김종서는 이날 자리에 없었다.

수양, 안평 두 대군이 왔단 말을 듣고 두 대신은 놀라서 계하에 내려 맞았다.

서로 예가 끝나고 자리에 앉은 뒤에 수양대군은 노기를 띤 목소리로 황보인에게 "대감은 무슨 연유로 종실을 의심하시오?" 하고 들이댔다.

황보인은 수양대군의 말이 무슨 뜻인 줄을 알았지만 시치미를 떼고 "나으리, 그게 어인 말씀이시오? 소인이 종실을 의심할 리가 있소?" 하였다.

수양대군은 황보인의 말에 힘이 부족함을 알고 한층 목소리를 높여 "그 어쩐 말씀이오. 우리들에게 분경을 금한다 하니 그것이 우리를 의심하는 것이 아니고 무엇이오? 그렇다 하면 우리가 무슨 면목으로 세상에 선단 말이오?" 하고, 아까 안평대군이 하던 말을 들어 안평대군의 마음을 흡족하게 하려고 "대체 분경이란 세종대왕님과 대행대왕께서도 불가하다고 하신 것이지마는, 이제 금상 즉위 초에 먼저 종실을 의심하여 이것을 금하신다 하면 성덕에 누가 되심이 아니며, 또 고립무조(孤立無助)하게 되심이 아니겠소? 이는 스스로 날개를 자르심과 다름이 없으니 우리가 나라와 휴척(休戚, 편안함과 근심)을 같이하거든 어찌 가만있을 수가 있소? 우리 형제로 말하면, 이 어려운 시기를 맞아 심력을 다하여 모든 대신들과 더불어 힘을 합치자는 것밖에 다른 뜻이 없거늘 도리어 우리가 의심을 받는단 말이오? 어디 그럴 수가 있소? 우리 형제는 상감께 상서하여서 사정을 말할 것이지마는, 혹 유사(有司)의 잘못이나 아닌가 하여 먼저 대감께 말하는 것이오" 하였다. 실로 그 위풍이 무서웠다.

황보인은 본래 '난 대로 있는' 노인이라 수양대군의 호통에 칠 분이나 겁이 나서 "어디 그럴 수가 있으오니까. 소인은 전혀 모르는 일이외다" 하고 정분을 바라본다.

정분 역시 마음은 착하나 황보인과 별로 다름없는 호호야(好 好爺, 인품 있는 늙은이)다. 태평 시대에 명군 밑에서 허물없는 대신 노릇 하기에는 맞춤하지만 수양대군 같은 이가 한번 눈을 부라리면 앉은 대로 비슬비슬 뒷걸음칠 노인이다.

"그렇다뿐이오니까. 아마 사헌부에서 철없이 그런 소리를 냈나 보외다" 하고 정분이 땀 흘리는 영의정을 구원한다. 그러고는 살려 달라는 듯이 안평대군을 바라본다.

곁에 있던 도승지 강맹경 역시 "아아, 대사헌 기건이가 그런 말을 내었나 보외다" 하여 승정원에서도 그 일은 알지 못한다는 뜻을 말하여 겁난 두 대신을 두호했다. 기실, 분경 금한단 말을 먼저 수양대군에게 일러바친 이가 강맹경 자신이면서.

"그렇다면 모르되……" 하고 수양대군은 적이 노기를 풀며 "우리도 그런 줄 알았소. 그렇기에 먼저 대감을 보고 말한 것이오" 하고 크게 뽐내고 일어섰다.

형님이 말하는 동안 가만히 듣고만 있던 안평대군이 나오는 길에 수양대군을 보고 "형님, 사랑에 있던 사람이 그 누구요?" 하고 물었다.

단종애사

"응, 그 사람. 한 서방이라고 저, 의원이야" 하고 수양대군은 좀 부끄러운 듯이 대답하였다.

안평대군이 물은 이유는, 오늘 수양대군이 의정부에서 말하는 품이 반드시 어느 책사가 있음이라고 생각한 까닭이었다.

'응, 그자가 수상한 이로군' 하고 안평대군은 혼자 생각하였다.

이 일을 계기로 수양대군을 무서워하는 생각이 황보인 이하 모든 집정의 머릿속에 들어가고, 수양대군은 아무 거리낌 없이 일변 궁중에 무상출입하고 일변 사랑에 많은 문객을 모으게 되었다. 그래도 아무도 감히 논의를 못하게 되었다.

이것은 전적으로 영의정 황보인이 무능하였던 까닭이다. 황보인만 아귀통이 세어서 대사헌 기건의 금분경안을 시행하게 되었다면 종실은 다시 고개를 들지 못하였을는지 모른다. 후에 좌의정 김종서가 그 말을 듣고 서안을 치며 통탄한 것이 당연한 일이다. 만일 김종서가 그 자리에 있었다면 그렇게 수양대군의 호통 한 번에 움츠러질 리가 만무하였다.

이 일 뒤에 대사헌 기건만 책임을 지고 대사헌이라는 중임에서 연안부사로 떨어지고 말았다.

이번 명나라에 사신을 보내는 논의에 대해서도 정부와 육조와 삼사의 장관이 상관할 것이요, 수양·안평 등 대군들이 나설 자리가 아니었건만, 저번 일이 있었기 때문에 수양대군은 아우되는 각 대군을 다 몰아 가지고 들어와서 참석을 한 것이다.

"그저 무슨 일에나 바싹바싹 대드시오" 하는 한명회의 헌책도 있었거니와 수양대군 자신도 무슨 일에나 참여하고 말썽을 부리는 것이 세력을 잡는 비결이라는 걸 안 까닭이다.

어린 상감은 거의 본능적으로 여러 숙부, 그중에서도 수양대군을 싫어하지만 부득부득 들어오는 것을 나가라고 내밀 수도 없었다.

"이번 명나라에 사례사(謝禮使)로 누구를 보낼꼬?" 하고 왕이 물을 때에 신하들은 모두 대답이 없었다. 수양대군이 가고 싶어 하는 줄을 아는 까닭에 섣불리 다른 사람을 천거하였다가 수양대군의 미움을 받기도 무섭고, 그렇다고 상감이 싫어하는 줄을 분명히 알면서, 또 자기네들도 싫어하면서 수양대군을 천거하기도 싫은 까닭이었다.

원래 이런 중대한 일에 사신으로 갈 자격은 삼공이나 대군이라야 할 것이니, 삼공 중에서 택한다면 황보인은 수상일뿐더러 나이 팔십이니 갈 수 없고, 좌의정 김종서나 우의정 정분이 다음 순서인데, 그렇다면 인물로나 이력으로나 김종서가 가는 것이 당연할 것이다. 그리고 만일 대군 중에서 택한다면 문장으로나 식견으로나 안평대군이 가는 것이 가장 마땅했다.

만일 황보인이 한마디 "김종서가 마땅한 줄 아뢰오" 한다든가 "안평대군이 합당한 줄 아뢰오" 한다면 누구도 감히 반대하지 못할 것이요. 영의정의 말대로 되었을 것이다. 그러나 황보인은 저번 의정부에서 수양대군에게 혼나던 것이 아직도 무서워서 감히 다시 그의 비위를 거스를 용기가 없었다. 그래서 가만히 앉아 있는 것이다.

단종애사

영의정이 이러하니 다른 사람은 말할 것도 없는 것이다. 어찌 될지 모르는, 수양대군의 세상이 될지도 모르는 세상에 쉬, 쉬, 입을 닫아 두는 것이 상책이다. 이렇게들 생각하는 것이다.

김종서는 수상 황보인이 자기를 천거하지 않는 것이 아니라 못하는 심리를 알고, 다른 사람들이 서로 남의 눈치만 엿보고 감히 입을 열지 못하는 심리를 알았다. 이러다가는 결국 수양대 군에게 빼앗길 것이요, 수양대군이 한 번 명나라에 가면 반드시 여러 가지 수단으로 명나라 대관들과 친해져서 후일에 한 세력을 이룰 것을 생각하였다. 수양대군이 가느니보다는 차라리 안평대군이 가는 것이 낫다고 생각하였다. 그래서 "이번 사신으로 는 안평대군이 가장 합당한 줄로 아뢰오" 하고 왕께 고하였다.

김종서의 말에 황보인 이하 모든 사람들은 살아난 듯이 한숨을 쉬었다. 위태한 일을 김종서가 대신 해준 까닭이다.

김종서의 말대로 상감이 "그러면 숙부가 다녀오시오" 하고 안평을 향하여 말씀하셨다면 일은 그대로 결정이 되었을 것이다.

그러나 왕에게는 다른 생각이 있었다. 매부 되는 영양위 정종을 이번 사신으로 보내고 싶었던 것이다.

왕은 어린 마음에 동기간의 정으로 그 누님 되는 경혜공주를 사모하는 마음이 간절하고, 따라서 그 매부 영양위 정종을 사랑함이 비할 데 없었다. 부왕이 죽고 궁중에 혈족 한 사람도 없이 남들 속에 외로이 살고 있는 어린 왕의 마음과 정이 가는 곳은 누님 부부뿐이었던 것이다.

비록 어머니 현덕왕후의 유촉을 받아 자신에게 젖을 주고 친

어머니와 다름없는 자애지정으로 자신을 키워 준 혜빈 양씨가 있지만 그래도 동기간의 정에 비할 수가 없었다. 그래서 즉위한 이래로 상중에도 불구하고 벌써 네댓 차례나 영양위 궁에 거동했다. 열두 살 된 어린 왕이기에 허물할 수도 없는 일이었다.

이번 명나라에 사신 가는 일이 중요한 일인 줄은 알기 때문에 왕은 다른 사람이 아닌 정종을 꼭 보내고 싶었던 것이다.

그러나 아무도 정종을 천거하는 이는 없었다. 정종이 비록 공주 부마로 지위로 말하면 영의정에 비길 수 있다 하더라도, 아직 20세가 넘지 못한 소년으로 아무 공로도 없고 이력도 없는 사람을 중대한 왕명을 받드는 사신으로 외국에 보낸다는 것은 누가 보아도 말이 안 되는 일이었다.

한동안 왕이 대답이 없음을 보고 사람들은 왕의 어린 심중을 살폈다.

이때에 수양대군이 탑전에 나서며 "신이 다녀오리다" 하고 자천하였다.

왕은 옥좌 위에서 놀란 듯이 작은 몸을 움직였다. 제일 무섭고 싫은 숙부를 명나라에 보내기는 참으로 원치 않았던 것이다.

그래서 왕은 역시 묵연히 대답이 없었다. 왕이 대답이 없으므로 수양대군은 잠깐 머쓱하여 탑전에서 물러 나왔다.

왕은 이때를 놓치지 아니하리라 하고 신하들을 돌아보며 "영양위 정종이 어떠하오?" 하고 낭랑한 목소리로 물었다. 이 말을 할 때 왕은 얼굴을 붉혔다.

왕의 말에 신하들은 서로 눈치만 살피며 역시 말이 없었다.

단종애사

수양대군의 관자놀이에는 굵은 핏대가 불끈하였다. 전내(殿內)에는 찬바람이 도는 듯하였다.

이때에 영의정 황보인이 나서서 결정적으로 한 말만 하면 일은 순순히 결정이 될 것이었건만 그는 왕의 편을 들자니 수양대군의 뜻을 거스르겠고 수양대군의 편을 들자니 왕의 뜻을 거스르겠고, 그래서 조는 듯이 생각하는 듯이 가만히 있을 뿐이었다.

우의정 정분 역시 영의정과 마찬가지 심사요, 좌의정 김종서는 한 번 안평대군을 천거하였으니 다시 이 일에 무슨 말을 할 수가 없었다.

이때에 우참찬 정인지는 민첩하게 일 되어 가는 형세를 살펴 수양대군 편이 되는 것이 가장 유리한 줄 깨닫고는 "우참찬 정인지 아뢰오. 대저 이번 사고면 사례사는 상감께옵서 즉위하신 뒤에 처음으로 보내시는 사신이온즉 식견과 이력을 구비한 사람을 보내시는 것이 지당하오며, 영양위 정종으로 말씀드리면 아직 연천하옵고 또 일찍이 사신으로 갔던 이력이 없사오니, 아뢰옵기 황송하오나 후일에는 몰라도 이번에는 어떠할까 하옵니다. 수양대군은 대행대왕 즉위 시에도 황조(皇朝)에 간 일이 있사옵고 또 종실 중에 가장 지위가 높사온즉 수양대군을 보내심이 가장 옳은 줄로 아뢰오" 하였다. 인지의 말에 임금의 얼굴은 주홍빛이 되고 수양대군은 한 번 인지를 바라보았다.

정인지의 말은 당당하였다. 정인지는 앞뒤를 다 헤아려서 꼭 설 말이 아니면 아니한다. 아무도 인지의 말에 반대할 이유도 용기도 없는 듯하였다.

왕은 심히 초조한 듯 좌우를 둘러보고 울음이 터질 듯싶었다.

이때에 좌참찬 허후가 수양대군을 향하여 이렇게 말하였다.

"수양대군이 명나라에 사신으로 가신다는 것은 안 될 말씀이오. 지금 재궁(梓宮, 죽은 왕을 모신 관)이 빈전(殯殿)에 계시거늘 수양대군이 나라의 종신(宗臣)이 되어 나라를 떠나신다는 것은 마땅치 아니하외다."

허후의 반대도 당연한 말이었으나 아무도 허후를 돕는 이가 없어, 결국 정인지의 말대로 수양대군이 명나라에 가기로 되었다.

수양대군은 이날 정인지가 자기를 도와 말하여 준 것을 깊이 고맙게 여겨서, 그날 밤에 미행으로 정인지의 집에 가서 다짜고짜 안으로 들어가 인지의 손을 잡고 "대감, 나허구 혼인합시다" 하였다. 이때에 수양대군은 아들이 둘이나 있었지만 인지는 혼인할 자녀가 없었기 때문에 수양대군의 뜻을 알지 못하여 잠깐 주저하다가 마침내 그 뜻을 알고 "네, 그리하오리다" 하고 허락하였다.

수양대군은 예전 권람이 하던 말을 기억하고, 정인지를 막하에 끌어들인 것을 만족하게 생각하였다.

정인지도 판이 뒤집혀 이 세상이 수양대군의 세상이 될 것으로 보았으므로 그에게 허락한 것이다. 혼인이라 함은 정말 혼인을 가리킨 것이 아니라 일을 같이 하자는 뜻이다.

수양대군은 공조판서 이사철로 부사(副使)를 삼고 집현교리 신숙주로 종사(從事)를 삼아 연경 3천 리 길을 떠나게 되었다.

단종애사

종사로 신숙주를 택한 것은 이번 길에 이 재주 있는 집현학사를 내 편으로 만들리라는 생각을 가진 까닭이었다. 이 밖에 영의정 황보인의 아들 황보석과 좌의정 김종서의 아들 김승규도 수행원으로 택하였다. 여기에는 까닭이 있었다.

권람은 수양대군이 명나라에 가게 된 것을 알고 놀라며 "나으리, 지금 황보인·김종서 패가 잔뜩 나으리를 의심하는 모양인데 이제 만일 나라를 떠나시면 대사가 틀어지지 아니하겠소?" 하고 수양대군을 만류하였다.

수양대군은 웃으며 "걱정 없어. 안평은 내 적수가 아니요. 인이나 종서도 호걸지사는 아니야. 종서를 세상이 범이라고 하지마는 요새는 이빨도 발톱도 다 빠진 모양이데. 그것들이 무얼 하겠나? 또 내가 황보석, 김승규를 데리고 가니까 저희들이 더구나 못 움직일 것일세" 하였다.

실상 황보인, 김종서는 이듬해 계유년 2월 수양대군이 의기양양하게 명나라에서 돌아올 때까지 아무 일도 못하고 도리어 수양대군이 돌아오는 날에 백관을 거느리고 모악원(母岳院, 명나라를 존숭하는 사람들이 '모화관(慕華館)'으로 이름을 고쳤다)까지 나아가 맞았다.

명나라에 다녀온 뒤에 수양대군의 세력은 흔들 수 없게 되었다. 황보인, 김종서, 정분이 명색은 삼공이나 수양대군이 두려워 뜻대로 국정을 처리하지 못하였다. 적이 중대한 일을 처리할 때에는 승지를 수양대군에게로 보내 그 뜻을 묻도록 되었고, 그러지 않아도 수양대군이 날마다 궐내에 들어와 모사하고 참예하지 않는 것이 없었다. 왕도 어찌할 힘이 없었다.

이렇게 되자 수양대군의 세력 밑으로 가만가만히 들어가는 사람도 있는 반면 수양대군의 횡포를 분개하는 사람도 적지 않았다. 그중에 두령 되는 이는 그래도 좌의정 김종서였다. 김종서를 떠받드는 사람들이 수군수군 수양대군의 횡포를 제어할 꾀를 말하게 되었다.

명나라에서 돌아온 수양대군은 실로 서슬이 푸르렀다. 권람, 한명회는 거의 수양대군 궁에서 살아서 세상에서도 이 두 사람이 수양대군의 책사인 것을 알게 되었다.

국상 중임에도 꺼리지 아니하고 한 달에도 네다섯 차례나 모악원과 훈련원에 습사장을 열고 크게 주연을 베풀어 모여든 무사를 먹이고, 특별히 용력이 있거나 무예가 있는 사람이면 수양대군이 친히 불러 술을 주고 상을 내렸다.

자핫골 수양대군 궁 후원에서는 거의 날마다 습사가 있었다. 여기는 모악원과 훈련원에서 뽑아 온 무사들을 모아 놓고 활쏘기와 칼쓰기를 익히는 곳이다. 무사를 택하는 것은 한명회가 맡아 하였는데, 한명회는 다시 양정과 유수와 홍달손을 시켜서 하였다. 천하잡놈과 팔도 망나니는 다 수양대군 궁으로 모인다는 동요까지 날 만하였다.

힘쓰는 사람, 키 큰 사람, 달음질 잘하는 사람, 담넘기 잘하는 사람, 사람 잘 치는 이, 거짓말 잘하는 이, 활 잘 쏘는 놈, 칼 잘 쓰는 놈, 말 잘 타는 놈, 돌팔매 잘 치는 작자, 도적질 잘하는 작자, 목소리 큰 사람…… 무엇이나 한 가지 재주 있는 무리들, 부

단종애사

모한테도 쫓겨나고 동네에서도 몰려난 무리들, 꽁무니에 방망이 하나를 차고 심심하면 사람깨나 때리고 다니는 무리들, 노름판·색주가·선술집으로 다니는 무리들…….

한명회 집 사랑에 어슬렁어슬렁 출입하던 무리는 모두 수양대군 궁에 상객이 되어 출입하였다.

수양대군이 무사를 모은다는 소문은 팔도에 두루 퍼졌다. 그래서 힘깨나 쓰는 사람은 다투어 수양대군 궁에 출입할 길을 찾았다.

인왕산을 등진 수양대군 궁 후원은 대단히 넓었다. 활터만 있지 않고 말 달리는 터까지도 있었다. 마장(馬場)에는 항상 좋은 말 네댓 필이 매여 있었고, 활터에는 여러 가지 재료로 만든 여러 가지 모양의 활과 화살이 걸려 있었다.

습사를 한다는 날은 대개 사오십 명이 모였으나 어떤 때에는 100명이나 모이는 때도 있었다. 수양대군도 권람, 한명회, 홍달손, 양정, 유수 등을 거느리고 활터에 나와 앉았고 흥이 나면 손수 활을 당겨 쏘기도 하였다. 수양대군의 활은 백발백중이라 할 만큼 유명하였다. 태조대왕 이래에 처음이라고까지, 수양대군에게 아첨하는 이는 찬사를 올렸다. 수양대군이 열여섯 살 적에 형님 되는 문종대왕이 대군의 활 잘 쏘는 것을 칭찬하는 글을 활에 써줄 만큼 수양대군은 활에 이름이 높았다. 그렇기 때문에 더구나 무사들이 수양대군을 숭배하게 되었다.

습사가 있는 날에는 수양대군이 친히 임할 뿐 아니라 대군의 부인인 낙랑부대부인 윤씨가 몸소 궁인들을 감독하여 무사들에게 대접할 음식을 차리고, 그것이 끝나면 후원 별당에 임하여 발을 드리우고 활 쏘는 구경을 하였다.

윤씨 부인도 무사들을 좋아하였다. "오늘은 무사들이 온다" 하고, 습사가 있다는 날에는 마치 명절이나 맞은 듯이 기뻐하였다. 근래에 와서는 윤씨도 남편의 야심을 대강 짐작하게 되었고, 따라서 날마다 이바지하는 무사들이 오늘은 비록 어중이떠중이라 하더라도 장차는 남편의 대사를 도울 사람들인 줄을 알게 되었다.

이렇게 후원에서 습사하고 난 끝에는 반드시 한명회 이하 심복 되는 사람들을 모아 데리고 수양대군이 여러 가지 비밀한 의논을 하였다. 그 의논의 대부분은 어찌하면 황보인·김종서·안평대군 같은 무리를 몰아낼까, 무슨 죄명을 씌울까, 암살을 하여 버릴까. 아니다, 당당하게 무사들로 대오를 편성하여 서울 장안을 점령할까. 그리한다 하면 어떤 모양으로 할까······ 이런 제목들이다. 그중에도 목하의 중대한 문제는 황보인·김종서가 수양대군의 뜻을 아는가 모르는가, 안평대군 궁에 어떤 사람이 출입하며 무슨 일을 의논하는가, 안평대군과 황보인·김종서 등 문종대왕의 고명을 받은 집정들 사이에 어떠한 연락과 내왕이 있는가 하는 것이었다. 이러한 모든 사정을 염탐하여 들이는 것도 한명회가 맡아 양정, 유수 등을 시켜서 하였다. 장안에 늘어놓은 끄나풀들이 다양한 정보를 염탐해 들였다.

계유년(1453) 10월 10일, 첫겨울이지만 볕 잘 나는 따뜻한 날이었다. 인왕산 밑 수양대군 궁에는 이른 아침부터 문객이 모여들었다. 이 문객들은 수양대군 궁에서는 '무사'라고 통칭하는 사람들이다. 이 골목 저 골목에서 하나씩 둘씩, 아무쪼록 사람의 눈에 띄지 않도록 모여들었다. 그러나 그중에 굵직굵직한 사람들은 그 얼굴과 눈찌들이 무슨 심상치 않은 일이 있는 듯해 보였다.

이날 수양대군 궁에 모인 사람은 강곤, 홍윤성, 임자번, 최윤, 안경손, 홍순로, 홍귀동, 유형, 민발, 곽연성 등이었다. 권람, 한명회, 양정, 유수 등은 전날 밤을 수양대군 궁에서 새운 것이다. 임운은 수양대군 궁에 궁노로 있으니 말할 것도 없다.

이날도 후원에서 습사를 한다 하여 이들 외에 훈련원, 모악원에서 모아들인 무사란 것들이 100여 명이나 모여 왔다. 이래서 수양대군 궁은 이날따라 심히 시끌벅적하였다.

이렇게 모이는 것은 근래에 흔히 있는 일이지만 이날은 결판을 내는 날이다. 황보인, 김종서 이하 정적들을 없애 버리고 수양대군이 정난(靖難)이라는 이름으로 국정을 한 손에 총람하기로 정한 날인 것이다.

후원에서는 다른 때와 다름없이 무사들이 술 먹고 활 쏘고 즐겼다. 이날에는 특별히 술도 많고 안주도 좋았다. 큰 소 한 마리를 통으로 삶기도 했다. 궁한 무사들은 웬 떡인가 하고 마시고 먹었다. 무슨 일이 있으려니 하면서도 오늘이 그날인 줄을 어중이떠중이 무사들은 알지 못했다. 다만 어렴풋이 '얼마 아니하여 우리는 장안 대도상으로 거드럭거리고 다니리라' 하고 속으로 바라고 있을 뿐이었다.

후원에서 무사들은 먹고 마시고 활을 쏘며 기다렸는데 해가 기울어도 수양대군이 나오지를 아니하였다. 한명회도 잠깐잠깐 빛을 보이고는 들어가 버렸다.

"웬일이어? 오늘은 도무지 나으리가 아니 납시니" 하고 의심하는 축도 있고, "오늘은 무슨 일이 생기나 보이" 하고 제법 아는 체하고 눈을 끔적끔적하는 자도 있었다.

실상 요새 서울 장안에는 유언비어가 성행하고 있었다.

"세상이 뒤집힌대."

"두고 봐요. 해를 못 넘길 테니."

가는 곳마다 이렇게 수군거리지 않는 데가 없고, 그러면 누가 들어앉느냐고 물으면 혹자는 수양대군이라고도 하고 혹자는 안평대군이라고도 했는데, 간혹 고려 왕씨의 후손이 다시 들어앉는다고도 수군대었다.

정부에서도 이런 소문을 못 들었을 리가 없었다.

황보인, 김종서도 수양대군의 행동을 의심한 것이 어제오늘부터가 아니다. 근래에 와서 무뢰지배(수양대군 궁에서 무사라고 일컫는 무리를 세상에서는, 그중에서도 대관들은 무뢰지배라고 일컬어 웃어 버린다)를 모아 자주 활을 익히고 술을 먹이고 하는 것을 못 들었을 리가 없다.

"그 원, 숭한 일이야."

"설마 어찌할라구."

"무슨 일이 생기면 어찌하노?"

단종애사

"어쩔 수 없지, 그렇지만 설마."

이것이 늙은 집정들이 혹시나 모여 앉으면 하는 소리였다. '그래도 설마' 하는 것이 무기력하고 고지식한 그들의 공통된 심리였던 것이다.

오직 김종서가 이 일을 중대하게 보아 좌참찬 이양(태조대왕의 서형의 아들), 병조판서 민신, 이조판서 조극관, 내시 김연·한숭 등으로 더불어 수양대군의 행동을 감시할 것과, 만일 뜻밖의 변고가 있더라도 어떻게 막을 것과, 더 나아가 만일 분명히 수양대군이 역모를 하는 눈치만 보이거든 상감께 아뢰어 아주 수양대군을 처치하여 버릴 것까지 의논하였다.

원래 김종서는 정인지의 심사를 수상하게 알았다. 수양대군을 눌러야 한다는 의논이 날 때마다 정인지는 말이 없음을 본 까닭이다. 그래서 요전번 중대한 비밀회의에는 정인지를 부르지 아니하였던 것이다. 그렇다고 김종서도 차마 여러 사람 앞에서 정인지는 믿을 수가 없으니 부르지 아니하였단 말은 하지 못하였으므로, 원체 남을 의심할 줄 모르는 호인 이양이 그만 이 의논을 정인지에게 누설하고 말았다. 그래서 정인지는 곧 도승지 강맹경을 시켜 수양대군에게 알려 버린 것이다.

결국 이것이 수양대군에게 난을 일으킬 핑계를 주고 말았다. 황보인·김종서 등이 수양대군을 배척하려고 했다는 것은 핑계가 아니지만, 어린 주상을 죽이고 안평대군을 옹립하려 해서라고 하면 천하에 내어놓을 가장 그럴듯한 핑계가 되는 것이었다. 그래서 부랴부랴 10월 초열흘날 거사하기로 계교를 세웠던 것이다.

무사들이 후원에서 해가 늦도록 술 먹고 떠드는 동안 수양대군 궁 안방에서는 한명회, 권람, 홍달손, 송석손 등 주요 인물들이 모여 비밀한 의논을 했다. 그 의논의 주제는 이 계획이 어느 정도 누설이 된 듯싶으니 어찌할 것인가 하는 것이었다.

"무어, 누설되었기로 무서울 것 있나. 저놈들이야 다 합한대야 아홉 놈밖에 없으니까. 아홉 놈이래야 그중에 김종서 한 놈이 좀 무섭지, 그놈 한 놈만 없애면 다른 놈들은 손도 댈 것이 없을 것일세."

이처럼 수양대군은 뽐냈다. 여간해서 흥분하지 않는 그의 얼굴은 술이 반이나 취한 듯이 붉었다. 아홉 놈이라 함은 황보인, 김종서, 이양, 민신, 조극관, 윤처공, 이명민, 원구, 조번을 가리킨 것이다.

"그까짓 김종서 놈이기로 이 주먹 하나면 늙은것을 만두소를 만들고 말지요. 소인 지금 가서 죽여 버리고 오리까?" 하고 나서는 것은 홍윤성이란 자다.

"아니외다, 나으리. 일이 그러하지를 아니하외다. 저놈들로 말씀하오면, 비록 힘은 없다 하더라도 아직까지 뒤에 상감마마가 있습니다. 그런 데다가 만일 우리 꾀를 알아채었다 하면 반드시 무슨 계책이 있을 것이니 섣불리 하다가는 일은 안 되고 공연히 역적으로 몰려(逆賊得名) 목이 잘릴(身首異處) 터이니……" 하는 송석손의 말이 끝나기 전에 홍윤성이 거무튀튀한 얼굴에 핏대를 돋우고 팔을 뽐내며 "아니 여보 송 생원, 어쩐 말이오? 대

단종애사

사를 시작하는 마당에 역적득명이니 신수이처니 그런 방정맞은 말법을 어디서 한단 말이오. 역적이라니, 황보인·김종서 놈들이 역적이지, 누가 역적이란 말이오? 그래 나으리가 역적이시란 말이오? 응, 어쩐 말이오? 어디 말 좀 해봅시다" 하고 송석손을 멱살이라도 추켜들 듯이 덤비는 것을 유형과 민발이 붙들며 "이봐 홍 선달, 그런 것이 아니야. 어디 그런 말인가. 자, 참으오 참아" 하고 홍윤성을 뒤로 물러앉히고 나서 "홍 선달 기개도 장하오마는 송 석사의 말도 이치가 없지 아니한 줄 아오. 협천자이령제후(挾天子以令諸侯)란 셈으로, 저놈들이 취할 길이 상감께 매달리는 길밖에 없으니까 그놈들에게 좋은 일을 시키지 말고 나으리가 먼저 상감께 저놈들이 역모를 한단 말을 사뢰고 왕명을 받아가지고 당당하게 저놈들을 토멸하는 것이 좋을 듯하외다. 모르기는 하거니와 송 석사의 말도 이 뜻인가 합니다" 한다. 유형, 민발의 말이 바르고 이치에 맞았다.

홍윤성의 호통에 분을 참고 얼굴이 푸르락누르락하던 송석손은 유형, 민발의 말에 겨우 살아나서 고개를 들며 "누구는 나으리께 향한 충성이 누구만 못한 것이 아니오" 하고 한 번 홍윤성을 노려본 뒤에 "예, 그러하외다. 지금 유 참봉, 민 진사의 말이 바로 소인이 하려던 말이외다. 소인이 어디 역적 소리 듣는 걸 무서워하거나 모가지를 아낄 리가 있사오니까. 지금 이 자리에서라도 내 모가지를 내어놓으라 하시면 선뜻 내어놓을 소인이외다. 어 홍 선달, 사람을 그리 보지 마소" 하고, 끝으로 한 번 더 홍윤성을 노려보았다.

홍윤성은 더 하고 싶은 말을 참느라고 넓적한 코만 씰룩거리고 있었다. 홍윤성의 생각에는 땟국이 꾀죄죄 흐르는 좀선비들이 무에라고 찧고 까불고 하는 것이 다 마음에 맞지 않았다. 그저 손에 맞는 철여의 하나를 들고 나서서 황보인, 김종서의 무리를 모조리 바숴 죽이고 모든 공명을 저 혼자서만 가지고 싶었다.

유형, 민발의 말에 수양대군도 마음이 솔깃하였다. 곧 궐내로 들어가서 상감께 황보인, 김종서의 무리가 역모를 한다는 말을 사뢰고 당당히 왕명을 받아 가지고 천하에 호령한다는 것이 진실로 번듯하였던 것이다.

"그리하는 것이 땅 짚고 헤엄하는 것이외다" 하고 송석손이 자기 말을 세우려고 한 번 더 다진다.

이렇게 되면 일동의 마음은 자연 움츠러진다. 아무쪼록 위험을 무릅쓰지 말고 공을 이루고 싶은 생각이 나는 것이다.

홍순로가 나서며 "그게, 일이 그러하지 아니하외다. 만일 이 일이 누설되었다 하면 성사하기는 어려운 일이요, 또 관군이 올 의심도 있으니 아직 북문 밖으로 나가서 재기(再起)를 도모하는 것이 좋을까 합니다" 하고 엄청난 소극론을 끄집어내어 좌중을 아연케 한다.

이 말을 모두 다 비웃었지마는 속으로는 점점 겁들도 났다. 그래서 이제, 홍윤성도 아까 모양으로 뽐내지를 못하고 큰 눈을 뒤룩거리고 수양대군과 한명회의 눈치를 본다. 다른 사람들의 눈도 역시 그리로 모인다.

단종애사

한명회는 사기가 꺾이는 눈치가 보이자 수양대군을 바라보며 "이거 이러다가는 안 되겠소이다. 작사도방(作舍道傍)에 삼년불성(三年不成)이라고, 이러다가는 해만 다 지고 말 터이니 나으리가 뜻대로 결정하시오" 하고 앉은 사람들 전부를 돌아보았다.

사람들의 눈은 수양대군에게로 모였다. 수양대군의 눈은 허공을 바라보고 움직이지 아니하고 숨소리가 점점 커졌다. 수양대군도 마음에 이럴까 저럴까 주저함이 있는 것이다.

한명회의 말에 홍윤성은 죽었던 기운이 다시 나며 "이게 다 일이 아니외다. 용병지도(用兵之道)는 최기유예(最忌猶豫)라고, 이렇게 하다가는 죽도 밥도 안 될 것이외다. 해보는 게지, 여기 앉아서 해가 지도록 이렇구 저렇구 말만 하다가는 그야말로 역적 소리만 듣고 모가지가 달아날 것이외다. 다들 싫거든 소인이 혼자 나가서 그 늙은 놈들을 모조리 해치워 버릴라오" 하고 기고만장하여 일동을 노려보고 분연히 자리를 차고 일어섰다.

방 안에 살기가 돌았다. 이 통에 수양대군도 벌떡 일어났다.

"가자, 활시위를 떠난 살이 다시 돌아오는 법은 없다" 하고 수양대군은 소리쳤다.

"나으리, 아니 됩니다. 이러시다가는 대사는 안 되고 봉변만 당할 것입니다" 하고 송석손, 유형, 민발이 수양대군의 소매를 붙들어 만류하였다.

수양대군은 마침내 흥분이 극도에 달하였다. 평소에 저마다 앞장설 듯이 큰소리치던 자들이 정작 일을 시작할 때가 되자 모두 겁들이 나서 슬슬 꽁무니를 빼는 것이 심히 밉고 분하였다.

"비켜라! 너희들일랑 가서 관사(官司)에 일러바쳐라. 내가 억지로 너희들더러 따르라는 것은 아니어. 나를 따르기 싫은 놈들은가. 대장부가 죽으면 나라를 위하여 죽는 것이야. 나 혼자 갈 테니, 놓아라 놓아!" 하고 수양대군은 벽에 걸린 활을 떼어 어깨에 메고 칼자루에 손을 대며 "어느 놈이나 고집만 세어 갈팡질팡하다 기회를 놓치게 하는 놈이 있으면 우선 참할 터이니 그리 알아라" 하고, 옷을 붙드는 송석손·유형·민발 등을 발길로 걷어차고 노기가 등등하여 중문으로 뛰어 나섰다.

이때에 부인 윤씨는 조금도 겁냄이 없을뿐더러 도리어 가기를 권하는 듯이 손수 갑옷을 내어다가 입혀 주었다.

수양대군이 부인이 입히는 갑옷을 받아 입고 임운 한 사람을 데리고 대문을 향하여 나가는 것을 보고 여러 사람은 어안이 벙벙하였다.

그중에서도 한명회가 분별을 하여 "나으리가 혼자 가시니 가만있을 수가 있나, 누가 뒤를 따라야지" 하고 홍윤성에게 먼저 김종서 집으로 가서 김종서의 행동을 염탐하라 하고, 권언·권람·한서귀·한명진에게는 돈의문 위에 매복하였다가 수양대군을 돕게 하고, 감순 홍달손에게는 밤이 들더라도 무사들을 흐트러뜨리지 말고 한곳에 모여 있어 지휘를 기다리게 하고, 양정·유수·홍순손에게는 복장을 꾸며 수양대군을 따라 김종서의 집으로 가게 하였다. 그리고 한명회 자신은 수양대군 궁에 남아서 후원에서 무사들을 교련하고 비밀히 감추어 두었던 철여의와 비수와 독 바른 살 같은 것을 나누어 주고 오늘 밤으로 거사할 터이니 각각 힘을 다하여 싸우라, 공을 따라서 높은 벼슬과 많은 녹을 주리라 하는 뜻을 말하고, 또 만일 영을 어기거나 겁내어 달아나거나 적당(賊黨)에게 밀통하는 자가 있으면 군법으로 처참한다는 엄한 명령까지 내렸다.

한명회의 말을 듣고 어중이떠중이 무사들 중에는 이만한 때가 다시 오지 않는다며 기뻐하는 자도 더러 있었지만 대부분은 눈이 둥글해지고 무릎을 덜덜 떨었다. '아이고, 이것이 역적놈의 소굴이었구나' 하고 혼비백산하여, "엄마 엄마" 하고 우는 사람조차 있었다.

누가 이렇게 무서운 일 하려고 이곳에 왔던가, 술 먹는 맛에, 옷가지나 용챗냥이나 얻어 쓰는 맛에, 수양대군 궁의 문객이라고 거드럭거리는 맛에 왔던 것이다, 하고 슬며시 꽁무니를 빼고 달아나려는 작자도 있었다.

한명회는 이 오합지졸이 겁이 나서 달아날 구멍만 찾는 눈치를 보고 각 문을 굳이 닫아 일절 출입을 금하고, 만일 담을 넘거나 기타 수단으로 도망하려는 자가 있거든 물어볼 것 없이 죽여 버리라고, 문을 지키는 심복 무사에게 지시했다.

이렇게 무시무시한 계엄 속에 무사들은 온종일 먹고 즐기던 흥도 다 깨져서 이 구석 저 구석 둘씩 셋씩 모여앉아 서로 바라만 보고 있었다.

이것만으로 안심이 안 된 한명회는 100여 명 무사의 명부록을 들고 돌아가며 일일이 수결을 두게 하였다. 수결 두는 손들은 떨렸다. 그러나 감히 거절하는 사람은 없었다. 만일 거절한다

하면 당장에 모가지가 떨어지고 말았을 것이다. 그래서 잠시라도 모가지를 몸에 붙여 둘 생각으로 덜덜 떨리는 손으로 수결을 두는 것이다.

수결이 끝난 뒤에 명회는 여러 무사를 향하여 "인제 우리는 죽으면 같이 죽고 살면 같이 살게 되었소. 성사가 되면 원훈(元勳)이 될 것이요, 패하면 이 명부록은 역적의 명부록이 될 것이오. 지금 왕자께서 역적 괴수 김종서를 잡으러 가셨으니, 무사하게 돌아오시면 우리 일은 팔분이나 성사가 된 것이오. 이로부터 성사가 되기까지는 군법을 시행할 것이니 그리 아오" 하고 격려 겸 위협 겸 일장 훈시를 하였다.

사람이란 죽을죄라도 저지르기 전이 무섭지 저질러 놓으면 겁이 없어지는 것이다. 그렇게 겁이 나서 허둥지둥, 쩔쩔매던 무사들도 명부록에 수결까지 두어 놓고 나서는 다들 죽었던 기운이 다시 살아서 얼굴에 푸른빛이 스러지고 도리어 기고만장하여 지절대는 자조차 있었다.

수양대군 부인 윤씨는 이 무사들을 위하여 손수 음식을 만들어 저녁을 대접하였다. 한명회가 이런 말을 무사들에게 전하매 무사들 중에는 부인의 정성에 감동하여 죽기로써 은혜를 갚는다고 맹세하는 자까지 있었다.

해는 인왕산으로 넘어가고 10월 초열흘 달은 송편보다도 조금 더 배가 불러서 큰 변이 일려는 서울을 비추고 있었다.

서대문 밖 김종서 집에는 어느 날이나 문객이 떠날 날이 없었

단종애사

다. 의정부 좌의정이라는 서슬이 푸른 정승인 까닭도 있거니와 삼척동자나 막벌이꾼에게 물어도 지금 우리 조선에 첫째가는 양반은 김종서였다. 영의정 황보인은 이름뿐이요, 사실 영의정 은 김종서라고 다들 말하였고, 호랑이 김 정승이 살아 있는 동 안 아무 놈도 감히 머리를 들지 못한다고 어리석은 남자와 여자 들도 다들 이야기하였다.

안평대군도 항상 존경하는 뜻을 가지고 한 달에 한 번씩은 몸소 김종서 집을 찾아 경의를 표하였다. 이것이 수양대군에게 김종서가 안평대군을 추대하여 사직을 위태하게 한다는 구실을 줄 연유였다.

김종서는 그야말로 나가서는 장수요 들어와서는 정승이었다. 두만강 가의 야인을 물리쳐 육진을 완성한 공로는 조선이 영원 히 잊지 못할 것이다. 그때에도 좀것들은 김종서의 공을 시기하 여, 여러 가지로 육진 개척이 불가함을 말하여 김종서를 나라를 위태하게 하는 무리로 몰아 버리려 하였다. 그러나 마침 세종대 왕 같은 밝은 임금을 만났기 때문에 죄를 면하고 공을 온전히 하였던 것이다.

그렇기에 김종서가 육진 성 쌓기를 끝내고 개선하는 날(그날 은 이 이야기의 주인공인 단종 임금이 나기 바로 전이다)에 세종대왕 은 내전에 잔치를 베풀어 김종서의 공로를 위로하며 "내가 아니 면 종서가 이 일을 할 수 없고 종서가 아니면 내가 이 일을 할 수 가 없다"고 칭찬하였다. 문종대왕이 승하하면서 어린 세자를 부 탁하며 가장 크게 믿은 것도 김종서였고, 유충재상(幼沖在上)이라 하여 어린 임금을 받들고 있는 이 어려운 판국을 진정시킬 이도 김종서라고 상하가 다 믿는 판이었다.

그렇기 때문에 한명회가 가장 큰 적으로 수양대군에게 일러 바치는 이도 김종서였다. 그동안 근 1년을 두고 계획한 것이, 말하자면 김종서 하나를 어찌하면 가장 잘 없앨까 하는 것이었다.

수양대군이 송석손, 유형, 민발을 발길로 차고 대장부 죽으면 사직을 위하여 죽는다고 으름장을 놓고 뛰어나가 가고 있는 곳도 김종서의 집이었다.

최근에는 시절이 하도 수상하여 김종서 집에 출입하던 문객들도 발을 끊어 버렸다. 옻이 날지 모가 날지 모르는 이 판국에 섣불리 어느 권문세가에 출입하느니보다는 가만히 숨어서 시세를 엿보다가 이길 듯한 편으로 가서 달라붙는 것이 가장 약은 수였다. 더구나 수양 일파가 못 먹어 안달하는 호랑이 김 정승 집 같은 데를 요새 같은 때에 바삐 다니다가는 큰 코 떼일 줄을 다들 아는 것이다. 인정은 바람개비 같았다.

이날에도 대궐에서 물러 나온 후로 아무도 찾는 이가 없어 김종서는 안에서 어린 자손들을 데리고 희롱하고 있었다.

아들 승규가 심복 되는 신사면, 윤광은으로 더불어 사랑 마당과 대문 안팎으로 거닐며 혹 자객 같은 것이나 오지 아니하는가 하여 살피고 있었다.

해가 금화산 위에 뉘엿뉘엿 넘어갈 때쯤 하여 홍윤성이 터덜거리고 찾아왔다.

승규는 윤성이 수양대군 문하에 다닌단 말을 들었으므로, 이

단종애사

놈 수상한 놈이다. 하고 윤성을 노려보았다.

신사면. 윤광은 두 사람도 한껏 홍윤성이 쑥 나선 것이 이상 도 하고 또 한껏 온종일 짐승 하나 못 보던 사냥꾼이 처음으로 무엇을 본 듯한 호기심도 있어서 홍윤성을 에워쌌다.

윤성은 그 눈치를 모름이 아니다. 시치미 떼고 가장 호기 있 게 "춘부 대감 계시오?" 하고 승규더러 물었다.

"계시어요" 하고 승규는 데면데면하게 대답하였다. 이 불량하 게 생긴 놈이 왜 왔는고, 하고 한 번 더 윤성을 노려보았다.

"내가 춘부 대감을 뵙고 긴히 여쭐 말이 있으니 춘부 대감께 그렇게 여쭈시오" 하고 윤성은 태연하였다.

조금만 수상한 눈치가 보이더라도 홍윤성 따위 한두 두름은 미친개 치듯 때려죽일 결심으로 있던 승규도 홍윤성의 태도가 하도 태연한 데 기가 질렸다.

"가친이 안에 누워 계신 모양이오마는, 무슨 일인지 모르거니 와 내게 말하시오. 내가 대신 여쭈어 드리리다" 하고 아까보다 는 좀 부드러운, 그러나 더욱 의심스러운 눈으로 홍윤성을 바라 보았다.

곁에 있는 신사면. 윤광은 두 사람도 이놈이 힘쓰는 놈이라 는데, 하고 꽁무니에 숨겨 찬 철편을 옷 속으로 만져 보아 아무 때에나 내두를 준비를 하였다.

양화도 나루에서 배 잘 건네주지 않는다고 나룻배에 뛰어오 르는 길로 팔때기같이 굵은 상앗대를 엿가락 분지르듯 세 마디 에 분질러, 배 위에 있는 네 사람을 뱃사공 아울러 순식간에 육장(肉醬)을 만들어 강물에 집어 동댕이를 치고 제 손으로 배를 저어 건너온 까닭에, 마침 양화도에서 뱃놀이하던 수양대군의 눈에 들어 살인한 대죄도 흐지부지 면하고 도리어 수양대군 궁에 긴한 식객이 되었다는 홍윤성을 모르는 사람이 없었다. 그 검고 왈살스러운 얼굴에 불량한 눈방울만 보아도 보통 사람은 가슴이 서늘할 것이다.

"아니오. 그렇지를 아니하외다. 꼭 대감을 뵙고야 할 말이기에 그러는 것이지, 그렇지 아니하면 내가 대감을 뵈려고 할 리가 있소? 또 내가 이렇게 대감을 뵈려고 하는 것은 권문세가에 무슨 청이나 하러 온 것이라고 알지 마시오. 사내대장부가 죽을지언정 구구스러이 청을 해서 벼슬깨나 얻어 하겠소? 그럴 내가 아니오. 지금 국가와 대감의 몸에 큰일이 일어날 기미를 내가 보았기 때문에, 나는 비록 일개 포의(布衣, 벼슬 없는 선비)지마는 그런 일을 알고 가만히 있을 수가 없어 온 것이오. 그 밖에는 아무 다른 뜻이 없는 것이니까, 만일 대감을 뵙지 말고 가라고 하면 가지요. 구태여 뵈려는 것도 아니오" 하는 윤성의 말은 넉넉히 승규를 움직였다.

승규는 윤성을 밖에 세워 두고 안으로 들어가서 아버지 되는 김종서 앞에서 "홍윤성이란 자가 아버지를 뵙고 긴히 여쭐 말씀이 있다고 와 섰습니다" 하였다.

종서는 어깨에 매달리는 손자의 볼기짝을 만지며 "응, 홍윤성? 그 힘쓴다는 자 말이냐?" 하고 호기심이 생기는 듯이 웃는다. 나이는 칠십이 넘었지마는 백발 동안에 이 하나 빠지지 않

단종애사

도록 정정하고, 몸은 작지마는 목소리는 쇳소리같이 쩡쩡하다.

"네, 양화도에서 뱃사공 죽인 자입니다."

"그자가 수양대군 궁에 다닌다는데 어째 왔어?"

"글쎄올시다. 수상합니다. 그래도 국가대사요, 또 아버지 몸에 큰일이 나겠기로 그 말을 하러 왔노라고 합니다. 아주 태연하고 몸에 무슨 흉기를 지닌가 싶지는 아니합니다."

"흉기를 가졌기로 제가 어찌하겠느냐마는…… 불러들이려무나. 어디 그놈이 얼마나 힘을 쓰나 한번 시험이나 해보자. 어디 우리 만동이허고 한번 힘을 겨루어 볼까" 하고 유쾌한 듯이 껄껄 소리를 내어 웃는다. 만동이라 함은 지금 네 살 먹은 승규의 둘째아들이다. 맏아들은 조동이다.

종서는 수양대군이 자기를 가장 큰 원수로 아는 줄을 모름이 아니요, 따라서 자기의 목숨을 엿보는 사람이 가까이 올 줄을 모름이 아니나, 그런 것은 호랑이 김 정승을 두렵게 할 만한 것이 되지 못하였다.

삭풍은 나무 끝에 불고 명월은 눈 속에 찬데

만리 변성에 일장검 짚고 서서

긴 바람 큰 한소리에 거칠 것이 없어라

이런 노래를 부른 김종서의 작은 몸뚱이는 일신이 도시 의기요 담이었다.

"만동아, 너 인제 장사가 하나 들어올 테니 대들어서 네 한번 그 따귀를 붙여라. 그럴래? 그러면 활 주마" 하고 늙은 영웅은 어린 손자의 등을 만진다.

윤성은 다만 김종서의 행동, 김종서가 수양대군의 계교를 아는지 모르는지, 신변을 경계하고 있는지 아닌지를 보러 온 것이었지만 평생 처음 당대 영웅을 대하는 것이니 한번 사내다움을 보이리라는 야심으로 있는 용기와 위엄을 모두 주워 모아 가지고 승규의 뒤를 따라 들어갔다.

윤성은 초면이요 의심스러운 자기를 안방으로 끌어들이는 데 놀라지 않을 수가 없어서, 혹 자기를 없애 버리려고 어디 으슥한 곳으로 끌고 가는 것은 아닌가 잠깐 걸음을 멈추었다. 그러나 절재 김종서는 그렇게 사람을 속일 녹록한 사람이 아니라 생각하고 다시 기운과 위의를 수습하여 방으로 들어갔다.

방에 들어서는 맡에 윤성의 눈은 샛별과 같이 광채 나는 종서의 눈과 마주쳤다. 윤성은 그만 호랑이 눈살 맞은 토끼 모양으로 전신에 힘이 빠져 그 자리에 엎드려 절을 하였다. 연치로 보나 지위로 보나 절하는 것이야 당연하지마는 그처럼 문지방을 채 넘지도 못하여서 당황하여 엎드리지는 아니하여도 좋았을 것을, 하고 얼마 뒤에야 윤성은 혼자 부끄러워했다. 그처럼 종서의 눈은 무서웠던 것이다.

"자네가 힘을 쓴다지?"

이것이 종서의 첫말이었다.

"황송한 말씀이외다" 하고 꿇어앉는 윤성의 망건편자에 땀방울이 맺혔다.

　　　　　　　　　　　　　　단종애사

이때에 종서의 어깨에 매달려 다리를 들었다 놓았다 하던 만동이가 쏜살같이 윤성에게로 달려가더니 고사리 같은 손으로 윤성의 왼편 따귀를 한 번 때리고는 "이놈!" 하고 호령을 한다.

윤성은 하도 의욋일에 어안이 벙벙하였다. 그러나 둘째 순간에는 숨이 막히도록 분통이 가슴에 복받쳐 올랐다.

'요것을 통째로 아짝아짝 씹어 버렸으면' 하고 만동을 흘겨보고 뿌득하고 이를 갈았다. 윤성의 이 분한 마음은 바로 그 이튿날 풀 수가 있었다. 손수 만동을 거꾸로 쳐들고 '요녀석!' 하고 두 다리를 잡아 찢어 죽여 버렸다.

종서는 껄껄 웃으며 "자네, 이런 때에 이기는 법을 아는가?" 하고, 만동은 책망도 않고 도리어 윤성을 가르치는 듯이 묻는다.

윤성은 분을 참느라고 침만 꿀떡꿀떡 삼키고 말이 없었다.

종서는 한 번 더 눈을 들어 윤성을 바라보더니 윤성의 낯빛이 푸르락누르락하는 것을 보고 무엇을 생각하는지 고개를 끄떡끄떡하고는 다시 벽에 걸린 활 둘을 내어놓으며 "어디 이것 당겨 보게" 하였다.

윤성은 분김에 한 활을 들어 힘껏 당겼다. 활짝 밝아(두 팔을 벌려서 마주 당겨) 쥐었을 때에 와지끈 소리가 나며 활이 부러졌다. 윤성은 부러진 활을 방바닥에 내던진다.

종서는 웃으며 "어, 과연 장사로세" 하고 다른 활을 집어 주며 "어디 이것도 분질러 보게. 못 분지르면 벌주를 줄 테고 분지르면 상으로 술을 줌세" 하고 껄껄 웃었다. 그러고는 술을 내오라고 분부를 하였다.

윤성은 둘째 활을 받아 지그시 당겨 보았다. 윤성의 팔은 떨리고 낯에는 핏대가 섰다. 활은 거의 타원형을 이루도록 벌어지고는 다시는 꼼짝도 하지 않았다. 윤성은 두 무릎을 세우고 있는 힘을 다하여 활을 당겼다. 그러나 팔이 떨리고 관자놀이에 핏대만 터질 듯이 불뚝불뚝 일어설 뿐이요, 활은 그 이상 꼼짝도 아니하고 도리어 주춤주춤 뒤로 물러오려 하였다.

마침내 윤성은 참다못하여 활을 방바닥에 내려놓고 "시생 벌주 먹겠습니다" 하고 소매로 이마의 땀을 씻었다.

"어, 장살세" 하고 종서는 웃었다.

종서는 사랑하는 어린 첩 도림나를 나오라 하여 윤성에게 술을 치라 하였다. 도림나는 종서가 '야화'라고도 부른다.

야화란 두만강 가에서 생장한 야인 추장의 딸로 함길도절제사 이징옥이 야인과 싸울 때에 포로로 잡아 온 것을, 홍윤성이 꺾으려던 활과 함께 자기의 은인 되는 김종서에게 선물로 보낸 것이다. 야인의 딸이요 들에서 주워 왔다 하여 야화라고 종서 스스로 부르거니와, 절재가 애첩을 두었다는 말은 당시 여러 사람의 호기심을 일으켰고, 근엄을 숭상하는 선비들에게는 일국의 재상으로 하지 못할 일이라는 비난도 받았던 것이다.

야화는 술을 쳐서 윤성에게 권하였다. 윤성도 야화의 말은 들었던 터라 감히 바로 보지는 못하고 술을 마시느라고 고개를 드는 체하며 두세 번 야화를 바라보았다. 그 눈같이 흰 살, 칠같이 검은 눈, 주홍으로 그은 듯한 입…… 윤성은 뼈가 저림을 깨

단종애사

달았다. 일이 성사가 되어 종서를 역적으로 몰아 죽이고 종서의
집과 처첩을 적몰(籍沒)할 때에 첫째로 만동이 놈을 찢어 죽이
고 둘째로 야화를 첩으로 데려오리라 생각하였다.

"얘, 장사가 작은 잔으로야 양에 차겠느냐. 네 주발을 갖다가
열 잔만 가뜩가뜩 권하여라."

종서는 이 모양으로 홍윤성에게 술을 권하고 기뻐하였다. 윤
성도 사양 않고 주는 술과 안주를 다 받아먹었다.

"어, 장사다!" 하고 종서는 한 번 더 윤성을 칭찬하였다.

윤성은 종서에게 긴히 할 말이 있어서 왔다고 하였으나 아무
말도 않고 가버렸다. 종서는 그런 말에는 관심도 없는 듯 그저
윤성이 장사인 것만 무수히 칭찬하고 돌려보냈다. 어린 첩 야화
로 하여금 술을 따르게 하는 것은 극히 사랑하는 사람을 대할
때가 아니고는 없는 일이다. 종서는 윤성을 극히 사랑하는 사람
중 하나로 대접하였던 것이다.

"거 숭한 일입니다. 그 녀석이 아버지한테 긴히 여쭐 말이 있
다고 하더니 아무 말도 아니하고 가지 않았습니까? 그런 줄 알
았더면 그놈을 없애 버릴 걸 그랬습니다" 하고 협실에서 가만히
엿듣고 있던 승규가 분하게 여겼다.

"네가 윤성이를 없앨 근력이 있더냐? 이것 봐라, 이 야인의 활
을 대번에 분질렀어. 이것은 못 분지르더라마는" 하고 종서는 윤
성이 분지른 활을 들어 승규에게 보인다.

"그놈만 못해요? 그놈이 못 분질렀다는 것을 제가 분질러 보
겠습니다" 하고 승규는 분개하였다.

종서는 쾌히 윤성이 가까스로 밟던 활을 승규에게 내주며 "어디 분질러 보아라!" 하고 소리쳤다.

승규는 활을 아버지에게서 받아 두어 번 퉁퉁 줄을 울려 보고 어깨를 슬쩍 뒤로 젖히며 활짝 밟았다. 원형이 되고 타원형이 되고, 마침내 탕 소리를 내며 활시위가 끊어지고 요란한 소리를 내어 활동이 제자리로 돌아왔다.

야화는 놀라서 한참 동안은 눈이 움직이지를 않았다. 이 활은 야화의 고향에서도 강하기로 유명한 활이다. 이 활을 밟기만 하여도 힘 있다 하거늘, 하물며 양의 창자로 만든 활시위를 끊는 이는 야화의 아버지밖에 없었다.

종서는 너무도 장쾌하여 파안일소하며 "집안에 장사를 두고도 내가 몰랐구나" 하고 야화를 돌아보며 "인제도 우리 조선에 장사가 없다고 하느냐?" 하고 술을 내오라 하여 승규에게 상으로 석 잔을 주었다.

야화의 눈에는 눈물이 글썽글썽하였다. 종서는 한량없이 사랑스러워하는 눈으로 야화를 보며 "네 왜 또 낙루하는고? 또 고향 생각을 하느냐? 고향으로 보내 주랴? 고향에 두고 온 정랑이 있느냐? 있거든 보내 주마" 하고, 무슨 슬픔을 느끼는 듯이 종서는 한숨을 쉰다.

종서에게는 야화를 대할 때마다 사람으로서의 슬픔이 있었다.

처음 야화의 아름다움을 대할 때에 칠십이 된 종서의 가슴에는 젊은 사람의 것과 다름없는 애욕의 불길이 타올랐다. 또 원래 드문 기질을 타고난 종서는 다만 정신적으로만 청춘의 기운

단종애사

이 있는 것이 아니라 육체적으로도 다른 노인과는 달랐다. 그렇지만 아무리 특출한 천품을 타고난 김종서라 하더라도 공도를 어길 수는 없었다. 칠십 노인이 건장하기로 얼마나 건장하랴.

무슨 원인인지 모르지마는 야화는 가끔 김종서 앞에서 울었다. 어떤 때에는 그 검고 긴 속눈썹에 맑은 이슬이 맺힐 뿐이지만 어떤 때는 참지 못하는 듯이 흐느껴 우는 일도 있었다.

"왜 우느냐, 고향이 그리우냐?"

이것은 종서가 야화를 위로하는 말이었다.

그러나 종서도 자기로서는 도저히 위로할 수 없는 야화의 슬픔이 있는 줄을 알았다.

야화에게는 고향 생각도 간절할 것이다. 조선이라면 야화의 생각에는 만리타국으로 보일 것이다. 문화가 찬란한 서울의, 그 중에도 재상가의 호화로운 생활의 아름답고 편안함이 도저히 야만스러운 야인 부락의 원시 생활에 비길 수는 없지만, 야화에게는 이 열두 대문 들어간다는 서울 재상가보다도 토굴 같은 고향 집이 그리웠다.

더구나 사슴도 많고 노루도 많고 토끼도 많은 수풀 속과 벌판으로 거침없이 말을 달리는 젊은 사람들이 그리웠던 것이다. 그 중에도 야화가 어려서부터 사모하던 젊은 사람, 우발라를 꿈에도 잊을 길이 없었다.

우발라는 야화의 부락에서 고개 하나를 사이에 둔 부락의 추장 아들로, 활 잘 쏘고 칼 잘 쓰고 인물 잘나고 소리 잘하고, 무엇 하나 남보다 빼어나지 않은 것이 없는 사람이었다. 야화도 추장의 딸이다. 인물 잘나기로나 소리 잘하기로나 우발라와 천생 한 쌍이라고 보는 사람마다 말들을 하였다.

야화의 아버지와 우발라의 아버지는 애초에는 서로 사이가 좋지 못하여 고개 하나를 사이에 두고 여러 번 싸웠다. 그러나 김종서가 대군을 거느리고 와서 야인을 치는 통에 두 영웅은 사사로운 원한을 버리고 서로 화친하여 동맹군을 이루어서 조선 군사를 막아 냈다. 그때에는 야화와 우발라는 아직도 젖 떨어진 지 얼마 되지 않은 어린아이들이었다.

이 두 영웅이 중심이 되어 야인들이 큰 단결을 이루어 죽기로 저항하였기 때문에, 김종서도 두만강 저쪽으로 건너가기를 중지하고 야인이 더 침입하지 못하도록 이쪽에 육진을 두어 성을 쌓고 돌아온 것이다.

그 후 10년간 조선과 야인 사이에는 평화가 계속되었다. 조선 군사도 두만강을 건너가지 않고 야인도 감히 조선 땅으로 건너오지 않았다. 그동안에 우발라와 야화는 평화로운 속에서 무럭무럭 자라났다.

그러나 야인들은 조선을 믿지 않았다. 김종서는 서울로 가버렸으나 김종서 대신 절제사가 되어 온 이징옥은 야인들이 보기에 김종서 못지않은 영웅이었다. 그래서 야인들은 말없이 아이들에게 말타기와 활쏘기, 칼쓰기, 창쓰기를 가르치며 언제든지 조선 군사가 쳐들어오면 막아 낼 준비를 하고 있었다.

야인의 젊은 사람들은 대개 조선 군사의 손에 죽은 자의 아들이나 동생이나 조카였다. 그들은 살아남은 어른들에게서 조

　　　　　　　　　　　　단종애사

선 군사에게 오래 지키고 살던 조국 강토를 빼앗기고 여러 번의 싸움에서 김종서 군사에게 도륙을 당하던 말을 듣고는 언제나 한번 조선에 원수를 갚는가 하고 이를 갈고 두만강 남쪽을 노려보았다. 우발라도 그런 젊은 사람 중의 하나였다.

우발라의 아버지와 야화의 아버지는 더욱 맹세를 굳건히 하기 위하여 우발라와 야화를 혼인시키기로 약속하였다. 우발라를 모르는 처녀가 있고 야화를 모르는 총각이 있으랴 이를테면 가장 잘난 왕자와 가장 잘난 왕녀가 결혼을 하는 셈이었다.

한 해 농사도 다 끝나고 벌판에 술 취한 늙은이 모양으로 고개 숙인 수수도 다 거둬들이고 묏가에 콩 먹어 기름진 꿩들이 길 때에, 서늘하고 달 밝은 날을 받아 우발라와 야화의 혼인 잔치를 한다 하여 두 부락에서는 큰 명절 두세 개가 한꺼번에 닥친 것처럼 술이야 떡이야, 잔치에 쓸 날짐승 길짐승의 사냥이야 하고 법석이 났었다.

"인제 다섯 밤 남고."

"인제 세 밤 남고."

그처럼 손꼽아 그날을 기다린 것은 야화의 뛰는 가슴만이 아니었다. 그날 밤 늦도록 좋은 술, 좋은 떡, 좋은 고기 맘껏 먹고 마시고 북치고, 제금 치고, 처녀들 총각들이 엉클어져 춤을 출 것을 생각하면 팔다리 못 쓰는 늙은이와 병신들까지도 저절로 웃음이 나왔다.

야화는 지금도 혼자 가만히 앉았노라면 생각이 난다.

그날 밤에 달도 밝았거니. 달이 너무 밝아서 향내 나는 화톳

불도 빛이 없었다. 야화 집 넓은 마당에는 온 부락의 남녀들이 모여서 웃고 떠들며 밤이 깊은 줄을 모르고 즐겼다.

신랑인 우발라는 그날따라 더욱 씩씩하고 아름다웠다. 신랑과 신부는 기쁨과 부끄러움으로 야인 풍속대로 교배를 마치고, 신랑 신부가 첫날의 즐거움을 누릴 신방에는 쌍촛불이 켜져 신랑 신부가 들어오기를 기다렸다.

그러나 이때에 밖으로부터 난데없는 고함 소리가 진동하였다. "조선 군사야! 조선 군사야!" 하고 외치고 우짖는 소리가 들렸다. 즐겁던 잔치 자리는 갑자기 아수라장으로 바뀌어 버렸다. 술 마시고 춤추고 노닐던 야인들은 모두 집으로 돌아가 칼과 활을 들고 조선 군사와 싸우려고 나섰다.

야화의 아버지와, 이날 아들을 데리고 왔던 우발라의 아버지도 곧 무장을 하고 말고삐를 잡았다.

"너희들은 아직 몸을 피하여라. 오늘 밤에는 큰 야단이 올 듯싶으니 너희마저 죽어서야 되겠느냐. 너희랑 먼 곳으로 피신하였다가 언제든지 조선 놈의 원수를 갚아라" 하고 야화의 아버지 독목한은 사위와 딸을 향하여 자애가 가득한 늙은 눈에 눈물을 흘리며 말하였다.

야화는 백전백승하는 아버지의 눈에 눈물이 흐르는 것을 처음으로 보았다.

우발라의 아버지 몽극도도 독목한과 같은 말로 아들과 며느리더러 피신하기를 명하였다.

그러나 우발라는 굳세게 고개를 흔들었다.

단종애사

"이징옥이 놈의 간을 내어 들고야 돌아오겠습니다" 하고는 아버지와 야화를 한 번 바라보고 말에 올랐다. 그의 눈은 샛별과 같이 빛났다.

밖으로부터는 점점 더 고함 소리가 요란하게 들려온다.

아버지 두 사람도 젊은 사람들을 거느리고 말을 달려 나갔다. 야화도 다른 여인들과 함께 문을 굳게 닫고 숨었다.

이날 밤에 야인은 조선 군사에게 거의 몰살을 당하고 야인 부락은 전부 노략을 당하였다. 남자는 눈에 띄는 대로 죽여 버리고 젊은 계집만 모두 팔을 묶어서 끌고 두만강을 건넜다.

야화도 300여 명의 다른 여자들과 같이 이 통에 조선 군중으로 포로가 되어 붙들려 갔다. 그래서 나이와 용모를 따라 혹은 장수의 첩이 되고 혹은 졸병의 아내가 되고, 그만도 못한 것들은 종이 되었다. 야화도 이징옥의 눈에 들어 김종서에게 선물 첩으로 오게 된 것이다.

야화는 그 아버지와 남편이던 우발라의 생사를 알지 못한다. 어떤 때에는 죽었으려니 하고 울고, 어떤 때에는 살았으려니 하고 혹시 금생에 만날 때가 있을까 하고 멀리 북방을 바라본다.

그러나 야화는 일찍이 이런 말을 아무에게도 한 일이 없었다. 그녀의 슬픔은 오직 그녀 혼자만 아는 슬픔이었다.

"내가 죽거든 젊은 남편 얻어 가거라."

이렇게 종서는 야화를 위로하였다. 그것은 종서가 야화에게 할 수 있는 유일한 말인 것 같았다.

홍윤성이 돌아간 뒤에 김종서는 이상하게 비감함을 깨달았다. 청춘의 기운참을 보고 자기의 노쇠함을 슬퍼함인가? 그것도 있었다. 야화가 윤성과 승규의 힘쓰고 남아다움을 유심히 봄을 볼 때에 질투에 가까운 일종의 불쾌를 느꼈던가? 그것도 있었다. 시국의 뒤숭숭함을 혼자 힘으로 수습하기 어려움을 한탄함인가? 그것도 있었다.

그러나 그것뿐만 아니요, 무엇인지 형언할 수 없는 비감이었다.

"야화야, 오늘 하루 나를 즐겁게 해다오" 하고 늙은 소나무 가지와 같은 손을 내밀어 부드럽고 흰 야화의 손목을 잡아끌었다.

이렇게 종서는 야화더러 술을 치라 하여 평일보다도 술을 많이 마셨다. 그러고는 평일보다도 더욱 다정히 은근하게 야화를 어루만졌다. 벌써 방 안이 어두워 야화의 얼굴이 취한 종서의 늙은 눈에 커졌다 작아졌다 어른거리게 되었건만 불을 켜려고도 아니하였다. 야화는 종서를 모신 지 반년이 넘었어도 아직까지 이처럼 종서가 취한 모습을 보지 못하였다. 아무리 술을 먹어도 눕거나 기대는 일이 없고 야화를 보고도 취담을 하는 일도 별로 없었거늘, 오늘은 야화의 무릎을 베고 허리를 안고 손을 잡고 취담을 하였다.

바로 저녁상을 받았을 때 문밖에 인기척이 있는 것을 보고 야화가 "누가 왔나 보아요" 할 때에 비로소 종서는 야화의 무릎에서 일어났다.

"아버지, 아버지."

승규는 아버지가 야화와 같이 있는 줄을 알고 밖에서 두어 번 소리 내어 불렀다. 승규의 마음에도 늙은 아버지의 심사가 퍽 처량하였다. 인력으로 할 수만 있으면 야화의 마음을 움직여서 좀 더 정성스럽게 아버지를 사랑하게 하고 싶었다. 그러나 그럴 새가 있을까 하고 승규는 한숨을 한 번 쉬고 아버지의 대답을 기다렸다.

"오, 왜 그러느냐?" 하고 종서의 소리가 어두운 방에서 들린다.

"아버지, 수양대군이 오셨습니다."

"무엇이? 누가 왔어?" 하고 종서는 자기의 귀를 의심하지 않을 수 없었다. 안평대군은 여러 번 찾아왔지만 수양대군은 올 까닭이 없는 것이다.

"수양대군이 오셨습니다" 하고 승규는 창밖으로 더 가까이 온다.

"수양대군이 오셨어? 안평대군이 아니고 수양대군이?" 하고 종서는 승규더러 방으로 들어오라 하였다.

"수양대군이야요. 대궐에서 나오는 길인지 관복을 입고 오셨어요. 웬 수상한 놈을 두세 명 데리고 왔습니다. 모두 눈망울하고 험상스러운 놈들입니다. 사랑으로 들어오시라고 하여도 날이 저물었으니 들어갈 새는 없다고, 아버지께 무슨 긴급히 하실 말씀이 있으니 잠깐만 밖으로 나오시라고…… 어째 모든 행동이 수상합니다. 아까 윤성이 놈 왔던 것하고 다 수상하니, 아버지 오늘 조심하셔요" 하고, 승규는 야화와 함께 종서에게 관복을 입힌다.

"그, 왜 오시었을꼬. 그래 무슨 일이라고는 말이 없더냐?" 하고 저녁상도 밀어 놓고 승규의 부축을 받아 종서는 안중문을 나서서 대문 안 넓은 마당으로 나왔다.

바깥은 아직 그처럼 어둡지는 않았다. 수양대군은 양정, 유수, 임운을 뒤세우고 우두커니 대문 안에 서 있었다.

종서는 허리를 굽혀 수양대군에게 예를 갖추고, 수양대군은 읍하여 대신에게 답례하였다.

종서의 좌우에는 승규와 신사면, 윤광은이 옹위하고 서서 마치 대진한 것 같았다.

"나으리가 이렇게 누옥에 왕림하시니 소인의 생광이 비길 데 없사외다. 대단히 황송하오나 잠깐 들어오시지요" 하고 종서가 수양대군을 사랑으로 인도하려 하나 수양대군은 손을 흔들어 막고 "이렇게 늦게 찾아 미안하오. 날이 저물어 성문을 닫을 때가 되었으니 들어앉을 수는 없소. 어, 대감 집 좋으시오. 집은 후일 와서 다시 보려니와 잠깐 대감에게 물어볼 말이 있어서 왔소. 아니, 여기 서서 한마디만 물어보면 고만이오" 한다. 수양대군은 어째 말이 두서를 잃었다.

종서가 굳이 권하는 것을 이기지 못하여 사랑 마당에까지 들어왔으나 방에는 들어오지 아니하고 수양대군은 겨우 말머리를 찾은 듯이 "그, 저, 영응 부인 일 말이오. 영응 부인이 동래 온정(溫井)에 갔다고 해서 종부사에서 말들이 되는 모양인데 대감 의향은 어떠시오?" 하고 좀 싱거운 듯이 승규와 좌우에 선 사람들을 바라본다.

영응대군은 세종대왕의 아들 여덟 대군 중 막내아들로 가장

단종애사

사랑받던 아드님이다. 영응대군의 부인 송씨가 성태를 못한다하여 나인을 데리고 동래 온정에 목욕을 갔다고 해서 대간(臺諫)이 시비를 일으킨 것이 바로 이때이기 때문에 수양대군이 이일로 온 것처럼 말을 한 것이다.

그러나 아무도 수양대군이 이 일만으로 온 것이라고 생각할수는 없었다. 그래서 김종서는 대답할 바를 알지 못하여 잠깐머뭇머뭇하였다.

수양대군도 자기 말이 우스운 듯하여 "그래 마침 궐내에서 그말이 났기로 대감의 의향을 먼저 듣는 것이 옳을 듯싶어서 나오는 길에 잠깐 들르느라고 이렇게 늦었소이다" 하여 자기의 말을증거하는 모양으로 관복과 사모를 만진다.

애초에 수양대군은 부인이 중문까지 내다가 입히는 투구와갑옷에 활을 들고 말을 타고 궁을 떠나려 하였으나 한명회의 말을 따라, 홍윤성이 김종서가 어떻게 하고 있는가를 탐지하고 돌아오기를 기다려서 종서의 집에 여러 사람이 없는 것과 종서가오늘 무슨 일이 있을 것을 짐작 못하는 모양이라는 보고를 듣고는 군복을 벗고 관복을 입고 갔던 것이다. 군복을 입고 가면 노상에서 수상히 알뿐더러 김종서의 집에서도 반드시 의심을 더욱 깊이 하여 방비를 하게 될 것인즉, 방금 궐내에서 나온 모양으로 차리는 것이 가장 그럴듯하다고 명회가 아뢴 것이다.

수양대군은 손을 들어 사모를 바로 쓰려는 듯이 뒤통수를만지는 바람에 오른편 사모뿔에 꽂은 대목이 부러져 땅에 떨어졌다.

"아차, 이게 웬일인고? 이게 왜 부러진단 말인고. 어, 괴이한 일이로군" 하고 수양대군은 부러진 사모뿔을 손에 들고 흔들었다.

기실 괴이할 것은 조금도 없다. 이것이 다 한명회가 수양대군에게 준 꾀다. 만일 승규가 종서의 곁을 떠나지 아니하거든 사모뿔을 떨어뜨려라. 그리하면 반드시 종서가 승규를 시켜 가져오게 하리라. 이렇게 꾀를 정한 것이다. 승규가 종서의 곁에 있고는 비록 양정, 유수, 임운이 합력을 하더라도 종서를 당하기 어려운 줄 안 것이다.

종서는 물론 그 꾀를 알았을 리가 없다. 그렇지만 왕자가 내 집에서 사모뿔을 분질렀으니 일각이라도 주저할 수가 없어서 곧 자기의 것을 빼어서 "그게 원, 웬일입니까. 황송하오나 이것을 꽂으시지요" 하고 두 손으로 수양대군에게 주었다.

수양대군은 계교가 틀어짐을 보았다. 이렇게 종서가 제 머리에 꽂았던 것을 빼어 주면 승규는 곁을 떠나지 않고 말 모양이니 이래서는 아니 될 것이다.

수양대군은 종서가 주는 사모뿔을 받아 들고 "그 원, 미안하외다" 하며 사모에 꽂아 보더니 "허, 이것이 맞지를 않는군. 좀 굵은걸. 원, 들어가야지" 하고 아무리 꽂으려 하여도 아니 꽂아지는 모양으로 얼굴을 찡그린다.

종서는 이 광경을 보고 "애, 네 들어가서 다른 것을 하나 내다드려라. 원, 그게 왜 그리 굵단 말인고" 하고, 수양대군의 손에서 자기의 사모뿔을 받아 들고 원망스러운 듯이 끝을 만진다.

승규는 가슴이 뜨끔하였다. 지금 자기가 아버지의 곁을 떠나

단종애사

는 것은 마치 아버지를 죽이는 것과 다름없는 듯하였다.

'사모뿔이면 다 마찬가지. 그렇게 굵어서 안 들어가는 법이 어디 있담' 하고 승규는 수양대군과 그 좌우에 모시고 선 불량한 작자들을 바라보았다. 그러고 아버지 말을 못 들은 듯이 발을 움직이려 하지 아니하고 곁에 있는 신사면, 윤광은 두 사람을 눈질하여 바라보았다.

종서는 승규가 주저하는 양을 보고 그 뜻을 모름이 아니나 이러한 경우라도 돌아보지 않을 수 없는 것이 체면이다. 더구나 아비의 명령이 아들에게 시행되지 않는단 말은 죽을지언정 차마 듣지 못할 것이다.

"어서 내어다가 드리려무나. 있는 대로 여러 개를 가져오너라. 그중에는 맞는 것도 있겠지" 하고 종서는 승규를 재촉하였다.

승규는 심히 난처한 경우를 당하였다. 수양대군이 온 것이 결코 심상한 일이 아니다. 아까 윤성이 다녀간 것이나 또 지금 수양대군이 불량하게 생긴 위인들을 데리고 와서 들어앉지도 아니하고, 게다가 사모뿔을 분지르는 것이나 어느 것 하나 수상치 아니한 것이 없다.

그러나 아버지의 명을 어길 수도 없었다. 승규는 사면, 광은 두 사람에게 한 번 더 의미 있는 눈길을 주고는 안으로 들어갔다. 사면, 광은 두 사람은 승규의 뜻이 자기네더러 종서의 곁을 떠나지 말라는 것임을 알고 전보다 한 걸음씩 다가들어 종서를 옹위하고 섰다.

"글쎄외다. 영응대군 부인이 동래 온정에 가신 일은 소인도 들었소이다마는 종실 일이니까 정부에서 마음대로 처리할 수도 없어서, 그렇지 아니하여도 나으리께 여쭈려고 하였습니다" 하고 종서는 잠시 대답할 기회를 놓치지 않으려는 듯이 말한다.

이러는 동안에도 수양대군은 계속 기미를 엿본다. 승규가 도로 나오기 전에 해버려야 할 텐데 종서가 그 샛별 같은 눈으로 자기의 눈을 마주 보는 동안에는 아무리 효용무쌍하다는 수양 대군으로도 수족을 놀릴 수가 없었다. 그처럼 종서의 안광은 사람의 폐부를 꿰뚫는 듯하고, 겸하여 그 눈은 매의 눈과 같이 잠시도 방심함이 없이 사방을 살피는 듯하였다. 수양대군은 일생에 이때처럼 어떤 사람의 위엄에 눌려 본 일이 없었다. 저번 명나라에 사신으로 갔을 때에는 코끼리들이 수양대군의 위엄에 눌려 일제히 무릎을 꿇었다 할 정도였다. 그처럼 위풍이 늠름한 수양대군도 김종서의 안광에는 헤아릴 수 없는 무서운 무엇으로 내리눌리는 듯한 압박을 느꼈다.

그 압박은 다만 종서의 안광과 위풍에서만 오는 것은 아니다. 옳지 못한 것이 옳은 것을 대할 때에 당하는 꿀림이 수양대군을 겁나게 한 것도 적지 아니한 것은 말할 것도 없다.

'내가 죄 없는 사람, 지극히 옳은 사람을 해하려 하는구나' 하는 생각이 마음속에 번개같이 지나갈 때에는 수양대군의 등골에 식은땀이 쭉쭉 흘렀다.

'대사에, 대사에' 하고 수양대군은 구부러지려는 마음의 허리를 억지로 펴고 신사면, 윤광은을 향하여 "대감께 은밀히 할 말이 있으니 자네들은 잠깐 저리로 가게" 하고, 최후의 결심을 하

단종애사

였다.

사면과 광은 두 사람은 할 수 없이 물러섰으나 서너 걸음밖에 더 물러서지 않고 우뚝 섰다.

수양대군은 소매에서 편지 한 장을 내어 종서 앞에 내밀며 "여기 편지 한 장이 있으니 이것을 좀 보아 주시오" 한다.

"그건 무슨 편지오니까?" 하고 종서가 받아 드는 것을 보고 수양대군은 "보시면 자연 알지요. 대감께 오는 편지면 청하는 편지밖에 있겠소?" 하고 껄껄 웃는다.

수양대군의 우렁찬 웃음소리는 고요한 밤을 흔든다.

종서는 의심 없이 편지를 떼어 달빛에 비추어 읽었다. 10월 초열흘 달빛은 촛불에 못지않게 밝았다. 왼편으로 돌린 종서의 얼굴에 찬 달빛이 가득히 차고 사모 테가 번쩍번쩍하였다. 실로 갸륵하고 아름다웠다.

그러나 수양대군은 달빛에 비친 종서의 모양의 아름다움을 감상할 여유가 없었다.

수양대군은 오른손을 들었다. 이것은 군호다.

수양대군이 오른손을 드는 것을 보고 임운은 옷 속에 숨겼던 철여의를 뽑아 번개같이 김종서의 뒤통수를 내리갈겼다.

김종서는 본능적으로 손을 들어 머리를 가리려 하였으나 임운이 두 번째 치는 바람에 사모와 더불어 머리가 갈라져 붉은 피를 쏟고 "나으리, 이런 법은 없소" 하며 수양대군을 한 번 흘겨보고는 땅에 거꾸러진다.

임운이 한 발로 종서의 허리를 밟고 등과 머리를 난타할 때에 승규가 안으로부터 뛰어나왔다.

승규가 나오는 길로 손을 들어 임운의 목덜미를 잡아 한 번 내어두르니 땅바닥에 코를 박고 서너 걸음이나 미끄러진다.

"이놈!" 하고 승규의 발이 한 번 번쩍 들렸다가 임운의 등을 밟을 때에 임운은 쿵 하는 한소리와 함께 피거품을 부구국 물고는 숨이 끊어지고 말았다.

이러는 동안에 신사면, 윤광은은 양정과 유수에게 모두 허리가 두 동강이 나서 죽어 버렸다. 유수가 꿈지럭거리고 일어나려 하는 김종서를 마저 죽여 버리려고 달려들 때에 승규는 임운을 버리고 임운의 손에 들렸던 철여의를 들고 유수를 엄습하였다.

"역적놈아, 너도 고자리에 꼼짝 말고 가만히 있어! 하늘이 무심하지 아니한 줄을 알아라!" 하고 한 번 수양대군을 흘겨보고는, 승규는 대드는 유수의 칼을 슬쩍 몸을 비켜 피하는 서슬에 철여의를 들어 유수의 칼 든 팔을 갈기니 어깻죽지 바로 밑에서 유수의 팔이 부러져 축 늘어지고 칼은 소리를 내고 땅바닥에 떨어진다.

승규와 유수가 겨루는 틈을 타서 양정은 종서를 엄습한다. 승규가 유수의 팔을 분지른 때는 바로 양정의 칼이 종서의 목을 향하고 내려오는 때다. 승규는 오직 한 길밖에 없었다. 그는 그 길을 취하였다. 그것은 몸으로 아버지를 덮는 것이다.

승규는 손에 들었던 철여의를 양정을 향하여 내던지고 몸으로 종서의 몸을 덮으며 "이 역적놈아, 내가 죽어서라도 너를 그냥 두지는 아니하리라" 하였다. 그 말이 끝나기 전에 양정의 칼

단종애사

이 승규의 허리를 잘라 버렸다. 이 역적놈아, 하고 승규가 원수 갚기를 맹세한 것은 수양대군이었다.

승규의 독이 오른 표정과 말에 수양대군도 잠깐 몸에 소름이 끼쳤다. 그러나 양정의 칼이 승규를 마저 죽여 버림을 볼 때에 수양대군은 만족한 웃음을 빙그레 웃었다. 김종서, 김승규, 신사면, 윤광은의 시체가 피에 떠서 가로세로 넘어지고, 유수도 한 팔이 부러지고 옆구리를 승규에게 채어 일어서지도 못하고 앉지도 못하고 가만히 누워 있을 수도 없이 비비 꼬고 꿈틀거리는 양을 한 번 더 둘러보고는 "어, 되었네. 가세" 하고 수양대군은 몸을 날려 말에 오른다. 하얀 관복 자락이 달빛에 펄렁 한다.

양정은 승규의 옷자락에 두어 번 칼에 묻은 피를 씻어 칼집에 꽂고, 수양대군의 뒤에 떨어질 것을 두려워하는 듯이 황망히 말에 올라 말발굽 소리를 내며 대문으로 나간다.

"나를 어찌하고 다들 가오?" 하는 유수의 죽어 가는 소리가 수양대군의 귀에 들렸다. 대사를 앞에 두고 팔 부러진 유수 따위 하나를 위하여 무서운 곳에서 어름어름할 수는 없었다. 양정은 유수를 두고 가는 것이 좀 더 마음에 걸렸지만 이 판에 잠시라도 수양대군에게서 떨어졌다가는 전공이 가석되고 말는지도 모른다. 이리하여 두 사람은 서대문을 향하고 말을 달렸다, 마음에 기쁨이 충만하여.

사람 죽인 자들이 달아난 지 이슥한 뒤에야 종서 집 노복들의 빠졌던 혼들이 다시 돌아와서 혹은 마루 밑에서, 혹은 아궁이 속에서 엉금엉금 기어 나왔다. 그제야 온 식구들이 무슨 일이 일어난 것을 알았다. 그러고는 벼락 맞은 사람들 모양으로 얼마 동안 어안이 벙벙해 있었다.

맨 먼저 종서의 시체 곁에 달려온 것은 야화라는 도림나였다.

종서 부자가 수양대군의 손에 참살을 당하였다는 말을 들은 종서의 가족들은 오직 입을 벌리고 덜덜 떨 뿐이요, 말도 못하고 울지도 못하였다. 아이들까지도 꼼짝 않고 어른이 하는 양만 보았다. 오직 종서의 맏아들인 승벽의 맏아들 석대가 열여덟 살이어서 이 모든 일의 뜻을 아는 듯싶었다. 석대는 곧 편지를 써서 해주에 감사로 가 있는 아버지 승벽에게 급히 사람을 보냈다.

부인네들이 모두 덜덜 떠는 판에 오직 하나 태연히 중문으로 뛰어나온 것은 야화다. 그는 고국에 있는 동안에 친족과 이웃 사람이 전장에서 죽는 것을 여러 번 보았고, 그뿐더러 자기의 아버지와 사랑하는 남편이 죽으러 나가는 양을 목격한 사람인 까닭에 아무리 무서운 일을 당하여도 눈썹 하나 움직이지 아니하였다.

야화의 뒤를 따라 야화의 시비가 따르고 다시 그 뒤에 승규의 부인이 따랐다. 이 광경을 보고는 집에 있는 모든 식구와 비복들이 모두 황황하게 뒤를 따랐다.

야화는 종서의 가슴 위에 얹힌 승규의 시체를 손수 젖혀 놓았다. 야인의 딸인 야화에게는 그만한 힘과 용기가 있는 것이다. 그리고 치맛자락으로 종서의 얼굴의 피를 씻었다. 종서의 얼굴에는 종서의 머리에서 흐른 피와, 승규의 목과 허리에서 뿜은 피가 엉겨 달빛에 번쩍거렸다. 야화의 치맛자락이 한참이나 왔다

단종애사

갔다 한 뒤에야 종서의 눈과 코와 입이 분명히 드러났다. 그러한 뒤에 야화는 손을 종서의 코에 대었다. 숨이 없는 듯하다. 얼른 종서의 앞가슴을 헤치고 왼편 젖가슴에 귀를 대어 본다. 심장 뛰는 소리가, 아주 죽지는 아니한 모양이다. 야화는 다시 종서의 코에 손을 대어 본다. 숨도 있다!

야화는 물을 가져오라고 외치고 종서의 몸을 안으로 옮기라고 소리 질렀다. 사람들은 야화가 명하는 대로 하였다.

야화는 시비가 떠온 냉수를 종서의 얼굴에 끼얹었다. 소식이 없다. 두 번째 끼얹었다. 그제야 종서가 깜짝 놀라며 눈을 번쩍 떴다. 그러나 기운 없이 도로 감았다. 야화가 눈에 띄었을 것은 말할 것 없다.

종서가 눈을 번쩍 뜨는 것을 보고 야화는 놀란 듯이 뒤로 물러앉았다.

종서는 야화의 원수다. 야화 개인의 원수는 아니나 야화의 동족인 야인 전체의 원수다. 종서만 아니었다면 야인들은 수백 년 누리던 옛 땅을 도로 빼앗기지 아니하고 수만 명 목숨이 전장에서 스러지지 아니하였을 것이요, 이징옥이 두만강에 오지 아니하였을 것이요, 이징옥이 아니 왔더라면 자기의 아버지와 남편과(그들이 살았나? 죽었나?) 동족들이 그처럼 악착스레 살해를 당하지 아니하였을 것이다. 이렇게 생각하면 김종서는 도림나의 원수다.

도림나의 딸들은 원수 갚을 의무가 있다. 혹은 부모를 위하여, 혹은 형제를 위하여, 혹은 남편을 위하여 원수 갚을 의무가 있다. 만일 이 의무를 다하지 못하면 죽어서도 좋은 곳에 가지 못하고, 혹은 짐승으로도 태어나고 혹은 벌레로 태어나서 천만 겁을 지나더라도 그 원수를 갚고야 갈 데로 가는 것이다. 야인의 딸들은 그렇게 생각한다.

아버지와 남편이 분명히 죽었으면 야화는 이징옥에게 원수를 갚아야 한다. 김종서에게도 원수를 갚아야 한다. 누가 김종서를 죽였다면 도림나에게 원수 하나가 없어진 것이다.

그러나 김종서는 자기가 반년간 섬기던 남편이다. 김종서는 지난 반년간에 자기를 극진하게 사랑하였다. 원수인 것을 잊어 버릴 만큼 극진하게 사랑하였다.

그렇다면 야인의 법대로 야화는 김종서의 몸에 박힌 칼이나 화살을 맨 먼저 뽑아야 하고, 상처에 흐르는 피를 맨 먼저 씻어야 하고, 만일 아직도 숨이 남았으면 마지막 물 한 모금 손수 떠 넣어 주어야 하고, 또 이 남편의 원수도 생전에 갚아야만 하는 것이다.

야인의 딸인 야화는 이렇게 생각하기 때문에 그가 생각하는 대로 태연하게 거침없이 행하고 있는 것이다.

한편 수양대군은 김종서 부자를 죽이고 의기양양하여 서대문으로 말을 달렸다. 벌써 성문은 닫힐 시각이었지만 권람 일파가 문 지키는 군관을 위협하여 수양대군이 어명을 받들고 김 정승 집에 갔다는 이유로 문 닫기를 방해하고 있었다. 비록 아직 조선의 기강이 해이하지 아니한 때이지만, 대군들이 강성한 때

단종애사

라 대군이라 하면 안 될 일도 되는 일이 많았다. 하물며 근래에 갑자기 서슬이 푸른 수양대군인 것이다. 수양대군이 어명을 받고 호랑이 김 정승 집으로 가셨다니, 아무리 강직하기 그지없다는 성승(성삼문의 아버지)의 군사라 하더라도 수그러지지 아니할 수가 없었던 것이다.

수양대군이 탄 말이 서대문을 들어설 때에는 수양대군의 의기는 마치 개선장군의 그것과 같았다. 아까 이 문을 나설 때에는 미상불 근심이 많았다. 그것은 실로 호랑이 잡으러 가는 포수의 근심이었다. 김종서, 김승규라는 말만 들어도 그들과 겨루는 것은 불가능한 것으로 믿지 않으면 안 되는 줄 아는 때였다. 비록 불의에 암살하는 길이라 하더라도 까딱 잘못하면 호랑이를 잡으려던 포수가 호랑이에게 잡히게 될 터였다.

그러나 하늘이 도왔다! 마침내 수양대군은 큰 호랑이를 잡고 돌아오는 것이다. 이 앞은 무인지경이다. 아무도 감히 수양대군과 겨룰 놈은 없는 것이다.

'좀 굵직굵직한 놈들은 오늘 밤으로 조처를 해버리고 좀것들은 내일 하루에 쓸어 내면 고만이지. 그러고 나면 내 세상이다. 다시는 내어놓지 아니할 내 세상이다!'

이렇게 생각하면 수양대군은 아무리 참으려 하여도 웃음을 금할 수가 없었다. 그것은 주린 듯이, 목마른 듯이 구하는 수양대군의 권력욕이다.

그러나 한 가지 근심은 김종서 집에서 누가 빠져나가서 이 일을 황보인에게 벌써 말하지나 아니하였나 하는 것이다. 그렇다

하면 황보인은 군사를 풀어 먼저 서대문을 막고 자기를 방어할 는지도 모른다. 그렇지만 순군(巡軍)이 내 손에 있으니…… 이렇 게 기뻤다 근심했다 하면서 수양대군은 서대문에 다다랐다.

서대문이 환하게 열렸다! 일은 되었다!

서대문에서 기다리던 권람, 권언, 한서귀, 한명진이 수양대군 을 나와 맞는다.

수양대군은 마상에서 "애썼네" 한 마디를 권람 이하 네 사람 에게 던지고는 이때에 잠시도 지체할 수 없다는 듯이 기운차게 말을 달려간다. 양정도 네 사람을 잠깐 바라보고 빙긋 한 번 웃 고는 수양대군의 뒤를 따랐다. 오늘의 큰 공은 내 것이다, 하는 생각이 양정으로 하여금 몸에 날개가 돋쳐 공중에 훨훨 날아오 르는 듯이 생각게 하였다. 여덟 말발굽 소리가 초어스름의 장안 대도를 울리며 서쪽 궐 앞을 지나 야주개(夜照峴)를 지나 자핫 골로 올라갔다.

종교 다리에는 등불이 보였다. 점점 가까이 가보면 그것은 분 명히 궁에서만 쓰는 사초롱이었다. 수양대군 궁에서 누가 나와 서 기다리는 것이다. 기다리는 자는 한명회였다. 한명회는 네댓 명의 활 메고 창 든 무사를 데리고 자기는 중치막, 백립의 예사 차림으로 마상에 올라앉아 있었다. 그때에는 아직도 태조 건국 시대의 무풍(武風)이 많이 남아서 혼자 힘으로 말 타는 것이 일 반적이었던 것이다.

예정한 시각보다 늦도록 수양대군이 아니 돌아오는 것을 보 고 명회는 적이 염려가 되어서 이처럼 나와서 기다리는 것이다.

단종애사

만일 좀 더 기다려 보아도 수양대군이 아니 돌아온다 하면 일은 틀린 것이니, 그런 줄만 알면 명회는 이 길로 강원도 양양으로 달아나려 하였다. 말을 탄 데는 이러한 연유도 있는 것이다.

"이것은 정말 말발굽 소리요" 하고, 귀를 기울이고 있던 무사 하나가 말하였다.

사람들은 모두 귀를 기울였다.

과연 멀리서 다듬이 소리와 같은 소리가 흐릿하게 들리는 것도 같았다.

"이 소리도 그 소리가 아니면 큰일이다!"

이것은 다만 명회만의 근심이 아니었다.

"투드락 투드락!"

그것은 진실로 말발굽 소리였다.

달빛에 어른어른 이리로 이리로 오는 그림자가 보인다.

명회의 눈은 그 그림자에 박혔다.

"나으리시오" 하고 한 무사가 나직한 소리로 외친다.

"나으리 같으면 네 사람일 텐데" 하고 명회가 바라본다.

분명히 수양대군이다. 수양대군의 흰 관복과 한편 사모뿔 없는 것까지 분명히 보인다. 수양대군의 말은 탄 주인의 기운을 아는 듯이 네 굽을 안아 뛰었다. 성공한 기쁨으로 뜀인가, 실패하여 도망함인가. 등불 앞에서 말이 우뚝 선다.

한명회는 "나으리!" 하고 등불 빛에 비친 수양대군의 얼굴을 근심스러운 눈으로 들여다보았다. 그것은 빙그레 웃는 낯이었다.

"그놈을 잡았네" 하고 수양대군은 의기양양하여 "새끼까지 잡았네" 하고 양정을 돌아본다. 양정은 이때다 하는 듯이 "그까짓 놈, 여남은 더 있더라도 이 칼로 다 잡았을 것이오" 하고 찼던 칼을 쑥 뺀다. 칼에는 아직도 거뭇거뭇한 피가 보인다. 수양대군은 양정의 마음을 만족케 하려고 "오늘 수공(首功)은 양정이야" 하고 명회를 보고 웃었다. 명회는 "그것 보시오. 무사를 데리고 가서 엄습한 것보다 일이 수월하지 아니하오니까" 하고 자기의 계교가 맞은 것을 내세운다.

"암, 그렇고말고. 자네 계교가 여합부절(如合符節)이야. 사모뿔만으로 안 되어서 그 편지를 내어주었네" 하고 수양대군은 명회를 기쁘게 한다.

"그래, 놈이 그 편지를 봅디니까?"

"응, 모두 자네 계교대로야. 달빛에 비추어 보데그려. 그러는 것을 임운이……" 하다가 수양대군은 이렇게 한담하고 있을 때가 아닌 줄을 불현듯 깨달은 듯 말을 뚝 끊었다가 "시각이 바쁘니 자넬랑 무사들을 데리고 바로 교동으로 가게. 나는 순청으로 가서 순군을 데리고 감세" 하고 말을 채쳐 서십자각을 향하여 달린다. 양정이 그 뒤를 따르고, 명회가 데리고 왔던 무사 중 두 사람이 역시 그 뒤를 따랐다.

수양대군의 그림자가 아니 보이게 된 때에 명회는 달을 향하여 한 번 빙그레 웃었다. 이제는 강원도 양양으로 아니 가도 된다. 그의 계교는 귀신같은 듯하였다. 명회는 자기의 계교가 하도 신통한 것을 스스로 찬탄하였다. 자기는 장양, 제갈량에 지지

단종애사

않는 모사라고 스스로 우러러보았다.

이렇게 요샛말로 하면 자기도취의 짜릿함을 맛보면서 명회는 수양대군 궁으로 말을 달렸다.

'큰일은 이제부터다. 닭 울기 전에 조선은 한번 뒤집히는 것이다' 하고 명회는 마상에서 손을 품속에 넣어 깊이 간직한 조그마한 책 한 권을 만져 본다. 그 책은 생살부다. 명회가 1년 내내 두고 꾸민 생살부다. 몇 번이나 이 생살부를 펴보고 언제나 이것을 시행할 날이 올까 하고 기다렸었던가. 그런데 마침내 그날이 왔다. 오늘 밤이 그날이다. 죽을 사람의 첫머리에 이름이 적힌 김종서는 벌써 죽었다. 나머지는 닭 울기 전에 끝장이 나는 것이다.

명회는 별 많은 하늘을 우러러보았다. 끝없이 높고 끝없이 오랜 하늘. 자하문으로 북풍이 내려 분다. 그러나 그런 것들은 명회에게는 아무것도 아니었다. 오직 피 흘리고 죽는 대관들의 모양, 그것이 유쾌하였다. 대관들인 그놈들은 내게 원 한 자리 안 준 놈들이다.

10월 10일은 왕의 누이 되는 경혜공주의 생신이다. 왕보다 다섯 살 위인 경혜공주는 지금 열여덟 살이다. 공주의 남편인 영양위 정종은 수양대군과 명나라에 가기를 겨루다가 수양대군에게 진 바로 그 사람이다.

왕은 이날을 기억하여 영양위 궁에 거동하기로 하였다.

열세 살 먹은 어린 몸으로 부모도 없고 형제자매도 없고, 그

렇다고 마음껏 장난을 같이할 동무도 없는 궁중 생활은 왕에게
는 멀미가 날 정도로 지긋지긋했다.

열세 살이면 한창 장난할 때가 아닌가. 내시나 궁녀들을 데리
고 간혹 술래잡기도 하고 윷놀이도 하며 일시 즐겁게 웃고 뛰놀
때도 있지만, 혹 늙은 신하들의 눈에나 띄면 "임금의 몸으로, 더
구나 거상 중의 몸으로 그리하실 수 없습니다" 하고 매양 흥을
깨곤 했다. 그리고 글만 읽으라고 날마다 우참찬 정인지가 들어
와서는 보기도 싫은 좌전(左傳)을 펴놓고 제환공(齊桓公)이니 진
문공(晉文公)이니 하는 이야기만 하였다. 그중에는 재미있는 이
야기도 많으나 재미없는 것, 알아듣지 못할 것이 더욱 많았다.
아무리 재미있다 하여도 궁녀 시켜 이야기책 보게 하는 데 비길
수는 없었다.

왕이 장난에 빠져 젊은 내시나 나인들과 가댁질(장난)을 하고
즐겁게 놀 때에 김연, 한숭 같은 늙고 충성스러운 내시는 그것이
물이든지 흙이든지 왕의 앞에 꿇어 엎드려 "상감마마, 이리하실
수 없습니다" 하고 이마를 조아렸다.

그러면 왕은 머쓱하여 장난을 그치고 같이 놀던 내시와 궁녀
들은 돌아보지도 않고 내전으로 뛰어 들어가서 일부러 소리를
높여 왱왱 글을 외었다.

글을 싫어함은 아니었다. 아직 나이 어리지만 오언(五言), 칠언
(七言)으로 고풍(古風)은 물론이거니와 절구(絶句) 같은 것도 지
어서 여러 문신들의 찬탄을 받았다. 그렇지만 글은 잠시잠시다.
언제나 하고 싶은 것은 장난이었다.

단종애사

조정이 파한 후에 어린 왕은 지긋지긋한 늙은이들의 이야기판을 벗어난 것만 기뻐서 편전으로 나와서는 "누가 윷 안 노느냐? 나하고 놀자. 나를 이기거든 상 주마" 하고 나인들을 부른다.

　그러면 나인들은 왕을 기쁘게 하느라고 나도 나도 하고 왕의 앞에 가서 앉는다.

　"상감마마께오서 지시면 상을 주시려니와 소인이 지면 어찌하오리까?" 하고 나인이 웃으며 묻는다.

　"네가 지면 이야기를 하나 하여라."

　"이야기를 있는 대로 다 상감께 아뢰었으니 어디 남은 것이 있습니까."

　"아따, 그러면 이야기책이라도 보려무나."

　이리하여 윷판이 벌어지면 저녁 수라가 올 때까지 희희낙락한다.

　이런 줄을 또 어떻게 듣고 정인지나 기타 명나라 사람 다 된어진 체하는 노신들이 절반 이상이나 한문 문자를 섞어 가며 "전하께서는 한 나라의 임금이 되시었으니 정사에 겨를 없이 바빠야 하시옵고, 시간이 남으시면 성현의 경전이나 상고하실 것이요, 내시나 궁녀로 더불어 희롱하심이 만만 불가하시외다" 하고 트집을 잡으면 어린 왕은 어떤 때에는 시끄러운 듯이 "나도 그런 줄 아오마는 편전에서 좀 놀기로 어떻소" 하는 일도 있었다.

　이러한 때에는 맨 먼저 생각나는 것이 누님 되는 경혜공주다. 교동 영양위 궁에만 가면 아주는 마음을 놓지 못하여도 궁중보다는 적이 마음을 놓고 놀 수가 있는 것이다. 왕이 영양위 궁에 거동하는 때면, 반성위 강자순에게 시집간, 수측 양씨의 몸에서 난 경숙옹주도 반드시 영양위 궁으로 온다. 그렇게 사랑하는 동기와 한자리에 모여 노는 것이 어린 왕에게는 가장 큰 기쁨이었다. 하물며 이날은 경혜공주의 생신이기까지 하니 왕의 기쁨은 더할 나위 없었다.

왕은 경혜공주의 생신을 벼르고 별러 이날 조정을 마친 후에 영양위 궁으로 들었다.

왕의 성미가 원체 떠드는 것을 좋아하지 아니하여 남의 눈을 피하기 위한 남루한 옷차림으로 남여(藍輿, 뚜껑 없는 작은 가마)를 타고 다니기를 원하여 그렇게 하기도 몇 번 하였지마는 대간이 그 불가함을 누누이 말한 뒤로는 그렇게도 하기 어렵게 되었다. 그러나 남의 눈을 피해 궐을 나가는 미행은 있었다.

대간이 이렇게 왕의 미행을 불가하다 한 것은 물론 옳은 일이어서, 왕도 비록 어린 마음에라도 그 말이 옳은 줄 알고 "지도(知道)"라고 언제나 명령을 내렸다.

그러나 신하들이 왕의 미행을 그렇게도 표 나게, 더구나 근래 들어 불가하다고 상소질을 하고 말썽을 부리는 데는 반드시 그렇게 충성된 이유만 있는 것은 아니었다. 왕이 경혜공주와 영양위를 사랑하고 신임하는 줄을 알므로 왕에게 가까이하려는 자, 왕에게 무슨 뜻을 통하려는 많은 자들이 교동 영양위 궁에 출입하였다. 그래서 영양위는 공주 부마라는 것밖에 아무 경력도 없는 나이 어린 사람이었건만 당시 정계에 일종의 세력을 이루었다. 영양위가 북경에 가려다가 못 간 것이 반드시 그 세력을 약화시킨 것도 아니었다.

왕은 아직도 어리니 비록 조선이 길게 가지 못한다 하더라도 앞으로 삼사십 년은 왕으로 있을 테고, 그가 왕으로 있는 동안에는 영양위 궁 세도가 떨어질 리 없을 듯하였던 것이다.

그렇기에, 왕을 위하는 좋은 이유로나 자기의 벼슬 다리 올라가기를 위하는 개인적 동기로나, 왕께 가까이하려는 자는 먼저 영양위 궁에 출입하였던 것이다.

그러자 자연 영양위 궁에 가까운 패와 가깝지 못한 패가 생기게 되고, 다시 세력에 가깝지 못한 패는 가까운 패를 시기하는 것이 인정인 것이다. 저도 가까이하고 싶건마는 그러할 계제가 되지 못할 때에, 가까이할 계제에 있는 다른 사람들이 죽이고 싶도록 미운 것이다.

이 미운 무리들을 없애는 한 방편으로 왕이 영양위 궁에 가지 못하게 하려는 것도 신하들 중에 어떠한 사람의 동기는 되었던 것이다. 아니 차라리 그편이 많았을는지도 모른다. '영양위 궁에 자주 거동하시는 것이 옳지 아니하외다' 할 수는 없으니까 예(禮)에 어떠하니, 선왕지법(先王之法)에 어떠하니 하여서 왕이 대궐을 떠나는 것이 옳지 않다는 일반론을 첫 조건으로 하고, 만일 부득이 거동을 하실 때면 반드시 왕의 위의를 갖추어야 한다는 것을 둘째 조건으로 하여 어린 왕을 성가시게 함으로써 소기의 목적을 달성하려 했던 것이다.

이리하여 왕이 영양위 궁에 가는 것을 아주 막을 도리는 없었으나 심히 불편하게는 만들었다. 내시와 나인들 중에도 왕이 영양위 궁에 내왕하는 것을 좋게 생각하는 이와 좋지 않게 생각하는 이의 두 편으로 갈리게 되어, 좋지 않게 생각하는 편에서 가끔 왕께 "상감께 아뢰오. 그렇게 자주 민가에 거동하시는 것이 옳지 아니하외다" 하고 간하는 자가 있으면 "귀찮다. 너희들까지 나를 못 견디게 구느냐. 내가 하는 일이 옳지 않거든 너희가 물러 나가서 보지를 말려무나!" 하고 왕이 발연변색하여 책망하는 일도 있었다. 이렇게라도 하지 않으면 그 충신인 체하는 작자들이 시끄러워서 견딜 수가 없었던 것이다.

이날 영양위 궁 거동에도 몹시 굉장하리만큼 행렬의 치장이 심했다. 그리고 영양위 궁에 온 뒤에도 승지 최항, 선전관 한회, 내금위 봉석주 등이 각각 부서를 정하여 입직하고 금군 50명은 안에, 순군 50명은 밖에 옹위하여 새 새끼, 쥐 새끼 한 마리 얼씬하지 못하게 하였다. 지존이 계시니 이만함도 당연하겠지만 이것이 반드시 지존을 위한 것이라 할 수도 없었던 것이다.

다만 이날 왕을 가까이서 모시는 내시와 궁녀는 왕의 마음대로 택해서, 늙고 충성스러운 내시 김연·한숭과 지밀나인 윤연화·이월담 등은 모두 다 왕이 가장 신임하는 사람들이었다.

왕은 잠시라도 쓸쓸하고 뒤숭숭한 궁중 생활을 떠나서 하룻저녁 사랑하는 동기들과 같이 유쾌히 지낼 양으로 내시들까지도 물리고 극히 조용하게 윷도 놀고 이야기도 하고 과일 등속도 먹고, 혹은 안석에 기대기도 하고, 혹은 베개도 말고 팔굽을 베고 누워서 다리도 버둥거렸다. 왕은 이날 심히 유쾌한 모양이었다.

경혜공주, 경숙옹주 두 분 누님도 왕이 기뻐함을 만족히 여

단종애사

겨 아무쪼록 흥을 깨뜨리지 아니하도록 여러 가지로 놀거리를 장만하였다.

왕이 등극하면서 곧 왕과 동갑이거나 한두 살 위아래 되는 계집아이 넷을 나인으로 택하여 항상 왕의 곁에서 시종하고 장난 동무도 하게 하였다. 나인이라 하지만 이러한 경우에는 큰 세력이 따라다니므로 그 네 아이 중에는 양반집 딸이 둘이나 있었다. 어린 왕이 장차 왕후를 책립할 때에 다행히 간택에 들면 그 딸의 아버지는 국구(國舅, 임금의 장인)로 한번 세도를 하여 볼 수 있는 까닭이다. 그 양반집 두 딸이란 한 명은 판돈령부사 송현수의 딸이요, 또 한 명은 의정부 우참찬 정인지의 질녀였다. 둘 모두 상감보다 한 살 위여서 열네 살로, 덕은 자라난 뒤에야 알겠지마는 재색을 겸비하였다.

이렇게 지체 좋고 세력 있는 집에서 딸을 궁녀로 들여보내는 것은 그리 흔치 않은 일이지만 이때는 기실 왕후 후보자였던 것이다.

이 네 아가씨(송씨, 정씨, 장씨, 한씨)들은 국상 중이라 비록 채색 옷은 못 입는다 하더라도 온 장안을 떨어서 골라낸 인물이라 몸가짐이나 목소리가 꽃송아리와 같이 아름다웠다. 아직 남녀의 정을 알 까닭도 없고 권세도 알 까닭이 없지만 그래도 저마다 어리고 아름답고 인자하고 다정한 왕에게 깊이 정이 들어 다투어 왕께 가까이하려 하였다.

왕도 이 어린 궁녀들을 사랑하였다. 아름답다든지 얌전하다든지 영리한 것도 다 제쳐 놓더라도 동갑 사이의 어린 동무로도 깊이 정이 드는 것은 자연스러운 일이었다. 그중에도 왕은 송씨와 장씨 두 사람을 더욱 사랑하였다. 정씨는, 특별히 미워함은 아니나 까다롭고 쌀쌀한 정인지를 생각할 때에는 그의 질녀 되는 정씨에게도 정이 떨어졌던 것이다.

이 네 아기 궁녀도 물론 왕을 따라 영양위 궁에 왔다. 왕이 가시는 곳에는 반드시 이 네 계집아이가 따랐다. 이 네 계집아이는 왕에게 가장 친근한 이로 모든 사람의 부러워함을 받았다.

이날도, 왕에 대한 끝없는 사랑을 가진 경혜공주는 아무리 동기라 하더라도 군신의 예가 있어 그 애정을 직접 왕께 표하지는 못하고 어린 아기 궁녀들에게 대신 주는 듯하였다.

이렇게 이날 밤 영양위 궁 안방에는 기쁨과 정다움과 웃음이 차고 넘쳐 밤이 깊을수록 그 즐거움이 더욱 깊어 가는 듯하였다. 혹시 피차에 몸에 입은 상복을 바라보고는 승하하신 부왕을 생각하여 잠시 눈물이 괴는 때도 있었지만 그래도 은촛대 휘황하게 밝은 촛불 빛에는 눈물조차 한숨조차 아름답고 즐겁게 되고야 마는가 싶었다.

원거리에서 임금을 모시는 늙은 상궁들과 내시들도 협실에서 모두 마음 놓고 내려준 술과 음식에 취하고 배불러 가느다란 눈으로 어린 성상의 만수무강을 빌고 있었다.

그러나 이 화평한 시간은 오래가지 못했다. 영양위 궁 대문 밖에서 난데없는 말발굽 소리가 울렸다. 수양대군이 감순 홍달손의 부하인 순군 200명과, 한명회가 거느린 무사 100명의 옹위를 받아 상감이 행차해 있는 영양위 궁으로 달려온 것이다.

단종애사

이 300여 군사의 야단스러운 소리는 영양위 궁 안방에까지 들렸다. 방금 어린 네 궁녀가 손을 마주 잡고 돌아가며, 달아 달아 밝은 달아 이태백이 놀던 달아, 노래를 부르던 때다. 왕은 놀란 듯이 손을 들어 궁녀들의 노래를 막으며 "바깥이 왜 이리 소란하냐?" 하였다.

왕은 높은 지위에 있는 자만 가지는 의혹의 눈으로 바라보며 한 번 더 "이게 웬 인마의 소린고?" 하였다.

공주들도 놀라서 왕과 같이 귀를 기울이고 어린 궁녀들도 노래를 그치고 눈이 둥그레져서 왕과 공주를 바라보았다.

"아마 순군들이 순 도는 소린가 보오" 하고 지밀나인 윤연화가 아뢰었다.

"그렇기로 저렇게 요란할까. 승정원에 알아 올리라 하여라" 하고 왕은 안심을 못하는 모양이었다.

나인은 내시에게로 달려가고 내시는 사랑에 임시로 있는 승정원으로 달려갔다.

이때에 수양대군은 영양위 궁 대문에 와서, 시급히 상감께 아뢸 일이 있으니 정원을 부르라 하여 입직승지 최항이 뛰어나왔다. 그러나 밤이 깊은지라 문을 열지 아니하고 문틈으로 서로 말을 주고받고 하였다.

최항은 입직하기 전에 벌써 정인지에게서 오늘 일의 계교를 들었으므로 내심으로 수양대군이 오길 이제나저제나 기다렸던 터이다. 만일 최항이 하지 않으면 이 밤에 수양대군이 상감을 보지 못할 것이요, 상감을 보기 전에 김종서 죽인 소문이 영의정 황보인이나 병조판서 민신의 귀에 들어가면 수양대군의 일은 수포로 돌아갈 것이니, 그리 되면 지금 거느리고 온 300여 군사로 영양위 궁을 들이치고, 성공하면 군왕이 되고 실패하면 역적이 되는 최후 수단을 써야 할 터이지만 아직 거기까지는 나아갈 용기도 없고 준비도 없는 것이다. 그러므로 이날 최항 한 사람의 향배는 수양대군에게는 대단히 큰일이었다.

최항도 비록 정인지의 부탁도 받았고 또 이번 일이 잘만 되면 일신의 부귀도 얻을 줄은 알지마는 그래도 정작 수양대군을 대하고 보니 곧 문을 열기가 어려웠다. 만일 수양대군을 들였다가 일은 틀리고 상감의 노여움만 받으면 어느 귀신이 집어 가는지도 모르게 모가지가 날아갈 것이다. 최항은 두근거리는 가슴을 안고 주저하였다. 수양대군의 문 열라는 재촉이 성화같으면 성화같을수록 최항은 어찌할 바를 몰랐다.

수양대군은 최항이 주저하는 뜻을 짐작하였다. 만일 김종서가 이미 죽은 줄만 알면 최항도 안심하리라, 이렇게 생각하고 수양대군은 대문 틈에 입을 대고 들릴락 말락 한 음성으로 "적괴는 벌써 없애 버렸네" 하고는 다시 소리를 높여 "긴급히 친계(親啓)할 일이 있으니 정원은 바삐 문을 열라" 하고 외쳤다.

그제야 최항은 문 지키는 군사를 시켜 문을 열게 하였다.

내금위 봉석주도 벌써 정인지의 부탁을 받은 것은 말할 것도 없다.

삐걱 하고 문이 열리며 문 안에 들어서는 길로 수양대군은 최항의 손을 잡았다. 최항은 황공하여 두 손으로 수양대군의 손을 받들어 잡고 허리를 굽혔다.

법대로 하면 입직승지가 먼저 상감께 여쭈어 알현을 허락함을 받는 것이 옳지만 수양대군은 최항의 손목을 잡아끌고 자기가 앞서서 안으로 들어갔다.

이때에는 밖에서 무엇이 요란한지 알아 올리라는 왕명을 받들고 승지한테 나왔던 내시가 뛰어 들어가서, 수양대군이 무슨 긴급히 아뢸 말씀이 있으니 문을 열라고 한다는 뜻을 전한 후였다.

"이 밤중에 무슨 긴급한 일이 있담. 그렇기로 왜 군사는 그리 많이 데리고 다녀" 하고 왕은 더욱 의심스러운 듯이 늙은 내시를 바라보았다. 늙은 내시의 낯빛에도 불안한 빛이 역력했다.

왕은 벗어 놓았던 의관을 정제하려 하였다. 무서운 숙부를 이렇게 풀어헤친 모양대로 대할 수는 없었던 것이다. 공주들과 영양위 정종과 나인들 모두 옷깃을 바로하고 일어났다.

그러나 방에 흩어졌던 윷가락과 밤, 잣 같은 것을 다 치우기도 전에 통통 하는 소리가 나며 수양대군이 썩 들어섰다.

왕은 수양대군이 들어오는 것을 보고 한 손으로 사모를 바로 쓰며 한 손으로 띠를 바로잡았다.

수양대군은 살기 어린 눈으로 방 안을 한 번 둘러보고, 왕이 자리에 앉기를 기다려 그 앞에 꿇어 엎드렸다.

"인·종서 놈들이 모반을 하옵기로, 일이 급하와 미처 여쭙지 못하옵고 적괴 종서를 베옵고 그 연유를 상감께 아뢰오" 하였다. 수양대군의 말에 왕이 깜짝 놀라며 "인과 종서가 모반을 하여?"

하고 소리를 높였다.

"그러하외다. 인·종서가 겉으로는 충성이 있는 체하면서 속으로는 안평대군 용(瑢)과 왕래하옵고 널리 친당을 심어 내외에 나누어 웅거하고 몰래 결사적인 군사를 기르는가 하면 자기를 낮추고 상대를 높여 환심을 사는 데 힘쓰고, 무예 있는 잡류를 모아들이옵고 변방의 병기를 가만히 서울로 실어 들여 반역을 도모한 지 오래외다. 신은 그 눈치를 안 지 오래오나 미리 발설하면 도리어 상감께 위태하심이 있을까 하와 가만히 그놈들의 형세를 살폈더니, 오늘 10월 10일에 상감께서 영양위 궁에 거동하시는 기회를 타서 밤 오경에 궁을 엄습하려는 꾀를 세운 줄을 알고 신이 몸소 종서의 집에 가서 종서를 죽이고 오는 길이오나 아직 잔당이 남아 있사오니 형세가 자못 위급하옵니다" 하고 수양대군이 아뢰었다.

왕은 더욱 놀라며 "아니, 그럴 수가 있겠소? 인과 종서가 무엇이 부족하여 역모를 한단 말이오. 그럴 수가 있겠소?"

"늙은것들이 심히 음흉하외다. 상감께서 어리신 것을 타서 안평대군을 세우려 함이외다."

"안평대군이라니? 안평 숙부가 나를 반한단 말이오?" 하고 왕은 수양대군을 바라보았다.

수양대군은 차마 왕의 눈을 바로 보지 못하여 고개를 숙이며 "안평이 담담정과 무이정사를 이룩하고 천하의 선비를 모아들이는 것이 다 까닭이 있는 것이외다" 하고 왕의 주의를 안평대군에게로 끌려고만 하였다.

수양대군의 말을 들어 보면 어린 왕의 생각에 또 그럴듯도 하였다. 더구나 이 밤으로 자기를 해하러 올 계획을 하였다 하니 열세 살 된 왕에게 겁이 앞설 것도 당연한 일이다. 수양대군이 이처럼 자기 앞에 부복한 것을 보면 당장 수양대군이 자기를 해할 것 같지는 않았다. 그렇다 하면 이 처지에 있어서 왕이 믿을 곳은 수양대군밖에 없는 것 같았다. 더욱이 수양대군의 용모에 부왕과 비슷한 데가 있는 것을 보고는 숙부인 수양대군을 의지하는 생각이 더 나는 듯하였다.

"그러면 인·종서와 같이 역모에 참예한 놈이 몇 놈이나 된단 말이오?" 하고 왕은 어린아이답지 아니한 말을 물었다. 수양대군은 옳다구나 하는 듯이 "좌찬성 이양허옵고……" 하고 꼽기를 시작한다.

"이양이라니? 이양이면 종실 아니오?" 하고 왕은 한 번 더 놀라고 의심하는 빛을 표하였다. 이양은 태조대왕의 서형의 아들이다.

"그러하외다. 이양도 안평의 패외다."

"또?" 하고 왕이 재촉한다.

"병조판서 민신허옵고, 이조판서 조극관허옵고……."

"어 병조판서, 이조판서도?"

"예, 그러하외다. 민신, 조극관이 본래 종서의 무리외다."

"그러면 정부와 육조가 다 역모에 들었단 말이오?"

"윤처공·이명민·원구·조번 등은 안에서 응하옵고, 함길도절제사 이징옥은 종서의 심복이옵고, 종성부사 이경유는 이징옥의 명을 받아 병기를 종서의 집으로 실어 왔삽고, 평안도관찰사 조수량, 충청도관찰사 안완경이 다 이 무리외다."

수양대군이 역적이라고 꼽는 사람을 보니 대개가 부왕이신 문종대왕의 고명을 받은 사람들이라 아니 놀랄 수가 없었다.

"그래, 그 사람들이 다 역모를 하였단 말이오? 아바마마의 고명을 받은 사람들이?" 하고 왕은 진실로 무서움에 눌려 몸이 떨림을 깨달았다.

황보인, 김종서, 이양은 말할 것도 없거니와 민신, 조극관도 어린 생각에나마 왕이 잘 알고 믿던 바다. 선조께서도 왕의 등을 만지시며 그 사람들의 충성을 말씀하시고 어떤 사람이 참소를 하더라도 결코 의심하지 말고 끝까지 믿으라는 유훈이 계셨다. 아바마마를 가장 믿는 왕은 아바마마의 유훈을 한 마디라도 의심할 수는 없었다. 게다가 늙고 충성스러운 내시 김연과 한숭 두 사람도 매양 황보인과 김종서 등의 충성을 일컬었다. 태종대왕 때부터 충성으로 신임을 받아 온 이 두 늙은이가 여러 대관들의 성질을 잘못 알 리가 없고 또 왕에게 거짓말을 할 리가 없는 것이다.

그렇지만 목전에 친숙부 되는 수양대군이 있지 아니한가. 오늘 밤으로 나를 해하려고 역모를 하는 것을 이 숙부가 알았다고 하지 않는가. 아무리 신하들이 충성되기로 부자나 다름없는 혈족의 친함에 비기랴.

왕은 무서움과 의심됨과 놀라움의 엉클어진 정서에 얽혀 어찌할 줄을 몰랐다. 그러나 이렇게 어려운 때에 늘 하던 습관으로

단종애사

방 한편 구석에 읍하고 서 있는 김연과 한숭 두 내시를 바라보며 "그렇게 너희들이 충신이라고 일컫던 인과 종서가 역모를 한다는구나" 하였다. 두 내시는 수양대군이 들어온 뒤에 얼마 있다가 들어왔으므로 왕은 그들에게 한편 사정을 알리고 한편 그들의 의견을 들으려 하는 것이었다.

늙은 내시들은 김종서가 수양대군의 손에 죽은 줄을 알았고 그렇다 하면 이것이 모두 수양대군의 음모인 줄도 알았다.

다만 모르는 것은 수양대군의 야심이 어디까지 뻗쳐 있는가 하는 것이었다. 만일 황보인·김종서나 쳐버리고 만다 하면 참을 수도 있으려니와, 수양대군이 어렸을 때부터 길러 낸 바와 다름이 없는 두 내시는 수양대군의 야심이 거기에만 그치지 아니하고 반드시 용상(龍床)에 올라앉는 것임을 짐작했다. 그렇다 하면 늙은 목숨이 마지막으로 충성을 다할 때가 이때다. 천하고 늙은 몸이 아무것도 가진 것이 없고, 있는 것은 오직 물불도 가리지 않는 한 조각 충성된 마음과, 부월(斧鉞, 도끼)로도 능히 굽히지 못할 곧은 혀가 있을 뿐이다.

김연은 두 눈에서 흐르는 눈물도 씻으려 하지 아니하고 두어 걸음 왕의 앞으로 기어 나와 엎드려 "소인 김연이 아뢰오. 소인이 비록 천한 놈이오나 태종대왕마마 때부터 지존께 가까이 모시와 금상마마까지 사조(四朝)를 모시오니, 이래 40년이 넘었사옵고 그동안에 들고 난 문무제신을 모르는 이가 없사옵거니와, 문장 도덕이라든지 경국제세지재는 소인 같은 천한 놈이 알 바 아니오나 굳은 충성 하나는 황보인·김종서를 따를 사람이 없사온 줄을 벌레 같은 소인만이 아는 것이 아니오라, 동방 요순이옵신 성주 세종대왕께옵서도 매양 칭찬하옵시었고 선조께서도 특히 그 충성을 일컬으시와 주상전하를 보좌하옵도록 고명이 계시었으니, 상전이 벽해가 되옵고 한강에 물이 마를 날이 있다 하더라도 인과 종서 두 대신이 모반을 하리라고는 비단 소인뿐 아니라 천지신명도 생각지 아니하리라고 생각하오. 수양대군 나으리께서는 아마도 무엇을 잘못 알고 있는 듯하오니, 복원(원컨대) 성상께옵서는 밝히 살피시와 뿌리 없는 참소를 가벼이 믿으셔서 국가의 동량이 되는 충신들을 잃지 마시옵소서" 하고 금시에 피라도 날 듯이 이마를 조아리니 뒤에 엎드렸던 늙은 내시 한숭도 수없이 머리를 조아리며 "연의 말이 지당하오" 한다.

실내에는 처참한 기운이 돈다.

수양대군은 살기 있는 눈을 들어 김연을 노려보았다.

왕은 수양대군과 늙은 내시 연을 번갈아 보며 고개를 끄덕끄덕하였다.

연은 이 기회를 타서 한 번 더 힘 있게 말할 것이라고 생각하고 떨리는 음성으로 "대저 역모란 것은 국가에 대하여 불평과 원망을 품은 자가 하는 일이외다. 인은 벼슬이 영의정이옵고 종서는 좌의정이옵고 그 밖에 이양, 민신, 조극관 같은 사람들도 벼슬이 공경에 달하여 영화가 극하옵거늘 무엇을 더 바라고 천벌을 두려워할 줄 모르고 역모를 하오리까. 이로 보아도 인과 종서가 모반을 한다 하옴은 말이 되지 아니하는 말인가 하오. 또⋯⋯" 하고, 연의 말이 끝나기도 전에 한숭은 이마를 조아

단종애사

리며 "상감마마, 과연 연이 아뢰는 말씀이 지당한 줄 아뢰오. 만일 참소를 들으시옵고 충신을 해하옵시면 스스로 우익을 자르심과 다름이 없사외다. 황보인이 역심을 품는다고 하면 누가 곧이든겠소이까. 하물며 김종서의 충성을 의심하옵신다 하면 백세(百世)에 웃음을 끼치실 줄로 아뢰오. 아뢰옵기 황송하오나 수양대군 나으리께오서는 어느 간사한 무리의 거짓말을 믿으시고 경동하심인가 하오니 복원 성상은 밝히 살피시오" 한다. 그 말이 마디마디 사람의 폐부를 찌르는 듯하였다.

수양대군은 참다못하여 벌떡 일어나 칼자루에 손을 대었다.

"네 이 요망한 늙은것들이! 상감이 어리신 것을 기화로 여겨 역적놈들과 내통한 죄만 하여도 만번 죽어 아까움이 없거든 하물며 주상전하 앞에서도 무엄한 입을 놀리고 또 나를 잡으니, 네 이 요망한 늙은것들이 모가지 아까운 줄을 모르느냐?" 하고, 수양대군은 왕을 향하여 "상감, 이 두 늙은 놈이 적과 종서 놈의 심복이외다. 이 능구리 같은 놈들이 또 무슨 흉계를 할는지 알 수 없으니 이 두 놈을 신에게 내어주시오" 하고는 왕이 아무 말씀도 하시기 전에 칼을 빼들고 김연·한숭 두 늙은 내시를 어르며 "냉큼 물러나거라!" 하고 호령을 한다.

김연은 고개를 번쩍 들어 수양대군을 노려보며 소리를 가다듬어 "나으리가 아무리 나라의 숙부시기로 군신지분이 지엄하거늘 감히 성상 앞에서 무엄히 칼을 빼니, 차마 이것도 하거늘 무엇은 못하겠소? 나으리가 먼저 물러 나가 계하에 대죄하는 것을 보기 전에는 늙은 김연이 살아서는 상감마마 곁을 아니 떠날 줄 아시오" 하는 소리에는 마디마디 서리가 날린다.

"이 요망한 천한 것이!" 하고 수양대군의 칼은 촛불에 번쩍하며 김연의 늙은 목을 내려쳤다. 목은 방바닥에 떨어져 구르고 피는 솟아 상감의 옷자락을 붉게 물들였다.

"나으리 눈을 보니 충신의 피를 많이 흘리게 생겼소. 나으리 손에 죽는 사람이면 충신 아닐 이 없으니, 옜소, 나도 죽이시오. 내 늙은 목은 마음대로 베더라도 부디 외람된 마음일랑 먹지 마시오. 충신의 피가 어느 때에나 소리를 치는 것이외다" 하는 한 숭의 말이 끝나기도 전에 수양대군의 칼은 한숭의 왼편 어깨에서 비스듬히 가슴을 내려 베었다.

경혜공주와 경숙옹주는 기색하여 쓰러지고 궁녀들은 방구석에 달라붙어서 발발 떨었다. 승지 최항도 무릎이 덜덜 떨리고 이가 딱딱 마주쳤다.

오직 늙은 궁녀 윤연화가 두 팔을 쩍 벌리고 왕과 수양대군 사이에 썩 나서서 몸으로 왕을 가리며 "나으리, 너무 무엄하지 않소?" 하고 소리를 질렀다.

수양대군의 칼이 늙은 궁녀를 범하려 할 때에 왕은 황망히 수양대군의 칼 든 팔에 매어달리며 "숙부, 날 살리오!" 하고 소리를 내어 울었다.

수양대군은 왕의 우는 얼굴을 굽어보았다. 비록 심히 숙성하신 왕이라 하더라도 우는 얼굴은 더욱이 어리게 보였다. 수양대군은 피 묻은 칼을 옷자락으로 씻어 칼집에 넣었다.

수양대군은 왕에 대해 잠시 측은한 마음이 생겼다. 그렇지 않았다면 두 늙은 내시를 베던 칼로 왕을 해하였을는지 모른다. 그것은 수양대군 자신도 모르는 것이다.

"그것은 어렵지 아니하외다. 역적놈의 괴수는 벌써 죽었으니 다른 놈들을 없애기는 여반장이외다. 신이 잘 처치할 것이니 상 감은 주무시오" 하고 승지 최항을 시켜 명패(命牌)를 내서 영의 정 황보인, 좌찬성 이양, 이조판서 조극관 이하 요로(要路) 대관 들을 부르라 하였다. 좌의정 김종서는 이미 죽었고, 우의정 정분 은 전경도체찰사로 아직도 돌아오지 아니하였고, 병조판서 민 신은 현릉 비석소에 가 있었기에 이 밤에는 아니 불렀다. 이렇게 수양대군이 섭정이나 된 듯이 자행자지(自行自止)하는 것을 보 고도 이제는 말 한 마디 할 사람도 없었다. 최항은 이제 수양대 군이 세력을 잡을 것이 분명한 것을 보고 안심하여 발이 땅에 닿지 않게 정원인 사랑으로 뛰어나가 선전관 한회에게 명패를 내어주어 모든 대관더러 즉각 입궁하라는 어명을 전하였다.

상감은 목전에 김연·한숭 두 내시의 피 묻은 시체가 놓인 것 을 보고, 또 수양대군의 허리에 피 묻은 칼이 있는 것을 보니 이 자리에 잠시도 머물러 있을 마음이 없었다. 그래서 환궁할 뜻을 밝혔으나 수양대군은 적도(賊徒)들을 다 소멸하기까지는 환궁 하시는 길이 위태하다는 핑계로 왕을 붙들었다. 수양대군이 "못 하오" 하면 왕은 다시 두말을 할 용기가 없었다.

수양대군은 영양위와 공주를 불러 상감을 조용한 다른 방으 로 옮겨 모셔 주무시게 하기를 부탁하였다. 영양위도 일각이라 도 바삐 수양대군 앞을 떠나기만 바랐으므로 수양대군의 말대로 왕을 부축하여 별당으로 들고, 공주와 경숙옹주와 나인들도 뒤를 따랐다.

수양대군도 왕을 호위하여 침소까지 이르러 다시 왕께 안심하고 주무실 것을 말하고 물러 나오려 할 때에 "군사를 시켜 밖을 지키게 할 것이니 무서우실 것 없습니다. 적도들은 신이 다 처치하겠으니 상감은 안심하고 주무시오" 하고 한 번 더 안심하기를 청했다.

왕은 겨우 눈물을 거두며 "숙부, 황보인은 선조 중신이니 죽이지는 마오" 하였다. 수양대군은 못마땅한 듯이 왕을 한 번 노려보고 물러갔다.

수양대군이 물러 나간 뒤 얼마 안 있어 군사들이 별당을 에워싸는 소리가 들리고 창부리를 언 땅에 울리는 소리가 사람의 몸에 소름이 돋게 하였다.

그러한 소리가 날 때마다 왕은 깜짝깜짝 놀라는 모양을 보였다. 아까까지는 나라의 모든 군사들이 모두 왕 자기만을 위하고 따르는 듯하더니 이제 그들 전부가 수양대군 편이 되어 사방에서 왕을 해하려는 것만 같았다.

영양위 정종이 왕의 침소에서 물러나려고 하직 인사를 할 때에 왕은 그 팔을 붙들며 "어디를 가오? 여기 같이 있어서 어찌 되는 양을 봅시다" 하여 붙들어 앉히고 누님들과 궁녀더러도 "아무렇기로 오늘 밤 잠자기는 틀렸으니 이렇게 모여 앉아서 세상이 어찌 되나 보자" 하고 물러가지 말라 하였다. 이 말씀에 모두 소매로 낯을 가렸다.

왕은 정종의 말을 들어 훈련도감 성승에게 밀서를 내리려 하였으나 나인 하나만 마당에 나서도 군사가 내달아 어디로 가느냐, 무엇하러 가느냐 하여 두 손을 펴보아라 하고 몸을 뒤지며 안중문 밖으로는 고양이 하나 얼씬 못하게 하니 그 계획도 수포로 돌아가고 말았다.

왕의 침소에서는 왕 이하로 일고여덟 사람이 마치 갇힌 새 모양으로 가슴을 두근거리며 맥맥히 서로 바라보고 밖에서 들리는 소리에 귀만 기울였다.

이따금 경혜공주와 경숙옹주의 참다못해 터뜨리는 울음소리가 방 안에 울려 사람들의 분함과 슬픔을 자아냈다.

"그놈 최항이 놈도!" 하고 정종은 이를 갈았다.

수양대군은 감순 홍달손의 군사로 대문과 뒷문과 담 밖을 에워싸 제1문을 삼고, 내금위 봉석주의 군사로 첫 중문을 지키게 하여 제2문을 삼고, 수양대군 궁에서 사사로이 기른 소위 무사로 안중문을 지켜 제3문을 만들어 쥐 한 마리, 물 한 방울 샐틈 없이 철통같이 짜놓고, 다른 일대 군사로는 상감을 시위한다는 명목으로 별당인 상감의 침소를 에워싸 아무도 뒷간 출입 외에는 들고 나지를 못하게 하였다.

그러고는 홍달손이 첫 문에 지켜 있어, 대관이 부름을 받아 들어오는 대로 첫 문에서 따르는 자들을 떼어 놓게 하고, 봉석주가 둘째 문을 지켜 들어오는 대관의 벼슬과 이름을 큰 소리로 외도록 했다. 그리하면 문 안에는 한명회가 생살부를 들고 앉았다가 봉석주가 부르는 이름이 사부(死簿)에 있는 자면 일어나 맞는 체하며 손을 들어 군호를 해서, 문 뒤에 숨어 섰던 홍윤성·양정·함귀 등의 역사가 철여의를 들어 단번에 박살내도록 하고, 만일 이름이 생부(生簿)에 오른 자면 인도하여 제3문을 들어가 수양대군이 입직승지 최항을 데리고 앉은 대청으로 불러들여 황보인·김종서 등이 과연 역모를 하였다는 다짐책에 이름을 적게 하고, 만일 듣지 아니하면 도로 문밖으로 내쳐 철여의로 끝장을 내도록 작정하여 놓았다.

밤은 점점 깊어 가는데 영양위 궁 안마당과 바깥마당과 후원은 초롱불로 마치 불난 집 같고, 그 불빛에 군사들이 든 창끝이 무섭게 번쩍번쩍하였다.

"어디 보자. 어느 놈이 먼저 내 철여의 맛을 보려는고" 하고 손으로 시커먼 철여의를 한번 만지는 것은 양정이다.

"아따 이 사람, 자네는 벌써 종서 놈을 하나 잡지 아니하였나. 생각하면 분하이. 내가 아까 그놈의 집에를 갔다가 왜 그저 돌아왔담. 그놈은 꼭 내 손으로 잡았어야 할 게야" 하고 홍윤성은 목전에 누구를 보는 듯이 무섭게 노려보며 "이놈! 하고 그놈을…… 그놈을……" 하며 이를 우두득 간다. 종서의 손자에게 뺨을 얻어맞던 생각이 나는 것이다.

"이 사람, 사람 다치리. 자네 따위가 종서 앞에 가면 고양이 본 쥐같이 기운을 못 썼을 것일세. 지금 여기서나 큰소리를 하지" 하고 빈정대는 것은 함귀다.

한명회는 이 작자들의 말은 들은 체 만 체하고 갓을 푹 수그려 쓰고 초롱불에 생살부를 펴놓고 책장을 넘기며 어떤 이름을 사부에서 생부에 옮기기도 하고 또 어떤 이름은 생부에서 사부에 옮기기도 한다. 오늘 밤으로 대관의 죽고 살기는 오직 한명회의 마음에 달린 것이다. 명회는 과연 소원대로 염라대왕이 된 것이다.

"한 놈 들어왔으면 좋을 텐데" 하고 홍윤성이 철여의를 번쩍 들어, 사람 치는 연습을 하는 모양으로 한번 허공을 내려친다.

명회도 어서 그 젠체하는 고관대작들이 들어와서 자기의 군호 한 번으로 미친개 맞아 죽듯이 맞아 거꾸러지는 양을 보고 싶었다.

"흥, 아니꼬운 놈, 조가 놈. 이놈, 내가 그만치 청을 했건만 원한 자리도 아니 주고. 이놈이 오늘 나를 보고 살려 달라는 꼴을 보았으면 속이 다 시원하겠다" 하고 철여의 든 세 사람을 향하여 "자네네들 중에 누가 그 조가 놈을 아나?" 하고 그 사팔뜨기 눈을 부릅뜬다.

"조가라니, 장안에 조가가 한 사람뿐인가" 하고 홍윤성이 웃는다.

"아, 그 이조판서 조극관이 놈 말이야."

명회의 이 말에 윤성과 양정은 서로 바라본다. 시골서 올라와서 벼슬도 못하는 놈들이 이조판서의 얼굴을 먼발치서 우러러볼 기회라도 있었을 리가 없었다. 그중에 오직 함귀가 벼슬은 아직 전적(典籍)에 지나지 못하였으나 과거한 지 20년이나 되도록 각 마을로 미관말직을 다녔기 때문에 대관들의 얼굴 모르는 사람이 없었다. 더구나 벼슬 아니 올려 준다고 평생에 미워하던 조극관. 황보인의 얼굴을 그믐밤에라도 못 알아낼 리가 없었다. 오늘 밤 이 중임을 맡은 것도 그 덕이었다.

"함 전적 나으리가 중방 밑 귀뚜라미니까 잘 알겠군" 하고 홍윤성이 웃는다.

함귀도 한명회의 이른바 불평객 중의 하나다. 그가 수십 년 벼슬길에 옥관자 하나 못 얻어 붙이고 매양 불평하는 눈치를 보고 명회가 수양대군의 이름을 팔아서 끌어온 것이다. 함귀는 늘 혼자서, 이 힘센 팔을 언제나 한번 시험할 날이 올꼬 하고 있었다.

수양대군 휘하에 들어가서는 각 마을의 내정과 대관들의 언동을 염탐하는 일을 맡았고, 오늘 밤에는 들어오는 사람이 누구인지를 알아내는 직분을 맡은 것이다. 함귀가 보기에 누구나 높은 벼슬로 있는 놈은 다 자기의 원수였지만, 그중에도 미운 것은 황보인과 김종서와 민신과 조극관이었다.

"이놈들이 나를 괄시하고……."

이렇게 그는 대관들을 원망하였다. 황보인과 김종서가 특별히 함귀를 괄시한 것도 아니었건만 자기를 특별히 사랑하여 원 한 자리도 안 시켜 주는 것은 곧 자기를 괄시함이었다. 오늘 밤에 그는 20년 동안 쌓여 온 분풀이를 한번 실컷 하게 되었다. 이 점으로 함귀는 한명회와 동지였다.

"조극관이면 내가 길러 내었네" 하고 함귀는 명회를 보고 웃었다.

"응, 자네가 잘 알겠네그려. 자네도 어지간히 그놈한테 청도

단종애사

해보았을 터이지" 하고 명회가 붓대를 서안에 던진다.

"군자가 그만한 원망을 염두에 두겠나" 하고 함귀는 소매를 들어 콧물을 씻는다.

"군자!" 하고 홍윤성이 껄껄 웃으며 "군자 다 집어치워라야. 쇠몽둥이로 사람 잡는 놈이 군자는 무슨 빌어먹다 죽을 군자야 군자는" 하고 아니꼬운 듯이 땅에 침을 뱉고는 발로 쓱쓱 비빈다.

홍윤성의 말에 함귀는 부끄러운 듯 머쓱해하고 한명회는 고개를 끄덕끄덕하고 코웃음을 한다. 명회도 윤성의 말이 좀 듣기가 거북하였던 것이다.

이때 밖에서 대문 열리는 소리가 들리고 두런거리는 소리가 들린다. 명회는 무엇이 자기의 얼굴을 들여다볼 것을 두려워하는 듯이 얼른 한 손으로 망건편자를 만지고 한 손으로는 붓을 들어 생살부 껍데기에다가 되는대로 글자를 끄적거렸다. 그 글자 중에는 공경 경(敬) 자와 도울 양(襄) 자가 많이 있었다. 무심히 끄적거리는 중에도 경덕궁과 양양이 생각났던 모양이다. 이렇게 아무 죄도 없는 사람의 목숨을 많이 죽여서라도 일신의 부귀영화 욕심을 채우는 것보다는 경덕궁의 궁직으로 기왓장이나 벗겨 팔아먹고 사는 것이, 또는 양양에서 도적 두목의 편지나 써주며 얻어먹고 사는 것이 편안할걸, 하고 자신도 모르는 사이에 마음이 뉘우치는 것이었는지도 모른다.

명회만이 아니라, 그렇게도 팔을 뽐내던 홍윤성·양정도 담 밑에 착 달라붙어서 눈이 멀뚱멀뚱하고, 함귀는 더구나 안절부절을 못하는 듯이 발을 들었다 놓았다 하고 있다. 무릎이 떨리는

가 보다. 그러나 오늘 저녁에 잘하지 아니하면 일생 영화는 아주 달아나고 마는 것이다. 그저 눈 꽉 감아라! 쓴 약 먹는 모양으로 눈 꽉 감고 꿀떡 삼켜라! 이렇게 스스로 채찍질하면서 함귀는 정말 무엇을 삼키는 듯이 눈을 꽉 감고 꿀떡 삼켰다. 그렇게 마음을 맵게 먹으면 적이 무릎 떨리는 것이 덜하는 듯하였다.

"의정부 좌찬성 이양!" 하고 봉석주가 홀기(笏記, 의식의 순서를 적은 글) 부르듯이 길게 부르는 소리가 나자 백발이 성성하고 키 꼴 큰 점잖은 늙은 대관 한 사람이 사모 관복에 손을 읍하고 머리를 약간 숙이고 바로 상감 앞에 있는 듯 조심하는 태도로 중문 안으로 들어섰다. 유덕하기로, 근엄하기로 이름 높은 이양이다.

이양이면 명회의 손에 있는 사부에 셋째로 이름이 오른 사람이다. 첫째가 김종서, 둘째가 황보인, 셋째가 우의정 정분이라야 옳을 것이지만 정분은 전경도체찰사로 밖에 있기도 하려니와 그렇게 중요하게도 보지 아니한 것이다.

한명회는 손에 들었던 붓으로 이양이란 이름 위에 점 하나를 치고는 벌떡 일어나며 손을 들었다.

그제야 이양도 좀 수상하게 생각하였다. 임금이 행차해 있는 곳이면 임시로 꾸민 궁중이건만 중문 안에 웬 불량스러운 선비 같기도 하고 한량 같기도 한 것들이 헌 망건, 때 묻은 중치막으로 구석구석이 늘어서고 게다가 웬 괴물 같은 작자가 사팔뜨기 눈을 번쩍거리며 자기가 들어오는 것을 보고 손을 번쩍 드니 수상하지 않을 수 없었다. 그래서 이양은 잠깐 걸음을 멈추고 사

단종애사

방을 돌아보려 하였다.

이때에 함귀가 문 그늘에서 살랑살랑 걸어 나오더니 이양 앞에서 읍한다. 이것은 '이것이 분명히 이양이다' 하는 뜻이다. 함귀는 관복 차림이었다.

이양은 함귀를 어렴풋이 알아보고 적이 의혹을 푼 듯이 다시 걸음을 옮겨 놓았다.

그러나 이양이 두 걸음을 옮기기도 전에 홍윤성과 양정의 철여의가 이양의 머리와 등을 동시에 내려쳤다.

이양은 소리도 없이 땅에 거꾸러져 입으로 피를 토하였다.

함귀도 가만히 있어서는 공이 깎일 것 같아서 눈을 뜨고 피거품 문 입을 움직이려 하는 이양의 양미간을 철여의로 내려 바수었다. 얼굴은 알아보지도 못하게 으깨지고 말았다.

그렇게 점잖고 엄숙하던 이양은 피투성이 송장이 되어 누웠다. 진실로 '아이고' 소리 한 마디 못 내고 사람의 목숨 하나가 끊어진 것이다.

"이 사람" 하고 윤성이 "한림학사 사람 치는 법은 그러한가. 그렇게 낯바닥을 바숴 버리면 누군지 알 수가 있나" 하고 함귀를 보고 픽 웃는다.

'이놈이, 이 종놈의 자식이 인제는 사뭇 하게를 하려 드는구나' 하고 귀는 분하였다. 그래서 한 번 윤성을 흘겨보았다.

다음에 들어온 것은 우참찬 정인지다. 집현전 교리 신숙주가 뒤를 따랐다.

명회는 일어나 공손히 인지에게 읍하였다. 인지는 곁에 놓인 시체를 보고 "누군가?" 하고 명회에게 묻는다.

"이양이오" 하고 명회와 귀가 일제히 대답한다. 서로 대답을 경쟁하는 듯하였다.

"인제 겨우 하나야?" 하고 인지는 불만인 듯하였다. 그러나 명회를 위로하는 듯이 한 번 웃어 보이고 이양이 흘린 피를 아니 밟을 양으로 사뿐사뿐 골라 디디며 안으로 걸어 들어간다.

숙주는 명회는 본체만체하고 함귀에게만 웃음을 바꾼다. 그러고는 명회와 윤성, 양정을 경멸하는 눈으로 한 번 슬쩍 둘러보고는 역시 땅바닥에 괸 이양의 피를 피하여 피 없는 데를 골라 디디면서 인지의 뒤를 따른다.

"주리를 틀 녀석" 하고 명회가 숙주의 뒤를 흘겨본다.

'흥, 이 녀석. 모든 일은 다 네가 하는 것 같지. 흥, 모두 내님의 계교야. 네까짓 놈 백 놈 있어 보아라. 김종서 발가락 하나나 건드리나.'

이렇게 명회는 숙주를 원망하였다. 명나라에 종사로 데리고 갔다 온 이후로 수양대군은 신숙주를 사랑할뿐더러 심복을 만들었다. 정인지를 완전히 수양대군 편을 만든 것도 신숙주의 공이 큰 것이다. 숙주는 수양대군과 정인지 사이의 혀와 같았다.

그렇지만 한명회가 보기에 신숙주는 자기가 세운 공을 가로채 먹는 도적놈같이만 보였다. 가만히 앉아서, 오늘 일이 패하면 나는 모르오 하고 여전히 벼슬을 다니고, 만일 성사가 되면 남보다 먼저 나서서 "이 일은 모두 내 공이오" 하려는 것만 같았다.

"흥, 국밥 다 끓여 놓으니까 먹으러만 살랑살랑" 하고 명회는

단종애사

인지와 숙주가 문 안에 들어가고 안 보일 때까지 노려보았다.

다음에 들어온 것이 좌참찬 허후다.

마당에 흥건한 피를 보고 깜짝 놀라 땅에 발이 붙은 듯이 우뚝 서서 사방을 둘러본다. 피 있는 곳에서 네댓 걸음 동쪽으로 허옇게 엎어 놓은 이양의 시체가 등불의 춤추는 빛을 받아 마치 들먹들먹 움직이는 것 같다.

평소 감정이 격한 허후는 좌우에 벌려 서 있는 것이 누군 줄도 보지 아니하고 "이게 웬일이냐?" 하고 소리를 질렀다.

"역적 이양이오" 하고 귀가 읍한다.

허후가 보니 평소에 아는 함귀다. 허후는 귀의 위아래를 훑어보더니 "역적 이양이라니? 이양이 언제 역적이 되었던가."

귀는 더 할 말이 없고 명회는 다른 데를 돌아보고 픽 웃었다.

허후도 당연히 죽을 것이지마는 작년 10월 수양대군이 명나라에 간다고 할 때에 "지금 재궁이 빈전에 계시거늘 수양대군이 나라의 종신이 되어 나라를 떠나신다는 것은 마땅치 아니하외다" 한 것이 수양대군의 비위에 맞아서 이름이 사부에 오르기를 면한 것이다.

허후는 심히 못마땅한 듯이 서너 번 고개를 흔들더니 한명회, 홍윤성 등을 한 번 노려보고 도로 나갈까 들어갈까를 결정하지 못하는 듯이 잠깐 주저하다가 안으로 들어간다. 허후의 그림자가 수양대군 있는 대청 앞에 다다르려 할 때에 "이조판서 조극관!" 하고 외치는 소리가 들렸다.

허후는 무슨 일이 생기나 보자, 하고 획 돌아섰다.

중문을 통하여 함귀가 조극관 앞에 읍한 모양과 한명회가 한 손을 번쩍 들고 일어서는 양이 불빛에 비쳐 마치 귀신과 같았다.

허후는 발을 돌려 안중문까지 나와서 가만히 내다보았다.

그중 한 놈이 기다란 그림자를 끌고 어두운 속에서 내달으며 철퇴를 들어 조극관의 뒤통수를 갈기는 모양이다. '아이쿠' 소리도 들리는 듯 마는 듯, 조극관의 관복 자락이 펄럭거리며 땅에 거꾸러지는 것이 보이고, 그러자 함귀가 발을 들어 극관의 가슴을 서너 번 차는 양이 보이고, 그중 한 놈이 허리를 굽혀서 극관의 얼굴을 들여다보고는 몸을 흔들며 끼득끼득 웃는 소리가 들린다.

그러고는 또 한 놈이 철여의를 들어서 조극관의 면상을 내려치는 것이 보이고는 다른 두 놈이 달려들어 극관의 몸(아마 시체일 것이다)을 발길로 굴려서 이양의 시체 있는 곳에 밀어다 놓고, 그중 한 놈이 극관의 발목을 잡아 한편 구석으로 홱 내던지고는 미친놈처럼 깔깔깔 웃는 소리가 들린다. 그러고는 도로 아까 모양으로 조용해지고, 여러 놈의 그림자는 그늘 속으로 사라져 버리고 만다.

허후는 이 광경을 다 보고 나서 '응, 쩝쩝' 하고 입맛을 두어 번 다시더니 모든 의미를 알았다는 듯이 대청을 향해 다시 걸음을 옮긴다.

김종서 부자가 수양대군의 손에 맞아 죽었다는 소식은 성문이 열리기 전에는 장안에 들어올 수가 없었다. 또 서대문, 남대

단종애사

문, 서소문을 지키는 군사가 이미 수양대군 편이 되어 버린 홍달 손의 군사고 보니 더구나 김종서가 당한 소식을 문 안에 들여보 낼 리가 없었다.

김종서의 집에 왔다가 종서가 기절한 것을 본 원구가, 대신이 암살을 당할 뻔하였다는 것과 상처가 중하니 내의를 보내 주실 것을 상감께 아뢰려 하였으나 서대문, 남대문이 다 굳게 닫히고 아무리 하여도 열어 주지를 아니하였다.

그래서 영의정 황보인은 김종서 집에 생긴 일도 알지 못한 채 저녁 후에 사랑에 앉아 한담하고 있었다.

이때에 선전관 한회가 와서 즉시 입시하라는 명을 전하고는 다른 데 갈 길이 바쁘다 하여 당에 오르지도 아니하고 말을 달 려 가버렸다.

이 뜻하지 않은 부름에 황보인 집은 내외가 다 놀랐다. 황보인 도 방에 들어가려고도 아니하고 마당에 우두커니 서서 눈을 감 았다. 희고 기다란 수염이 가슴에 빛난다.

"초헌(軺軒, 종이품 이상 벼슬아치가 타던 수레) 내어라" 하고 황 보인은 마침내 명령하였다.

"아버지, 들어가십니까?" 하고 근심스러운 빛을 띠고 한 걸음 쯤 뒤에 모시고 섰던 석이 한 걸음 나서며 아버지에게 묻는다.

황보인은 잠깐 아들을 보고는 그 시선을 피하는 듯이 고개로 하늘을 바라보며 "부르시니 아니 들어가겠느냐. 내가 오래 국은 을 입고 한 일이 없으되 또 큰 허물도 없나니라. 어느 때에 무슨 일이 있더라도 낭패하지 아니하도록 하여라" 하고는 초헌에 올랐다.

황보인의 이 말은 최후의 유언같이 들려 석, 흠 이하로 오직 고개를 숙일 뿐이요 말이 없었다.

황보인은 이 밤중에 위에서 부르시는 것이 무슨 뜻인지는 모르나 대문을 나서매 자연히 이번 길이 마지막 길인 것같이 생각되어서 비감함을 금치 못하였다.

지금까지 해로하여 온 부인도 한 번 더 보고 싶었고 어린 손자들도 한번 만지고 싶었다. 그러나 그는 왕명을 받아서 간다는 생각에 다만 사당을 향하여 잠깐 읍하여 혹 영결이 될는지 모르는 하직을 고하였다. 그러나 초헌에 흔들리는 그의 허연 수염에는 눈물이 굴러 내렸다.

뒤에는 아들 석이 종자 두어 사람을 데리고 멀리 아버지의 뒤를 따랐다. 석은 이 밤에 부르시는 것이 반드시 무슨 까닭이 있다는 의심이 들었고, 그 의심 속에는 수양대군의 모양이 번쩍 나타났다. 석은 작년에 종서의 아들 승규와 같이 수양대군을 따라 명나라에 갔었다. 신숙주를 심복으로 사랑하면서도 승규와 자기를 누구나 알아보게 미워하던 수양대군이었다. 그 수양대군의 살기 있는 눈이 석에게는 분명히 보이는 것이다.

의심스러우니 가지 말라고, 만일 자기가 아버지를 만류하면 '신자(臣子)로서 군부의 명을 의심하는 법이 없나니라' 하고 자기를 책망하여 버리고 말 것을 석은 잘 알았다. 그러므로 감히 가지 말라고도 못하고 다만 뒤만 따라갈 뿐이었다.

종묘 앞에 당도하여 사인(舍人) 이예장을 만났다. 그는 황황히 황보인의 초헌을 붙들고 말한다.

"대감, 가시지 마시오. 지금 영양위 궁은 안팎으로 순군과 금군으로 둘러싸였습니다. 그것도 상관없지마는 수양대군 궁 무사란 것들이 들락날락하고 안마당에서는 사람을 때려죽이는지 아이쿠 소리가 났다고 합니다. 지금 대신을 부르는 것이 다 수양의 농간인 듯하니 이편에서도 막아 낼 도리를 하는 것이 옳을 듯하외다."

이예장이 황보인의 초헌을 붙들고 만류하는 사이에 뒤를 따르던 황보석도 무슨 일인가 하고 달려왔다. 와서 이예장의 말을 듣고 석은 황보인을 바라보며 "아버지, 제가 먼저 영양위 궁에 가서 보고 올 것이니, 아버지는 일단 집으로 돌아가시오. 암만해도 일이 수상하외다" 하였다.

"어찌 그리할 수 있느냐. 임금이 부르시거늘 어찌 일각인들 지체할 수가 있느냐. 설사 무슨 흉계가 있다 하더라도 군자는 가기 이방(可欺以方, 그럴듯한 말로써 남을 속일 수 있음)이니라" 하고, 예장의 손을 잡으며 "무슨 일이 나고야 마는 모양이니, 나 같은 늙은 사람이 죽고 사는 것이야 대순가만 만일 수양대군이 무슨 흉계를 꾸민다 하면 선조 고명 받은 사람을 다 없애 버릴 모양이니, 그리 되면 어리신 상감께서 어찌하시나. 모두 내가 어두워 이리 된 것이니, 지하의 영묘(英廟)와 선조를 뵈올 면목이 없는 죄인일세" 하고는 눈을 감아 눈을 흐리게 하는 눈물을 떨어뜨리고 나서 "자네는 이 길로 절재한테 가보게. 다행히 만나거든 좋고 벌써 들어왔으면 무가내하지(어쩔 수 없지). 만일 절재를 못 만나거든 성승과 유응부를 보고 후사를 부탁한다고 하게. 그 사람들은 죽지 아니할 듯하니까" 하고는, 아들 석을 보고 "따라올 것 없으니 너는 집으로 가거라" 하고 두어 걸음 가다가 초헌을 멈추고 "병조판서가 어디 있느냐?" 하고 묻는다.

석이 달려가서 "어저께 비석소에 나가서 아직 안 들어왔습니다" 하는 대답을 듣고는 "오, 아직도 비석소에 있느냐. 어서 집으로 가거라. 남 웃기지 말아라" 하고 종묘 앞에서 내리지도 아니하고 살같이 영양위 궁을 향하여 달려간다. 초롱불이 가물가물 하는 것도 아들에게는 슬펐다.

이러한 말을 아들 석에게는 부탁하지 아니한 것은 아들의 목숨도 내일을 지내기 어려울 듯한 까닭이다. 아들에게 주는 마지막 부탁이 남 웃기지 말라는 것이다. 온 집안이 도륙을 당하더라도 비겁한 빛을 보이지 말고 당당하게 태연하게 당하라는 뜻인가.

영의정 황보인이 영양위 궁 문전에 다다른 때에는 그래도 다른 때와 달랐다. 군사들은 더욱 정숙하고 홍달손은 이마가 땅에 닿으리만큼 허리를 굽히고 대문은 활짝 열렸다.

그러나 황보인은 대문 밖에서 초헌을 내렸다. 그리고 유심하게 좌우를 돌아보았다.

"좌상 들어왔느냐?" 하는 목소리는 높지 않으나 그래도 일국을 호령하던 수상다운 힘과 무거움이 있었다.

"아직 아니 오셨소" 하는 홍달손의 등에는 자연 물이 흘렀다. 그리고 김종서가 죽은 줄도 모르고 자기가 몇 걸음만 더 걸으면

단종애사

철여의 바람에 두골이 으스러져 죽을 줄도 모르는 늙은 영의정이 우습기도 하고 가엾기도 하였다.

"수양대군 듭시었느냐?" 하고 인이 다시 물을 때에는 달손은 대단히 거북하였다.

"예, 벌써부터 듭시어 계시외다" 하면서도 달손은 까닭 모를 위압을 깨달았다.

"그 밖에 누구누구 와 있느냐?"

달손은 잠깐 말문이 막혔다.

대문에 영의정 황보인이 온 줄은 곧 둘째 문, 셋째 문까지 알려졌고, 인이 달손과 이야기하는 동안에 수양대군이 앉아 있는 안방에까지 알려졌다.

"인이가 왔어?" 하고 수양대군도 놀라는 빛을 보이고 정인지, 이사철, 한확, 신숙주의 무리는 얼굴빛이 해쓱해지는 듯하였다.

그중에 태연한 이는 오직 허후 한 사람뿐이었다. 그의 주름 많은 얼굴에는 우는 듯 비웃는 듯, 무엇이라고 형언할 수 없는 빛이 떠돌았다. 후는 인지를 이윽히 보더니 "이 사람, 저 늙은이야 무슨 죄 있나. 자네에겐들 무슨 원혐 있나. 앗게, 죽이질랑 말게" 한다. 후가 황보인 죽이지 말자는 말을 수양대군에게 하지 않고 정인지에게 하는 것은 은연중 그가 이 일에 깊이 관계된 것을 빈정대는 것이다.

정인지는 허후의 말에 미상불 낯에 쥐가 나는 듯하였다. 허후는 좌참찬이요 정인지는 우참찬으로, 가깝다 하면 심히 가까워야 옳은 일이요, 또 죽마고우로 글벗으로 수십 년간 친구였다.

황보인으로 말하면 두 사람에게는 다 절친하다 할 만한 존장이요 선배다. 비록 인지가 수양대군의 수하가 되어 이번 정난 계획에 가장 중요하게(물론 남모르게) 관계는 하였다 하더라도 대해 놓고 이렇게 하는 말을 들으면 얼굴에 쥐가 아니 날 리가 없다. 더구나 다소 여자다운 편심을 가진 인지는 속으로 허후의 오늘 욕보임을 단단히 치부하여 둔 것이다.

"거 원, 무슨 말인가, 나더러. 내가 누구를 죽이고 살리고 한단 말인가" 하고 인지가 그 가느다란 눈으로 허후를 노려본다. 신숙주, 최항, 이계전 등 젊은 무리들은 무안한 듯이 얼굴을 붉히며 인지와 후를 번갈아 본다.

수양대군은 못마땅한 눈으로 후를 노려보나 후는 못 본 체하고 "나으리, 김종서 하나만 죽이면 고만 아니오. 글쎄 이양은 무엇하러 죽이며 또 황보인은 무엇하러 죽이시오. 뜻에 아니 맞거든 어디 먼 곳으로 귀양이나 보내시지, 죽이지는 마시오. 역사 삼세(歷事三世)한 노신이 아니오니까. 그리 마시지요" 하고 인지를 노려본다.

수양대군은 후의 말을 안 들으려는 듯이 몸을 이리저리로 움직이더니 "어, 웬 여러 말이오?" 하고 후를 향하여 소리를 질러 버린다. 대대로 충효 집안 자손으로, 더구나 그 부모상에 효성이 지극하다는 명성이 높은 허후는 과히 귀찮게만 아니 굴면 살려 두어 자기가 어떻게 충효를 존중하는가를 세상에 보이는 증거로 삼으려 하는 것이 수양대군의 생각이었다. 허후는 정치적 수완으로 그리 용할 것도 없었고 더구나 정치적으로는 극히 야심

단종애사

이 없었다. 그것이 수양대군이 허후를 살려 두려는 또 한 가지 이유도 되었다. 그는 살려 두어야 해될 것은 없는 까닭이다. 오직 그의 어리석을 만큼 곧은 입이 염려였으나 그것이야 못 참으랴 싶었다.

수양대군이 주는 편잔을 후는 꿀떡 삼켰으나 자기의 힘이 도저히 황보인을 살릴 수 없음을 깨달았다. 그러고는 눈을 감고 입을 다물어 버렸다.

밖에서 두런두런하는 소리가 들린다. 황보인이 둘째 문을 들어오는 모양이다. 허후는 참다못하여 문을 열고 나갔다. 그러는 것을 보고 수양대군은 너털웃음을 치며 "허 참찬, 황보인의 감참(監斬, 죄인의 참형을 감독함)이나 잘 하오" 하고 허후가 들을 만큼 큰 소리로 외친다.

인지는 이맛살만 씰룩거리나 다른 사람들은 수양대군의 비위를 맞추어서 다 웃었다. 그렇게 웃음으로써, 밖에서 노재상 황보인이 철퇴에 맞아 지금 피를 흘리려니 하는 생각에서 오는 형언할 수 없는 무시무시함, 살인죄에 관계한 사람만이 경험하는 무시무시함을 약간 잊어버리려는 생각도 있었다.

흔들리는 촛불 그늘에 방 안 구석구석에 혹은 김종서의 키작은 모양이, 혹은 이양의 부대한 몸이, 혹은 황보인의 허연 수염이 보였다 스러졌다 하는 듯하여 황보인의 '아이쿠' 소리를 이젠가 저젠가 하고 귀를 기울이고 있는, 수양대군 이하 여러 사람들은 서로 바라보고 몸에 소름이 끼쳤다.

허후가 안중문에서 내다볼 때는 바로 황보인이 한명회가 앉아 있는 둘째 문을 들어설 때였다. 감격성 많은 허후는 어떻게 해서든 황보인을 구해 내어야 할 것같이 생각하여 걸음을 빨리 하였다. 자기가 간다고 해봐야 죽을 황보인을 살릴 수 없는 줄을 미처 생각할 수가 없었던 것이다.

한명회의 옷소매가 들리고 그늘 속에서 철여의 든 놈들이 뛰어 나서는 양이 보였다.

"낯바닥일랑 성하게 두어라!" 하는 한명회의 우렁찬 음성이 들리자 뚱뚱한 홍윤성의 철여의가 황보인의 뒤통수를 향하고 내려오는 것을 허후가 보았다.

그때에 황보인은 '오, 그렇더냐. 다 알았다' 하는 듯이 걸음을 멈추고 우뚝 서서 한명회를 노려보며 "어, 여기가 어디라고 이 웬 잡인들이냐?" 하고 호령하였다.

그러나 그 호령이 끝나기 전에 홍윤성의 철퇴에 맞아 황보인은 마치 큰 나무의 뿌리가 뽑혀서 넘어지는 모양으로 땅 위에 쓰러졌다. 영의정 잡은 공로에 너도나도 참예하겠다고, 좌우에 벌려 섰던 무사들이 우르르 뛰어 나섰다. 그중에는 강곤, 민발, 유형, 곽연성, 홍귀동, 홍순로, 송석손 등도 있었다.

황보인이 땅에 쓰러지자 좌우에서 어중이떠중이가 모여드는 것을 보고 허후는 억제할 수 없는 의분을 느껴 "이놈들아! 글쎄이 도적놈들아. 그 양반이 무슨 죄가 있다고 그러느냐. 이놈들아, 그 양반께 손을 대지 말아라" 하고 달려들었다. 사람들은 웬일인고 하고 잠깐 물러섰다.

명회는 허후를 노려보았다. 사람들이 잠깐 물러선 동안에 허

단종애사

후는 땅에 쓰러진 황보인의 곁에 앉아 두 손을 피 흐르는 황보
인의 머리 밑에 넣어 머리를 좀 들고 "나를 보시오, 나를 보시
오. 후외다, 허후요. 글쎄 이게 모두 무슨 변이란 말인고. 뒤통수
가 이렇게 으스러졌으니 살아날 수가 있나…… 날 좀 보시오.
대감, 좀 보시오. 눈은 떴는데…… 정신을 못 차리시나. 이게 원
무슨 일이람" 하고 소매를 들어 앞을 가리는 눈물을 씻는다. 씻
고는 인의 얼굴을 들여다보고, 보고는 또 씻고 하는 동안에 후
는 우후후 하고 소리를 내어 운다.

"글쎄 무슨 죄로 이렇게 참혹하게 돌아가시오?"

얼마 만에 황보인의 눈이 움직이는 듯하더니 "오, 자넨가. 자
네는 아직 안 죽었나?" 하고 반가운 듯한 표정까지 보인다.

"예, 웬일인지 나는 아직 살았소이다. 정신이 좀 나시오?" 하
고 후가 자기 얼굴을 더욱 인에게 가까이 댄다.

"좌상 어찌 되었누?"

인은 김종서의 말을 묻는 것이다.

"좌상은 벌써 죽었어요. 이양도 죽고요. 조극관도 죽고……
웬만한 사람은 다 죽겠지요."

"인지는 살았나?"

인은 정인지의 말을 묻는 것이다.

"살아도 잘 살았나 보외다. 머리가 이렇게 으스러졌으니 사실
수야 있나. 무슨 부탁하실 말씀은 없으시오? 원, 낸들 언제 죽
을지 아나. 그래 무슨 하실 말씀이 있거든 하시오. 어, 고만 정신
을 못 차리시나 보군."

황보인은 더 정신을 차리지 못하고 눈에 생기가 없어진다.

허후는 두어 번 인의 머리를 흔들며 불러 보았으나 대답이 없는 것을 보고 인의 머리를 자기 무릎 위에 놓으며 "어뿔싸, 고만 운명을 하시는군. 이 사람들아, 자네네들이 더 때리지 아니하여도 벌써 운명하였네. 일생에 아무 죄 없는 양반을 시체나 성하게 가만두소" 하고 오른손을 들어 인의 눈을 감긴다.

명회는 황보인이 완전히 절명한 것을 보고 안으로 들어갔다. 안에서는 수양대군 이하 여러 사람이 마치 무슨 무서운 기별을 기다리는 듯이 명회를 바라보았다.

명회는 그 사팔뜨기 눈으로 한 번 방 안에 있는 모든 사람들을 둘러본다. 내 얼굴을 잘 익혀 두어라, 하는 듯하다. 그러고 난 뒤에 수양대군을 향하여 "나으리, 인을 잡았소" 하고 한 번 웃어 보인다.

수양대군은 명회의 이 보고가 아니라도 황보인이 지금 죽는구나 하고 이미 모르고 있지 않았으나, 그래도 영의정 황보인까지 그렇게 쉽사리 자기 뜻대로 잡아질 것 같지 않아 마치 어른이 가지고 있는 물건을 집어 오는 어린아이와 같은 걱정이 없지 않았던 것이다. 그러다가 명회의 보고를 듣게 되자 이제는 황보인을 잡은 것이 확실해진 것이다.

"어, 인이 놈을 마저 잡았어?" 하고 수양대군은 성공의 기쁨, 승리의 기쁨으로 다만 눈이 번쩍번쩍 빛나고 입 근육이 씰룩씰룩 움직일 뿐이었다. 수양대군뿐 아니라 정인지, 신숙주, 이계전, 최항 이하 이 일에 무서운 생각을 가지고 며칠 동안 밤잠을 잘

단종애사

이루지 못하던 무리들도 가슴을 짓누르던 무거운 바둑돌이 금시에 젖혀진 모양으로 자기도 모르는 사이에 휘유 한숨을 쉬고, 이제는 되었다 하는 숨길 수 없는 웃음을 입가로 흘렸다. 그중에도 정인지, 신숙주가 어찌할 바를 모르고 기뻐하는 태도가 더욱 눈에 띄었다.

"우스운 일이 있소이다" 하고 명회가 "허 참찬이 인의 머리를 무릎 위에 놓고, 이놈들아 죄 없는 양반을 왜 죽이느냐고 소인을 보고 호령을 하고 울고불고 야단이외다. 어찌하오리까? 그냥 두오리까, 좀 아픈 맛을 보이오리까?" 하고 웃는다. 아까 당장에는 허후가 때려죽이고 싶도록 미웠으나 지금 이 자리에 서서 자기가 가장 공이 커서 장차 허후보다 높아질 것을 생각하면 지금은 허후가 가엾고 우습기만 하였다.

"응, 사람이 어째 그 모양이야. 아무리 일러도 그 모양이람" 하고 정인지가 귀찮은 듯이 고개를 흔든다.

"워낙 괴벽하니까" 하고 수양대군이 웃는다.

"아니외다. 괴벽이 아니라 졸해서 그러외다" 하고 신숙주가 책망하는 듯이 말한다.

"그래도 사람은 진국이어" 하고 수양대군이 아낀다.

저편 구석에서 눈을 깜작깜작하고 말할 기회를 기다리느라고 몸을 옴짝옴짝하던 이계전이 성큼 나앉으며 "아니외다. 일이 그렇지를 아니하외다. 아무리 허후라 하더라도 역적 인을 두호한다 하면 변시 역적이니까, 가만두는 것이 옳지 아니하외다. 마땅히 내어 베어야 합니다" 하고 소리를 높이고 낯에 핏대를 돋우며 외친다. 이계전은 고려 충신 목은 이색의 손자다.

이계전의 말에 사람들의 얼굴에는 무서운 기운이 돌고 눈들은 수양대군을 향하였다.

수양대군의 낯빛도 긴장이 되며 이계전을 이윽히 바라보더니 "아니, 그럴 수 없어" 하고 허후 죽이자는 이계전의 발론을 물리친다. 그러나 마음에 이계전의 자기에 대한 충성은 만족하게 여겼다. 이러하면 계전의 목적도 이룬 것이다. 허후를 살려 두면 선비들의 뜻을 살 것이다, 하고 생각한 것이다.

수양대군이 허후를 살리려는 뜻을 보고 정인지는 얼른 딴 문제를 끌어내었다.

"나으리, 이미 밤이 늦었으나 국가대사온즉 지금 곧 황보인의 수급을 가지고 나으리께서 상감께 정난 수말(首末)을 주달하는 것이 옳을 듯하외다."

황보인의 머리를 가지고 상감께 정난의 수말을 아뢰어야 한다는 인지의 말이 수양대군에게 무척 기뻤다. 적장의 머리를 베어 들고 탑전에 공을 아뢰는 장쾌한 맛을 깨달은 것이다. 그러나 어찌 생각하면 수줍기도 하였다.

"그래야 할까?"

수양대군은 탄식하는 듯이 이렇게 말하였다.

"그러기를 두말씀이오니까. 이번 정난은 모름지기 나으리의 공이온즉, 적괴의 수급을 가지고 주공하심이 마땅하올뿐더러 또 그러하심이 성려를 덜으심인가 하오" 하는 정인지의 말은 그야말로 수양대군의 비위에 맞았다.

　　　　　　　　　　　　　　　　단종애사

이미 다 죽은 황보인의 머리를 베는 것이지만 이것을 베는 절차를 어찌할까 하는 것이 꽤 문제가 되었다. 워낙 조목 찾기와 말썽 많기로 세종대왕 시절부터 유명한 이계전은 적괴를 참(斬)하는 모든 형식과 위의를 베풀기를 주장하였으나 만사에 그리 흥미를 가지지 않는 이사철은 "그것은 그래 무엇하나. 이왕 다 죽은 것이니 아무렇게나 목을 자르면 그만이지그려" 하고 시끄러운 듯이 고개를 돌렸다.

이계전은 자기가 황보인 감참하는 명예를 가지고 싶었던 것이다. 명예보다도 공을 가지고 싶었던 것이다.

그러나 원체 수양대군이 무슨 정당한 직임을 가지고, 이를테면 정당한 자격을 가지고 하는 것이 아니라 모두 비공식적이기 때문에 모든 일이 자연 서툴렀다. 조목을 찾자 하니 찾을 조목이 없고 아니 찾자 하니 너무 싱거워서 얼마 동안 예문 토론을 하다가, 마침내 정인지의 발의로 자기가 임시 판의금 격이 되고 신숙주가 동의금 격이 되어 황보인·이양·조극관 이하 오늘 밤에 죽은 사람 10여 명의 목을 베기로 하였다.

이렇게 결정이 되매 이계전은 실망하였으나 한확, 이사철, 최항의 무리는 안심하는 한숨을 쉬었다. 대개 사람의 목 자르는 것을 보고 싶은 사람이 어디 있으랴마는 더욱이나 오늘 아침까지 자기네 상관으로, 동료로, 또 사사로운 정으로 보면 오래 사귀어 온 어른으로, 친구로 웃고 대하던 황보인 이하 여러 사람의 죄 없는 목을 자르는, 그것도 철여의에 맞아 으스러진 시체의 목을 자르는 직책을 맡는 것은 그들에게도 그리 재미있는 일은 아닌 까닭이었다.

정인지와 신숙주는 명회를 따라 황보인의 시체 있는 곳으로
나아갔다. 이때까지 황보인의 머리를 무릎 위에 놓고 울고 앉았
던 허후는 그들이 오는 것을 보고 소매로 눈물을 씻고 두 사람
을 바라보며 "글쎄 이 사람, 이 늙은이가 무슨 죄가 있나" 하고
아까 방에서 하던 말과 같은 말을 중얼거린다.

인지는 귀찮은 듯이 낯을 찡그리며 "일어나게. 이게 무슨 꼴이
람. 땅바닥에 펄썩 주저앉아서. 시체는 우리가 처치할 테니 자넬
랑 일어나 들어가게. 대군께서 기다리시네" 하고 허후의 소매를
끌어 일으킨다. 허후를 이 자리에 두어 황보인의 목 베는 광경
을 보게 하면 또 무슨 말썽이 생길는지 모르는 까닭이다.

"시체를 처치하다니, 어떻게 처치한단 말인가. 설마 효수(梟
首)는 아니할 테지?" 하고 후는 인지의 손을 뿌리치려고도 아니
하고 애원하는 눈으로 묻는다.

"어서 일어나게" 하고 인지는 후가 반항하지 않는 것을 기화로
여겨 한 번 더 후의 소매를 끌며 "지금 나으리가 자네를 찾으시
니까 아마 그런 일을 의논하시려는 모양이니 얼른 가보게" 하는
말을 믿고 후는 그래도 의심스러운 듯이 인지와 숙주와 명회와
기타 둘러선 무사의 무리를 한 번 둘러보고는 "이놈들, 그 양반
이 무슨 죄가 있어?" 하고 한 번 눈을 흘기고 안으로 들어간다.
가서 수양대군에게 황보인 이하 오늘 밤에 죽은 사람들의 시체
나 온전히 자손에게 내어주어 장사하게 하도록 청하려 하는 것
이다.

단종애사

후가 안중문으로 들어가고 다시 보이지 않게 되길 기다려서 인지는 좌우를 시켜 쟁반에 백지 한 장을 깔아 오라고 명하였다. 이윽고 영양위 궁 종이 쟁반을 들고 나와서 이 광경을 보고 "아이구머니!" 하고 쟁반을 동댕이를 친다. 뎅그렁 뎅그렁 소리를 내며 쟁반이 땅바닥에 떨어져 구른다. 그것이 무시무시했다. 양정은 굴러가는 쟁반을 발로 막아 붙들어 땅에 떨어진 백지를 집어 깔아서 두 손으로 들어다가 인지 앞에 놓았다.

정인지는 아무쪼록 황보인의 시체를 보지 않으려 하면서 누구를 향하는지 분명치 않게 "인의 목을 베어라" 하고 명을 내렸다. 정인지의 말소리는 약간 떨리는 듯하였다. 사람들은 아무 대답이 없었다. 마당은 잠잠하였다. 홍윤성, 양정조차 서로 바라만 보고 머뭇머뭇하였다.

"어찌하여 베지 아니하느냐?" 하고 인지는 위엄 있게 소리를 질렀다.

"소인이 베오리다" 하고 칼을 빼어들고 나서는 것은 홍윤성이었다.

홍윤성은 소매를 걷고 나와 발길로 황보인의 가슴패기를 한 번 탁 차서 반듯이 누인 뒤에, 양정더러 두 귀를 잡아 인의 머리를 땅에서 좀 들리게 하도록 하고, 칼날을 한 번 손으로 쓸어 만지고 나서 인지와 숙주와 좌우를 돌아보며 왼편 손을 허리에 대고 오른손으로 칼을 머리 위에 높이 들고 이윽히 인의 목을 내려다본 뒤에 '에익' 하는 소리도 기운차게 허리가 잠깐 굽으며 번개같이 칼이 내려온다. 어느 순간 찍혔는지, 소리도 났는지 말았는지 모르건만 인의 머리는 몸에서 떨어져 양정의 손에 두 귀를 붙들려서 공중에 달려 있다.

양정은 이제는 자기가 나설 차례라는 듯이 두 팔을 번쩍 들어 인의 머리를 한 번 내두르고는 쟁반 위에 올려놓아 인지의 앞으로 밀어 놓았다. 인지의 붉은빛 나는 얼굴은 해쓱하게 되고, 그 조그마한 눈을 아무리 인의 머리에서 피하려 하여도 인의 허연 수염이 눈에 달려서 인지를 따르는 듯하였다.

이양 이하의 머리는 한명회에게 맡아 조처하라고 분부하고 인지는 윤성으로 하여금 인의 머리 담은 쟁반을 들게 하고, 무서운 곳에서 도망하는 사람 모양으로 숙주를 데리고 방으로 들어왔다.

윤성은 인의 머리 담은 쟁반을 들어 수양대군 앞에 바싹 갖다가 놓았다. 허후가 감겼던 인의 눈이 저절로 떠져 수양대군을 바라보는 듯하였다.

수양대군은 무서운 생각이 나지 않도록 담력을 모으려 하였으나 인의 눈이 춤추는 촛불 빛에 번쩍번쩍할 때에는 전신에 찬기운을 깨닫고 머리가 띵한 것 같았다.

"이래서 되겠나" 하고 수양대군은 스스로 자기의 마음을 다스리고 눈앞에 밀려들어 오는 무서움을 쓸어 버리는 듯이 손을 내두르며 "이것을 여기 놓아두면 어쩌하느냐. 아직 어디 안 보이는 데 갖다 두려무나" 하고 안 보려면서도 인의 머리를 한 번 더 보았다. 보고는 눈을 다른 데로 돌리려 하나 눈이 인의 머리에 붙어서 떨어지지를 아니하는 것 같았다. 그리고 가만히 인의 얼굴

　　　　　　　　　　　　　단종애사

을 들여다보고 앉았노라면 그 허연 수염이 움직이는 것 같기도 하고 또 그 머리가 컸다 작았다 하는 것도 같고 공중으로 떠오르는 것 같기도 하였다.

'응, 보기 흉한 것이로군!' 하고 수양대군은 속으로 중얼거리고 등골에 찬 땀이 흐름을 깨달았다.

허후는 마치 넋이 나간 사람 모양으로 입을 반쯤 벌리고 눈으로는 수양대군을 바라본 대로 가만히 앉아 있었다.

정인지도 전신에 땀이 흐름을 깨달았다. 손끝과 발이 싸늘하게 얼어들어 옴을 깨달았다. 말 많은 이계전도 아무 말 없이 작은 몸을 좌우로 흔들고 겁난 듯한 눈으로 다른 사람들의 눈치를 살피고 있었다. 이사철은 천장을 바라보고, 신숙주는 붓을 들고 종이에 무엇을 끄적거리고, 최항은 자리를 못 잡고 대청으로 들락날락하였다. 오직 가만히 있는 것은 피투성이 된 황보인의 머리뿐이었다.

"어찌 된 것 같더냐?" 하고 왕은 바깥 형편을 엿보고 들어오는 궁녀더러 애타는 듯이 물었다. "아직 사람을 죽이는 모양이냐? 대관절 몇 사람이나 죽였어?"

"인제는 아이구구 하는 소리가 좀 덜한 모양이오. 벌써 닭이 울었으니 아마 고만 죽이려는가 보오. 또 그만하면 죽일 만한 사람은 다 죽였을 것이니 더 죽일 사람도 없을 것이오" 하는 것은 역시 밖에서 할 수 있는 대로는 사정을 염탐하고 들어오는 영양위 정종의 말이다.

"그래 황보인도 분명히 죽었소?" 하고 왕은 근심스럽게 종에게 묻는다.

"아마 분명한가 보오."

"죽을 뿐 아니라" 하고 늙은 궁녀가 "황보 정승의 목까지 잘랐다 하오" 하고 몸서리치는 듯이 몸을 한 번 떤다.

"목을 잘러? 죽였으면 고만이지 목은 무엇하러 잘러" 하고 왕은 혼잣말 모양을 하고 낯을 찡그렸다.

이때에 "입직승지 최항이 아뢰오" 하고 최항이 왕의 앞에 들어와 부복한다.

왕도 놀라고 주위에 있는 사람들도 놀랐다. 입직승지가 들어온다고 놀랄 것도 없지마는 오늘 저녁에는 사람이란 사람은 다 나의 목숨을 엿보는 원수 같았던 까닭이다.

그래도 왕은 곧 위의를 수습하여 "무슨 일이냐?" 하고 분명한 음성으로 물었다.

"야심하옵거늘 아뢰옵기 황송하오나 수양대군 유(瑈)와 우참찬 정인지가 적괴 인, 양 등을 국문한 후 전말을 전하께 아뢰기 위해 계하에 대령하였사옵니다" 하고 최 승지가 아뢰었다.

왕은 주저하는 듯이 눈을 들어 잠깐 영양위를 바라보았으나 곧 결심한 듯이 "들라 하여라" 하고 수양대군과 정인지의 알현을 허락하였다.

늙은 궁녀들의 주선으로 왕의 자리를 방의 정면으로 옮기고 몇 사람 안 되는 근시하는 궁녀들이 왕을 옹위하는 듯이 좌우로 늘어섰다. 힘닿는 대로 왕의 위의를 갖추자는 늙은 궁녀의

단종애사

정성이다. 그리고 영양위 부처는 협실로 물러 나갔다.

이렇게 자리가 정돈되기를 기다려 수양대군이 정인지와 최항을 뒤에 달고 들어와 왕의 앞에 부복하여 예를 갖춘 후에 두 팔로 방바닥을 짚고 고개를 숙이고 꿇어앉고, 그 뒤에는 정인지·최항이 역시 팔을 짚고 꿇어앉았다.

"적괴 종서를 제거한 것은 벌써 상주하였사옵거니와 신이 아까 어명을 받자와 남은 적괴도 일일이 불러 국문하온바 각자가 실토하였소" 하고 수양대군은 잠깐 고개를 들어 왕을 올려다본다.

"실토하였소?" 하고 왕은 놀라는 듯이 묻는다.

"실토하였소. 인·종서 등이 안평대군 용을 받들어 유충하옵신 상감을 폐하려고 흉계를 꾸몄고, 오늘 상감께오서 영양위 궁 거동 계실 때를 타서 거사하기로 하였다는 말을 각자 실토하였소."

이러한 수양대군의 말을 이어 "우참찬 정인지 아뢰오" 하고 정인지가 무릎걸음으로 한 걸음 왕의 앞으로 가까이 나와 거의 이마가 땅에 닿을 듯이 엎드려 아뢴다.

"진실로 수양대군의 충성과 공로는 옛날 주공에 비길 것인 줄로 아뢰오. 만일 수양대군이 아니었던들 저 흉악한 적도를 뉘 있어 제하였사오리까. 인·종서의 무리가 선조의 황송하옵신 고명을 받았으니 국궁진췌하여 충성으로 성상을 보좌하옴이 지당커든, 한갓 세도를 믿어 감히 불궤한 뜻을 품었사오니 신인공노(神人共怒)할 일인 줄 아뢰오. 그러하오나 수양대군의 충성

으로 대난을 미연에 방지하였사온즉 막비(莫非, 아닌 게 아니라)
성덕인가 하옵거니와, 논공행상을 밝히 하시와 수양대군의 충
성과 공로를 표창하심이 지당한 줄로 아뢰오.”

　이렇게 정인지가 수양대군의 공을 칭송하고 나서 앉은 대로
고개를 돌려 뒤를 돌아보며 최항더러 귓속말로 “그것 들여오게”
한다.

　최항은 “제가요?” 하고 원치 않는 뜻을 보인다.

　“달리 누구 있나?” 하고 인지가 재촉한다.

　최항은 이런 일까지 왜 나더러 하라는고 하고 마음에 심히
불평하였으나 인지의 말을 어길 수도 없어서 일어나 나갔다.

　최항이 놋쟁반에 담긴 황보인의 머리를 두 손으로 받들어다
가 인지의 앞에 놓으려 하였으나 인지가 손가락으로 수양대군
을 가리키므로 무릎걸음으로 수양대군의 머리 앞에 놓았다. 수
양대군의 앞이면 곧 왕의 앞이었다. 놓고 나서 백지를 걷었다.
하얀 백지, 붉은 피, 해쓱한 얼굴, 아무리 하여도 감기지 않는
눈, 망건도 벗기고 풀어헤친 백발.

　왕은 벌떡 일어나며 “이게 무에야?” 하고 놀라 소리쳤다. 누군
들 이런 광경을 보기 쉽겠냐만 열세 살 된 어린 왕은 일찍이 이
런 것을 상상조차 못했던 것이다.

　“상감, 놀라실 것 없소. 역적 괴수 황보인의 머리요” 하고 수양
대군도 따라 일어나서 읍하였다.

　왕은 겨우 정신을 수습하여 다시 자리에 앉으며 쟁반에 놓인
황보인의 머리를 이윽히 보았다.

　　　　　　　　　　　　　　　　　단종애사

이때에 정인지가 "상감께 아뢰오" 하고 그 여무진 목소리로 아뢴다.

"이제 역적 괴수는 다 멸하였사온즉 국가에 큰 근심을 덜었사오나 군국대사가 앞으로 더 어려운 일이 많사온즉 가장 충성 있고 어진 사람을 택하시와 정사를 맡기심이 지당합신 줄 아뢰오. 그러하온데 수양대군 유는 종실의 머리일뿐더러 이번 인·종서의 무리를 토멸하는 데 원훈이온즉, 복걸(엎드려 빌건대) 성명께오서는 수양대군 유로 영의정부사 판리병조 겸 내외병마도통사를 내리시어 군국중사를 맡기심이 옳을 줄로 아뢰오. 이것은 유독 노신의 뜻만 아니옵고 백관의 뜻이 다 그러한 줄 아뢰오."

이것은 물론 오래전부터 수양대군과 정인지가 서로 의논하고 짜놓았던 계획이다. 이래 놓고 만일 왕이 응하지 않으면 위협을 하고, 위협으로도 듣지 않으면 왕이야 어찌 생각하든지 어린아이로 제쳐 놓고 수양대군과 정인지 뜻대로 국사를 맡아 하자고 한 것이다.

그러나 그리할 필요는 없었다. 왕은 어리지만 그 총명으로 대세가 어찌할 수 없음을 통찰하였다. 그래서 제왕 특유의 지혜와 권위로 웃는 낯을 지으며 "숙부 공로를 내가 아오. 앞으로는 군국대사에 어린 나를 잘 도우오" 하였다.

이리하여 즉석에서 수양대군은 영의정·이조판서·병조판서 겸 내외병마도통사라는 전무후무한 겸직으로 일국의 중요한 권세를 혼자 맡게 되었으니, 이것은 또한 정인지의 공이 크다고 아니할 수 없다.

그래서 수양대군은 즉석에서 왕께 청하여 정인지로 좌의정, 한확으로 우의정을 삼고, 허후로 좌찬성을 삼고, 최항으로 도승지를 삼았다.

이리하여 밤사이에 국가의 정권을 완전히 수양대군과 정인지 일파의 손에 거두어들이고 밝는 날 아침에 한편으로 소위 남은 적도들을 잡아들이고, 한편으로 육조·삼사와 수령 방백 중에 황보인·김종서 계통이라고 인정되는 자를 갈고 정인지 계통인 자와 수양대군의 문객들을 등용하였다.

이날 좌의정 정인지가 백관을 거느리고 수양대군을 포양(襃揚, 칭찬하여 장려함)하자는 뜻으로 상소를 하였다. 수양대군을 포양하는 요지는 그 공이 주공과 같다고 함이었다. 주공이 어린 조카 성왕을 잘 도와서 성인이란 존칭을 듣거니와 수양대군도 어린 조카 되는 왕을 충성으로 도움이 주공과 같다는 것이다.

수양대군의 공과 덕이 주공과 같은지 어떤지가 중요한 게 아니라 우선 왕의 이름으로 수양대군이 한 일을 옳게 여긴다, 합법하게 여긴다는 뜻을 나라 안팎에 선포하는 것이 가장 중요하고 급한 일이다. 왜 그런가 하면, 수양대군이 황보인·김종서 이하 선조의 고명 받은 중신들을 하루아침에 죽여 버렸다 하면 이것은 큰 충신이 되거나 큰 역적이 되거나 둘 중 하나일 것이니, 이 일에 대하여 최후의 판단을 하는 것은 결국 민중의 양심이려니와 당장에 가부를 결정할 이는 오직 왕이 있을 뿐인 까닭이다. 왕이 수양대군의 일을 옳다 하고 말하면 수양대군은 옳고 그의 손에 죽은 자들은 역적의 누명을 쓰고 그 집과 자녀들까지

단종애사

도 적몰을 당하여야 하는 것이다.

정인지가 무엇보다도 시급히 수양대군의 공을 포양하기 위하여 백관을 거느리고 상소하는 뜻은 거기에 있었다.

왕이 이것을 거절할 리가 없다.

인지는 왕께 청하여 집현전으로 하여금 교서를 기초하게 하였다. 이것은 곧 집현전이 수양대군의 공을 승인하는 결과가 되는 까닭이었다.

집현전에 사람을 보냈더니 마침 입직한 유성원이 있다가 이 교서 짓는 일을 맡게 되었다. 유성원은 이 교서를 짓고 나서, 집에 돌아가 통곡하였다 한다. 그 교서의 대략은 이러하였다.

숙부는 천성이 충효롭고 기운과 날램이 세상에 으뜸이며 부귀 성색은 거들떠보지도 아니한다. 충성으로써 임금을 섬기니 편안하나 험하나 처음이나 나중이나 어찌 그 절조가 변할 줄이 있으랴. ……내 어린 사람으로서 집안이 불행하여 용(瑢, 안평대군)이 지친의 자리에 있으면서 외람된 마음을 품고 황보인, 김종서, 이양, 민신, 조극관, 윤처공, 이명민 같은 무리가 그윽이 한패가 되니 내가 외로이 서서 어찌할 수 있으랴. 숙부가 용단과 의용을 분발하여 번개같이 대번에 쓸어 버리고 말았거니와 숙부가 아니런들 내가 어찌 이처럼 할 수 있었을까. ……옛날 주공이 관채를 베고 왕가를 편안히 하였거니와 이번 숙부의 일이 그와 같다. 경은 주공의 재주와 아름다움을 갖추었고 게다가 주공의 큰 공까지 겸하였으며, 나는 성왕과 같이 어린 데다

가 또 성왕과 같이 어려운 판국을 당하였으니, 나는 성왕이 숙
부를 믿던 것처럼 하려니와 숙부도 주공이 성왕을 돕던 것처럼
나를 도우라……

이 교서는 물론 수양대군에게 내린 것이다. 수양대군의 지극
히 갸륵하고 높은 공을 왕께서 가상히 여기심을 표한 것이다.
그렇지만 이 교서에는 그보다도 더욱 중요한 뜻이 있으니, 그것
은 첫째 안평대군 용을 역적의 괴수로 본 것이요, 둘째 황보인·
김종서 이하 문종의 고명을 받아 섭정하던 신하들이 모두 안평
대군의 당이 되었다 함이요, 셋째는 이번 수양대군이 신속하게
김종서·황보인 등을 암살한 것이 가장 충성되고 갸륵한 공이라
하는 것이요, 무엇보다 가장 중요한 것은 그래서 수양대군에게
군국대사를 들어 맡긴다는 것이었다.

이 교서는 쓰기는 유성원이 했지만 글의 내용과 요점은 정인
지가 불러 준 것이다.

"어떠하오니까?" 하고 인지는 이 교서 초(草)를 수양대군에게
보였다.

수양대군은 그것을 받아서 읽다가 잠깐 얼굴을 붉히며 "과하
지 아니하오?" 하였다.

왕은 근정전에 나가 문무백관의 하례(이번 정난에 대하여)를
받고 손수 이 교서를 수양대군에게 내리고 도승지 최항은 탑전
에 서서 이 교서를 낭독하였다. 그리하는 동안에 수양대군은 부
복하여 고개를 들지 아니하고 백관들은 과연 그 교서의 뜻이 지

단종애사

당하외다. 하는 듯이 가만히 한 번씩 고개를 끄덕이는 듯하였다. 이제부터 수양대군의 세상이로구나, 하고 사람들은 어떻게든 수양대군을 가까이하려고 속으로 인아친척의 반연을 찾아보았다. 그보다도 어찌하여 고명 받은 제신이 다 죽는 판에 정인지 하나는 죽지 아니하였을뿐더러 우참찬에서 껑충 뛰어 좌의정이 되었을까, 하고 다시금 인지의 조그마한 몸과 꾀 있을 듯한 얼굴을 쳐다보며 부러워하는 침을 삼켰다.

수양대군이 이렇게 정식으로 영의정이 되자 궐내에는 하례하는 큰 잔치가 벌어졌다.

이날 하례받는 주인은 물론 수양대군이지만 그에 못지않게 하례를 받을 이는 우참찬에서 대번에 좌의정에 오른 정인지와, 예조판서에서 대번에 우의정에 오른 한확과, 집현교리에서 좌찬성에 올라 뛴 신숙주, 경덕궁 궁직에서 군기시 녹사가 된 한명회 등일 것이다. 그뿐인가, 며칠 지나면 정난공신으로 군(君)이 되는 것이다.

과연 이날 가장 기쁜 빛을 보이는 이도 정인지, 한확, 신숙주, 이계전 등이었다. 어제까지 모른 체하던 사람들도 오늘은 다투어 그들에게 공을 칭송하는 말과 잔을 권하였다. 그러면 그들은 그 말과 술을 당연히 받을 것으로 받았다. 술이 얼근하게 취하매 모두 무릎을 치고 소리를 내어 웃고 떠들었다. 태평성대가 일시에 임한 듯하였다. 수양대군도 거의 체면을 차리지 못할 만큼 기뻐하였다. 만인의 우러러보는 시선이 일신에 모임을 깨달을 때에, 그는 전신이 가려운 듯한 기쁨을 깨달아서 웃고 웃고 또 웃었다. 그 곁을 떠나지 아니하고 수양대군이 웃으면 웃고 무릎을 치면 같이 치고 애써 그의 비위를 맞추는 이는 물어볼 것도 없이 이계전이었다. 신숙주는 과도하게 기쁜 빛을 보이지 아니하였다. 그는 그 속에 든 글 구절이 창자를 긁음을 깨달았기 때문인 듯하다.

이때 한쪽 구석에 우두커니 앉아 술도 안 먹고 고기도 안 먹고 말도 안 하고 웃지도 않는 이가 있으니, 그는 허후다. 허후는 이번 통에 목숨을 부지하였을뿐더러 좌참찬이란 벼슬자리도 떼이지는 아니하였으니 이것은 실로 수양대군의 특별한 생각이다. 자기의 차석이던 정인지가 좌의정이 되어 까마득히 위로 뛰어올라 간 때에 좌참찬이라는 옛 자리를 지키는 것이 그다지 명예스러운 일은 아니라 하더라도, 이 처지에서 허후 같은 사람으로서는 목숨과 벼슬을 아울러 떼이지 아니한 것만도 다행일 것이다. 그런데 이 기쁜 잔치에 그는 또 무슨 궁상을 피우느라고 저 모양을 하는고.

그렇지만 이 기쁜 판에 한편 구석에 허후 한 사람이 뚱딴지같이 있는 것을 알아볼 사람은 없었다. 더구나 자부심이 강한 수양대군은 오늘 같은 날 이 자리에 감히 기뻐하지 않을 사람이 있으리라고 생각지 아니하였기에 그런 것은 주목도 하지 않았다.

그러나 이계전의 눈이 자주 허후에게 쏠렸다. 이계전은 이러한 좋은 기회를 자기가 수양대군에게 요긴하게 보이는 데 이용하지 않을 사람이 아니다.

단종애사

"나으리!" 하고 이계전은 수양대군의 소매를 끌었다.

"저기를 보시오. 저 허 참찬을 보시오" 하고 그는 곁눈으로 허후 앉은 곳을 한 번 흘겨보며 손가락으로 허후 있는 방향을 가리킨다. 수양대군은 무슨 일인가 하고 몽롱한 취안으로 계전이 가리키는 곳을 바라보았다. 거기는 허후가 잔뜩 양미간에 내 천 자를 쓰고 앉아서 좌중에 웃고 떠드는 사람들의 광경이 눈에 뜰 것을 두려워하는 듯이 눈으로 허공을 바라보며 몸을 좌우로 흔들고 앉아 있는 모습이 보인다.

"응, 또 저러는군" 하고 수양대군은 한 번 허후를 노려보고는 그냥 내버려 두어라 하는 듯이 여전히 술을 마시고 담소하더니 그래도 마음에 걸리는 듯이 다시 허후를 바라보며 "여보 허 참찬, 왜 술도 안 자시고 그렇게 찌푸리고만 앉았소? 거 원, 무어란 말이오?" 하고, 술 치는 기녀를 가리키며 "이애, 저기 저 대감께 잔 가득 부어 드리되 잡수시게 하지 못하면 네가 벌을 받을 테다. ……자, 그 잔을 받으시오. 오늘같이 국가에 경사가 있는 날에 그 이맛살이 무엇이란 말요. 거 원" 하고 껄껄 웃는다.

만좌의 시선은 허후에게로 모인다.

허후는 술잔을 들고 곁으로 오는 기녀를 무서운 것이나 막는 듯이 손을 들어 막으며 "아니오. 그런 게 아니라 조부 기일이 있어서 재계를 하는 것이오" 하고 머리를 흔든다.

"그러면 몰라도" 하고 수양대군은 더 추구하려고도 아니한다.

이런 일이 있은 뒤에 취하리만큼 술도 마시고 부르리만큼 배도 불러 화제는 황보인·김종서 등의 머리를 효시하고 그 자손들을 죽이고 가산을 적몰할 것인가 말 것인가로 돌아갔다.

"아, 효수를 하다뿐이오? 천인공노할 대역죄이니 단연코 용서함 없이 법에 따라 처단해야지, 다시 여러 말이 있을 리가 있소. 안 그렇소이까?" 하고 계전은 좌중을 한 번 둘러보고는 나중에는 수양대군과 정인지를 번갈아 본다.

수양대군과 정인지는 다만 들을 뿐이요 말이 없었다. 그러고 여러 사람의 의견을 구한다는 듯이 웃음을 머금은 눈으로 좌중을 둘러볼 뿐이다.

이 눈치를 보고는 저마다 제 의견을 세워 볼 양으로, 아니 제 의견을 세워 본다기보다는 수양대군과 정인지가 원하는 생각이 무엇인지를 알아맞히려고, 그래서 자기가 가장 긴히 보이기 위해 한마디씩 의견을 말하였다. 그런데 그 의견들은 마치 어떻게 하면 황보인·김종서 등의 죄를 가장 크고 흉악하게 만들까 하는 것을 경쟁하는 듯하였다.

"그거야 당연한 것 아니오. 그놈들을, 그놈들을······" 할 뿐이요, 누구도 감히 황보인·김종서 등의 죄를 그만하고 말자는 이는 없었다.

"그럴 것은 없어. 이미 저희들이 제 죄에 죽었고 또 일을 미연에 방지하였으니까 그렇게 자손까지 죽일 것이야 있나" 하는 것은 수양대군이다.

"어, 안 될 말씀이오" 하고 이계전은 가슴을 떡 벌리고 목소리를 가다듬어 "나으리께서는 비록 성인의 마음으로 궁흉극악한 그놈들의 자손까지도 어여삐 여기심이겠지만 어디 국법을 문란케 할 수야 있사옵니까. 인·종서 등 이번 역모에 참예하였던 놈들은 효수노륙하여 영원히 나라를 어지럽히는 불충한 무리들에게 경계를 삼는 것이 지당한 줄 아뢰오" 하고 머리를 흔들고 눈알을 굴렸다.

계전이 수양대군을 가리켜 성인이라 한 데는 정인지도 속으로 웃지 아니할 수 없었다. 그러나 그의 말을 누구도 감히 반대할 수는 없었다. 그가 사람이 높아서 그런 것이 아니라 그의 말이 수양대군의 마음을 가장 잘 알아맞힌 것인 까닭이다.

수양대군도 계전의 말에 마음이 흡족하였다.

'오, 네 소원대로 병조판서 한 자리 주마' 하고 수양대군은 속으로 웃으면서 계전을 본다. '잘고 잔망하고 경망하건마는 비위를 잘 맞추거든. 보기(補氣)를 시킨단 말야' 하는 생각으로 수양대군은 계전의 조그마한 몸을 본다.

계전은 의기양양하여 '오늘 수훈은 나다' 하는 듯이 자리를 한 번 둘러본다. 그러다가 눈이 한편 모퉁이에 이르렀을 때에 계전의 얼굴에는 발끈하는 불쾌한 빛이 보인다. 그것은 그의 조카 이개와 이개의 매부 허조를 본 까닭이다. 허조는 허후의 아들이요, 집현전 학사요, 수찬이다.

'아니꼬운 놈들이!' 하고 계전은 자기를 천착스럽게 부정한 수단으로 공명을 탐한다고 공격하는 조카와 조카사위를 흘겨본다. '너희놈들이 미워서라도 후란 놈은 반드시 없애고야 말걸' 하고 통쾌한 듯이 한 번 웃는다.

"그러면······" 하고 마침내 인지가 수양대군을 향하여 "백관의 뜻이 다 저러하니 어쩔 수 없을 듯합니다" 하여 황보인과 김종서 이하 이번 사건에 관계된 자는 효수하고 자손을 멸하는 죄를 아니 쓸 수 없다는 뜻을 말하였다.

수양대군이 몹시 흐뭇해서 그리하라는 명령을 내리려 할 때 허후가 나앉으며 "글쎄 이 사람들이 무슨 큰 죄를 지었기에 철여의로 때려죽이고도 오히려 부족하여 효수노륙을 한단 말이오? 종서는 소인이 친분이 없으니까 그 심지를 잘 안다고 할 수 없소마는, 인은 소인이 그 위인을 잘 알거니와 다른 일은 몰라도 역모를 할 리는 만무한 것이오. 황보인의 사람됨이 어떠한 것은 천하가 다 알겠지마는 오래 그 권고(眷顧, 관심과 보살핌)를 받은 좌의정 정 정승이 소인보다 잘 알 것이오. 하니까……" 하고 정인지를 정 정승이라고 부를 때에는 정 정승의 얼굴은 주홍같이 빨갛게 되었다.

그러나 정 정승의 이마에 찬 땀방울이 맺히기 전에 수상인 수양대군의 눈에는 살기가 서며 눈초리가 쭉 위로 올라 뻗고 관자놀이가 들먹들먹한다. 폭풍이 일어나는 듯하였다. 만좌는 다 자기가 무슨 벼락을 당하는 듯하여 귀밑으로 찬바람이 휙휙 지나감을 깨달았다.

"그래 네가" 하고 수양대군의 큰 종 같은 소리가 터지며 불을 뿜는 듯한 눈살이 바로 허후를 쏜다. 존장이 넘는 허후를 보고 '너'라고 나오는 것이 벌써 여간한 진노가 아니다.

"그래, 네가 오늘 고기를 안 먹는 것이 이 때문이로구나, 응?"

"그러하오. 조정 원로가 한날에 다 죽었거든 허후 홀로 살아

난 것만도 끔찍한데 차마 고기를 먹을 수가 있소" 하고 두 눈에
서 눈물이 좔좔 흐른다.

'이놈을, 이놈을, 이놈을 내어 베어라!' 하는 말이 목까지 나오
는 것을 수양대군은 꿀떡 참고 "어, 괴이한 손 같으니. 물러가오,
보기 싫으이" 하였다. 어제부터 허후의 언행이 일일이 자기를 거
역하는 일이건만 수양대군은 그의 재덕을 아껴 기어코 자기 사
람을 만들고야 말리라 한 것이다.

사람들은 허후의 목이 몸에 붙어서 집에 돌아가는 것을 알
수 없는 이상한 일로 생각하였다.

이렇게 궐내에서는 잔치가 벌어진 때에 밖에서는 이번에 고
난을 당한 신하들의 자손이 참혹하게 학살을 당하였다. 여자는
목숨은 살려 관비를 삼고, 남자로 생긴 이는 젖먹이 어린것까지
도 목을 잘라 죽였다.

이날 죽은 사람들을 어찌 이루 헤아릴 수 있겠는가마는 그
가운데 중요한 몇 명만 꼽자면……

　황보인의 아들 석·흠 형제와 손자 갓난이·경근 등.
　김종서의 손자 석대·대대·조동·만동. (승벽은 수일 뒤에 해주에
　　서 죽었다.)
　이양의 아들 승윤·승효와 손자 계조·소조·장군.
　민신의 아들 보창·보해·보석과 손자 돌이.
　윤처공의 아들 경·위·탁·식과 손자 갯동·효동.

이렇게 죽은 사람 중에는 삼십, 사십 된 어른도 있지만 두 살, 세 살 된 젖먹이도 있고 난 지 100일이 안 된 핏덩어리도 있었다.

어른들은 잔뜩 뒷짐결박을 지우고 상투를 풀어 입이 하늘로 향하도록 잔뜩 고개를 뒤로 젖혀 붙들어 매어 수레에 싣고 역적 아무의 아들 또는 손자 아무개라고 대서특서한 패를 달고 장안 대도상으로 끌고 돌아다닌 뒤에 남대문 밖 새남터에서 목을 베어 죽이고, 어린아이들은 어떤 이는 어른 탄 수레에 실어 어미에게서 떨어지지 않겠다고 울고, 어떤 이는 바로 그 집에서, 그 부모의 앞에서, 혹은 모가지를 비틀어서도 죽이고 혹은 발목을 들어 댓돌 위에 던져서도 죽이고, 금부 나졸 마음대로 장난삼아 죽여 버렸다.

민신은 현릉 비석소에 가 있는 것을 새벽에 양정을 보내, 세수하는 것을 뒤로 살살 돌아 목을 베어 죽이고, 윤처공은 집에 누워 앓는 것을 달려들어 병석에서 죽여 버렸다.

이야기가 좀 뒤로 돌아간다.

김종서는 수양대군이 돌아간 뒤에 식경이나 있다가 다시 살아나서 사랑하는 야화의 손에 물을 받아먹었다. 종서는 정신이 들자 곧 일이 어떻게 되는 것임을 분명히 보았다.

"내가 지금 궐내에 들어가야 할 터이니 보교(步轎)를 하나 불러라" 하여 가족들을 놀라게 하였다. 그러나 아무도 감히 '못하십니다' 하고 만류하는 이가 없었다.

이보다 먼저 원구가 종서의 집에 왔다가 이 광경을 보고 곧 성문에 다다라 "정부에 아뢰어라. 정승이 밤중에 자객에게 맞아 죽을 지경이니 상감께 아뢰어 약을 내리시게 하라!" 하고 소리를 치나 문을 지키는 군사들은 벌써 한명회의 지휘를 받았으므로 못 들은 체하고 아무 대답이 없었다.

이래서 원구는 돈의문, 소덕문, 숭례문 세 문을 다 돌아도 대답이 없으므로 황망히 종서의 집에 돌아오니 이때에 마침 종서가 소생하여 머리의 상처를 싸매고 부인네 타는 가마를 타고 성내로 들어가려고 집을 떠나는 길이었다.

"대감, 어디를 가시오?" 하고 원구는 놀라서 가마채를 붙들었다.

"오, 자넨가" 하고 종서는 가마 문으로 손을 내밀어 원구의 손을 잡으며 "지금 수양이 난을 일으키는 모양이니 어떻게 해서든 내가 입궐을 해야겠네. 국가에 큰 변이 날 모양이니 모두 내 불찰일세. 자네에게 뒷일을 맡기네. 시각이 바쁘니 지체할 수가 없네…… 어서 가자" 하고 교군을 몰아 나간다.

그러나 원구의 말과 같이, 또 원구가 당한 바와 같이 처음에 돈의문에, 다음에 소덕문에, 나중에 숭례문에 가서 문을 열어 달라 하여도 대답이 없어서 하릴없이 집으로 돌아왔다.

집에 돌아오는 길로 종서는 정신을 잃고 쓰러졌다. 야화와 승규의 처 허씨는 밤을 새워 애통과 정성으로 종서를 간호하였다. 야화의 정성도 지극했지만 승규의 처 허씨는 죽은 남편도 잊어버린 듯이 오직 시아버지를 위하여 애를 썼다. 그는 잠깐잠깐 승규의 시체를 누인 방에 다녀와서는 시아버지 곁을 떠나지 아니하였다.

종서는 혹시 눈을 떠서 야화와 며느리를 바라보기도 하고 간혹 헛소리도 했지만 대부분은 혼수상태에 있었다. 두골이 그렇게 갈라지고도 아직 생명이 붙어 있는 것이 알 수 없는 일이었다.

"승규 있느냐?" 하고 종서는 혼몽 중에 죽은 아들의 이름을 부른다. 승규는 가장 사랑하던 아들이다.

"초헌 내어라. 상감께서 부르신다."

이러한 말도 하고는 아마 눈앞에 상감의 모양을 보는지 두 손을 들어서 읍하였다.

"내가 죽거든 야화를 제 나라로 돌려보내 주어라."

이런 말도 하였다.

"이 애들 불러라" 하여 손자 넷을 불러 세우고(제일 어린 만동이는 네 살, 제일 위 되는 석대가 열여덟 살이다) "내가 죽은 뒤에 아마 나를 역적으로 몰고 너희들을 다 잡아 죽일는지도 모르니 그런 일을 당하더라도 대장부답게 웃고 죽을지언정 아녀자와 같이 죽기를 두려워하는 빛을 보이지 말아라" 하고 훈계도 하였다.

아직 채 밝기도 전에 이흥상이 군사 수십 명을 거느리고 종서의 집을 습격하였다. 이흥상은 김종서 집 사랑에 다니다가 수양대군 궁으로 옮겨간 무뢰한이니, 홍달손 부하의 군관이다. 수양대군이 황보인까지 다 때려죽인 뒤에 생각난 것이 김종서가 다시 살아나지나 않았을까 하는 것이었다. 김종서를 몸으로 가리는 승규를 죽인 것은 분명하지만, 임운의 철퇴에 머리를 맞고 땅바닥에 쓰러진 김종서가 확실하게 죽었는지가 분명치 않았던

단종애사

것이다. 그래서 보낸 것이 이흥상이다.

"가보고 아직도 살았거든 끌어오고 죽었거든 모가지만 잘라 오라" 하는 명을 받아 가지고 이흥상은 자기 은인의 은혜를 원수로 갚는 길을 떠난 것이다.

대문이 부서져라 두드리며 "문 열어라" 소리를 고래고래 지르는 것을 보고 허씨는 알아차렸다. 그러나 황망한 빛도 없이 손수 종서의 몸을 안아 종서의 침실에서 승규의 방으로 옮겨 승규의 시체와 가지런히 누이고 홑이불로 얼굴까지 가려 마치 죽은 사람과 같이 하고 소병풍을 둘러놓았다.

흥상은 군졸들로 사방을 지키게 하고 자기는 칼 빼든 장사 서너 명과 함께 종서의 방으로 달려들었다.

"이놈 종서야, 나오너라" 하고 흥상은 때를 만난 듯이 날뛰었다.

흥상은 종서가 평상시에 거처하는 방에 없음을 보고 방방의 문을 열어젖히고 "이놈 종서야!" 하고 날뛰다가 마침내 승규의 방 앞에 다다라 문고리를 잡아채며 "문 열어라" 하고 소리를 질렀다. 집에 있던 개와 닭들이 모두 부접할 곳을 몰라 이리 뛰고 저리 뛰며 소리를 질렀다. 그러나 종서의 손자 손녀 되는 아이들은 마치 무슨 구경터에나 있는 듯이 가만히 그들의 날뛰는 양만 바라보았다.

"너희들은 어떤 놈들이건대 대신 댁 내정에 돌입하여 이 야료란 말이냐. 이놈들, 목숨이 아깝거든 냉큼 물러 나가거라" 하고 승규의 처 허씨가 방 안에서 호령을 한다. 이 의외의 호령에 흥상 이하 여러 군졸들은 어안이 벙벙하여 말문이 막히고 한 걸음씩 뒤로 물러섰다.

그러나 이홍상이 기운을 내어 "허, 이년 보아라. 호령하는구나" 하고 문을 박차고 뛰어 들어가 달려드는 허씨와 야화를 머리채를 끌어 문 밖에 끌어내고 나중에 종서를 끌어내어 마당에 굴리고 "이놈, 일어나서 가자" 하고 발길로 수없이 냅다 질렀다.

종서는 눈을 번쩍 떠서 홍상을 보더니 "내가 걸어갈 수 있느냐. 초헌을 들여라" 하고 곁에 머리를 풀어헤치고 쓰러진 야화와 며느리를 바라보았다.

"흥, 초헌? 에라, 귀찮다" 하고 이홍상은 칼을 들어 종서의 목을 잘랐다.

종서의 목을 베어 가지고 홍상의 무리가 종서 집 안팎을 뒤져 값나가는 물건을 노략하고 돌아간 뒤에, 승규의 처 허씨는 마당에서 일어나 야화와 함께 종서의 목 없는 시체를 들어 안방으로 모시고, 전부터 준비하였던 수의를 내어 서투른 솜씨로, 그러나 가장 정성스럽고 가장 슬프게 염습을 하였다. 야화도 허씨를 도와 가장 침착한 태도로 이 모든 일을 하였다.

허씨는 오늘 안으로 가문이 멸망할 줄을 잘 알았다(허씨는 허후의 당질녀). 시아버지가 손자들을 불러 놓고 한 유훈이 없더라도 이 일이 어떠한 일인지는 알 만한 허씨였다. 어떻게 이날에 사랑하는 아들들까지도 모두 죽어 버리고 딸들은 관비의 천역을 하게 될 것을 잘 알면서도 가장 태연하였다. 허씨 부인은 아들딸의 머리를 풀리고 무색옷을 벗기고, 만일에 어려운 일이 생

단종애사

길 때에 어떻게 할 것을 분부하고, 또 아직도 도망하지 않고 집에 남아 있는 비복들을 불러 종문서와 아울러 약간의 재물을 나누어 주어 속량을 시키고, 만일 뜻이 있거든 후일에 선대감 이하 가족들의 해골이 가는 곳이나 알아서 흙이나 깊이 묻어 달라 하였다.

비복들은 다 눈물을 흘리고 땅바닥에 이마를 조아리며 어떤 늙은이는 상전댁이 대대로 공덕을 쌓았거늘 이렇게 될 수가 있느냐고 통곡하다가 댓돌에 머리를 부딪쳐 기진하였다.

그리고 허씨 부인은 늙은 종 충남이 내외를 불러 약간의 금은 패물을 주며, 그것을 팔아 노자를 삼아 가지고 야화를 야인의 나라에 데려다 주라고 말하였다.

"이것은 내 말이 아니라 선대감 유언이시니 부디 그대로 해라."

이렇게 허씨 부인은 충직한 충남이 부처에게 야화를 부탁하였다.

비복들 중에는 젖먹이 도련님들은 감추어 기르기를 원한다는 이도 있고, 혹은 자기네 자식과 바꾸어 죽게 하기를 원하는 이조차 있었다.

이러한 모든 분부를 하는 동안에 야화는 별로 슬퍼하는 빛도 없고 가장 태연하게, 아주 무심한 사람 모양으로 우두커니 종서의 시체 곁에 앉아 있었다. 언제까지라도 그 곁을 떠날 뜻이 없는 사람같이.

그러나 오래지 아니하여 금부도사가 10여 명 부하를 거느리고 종서 집에 달려들었다. 나졸들은 도망할 근심 있는 짐승들이나 붙들려는 듯이 불량한 눈방울을 굴리고 발소리를 유난히 쾅쾅 울리면서 "이놈들아, 꼼짝 말고 있던 자리에 죽은 듯이 있으렷다. 년이나 놈이나 꼼짝만 하면 모가지나 허리나 두 동강 날 줄 알아라" 하고 소리소리 외치며 방망이로 이 문 저 문 두들겨 부순다.

물론 아무도 도망하려는 사람은 없었다. 식구들은 모두 머리를 풀고 시체 있는 방에 모여서 지극히 고요하게 벌어지는 모든 일을 기다렸다.

금부 나졸들은 시체 있는 방으로 달려들어 석대·대대 같은 큰 남자들과 조동·만동 같은 서너 살 된 아이들까지도 머리채를 끌어내어 잔뜩 결박을 지우고 그러고도 부족하여 공연히 발길로 차고 굴렸다.

"엄마, 엄마" 하고 목이 메어 우는 네 살 먹은 만동을 어떤 나졸 하나가 마당에서 흙 한 줌을 쥐어 우는 그 입에 틀어막아 버리니 꺽꺽 하고 숨이 막혀 울지를 못하였다. 이것을 보고 나졸들은 좋아라고 웃었다.

"앗게, 뒈지리. 고것은 홍윤성이 통으로 아작아작 먹는다고 산 채로 가져오라데."

한 놈은 이렇게 말하였다.

"고거 이쁜데. 내나 주었으면."

이 모양으로 무지한 나졸들은 야화와 승규의 딸 소저를 보고 희롱하였다. 그리고 달려들어 결박하려 할 때에 허씨 부인과 소

단종애사

저는 나는 듯이 품에서 비수를 꺼내어 새파란 그 끝을 물고 땅에 엎더졌다. 야화도 그보다 더디지 않게 품에서 칼을 내어 허씨 부인의 뒤를 따랐다.

죽일 사람도 서울 안에 있는 사람은 거의 다 죽이고 시골 있는 사람에게는 비밀한 명령을 띤 사람들이 떠나가고, 귀양 갈 사람들은 귀양길을 떠나고, 귀양 보낸다 칭하고 뒤로 자객을 보내 길에서 없애 버릴 사람은 또 그렇게 하기로 모두 작정이 되었다.

종로 네거리 한복판에 무슨 장막이나 치려는 듯이 드문드문 둥그렇게 돌려 박아 놓은, 길반씩이나 잔뜩 넘는 소나무 말뚝 끝에는 이번 정난 통에 역적으로 몰려 죽은 이들의 머리가 눈을 부릅뜨고 대롱대롱 매달려 있고, 그 밑에는 말뚝에 패를 달아 희게 만들고는 그 모가지 임자의 죄명과 성명을 대자로 썼다.

대역부도 불공대천지수 적괴 황보인.
대역간흉 김종서.

이 모양으로 사람 따라 조금씩 직함이 다르고 또 인물의 대소에 따라 직함의 장단이 있었다. 김종서는 황보인과 같이 직함이 길어야 할 것이지만, 아마 미운 것이 지나쳐서 '대역간흉(大逆奸凶)' 넉 자만으로 그친 모양이다.

사람들은 대개 이 앞을 지날 때에 눈을 감았고 더러는 눈물을 흘렸다.

이제 남은 것이 안평대군 용이다. 안평대군은 모두가 아는 바와 같이 세종대왕의 셋째아들이요, 금상의 숙부요, 수양대군과는 아버지도 같고 어머니도 같고, 또 항렬로 바로 다음 되는 아우다. 그러하건만 황보인·김종서를 역적을 만들자면 어느 세력 있는 대군(큰 뜻을 품으려면 품을 수 있는 대군) 하나는 희생하지 않을 수 없고, 그렇다면 전국 선비의 숭앙을 받는 안평대군을 두고는 달리 구할 이가 없을 것이다. 이래서 안평대군은 자기도 모르는 사이에 그만 조카 되는 금상을 없애고 자기가 왕이 되려는 불궤한 뜻을 가지고 역모를 하던 괴수가 되어 버린 것이다.

안평대군은 아직 아무것도 모르고 서강(西江) 담담정에서 시를 읊고 술을 마시는 동안에 소위 정난이 끝나고 '간신 황보인·김종서 등이 안평대군 용과 어우러져 널리 당파를 모아 안과 밖에 나누어 웅거케 하고 그윽이 결사대를 양성하며 몰래 변읍 병기를 실어 들여 역모를 하는도다. 간악한 무리들이 이제 다 죽음을 당하였거니와 안평대군 용은 지친인지라 차마 법대로 할 수 없어 밖에 안치(安置)하노라' 하는 전교가 내려 그 아들 우직과 함께 집에서 내몰려 서울에서 쫓겨나 강화로 귀양 가는 죄인이 되어 버린 것이다.

정인지는 후환을 끊을 목적으로 안평대군을 죽여 버리기를 주장하였으나 수양대군은 형제의 정에 차마 죽이기까지 할 수는 없다 하여 안평대군 부자가 겨우 목숨을 부지하게 되었다.

안평대군의 죄를 결정하는 교서는 정인지가 부르고 권람이 붓을 들고 이계전·최항이 도와서 지은 것이니, 밤이 깊도록 이것을 지은 것이 수고롭다 하여 수양대군은 왕에게 고해 내관을 시켜서 술상을 내리게 하였다.

이튿날 새벽에 금부도사 신선경이 10여 명의 나졸을 대동하고 안평대군 궁을 엄습하여 아직 침실에 있는 안평대군에게, 대역죄로 강화로 귀양 가게 되었으니 시각을 지체 말고 곧 출발하라는 명령을 전하였다. 아무리 금왕의 숙부 되는 귀한 이라도 역적이라면 한 죄인에 불과하다.

이 청천벽력에 안평대군 궁은 일시에 울음판으로 변하고 말았다.

안평대군은 아무리 하여도 믿기지 아니하였다. 자기도 모르는 죄를 누가 지어 주었는가. "그래 이 일을 좌상도 아오?" 하고 도사에게 물었다.

"좌상이 알면서 나를 이 지경을 만들 수가 있나" 하고 안평대군은 종서가 아직도 살아 있는 줄만 알고 혹시나 자기를 구해 줄까 한 것이다.

안평대군은 굴건제복에 방립 하나를 쓰고 짚신을 신고, 첫째로 대궐을 향하여 세 번 절하고 다음에 양부 되는 성녕대군 사당에 하직하고 나중에 양모 되는 성녕대군 부인께 하직하고, 울며 따라 나오는 부인과 가권들을 한 번 둘러본 뒤에 "왕명이거늘 지체해서 쓰겠느냐. 어서 가자" 하고 같은 죄로 가는 아들 우직과 금부도사 일행을 재촉하였다.

금부도사 신선경은 정인지에게 친히 받은 명령이 있다.

안평대군은 문객도 많을뿐더러 그 문하에는 무용이 뛰어난 사람도 있으니 아무쪼록 안평대군이라는 것을 세상 사람이 알지 못하도록 할 것이요, 또 안평대군이라면 무지한 백성들까지도 사모하는 못된 버릇이 있으니 비록 길 가는 행인이나 길가 주막 사람에게라도 그가 안평대군이라는 눈치를 채이지 않도록 하라는 것이다.

그러므로 안평대군을 강화 적소(謫所)까지 데리고 가기까지는 극히 조심하되 만일 무슨 일이 생겨서 놓쳐 버릴 근심이 있거든 마음대로 처치해 버리라는 것이다.

이 마지막 부탁을 할 때에 인지는 신선경을 보고 유심하게 웃었다. 신선경도 알아차렸다. 인지가 웃는 뜻은, 할 수 있는 대로 가는 노중에서 핑계를 얻어 안평대군을 없애 버리라, 그리하면 네 공로는 알아주마 하는 것이다. 이것은 흔히 있는 일이니 신선경이 이 눈치를 못 챌 리가 없었다.

추운 아침, 남대문을 나서매 안평대군은 다시 돌아올 길 망연한 장안을 다시 한 번 돌아보고 독수리 같은 형님과 병아리 같은 조카님을 생각하자 삼연히 눈물이 흘렀다. 마치 뒤에서 무엇이 잡아끄는 듯하여, 몸은 끌려 나와도 마음은 남대문 안에서 헤매는 듯하였다. 본래 호탕한 성품이어서 부귀영욕을 뜬구름같이 보건만 오늘은 울지 않을 수 없었다.

'崇禮門(숭례문)'이라는 남대문 현판 글씨는 안평대군이 부왕이신 세종대왕의 명을 받아 쓴 것이다. 천하 명필로 조자앙, 왕우군보다도 승하다는 칭찬을 받는 자식의 글씨를 사랑하여 조선 안에서 가장 사람이 많이 보는 남대문 현판을 쓰게 한 아버

단종애사

지의 뜻이다. 수양대군의 활에 찬사 글을 써준 문종대왕은 동궁이던 당시 세종대왕 곁에서 안평대군이 글 쓰는 것을 보다가 손수 먹을 갈아 주며 "참 천하 명필이다" 하고 칭찬하였다.

그러한 숭례문 석 자였다. 안평대군은 "허, 이것이 내가 세상에 왔던 표더냐" 하고 빙그레 웃었다.

육로로 가면 혹시 무슨 일이 있을까 하여 양화도에서 배를 잡아타고 수로로 한강을 흘러 저어 강화로 가기로 하였다.

이렇게 안평대군을 시골로 내쫓기는 하였으나 그를 살려 두어서는 후일에 근심이 된다 하여 정인지는 어떻게 해서든 안평대군이 천하 인심을 수습할 기회를 주지 않고 하루바삐 없애려 하였다. 그래서 그날로 자기의 심복 되는 권준으로 대사헌을 삼고 이계전으로 대사간을 삼아 그들로 하여금 장계를 올리게 하였다.

용은 역적 괴수라 불공대천지수오니 어찌 한 나라에 같이 처하오리까. 청컨대 죄를 드러내 베소서.

이 글은 상소 잘하기로 유명한 이계전이 지었다. 안평대군의 죄를 올리는 거만한 수천 자의 대문장이었다.

이 장계가 오르자 도승지 최항은 인지의 뜻을 왕께 그 장계대로 허락하시도록 말하였으나 왕은 노기를 띠고 "안평 숙부가 무슨 죄가 있기에 죽인단 말이냐" 하고 붓을 당겨 커다란 글자로 '不允(불윤, 안 된다)'이라고 써서 밀어 던졌다.

곁에 있던 수양대군과 최항은 얼굴빛이 흙빛이 되어 물러 나왔다.

"어떻게 하시려오?" 하고 좌의정 정인지가 영의정 수양대군을 향하여 묻는다. 여태껏 말하여 오던 문제를 재촉하는 모양이다. 곁에는 좌찬성 신숙주, 도승지 최항, 대사간 이계전이 있다. 문제는 물론 안평대군에 관한 것이다.

"어?" 하고 수양대군은 어떤 상소를 읽다가 고개를 들어 인지를 보며 귀찮은 듯이 "서울서 내쫓았으면 고만이지 더 무엇을 한단 말이오?" 하고 도리어 불쾌한 빛을 보인다.

정인지는 눈을 감고 입을 다문다.

"그렇지를 아니하외다" 하고 신숙주가 정인지를 도와 나선다.

"안평대군의 명성으로, 어디에 있든지 반드시 인심이 따를 것이외다. 천하 인심이 안평대군에게로 돌아가 버리면 그때야말로 막을 도리가 없을 것이외다. 화근을 미연에 방지하지 아니하면 반드시 큰일이 생길까 저어됩니다. 지금 한 사람을 살려 두면 반드시 나중에는 만 사람을 죽이지 않으면 아니 될 터이니 이것은 국가에 큰 불행이외다. 비록 나으리께서 인자하신 마음에 골육의 정을 차마 못하여 그러시는 일이지마는 대의멸친(大義滅親)이외다. 국가대사를 위하여는 사사로운 정을 못 돌아보는 것이외다."

"신 찬성 말씀이 지당하외다" 하고 대사간 이계전이 무슨 말을 꺼내려는 것을 다 듣지 아니하고 수양대군은 "그렇기로서니 아무 죄도 없는 사람을 어떻게 죽인단 말이야" 하고 괴로워하는 빛을 보인다.

잠시 아무도 말이 없다.

"죄가 없기에 죽여야 하는 것이외다" 하고 인지가 감았던 눈을 뜬다. 감았던 눈을 뜰 때마다 정인지의 입에서는 피비린내 나는 꾀가 나오는 것이다.

"안평대군이 진실로 죄가 있다 하면 백성의 마음이 따르지 아니할 것이니 무슨 두려워할 것이 있겠소이까만 죄가 없는지라, 죄가 없이 누명을 쓴지라 백성의 마음이 그리로 돌아가는 것이오. 백성의 마음이 안평대군에게로 돌아가면 자연히 나으리를 원망하게 되는 것이외다. 그러니까 백성의 마음이 안평에게 돌아가기 전에 화근을 끊어 버리는 것이 지당한가 하오."

"과연 그러하외다. 좌의정 말씀이 지당하외다."

"과연 지당하외다."

"그렇기를 두말씀이오니까."

이 모양으로 우의정 한확, 도승지 최항 등이 한마디씩 찬성하는 말을 할 때에 이계전이 아까 말을 끝맺지 못한 무안을 회복하려고 목소리를 높여 "좌의정 말씀이 지당하외다. 오히려 만시지탄이 없지 않습니다. 나으리께서는 안평대군이 죄가 없다 말씀하시지만 어찌 죄가 없다고 할 수가 있사오니까. 아우가 되어 형의 뜻을 순종치 않는 것이 첫째 큰 죄요, 또 왕자로 앉아서 많은 문객을 양성하며 조정을 비훼하는 것이 둘째 큰 죄요, 또……" 하고 무슨 할 말이 있는 것을 참는 듯 잠깐 참았다가 생긋 웃고 "그 밖에 죄를 꼽으면 부지기수일 것이오. 죽을죄를 꼽더라도 죄목이 부족할 것은 아니외다. 무죄하기로 말하면야 인·종서는 무슨 죄가 있었던가요. 그렇지마는 다 죽을죄가 있어서 죽은 것이니까 안평대군도 죽을죄가 있는 것이 분명하외다."

이계전의 말에 정인지 이하로 다 픽 웃었다. 수양대군도 입술에 잠깐 웃음이 돌다가 얼른 괴로운 빛으로 변한다.

수양대군은 뜻을 결정치 못하는 듯이 벌떡 일어서며 "모두 상감 처분이시지" 하고 유심하게 정인지 이하 여러 사람을 한 번 바라보고 밖으로 나간다. 상감의 입으로 안평대군을 죽이라는 말이 나오게 하라는 뜻인 줄을 정인지는 알아차렸다.

정인지는 수양대군의 뜻을 알아차리고 곧 도승지 최항과 대사간 이계전을 데리고 왕이 계신 곳으로 들어가며, 우의정 한확에게는 대사헌 권준을 불러 뒤따라 들어오라 하였다. 이리하면 의정부와 사헌부와 사간원과, 또 정인지 자신과 이계전·최항 등이 집현전 사람들이기 때문에 집현전과, 다시 말하면 정부와 삼사가 아울러 상감께 조르는 셈이다. 여기다가 육조 판서만 더하면 소위 백관을 거느리고 상소하는 형식이 될 것이니 오늘 만일 왕이 안평대군 죽이기를 윤허하지 아니하면 내일은 정인지가 솔백관(率百官)하고 조를 작정이다.

왕은 날이 따뜻함을 택해 경회루로 나갔다. 어린 임금으로 어려운 판국을 당하여 지나간 이틀 동안을 지낸 것이 마치 20년이나 지낸 듯이 지긋지긋하였다. 누구 하나 정답게 말할 사람도 없고, 들어가나 나오나 쓸쓸한 빈집. 시끄러우리만큼 안팎에 수종

단종애사

드는 나인들과 내시들은 마치 허수아비와 같아서 줄 정도 없고 받을 정도 없었다. 어머니같이 정든 혜빈 양씨도 동궁으로 계실 때와 달라 왕이 된 뒤에는 명절이라든지 생일이라든지 특별한 일이 있기 전에는 자유로이 만나기가 어려웠다.

'심심해', '쓸쓸해', '귀찮아'······ 이것이 어린 왕의 심중이었다.

"아이구, 지긋지긋해."

어제오늘 무시로 수양대군, 정인지, 최항의 무리가 무상출입으로 쑥쑥 들어올 때마다 왕은 이렇게 부르짖지 않을 수 없었다.

"방에 앉았으면 또 누가 들어와서 무슨 귀찮은 소리를 하는지 아나. 경회루로 가자."

이리하여 왕은 두어 궁녀를 데리고 경회루로 나온 것이다.

내려치는 서리에 연 잎사귀는 다 말라서 찬물 위에 떠 있는 것이 슬펐다. 헤엄치는 잉어의 몸에 흔들려 아깝지도 않게 수없는 진주를 굴려 떨구던 여름 이슬이 어디 남았나. 그 한 아름 되는 불그레한 꽃봉오리, 전 세계를 다 덮을 듯하던 향기, 다시 찾을 곳이 없다.

왕의 어린 마음에는 까닭 모를 슬픔이 솟아올랐다.

"이애, 너희들은 기쁘냐?" 하고 불현듯 왕은 젊은 궁녀들을 돌아보았다. 궁녀들의 얼굴은 꽃같이 젊고 아름다웠다. 궁녀들은 무엇이라고 대답할 바를 몰라서 서로 바라보았다.

"얼음이 얼거든 핑구(팽이)나 돌릴까" 하고 왕은 팽이채를 두르는 시늉을 하며 웃었다. 웃음이 스러지려 할 때 왕의 옥같이 흰 얼굴은 과연 아름다웠다.

왕이 연당 물을 물끄러미 들여다보고 있을 때에 좌의정 정인지가 왕의 교의 뒤에 와서 허리를 굽히고 섰다.

"좌의정 정인지 아뢰오."

왕은 꿈이나 깨는 듯이 고개를 돌렸다. 그리고 한숨을 지었다. 정인지를 보면 웬일인지 뱀을 볼 때와 같이 몸에 소름이 끼쳐서였다.

그러나 왕은 대신을 공경하는 예로 일어나, 자리를 돌려 놓게 하고 정인지와 정면으로 대해 앉았다.

"상감께 아뢰오. 안평대군 용은 지친이면서 불궤한 뜻을 품어, 수양대군의 충성이 아니었다면 그 대역부도하고 흉악한 손이 하마터면 성상을 범할 뻔하였사오니, 이런 대죄인을 살려 두옵시면 장차 난신적자를 어떻게 다스리오며, 또 안평대군 용은 사당(私黨)이 많사온즉 목숨이 있는 날까지는 또 무슨 흉계를 꾸미며 나라를 어지럽게 할지 모르오니, 아직 뿌리가 생기지 아니하였을 때 제하는 것이 지당한가 하오" 하고 정인지가 아뢴다. 왕은 인지를 흘겨보며 "그러면 어찌하란 말이오?" 하고 떨리는 목소리로 소리쳤다.

"안평대군 용은 죽음이 마땅하오" 하고 정인지는 조금도 서슴지 않고 힘 있게 말했다.

왕은 그의 수그린 얼굴을 한참이나 들여다보았다.

그는 왕의 시선이 닿는 편 뺨이 간질간질함을 깨달았으나 어떻게 해서든 안평대군을 없애지 않으면 안 될 줄을 깊이 믿었다. 안평대군을 살려 두었다가는 그 손에 자신의 목이 날아갈 날이

단종애사

멀지 않다고 믿기 때문이다.

"아무 죄도 없는 사람을 죽이라고 할 수는 없소. 또 설혹 안평 숙부가 무슨 죄가 있다 하더라도 내 숙부를 내 손으로 죽일 수는 없소" 하고 왕은 준절하게 인지의 청을 거절하였다.

"좌찬성 신숙주 아뢰오. 지친을 차마 법에 두지 못하심은 성덕이시오나 사사로운 정은 정이요 국사는 국사이오니 사정으로써 국사를 그르치지 아니하심이 더욱 크신 성덕인가 하오. 안평대군 용은 신인이 공노하는 대죄인이옵고 지금 천하가 다 죽이는 게 마땅하다 하오니, 지친의 사사로운 정에 얽매여 이러한 국가의 대죄인을 살려 두시면 장차 국가에 큰 화근이 있을뿐더러 또한 성덕에 누가 될까 저어하오" 하고 신숙주가 안평대군을 죽여야 할 것을 아뢰었다. 신숙주도 정인지의 생각과 꼭 같다. 숙주와 인지는 과연 동지였다. 숙주 없이 인지 되지 못하고 인지 없이 숙주 되지 못하였다. 인지, 숙주, 람, 명회는 수양대군의 팔다리다. 네 기둥이다.

숙주의 말은 조리에 닿았다. 그러나 왕은 고개를 흔들었다. 아무리 생각해도 죄 없는 숙부 한 사람을 죽이는 것이 국가에 도움이 될 것 같지도 않고 또 성덕이 될 것 같지도 않았다.

"내 숙부가 나를 배반하리라고 나는 생각지 아니하오. 내가 안평 숙부를 사모하고 믿으니 안평 숙부도 나를 위하리라고 믿소. 경들은 뉘 말을 잘못 듣고 염려하는 모양이나 내가 다 알아 할 테니 더 염려 마오. 공연히 이 일로만 성화하지 말고 나아가 다른 일이나 보오" 하고 왕은 귀찮은 듯이 고개를 돌려 연당 물을 바라보았다.

인지 이하로 여러 사람은 왕의 말에 놀랐다. 그 말의 노성함
이 열세 살 되는 어린 사람의 말이라고 보기 어려운 까닭이다.

인지의 눈은 한 번 빛난다. 그는 왕의 뒤에 이러한 말을 가르
쳐 주는 누가 있는가를 의심한 것이다. 그러고는 물러 나가는 길
로 왕을 가까이서 모시는 나인이나 내시 중에 말마디나 할 만
한 사람은 모두 골라서 내쫓기로 작정하고, 또 아무리 지친이라
도 함부로 궐내에 출입하지 못하도록 길을 꼭 막아야 하겠다고
작정하였다.

'양씨가 문제군.' 인지는 왕의 말씀에서 받은 부끄러움과 분함
에 가슴이 자못 불평하여 혜빈 양씨에게 그 분풀이를 한다.

'양씨도 치워 버려야 한다' 하고 인지 혼자 결심한다. 왕이 혜
빈 양씨를 믿고 존경함을 알므로 그 양씨가 인지의 마음에 미
운 것이다. '양씨가 왕께 여러 가지 꾀를 일러바치는지 모른다.'

왕이 불쾌한 빛으로 고개를 돌리니 아무리 인지라도 더 말할
수가 없어서 마치 물러가라는 처분이나 기다리는 듯이 멋없이
읍하고 서 있었다.

이때에 우의정 한확이 이조판서 정창손과 대사헌 권준을 데
리고 들어와 왕께 보인다. 인지와 숙주는 이 기회를 타서 한 번
더 졸라 보려 한확과 권준에게 곁눈질을 하였다.

한확이 무슨 말을 아뢰려 할 때에 왕이 먼저 선수를 써서 "안
평 숙부 일을 다들 잘못 듣고 경들이 공연히 염려하는 모양이나
숙질간의 일은 숙질간에 서로 잘 알 것이니 염려 말라고 하였소"

단종애사

하고 한확의 말을 막아 버린다.

이때에 대사헌 권준과 대사간 이계전이 땅바닥에 넙죽 엎디어 이마를 조아리며 우는 소리로 "임금이 잘못하심이 있으시거든 신하 된 자 죽기로써 간함이 마땅하오. 대역부도 안평대군 용을 죽이랍시는 전교가 내리실 때까지 소신 등은 아니 물러나겠사오니 안평대군 용을 아니 죽이시려거든 이 자리에서 소신 등을 죽여 주옵소서" 한다.

권준, 이계전이 이렇게 지성으로 안평대군의 목숨을 끊으려고 하는 것은 수양대군과 정인지의 비위를 맞추려는 것이다. 더구나 이계전은 불일간에 병조판서를 시켜 준다는 내약을 수양대군에게서 얻었고 사실상 오늘 일 때문에 이튿날 곧 병조판서가 된 것이다.

그러나 왕은 권준, 이계전의 엄살에 겁내지 않고 도리어 조롱하듯이 웃으며 "안평 숙부도 죽을죄가 없거니와 경들인들 무슨 죽을죄가 있나. 물러나라" 하였다. 이것은 물론 권준, 이계전 두 사람에게 내리는 처분이다.

정인지, 한확이 무슨 말을 하기를 기다렸으나 아무 말이 없었다. 그리고 오늘은 이 이상 더 말해야 무익할 줄 깨닫고 모두 물러 나가 버렸다.

정인지는 이날 심사가 매우 불쾌하였다. 물러 나온 길에 이계전을 은밀한 데로 불러 "자네 이 길로 수양대군 궁에 가보게. 가서 오늘 상감께서 하시던 말씀하고, 우리 말만 가지고는 상감의 뜻을 움직이기가 어려울 듯하니 나으리가 한번 단단히 서두르셔야 한다고 그러게. 어, 고이한 일이로군" 하고 입맛을 다신다.

어린 왕에게 욕을 당한 것 같아서 아무래도 분한 생각을 참을 수가 없었다. 이계전도 정인지의 마음속을 알고 분해서 못 견디는 듯이, 조그마한 몸을 둘 곳이 없는 듯이 팔팔 뛰었다.

이계전은 곧 수양대군 궁으로 달려갔다. 이렇게 긴하고 은밀한 일에 자기가 참견하는 것이 계전에게는 크게 만족스러웠다. 며칠이 안 지나 병조판서가 아니냐, 정경이 아니냐, 대감이 아니냐, 상감도 '하오' 하는 지위가 아니냐, 하는 생각이 들면 금방이라도 날개가 돋쳐 공중으로 날아오를 듯하였다. 그러나 이것이 다 수양대군의 은혜다. 이 은혜를 생각하면 어떻게 해서든 수양대군이 가장 미워하는 안평대군을 하루바삐 없애 드려야 할 것이다. 이러한 생각을 하고 수양대군 궁을 향하여 마음으로 수없이 절을 하였다.

이계전은 먼저 좌의정 정인지와 자기가 어떻게 간절하게 안평대군을 죽여야 한다고 상감께 말한 것이며, 자기는 죽여 줍사까지 한 것이며, 그러나 상감은 '안평 숙부가 무슨 죄가 있나' 하여 안평대군이 죄 없는 것을 누누이 말씀하시더라는 것까지 말한 뒤에 자신의 의견으로 "그러면 말씀이오, 안평대군이 무죄하다 하면 나으리가 죄인이 되신단 말씀이오. 안 그렇사오니까? 하니까 소인은 죽더라도 안평을 없애고야 말려오" 하고 자못 자기 말에 스스로 흥분이 되어 얼굴이 붉고 목소리가 높아진다.

그러다가 비로소 자기가 정인지에게 받아 가지고 온 사명이 생각나서, 제 말만 하느라고 심부름 온 것도 잊어버렸던 자기의 경망을 스스로 웃고 "하니까, 나으리께서 몸소 상감을 뵈옵고 안평대군의 죄상이 용서할 수 없는 것이라 말씀하여 놓으시면, 오늘 안으로 말씀이야요. 그리하시면 내일은 좌의정이 솔백관하고 안평대군 용의 목을 줍사고 상소를 할 것이니까, 그리만 되면 안평대군의 목이 쇠로 되었기로 견딜 장사 있사오니까" 하고 한 번 웃어 보인다.

수양대군은 계전의 말을 듣고 불쾌한 빛을 보인다. 수양대군의 진정은 동기 되는 안평대군을 죽이기까지 할 생각은 없는 것이다. 상감 말마따나 안평대군이 무슨 죄 있나. 한명회 말과 같이 여러 형제 중에 뛰어나게 잘난 죄밖에 없는 것이다. 안평대군이 미운 것도 사실이요, 누가 죽여 주었으면 다행이겠다는 것도 진정이지만 형 되는 자기 손으로 아우를 죽여서 후세에라도 동기를 죽였다는 누명을 듣기는 그리 원치 않는 바였다. 그러므로 이제 다시 상감 앞에 가서 자기 입으로 안평대군을 죽여 주십사 하는 말은 하기가 싫었다.

수양대군의 생각에는 어디까지든지 자기는 안평대군 죽이는 일에서는 발을 빼고 싶었다. 다만 발을 뺄 뿐 아니라 수양대군은 어디까지나 지친의 정리에 안평대군을 죽일 수는 없다고 반대하는 태도로 일관했다는 말을 듣고 싶었다.

'어, 안 되지. 안평이 아무리 죄가 있기로 죽이다니 말이 되나.' 이렇게 한번 힘 있게 말하고 싶었다. 수양대군의 본심은 이렇게 말하기를 졸랐으나 마음속 욕심이 훼방을 놓았다.

'안평을 살려 두고 내 뜻을 이룰 수 있을까' 하고 수양대군은 눈을 감는다. 뜻을 이룬다 함은 일국의 정권을 내 손에 잡는 욕심을 채운다는 말이다.

수양대군이 아무리 안평대군을 못 죽인다고 뻗대더라도 정인지가 죽여 주면 더 이상 바랄 바가 없을 것이다. 그렇지만 만일 수양대군이 안평대군을 살리고 싶어 하는 빛을 조금 보이고 말면 정인지도 그것이 그냥 체면치레인 줄 알고 '어, 안 되오, 죽여야 하오' 하겠지마는 거기서 조금 더 나가 지나치게 되면 정인지로 하여금 '에키' 하고 물러서게 할 것인즉 그랬다가는 안평대군은 살아나고 말 것이다.

수양대군의 마음은 잠깐 괴로웠다.

"그렇지만 내 말은 사적인 정이요, 제상(諸相)의 말은 공론이니까, 만일 공론이 그렇다 하면 나도 공론을 막을 바는 아니어" 하고 한참 말을 끊었다가 다시 이계전을 바로 보며 "다 상감 처분에 달렸지, 내야 알겠나. 알아 하소" 하고 더 말하기 거북한 빛을 보인다.

이계전은 수양대군의 그 심사를 못 알아볼 사람이 아니다. 어찌 되었건 간에 왕의 입으로 안평대군을 죽이라는 말씀이 나오도록 하라는 뜻이다.

"소인 물러가오. 염려 마십시오" 하고 이계전은 수양대군 궁에서 나와 곧 정인지에게로 갔다.

정인지는 아직도 아까 경회루에서 상감의 말로 생긴 분함이 가라앉지 않아, 어찌하면 안평대군을 죽이는 목적을 이루고, 또 어찌하면 왕으로 하여금 정인지가 무서운 사람인 줄을 알게 할

단종애사

까 하는 생각에 애를 쓰고 있었다.

계전이 돌아와 전하는 말을 듣고 인지는 자기가 예상했던 것과 같았다는 듯이 눈을 사르르 감고 입을 한일자로 다물고 소리 없이 웃는다. 이것은 무슨 계획을 얻어 가지고 되었다 하는 뜻이다.

인지는 곧 사인을 불러 내일 아침에는 백관들과 임금께 올릴 말이 있으니 정부, 정원, 삼사, 육조 할 것 없이 육품 이상은 한 사람도 빠지지 말고 근정전에 모이라고 지시를 내렸다.

때는 신시(申時) 초나 되어 각 마을 대소 관인들은 그날 사무를 끝내고 퇴근하려 하는 때다. 이때에 그 말을 전해 듣고 모두 무슨 큰일이나 만난 듯이 서로 바라보며 두런두런하였다.

대신이 백관을 거느리고 상소한다는 것은 과연 큰일이다. 여간한 국가대사가 아니고는 못하는 일일뿐더러, 만일 이렇게까지 하여도 왕이 듣지 아니하면 대신은 백관을 거느리고 벼슬을 버리고 조정에서 물러 나오는 책임까지도 져야 할 것이니 여간 대사가 아니다. 이를테면 왕에 대한 시위요 최후통첩인 것이다.

수양대군의 의향을 안 정인지는 이 어마어마한 최후 수단을 가지고 어린 왕을 위협하자는 것이다. 사실상 왕은 지지 않을 수 없을 것이다. 인지의 입에는 통쾌한 승리의 웃음이 떠돌았다.

비록 상소할 내용은 말하지 않았다 하더라도 이것이 안평대군의 생명에 관한 것인 줄은 다들 짐작하였다. 누구나 안평대군이 살아 있고는 수양대군의 세상이 오래가지 못할 것을 아는 까닭이다. 그런데 백관이라도 사람들 중에는 안평대군 궁에 출입하던 사람도 적지 아니하고, 또 설사 직접 안평대군을 만나지 못하였더라도 마음으로 안평대군을 사모하던 이는 부지기수요, 뿐만 아니라 안평대군이 아무 죄도 없이 매우 억울하다는 것을 의심하는 사람은 한 명도 없었다. 이 사람들은 장차 이 일에 어떠한 태도를 취할 것인지.

원동 성 총관 집 사랑이다. 성 총관이라 함은 성삼문의 아버지 오위도총부 도총관 성승을 말한다. 주인 대감은 도총관이요, 맏아들 성삼문은 집현전 학사로 승정원 우승지 곧 예방승지요, 삼문의 아우 되는 삼고·삼빙·삼성도 다 진사 대과로 한림·검상의 청관(淸官)을 지내고 있다. 비록 세도하는 집은 못 된다하더라도 인물이나 문한(文翰)으로는 당시 일류로 일세가 부러워하는 바였다.

그중에도 성삼문이라면 집현전 학사 중에서도 가장 이름이 높은 사람 중의 하나였다. 그와 비견할 만한 이는 박팽년, 하위지, 이개, 유성원, 신숙주 등이 있었을 뿐이다.

세종대왕이 말년에 피부병이 있어 누차 온천에 행차할 때에도 성삼문은 이개, 신숙주 등과 더불어 평복으로 왕의 곁을 따르며 무시로 왕의 질문을 받았다. 이처럼 성삼문과 신숙주는 세종대왕의 특별한 사랑을 받았다. 훈민정음을 지을 때에도 성삼문, 신숙주가 중심이었던 것은 누구나 다 아는 바다.

세종대왕이 승하하고 문종대왕이 즉위한 뒤에도 성삼문은 집현전 모든 학사 중에서 가장 왕의 사랑을 받았다. 성삼문이 입직하는 날 밤이면 가끔 왕이 "근보" 하고 부르며 입직청에 무시로 찾아왔기 때문에 밤이 깊어 왕이 취침하심이 확실하다고 생각된 뒤가 아니면 성삼문은 관복을 벗지 못했을 정도였다.

당시 이름 높던 집현전 팔학사 중에서 경학과 인격으로는 박팽년이 으뜸이요, 책론으로는 하위지가 으뜸이요, 시로는 이개가 으뜸이요, 사학으로는 유성원이 으뜸이요, 어학과 교제와 모략으로는 신숙주가 으뜸이요…… 이처럼 다 각기 특색이 있는 가운데 찬란한 문장과 풍류 해학으로는 성삼문이 으뜸이었다.

술 잘 먹고 잘 떠들고 우스갯소리 잘하고, 세상 이면 경계 같은 것은 돌아볼 줄 몰랐다. 그러면서도 그에게는 서릿발 같은 절개가 있었다.

그가 북경 가던 길에 백이숙제 묘에 써 붙였다는 시를 보든지,

무왕의 말을 두드리며 옳지 않다 말하니,	當年叩馬敢言非
그 대의는 당당하여 일월같이 빛나네.	大義堂堂日月輝
그러나 초목 또한 주나라의 우로 먹고 살았으니	草木亦霑周雨露
수양산 고사리 캐 먹은 그대들을 부끄러워하네	愧君猶食首陽薇

또 그가 지은 단가(시조)를 보든지,

이 몸이 죽어 가서 무엇이 될꼬 하니
봉래산 제일봉에 낙락장송 되어 있어
백설이 만건곤할 제 독야청청하리라

모두 그의 열사적 반면을 보이는 것이다. 아니, 열사적 반면이라기보다는 겉으로는 파탈하고 웃고 떠든다 하더라도 속으로는 무엇으로도 굽힐 수 없는 송죽 같은 맑고 매운 절개가 있었던 것이다.

또 성삼문이 북경 갔던 길에 어떤 사람이 조선 문장 성삼문이 온다는 말을 듣고 묵화 백로도(白鷺圖) 한 폭을 가지고 와서 화제를 청하였다. 삼문은 그림을 보자마자,

눈으로 옷을 짓고 옥으로 발굽 만들어	雪作衣裳玉作趾
갈대숲 물가에서 고기 엿보기 얼마인가	窺魚蘆渚幾多時
우연히 산음현을 날아 지나다가	偶然飛過山陰墅
왕희지의 벼루 씻는 연못에 잘못 떨어졌네	誤落羲之洗硯池

라고 불러서 명나라 사람들을 놀래켰다고 한다. 아무리 성삼문이 시는 잘 못 짓는다 하더라도 이만큼은 그도 시인이다.

성삼문은 이번 수양대군의 소위 정난에 의분을 금치 못했지만 일개 승지로서 어찌할 수가 없었다. 그러다가 내일은 안평대군을 죽이기 위하여 좌의정 정인지가 백관을 거느리고 상소한다는 말을 듣고는 도저히 가만히 있을 수 없어서 그 아버지 승의 허락을 얻어 평소 믿던 집현전 친구들을 모아 내일에 할 대책을 토론키로 하였다.

삼문은 술과 안주를 준비하고 시회를 빙자로 박팽년, 하위지, 유성원, 이개, 이석형, 기건 등을 청하였다. 신숙주, 최항을 청할

지 말지는 여러 사람이 모인 뒤에 의논키로 하였다.

사람들이 하나둘 모여드는 대로 비분강개한 언론이 나왔다. 이번 수양대군의 정난이 생긴 뒤에 이렇게 모여서 토론하기는 처음인 까닭이다.

"당최 어찌 된 셈인지 알 수가 없어. 자네는 정원에 있으니 잘 아나?"

이것은 하위지가 성삼문에게 물은 말이다. 하위지의 이때 벼슬은 집의다. 청천벽력이어서 어찌 된 셈인지 모르는 것은 하위지뿐이 아니었다. 수양대군이 이상한 뜻을 품었다는 것은 문종대왕 승하 이래로 소문난 일이지마는 설마 이렇게도 벼락같이 되리라고는 아무도 생각지 못하였던 것이다.

"그래, 정부에서는 깜깜히 몰랐단 말인가. 지봉은 몰랐다 하더라도 절재까지도 몰랐다니, 다들 낮잠만 자고 있었더란 말야?" 하고 주인 되는 성삼문이 도리어 먼저 분개하였다. 지봉이란 황보인의 당호요, 절재란 김종서의 당호다. 다른 사람들도 모두 정부의 무능에 대해 분개했다.

"그런 게 아니래. 절재가 수양대군의 흉계를 먼저 알기는 알았으나 저편이 수양대군이고 보니 일이 생기기도 전에 잡아 가둘 수도 없어서 기회를 기다리기로 다 계획을 정하였더래. 그런 걸 지봉이란 양반이 정가에게 말을 했더라네그려. 그래서 모두 이 꼴이 된 게래" 하고 이개가 픽 웃는다.

황보인이 정인지에게 말하였다는 것은 잘못 안 말이다. 수양대군이 조금만 꿈쩍하면 사정없이 처치한다는 계획을 정인지에게 누설한 것은 황보인이 아니라 이양이었다.

"응, 자네 말이 그럴듯한 말일세" 하고 박팽년이 "그러면 정가는 애초부터 수양의 편이더란 말인가" 하고 놀라는 빛을 보인다.

"참말 세상 물정 모르는 선빌세그려" 하고 하위지가 박팽년을 보고 웃으면서 "그럼 무엇으로 우참찬에서 껑충 뛰어서 좌의정이야? 정가의 눈에 아비 죽일 살이 있다더니 이제 그 눈이 큰일 낼걸."

정가라 함은 물론 정인지다.

"벌써 큰일을 내지 아니하였나. 그놈이 사실 전부터 수양허구 통하였다 하면 그놈 살려 두겠다고. 그놈이 지봉에게 수학(受學)을 하였다네" 하는 것은 박팽년이다.

"임금도 아비도 없는 이 세상에 스승인들 있겠나. 뭐 이것, 이 앞에 무슨 일이 있을는지 아나. 아직 시초일세, 시초여" 하고 세상을 비관하는 뜻을 보이는 것은 하위지다. 과연 하위지의 얼굴에는 상심하는 빛이 가득했다.

"그런데 이 사람이 왜 이리 안 와" 하고 성삼문은 유성원을 기다린다.

"그 반교문(頒敎文)을 지어 놓고는 여태 밥도 안 먹는대" 하는 것은 김질이다. 김질은 정창손의 사위로, 장차 육신의 계획을 세조대왕에게 일러바칠 사람이다. 그러나 지금은 수양대군의 일에 분개하는 지사다.

한 번 더 유성원 집에 사람을 보내 어서 오기를 재촉하였다.

유성원은 "내 무슨 면목으로 다시 그대들을 대하랴" 하고 여

단종애사

러 번 거절하다가 마침내 마지못하여 왔다. 원래 뚱뚱한 편이던 그 얼굴이, 그렇게 보는 탓인지는 몰라도 하루 사이에 눈에 띄게 초췌한 듯하였다.

유성원은 방에 들어서서 성삼문, 박팽년 이하 여러 친구들을 대하는 길로 눈물을 흘리며 느껴 울었다.

"내가 무슨 낯으로 제공(諸公)을 대하겠나" 하고 말끝을 맺지 못하였다.

성삼문 이하로 모인 사람들이 다 삼연히 눈물을 머금고 유성원의 손을 잡아 위로하였다.

"자네가 죄라면 우리가 다 동죄(同罪)야. 그렇지만 우리가 살아남지 아니하면 뉘 있어 대의를 지키겠나" 하고 성삼문이 특별히 유성원을 위로하였다.

유성원의 눈물은 여러 동지에게 깊은 감동을 주었다. 유성원이 수양대군에게 내리는 교서를 지은 것이 그의 일생에 가장 큰 한이 되지 않을 수가 없고, 또 가장 공평하게 말하더라도 유성원의 일생에 큰 오점이 아닐 리가 없었다. 만일 유성원으로 하여금 절개가 온전한 사람이 되게 하려면 반드시 그로 하여금 교서 짓기를 거절하게 하여야 할 것이다. 그 결과로 수양대군의 노함을 사서 목이 몸에 붙어 있지 못하게 될 것은 분명하지마는 그것이 의기남아가 밟을 가장 옳은 길일 것이다.

유성원에게는 칠십이 넘은 병석에 누운 노모가 있었다. 자기는 결코 목숨을 아낀 것이 노모를 위한 것이란 말을 하지 않으나 성삼문, 박팽년 등 지기지우들은 그의 충성과 효성을 잘 알

왔다. 그렇지만 아무리 정인지가 불러 주다시피 교서에 쓸 요령을 명령하였다 하더라도 자기 손으로 아무 죄도 없을뿐더러 충의가 일월과 같은 황보인, 김종서 등을 궁흉극악한 역적으로 만들어 놓은 것을 생각하면 천지일월이 부끄럽고 금수초목이 부끄럽고 자기 그림자가 부끄러웠던 것이 당연한 일이라고 하지 않을 수 없었다.

"이 사람, 과도히 슬퍼 말게. 우리 목숨이 열이라도 장차 다 쓰고도 부족할 날이 있을 것일세. 아직은 억지로라도 살아야 해. 못 참을 것을 참더라도 살아야 하네. 자네 진정을 천지신명이 알고 우리 몇 친구가 아니 무슨 걱정인가" 하고 손을 잡고 유성원을 위로하는 것은 박팽년이다.

"그렇기를 두말인가. 자네 이번 일이 잘한 일은 아니지. 실수는 실수지만 장차 벗을 날이 있으니까" 하는 것은 하위지다. 하위지는 앞일을 내다보는 듯이 말하였다.

친구들이 진정으로 하는 말이 일변 가슴을 찌르는 듯이 아프기도 하고 일변 고맙기도 하였다.

유성원 때문에 좌중에는 말할 수 없이 비창한 기운이 충만하였다.

"자, 이 말은 고만하고 내일 일을 의논하세" 하고 화제를 돌리려는 것은 성삼문이다.

"내일 솔백관하고 상소를 한다니 그게 무슨 일이겠나. 생각건대 안평대군 일인 듯하여" 하고 성삼문은 정원에 있으므로, 이런 일에 가장 기미를 알아야 할 처지이므로 먼저 의견을 말하

단종애사

는 것이다.

"최항이는 그 일을 알 듯해서 물어보았지만 잡아떼어. 도승지가 되었다고 교만해졌는지, 우리를 대하기가 부끄러운 일이 있는지 나를 보면 피해."

"영양위 궁에서 수양대군을 불러들이고, 고명 제신을 속여서 불러들이고, 상감을 속이고 한 것이 모두 최항이 놈의 농간이야" 하고 쉽게 격해지는 이개의 핏기 없고 연약해 보이는, 병색 있는 얼굴이 흥분해서 빨개진다.

"최항이 정인지 문하에 긴히 다니더니, 사람이 재승박덕해. 재주는 있지마는 원체 의리가 박하고 물욕이 있어" 하는 것은 전 대사헌 기건의 말이다. 기건은 수양대군 이하 왕자들이 궁중에 분경하는 것을 탄핵하다가 수양대군에게 밀려 쫓겨난 사람이다.

"최항이 아니라고 모르겠나. 내일 상소야 빤하지. 수양대군이 안평대군 싫어하는 줄 아니까 안평을 아주 죽여 버려서 수양의 마음을 기쁘게 하자는 정 정승의 충성에서 나온 일이겠지" 하는 것은 하위지다.

문제의 중심은, 내일 아침 정인지가 백관을 거느리고 근정전에서 상감께 안평대군 죽여야 할 것을 아뢸 때에 그 옳지 못함을 한번 다투어 볼까 함이다.

"간신의 무리가 무죄한 사람에게 누명을 씌워 죽이는 것을 볼 때에 묘당(廟堂)에 한 사람도 다투는 이가 없다 하면 의를 어디 가서 찾는단 말인가. 또 이때에 한번 수양과 정가의 예기를 지르지 아니하면 장차 무슨 일이 생길지 모를 것이니, 이때에 우리가 불가불 목숨을 내어놓고 다투어야 할 것일세" 하고 강경론을 펴는 것은 이개다. 이렇게 말하는 이개의 심중에, 항상 수양대군과 정인지의 주구(走狗)가 되어 껍죽대는 그 숙부 계전의 모양이 보였다.

이개의 강경론에 성삼문, 김질도 찬성하였다. 어전에서 한번 정인지와 흑백을 다툴 것을 주장하였다.

"우리가 아니하면 누가 한단 말인가. 만약 이 일을 그대로 내버려 두면 무소불위할 것이니까, 우리 몇 사람이 중심이 되어서 연명을 하여 가지고 한번 정가에게 하늘 높은 줄을 보여야 하네" 하고 김질은 연명 상소라는 구체안까지 내놓았다.

김질의 말에 여러 사람은 그럴 듯이, 그러나 결정 못하는 듯이 서로 바라보고 앉았다.

김질은 풍세가 좋은 듯하면 더욱 기운을 내는 사람이다. 자기의 의견이 설 듯한 눈치를 보고는 더욱 기운을 내어 "이렇게 한단 말이야. 내일 조회에 정인지가 말을 낼 때까지는 아무 소리 말고 가만히 있거든. 정인지가 의기양양해서 안평대군 죽여야한다는 뜻을 상감께 상주하고 물러나지 않겠나. 그러면 아무도 감히 나서는 사람이 없을 것이거든. 그러면 정인지의 득의가 오죽하겠나. 그때에 우리가 나선단 말이야. 우리가 '상감께 아뢰오. 좌의정 정인지의 말이 옳지 아니하외다' 하고 나서는 날이면 제가 간담이 서늘하지 않고 배기겠나. 그만 빨간 낯바닥이 흙빛이될 것일세. 정가뿐이겠나. 이것도 (하고 왼손 엄지손가락을 우뚝내세운다. 수양대군을 가리키는 뜻이다) '에키' 하고 가슴이 꿈쩍할

단종애사

것일세. 그렇다구 우리가 무서워서 하려던 일을 못하지는 않겠지만, 설사 우리 본뜻은 실패한다 하더라도 어쨌든지 한번 크게 예기는 질러 놓는단 말이야. 망신도 한번 톡톡히 시키고. 안 그런가?"

김질의 눈가에는 회심의 웃음이 돈다. 박팽년, 하위지같이 마음이 무거운 패는 김질의 말을 듣고 "응, 왜 그리 말이 교묘하고 지리할꼬" 하여 김질의 태도가 군자답지 못함을 불쾌하게 여겼으나 성삼문, 이개와 같이 의분이 앞서는 사람들은 수양대군, 정인지 등을 한번 망신을 시키는 것만 해도 어떻게나 통쾌한지 몰랐다.

"됐네, 됐어. 꼭 됐어" 하고 성삼문은 무릎을 치며 김질의 꾀를 칭찬하였다.

유성원은 말없이 가만히 듣고만 앉았다.

이렇게까지 해서라도 안평대군을 위한다는 데는 여러 가지 이유가 있었다. 결코 안평대군이 무죄한 사람이란 이유만은 아니었다.

이렇듯 어수선한 판에 죄 없는 목숨을 위해서 여러 사람이 목숨을 내놓고 다툴 여유가 있을까? 없다. 안평대군을 살려야만 할 이유가 있다.

그 이유 중에 첫째로 가는 것은 안평대군이 살아 있지 않고는 감히 수양대군을 당해 낼 사람이 없다는 것이니, 안평대군마저 죽여 버리면 수양대군 일파에 대해서는 정히 무인지경이 되는 것이다. 그러므로 이러한 정치적 이유로 보아서 어떻게 해서든 안평대군은 죽지 않게 하여야 할 것이다.

또 안평대군을 살려야 할 둘째 이유가 있으니, 그것은 도덕적 이유다. 성삼문 등이 생각하기에 수양대군은 불의를 대표한 세력이요, 안평대군은 의를 대표한 세력이었다. 안평대군이 밤낮으로 시와 술과 풍류에 묻혀서 비록 적극적으로 해놓은 일은 없었다 하더라도 그는 옳은 일을 알아보고 옳은 사람을 알아볼 줄 알므로 천하 옳은 사람의 돌아가는 바가 되어 은연중 천하 인인지사의 중심이 되었던 것이다.

그러므로 안평대군이 죽는 것은 안평대군 개인이 죽는 것이 아니라 실로 의를 대표하는 세력이 죽는 것이다. 그러므로 안평대군은 살리지 않으면 안 되는 것이다.

안평대군을 살려야 할 셋째 이유가 있다. 그것은 어리신 상감을 위해서다. 고명 받은 유력한 신하들이 전부 죽어 버린 이때에 어린 왕을 보호할 가장 큰 힘은 안평대군이다. 성삼문 일파의 눈에 수양대군은 아무리 자기가 그렇지 않다는 것, 자기의 목적이 성왕에 대한 주공이 됨에 있는 것을 누누이 밝힌다 하더라도 상감에게 호의를 가진 보호자가 아닌 줄로 보였다. 그러므로 왕의 안전(그것은 문종 고명에 대한 성삼문 일파 자기네의 최대한 의무다)을 위해서는 안평대군을 살리는 수밖에 없었다. 안평대군에게 개인적으로 받은 지우(知遇)에 대한 정도 결코 가벼운 것은 아니었다.

어느 편으로 보든지 안평대군을 살려 내는 것은 현 시국에 있어서 가장 중대한 문제였다. 그런데 이 목적을 달성하려면 가장

단종애사

첩경은 수양대군의 마음을 돌리는 것이지만 그것은 불가능한 일일 테고, 오직 남은 길은 여론을 일으켜서 수양대군으로 하여금 체면 때문에 안평대군 죽이기를 주장하지 못하게 만드는 것이다.

그렇지만 정인지는 이것을, 여론이 일어나면 이롭지 않다는 것을 알기에 극비리에, 신속하게 해버리려는 것이다. 내일 아침에 솔백관하고 왕을 위협해 왕으로 하여금 부득이 수양대군에게 묻고, 수양대군이 부득이하게 백관의 의향을 막을 수 없다고 상주토록 하면, 아마 하루 밤낮이 지나지 못해 안평대군의 목숨은 이미 없을 것이다. 그러므로 안평대군을 살리려는 편에서는 어떻게 손쓸 여유가 없게 되는 것이다.

사정이 이렇고 보니 이제는 김질의 말과 같이 내일 아침 묘당에서 한바탕 풍파를 일으켜 보는 수밖에 도리가 없었다.

감정에 격한 이개, 성삼문 등은 전후를 돌아볼 새 없이 김질의 말에 찬동하였으나 비교적 냉정하고 이지적인 하위지, 박팽년 같은 이는 또 그 결과에까지 생각이 미치지 아니할 수 없었다.

'일은 안 되고 목숨은 잃고, 그렇지마는 의리상 아니 그러할 수는 없고……'

실로 난처한 상황이었다.

"이번에도 목숨은 하나 내놓아야 하겠고 또 후일을 위해서도 목숨은 하나 남겨 두어야 하겠고" 하고 마침내 박팽년이 탄식하는 소리를 토해 냈다.

사실상 그랬다. 수양대군이 정권을 잡은 지 사흘이 못 되어 벌써 벼슬하는 사람들은 그 밑으로 돌아가 붙으려고 애를 썼다. 날이 갈수록 사람들은 의리와 임금에게 충성하려기보다 권세 잡은 수양대군, 정인지에게 충성하기를 힘쓸 터였다. 만일 이번 안평대군 일로 하여 '우리네'가 다 죽어 버리면 뒷일은 누구에게 부탁하랴 하는 것이 오늘 밤 모인 몇 사람의 진정한 근심이었다.

이때 성삼문이 신숙주 문제를 끌어내었다.

"내가 그 사람을 청하려다가 또 다들 어떻게 생각할지 몰라서 아니 청하였어. 이번에 갑자기 벼슬이 높이 오른 것을 보면 수양이나 정가에게 긴히 보이기도 한 모양이지만 그런들 설마 아주 환장이야 하였겠나. 설사 환장을 했기로서니 우리 말이야 제가 안 듣겠나. 또 가만히 생각하면 우리네 중에 신숙주가 가장 수월한 듯하니까 아마 그 마음을 사느라고 높은 벼슬을 주었는지도 알 수 없어. 아무리 세상이 뒤집혔기로 설마 신숙주가 어디 그럴 리야 있을라구."

신숙주는 이른바 집현전 팔학사 중 하나로, 여기 모인 사람 중에 어느 누구와도 친하지 않겠냐마는 특히 성삼문과는 성이 다를 뿐이지 죽마고우요, 동문수학이요, 동포 형제나 다름이 없이 절친한 사이였다. 그래서 이번 사건에 남들은 다 신숙주를 의심하여도 성삼문만은 아직도 그를 의심하고 싶지 않았다.

"아니야, 아니야" 하고 성삼문의 말에 이개가 손을 내두르며 강하게 부인하였다.

"이번 일에는 신숙주가 제일가는 모사래. 첫째 한명회, 둘째 신숙주라네. 내 삼촌 말을 들으니까 신숙주는 벌써부터 수양대

단종애사

군과 통한 모양이요, 정인지를 수양대군에게 갖다가 붙인 것도 신숙주라나 보데. 내 삼촌은 수양대군 문하에 밤낮 다니기나 하지만, 신숙주는 수양대군 궁에 발도 한번 안 들여놓고도 내 삼촌보다도 더 긴했던 모양이니 알아볼 것 아닌가."

사람들의 눈은 성삼문에게로 옮겨 갔다. 그러나 삼문도 이개의 말을 반박할 아무 재료도 가지고 있지 못했다.

"그래도 신숙주가 나서면 혹시 안평대군을 살려 낼지도 모르니 한번 말이나 해볼까?"

"안 될 말이야! 안평대군을 죽여야 한다는 꾀도 신숙주 놈의 속에서 나왔기가 십중팔굴세. 내 삼촌의 말눈치가, 신숙주 놈부터 때려죽일 놈이야" 하고 이개는 흥분을 못 이겨 그 가냘픈 몸이 떨린다. 이개가 삼촌이라 부르는 이는 물론 이계전이다.

내일 조회에 한 풍파 일으키기로 마침내 작정이 되었다. 의리가 있다면 주저할 바가 아니라고 보았다.

"뒷일을 생각해서 목숨을 아껴 둔다는 것은 의가 아니어. 보지 못하는 장래를 위하여 목전에 맞닥친 대의를 저버리다니, 말이 되나. 우리네가 이번 의에 죽으면 후일에 그때도 의에 죽을 사람이 자연 또 있을 것이어" 하는 이개의 말은 여러 사람의 뜻을 결정하는 데 가장 힘이 있었다.

이석형, 기건의 자중론은 이 대의론 앞에 자연히 소멸되고 말았다.

대여섯 사람 미관말직의 외롭고 약한 힘으로 일국의 정권을 마음대로 놀리는 수양대군과 정인지에 대항한다는 것은 실로 당랑거철(螳螂拒轍)*이라 아니할 수 없다. 그러나 '우리는 의를 위하여 죽는다' 하고 생각하면 마음이 든든하였다.

술이 나왔다. 아마 이 세상에서 마지막일지 모를 주회다. 권 커니 잣거니 여러 순배에 이르러도 내일 일이 관심이 되어 술이 취하지는 않았다.

"누구 유력한 사람을 하나 장두(狀頭)로 세우는 것이 어떠한 가? 우리네 미관말직만 나서는 것보다 그래도 재열(宰列, 재상의 반열)에 참예한 사람이 한둘 있으면 더 소리가 크지 않겠나" 하고 하위지가 술잔을 놓고 말을 낸다.

"그래, 내 뜻도 그러이" 하는 것은 박팽년이다.

박팽년이 예조참의, 성삼문이 우승지, 이개가 직제학, 유성원이 사예, 김질도 유성원과 같이 사예, 이석형이 교리, 그중에 기건이 대사헌을 지냈으니 가장 벼슬자리가 높다 하려니와 현직은 없고, 그 나머지는 조정에 나서서 힘 있게 말할 만한 지위에 있는 이가 없다. 현재 대사헌 권준, 대사간 이계전이 동지였으면 대단히 소리가 클 것이건만 이 두 사람은 수양대군의 심복이다. 그런즉 내일 조정에서 정인지와 다툴 때에는 적어도 정경의 지위는 가진 사람이 두목으로 나서는 것이 필요하다. 한 번 말을 낸 뒤에는 아무나 나서서 말할 수가 있겠지만 처음 말을 낼 사람은 지위나 명망이 족히 정인지와 비등한 사람이 필요한 것이다.

---

* 제 역량을 생각하지 않고, 강한 상대나 되지 않을 일에 덤벼드는 무모한 행동거지를 비유적으로 이르는 말. 중국 제나라 장공(莊公)이 사냥을 나가는데 사마귀가 앞발을 들고 수레바퀴를 멈추려 했다는 데서 유래한다.

단종애사

그러나 누가 좋을까 하며 오래 생각할 필요도 없이 한 사람을 택하였다. 바로 의정부 좌참찬 허후다.

허후 집에 가는 교섭 위원은 성삼문과 이개 두 사람으로 정하였다. 이개는 허후와 관계가 있다. 허후의 아들 교리 허조가 이개의 매부였다. 이렇게 이개와 허조는 다만 남매의 정이 관계될 뿐만 아니라 지기상적하는 동지였다.

성삼문, 이개가 잿골 허후 집에 다다랐을 때에는 벌써 저녁이 깊었다. 그러나 언제 어떠한 벼락이 내릴지 모르는 허후 집에서는 내외가 다 잠을 이루지 못하고 개만 짖어도 금부도사나 아닌가 하고 마음을 졸이고 있었다.

성삼문, 이개는 우선 허조와 만나서 내일 일을 말하였다. 허조는 대번에 승낙하였다.

"그런데 여보게" 하고 성삼문은 허조더러 "춘부 대감께서 앞장을 서셔야 하겠네. 우리네 미관말직들만으로야 무슨 말이 서겠나. 그래서 춘부 대감을 우리 두령으로 추대하기로 의논들이 되었네" 하고 허후가 두목으로 나서지 아니하면 안 될 뜻을 말하였다.

허조는 아버지의 명운이 실로 절박한 것을 깨닫고 한참이나 침묵하더니 "잠깐 기다리게. 내 아버지한테 자네 말은 전함세. 자식 된 도리에 늙은 아버지를 죽을 길로 들어가시라고 권하기는 차마 못 하겠네그려" 하고 큰사랑으로 올라갔다.

허후는 이때까지 옷도 끄르지 않고 편지 축을 내놓고는 이번에 순난(殉難, 의롭게 죽음)한 여러 친구들에게서 받은 필적들을 골라 꿇어앉아서 두 손으로 받들고 읽고 있었다. 그러다가 문을 열고 들어오는 아들을 바라보며 "오, 너 잘 왔다. 이리 오너라" 하고 서안 위에 골라 놓은 몇 뭉텅이 종이를 가리키며 "이것이 지봉, 이것이 절재 필적이야. 충신열사의 필적은 분향 단좌하여 보는 법이야. 이것은 내가 죽은 뒤에라도 자손에게 전해야 한다" 하고 또 다른 뭉텅이 하나를 내놓으며 "이것은 안평대군 필적이야. 다 잘 두어라" 한다.

아무리 의에 대하여는 자기 목숨을 초개같이 아는 허후라도 1년 내에 아들 손자가 다 도륙을 당하고 허후의 집이 영원히 멸망해 버리리라고까지는 생각하지 못하였을 것이다. 그의 눈앞에는 둘째손자 구령이 할아버지 곁에서 놀다가 아랫목에 곤하게 자는 양이 보인다. 큰손자 연령은 다음 가을에 과거를 보려는 나이다.

허조는 아버지가 말하는 대로 "예, 예" 하기는 하면서도 마음은 슬펐다. 그렇게도 좋은 아버지, 좀 괴벽하다고 할 수도 있지만 옳지 않다고 생각되는 일 하는 것을 보지 못하고 제 몸이나 제 집을 위하여 무엇을 생각하거나 일하는 것을 보지 못한 그런 아버지, 별로 능력은 없으나 나랏일만을 자기 일로 생각하고 기뻐하고 슬퍼하고 분해하던 아버지, 그런 아버지가 이제나저제나 하고 금부도사를 기다리게 된 상황을 생각하면 효성을 타고난 허조의 가슴은 미어지는 듯하였다. 더구나 성삼문, 이개가 청하는 대로 한다면 아마도 이 늙고 좋은 아버지의 생명은 내일 하루를 넘기지 못할 것이다.

"아버지!" 하고 부르고는 허조는 말문이 막혔다. 죽고 사는 데 대하여 무서워하거나 슬퍼할 허조가 아니건만 모든 사정이 허조의 슬픔을 폭발하게 한 것이다.

허후는 안평대군의 편지 한 장을 들고 보다가 아들의 말에 놀란 듯이 고개를 들어 물끄러미 아들을 바라본다.

"아버지!" 하고 허조는 남아의 의기로 북받쳐 오르는 울음을 눌러 버리고 "성삼문이가 왔습니다" 하고 말문을 열었다.

"성삼문이가 왔어? 혼자?"

"이개허구요."

"응, 어찌해 이 밤중에?" 하고 허후는 손에 들었던 안평대군의 편지를 책상 위에 내려놓는다.

"내일 아침에 솔백관하여 청한다고 아니합니까."

"응, 그렇지, 정가가."

허조는 방 안에 누가 듣지나 않나 하는 듯이 휘 한번 둘러보고는 소리를 낮추어 "오늘 저녁에 성삼문의 집에 몇 사람이 모였더래요."

"누구누구?"

"그 사람들이지요. 박팽년, 하위지, 이석형, 기건, 유성원……" 하고 말도 끝나기 전에 허후가 눈을 크게 뜨며 "무어? 유성원이가 무슨 낯을 들고 나와 댕겨?" 하고 소리를 지른다.

"그거야 협박을 받아서 그런 것입니다. 유성원이가 마음이야 변할 리가 있어요?" 하고 허조는 유성원을 두둔한다.

"협박만 받으면 아무런 것이라도 한단 말이냐" 하고 허후의 소리는 더욱 커진다. 허조는 아버지 뜻을 거스르기가 어려워 잠깐 잠자코 앉았다. 허후는 유성원 문제보다 더 중대한 문제를 잊었던 것을 생각하고 성난 것을 거두고 "그래 그 사람들이 모여서 어찌했단 말이냐?"

"내일 아침 정인지가 안평대군을 죽여야 한다고 주장하거든 안평대군을 죽이는 것이 옳지 않다고 크게 반박하기로 작정하였다고 합니다" 하는 허조의 말에 허후의 고개가 저절로 번쩍 들리고 눈이 크게 떠지더니 숨길 수 없이 기쁜 빛이 드러나며 "그러기로 작정을 했어? 조정에서 정인지와 한바탕 다투기로?" 하고 참을 수 없는 듯이 빙그레 웃는다.

"어, 장하다. 아직도 의가 살았구나."

허후는 유성원 때문에 일어났던 분한 마음도 다 스러지고 가장 유쾌한 듯이 "왜 이리 들어오라고 아니한단 말이냐. 귀한 손님들이로구나. 이리 들어오라고 하여라" 하고 서안 위에 늘어놓은 종이 뭉텅이를 주섬주섬 주워서 문갑 속에 집어넣는다.

"그런데 아버지가 앞장을 서시라고요" 하고 허조가 아버지를 우러러본다.

"내가 나서라고? 나서기를 두말이냐. 하늘이 도와서 인제 내가 죽을 곳을 얻었다. 어서 다들 들어오라고 하려무나" 하고 허후는 마치 오래 그리워하던, 대단히 반가운 사람이나 만나려는 듯이 기뻐하였다. 이불을 들어 손자의 곤히 자는 몸을 덮어 주었다.

이리하여 허후와 내일 일을 다 짜놓고 허후 집에서 나오는 길에 성삼문은 이개더러 "여보게, 우리 범옹이헌테 들러 가세" 하였다. 범옹은 신숙주의 자다.

"그건 무엇하러?" 하고 이개는 냉랭하였다.

"가서 그 사람이 환장을 했나 아니했나 보세그려. 보아서 정말 환장을 했거든 한바탕 호령이나 해주고, 그렇지 않고 예전 신숙주대로 있거든 안평대군 위해 힘을 좀 쓰라고 해보세그려. 사실 여부를 알아보지도 아니하고 친구를 버린다는 것이 어디 친구의 도린가" 하고 삼문은 이개를 끌었다.

성삼문의 말은 이치에 합당하였다. 이개는 내키지 않았지만 성삼문의 말을 그렇게 거절할 수도 없고, 또 신숙주 집이래야 허후 집과 같이 잿골이어서 집으로 가는 길에서 얼마 돌지도 않는 터라 성삼문을 따라나섰다.

신숙주 집 대문은 굳게 잠겨 있었다. 문을 열 때에는 전에 보지 못하던 관노 같은 자 네댓 명이 성삼문, 이개를 대하며 교만한 태도로 누구냐 물었다. 이개는 크게 노해 "이놈들! 눈이 삐었느냐. 우리를 몰라보고 웬 버르장머리야" 하고 호령을 하였다.

이개가 하도 톡톡히 호령하는 바람에 관노 같은 놈들은 뒤로 물러섰다. 이 소리에 뛰어나온 종 하나가 성삼문을 알아보고 허리를 굽실하며 "원골 영감마님입시오" 한다.

"오, 영감 계시냐?" 하는 성삼문의 말에 종이 "네, 대감마님 계시오" 하고, 곁에 무엇이 있으면 둘러치기라도 할 듯이 잔뜩 성이 난 이개를 힐끗 본다.

"오, 딴은 영감이 아니라 대감이시로구나" 하고 성삼문은 신숙주 집 기구가 갑자기 변하였구나 하면서 사랑으로 들어갔다.

"범옹이!" 하고 길게 부르는 성삼문의 소리(그것은 거의 날마다 귀에 익히 듣던 옛 친구의 소리다)에 신숙주는 "어, 근본가" 하고 전보다도 더욱 반가운 듯이 뛰어나와 맞았다. 숙주의 등 뒤로 흘러나오는 불빛에, 전에 보던 커다랗고 넓적한 옥관자가 없어지고, 그 자리에 자그마한 환옥관자를 붙인 것이 눈에 띄었다.

"소인 문안 아뢰오" 하고 성삼문이 시치미 떼고 신숙주 앞에 읍하는 것을, 신숙주가 한 손으로 성삼문의 팔을 잡고 다른 손으로는 이개의 팔을 잡으면서 "이 사람 미쳤나. 이건 다 무슨 짓이야" 하고 픽 웃고 "이리 들어오게" 하며 두 사람을 방으로 끌어다가 앉히고, "그런데 이게 웬일이야, 이 밤중에?" 하고 어찌할 바를 모르는 듯이, 방 한편 구석에 피해 앉은 사람을 바라본다. 성삼문, 이개의 눈도 그리로 향하였다. 거기에는 사팔뜨기 눈에 광대뼈 쑥 내솟고 허우대 큰 작자 하나가 있다.

'저게 웬 것이야?' 하고 성삼문은 속으로 생각하였다. 그 괴상하게 생긴 작자는 "대감 안녕히 주무시오. 소인 물러갑니다" 하고 일어나 나갔다.

한명회가 사팔뜨기라더니 저것이 한명회라는 것인가 하고 성삼문은 일어나 나가는 한명회의 뒷모양을 흘겨보고, 한명회 같은 이가 야심한 이 시각에 신숙주와 단둘이 은밀한 이야기를 나누고 있는 것이 대단히 마땅치 않았다.

"이 사람, 그것 웬 작잔가?" 하고 삼문은 한명회가 마당에 내려설까 말까 한 때에, 듣겠거든 들어라 하는 듯이 큰 소리로 물었다. 이개도 책망하는 듯한 눈으로 이 질문을 받는 신숙주를 바라보았다.

"응, 그 사람. 저, 뉘 심부름 온 사람이야" 하고 숙주의 목소리는 분명치 못하였다. 숙주는 어찌해 등에다가 모닥불을 퍼붓는 듯함을 느꼈다.

여태껏 한명회에게 또박또박 대감을 바치고 경대함을 받을 때에는 자기의 지위가 높음을 깨달아 만족한 기쁨이 있더니 성삼문, 이개 두 친구의 들여다보는 눈을 볼 때에는 몸이 무엇에 눌려 쥐구멍에라도 들어가고 싶음을 깨달았다.

"뉘 심부름 온 사람이라니, 그 눈깔하고 흉악하게 생겨 먹은 품이 수양대군 궁에 드나든다는 한가 아닌가? 이번에 영양위 궁 사람 죽이는 일에는 원훈이라지?" 하고 이개가 칼날같이 날카로운 말로 숙주를 쏘았다.

숙주는 웃고 손으로 턱을 만질 뿐이요, 대답이 없다.

"그런가, 그것이 한명횐가?" 하고 삼문도 곁에서 재촉한다.

"그래, 한명회야. 그렇게 흉악한 사람은 아닐세. 외양은 그렇지마는 마음은 그렇지는 아니한 모양이야. 저 민대생의 사위 아닌가" 하고, 우리네가 사귀어도 관계치 않다는 듯이 숙주가 억지로 쾌활한 빛을 보인다.

숙주가 한명회에 대해 변명을 하는 것이 두 사람에게는 더욱 불쾌하였다. 더구나 이개는 당장 숙주의 낯에 가래침이라도 뱉어 주고 싶도록 명회를 두둔하는 숙주의 낯이 뻔뻔해 보였다. 오직 숙주를 가장 믿고 사랑하는, 본래 친구를 믿으면 거짓말까지도 믿으려 하여 의심할 줄을 모르는 성삼문만이 어떻게 해서라도 숙주가 변심하지 않았다는 것을 이개에게 증명하고 싶었다. 그래서 단도직입으로 "여보게, 우리가 이렇게 야심한데 온 것은 자네헌테 물어볼 말이 있어서 온 것이야. 세상에서 말하기를 자네가 변심하였다네그려. 우리네를 버리고 정인지 편이 되었다니, 그런가? 정인지라고 본래부터 그리 된 것은 아니겠지마는 정인지야말로 단단히 변심을 하였어. 세상이 다 지봉·절재를 배반한다기로서니 정인지야 어디 그럴 수가 있겠나. 저는 그럴 수가 없지. 그런데 듣는 바로 보면 지봉·절재를 죽이게 한 것이 한명회·정인지의 소행이라 하니 정인지가 환장을 안 했으면 그럴 수가 있겠나. 그런데 자네가 이계전·최항과 함께 정인지 패가 되었다고 하니, 그게 있을 말인가. 어디 자네 입으로 좀 그렇지 않다고 말을 하여 보게. 이번 자네 벼슬이 갑자기 뛰어오른 것이 수상하다고들 하지마는 그것이 혹 자네를 환장시키려는 정인지의 계책인지 몰라. 그렇지만 어디 세상에서야 그렇게 생각해 주나. 다 자네가 정인지 편이 되었다고 그러지. 아무려나 자네가 청백한 것을 보이려거든 우선 자네 입으로 이 자리에서 시원히 말을 해보게" 하고 숙주를 바라보았다.

숙주의 관자놀이는 쉴 새 없이 들먹거렸다.

"어디 변심이고 말고가 있나" 하고 숙주는 겨우 불분명한 외마디 대답을 한다.

"아니, 이 사람" 하고 이개가 고개를 숙주에게 내밀고 살기 있는 눈으로 숙주의 옥같이 아름다운 얼굴을 노려보며 묻는다.

단종애사

"그러면 자네는 이번 수양대군의 일에는 아무 상관이 없단 말인가? 집현전에서 영묘와 현릉의 고명을 받던 신숙주 그대로 있단 말인가? 그렇거든 그렇다고 분명히 말을 하게."

성삼문, 이개의 말은 구구절절이 신숙주의 폐부를 찔렀다. 신숙주는 '죽을죄로 잘못했으니 살려 줍시오' 하고 그만 방바닥에 엎드리고도 싶었다. 그러나 그럴 수 있을까? 그럴 수는 없다. 숙주는 얼음같이 차디찬 욕심의 돌로 설레는 양심의 병아리를 꼭 눌러 질식시키고 "글쎄 이 사람들이 오늘 웬일인가. 자네들까지 나를 이렇게 의심해서 쓰겠나" 하고 슬쩍 농치어 버린다.

이때 종이 주안상을 들고 나왔다.

이 주안상은 숙주를 살렸다. 숙주에게 잠시 피신할 곳을 준 셈이다.

"자, 한잔 먹세" 하고 숙주는 예쁜 종으로 하여금 술을 치게 하였다. 이 젊은 종은 삼문이나 이개가 일찍이 숙주의 집에서 보지 못한 바다. 그렇기로 벼슬이 오른 지 사흘이 다 못 되어 이토록 숙주 집 기구가 굉장하게 변할까.

신숙주의 아버지는 참판 신장(申檣)이다. 그렇게 호화로운 집은 되지 못한다. 아버지 신 참판이 가산을 관리하는 재주가 있는 덕에 가난치는 않다 하더라도 이렇게 아름다운 종을 둘 처지가 못 되는 줄은 성삼문이 가장 잘 아는 바다. 이 종은 수양대군한테서 선물받은 종이다. 술도 수양대군 궁에서 온 술이다. 그런 줄을 알았더라면 성삼문과 이개는 아니 먹었을는지 모르겠지만, 그들은 출출하고 흥분한 터에, 또 으스스 추운 김에 이 따

뜻하게 데운 달고 매운 향긋한 청주를 따라 놓는 대로 아니 마
실 수가 없었다. 이리하는 동안에 신숙주는 두 친구의 무형한
단근질에 부대끼던 숨을 잠시 돌릴 수가 있었다.

이 술에 대하여 신숙주의 부인 윤씨에게 감사하지 않으면 안
된다. 윤씨는 재와 색과 덕을 겸비했기로 동배간에 유명한 부인
이다. 그는 남편의 친구가 사랑에 오면 가만히 종을 시켜서 그
가 누구인지를 탐지하여서 적당하게 대접을 한다. 그것은 남편
과의 친분 관계를 표준으로 하는 것은 말할 것도 없지만 결코
그뿐만이 아니다. 덕행과 명성에 흠이 있는가 없는가를 스스로
판단하여서, 대접할 만한 이는 하고 안 할 이는 안 한다. 윤씨의
이 총명에 대해서는 신숙주도 신임하고 감복하는 터이다.

윤씨 부인은 한명회가 왔을 때에는 아무 대접도 하지 않았다.
"왜 그런 소인을 사귀시오?" 하고 직접 남편에게 말한 적까지 있
었다.

"아니, 그 사람이 그렇게 소인은 아닌걸" 하고 그때에도 숙주
는 아내에게 어물어물해 버렸다.

성삼문이 윤씨 부인의 가장 환영받는 손님인 것은 말할 것도
없다. 성삼문 올 때에 나오는 술상이 가장 좋다. 좋은 술이나 안
주가 생기면 윤씨는 성삼문 오기를 기다려서 다락 속에 감추어
둔다. 오래 감추어 둘 것 없이 성삼문이 찾아온다. 아내의 이 뜻
을 신숙주도 기뻐한다. 아내 윤씨는 남편 신숙주의 뜻을 다 알
아 두고는 남편이 말하기 전에 그가 원하는 바를 다하여 준다.
참 알뜰한 며느리요 아내라고 칭찬받는 것이 마땅하였다.

"그러면 자네 뜻은 예나 이제나 변함이 없단 말인가?" 하고 성삼문은 한 번 더 숙주에게 묻는다.

"두말이 필요한가. 신숙주가 설마 권세를 따라서 마음 변할 사람이겠나. 자네들헌테 이러한 의심을 받는 것이 내가 박덕한 탓일세마는 내 마음은 그렇지를 않아" 하고 숙주는 잠깐 쉬는 동안에 새 기운을 얻어서 서슴지 않고 대답해 버린다.

"글쎄 그러면 그렇지. 우리 범옹이가 설마 절개를 팔아먹을 리야 있나. 여보게 백고(伯高), 안 그런가?" 하고 성삼문은 그만 마음이 탁 풀려서 좋아라고 무릎을 치며 이개를 바라본다. 숙주가 무죄한 것이 그렇게 기뻤던 것이다. 백고는 이개의 자다.

그러나 이개는 그렇게 단순한 사람이 아니다. 그는 맵고 맺힌 사람이다. 숙주의 말이 그대로 믿어지지를 아니하였다.

"자네가 진실로 청백하거든……" 하고 이개는 폐간을 꿰뚫어 보는 듯한 무서운 눈으로 신숙주를 들여다보며 명령하는 듯한 어조로 들이세운다.

"진실로 자네가 청청백백할 것 같으면 그러한 표를 보이게" 하고 이개가 요구한다.

"어떻게 하면 그 표를 보이는 것인가?" 하고 신숙주도 청백한 표를 보이고 싶은 태도를 보인다.

"첫째로, 자네 벼슬을 내어놓게. 자네 벼슬이 너무 순서 없이 올랐네. 까닭이 없는 엽등(躐等, 등급을 건너뛰어 올라감)에는 바르지 못한 속사정이 있는 것이라고 남이 말한들 자네가 무엇이라고 변명할 터인가. 자네가 아무리 청청백백하다고 하더라도 일개 승지로서 일약에 좌참찬이 되었다 하면 아무라도 자네를 이번 일에 가장 공이 큰 사람으로 아니 볼 수가 있나. 정인지가 우참찬에서 좌의정으로 뛰어오르고 한명회가 백면으로서 군기 시 녹사 된 지 이틀 만에 이조참의가 된 것 이상일세. 그러니까 자네가 진실로 청백하거든 내일 아침으로 자네 벼슬을 내어놓게."

이개의 이 말은 참으로 신숙주에게는 아픈 말이었다. 1년 내내 친구를 속이고 아내를 속이고 양심까지 속이고 애를 쓴 것이 무엇 때문인데? 권세 때문인데. 이개의 말은 큰일 날 소리였다.

"자네 말이 옳기는 옳으이. 그렇지마는 너무 서생론(書生論)이야" 하고 신숙주는 이제는 조금도 무안하거나 붉어지는 빛이 없고 도리어 이개를 가르치려는 태도다.

"어찌해 자네 말이 서생론인고 하니, 우리가 다 청렴한 듯이 발을 빼고 물러 나오면 나랏일은 어찌한단 말인가. 영릉, 현릉께서 고명하신 것도 결코 물러 나와서 독선기신이나 하라고 하신 뜻은 아닐 것일세. 자네들이나 나나 다 같이 이 몸과 목숨을 나라에 바치지 아니하였나. 한 번 바친 몸과 목숨을 늙어서 폐인이 되거나 죽어서 해골이 되기 전에 다시 찾을 수가 있나. 그것은 도리가 아니야. 하물며 오늘날같이 국가 다사한 날에 우리가 일신의 명예나 안락을 위해서 몸을 피하다니 될 말인가. 백고! 자네가 잘못 생각한 말일세. 안 그런가, 이 사람 근보?"

신숙주의 말은 과연 당당하다. 과연 충신의 말이요, 국사(國士)의 말이었다.

"옳으이 범옹이, 자네 말이 옳으이. 우리가 물러 나와서 쓰겠나. 우리가 나오면 그야말로 권람, 한명회 같은 유의 판이 되게. 안 그런가, 백고?" 하고 성삼문은 의심이 다 풀렸다는 듯한 만족한 표정으로 이개의 동의를 구한다.

그러나 이개는 성삼문 모양으로 그렇게 단순하게 신숙주의 말에 넘어갈 사람은 아니다. 도리어 이 그럴듯한 신숙주의 말 속에 더욱 가증한 속임이 있는 것을 깨달았다. 그렇지만 그것을 폭로하여 뻔뻔한 신숙주가 부끄러워 죽도록 윽박지를 방법이 없는 것이 분하였다. 이개의 해쓱한 얼굴은 더욱 해쓱해지고 여자의 손가락같이 가늘고 흰 손가락들은 흥분으로 떨렸다. 숙주가 싸워 이긴 기쁨으로 빙그레 웃는 낯으로 이개를 보는 것이 더욱 가증하고 분하였다.

"자네 속은 시원하게 알았네" 하고 성삼문은 기쁜 듯이 "언제는 내가 자네를 의심하였겠나마는 하도 세상에서들 자네가 이번 일의 원흉이라고 그러니까 자네 입으로 한마디 안 그렇단 말을 시원히 들어 보려고 왔더니…… 어, 속이 다 트이는걸. 안 그런가, 백고?" 하고 이개의 팔을 잡아끌며 "자, 한잔 더 먹세" 하고는 자기부터 혼자 잔을 들어 마신다.

"그러면 자네는 벼슬을 내어놓을 수 없단 말일세그려?" 하고 이개가 다시 채찍을 들어 신숙주의 피나는 양심을 후려갈긴다.

곤경이 다 풀렸거니 하였던 숙주는 가슴이 꿈쩍하였다. 이 사람이 내가 죽는 양을 보고야 말려는가 하고 잠깐 망연자실하지 않을 수 없었다.

"이 사람, 고만하게. 더 말할 것이야 있나" 하고 성삼문이 오히려 민망한 듯이 손으로 이개를 막는 시늉을 한다.

이개가 다시 다지는 바람에 신숙주는 몸에 소름이 끼치고 등골에 땀이 흘렀다. 그리고 결코 뜻이 변하지 아니한 것을 중언부언 말하였으나 그 말에는 도시 힘이 없었다. 성삼문이 중간에 나서서 이개를 무마하고는 신숙주 집을 나섰다.

그날 밤 신숙주는 잠을 이루지 못하였다. 그러나 이개의 말과 같이 벼슬을 내어놓을 생각은 없었다.

이튿날 조회다. 영의정 수양대군 유, 좌의정 정인지, 우의정 한확, 좌찬성 신숙주, 좌참찬 허후 이하로 정부, 삼사, 육조의 백관이 품계를 찾아 근정전에 모였다.

이날 조회에 첫째로 한 일은 수양대군 궁을 호위하는 일이다. 정인지의 상주대로 금군 진무(鎭撫) 두 사람이 갑사 50, 별시위 50, 총통 20, 방패 20으로 수양대군 궁을 호위하기로 하였다. 이것은 황보인·김종서 등 역적의 잔당이 혹시 수양대군을 엿볼 우려가 있다는 이유에서 나온 것이지만, 기실은 정인지의 수양대군에 대한 충성을 표한 것이다.

둘째 일은, 이번 일에 공 있는 사람들을 정난공신이라 하여 신숙주 이하 36인에게 일등훈(一等勳), 이등훈, 삼등훈으로 나누어 군(君)으로 봉한다는 것을 발표한 것이다. 그중에 중요한 사람 몇을 들면…….

단종애사

하동부원군 정인지

서원부원군 한확

고령부원군 신숙주

길창부원군 권람

상당부원군 한명회

인산부원군 홍윤성

남양부원군 홍달손

영성부원군 최항

한성부원군 이계전

강성부원군 봉석주

서○부원군 양정

보는 바와 같이 한명회, 홍윤성, 양정도 이제부터는 부원군
대감이 된 것이다. 그런데 우스운 것은 박팽년, 성삼문 두 사람
이 그날 밤에 집현전 입직을 하였다 하여 정난공신 삼등훈에
들어 군을 봉함 받은 것이다. 물론 이 두 사람은 한 번도 군 행
세를 한 일이 없고, 또 공신들이 돌려 가며 한턱씩 낼 때에도 두
사람은 가난하다는 핑계로 내지를 아니하였다. 그러나 청천벽력
으로 한명회, 홍윤성 등과 같이 정난공신 명부에 이름이 오른
것을 보고 두 사람은 벌린 입을 다물지 못했다.

성삼문, 박팽년 두 사람을 정난공신에 집어넣은 것이 수양대
군, 정인지 등의 고등 정책인 것은 말할 것도 없다. 될 수 있으면
집현전 학사들 중 누구누구 하는 사람들 모두라도 정난공신 속

에 집어넣고 싶었다. 그리하면 이번 소위 정난의 누명을 조금이라도 덜 수가 있고, 적어도 말썽 많은 사람들의 입을 틀어막을 수가 있는 까닭이었다. 그러나 다른 사람은 핑계가 없었고 성삼문, 박팽년은 그날 밤에 입직했다는 핑계가 있었던 것이다. 또 이 두 사람을 공신에 넣는 데 신숙주가 정인지에게 많이 힘을 쓴 것은 사실이다.

36인 정난공신이 탑전에서 사은숙배한 뒤에 정인지는 안평대군 용과 전 우의정 전경도체찰사 정분에게 사사(賜死)할 것을 백관의 뜻이라 칭하여 탑전에 아뢰었다.

그 요지는 이러하다.

안평대군 용은 악의 머리라 종사(宗社)의 대죄인인즉, 비록 지친이라 할지라도 단연코 용서할 수 없을 것이요, 또 백관과 민심이 다 이 불공대천지수를 살려 두기를 원치 아니하니, 왕은 사사로운 정을 버리시고 공론을 좇아 단연히 안평대군을 죽여야 함이요. 또 전 우의정 정분에 대해서는 정분이 비록 도체찰사로 밖에 있었으나 황보인·김종서와 같은 붕당인 것이 의심의 여지가 없은즉, 그도 죽임이 마땅하다.

정인지가 충성을 다하는 듯, 죽음을 무릅쓰는 듯, 어린 왕을 타이르는 듯, 위협하는 듯 도도한 언어 수천 마디를 늘어놓을 때에 백관 중에는 숨소리도 없는 듯하였고, 왕은 다만 어찌할 줄 모르는 듯이 좌우를 돌아보았다.

단종애사

안평대군의 목숨이 쇠심줄로 되었더라도 견디어 낼 것 같지 않았다. 어린 왕은 이 사람들이 어찌하여 한사코 안평대군을 죽이려고 하는지 그 속을 알 수가 없었다. 왕은 정인지를 바라보고 다시, 마치 동정을 청하는 듯이 수양대군을 바라보았다.

이 경우에 왕이 취할 길은 셋이다. '윤(允)'이라 하거나, 그와 반대로 '불윤'이라 하거나, 또 나랏일은 모두 수양대군에게 위임해 버렸으니 안평대군을 죽이고 살리는 판결을 수양대군에게 밀어 버리든지 하는 것이다. 실로 위기일발이었다.

이때에 허후가 나섰다.

"좌참찬 허후 아뢰오" 하고 힘 있는 늙은 음성이 조용하던 전 내에 울리자 사람들의 귀와 눈이 모두 허후에게로 향하였다.

'저것이 또 무슨 객담을 하려고 나서' 하고 수양대군은 허후를 흘겨보았다. 아무리 하여도 길들일 수 없는 허후가 미웠다.

왕도 눈을 허후에게 돌렸다.

허후는 탑전에 부복하였다. 성삼문, 이개, 박팽년, 유성원, 김질, 하위지 등은 언제든지 나설 차비를 하고 뒷줄에서 가슴이 뛰고 있었다.

"상감께옵서는 좌의정 정인지를 파직하시와 금부로 내려 가두시오!"

이것이 허후의 첫마디다. 이 말에 놀라지 않은 사람이 있을 리 없지만, 그중에도 정인지는 낯빛이 종잇장같이 되었다.

"안평대군 용은 종실의 지친이거늘 정인지는 신하가 되어서 지친을 모함하여 골육지변을 일으키려 하니 그 죄가 죽어 마땅하옵고, 그뿐 아니라 안평대군은 지친이라 불인치법(不忍置法)이라 하옵신 전교를 내리신 것이 어제 일이거늘, 이러한 전교가 계신 지 하루가 못 되어 또 솔백관하여 청한다며 지존을 번거롭게 하니 이는 지존의 말씀을 가벼이 여기고 제 사사로운 뜻을 이루려고 지존을 위협함이오니 더욱 그 죄가 죽어 마땅하옵고, 또 영의정이 계시거늘 좌의정의 몸으로 솔백관하여 청한다 하니 이는 관기(官紀)를 문란케 하는 것이니 역시 죽어 마땅하외다. 만일 지금 정인지를 엄벌하시와 그 화근을 끊지 아니하옵시면 위로는 지존과 종실을 업신여기고, 아래로는 백관을 농락하여 이르지 아니하는 데가 없을 염려가 있사오니 당장 삭탈관직(削奪官職)하옵시고 금부에 내려 가두게 하심이 지당한가 하오."

허후의 말은 실로 청천벽력이었다. 사람들은 너무도 그 말이 의외인 데 아연하여 다들 자기네의 귀를 의심하였다.

정인지는 돌로 깎아 세운 듯이 가만히 있었다. 오직 그 입술과 손가락이 분하여 파르르 떨릴 뿐이었다.

아무도 감히 말하는 자가 없었다.

이윽히 있다가 왕은 "안평대군을 죽이는 것이 불가하다고 생각하는 자는 반열 밖에 나서라" 하였다. 성삼문, 박팽년, 이개, 유성원, 하위지, 김질, 기건, 이석형, 권절 등 30여 명이었다. 애초에 짠 사람은 일고여덟 명밖에 안 되었지만 나머지 20여 명은 불기이동(不期而同)으로 뜻을 같이한 사람들이다. 허후의 말이 그들을 움직이는 데 가장 힘이 된 것은 물론이다.

이렇게 30여 명이 정인지를 반대하고 나서고 보니 조정에는

단종애사

불온한 기운이 돌았다. 이대로 가다가는 더욱 불온한 일이 생길까 하여 수양대군은 상감 앞으로 가까이 나와 "고만 파조하시옵고 정인지와 허후가 아뢴 말씀은 파조 후에 재결하심이 지당할까 하오" 하였다. 왕은 이 자리에서 좀 더 두 파로 하여금 흑백을 다투게 하고 싶었으나 군국대사를 전부 위임한 영의정 수양대군의 말을 모른 척할 수 없어 곧 파조하고 편전으로 들었다.

이리하여 어찌 되었건 정인지가 솔백관하여 청하고자 한 것을 묵주머니 만들기에 성공하였다.

이날 "안평대군 용을 강화에서 교동으로 옮기라" 하는 전교가 내렸다.

안평대군 부자를 교동으로 옮긴다는 것은 한 구실에 지나지 않았다. 허후의 야단이 있은 날, 정인지는 수양대군을 보고 이렇게 하다가는 큰일 날 뜻을 말하였다. 그 뜻은 이러하다.

지금 수양대군의 신정부가 들어선 지 얼마 지나지 아니하였고, 또 이번 정난에 대하여 민간에 시비가 많을뿐더러 일반 민심은 도리어 황보인·김종서를 옳게 여기고 안평대군이 그릇된 세상을 바로잡을 유일한 사람인 것같이 생각하니, 이때를 당하여 한 가지 믿을 것은 오직 위력뿐이라, 무엇이나 한 번 말을 내면 그대로 하고 터럭만큼이라도 어기는 자는 단연코 용서하지말고 엄벌함으로써 인민으로 하여금 무서워서 감히 입을 벌리지 못하게 하지 않으면 이 구석 저 구석에서 쑥쑥 나오는 수없는 허후를 낱낱이 접응할 수 없다 함이다.

"그러면 어떡한단 말이오?"

수양대군도 오늘 허후의 변에는 두통이 났다.

"결단코 안평대군에게 사사를 하여야지요. 그러고 우선 허후와 그 연루자를 모두 엄벌하고, 또 성화같이 내외에 퍼져 있는 황보인·김종서의 잔당을 찾아내서 모조리 소멸하여야지요. 지금 순을 자르지 아니하면 나중에 큰 나무를 꺾어야 하게 될 것이외다."

이렇게 정인지의 의견은 심히 고압적·무단적이었다.

"그렇지만 상감께서 윤허를 아니하시니 어찌하오. 내 생각에는 아직 그대로 두고 후일에 인심이 진정되기를 기다리는 것이 옳을까 하오" 하는 수양대군은 정인지에 비하면 온건한 의견을 가졌다.

그러나 마침내 정인지의 의견이 채용되어 '군국중사를 다 위임한다'는 구절을 적용하여 재래에 하던 모양으로 일일이 왕에게 묻거나 조정에서 말할 것 없이 수양대군이 옳다고 생각하는 대로 독단으로 행하고 난 뒤에 왕께 그 연유를 아뢰기로 방침을 정하였다. 그러지 아니하면 허후 같은 자가 말썽 부릴 기회가 많을 것이요, 또 어린 왕이 못하리라 하면 억지로 할 수 없을 것이니 차라리 말썽 생길 근본을 끊어 버리는 것이 편리하다고 생각한 것이다.

그래서 금부 진무 이백순을 보내 안평대군에게 약을 내리고, 그 아들 우직을 멀리 진도로 보내고, 전 우의정 정분을 낙안에, 지정은 영암에, 조수량은 고성에, 이석정은 연일에, 안완경은 양산에, 유중문은 거제에 혹은 유배하고 혹은 안치하고, 파직을 당하고 충주에 돌아가 있는 교리 이현로는 사람을 보내 죽이고, 그 아들 건옥·건철·건금 3형제를 연좌(緣坐)하고 가족과 가산을 적몰하였다. 이는 모두가 아는 바와 같이, 맨 처음 대사헌 기건과 함께 수양대군의 발호를 막으려던 죄로 인함이다. 또 동의금을 보내 종성부사 이경유와 그 아들 물금·수동 형제를 죽이고, 또 박호문으로 함길도절제사를 삼아 본래부터 함길도절제사로 있던 이징옥을 죽이려다가 실패하여 이징옥의 난이라는 것이 일어나게 하였다. 이징옥은 김종서가 세종대왕께 천거하여 18세에 함길도절제사가 된 명장이다.

이런 모든 일을 할 때에 한 번도 조의(朝議)에 묻거나 왕의 재가를 받지 않고 모두 수양대군이 정인지, 한확, 신숙주, 권람, 한명회 등 심복들과만 상의하여 처결하고, 혹 그 후에 왕이 물으시는 일이면 대강대강 상주할 뿐이었다.

안평대군을 죽인 죄목 중에 '양모를 붙었다'는 무섭고 더러운 죄목이 들어 있었다. 안평대군은 그 삼촌, 즉 세종대왕의 아우님 되는 성녕대군의 양자로 들어갔다. 그런데 성녕대군 부인 성씨가 대군의 후실로 안평대군과 나이가 비슷하고 또 자색이 있으므로 이러한 죄목이 생긴 것이니, 안평대군은 오직 '하늘이 내려다보소서' 한마디를 부르짖고 죽었다 한다. 이 일에 대하여 왕이 수양대군에게 그 증거를 물으실 때에 수양대군은 말이 막혔다.

신숙주는 허후 이하 30여 명을 엄벌하기를 주장하였으나 수양대군은 이에 반대하여, 허후 한 사람은 거제로 귀양 보내기로 하고 다른 사람들은 다 용서하여 죄를 묻지 않기로 하였다. 이 일은 수양대군의 명성을 대단히 높게 하였다.

안평대군이 더러운 죄를 쓰고 죽었다는 말을 듣고 그 양모 되는 성녕대군 부인도 목을 매어 자진하였다. 안평대군에게 이렇게 말 못할 누명을 씌운 것은 백성들이 누구나 이를 갈고 분하게 여겼다.

안평대군도 죽고 이징옥, 이경유도 죽었으니 이제는 천하태평이었다. 아무도 감히 수양대군의 신정부에 거역할 자가 없었다.

이렇게 되매 수양대군은 정난 사건으로 하여 잃어버렸던 명성을 회복하기에 힘을 썼다. 관의 기강 진숙(振肅)과 제정 쇄신(刷新), 이것은 수양대군이 새로 정사하려는 첫 목표였다. 세종대왕 치세 30년, 3년간의 세종과 문종대왕 거상과 병약으로, 아닌 게 아니라 중앙·지방을 물론하고 기강이 해이하고 정무가 적체하여 일대 쇄신을 요구하는 소리가 높았던 것이다.

이러한 때를 당하여 수양대군은 자기가 할 일이 어느 곳에 있는 줄을 알았고, 또 정인지·신숙주가 다 제도와 행정에 대해서는 귀재라 할 만한 재주 있는 사람들이었다. 수양대군의 무단적 용단력과 정인지·신숙주의 행정적 재능과 수완, 또 권람·한명회 등의 고등 정책적 모략, 이렇게 삼합을 갖춤으로써 3월이 안 되어 내외 정치의 면목을 일신했다.

만일 김종서 여당이니 안평대군 여당이니 하는 명목으로 많은 사람을 무시로 죽이는 일만 없었더라면 전국 백성은 수양대군의 선정을 칭송하고 태평을 구가하였을 수도 있었을 것이다.

그러나 수양대군에게는 자기가 한 일에 약점이 있기 때문에 다른 일에는 다 냉정하고 공평하려 하면서도 안평대군이나 황보인·김종서를 변호하는 사람이 있다는 말을 들으면 그만 눈이 뒤집혀 전후를 돌아보지 않고 반드시 그를 죽여 버린 뒤에야 비위가 가라앉았다.

수양대군은 정치를 새롭게 하는 것 외에 아무쪼록 왕의 마음을 기쁘게 하려고 애를 썼다. 수양대군은 근래 들어 조카인 왕에 대해 깊은 애정도 느꼈다. 왕이 다른 사람의 손에 있다고 생각할 때에는 왕까지도 미웠지만 이제 자기 수중에 있게 되자 왕을 미워하는 마음은 없어지고 어떻게든 이 어린 왕을 잘 보좌하여 자기가 진실로 주공이 되고 싶기도 했다.

그래서 수양대군은 왕을 생각하여 혜빈 양씨로 하여금 무시로 궁중에 들어와 왕의 곁에 있도록 허락하였다(그동안은 혜빈 양씨의 궁중 출입을 금했었다). 이것은 외로운 왕에게는 더할 수 없이 기쁜 일이었다.

둘째로, 수양대군은 군국대사를 자기가 다 맡아 하기 때문에 왕은 실제 정치의 번거로움과 어려움을 잊고 공부나 하고 마음껏 놀 수 있도록 하였다. 어린 왕에게는 그것도 기쁜 일이었다. 근래에는 왕이 정전에 나가는 일조차 별로 없었다. 그래서 수양대군을 미워하고 무서워하는 생각도 훨씬 줄었다.

전에는 수양대군이 좋지 않은 뜻을 품었다는 말과 그를 결코 믿지 말라는 말을 왕에게 은밀히 아뢰는 이도 있었으나 지금은 그런 말 하는 사람도 없었다. 수양대군 정난 후에 제일착으로 궁금(宮禁)을 숙청할 때에 수양대군이 못마땅하게 생각하는 자는 궁녀나 내시를 물론하고 다 내쫓은 까닭이다. 혜빈 양씨도 그때 출입금지를 받았다가 이번에 정인지·한명회 등의 반대도 듣지 않고 다시 출입을 허락하였으니, 왕의 귀에 수양대군을 반대하는 말이 들어갈 기회가 있다 하면 그것은 혜빈 양씨를 통하여서일 것이다.

셋째로, 수양대군이 왕을 위해 하려는 일은 왕후를 택하는 것이다. 비록 아직 상중이라도 왕이 궁중에 외로이 계신 것이 딱하고, 또 하루라도 속히 후사를 얻어야 한다 하여 이 역시 신숙주·한명회 등의 반대에도 불구하고 단행하기로 결심하였다.

전 같으면 국혼(國婚)은 큰 문제일 뿐만 아니라 옛법을 무시하고 상중에 하자는 것이니 마땅히 조정의 공의에 붙여야 할 것이지만, 그리하면 갑론을박으로 해가 늦도록 다투어 여러 날이 되어도 끝날 줄을 모를 것이요, 그러한 끝에는 조정은 가부 양편으로 갈려 일종의 정치적·사상적 당파를 이루어 심각한 싸움을 계속할 것이다.

수양대군은 국인(國人)의 이 흠점을 잘 알기도 하고 목격하기도 하였기에 더구나 아무에게도 알리지 않고, 심지어 좌우 대신에게도 미리 의논하지 않고 다만 혜빈 양씨에게만 알리고는 독단적으로 정해 버렸다. '조정에서 왕비 책립하기를 여러 날 하여 마지아니하거늘(朝廷請納妃累日不已)'이라고 실록에 있지마는 그것은 다 그럴듯하게 쓴 말에 지나지 않는다.

갑술년 정월, 왕의 나이 열네 살, 풍저창부사 송현수의 딸을 왕비로, 김사우의 딸과 권완의 딸을 후궁으로 간택하여 놓았다. 송현수의 딸은 왕보다 한 살이 많아 열다섯 살이었다. 왕비 간택은 수양대군의 부대부인 윤씨가 주장하여 하고 후궁 인선은 혜빈 양씨가 주장하였다.

내일 왕후 책립의 의를 행하기로 다 작정해 놓은 뒤에야 수양대군이 사인 황효원을 좌의정 정인지에게 보내 '내일 왕후를 세울 터이니 일찍 들어오라'는 뜻을 전하였다.

정인지도 이 일을 몰랐을 까닭이 없다. 전하는 말로 누구누구를 간택하였단 말까지 들어서 알았지마는 설마 사전에 자기에게야 의논하지 아니하랴 하고 기다리고 있었다. 그런데 이 모양으로 다 작정해 놓은 뒤에 '일찍 오라'는 부름을 받으니 그는 노하지 않을 수 없었다.

"상중에 혼인하는 법이 어디 있어? 자네도 유자(儒者)면서 내게 그런 소리를 전하러 다닌단 말인가" 하고 소리를 질러서 다시 입도 열지 못하게 하였다.

정인지가 이렇게 노한 데는 자기를 무시하였다는 것 말고도 또 한 가지 이유가 있었다. 그것은 자기 손녀로 왕후를 삼도록 평소에 생각하여 왔고, 직접 수양대군에게 말은 못하여도 그러한 눈치를 넉넉히 비쳐 두었었다. 자기의 공로를 생각하더라도 그것은 들어주리라고 생각하였던 것이다. 수양대군 편에서도 정인지의 뜻을 잘 알았으나 그에게 국구의 권세를 주는 것이 싫어서 모른 체하고 아무쪼록 세력도 없고 또 장차 세력을 잡을 근심도 없는 사람을 택하느라고 송현수의 딸을 택한 것이다.

사인 황효원은 정인지에게 호령을 받고 돌아가서 차마 정인지가 하던 말을 그대로 옮기지는 못하고 다만 "좌상이 채신지우(採薪之憂, 병환)가 있는가 보아요. 아무 말이 없습니다" 하고 거짓말로 전하였다.

수양대군은 정인지의 뜻을 알고 속으로 웃은 뒤에 "사재명일(事在明日)이어든 불가불급(不可不急)이야. 자네, 다시 가보게. 그러고 이렇게 말하게. 혜빈도 어서 왕비를 정해 주길 청하니 아니 좇을 수가 없다고" 하고 다시 황효원을 정인지에게 보냈다.

효원은 인지에게 수양대군이 시킨 대로 말하고 또 혜빈이 재촉하니 어쩔 수 없다는 것을 말하였다.

혜빈이란 말에 인지는 낯을 붉히며 노하였다. 자기가 주장하여서 대궐 밖으로 내쫓았던 것을 수양대군이 자의로 다시 불러들인 것이 분한 까닭이다. 혜빈이 수양대군은 고맙게 생각하고, 자기만을 원망하리라 생각하면 더욱 분하였다. 근래에 수양대군이 매사에 자기를 무시하는 것도 분하였다. 정인지는 사랑이 떠나갈 듯한 목소리로 "혜빈이 다 무엇이야. 양씨로 말하면 비록 세종께서 빈에 봉했다 하더라도 본시 천한 여자이거늘 제가 무엇이라고 국가사에 입을 놀린단 말이야. 양씨 말이 나랏일이란 말이냐?" 하고 소리를 질렀다.

벼락 맞은 황효원은 물러나 꿇어앉으며 "소인 가서 무슨 말씀으로 대답하오리까?" 하고 울려고 들었다.

"내일 일찍 입궐한다고 그러게" 하고 인지는 씩 웃었다.

정인지도 정인지려니와 제일 걱정이 왕이다. 내일로 날짜까지

정한 뒤에 수양대군은 왕에게 종권납비(從權納妃, 형편에 따라 왕비를 들임)하실 것을 아뢰었다.

수양대군의 이 말에 왕은 펄쩍 뛰며 "숙부, 웬 말이오? 상중에 납비가 말이 되오?" 하고 고개를 흔들었다. "5월이면 탈상을 할 터인데 무엇이 급하여서" 하고 왕은 거절하였다.

수양대군은 혜빈과 힘을 합하여 가까스로 왕의 뜻을 움직였다. 왕은 비록 어리지만 효성은 아버지에게서 받은 것이었다.

이리하여 정월 갑술일, 이를테면 갑술년 갑술일에 왕은 상중이건만 길복(吉服, 3년상을 마친 뒤에 입는 보통 옷)으로 근정전에 나와, 왕에게는 종조부 되는 효령대군 보와 호조판서 조혜를 풍저창부사 송현수의 집에 보내 그 딸로 왕비를 책립한다는 뜻을 정식으로 전하고 옥책문(玉册文)을 내리니, 그 글은 이러하였다.

하늘과 땅이 덕을 합하여 만물을 생성하니 왕 된 이는 하늘의 뜻을 받아 반듯이 원비를 세우나니 이로써 종통을 받들고 풍화를 터 잡는 바니라. 내 어린 나이로 나라를 이으며 경계함으로 서로 이룰지니 마땅히 내조를 힘입을지라. 이에 널리 좋은 가문을 찾고 두루 아름다운 사람을 구하였더니 자(咨)홉다, 너 송씨! 성품이 온유하고 덕이 유한하여 진실로 정위중곤(正位中)이라, 한 나라의 어미 될 만한지라. 이제 사자를 보내어 옥책 보장을 주어 이로써 왕비를 삼노니, 오호라 몸이 합하고 즐김을 같이하여서 종묘를 받들고 관저의 화와 종사의 경이 다 오늘부터 비롯되도다. 어찌 삼가지 아니할쏘냐.

이리하여 왕비 책립이 끝나고, 후궁으로 간택된 권완의 딸 권씨와 김사우의 딸 김씨도 동시에 궁중에 들어오게 되어, 혈혈단신이던 왕은 갑자기 두 가족을 갖게 되고, 대관 중에도 외숙 되는 예조판서 권자신 외에 이번에 지돈령이 된 장인 송현수가 왕이 받드는 사람이 되었다.

왕비 책립과 동시에 문제가 된 것은 단상(短喪) 문제다. 단상이라 함은 거상하는 기간을 줄여 버리자는 것이다. 상중에 혼인하였으니 벌써 거상은 그만둔 것이라, 이제 다시 거상하는 것은 도리어 우스우니 아주 탈상해 버리고 길복을 입는 것이 옳다는 것이다. 문종의 거상이 5월 14일인즉 아직 다섯 달이 남은 상기를 잘라 버리자는 것이다.

이 주장의 중심은 물론 수양대군이다. 수양대군은 형님 되는 문종대왕이 3년 거상에 너무도 효도의 노예가 되어 국정까지도 돌아보지 않은 것에 반감을 가져 1년 거상이면 족하다는 의견을 품고 있었다. 그래서 이 기회를 타 이 의견을 실행하려 한 것이다.

여기 항의한 것이 예조참의 어효첨이다. 그가 항의하는 요점은 '왕비를 세움은 종사 대계를 위하여 부득이하다 할지언정 무슨 부득이함이 있어서 구태여 단상을 하랴' 함이었다.

어효첨의 의견이 옳다고 생각하는 이는 많으나 수양대군이 두려워 감히 입 밖에 내어 말하는 이는 없고, 상중에 왕비 맞는 것을 그렇게 반대하던 정인지조차 부질없음을 알고 입을 닫아 버렸다. 그뿐 아니라 어효첨이 감히 이러한 항의를 하는 것은 그

　　　　　　　　　　　　　　　　　　　　단종애사

의 상관 되는 예조판서 권자신이 시킨 것이었다. 왕의 외숙 되는 권자신이 어효첨을 시켜서 이 문제를 내어 은연중에 수양대군과 한번 겨루어 보려는 의도가 숨어 있기에, 여러 번의 강경한 항의에도 불구하고 어효첨의 말은 결국 채용되지 않았다.

그런 뒤, 한 반년 동안에는 아무 일 없이 평화로운 날이 계속되었다.

수양대군은 그렇게도 소원이요 무엇보다도 즐기던 정권을 잡아 마음대로 자기의 수완을 부리는 데 거칠 것이 없었고, 한명회·권람·신숙주·홍윤성·이계전 같은 사람들은 모두 정난공신으로 지위와 재산과 노비를 받아 갑자기 부자가 된 가난뱅이 모양으로 영화와 교만을 마음대로 누리게 되었다. 그중에도 한명회는 반년이 못 되어 이조참판이 되고, 홍윤성도 병조참의가 되고, 이계전은 소원대로 병조판서가 되었다.

그렇게 되자 누구 하나 감히 정부를 비방하지 못하고 모두 입을 다물고 있었다.

남은 문제는 소위 '청제용여당(請除瑢餘黨)'이란 것이다. 사헌부와 사간원에서는 밤낮 생각하는 일이 어찌하면 안평대군의 여당을 찾아내어(찾아낸다기보다는 만들어 내어) 청제용여당이라는 문제로 상소를 할까 하는 것뿐이었다. 어제는 무슨 장령(掌令), 오늘은 무슨 사간(司諫) 하는 작자들이 배운 글재주를 다 짜내어 청제용여당을 부르짖었다. 오직 이 일에 참예 안 하는 것은 집현전 학사들뿐이다. 그들 중에도 청제용여당이라는 염불만 부르면 수가 날 줄을 알고 침을 삼키는 자가 없지는 않았지만 원체 박팽년, 성삼문, 하위지, 이개, 유성원 등의 세력에 눌려 꿈쩍을 못한 것이다.

안평대군 여당이라 하면 낙안에 있는 정분, 거제에 있는 허후, 진도에 있는 의춘군 우직이다. 허후를 못 잡아먹어 애태우는 이는 정인지·이계전이요, 정분을 없애려고 하는 이는 권람·한명회요, 안평대군의 아들 되는 우직을 살려 두어서 마음이 놓이지 않는 이는 수양대군 자신이었다.

허후에 대하여 수양대군은 까닭 모를 일종의 애착심을 품고 있었다. 원체 수양대군이 인재를 자기 수하에 넣으려는 욕심이 있는 것은 말할 것도 없거니와 특별히 허후에 대해서는 아끼는 마음이 있어서 어떻게 해서든 그를 살려서 자기 사람으로 만들고 싶었다.

그러나 정인지는 본디 허후를 미워하였을 뿐만 아니라, 허후에게 큰 망신을 당한 뒤부터는 더욱이 그를 하루라도 더 살려 둘 수 없다고 결심하였다. 그래서 허후의 유배지인 거제에 염탐꾼을 보내 허후의 일거수일투족을 염탐케 하고, 진작 허후와 가까이 사귀게 하여 허후의 입에서 수양대군을 원망하거나 모욕하는 말이 나오도록 만들기를 힘쓰고, 또 시사를 비방하는 시나 편지 등의 필적을 얻어 내어 그를 죽일 새 증거를 삼으려 하였다.

이리하여 염탐꾼에게서는 있는 소리 없는 소리, 허후의 목숨에 관계될 보고가 정인지와 이계전의 손에 들어오고, 서너 자 끄적거려 버린 꼬깃꼬깃한 휴지까지도 허후의 필적이라면 무슨 보물이나 되는 듯이 싸서 거제에서 오는 관문서와 같이 소중하게 정인지·이계전에게로 보내졌다.

그러나 원체 근엄한 허후는 남에게 책잡힐 말이나 글을 함부로 하지 않았기 때문에, 이러한 모든 노력에도 기대를 충족시킬 만한 수확이 없었다.

정분을 죽여야 한다고 권람·한명회가 주장하는 데는 이유가 있었다. 고명 중신 중에 살아남은 자가 정분일뿐더러 정분은 당시의 우의정이었고 또 정난 당시에 전경도체찰사로 밖에 있었은즉, 설사 황보인·김종서가 죄가 있다 하더라도 정분은 애매하다 하는 민간의 동정을 받을뿐더러, 안평대군까지 죽은 오늘날에는 정분이 수양대군을 반대하는 사람들이 떠받들 중심 인물 될 것이 분명한즉 미리 죽여 버려서 후환을 없애자는 것이다.

사실상 정분은 최근 서너 달 동안 민간에 불 일 듯하는 동정과 존경을 받게 되었다. 이것은 그의 처지에 말미암은 바도 있지만 그의 덕행과 절개에도 힘입은 바 있다. 그는 수완 있는 사람은 아니나 덕은 있고, 또 마음이 변할 사람은 아니다. 그가 조금만 수양대군에게 호의를 표하면 수양대군은 기쁘게 그를 중용할 것이지만, 그는 그것을 아니한다. 이런 것이 다 그의 명성과 동정의 근원이 된 것이다.

처음에 정분이 전경도체찰사로 전라도·경상도를 순회하고 돌아오는 길에 충주 지경에 이르러 전 교리 이현로를 만나 서울서 일어난 소식을 자세히 듣고 오늘내일 자기의 죽을 날이 앞에 닥친 것을 보면서 이현로와 동행하여 서울을 향해 말을 몰았다.

비록 죽음이 앞에서 기다린다 하더라도 자기가 할 일은 대궐의 명령에 복종하는 것이니 하루라도 중도에서 지체할 수 없다고 생각한 까닭이다.

이현로도 물론 자기의 생명이 지켜지리라고는 생각지 않았다. 평소에 안평대군과 절재 김종서 문하에 다닌 것을 보든지, 또 수양대군이 궁중에 무상출입하는 것은 불가하다고 극언했던 것으로 보든지, 수양대군이 세도만 잡으면 자기의 생명은 없어질 것을 미리 알고 있던 터였다.

한 걸음 한 걸음 서울로 가까이 갈수록 두 사람에게는 죽음이 다가오는 것이다. 한 고개 넘고 한 굽이 돌아 두 사람은 말없이, 말없이 간다. 멀리 앞에 말 탄 사람만 언뜻 보여도 경관(京官)인가 경관인가 하면서.

충주에 이르러 황보인·김종서 등의 머리를 만났다. 마음 같아서는 이 좋은 친구이자 동료요, 또 충신들의 머리를 안고 울기라도 하고 싶건만 그리할 수도 없어 오직 고개를 돌리고 늙은 눈의 눈물을 씻을 뿐이었다. 이현로는 소리를 내어 통곡함을 금치 못하였다. 그는 벼슬을 버린 자유의 몸이니 그럴 자유가 있는 것이다.

"이 사람, 이런 일도 있나?" 하고 사람 없는 데에 당도하여서 정분은 이현로를 돌아보았다.

"대감마저 돌아가시면 어리신 상감을 뉘 있어 돕습니까?" 하고 이현로는 다른 말로 대답하였다.

용안역 조금 못 미쳐서 두 사람은 어떤 사람이 산굽이로 말을 달려 돌아오는 것을 보았다.

"저것이 경관 아닌가?" 하고 정분이 물었다.

"이번에는 진짜 경관인가 보외다" 하고 이현로는 말을 멈추려 하며 앞을 바라보았다. 검은 전복을 입은 모양이 금부 관원인 듯한 것이다.

"어서 말을 몰아라" 하고 정분은 관노를 재촉하였다. 정분에게는 이현로 외에 사인, 서리, 영리 등 네댓 명의 종자가 있었다. 그들도 다 말없이 앞에 달려오는 인마만 바라보았다. 경관이다, 금부도사다 하는 생각들이 번개같이 사람들의 머리로 지나갔다.

이편 사람들의 얼굴이 보일 만하게 가까이 온 때 그 말 탄 사람들 중에서 한 사람이 앞으로 내달아 "전지(傳旨)야!" 하고 오른손을 높이 들었다. 보니 그 사람은 전에 정분이 이조판서로 있을 때에 정랑(正郎)을 다니던 사람이었다.

정분은 곧 말에서 내려 전지를 받든 관원을 향하여 두 번 절하고 "노중에서 죽는 것이 모양이 숭하니 역관(驛館)에 가도 관계치 아니하오?" 하고 물었다. 정분은 자기가 죽음을 받을 줄 믿었던 것이다.

"아니오. 소인은 전지를 받아 대감을 적소로 압송하러 왔소이다" 하고 그 말이 매우 공손하였다.

정분은 다시 두 번 절하며 "그러면 나를 살리시는 것이오?" 하고 말에 올라 말 머리를 돌이켜 낙안으로 향하였다. 경관은 가장해서 정분에게 친절한 체하고, 심복인 체하고, 때때로 여러 가지로 조정 일과 수양대군에 관한 말을 물었다. 그 묻는 말이다 정분의 처지로는 심히 대답하기 어려운 말들이었다. 이것은 물론 정분의 마음을 떠보려고, 또는 그를 죽일 구실을 얻으려고 하는 일이다.

낙안에 온 뒤에도 10여 일 동안이나 경관이 기거를 같이하면서 교언영색으로 정분에게 여러 말을 물어도 정분은 한 번도 대꾸를 아니하였다.

이현로는 용안역에서 교살을 당하고 정분만 낙안으로 압송되었다.

낙안에서 정분과 같이 기거하기 10여 일, 마침내 경관은 아무 소득 없이 서울로 떠나 버렸다.

정분은 낙안 배소에 있는 동안 독서로 소일했다. 얼마 뒤부터는 탄선(坦禪)이라는 늙은 중이 와서 동무를 하고 있었다. 이 중이 어떠한 사람인지 알지 못하므로 처음에는 서울서 보낸 염탐꾼인가 하고 의심하였으나 얼마 지나지 아니하여 정분은 그를 믿게 되었다. 정분 내외가 다 칠십이 가까운 노인이요 또 귀양살이에 노복이 있을 리도 없어서 흔히 탄선이 물을 긴고 부엌일을 하였다. 정분의 부인은 정경부인의 귀한 몸이지만 가난한 살림에는 결코 힘 있는 주부가 될 수 없었다.

간혹 지방 사람들이 정분의 처지에 동정하여 생선이나 닭 마리를 가져오는 이도 있고 또 명절이나 잔치가 있을 때에는 동네 늙은이에게 하는 예로 술과 안주를 들고 찾아오는 일도 있으나 그것도 감시하는 관원의 눈에 띄어 군수가 알게 되면 재미없는 까닭에 매우 어려웠다. 중 탄선도 행색을 숨기고 머슴 모양으로

　　　　　　　　　　　　　　　단종애사

있었다.

군수는 아무쪼록 정분을 못 견디게 구는 것이 직책인 줄로 아는 듯하였다. 사흘에 한 번씩 수형리(首刑吏)를 시켜서 정분의 거처를 살피게 하였다. 이것은 정분에게 가장 큰 모욕이었다. 그리고 무시로 사령이 들락날락하였다. 이렇게 정분에게 가혹하게 하는 것이 상관의 비위를 맞춤인 줄을 아는 까닭이다.

정분은 배소에 있는 동안에도 조상의 신주를 만들어 두고 반드시 제사를 빼먹지 아니하였다. 그는 능력이 별로 없는 사람이지만 효성과 충성은 지극하였다. 헌 소반에 밥 한 그릇, 나물국한 그릇, 술 한 잔…… 이러한 제물로라도 정성스럽게 제사를 지내고, 삭망에는 반드시 분향하고 문종대왕의 영연을 향해 절하고, 또 국기일(國忌日)에도 반드시 의관을 정제하고 종묘에서 제향 잡술 시각을 보아 북향하며 절하기를 잊지 아니하였다.

이렇게 그는 불평 없이, 원망은 물론 없이 근 1년의 세월을 보냈다. 이러한 생활이 도리어 사림과 일반 민중의 존경과 동정을 끌어서, 정분의 명성은 정승으로 있을 때보다도 더욱 높아졌다.

그러나 이 명성이 정분의 목숨을 재촉하고 말았다.

8월 어느 날, 정경부인의 유일한 말동무인 이웃집 노파(그는 기실 정분을 감시하는 사령의 어미다)가 와서 경관이 내려왔다는 말을 전하였다. 이것은 그 아들이 정분을 동정하여 그 어미를 시켜서 미리 알려 주는 것이다. 미리 안대야 무엇하랴마는 그래도 호의였다.

이때에 정분은 동네 코흘리개 아이들을 모아 놓고 글을 가르치고 있었다. 아이들은 이 좋은 늙은이를 즐겨 하여 식전부터 이 '서울 영감'의 오막살이에 모여들었다.

정분은 일이 있으니 이따가 오라 하여 아이들을 돌려보내고, 탄선더러 밥을 지으라 하고, 목욕하고 관대를 갖추고 조상에게 하직하는 제사를 지낸 뒤에 손수 신주를 다 불살라 버리고, 그러한 뒤에는 관복을 벗고 부인더러 우장(雨裝)을 내오라 하여 갈모를 쓰고 유삼을 입고 수건을 들고 단정히 앉아서 관차(官差)가 나오기를 기다렸다.

비도 아니 오는데 우장은 왜 하는가 하고 부인은 수상히 여겼으나 다 무슨 생각이 있음이려니 하여 감히 묻지 않고 다만 눈물을 머금을 뿐이었다.

이윽고 관차 네댓 명이 "정분이 나서라!" 하고 소리를 치며 달려들어, 한 놈은 정분의 오른팔을 잡고 한 놈은 왼팔을 잡고 한 놈은 등을 밀고 한 놈은 앞을 서고 한 놈은 뒤를 지켜서, 가자 빨리 가자 하고 버릇없이 덜렁거렸다.

부인은 참다못하여 정분의 옷소매를 잡고 울며 "대감, 어디로 가시오? 칠십 평생에 해로하다가 나를 두고 어디로 가시오?" 하였다.

"조정의 명령이니 할 수 있소? 나 죽은 뒷일은 부인이 다 알아하시오" 하고 태연히 말은 하나, 부인의 울음소리가 뒤에 들릴 때마다 가슴이 아니 아플 수가 없었다.

정분이 사령들에게 끌려갈 때에 동네 아이들이 어디를 가느냐고 뒤를 따랐다. 그들은 정든 친구, '서울 영감'을 잃어버리는

단종애사

것이 아까웠던 것이다. "언제 와요?" 하고 아이들은 정분이 다시 돌아올 줄만 믿었다.

'정 정승'이라고 부를 줄 아는 동네 사람들도 문 밖에 나와서 허우대가 커다란 노인이 이 볕 나는 날에 우장을 하고 사령들에게 끌려가는 것을 먼발치에서 바라보고 아깝게 여겼다.

"경관이 내려왔대."

"정 정승이 역적으로 몰려 죽는대."

이만큼은 낙안 백성치고는 아무리 무식한 사람들까지도 알았다. 또 정 정승이 흉악한 사람이 아니요 도리어 충신이란 것도 누구의 선전인지는 모르나 다들 생각하게 되었다.

"정 정승은 아무 죄도 없대. 김 정승 모양으로 간신한테 몰려서 죽는 게래."

김 정승이란 김종서를 이름이다.

충신이 간신한테 몰려서 죽는다는 것은 전제군주 시대의 공식이어서 무식한 백성들 사이에도 쉽게 이해가 되었다.

조그마한 고장이라 정 정승이 객사 앞 장터에서 오늘 죽는다는 말이 한 입 건너 두 입 건너 낙안 읍내와 근촌에 들리자 수백 명의 사람이 객사 앞 장터로 모여들었다. 감히 큰 소리로는 말을 못하나 숙덕숙덕하는 소리는 아니 들리는 데가 없었다.

우장을 입은 정분이 사령들에게 끌려 장터 한복판으로 와서 우뚝 섰다. 미시를 기다리는 것이다.

"정 정승이다!"

"갈모 쓴 이가 정 정승이다, 충신이다."

"충신을 죽이고 천벌이 없을까?"

이러한 소박한 분개와 비평이 민중 사이를 돌아간다. 이 백성들은 지난 동짓달에 바로 이 자리에서 황보인·김종서 등의 잘린 머리를 보았다. 그때에는 창졸간이라 아마 황보인·김종서가 역적질을 하였나 보다 하였으나, 정분이 이 고을에 와 있은 뒤로 각처 선비들이 많이 출입하고 또 민간에서 수양대군 정난 사실의 내용을 어지간히 자세히 알게 되자 백성들의 동정은 황보인·김종서 등에게로 몰려, 그들을 충신으로 추앙하고 수양대군과 정인지에 대하여 격렬한 반감을 가지게 되었다. 이러한 감정이 정분을 향한 존경과 동정으로 나타난 것이다.

만일 이 민중의 감정을 알아보아 그들을 조직하고 지도하는 자가 있었다면 이 백성들은 폭동을 일으켜 정분을 빼앗았을는지도 모른다. 그러나 그들은 그리할 줄 모르는 백성들이었다.

형벌을 행한다는 미시가 가까워지자 사람들은 더욱 많이 모여들었다. 정분은 내리쬐는 볕 밑에 나무로 깎아 세운 사람 모양으로 갈모를 쓰고 가만히 서 있었다.

군수와 감형관도 백성들 중에 불온한 기운이 있는 줄을 알아 행형(行刑)을 내일로 미루려고 하였다. 겁이 난 것이다. 그러나 정분은 준절하게 거절하였다.

"거 무슨 말이오. 조정의 명이 지엄하거늘 어찌 마음대로 기한을 바꿀 수가 있소. 나는 죽으러 여기 나선 사람이니까 관(官)에 들어가 무엇한단 말이오?"

하루 동안 관에 머물기를 감형관이 청한 까닭이다.

정분의 말과 얼굴빛은 추상같았다.

감형관은 어쩔 도리 없이 올가미를 손에 들어 정분의 목에 씌우려 하다가 "마지막으로 할 말이 있거든 하라" 하고 정분에게 여유를 주었다.

정분은 감형관의 허락을 얻어 북으로 서울을 향하여 어린 상감께 하직하는 절을 하고, 다시 눈앞에 지봉·절재 등 먼저 죽은 친구들을 바라보며 한 번 읍하고 난 뒤에 이제 할 일을 다 하였다는 듯이 두 팔을 늘이며 하늘을 우러러 부르짖었다.

"자, 그 올가미를 이 목에 씌우라. 죽는 것은 같지마는 절개는 다른 법이야. 내가 만일 두마음이 있었거든 하늘이 맑은 대로 있을 테고, 하늘이 만일 내 충성을 알거든 반드시 이상한 일이 있을 것이야."

정분의 숨이 끊기자 보던 백성들이 통곡을 하고, 갑자기 구름이 일어나 소나기가 퍼부어서 감형관과 군수가 우산을 받고 뛰어 들어갔다.

허후와 의춘군 우직이 죽음을 받은 모양도 정분과 대동소이하였다. 다만 우직은 원통하게 죽은 안평대군의 아들인 만큼, 또 이제 겨우 열다섯 살밖에 안 된 어린 소년인 만큼, 그가 초립을 쓰고 형장에 나설 때에 보던 사람들이 측은한 눈물을 아니 흘릴 수가 없었다.

정분과 허후와 우직까지 죽으니 이제는 수양대군이 미워하는 사람은 거의 다 죽은 것이다. 이제 수양대군은 왕께 청하여 "다시는 적도에 관하여 말을 말라" 하는 전교를 내리게 하였다.

더 이상의 상소가 귀찮은 까닭도 있거니와 또 다른 사람들을 포용하는 도량이 넓다는 것을 보이려는 수양대군의 정책도 있는 것이다. 어쨌거나 이 전교가 내렸기 때문에 아직 목이 붙어 있는 사람은 제 목이 한참은 견딜 줄 믿게 되었다.

이번 수양대군의 정난 통에 원통하게 죽은 사람을 아는 대로 적어 보자.

안평대군 용, 의춘군 우직.

황보인, 황보석, 황보흠, 황보갓난이, 황보경근.

김종서, 김승벽, 김승규, 김석대, 김대대, 김조동, 김만동.

이양, 이승윤, 이승효, 이계조, 이소조, 이장군.

허후.

정분.

민신, 민보창, 민보해, 민보흥, 민보석, 민돌이.

조극관.

조수량.

윤처공, 윤경, 윤위, 윤탁, 윤식, 윤갯동, 윤효동.

이명민.

이현로, 이건금, 이건옥, 이건철.

이경유, 이물금, 이수동.

원구.

조번, 조연동, 조항동, 조귀동.

김연(내시), 김대정.

단종애사

한숭(내시).

이석정.

이징옥, 이자원, 이윤원, 이철동, 이성동.

안완경.

지정.

지신화.

하석.

이보인(이양의 사촌동생), 화성군 해, 화산군 심, 화릉군 모,
    화남군 사문, 화평군 주령.

한산군 이의산, 해령군 우경.

김말생, 김산호.

김정, 김갯동.

박이령, 박하.

이차.

최로.

김상충, 김득천, 김복천.

양옥.

조석강.

황귀존.

안막동, 안장손, 안경손.

조완규, 조순생, 조불연(안평대군의 사위).

고덕칭.

황의헌, 황석동.

이식배.

이귀진.

이은중.

김유덕, 김죽.

김신례.

유세.

강막동.

정효강, 정백지.

정효전, 정원석.

박계우.

이름 옆에 이어 쓴 것은 그 자손이다.

충신들의 죽음

단종대왕이 즉위한 지 3년째 되는 을해년(1455). 이해는 단종 대왕이 그 숙부 수양대군에게 임금의 자리를 내어주지 않을 수 없었던 슬픈 해다.

세월이 흘러가는 동안에는 2년 전 황보인·김종서 등이 살육을 당한 것처럼 대단히 일이 많고 끔찍했던 계유년 같은 해도 있거니와, 한 해가 천 년같이 아무 일도 없이 하품만 나오는 심심한 해도 있는 것이다.

이렇게 심심한 해와 바쁜 해가 새끼 오라기 두 가닥 모양으로 서로 꼬여서 세월이라는 역사의 바탕을 이루는 것처럼, 금년 을해년과 오는 해 병자년은 조선 역사에서 연거푸 윤달이 드는 셈으로, 일 많고 끔찍끔찍하고 지긋지긋하고 무시무시하고 치가 떨리고 이가 갈리는 일들이 무더기로 쏟아져 나오는 살년(殺年)이 되었던 것이다.

풀과 나무들의 본성은 가을 서리 내릴 때를 당해서야 분명히 알게 된다. 갈대는 말라 버리고 참대는 더욱 푸르다. 돌피는 태워 버리고 벼 알갱이는 거둬들인다. 서리 치는 모진 바람이 밤새 불 때에는 떨어질 잎은 다 떨어지고 소나무, 잣나무만 끄떡없이 청청하다. 이리하여 가을철은 천지의 대좌기(大坐起)로, 1년간 지내 온 초목도 마감(磨勘, 중국에서 관리들의 성적을 매기던 제도)을 보는 심판 날이 된다.

개인의 일생에도, 또 어떤 민족의 일생에도 몇십 년에 한 번씩, 또는 몇백 년에 한 번씩 이러한 마감 날이 온다. 평상시에는 다 비슷비슷하여 별로 차별이 없는 듯하던 이들(개인이나 민족이나)도 이날 우레 같은 운명의 호령과 형문, 곤장 같은 자작얼(自作孽, 자기 때문에 생긴 재앙)의 아픈 매가 벗은 몸뚱이를 후려갈길 때에는 지금까지 쓰고 있던 탈바가지도 다 집어 던지고 대번에 개개 실토를 하게 된다. 이러한 대좌기를 겪고 난 뒤에야 그가 갈대인지 참대인지 무쇠인지 강철인지가 판명되는 것이다.

지나간 계유년도 그러하였거니와 금년 을해, 내년 병자 두 해도 조선 민족적으로 보거나 단종대왕 때에 살아 있던, 특히 조정에 벼슬하던 여러 개인으로 보거나 큰 심판 날 중의 하나다.

그날에 여러 조선 사람들은 가지가지의 본색을 드러냈다. 혹은 끝 간 데를 모르는 욕심꾸러기가 되어서 그 욕심을 채우기 위해서라면 못할 일이 없는 성품을 보이고, 혹은 오늘은 동, 내일은 서로 해바라기가 햇빛을 따라 고개를 숙이듯이 부귀공명을 따라 어제는 이 임금의 충신이 되고 내일은 그 임금을 박차고 다른 임금의 충신이 되는 변통성 많은 재주를 보이고…… 그

단종애사

러나 혹은 의리를 위하여서는 부귀는커녕 생명까지도 초개같이 버리는 충성을 보이는 이도 있고, 또 혹은 충성을 보이기에는 너무도 겁이 많고 세도를 따르기에는 양심이 덜 무뎌 무가무불가로 일신의 안전을 도모하는 도회술(韜晦術)도 보이고, 성 안에 앉아서는 천하를 한입에 삼킬 듯이 큰소리를 하다가 성문 밖에 나서서 적을 대하자마자 허리가 굽어지고 무릎의 맥이 풀리는 겁쟁이, 저는 아무것도 아니하면서 주둥이만 살아서 남의 일을 이러쿵저러쿵 흉만 보고 훼방만 놓는 얄미운 이, 마땅히 한바탕 큰 반항을 일으킬 만한 이유와 분격지심이 있으면서도 남이 대신 하여 주었으면 하고 멍하니 하늘만 바라보고 앉아 있는 못난 이…… 이러한 본색들이 아침 볕 받는 산봉우리들 모양으로 크게 작게 제 모양대로 제 빛깔대로 드러나는 것이다.

세 살 적 버릇이 여든까지 간다더니, 500년 전 우리 조상들의 장단점이 오늘날 우리 중에도 너무도 분명하게, 너무도 유사하게 드러났다. 그 성질이 드러나게 하는 사건까지도 500년을 사이에 두고 서로 같구나. 우리가 역사를 읽는 재미가 여기 있는지도 모른다.

수양대군은 당연히 왕의 자리를 도모할 결심을 하였다. 득롱망촉(得隴望蜀, 농을 얻자 촉나라도 바란다)처럼, 바라던 자리를 얻으면 한층 더 높은 자리를 또 바라는 법이다. 이리하여 사람은 한없는 욕심의 충층대를 허덕거리며 오르다가 마침내 끝 간 데를 보지 못하고 현기증이 나 굴러떨어져서 머리가 부서져 죽는 법이다. 더구나 수양대군 같은 야심만만한 사람이 오를 수 있는 한 층을 남겨 두고 마음을 접을 리가 없다. 일국의 정권을 한 손에 거머쥐고 보면 부족한 것이 오직 익선관, 곤룡포인 듯하였다.

부대부인 윤씨가 잠자리에서 수양대군에게 그러한 뜻(임금 되라는)을 비추는 것(이 일은 진실로 여러 번 있었다)도 수양대군의 뜻을 정하게 한 한 가지 원인이 되고, 권람·한명회가 무시로 권하는 것이 또 한 가지 원인이 된다.

미상불 권람의 말이 옳다. 왕이 아직은 나이 어려 수양대군의 마음대로 무슨 일이나 다 할 수 있지만, 차차 나이 많아져 국정을 몸소 보게 되는 날이면 족히 수양대군을 물리칠 수도 있는 것이다. 하물며 세종대왕의 맏아드님 되는 화의군 영(瓔)을 비롯하여 금성대군 유(瑜), 평원대군 임(琳), 한남군 어(𤥽) 같은 종친들이 겉으로 드러내어 말은 않지만 속으로는 수양대군의 야심을 미워하고 어린 왕에게 동정을 갖는 것이 사실임에랴.

그 밖에도 왕의 편이라고 볼 만한 유력자로는 세종대왕의 후궁이요 어린 왕을 양육한 혜빈 양씨가 있고, 왕의 외숙 되는 권자신(이때의 벼슬은 예조판서), 장인 되는 여량부원군 송현수, 왕이 가장 사랑하고 신임하는 누나 경혜공주의 남편 영양위 정종 같은 이가 있다.

이러한 사람들이 아직은 수양대군의 권세에 눌려서 아무런 일도 하지 못하고 있다 하더라도, 왕이 성년이 되어 권세를 찾을 만하게 되면 반드시 왕의 팔다리가 되어 수양대군에게 대항할 것은 권람·한명회의 말을 듣지 않더라도 분명한 일이다.

만일 수양대군이 마치 그가 항상 사람을 대하면 말하는 것처럼, 왕이 성년 되시어 정사를 친히 잡으실 만하기를 기다려 그 자리에서 물러난다 하면 만사가 화평하였을 것이다. 왕은 일생을 두고 수양대군을 고맙게 알았을 것이요, 백성은 진실로 주공의 덕으로써 수양대군을 비교했을 것이며, 그 숱한 사람은 원통한 피를 흘리지 아니하였을 것이다. 수양대군 자신도 만년에 꿈자리 사납지 않게 지냈을 것이다. 그렇건만 운명은 수양대군의 가슴속에 한 움큼 욕심의 불을 던져 커다란 비극을 만들어 내게 한 것이다.

수양대군은 일변 궁금을 숙청한다고 칭하여 혜빈 양씨에게 엄중한 견책(譴責)을 주어 일절 궁중에 출입하지 못하게 하고, 또 문종대왕 시절부터 왕의 곁을 떠나지 아니하여 왕의 동무요 보호자였던 늙은 내시 엄자치에게 없는 죄명을 씌워 금부에 가두었다가 멀리 제주에 안치한다며 보내던 중도에 사람을 보내 주막에서 죽여 버렸다.

금성대군 이하 종친들도 수상인 수양대군의 허락 없이는 일절 궁중에 출입할 수 없도록 금해 버리고, 또 왕의 숙부 중 가장 나이 많고 가장 왕을 생각하는 화의군을 아우 되는 평원대군의 첩과 통간하였다는 누명을 씌워 외방으로 내쫓았으며, 안평대군이 죽은 뒤에 가장 수양대군에게 듣기 싫은 바른말을 하는 금성대군은 화의군과 좋아한다 하여 그의 집인 금성궁 밖에 나오지 못하게 갑사를 시켜 대문을 파수하게 하였다. 임금의 장인 송현수는 소싯적부터 친분이 있는 것을 이용하여 회유하기를 힘쓰고, 왕의 외숙 권자신도 그 환심을 사느라고 예조판서를 주었다. 그러나 송현수·권자신은 언제 죽어도 죽을 사람이다. 수양대군의 눈에 매양 걸리는 것이 두 사람이었다.

마음에 맞지 않는 사람들을 모조리 없애 버렸으면 하는 생각도 수양대군의 마음에 없는 바 아니었지만 그것은 최후 수단으로, 될 수만 있으면 피 한 방울 흘리지 않고 목적을 이루고 싶은 것이다. 사람이란 살아 있을 때에는 아무 힘이 없던 이라도 죽여 버리면 꿈자리 사나운 것임을 황보인·김종서 등을 통해 경험한 수양대군이다. 이 때문에 생긴 것이 수양대군의 인재방문(人材訪問)이다.

수양대군은 인심을 얻는 길이 무엇인지를 잘 알았고 또 권람과 한명회의 머리는 수양대군을 돕고도 남았다. 만일 이러한 장점(그것은 진실로 흔히 보기 어려운 것이었다)을 가진 이들이 사욕에 빠지지 않고 오직 정의로 나라를 위해 쓰였던들 역사에 드문 공적을 세웠을지 모른다. 그렇다면 그들은 만대에 사모함을 받았을 것이다. '부정한 욕심과 부정한 음모', 이것이 그 좋은 기회를 망쳐 버린 것이다.

수양대군은 사람을 세 부류로 나누었다. 첫째는 위엄으로 눌러 버릴 종류의 사람으로, 이것은 가장 수가 많은 서민들과 벼슬아치들이다. 이 부류의 사람은 권세를 보이기만 하면 다 머리를 숙이고 모여드는 것이다. 그렇지만 이 부류 사람도 노상 안심할 수는 없다. 그것은 본래 위엄으로 눌렸던 무리기 때문에 더 큰 위엄이 오는 날이면 곧 예전 주인을 배반하고 새 위엄 밑으

단종애사

로 돌아서기 때문이다. 더구나 이 무리들은 자기의 주장이 굳게 서지 못하고 또 항상 현재 자기네를 누르는 권세에 대하여 원망과 의혹과 미움을 품기 때문에, 또 게다가 흔히 무지하기 때문에 다른 권세를 약속하는 자의 선동을 받기 쉬운 것이다. 권세 가진 자의 눈으로 보면 소위 난화지맹(難化之氓, 교화하기 어려운 백성)이다.

그러나 그까짓 것은 수양대군에게 있어서 그리 중요한 일은 아니다. 왜 그런가 하면, 이런 무리가 근심되는 것은 권력을 잡은 시초가 아니요, 옛 권력이 쇠할 만한 때인 까닭이다. 수양대군의 눈앞에는 끝없는 영화가 있다. 천추만세에 끊임없이 이어질 권세가 있다(왕의 자리만 얻고 보면 말이다). 인사(人事)의 무상(無常)을 깨닫기에는 수양대군은 너무도 젊고 너무도 순조로웠다. 건강하고 젊고(사십이면 한창이 아닌가) 뜻하는 바를 못 이루어 본 적이 없는 바에 순풍에 돛을 달고 물결 없는 한바다로 선유하는 것 정도밖에는 인생이 보이지 아니하니, 그런 수양대군에게 반성이 있을 리 없고, 후회가 있을 리 없으며, 무상이 있을 리 없다. 이런 것들을 깨닫기 위해서는 얼마간 더 인생의 어리석은 경험을 쌓아야 하는 것이다. 그가 이 쓰라린 무상의 술잔을 비우지 않았다면 모르겠지만, 그는 10년이 얼마 넘지 못하여 마침내 이 술잔을 마시지 않을 수 없었다. 그러한 권세를 영원한 것으로 여겨 전력을 다하여 못할 것 없이 이것을 추구하였던 것이다.

수양대군이 보는 둘째 부류 사람은 이름과 이득으로 달래어

영구히 노예적 복종을 맹세시킬 수 있는 무리다. 벼슬이라는
것, 울긋불긋하고 너덜너덜한 옷과 띠와 망건과 관자와 한 해에
쌀 몇 섬 되는 녹이란 것으로 군신의 관계를 맺는 것이다. 이 계
급은 현재 조정에 벼슬하는 무리의 대부분과, 태학관을 머리로
하여 전국에 수없는 서원·서당·사정(射亭)에서 공부하는 무리
와, 과거에 참예할 자격을 가진 이른바 양반의 무리, 줄여 말하
면 사회의 상층 계급이다.

이 무리의 마음을 걷어쥐는 것이 일국의 권세를 누리는 데는
대단히, 아마 절대로 필요한 일이다. 이 무리는 인의예지와 효제
충신을 도맡아 파는 도가(都家)일뿐더러 치국평천하의 도편수
를 자처하는 무리들이다. 기실 정사를 하는 일꾼은 아전들이요,
이 무리는 주먹심도 다릿심도 의리의 힘도 없는 무리지만 세습
적인 양반권(이런 말을 쓸 수 있다면)과 역시 유전적이라 할 만한
뱃심과 입심만을 가지고 놀고먹고 대접받는 땡잡은 이들이다.

지금 이 무리의 두목은 정인지다. 정인지의 말 한 마디면 이
무리의 머리는 마치 바람맞은 풀 모양으로 이리로 굽실, 저리로
굽실거리는 것이다. 정인지가 이미 수양대군의 심복이 되었으니
정인지의 뒤를 따라 수양대군에게 충성을 맹세할 사람이 많을
것은 물론이다.

그러나 닭 천을 기르면 그중에도 봉이 난다는 말처럼, 이렇게
명리를 따라 동으로 가고 서로 가는 무리들 중에도 굽혀지지 않
는 곧은 무리가 있으니, 이러한 무리들이 비록 수효는 적을망정
자연히 한 세력을 이루는 것이다. 비록 그들이 기치를 내세우고

단종애사

호령하지 않더라도 충의가 있는 곳에 반드시 따르는 천연의 위엄이 능히 사람으로 하여금 정색하게 하는 것이다.

이러한 몇 안 되는 무리가 곧 수양대군이 생각하는 이른바 셋째 부류 사람이다.

수양대군은 어떻게 해서든 이 무리의 마음을 사려 한다. 그가 임금의 자리에 올라 한 나라를 누리는 데는 이 무리의 마음을 사는 것이 필요하다는 것을 아는 까닭이다. 명리지배(名利之輩) 100명을 얻음보다는 이러한 충의지사 하나를 얻는 것이 더욱 힘 있음을 수양대군은 잘 안다. 옳은 선비 한 사람의 뜻이 10만 강병보다도 힘 있는 줄을 잘 아는 것이다.

이 무리는 위엄으로 내리누를 수가 없다. 그네들은 의를 위하여서는 시퍼런 칼날을 우습게 보고 한 몸의 목숨을 터럭같이 여긴다. 몸을 열 토막 내이고 목숨을 백 번 다시 끊더라도 그만 것을 두려워할 그네들이 아니다. 박제상, 정몽주의 몸에 흐르던 충의의 피는 한강의 물이 마를 때까지 이 땅에 나는 사람의 핏줄에 흐른다. 의인의 피와 살이 땅속에 스며들어 이 땅을 의의 땅으로 만들고 그 무덤에 나는 풀이 의인의 기운을 뿜어 이 나라의 초목까지도 의의 이름으로 부르게 된다. 그런 이들이 아니면 이 땅에 의는 죽어 버리고 만다. 죽는 것을 두려워할 줄 모르는 이 무리들이야말로 수양대군의 큰 적이 아닐 수 없다.

이미 죽는 것을 두려워할 줄 모르는데 하물며 명리랴. 그가 이름을 싫어함이 아니다. 아름다운 이름을 천하에 들리고 천추에 들리게 함이 그의 욕심이지만 의가 아닌 때에 그는 이름 보기를 초개같이 여긴다. 그가 가장 견디지 못하는 수치와 고통은 하루라도 불의의 부귀를 누리는 것이다. 불의의 부귀를 누릴 바에야 차라리 당장에 죽어 버리기를 택한다.

비록 몸에 치국평천하의 큰 경륜과 큰 재주를 품었다 하더라도 의에 맞지 않는다면 차라리 이 경륜, 이 재주를 초토에 썩혀 버린다.

위엄과 무력으로 굴복시킬 수 없고 부귀로 어지럽힐 수 없는 이 의인의 무리는 고금에 불의의 권세를 탐하는 자들의 두통거리가 되었다. 그들이 수효로는 비록 몇백 명, 그보다도 더 적게 몇십 명에 불과하다 하더라도 그들은 의의 불씨를 천추만세의 후손에게 전하는 거룩하고도 고마운 직분을 맡아 한 나라의 주인이 되는 것이다. 전 인류의 주인이 되는 것이다.

수양대군은 이것을 모르는 사람이 아니다. 그는 의를 알고 의인을 알고 불의를 알고 불의한 사람을 안다. 그는 임금 중에도 가장 총명한 임금인 세종대왕의 아드님이요, 임금 중에도 가장 인자한 임금인 문종대왕의 아우님이다. 총명이 뛰어난 그가 무엇인들 모를 리가 없건마는 다만 그의 억제할 수 없는 욕심이 모든 덕과 모든 총명을 눌러 버린 것이다. 후일에 그의 인자함과 총명함이 다시 바로 서려 할 때는 벌써 만고에 씻을 수 없는 불의를 행한 뒤였다. 일생 동안, 목숨을 다해, 그의 지난 허물을 씻어 버리려고 나라를 위하여 좋은 일을 많이 하느라 무진 애를 썼으나 양심의 가책은 그런 공로로 갚아 버리기에는 너무 컸고, 게다가 그러한 공로로 지나간 죄를 벗으려고 목숨이 오래 허락

단종애사

되지도 않았다. 그래서 그는 마침내 후회의 피눈물을 흘리며 눈을 감아 버린 것이다.

그로 하여금 이러한 비극의 주인공이 되게 한 억제할 수 없는 패기는 실로 그의 숙명이었다. 이 성격의 결함(특징이라면 특징)은 총명한 그의 힘으로도 어찌할 수 없었던 모양이다. 그는 이 패기의 날랜 말에 올라앉아, 그 뛰어난 총명과 예지로 자기가 달려가는 길이 무엇인지를 보면서도, 안 되겠다 안 되겠다 하고 계속 후회하면서도, 걷잡을 수 없이 그가 마침내 굴러떨어진 절벽 끝으로 가버린 것이다.

그러므로 수양대군은 옳은 사람을 대할 때에는 특별한 사모와 존경을 품고 있었다. 허후에 대하여 취한 태도도 이것을 표하는 것이다. 그는 옳은 뜻을 가진 선비에게 옳지 못하다고 여겨지는 것을 대단히 괴롭게 여겼다. 의인들의 칭찬을 받는 것은 그의 간절한 소원이었다. 그가 후년에 한편 국조보감(國朝寶鑑)·동국통감(東國通鑑) 같은 서적을 편찬하게 하고, 한편 유가서(儒家書)·불가서(佛家書)를 언해하게 한 것이 문화 사업에 대한 사랑에서 나온 것은 물론이지만, 자기가 의를 사모하는 자인 것을 의인의 무리가 인정하게 하자는 뜻이 또한 적지 아니한 동기가 된 것도 무시할 수 없는 일이다.

이렇게 그는 의인이 되려는 간절한 소원과 권세를 잡으려는 불같은 패기, 이 두 가지 사이에 끼여 이 둘 모두를 만족시키려는 어림없는 욕심을 가지게 된 것이다.

애인하사(愛人下士, 백성을 사랑하고 선비에게 몸을 낮춤)라는 말은 동양에서는 권력 잡은 자가 누구나 하는 말이다. 한나라 유현덕이 제갈공명을 찾아 세 번이나 남양이라는 시골구석을 찾은 것은 삼고초려라 하여 후세 제왕의 모범이 되었다.

수양대군이 그의 야심을 이루는 수단으로 택한 중요한 방법 중 하나가 선비를 찾아보는 일이었다.

최항을 중간에 내세워 집현전에 관계한 사람들 중 중요한 이들을 혹은 수양대군 궁으로 불러 보고, 혹은 몸소 찾아갔다. 여간한 사람들은 상감의 숙부요 영의정으로 군국대사를 한 손에 걸어쥔 수양대군이 만나기를 원한다 하면 신을 거꾸로 끌고 달려와서 수양대군 앞에 엎드렸다.

이렇게 수양대군 편에서 조금도 힘들이지 않고 제 편에서 덜덜 굴러와 붙는 사람들을 수양대군은 대견히 여기지 않았다. 사냥을 즐겨 하는 수양대군은 힘 안 들이고 잡힌 짐승을 즐겨 하지 않는다. 아침부터 온종일 산을 넘고 골짜기를 건너 따르고 따라도 잡히지 않는 짐승이 도리어 몇 곱절이나 더 그의 마음을 끌었다. 사람을 구하는 데도 그와 같은 맛이 있었다. 단 한마디에 주르르 따라오는 사람은 비록 쓸데는 있더라도 재미는 없었다. 아무리 끌어도 아니 끌리는 사람이야말로 끌 재미가 있었다.

전 대사헌 기건이나 집현전 교리 권절, 집현전 부제학 조상치 등이 다 그런 이들이다.

기건에 관해서는 앞에서 말한 바 있다. 교리 이현로와 함께 종친 분경을 금하라고 상소하여 수양대군의 미움을 받은 사람이다. 그는 연안부사로 좌천되었다가 시사에 뜻이 없어 벼슬을 버리고 사랑문조차 닫아 버리고 숨어 있었다.

수양대군은 기건의 명망과 재주를 사랑하여 어떻게 해서든 자기 사람을 만들려고 하였다. 그래서 세력이 당당한 수양대군이 세 번이나 빈한한 기건의 집을 찾았다. 교리 따위 작은 벼슬아치가 집에 앉아서 영의정을 불러 본다는 것은 진실로 놀라운 일이다. 하물며 기건은 세종조의 선비에서 지평(持平, 사헌부 벼슬)이 된 사람임에랴.

그러나 기건은 자기가 청맹이 되어 앞을 보지 못한다 칭하고 수양대군의 벼슬에 나오라는 청을 거절하였다.

수양대군은 기건에게 거절을 당하고 기건의 집에서 나올 때마다 기건의 팔목을 잡고 차마 놓지 못하는 듯이 머뭇머뭇하며, 앞을 보지 못하는 이가 계하에 내리기가 어려울 터이니 방에서 작별하자, 하여 기건을 아꼈다.

"그놈이 어디 그럴 수가 있사오리까" 하고 친근한 사람들이 수양대군에게 기건의 무례함을 꾸짖었으나 수양대군은 아무 말 없이 또 한 번 기건의 집으로 찾아갔다. 이것이 세 번째였다.

"나라를 보아서 기 참판이 나서야 하지 아니하겠소? 내가 이렇게 세 번씩이나 부탁하는 정성을 보아서라도 일어나셔야 아니하겠소?" 하고 수양대군은 권하다 못해 이렇게 말하였다.

"이처럼 세 번이나 누옥에 왕림하시니 황송하옵지만, 소인같이 앞을 못 보는 사람이 무엇을 하오리까" 하는 것이 기건의 대답이다.

수양대군이 보이지 않는다고 일컫는 기건의 눈을 물끄러미 들여다보더니 손에 감추어 들었던 바늘 끝으로 기건의 눈을 찌를 듯이 하였으나 기건의 눈은 조금도 움직이지를 아니하고 멀뚱멀뚱 세조를 바라보고 있었다. 수양대군은 마침내 기건의 뜻을 움직이지 못할 줄을 알고 돌아가 버리고 말았다.

"기건이 정말 청맹인가?" 하는 것은 수양대군에게만 의문이 아니라 세상 사람에게도 의문이요, 그 집 식구들까지도 의문으로 알고 있었다. 그러나 누구도 그가 정말 청맹이라고 생각하는 사람은 없었다.

"그리하시어서는 체면을 손상하십니다. 말을 아니 듣는 놈이면 없애 버리시면 고만이지, 어디 그렇게 하시어서 될 수가 있사오리까" 하고 이계전·홍윤성의 무리가 수양대군을 보고 분개하였다.

기건에게 세 번이나 거절을 당할 때에 수양대군도 분이 치밀어 올라오지 않음이 아니었다. 홍윤성의 말대로 그런 놈은 주먹으로 버릇을 가르치는 것이 마땅하다고도 생각하였다. 자다가 말고도 가끔 그것이 분하였다. 그러나 수양대군은 대사를 위하여 꾹 참았다. 그리고 여전히 방문 정책을 써서 뜻 굳은 사람들의 마음을 움직이기에 전력을 다하였다.

수양대군은 교리 권절에게 또 한 번 땀을 뺐었다.

권절은 자를 단조(端操)라 하고 호를 율정(栗亭)이라 한다. 세종 정묘년에 문과에 급제하여 집현전 교리가 되었다. 연배로 말하면 박팽년, 성삼문 같은 이보다도 훨씬 후배지만 덕으로나 학으로나 시문으로나 명성이 쟁쟁하였다. 이 때문에 수양대군이 그에게 끌려한 것이다.

수양대군이 권절의 집에 찾아가면 그는 예를 갖추어 영접하지만 수양대군이 하는 말, 묻는 말에는 일절 대답을 안 하였다. 수양대군은 여러 가지로 국가의 형편과 자기의 뜻을 말하나 권절은 한 마디도 대답하지 않고 오직 손을 들어 귓가에 흔들며, "소인 귀가 먹어 나으리 하시는 말씀을 한 마디도 들을 수가 없소이다" 할 뿐이었다. 수양대군은 혹은 우스운 말도 해보고, 혹은 권절이 들으면 성낼 말도 해보고, 혹은 불시에 무슨 말을 물어 무심결에 권절로 하여금 입을 열게 하려고도 해보았으나 권절은 아무 소리도 들리지 않는다는 듯이 창만 바라보고 딴청을 부렸다.

수양대군은 그래도 기건이 청맹과니가 아닌 것처럼 권절이 귀머거리가 아닌 줄을 믿기 때문에 그 뒤에도 여러 번 권절을 찾았다. 그러나 마침내 대답을 듣지 못하자, 나중에는 한 계교를 내어 종이에다가 자기가 할 말과 권절에게 물을 말을 써가지고 권절의 집에 찾아가서 그 눈앞에 펴놓고 대답하기를 요구하였다. 권절도 여기에는 질색하였다. 식자우환이란 이를 두고 이름이라고, 땀을 빼고 난 뒤에 그 조카 권안과 의논하여 서울에 있다가는 마침내 몸과 집을 보존하지 못하리라 여겨 고향인 안동에 숨어 출입을 끊고 말았다. 후일에 수양대군이 왕이 된 뒤에 지중추라는 벼슬로 불렀으나 미친 듯 꾸며 응하지 않았다.

집현전 부제학 조상치의 집에도 수양대군은 여러 번 찾아갔다.

조상치의 자는 치숙(治叔)이요, 호는 정재(靜齋)라고도 하고 단고(丹皐)라고도 한다. 세종 기해년에 생원 문과에 장원을 하여 집현전 부제학이 되었다. 젊어서 길야은에게 수학하여 성리학에 공부가 깊어 일세의 추존을 받는 터였다. 태종대왕 때에 현량시(賢良試)에 으뜸으로 뽑혔을 적에 태종대왕이 그를 불러 보고는 "네가 왕씨 신하 조신충의 아들이냐?" 하고 기특하게 여김을 받은 것으로도 유명하다.

그러므로 이때의 조상치는 벌써 백발이 성성한 노인이었다.

수양대군이 찾아올 때마다 그는 "나으리가 주공의 덕을 본받으시오" 하였다. 수양대군이 무슨 말을 하거나 그의 대답은 오직 이 한 마디에 그쳤다. 이 한 마디 속에는 외람된 생각을 품지 말라는 뜻이 담겨 있는 것을 수양대군이 모를 리가 없다.

수양대군이 국가에 어려운 일이 많은 것을 말하고 이러한 난국을 헤쳐 나가려면 큰사람이 필요하다는 것과 은연히 시국이 이대로 갈 수 없는 것과 그 시국을 처리할 사람이 자기밖에 없다는 것과 그러므로 나라에 뜻이 있는 사람은 자기를 도와야 한다는 점을 비추면, 조상치는 엄연히 "국가에 어려운 일이 많겠지만 의리가 무너지는 것보다 어려운 일이 없고, 국가가 큰사람을 기다리겠지만 그 큰사람은 의리를 으뜸으로 하는 사람일 것이외다" 하고, 듣기에는 비록 부드럽지마는 속에는 추상열일(秋霜烈日) 같은 무서움을 품은 대답을 하였다.

조상치의 말은 실로 사람을 감동케 하는 힘이 있었다. 수양대군도 그의 점잖고도 겸손하고 정당하고 엄숙한 태도와 말에 옷깃을 바르게 하지 않을 수가 없었다. 그래서 비록 거절은 당하였더라도 사모하는 마음이 깊었다. 부왕 되시는 세종대왕의 지우를 받던 이라 하여 선생의 예로써 대접하였으며, 도저히 그의 뜻을 빼앗을 수 없을 것을 알고 다시는 찾지 아니하였다.

그러나 조상치가 수양대군의 야심과 대세가 기울어지는 양을 살피고 시골에 돌아가 숨으려 할 즈음에 세조가 즉위하게 되었다. 조상치는 한 걸음 늦은 것을 한탄하였으나 병이라 칭하고 새로 즉위한 임금을 치하하는 하반(賀班)에 참예하지 않고 곧 사직하는 상소를 올린 뒤 행장을 수습하여서 영천을 향하여 서울을 떠났다.

세조는 조상치가 하반에 참예 안 한 것을 탓하지 않고 도리어 호조에 명을 내려 동대문 밖에 조석(祖席, 송별연)을 베풀게 하고 조신을 보내 이 늙은 지사를 전송하게 하였다.

이것이 물론 세조의 진정이기도 했겠지만 그 밖에도 중요한 의미가 있었다. 대개 조정재라 하면 명성이 전국적으로 높을 뿐만 아니라 집현전 관계자들에게는 수십 년 오랜 친구요, 혹은 스승이라 할 만한 선비다. 이러한 조상치가 서울을 떠난다 하면 전별하고 싶은 이도 많을 것이나 단종대왕을 사모하여 금상을 아니 섬길 뜻으로 산수 간에 종적을 감추는 이번 길에 누가 감히 내놓고 그를 전송할 수 있으랴. 세조는 사람들의 이 심리를 이용하여 그들에게 만족을 주려 함이었다. 우리 임금이 이처럼 인재를 사랑하고 존경한다는 칭찬을 받는 것은 인심을 얻는 데 여간 큰 효험이 있는 것이 아닌 때문이다. 사실상 그는 이만한 효과를 얻었다. 권세 잡은 이가 하는 일은 권세를 부러워하는 사람들에게 감격을 주기가 쉽다. 코끝에 붙은 파리를 잊어버리고 안 날리더라도 그것이 보통 사람인 때에는 신경이 둔한 놈이라고 하고, 높은 사람인 때에는 호생지덕(好生之德)이라 하여 마치 보통 사람은 하지 못할 일같이 높이는 것이다.

조상치가 영천으로 들어갈 때에 세조대왕이 송별연을 베풀게 한 데는 이만한 효과가 있었다. 조상치를 평소에 경앙하던 사람들은 마음 놓고 동대문 밖으로 나아가 송별연에 참예하였다. 이 송별연에 모인 사람들은 왕을 무서워하는 생각을 떼어 버리고 가장 유쾌하게 마시고 말하고 읊조렸다. 조상치의 높은 명성도 더욱 높아 보였거니와 왕의 아름다운 뜻도 더욱 빛나는 듯이 생각되었다.

나중에 지필을 내어 전송하는 시와 글을 쓸 때에도 사람들은 거리낌 없이 각자 자기가 생각하는 바를 썼다. 그중에는 이러한 구절이 있었다.

길바닥의 먼지를 보니 높아서 감히 이르기 어렵네.

이것은 박팽년의 말이요.

영천의 맑은 바람이 문득 동방의 은둔자가 되었으니, 우리들은 조공의 죄인이라오.

이것은 성삼문의 말이다. 이 두 사람의 글귀 중에 우리는 오

단종애사

는 날에 있을 일을 짐작할 것이다.

수양대군의 준비는 날로 갖추어져 갔다. 어린 왕의 좌우에는 왕의 심복이 될 만한 이는 하나도 남겨지지 않았다. 왕이 오래 만나지 못한 혜빈을 사모하여 자개라는 궁녀를 은밀히 혜빈에게로 보냈다가 그것이 탄로나 자개는 박살을 당하고 말았다. 왕의 외가인 화산부원군과, 처가인 여량부원군 댁과도 전혀 내왕이 끊기고 말았다. 더구나 혜빈 궁에 갔던 죄로 자개가 박살을 당한 뒤로는 궁녀들은 모두 전전긍긍하여 왕이 무슨 말을 내리면 그대로 할 것인가 말 것인가 하고 먼저 겁부터 집어먹었다. 낮말은 새가 듣고 밤말은 쥐가 듣는다. 어느 구석 어느 궁녀가 또는 어느 내시가 수양대군 궁에서 요화를 받아먹는지 모른다. 그저 입을 다물어라…… 이렇게들 생각하였다. 그러니까 궁중은 음산하고 적막하고 무시무시하였다. 열다섯 살 되는 상감과 열여섯 살 되는 왕후 두 분이 호의를 가지지 아니한 사람들 속에 외로이 마주 앉았다.

왕도 울울불락하여 내전에 드는 일이 별로 없고 매양 무슨 생각엔가 빠져 있다가 간혹 눈물을 떨구는 일도 있었다.

왕은 소년 시대에 마땅히 있을 쾌활한 기운을 잃어버리고 말았다.

열다섯 살이면 종달새의 봄철과 같이 즐거운 때건만 왕은 그러한 소년의 즐거움을 다 잃어버린 것이다. 계유년 변(수양대군이 황보인·김종서 등을 죽인, 소위 계유정난)이 있은 뒤로부터 2년이 못 되는 시간이었지만 그 짧은 동안에 왕은 나이를 열 살은 더 먹은 듯이 노성하였다.

알다시피 왕은 결코 침울한 천성을 타고난 이가 아니다. 비록 나면서 어머니(처음에는 현덕빈이다가 돌아가신 뒤에 현덕왕후라 추숭을 받은 권씨)를 여의어 사랑 중에도 가장 큰 사랑이라는 어머님의 사랑은 맛보지 못하였지만 조부 되는 세종대왕께서는 항상 팔에 안고 무릎에 놓고 곁을 떠나지 못하게 귀애하였고, 부왕 되는 문종대왕의 인자한 사랑은 말할 것도 없거니와, 세종의 후궁이요 왕의 양육을 맡아서 한 혜빈은 자기 소생이나 다름없이 어머니다운 사랑을 주었다. 어린 동궁은 온 궁중의 사랑과 위함의 중심이 되던 이였다. 그가 원해서 이루어지지 않은 것이 있으며, 그가 싫다 하여 즉각 치워지지 아니한 것이 있었던가?

그때에 왕은 오직 즐거웠고 오직 뜻대로 뛰놀았다. 참으로 귀하고 소중하게 나고 자란 이였다. 그런데 3년 만에 할아버지, 아버지를 다 여의고 이제는 어머니를 대신하던 혜빈마저 만나지 못하게 된 것이다. 사모하는 누님 경혜공주며 매부 되는 영양위 정종도 무슨 큰일 때가 아니고는 만나는 게 금지되었고, 지금 세상에 살아 있는 사람 중에 왕에 대한 자애가 가장 지극할 외조모 되는 화산부원군 부인 최씨와 만난 지도 벌써 1년이 넘는다. 외숙 되는 권자신도 예조판서로 있기 때문에 하루 한 번씩 조회에서 얼굴을 대할 뿐이요, 정답게 말 한 마디 붙일 수 없었다. 왕은 자신이 친근하게 말 한 마디라도 하는 것이 그에게 큰

단종애사

위험이 될 줄을 안다.

나이가 열다섯 살이면 가장 그리운 것이 할머니, 아주머니, 누이 같은 정다운 친족들인 것은 임금이나 뭇사람이나 다를 리가 없다. 그 아버님의 성품을 받아 애정이 자별한 왕은 더구나 골육지정이 자별했건만 이 소원조차 풀지 못하였다.

왕의 말 한 마디 행동 하나하나는 조금도 빼놓지 않고 도리어 좋지 않은 편으로 보태져 수양대군과 정인지에게 소소하게 일러바쳐졌다. 그리하여 대수롭지 아니한 일을 가지고 혹은 수양대군에게, 혹은 정인지에게 듣기 싫은 책망을 받았다. 수양대군이나 정인지의 말대로 하면, 왕은 문밖에 나가지도 말고 누구를 불러 보지도 말고 내시나 궁녀까지도 가까이하지 말고, 등신 모양으로 온종일 가만히 앉아 있어야만 한다. 그것이 임금의 체면이라고 한다.

이렇게 마음 펴지 못하는 세월을 보내는 왕은 마치 사나운 계모 밑에 사는 며느리 모양으로 앳되고 숫된 기운이 사라지고 부자연스럽게 노성한 빛이 올랐다.

왕이 무슨 근심이 있어(흔히 수양대군이나 정인지에게 불쾌한 소리를 들으신 뒤에) 문지방에 가슴을 대고 멀거니 하늘을 바라볼 때에는 그 얼굴이 마치 삼십은 넘은 사람 같았다. 혜빈이 궁중에서 쫓겨나기 전 왕의 이러한 모양을 보고 비감함을 이기지 못하여 목을 놓아 울었다고도 한다.

외양에만 노성한 태가 도는 것이 아니라 눈치를 보는 데나 마음을 쓰는 데는 더욱 그러하였다. 마음이 그러하시므로 외양에 나타나는 것이다. 얼굴은 마음의 목록이라고 한다.

5월 14일은 문종대왕의 첫 기제일이다. 작년까지는 상복이나 입고 있었건만 금년에는 벌써 길복이다. 이것이 다 지난날을 회고하는 왕에게는 슬픈 일이다. 그만큼 아버님은 더욱 멀어지는구나 하고 왕은 제복 소매가 젖도록 울었다. 이 광경을 보고 울지 않은 이는 수양대군, 정인지 같은 목석같은 간장을 가진 사람들뿐이었다.

제사가 끝난 뒤에 왕은 오래간만에 경혜공주와 경숙옹주 두 분 동기를 만나 체면 돌아볼 새 없이 울었다. 경혜, 경숙 두 누님도 가슴이 터지도록 울었다. 돌아가신 아버님 때문이라기보다 외로운 동생을 위하여 운 것이다. 궁녀 중에도 북받쳐 오르는 울음을 삼키는 이가 몇 사람 있었다. 이 일이 또 후환의 빌미 중하나가 된 것은 말할 것도 없다.

이 일이 있은 뒤로부터 왕은 더욱 슬픈 마음을 가졌다.

6월도 다 지나고 윤6월 초승 어느 날, 왕은 더위를 피해 경회루에 올랐다. 이해는 날이 가물고 더위가 심하여 민심이 대단히 오오하였다(원망하고 시끄럽다).

왕은 난간 가를 거닐며 흙 타는 연기라고 할 만한 까만 기운이 안개와 같이 둘린 하늘가를 바라보며 "이렇게 가물어서 백성이 어찌 산단 말이냐" 하고 한탄을 하였다.

"그러하오. 민정이 오오하오이다" 하는 것은 왕을 모시는 내시 이귀다. 이귀는 같은 내시 김충, 김인평과 같이 항상 왕의 곁에서 모시도록 수양대군의 명을 받은 자다. 이들 모두 본래 아무

단종애사

세력 없이 궁중에서 늙은 이름 없는 내시들이다. 본래 세종대왕 때부터 왕에게 친근하던 내시들은 다 쫓겨나고 아무 능력 없는 내시들을 골라 왕을 모시게 한 것이다. 그러한 10여 명의 내시 중 이귀, 김충, 김인평 세 사람은 그나마 가장 왕께 충성을 가진 사람들이다.

"아랫녘에는 비가 왔다고 아니하느냐?"

어저께 전라감사의 장계가 오른 것을 보고 하는 말이다.

내시들은 대답할 바를 모르고 다만 허리를 굽힐 뿐이었다.

"이렇게 가무는 것이 임금의 죄라 하니, 예로부터 그러한 말이 있느냐?"

"황송하옵신 말씀이오나 어디 전하의 죄라 함이 가당하오리까. 친종지성이시고……."

김인평의 말이 끝나기도 전에 왕은 "너는 글을 모르는구나. 옛날에 대한(大旱) 7년 적에 탕 임금이 신영백모하고 이신위희생 하사 도우상림지야 하시지 아니하였느냐" 하고, 깊이 탄식하는 어조로 "이 몸에 죄가 많아 음양이 불화하고 풍우가 불순하며 민생이 오오하니 어찌할꼬. 세종대왕 어우에는 이러한 일은 없었다고 하지 아니하느냐. 모두 불초한 이 몸의 탓이로구나" 한다.

모신 내시들과 궁녀들은 다만 황송하여 허리를 굽힐 뿐이요, 아무 말이 없었다.

이윽고 내시 김충이 "아뢰옵기 황송하오나 소인이 듣사오니 이음양순사시(理陰陽順四時)는 재상이 할 일이라 하오니 이것이 모두 대신의 죄인가 하오" 하고 이마가 마루청에 닿도록 한 번 허리를 굽힌다.

"소인도 그러한가 하오" 하고 이귀와 김인평도 말한다.

왕은 눈을 돌려 내시들을 한 번 흘겨보고 웃으며, "그런 소리를 하고 그 목이 몸에 붙어 있을까" 하고는 달리 엿듣는 자나 없는가 살피는 듯 얼른 사방을 둘러본다. 지금 이런 소리를 하는 내시도 염탐꾼인지 알 수 없고 또 저 궁녀들 중에도 왕께 가장 친근한 체하는 자가 한명회의 끄나풀인지도 알 수 없는 것이다.

"소인의 모가지가 열 번 떨어지더라도……" 하고 주먹으로 눈물을 씻는 김충을 본체만체 심사를 진정하기 어려운 듯 걸음을 옮긴다. 연당을 바로 내려다보는 서향 난간 앞에 와 발을 멈추며 "세종께옵서 여기 앉으시기를 즐겨 하시었거든" 하고 추연한 빛을 띠었다.

"그러하오" 하는 것은 이귀의 대답이다.

"이맘때면 소인이 상감마마를 안아 받드옵고 세종대왕마마를 모시어 이곳에 있었사외다" 하고 늙은 궁녀 하석이 눈물을 머금는다.

왕은 감개무량한 듯이 하석의 주름 잡힌 낯을 바라보며 "그랬더냐. 내가 울지나 않더냐?" 하고 웃는다. 적막한 웃음이다.

"전하께옵서는 어리실 적에도 성덕을 갖추시와 아프신 때가 아니면 보채신 일이 없었사외다."

"그랬으면 다행이다. 유모도 잠을 잤겠구나."

"황송하오."

왕의 유모 되는 궁비(宮婢) 아가지와 그의 남편 이오도 혜빈과

단종애사

함께 궁중에서 쫓겨난 사람 중의 하나다.

"참으로 인자하옵시고……."

"인정이 많으시와 누구 하나 책망하신 일도 없으시옵고."

이러한 늙은 궁녀 고염석의 말이나 젊은 궁녀 김수동, 이막산의 말은 결코 왕께 요공하는 말이 아니라 사실이었다.

왕은 더욱 비감이 새로워지는 모양이었다. 손을 들어 기둥과 난간을 어루만지며 "세종께서는 여기 거니시기를 즐겨 하시더니…… 지금 계시다면 오죽이나 나를 귀애하시랴" 하며 눈물을 떨구었다. 그 말씀의 비창함이 듣는 사람의 창자를 끊는 듯하였다.

늙은 내시 김충은 어린아이 모양으로 두 소매를 눈에 대고 흑흑 느껴 울었다. 다른 내시들과 궁녀들도 울었다.

이때에 내전 편으로서 사람들이 오는 모양이 보인다. 어떤 궁녀가 가만히 '쉬' 하는 소리로 다른 사람들에게 사람 오는 것을 알리매 내시들과 궁녀들은 얼른 고개를 돌려 눈물을 씻어 버리고 가장 천연스러운 태를 보였다. 왕도 눈물을 거두고 인왕산 가로 떠도는 구름 조각을 바라보았다. 한 나라 임금의 몸으로 궁중에 있으면서도 바삭만 하여도 깜짝깜짝 놀라고 궁녀나 내시만 보아도 눈치를 슬슬 보지 아니하면 아니 될 자신의 가엾은 신세를 생각하면 하늘에 떠도는 구름 조각이 부러웠다.

경회루로 왕을 찾아오는 이는 좌의정 정인지다.

인지는 공손히 손을 맞잡아 눈앞에 들고 추보(趨步, 달리듯이 빠른 걸음)으로 왕의 앞에 나아와 "좌의정 정인지 아뢰오" 하고 허리를 굽혔다.

왕은 난간을 잡았던 손을 떼고 돌아섰다. 왕은 미간을 잠깐 찡그렸다. 또 무슨 귀찮은 소리를 하러 왔는고. 이번에는 또 무엇을 잘못했다는 잔소리를 하러 왔는고. 정인지가 와서 좋은 말이야 무엇이 있으랴 하여, 인지를 보기만 하여도 지긋지긋하였다.

"좌상은 덥지 아니하오?" 하는 것이 정인지에게 한 왕의 첫마디다. 이 고열에 듣기 싫은 소리는 말라는 듯하였다.

인지도 이 의외의 말에 어찌할 바를 모르고 잠깐 머뭇거리다가 "황송하외다" 할 뿐이었다.

"삼남(三南)에는 비가 왔다 하오?" 하고 왕이 물었다. 마치 인지의 입에서 말이 나올 새가 없이 미리 막아 놓으려는 듯하다. 이것도 인지에게는 의외의 물음이다. 실상 요사이 수양대군이나 정인지는 삼남에 비가 오고 아니 오는 것 같은 것은 생각해 볼 여가도 없었다. 그들은 요사이 밤낮없이 어떤 중대한 일을 의논하느라고 나라 정사까지도 잊어버린 지가 오래다. 과연 금년 같은 한재는 국가에 큰일이다. 그러나 사욕에 골몰한 자들은 국가를 생각할 새도 없었다.

"황송하오나 아직 아무 장계도 오르지 아니하였소" 하고 인지는 등골과 이마에 구슬땀이 흐름을 깨달았다. 총명하고 가련한 어린 임금, 이러한 생각이 인지의 마음속에 떠올랐다.

"비 온다는 소식이나 있다구?" 하고 왕은 실망한 듯이, 또 앞에 구부리고 선 신하를 멸시나 하는 듯이 몸을 돌려 인왕산 위에 뜬 구름장을 바라보았다.

단종애사

이윽고 다시 고개를 돌리며 "양서(兩西) 각 읍에는 비가 온다 하오?" 하고 두 번째 물음을 인지에게 던진다.

인지는 한 번 더 등과 이마에 구슬땀을 흘리지 않을 수 없었다. "황송하오" 할 뿐이었다.

"황송할 것 있소? 좌상같이 명철한 사람은 그런 것을 다 알고 있는 줄 알았지" 하고 왕은 다시 인왕산 구름장을 바라보았다. 구름장은 점점 높이 떠올라 삼각산을 향하여 흘러간다.

"또 서풍이 부니 비가 올 리가 있나. 여름에 왜 서풍만 불어" 하고 뒤에 선 대신도 잊은 듯이 멀거니, 가는 구름만 바라본다.

왕의 이러한 태도는 결코 예사로운 것이 아니다. 이것은 왕이 정인지에 대한 적개심을 분명히 드러내는 표시였다. 왕은 부왕과 조부에 대한 효성은 골육지친에도 뻗쳐 누가 뭐라 하더라도 수양대군을 미워할 지경까지는 감정을 끌어가지 못하였다. 비록 수양대군이 자신에 대한 자애지심이 부족한 숙부라 하더라도 충의의 절개가 부족한 신하라고까지는 생각하지 않았다. 아니, 않았다기보다 그의 천품으로는 못한 것이다.

왕의 인자한 성품이, 게다가 어린 마음이 누구를 의심하고 미워하는 법을 배우기는 심히 어려웠다. 그러나 지난 3년 동안 왕은 이에 대해 조금은 배우게 되어 근래에는 좌의정 정인지의 심사를 의심도 하고 미워도 하게 된 것이다. 실상 왕에게서 모든 친한 사람과 편안한 마음을 빼앗아 간 것이 정인지가 아니냐. 숙부인 수양대군을 차마 미워하지 못하는 왕은 그의 수족인 인지를 원망하지 않을 수 없었다.

정인지가 근래에 더욱 왕을 괴롭게 하는 말을 아뢰고 가끔 일부러 왕의 화를 돋우는 말, 심지어는 왕을 멸시하는 듯한 말을 하는 것이 심해져서 아무리 하여도 왕은 정인지에 대하여 호의를 가질 수가 없었다.

인지의 말에 왕이 못 들은 체하고 고개를 돌려 다른 데를 보거나 좌우를 돌아보고 다른 말을 하거나 혹은 탑전에 부복한 그를 본체만체하고 일어나 나오거나 하면(근래에 이러한 일이 수차 있었다) 그것이 또 임금의 덕이 아니라 하여 이른바 직간(直諫)의 거리가 되었다.

왕은 한번은 "늙은이의 객쩍은 소리가 듣기 싫다는 것이 임금의 도리에 어그러진다 하면 임금의 귀에 거슬리는 객쩍은 소리만 하는 것은 신하의 도리에는 어그러지지 아니하오? 내가 나이 어리고 덕이 비록 박하지마는 선생의 가르치심을 글로 읽었고 선왕의 말씀을 이 귀로 들어서 말의 옳고 그른 것과 사람이 충성되고 아니 된 것을 가릴 줄은 아오" 하였다. '좌상의 말에 터럭만 한 충성이 있다 하면 내 마음은 스승에 대한 공손한 마음으로 그 말을 듣겠소' 하는 말이 북받쳐 오르는 것을 그야말로 임금이 신하에 대한 체모에 어그러지는가 하여 꾹 눌러 참았다. 이 일이 있은 지가 삼사 일 되었다. 그동안 인지는 한 번도 왕께 무슨 말이든지 주달한 일이 없었다.

"오늘은 어찌 정가가 아니 오는고" 하고 저녁때마다 왕은 혼자 웃었다. 즉위한 처음에는 왕은 지극한 존경과 신뢰로 정인지를 대하였다. 그것은 정인지가 조부 세종대왕이 사랑하던 신하

단종애사

일뿐더러 아버님 문종대왕이 스승으로 대접하여 자신을 부탁한 사람인 까닭이다. 그래서 처음에는 정인지의 귀에 거슬리는 말도 충성된 쓴 말로 여겼으나, 임금의 총명함은 인지가 품은 악의를 간파하여 버렸다. 입으로는 이 소리를 하고 마음으로는 저 생각을 하는 줄을 간파하였고, 귀찮게 하는 소리가 모두 왕의 마음을 떠보거나 왕을 못 견디게 하려는 간계라고 생각하게 되었다.

삼사 일이나 말이 없다가 오늘 이렇게 늦게, 미복으로 경회루에 든 때 들어온 것만 보더라도 필시 대단히 듣기 싫은 말이 있는 모양이라고 왕은 생각하였다.

왕의 눈과 궁녀들의 낯에 눈물 자국이 있는 것을 보았으면 그것이 또 이 중신의 말거리가 되리라 하고 처음에는 끔찍하고 지긋지긋하였으나 몇 마디로 인지를 욕보이고 나니 제까짓 것이, 하는 자포자기에 가까운 태연한 마음이 생긴다. 늙고 학식 많고 경험 많고 말솜씨나 일솜씨가 다 노련한 정인지라 하더라도 무서울 것이 하나도 없었다. 학문 토론을 하거나 꾀 겨룸을 한다면 몰라도 총명이나 예지나 말에 네게 질 내가 아니다, 하고 왕은 혼자 마음속에 정인지는 땅바닥에 기는 조그마한 벌레같이 생각하였다.

정인지 역시 처음에는 군신지분과 때때로 은연중 생겨나는 사람의 양심으로 등과 이마에 땀도 흘렸으나 왕에게 이만큼 수모를 당하고 나자 매 맞은 독사와 같이 빳빳하게 토라졌다.

좌의정 정인지는 흩어지려던 용기를 수습하여 어떠한 감동할 만한 일에도 감동하지 않도록, 피 흐르는 것을 보더라도 그 조그마한 눈을 깜짝도 않도록 굳게 결심하고 소리를 가다듬어 "전하께 아뢰오" 하고 외쳤다.

왕이 깜짝 놀라리만큼 그 소리가 야무졌다. 마치 갑자기 치는 쇳소리와도 같았다. 왕은 이제 시작이로구나, 하고 몸은 여전히 인왕산을 향하고 고개만 뒤로 돌려 정인지를 보았다.

"은밀하게 아뢰올 말씀 있사오니 청컨대 좌우를 물리시오" 하고 인지가 다시 아뢴다.

"은밀한 말?" 하고 왕이 반문한다.

"은밀한 말이 무슨 은밀한 말이란 말이오? 또 내가 무어 잘못한 것이 있소? 내가 덕이 없어서 날마다 좌상에게 잔소리, 아차, 잔소리가 아니라 충간이라더라, 충간을 듣는 것은 세소공지어든 곁에 사람이 있기로 어떠하오? 할 말이 있거든 하오" 하며 왕은 몸을 돌려 곁에 놓인 교의에 걸터앉는다. 아무리 견디기 어려운 일이라도 당하자꾸나, 아무러면 내게 좋은 일이 있겠느냐, 하는 태다.

인지는 딱한 듯이 약간 고개를 들어 좌우에 있는 궁녀와 내시들을 힐끗 본다. 그들은 상감님보다도 무서운 정 정승의 눈살에 몸에 소름이 끼쳐 왕의 명도 기다리지 아니하고 서너 걸음씩 비실비실 뒤로 물러서다가는 그 후에는 좀 더 걸음을 빨리하여 기둥 뒤로 슬슬 몸을 감추어 버린다. 그중에 오직 김충이 꿈쩍 않고 본래 섰던 자리에 서서 좌의정 같은 것은 안중에도 두지 않는 듯이 태연하다.

단종애사

인지는 참다못하여 "너는 어찌하여 물러나지 아니하느냐?" 하고 어전인 것도 꺼리지 않고 독이 있는 목소리로 김충을 꾸짖었다.

"어전에서 무엄하오" 하고 김충은 엄숙하게 인지를 흘겨보았다.

인지의 눈초리는 노여움으로 빨갛게 상기가 된다. 이 순간에 김충의 목숨이 어찌 될 것은 결정이 되었다.

살기가 찬바람 모양으로 돈다. 조선 천하에 누가 감히 호랑이 같은 좌의정 정인지의 비위를 긁을 수 있으랴. 그의 비위를 거스르다가는 임금이라도 자리에서 쫓겨날 그러한 세도 재상의 비위를 거스르는 김충의 이 순간의 행위는 무슨 큰 변이 일어날 조짐이라고 아니할 수 없었다. 인지의 전신에는 찬 기운이 한번 돌았다. 그 기운은 마치 서리를 몰아오는 갈바람 모양으로 천지를 숙살할 기운이다. 인지의 이 기운과 김충의 저 기운이 그만 마주쳐 버렸다. 그것은 큰 싸움의 시작이거니와 다 늙어 빠진, 마치 벌레와 같이 천한 한낱 내시 김충과, 수양대군의 심복이 되어 군국대권을 마음대로 잡아 흔드는 좌의정 정인지와의 씨름은 우습기를 지나서 기막히다고 할 만한, 말도 되지 않는 씨름이다. 옳은 것은 언제나 연약한 광대로 꾸미고 무대로 뛰어나와서 옳지 아니한 힘에게 참혹한 피투성이가 되어서 거꾸러져 구경꾼의 눈물을 자아내게 하는 것이 조물주의 뜻이다. 심술궂은 뜻이다.

왕은 김충을 향하여 "물러 있거라" 하는 명을 내렸다. 그제야

김충은 약간 허리 굽은 몸을 끌고 비틀걸음으로 십수 보 밖에
물러섰다. 그러나 그의 껌벅껌벅하는 눈은 항상 왕의 몸에 있었
다. 제 따위가 그리한대야 왕에게 무슨 도움이 되랴마는 오직
억제할 수 없는 충성이 그리하게 함이다.

"은밀한 말이라니 무슨 말이오?" 하고 왕은 김충이 물러나는
양을 물끄러미 보고 그의 앞에 반드시 참혹한 죽음이 있을 것
을 가엾이 여긴 뒤에 인지를 향하여 물었다.

김충은 왕의 앞에서 물러 나와 궁녀들이 모여 선 곳을 지나
가며 누구더러 말하는지 모르게 "엿들어 보아야지" 하였다. 늙
은 상궁 하석이 얼른 김충의 말을 알아듣고 젊은 궁녀 수동과
막산을 눈짓하여 앞으로 가까이 불러 정인지 눈에 띄지 아니하
게 몸을 숨겨 그 하는 말을 엿들을 것을 말하였다.

영리한 두 궁녀는 늙은 상궁의 뜻을 알았다. 만일 정 정승에
게 들켰다가는 철여의 모듬매에 뼈다귀 하나 온전치 못할 줄을
모르지 않으면서도 평소에 사모하던 왕을 위하여 몸의 위험을
무릅쓰고 해드릴 일이 생긴 것이 도리어 기뻤다. 두 궁녀는 작은
가슴을 두근거리며 기둥 그늘에 몸을 숨겨 살랑살랑 정인지의
뒤로 가까이 들어갔다. 가는 길에 왕의 눈이 두 궁녀를 보았으
나 그들의 뜻을 아는 듯이 못 본 체하였다.

왕은 비록 정인지의 입에서 어떠한 말이 나오더라도 태연자
약할 결심을 하였음에도. 그래도 무슨 말이 나오는가 하고 마음
이 놓이지를 아니하였다. 그래서 태연자약하려고 애쓰면 애쓸
수록 마음이 산란함을 깨달았다.

　　　　　　　　　　　　　　　　　　　단종애사

정인지도 차마 말이 나오지 아니하는 듯이 입술이 열리려다 가는 닫히고 열리려다가는 또 닫혔다.

"아뢰옵기 황송하오나 지금 국보간난(國步艱難)하와 내외다사 (內外多事)하옵고 민심이 돌아갈 바를 몰라 유언비어가 항간에 성행하올뿐더러 간신 인·종서의 여당이 아직도 경향에 출몰하 와 불궤를 도모하는 모양이니, 이러다가는 아뢰옵기 황송하오 나 역성지변(易姓之變)이 있을까 저어되오며, 그러하오면 위로 태 조대왕과 열성조의 위업이 하루아침에 없던 것이 될뿐더러 무고 한 창생이 도탄에 빠질 것이온즉 지인지효(至仁至孝)하옵신 전 하께옵서 이 일을 어찌 차마 하시리이까……."

정인지는 가장 지성 측달한 어조로 이렇게 지금 나랏일이 위 태한 뜻을 아뢰다가 말이 막혔다. 마치 차마 할 수 없는 말이 있 는 듯하였다.

왕은 정인지가 하는 말을 들으며 용안에 근심하는 빛이 가 득하다가 인지가 말을 끊으매 옥좌에서 일어나 두 손을 가슴에 들어 읍하며 "다 내가 부덕한 탓이오. 좌상이 이러한 충성된 말 씀을 하거든 내가 앉아서 들을 수가 있소? 내가 부덕하고 또 유 충하여 조종의 유업을 위태롭게 하고 창생으로 하여금 도탄에 빠지게 한다 하니, 내 지금 찬땀이 등에 흐르오. 그러나 다행히 숙부 충성이 하늘에 사무치고 좌상이 또한 경국제세지재가 있 으니 부덕한 나를 보도하여 대과(大過)가 없도록 하오" 하고 다 시 자리에 앉는다.

어리고 감격성이 많은 왕은 정인지가 나라를 근심하는 말을 하는 것을 보고는 지금껏 의심하고 미워하던 생각도 버리고 도리어 인지의 충성에 감동이 된 것이다. 그리고 대신을 업신여긴 것을 후회했다.

인지도 왕의 말에 숨이 꽉 막혔다. 왕이 자기를 미워하는 때에는 아무러한 말이라도 하기가 어렵지 아니하나 자기를 신임하는 양을 보고는 그의 가슴을 아프게 할 말을 하기가 매우 거북하였다.

그러나 요만한 인정(인지는 그것을 요만하다고 생각한다)에 얽매여 대공을 세울 기회를 놓칠 수는 없다. 왕에게 왕위를 내어놓으라는 첫마디는 꼭 자기 입에서 나와야만 한다. 그러지 아니하면 우의정 한확에게 그 공을 빼앗길 게 걱정되기 때문이다.

본래 수양대군이 정인지더러 왕께 퇴위하기를 권하라는 부탁을 한 것은 아니다.

아무리 수양대군이 왕위에 야심이 있더라도 이러한 부탁을 자기 입으로 할 수는 없는 것이다. 마치, 내가 왕이 되고 싶다 하는 말을 제 입으로 할 수는 없는 모양으로, 왕에게 물러나기를 청해 달라는 말도 제 입으로 할 수는 없는 것이다.

이러한 때에는 다 그 뜻을 잘 알아차리는 사람이 나서서 국가를 위하여 이리이리하지 않으면 아니 된다고 서둘러야 하는 것이니, 정인지가 곧 이 사람이다.

입 밖에 내어서 말은 아니하더라도 그야말로 이심전심으로 수양대군이 왕위에 야심이 있는 것을 그의 심복 되는 총명한 부하는 알아차렸다. 권람과 한명회, 하루의 반 이상을 수양대군 궁 밀실에서 살고 수양대군의 심중을 취찰하기로 직업을 삼는 이 두 사람이 아니고서야 어떻게 주공의 마음속에 성왕의 자리를 빼앗을 뜻이 있는 줄을 분명히 알아볼 수 있을까.

수양대군이 왕이 되는 것이 두 사람에게 이롭지 못하다 하면 두 사람은 그 뜻을 알고도 모르는 체할 것이지만, 그것이 자기네에게 크게 이익이 되는 일이기 때문에 나서서 도리를 설명하게 되는 것이다. 이 사람들이 자기의 뜻을 알아본 표를 보일 때까지 수양대군의 마음이 얼마나 조급하였을지는 진실로 동정할 일이다.

권람과 한명회가 수양대군의 야심을 확실히 안 뒤에 첫째로 할 일은 이 뜻을 두 대신, 좌의정 정인지와 우의정 한확에게 전하는 것이다. 이 일은 어렵다면 무척 어려운 일이지만 쉽다면 또 무척 쉬운 일이다. 어떠한 경우에 이 일이 어렵냐 하면, 그것을 전해 들을 사람이 이(利)로 움직이지 아니할 사람인 경우다. 이러한 경우에는 그 사람을 휘어 넣으려면 그 일에 의리의 가면을 씌워야 하는 대단히 어려운 일이다. 그렇지만 저편이 이에 움직이는 줄만 알면 거저먹기다. 마치 음탕한 계집을 유혹하는 것이나 다름없다. 슬쩍 눈치만 보이면 그만이다. 오직 한 가지 어려움은 분명히 입 밖에 내어 말할 수도 없고 더구나 무슨 증거가 될 만한 것을 뒤에 남길 수도 없는 것이다. 자칫 잘못하면 역적으로 몰려서 모가지가 달아날 일이다. 권람과 한명회는 이런 일을 목이 달아나게 할 사람이 아니다.

권람은 그 조부 권근의 반연으로 젊은 시절부터 정인지와는 교분이 있었고, 또 우의정 한확은 수양대군과도 친척간이어서 두 사람에게 수양대군이 속에 먹은 뜻을 전하기에는 편함이 많았다. 그러나 무엇보다 정인지나 한확이나 다 이를 보면 따라가는 사람들이다.

권람과 한명회의 계책은 정인지, 한확 두 사람으로 하여금 공을 다투게 하는 것이었다. 누구나 먼저 왕께 퇴위를 권하는 사람이 수공(首功)이 될 것은 말할 것이 없다. 그런데 이 일은 아무리 그들이라도 심히 어려운 일이었다. 아무리 그들이기로 인정이 없을 리가 없다. 어린 임금을 생각하고 문종대왕의 고명을 생각하면 측은한 생각이 아니 들 수 없다. 의리에 대한 생각도 아니 들 수 없다. 의리라는 생각을 떼어 버리기는 그들에게 어려운 일이 아니라 하더라도 인정을 발로 밟아 버리기는 그들이라도 눈물 없이는 할 수 없는 일이었다. 될 수만 있으면 이런 못할 일은 아니하였으면 하는 것이 그들에게도 소원이다.

그렇지만 수양대군의 뜻은 변할 리가 없는바, 내가 아니하면 반드시 다른 사람이 하리라. 다른 사람에게 좋은 일을 시키느니보다는 내가 하리라. 내생의 지옥을 누가 보았더냐, 하는 것이 정인지와 한확 두 사람이 마침내 도달한 심리였다. 이러한 결론으로 정인지가 한확보다 먼저 왕께 '물러납시오' 말씀을 아뢰러 들어온 것이다.

이윽히 잠잠하다가 마침내 좌의정 정인지는 입을 열었다.

"아뢰옵기 황송하오나 열성조의 위업을 보시와……."

인지는 또 열성조를 팔았다.

왕은 인지가 머뭇머뭇 어물어물하는 태도에 한참 동안 스러졌던 의심을 다시 품게 되었다. 변변치 못한 말은 아무리 꾸며도 당당한 기운이 없었다.

"이렇게 국보가 간난하옵고 또 전하께옵서는 비록 천종지성이시와도 춘추 어리시오니 국사로 보옵든지 전하께옵서 옥체를 한가히 하시기로 보옵든지 이때에 군국대사를 다른 사람에게 넘기시고 전하께옵서는 편안히 즐거우신 일생을 보내심이 옳을까 하오."

인지의 이 말을 왕이 차마 들을 수 있으랴. 왕은 인지가 말하는 뜻을 못 알아듣는 듯이 실심한 사람 모양으로 물끄러미 인지의 조그마한 몸뚱이를 바라볼 뿐이었다.

인지는 말하던 김에 단단히 다질 필요를 느끼고 "그뿐 아니옵고, 만일 이대로 가오면 옥체에도 무슨 불측한 일이 있을지 알 수 없사오니 신하의 도리에 어찌 차마 보오리까. 그러하옵기 소인이 죽음을 무릅쓰고⋯⋯."

왕은 인제야 인지가 하는 말이 무슨 뜻인지를 깨달은 듯하였다. 그러나 설마 그 뜻이랴 하였다. 왕이 아니라 누구라도 설마 그 뜻이랴 할 것이다. 그렇지만 좌의정 정인지가 신하의 도리에 차마 앉아 볼 수 없어서 죽기를 무릅쓰고 사뢰는 충성된 말의 뜻은 결국 그 뜻이요, 다른 뜻이 아니었다.

"군국대사를 숙부에게 맡겼으니 이제 나더러 무엇을 더 다른 사람에게 주란 말이오?" 하고 왕은 인지의 참뜻을 알아볼 마지막 방법으로 이렇게 물었다.

"아뢰옵기 황송하오나 보위(寶位)를 수양대군에게 사양하시오"하고 인지는 무서운 곳을 지나가는 사람 모양으로 눈을 꼭 감았다. 어디서 벼락이 떨어질 듯한 무서움도 있었으나 대단히 어려운 곳을 지나온 듯한 안심도 있었다. '왕이 대로하시기로 제 나를 어찌하랴'. 인지의 머릿속에는 이러한 생각이 지나간다. '이제는 왕은 벌써 거추장스러운 한 어린아이다. 왕은 벌써 수양대군이 아니냐'. 인지는 이렇게도 생각하여 자기가 저질러 놓은 일이 무서운 일이 아니라는 것을 스스로 믿으려 한다. 그리고 자기의 총명과 용기와 행운을 스스로 치하한다. 이리하는 동안이 실로 순식간이다.

"좌상이 지금 나더러 왕위에서 물러나라 그 말이야?"하고 왕은 옥좌에서 벌떡 일어났다.

"나더러 부왕께서 전하여 주신 왕위를 버리란 말이야? 그것이 대신이 할 말이야? 그것이 어느 성경현전에 있는 신하의 도리야? 정인지의 목에는 칼이 들어갈 줄을 몰라?"

왕은 용안이 주홍빛이 되고 발을 굴렀다.

"숙부가 이제 정인지를 시켜 이런 말을 하게 한단 말이냐? 누구 없느냐? 이리 오너라! 역신 정인지를 금부로 내려 가두고 전교를 기다리라 하여라! 난신적자를 하룬들 살려 둔단 말이냐. 요망한 늙은것이 오늘따라 가장 충성이 있는 듯하기로 무슨 소리를 하는고 하였더니, 언감생심 그런 소리를 한단 말이냐. 이놈! 네가 선조의 녹을 먹고 고명하심을 받았거든 이제 이심을 품으니 천의가 없으리란 말이냐! 누구 없느냐? 이 역신을 끌어

단종애사

내는 놈이 없단 말이냐!" 하는 왕의 두 눈에서는 원통한 눈물이 흘렀다.

왕이 부르시매 궁녀들과 내시들이 모여 왔으나 아무도 감히 정인지에게 손을 대는 이가 없었다. 다만 눈들이 둥글하여 벌벌 떨 뿐이었다. 정인지에게 손을 대는 것은 마치 호랑이의 수염을 건드림과 다름이 없을 것이다.

정인지도 왕이 진노하는 것도 돌아보지 않고 좀 더 목소리를 높여, "옛날로 말씀하여도 요순우(堯舜禹)의 상전(相傳)이 있었사옵고, 우리나라로 말씀하더라도 태조대왕께옵서 정종대왕께 선위를 하시었고, 정종대왕께옵서는 또 태종대왕께 선위하시었사오며, 또 황조(皇朝)로 말씀하와도 건문황제(建文皇帝)께옵서……" 하고 왕으로 하여금 선위하는 일이 결코 전에 없는 일도 아니요, 또 흉한 일도 아닌 것을 해득하게 하려고 한다.

그러나 왕은 인지의 말이 끝나기도 전에 "선조 고명 받은 충신 정인지가 나를 요, 순을 만들려는가" 하였다.

인지에게 실패는 없었다. 먼저 말을 떼었으니 이미 성공한 것이거니와 한번 그가 내어놓은 말은 반드시 실현되고야 말 것이다. 그것은 인지의 힘이 커서 그런 것이 아니다. 인지가 시세의 그러한 기미를 용하게 빨리 살피고 민첩하게 그 기미를 자기에게 이익이 되도록 이용한 것이다.

인지가 할 말을 다 하고 물러 나간 뒤에 왕을 옹위하는 사람들은 일시에 목을 놓아 울었다. 경회루가 한바탕 울음터가 되기는 실로 개국 이래 처음이다.

왕은 인지의 말을 듣고 그를 질책할 때에는 노성한 어른이었으나 그가 물러 나가고 좌우가 우는 것을 보게 되자 도로 열다섯 살 먹은 어린 고아였다. 그래서 왕은 흑흑 느껴 울다가 궁녀들의 부축으로 정신 잃은 이와 같이 내전으로 돌아왔다.

내전에서도 왕과 그를 따르는 사람들이 우는 모습을 보고 모두 무슨 일이 생겼나 하여 황황해하였다. 궁녀들은 섰던 자나 걸어오던 자나 다 발이 붙은 것같이 우뚝 서서 몸을 움직이지 못하였다. 근래에 궁중에는 불원간에 무슨 큰 변이 생기리라는 예감이 돌았다. 그 변이 무엇인지 아무도 감히 입 밖에 내어 말은 하지 못하더라도 속으로는 저마다 아는 듯하였으니, 그것은 곧 어린 왕의 몸에 관한 불길한 일이었던 것이다.

"웬일인지 상감마마께옵서 낙루하시며 드옵시오" 하고 지밀나인이 아뢰는 말에 왕후가 깜짝 놀라며 "낙루라니? 상감마마께옵서 어째 낙루를 하옵신단 말이냐?" 하고 계하로 뛰어 내려왔다.

왕은 내전에 들어오는 길로 몸이 불편하다 하고 좌우를 물리고 자리에 누웠다. 왕후는 뒤에 남아 왕이 비감해하는 까닭을 알려 하였으나 아직 어리고 혼인한 지 1년밖에 안 된 내외인지라 왕후는 아직도 왕 앞에서 수줍음을 떼지 못하여 직접 왕께 연유를 여쭙기도 어려웠다.

그러나 왕후는 상궁 하석에게서 오늘 경회루에서 일어난 일을 대강 듣고 또 기둥 뒤에서 엿듣던 김수동, 이막산 두 궁녀를 불러 좌의정 정인지가 왕께 아뢰던 말과 왕께서 인지에게 하던 말을 낱낱이 듣고는 기절할 듯이 괴로워하였다.

단종애사

그러나 왕후는 궁중이 어떤 곳인 줄을 알았다. 낮말은 새가 듣고 밤말은 쥐가 듣는 곳이어서 말이나 행동을 마음대로 못하는 곳인 줄을 여자이니만큼 더 잘 안다. 그래서 왕후는 눈물을 거두고 좌우를 물린 뒤에 지금 이 처지가 어떠한 처지인 것인지와, 이 처지에서 할 일이 무엇인가를 생각하기에 힘썼다.

그렇게 태연하기를 힘썼으나, "세상에 이런 말도 듣는 법이 있느냐" 하고 왕후는 마침내 무릎에 엎드려 울었다. 그 슬픔은 구천에 사무치고 영원히 끝날 줄을 모르는 듯하였다. 왕의 자리를 물러남도 슬픔이려니와 남편 되는 왕의 몸에 만일의 변이 미칠 것을 생각하면 천지가 캄캄해지는 듯하였다.

여자는 아무리 급한 때에라도 완전히 정신을 잃어버리는 일은 없고 반드시 이해타산을 할 여유를 가진다고 한다. 어린 왕비로서 이러한 때에 생각나는 것은 친정 부모다. 아무리 어려운 처지에 있더라도 친정 부모에게만 알리면 무슨 도리가 있을 듯하였다. 부모라 함은 여량부원군 송현수 내외다.

그러나 송현수에게 기별을 전하는 것이 용이한 일이 아니다. 궁녀가 대궐 밖으로 나가는 것이나 밖의 여자가 궁중에 들어오는 것이 비록 절대로 금함이 되었다고는 할 수 없더라도 거의 가망이 없었고 섣불리 하다가는 목이 날아가는 판이다.

그렇다고 하루라도 지체할 수는 없다. 왕후는 첫째 어느 나인을 붙들고 부탁해야 할까 생각하느라 애를 썼다. 평소에 볼 때는 다 심복 같았는데 이런 중대한 일을 당하고 보니 다 의심스러웠다.

'설마 막산이야 어떨라구. 막산이보다 염석이가 나을까. 이런 때에 자개가 있으면 얼마나 좋을까' 하고 혜빈 궁에 출입한다고 박살을 당한 자개를 생각하였다. 염석은 하석과 같이 세종대왕 시절부터, 왕이 왕세손이라고 불릴 때부터 곁에서 모셔 온 늙은 상궁이요, 막산은 수동과 같이 금상이 즉위하면서부터 왕을 가까이서 모시는 젊은 궁녀다. 왕의 곁에서 가까이 모시는 궁녀들이 다 쫓겨 가는 판에 이런 사람들은 특별히 눈에 띌 만하지 아니한 덕으로, 이를테면 잘나지 못한 덕으로 오늘날까지 왕의 곁에 남아 있는 것이다. 그러니까 그네들은 왕과 왕비가 보기에 가장 오래 낯익은 궁녀들이어서 특별히 귀애함을 받았다. 그렇지만 그들을 곧 믿을 수 있을까 의문이다. 그래도 이 사람들밖에 더 믿을 사람이 없다.

왕후는 마침내 여러 사람의 눈에 띄지 않게 막산을 불러 "막산아, 너 어려운 일 하나 들어주련?" 하고 은근히 물었다.

막산은 왕후의 이렇게 은근한 태도에 너무도 황송하여 머리를 조아리며 "곤전마마께옵서 하라 하옵시면 소인이 물엔들 아니 들어가며 불엔들 아니 들어가오리까. 머리를 베어 신을 삼아 바친들 양전마마 태산 같으신 은혜를 갚을 길이 없사옵니다" 하고 눈물을 떨어뜨린다. 막산은 아까 경회루에서 생긴 감격이 아직 스러지지 아니하였다가 왕후의 심상치 않은 태도에 다시 불길이 일어난 것이다. 아직 왕후의 말씀이 무슨 말인지는 알지 못하거니와 그것이 대단히 중대한 것인 줄은 짐작하였다.

"어떻게 하면 오늘 일을 부원군 궁에 통할 수가 있겠느냐? 민

단종애사

고 하는 말이니, 네가 무슨 도리를 생각하여라" 하시는 왕후의 말씀을 듣고 막산은 이윽히 생각하더니 "소인이 할 도리가 있으니 곤전마마는 염려 놓으세요. 오늘 밤으로 이 말씀을 부원군 궁에 통하도록 하오리다" 한다.

"그러면 얼마나 좋으랴. 그리하면 상감마마께 아뢰어 네 공은 후히 갚겠지만, 너도 알다시피 이 일이 심히 큰일이니 만일 탄로라도 났다가는 필시 큰 변이 날 것이다. 네 목숨도 위태하려니와 잘못하면 부원군 궁에도 화가 미칠까 하니 부디 조심하여라" 하고 왕후는 적이 마음을 놓는 중에도 여자다운 자상한 걱정을 한다.

"곤전마마, 염려 놓으세요. 쥐도 새도 모르게 하오리다."

"다행한 말이다마는 무슨 꾀가 있느냐? 어찌할 생각이냐? 그리고 오늘 밤에는 꼭 되겠느냐? 나는 새도 마음대로 출입하지 못하거늘 네가 무슨 재주로 이 기별을 전하려 하느냐?" 하고 그래도 왕후는 염려를 놓지 못한다.

"그것은 염려 없사외다. 별시위 다니는 사람 중에 소인 오라비의 친구 형제가 있사옵니다. 이 사람들을 만나서 부탁을 하려 하오" 하고 막산은 왕후를 안심시키려고 여량부원군 집에 기별 전할 방법을 말씀드렸다. 왕후는 펄쩍 뛴다.

"그것이 될 말이냐! 네 오라비 친구가 어떠한 사람이기에 이러한 부탁을 한단 말이냐! 별시위나 다니는 것들을 어떻게 믿고……"

"그렇지 아니하오이다. 그 사람네 형제로 말씀하오면 비록 벌레와 같이 천한 태생이오나 의리를 목숨보다 중히 아옵고, 한 번 허락한 말씀이면 물불이 앞을 가려도 변하지를 아니하오. 요새 정승, 판서님네는 사제사초(事齊事楚, 제나라도 섬기고 초나라도 섬김)를 당연히 알아도 소인네 천한 무리는 그리할 줄을 모르오" 하고 막산은 기를 써서 자기네 계급의 충성됨을 변호한다.

"옛날에는 그러한 사람들도 살았다 하지만, 지금 세상에도 있을까?" 하고 왕후는 반신반의하였으나 막산의 충성을 믿고 만사를 맡겨 버리고 말았다.

김득상은 아직 삼십이 다 차지 못한 젊은 별시위다. 키는 그렇게 큰 키는 아니나 몸통과 사지가 모두 힘 있게 어울려 붙고, 빛은 검을지언정 얼굴과 이목구비가 다 바로 박혀 날래고 굳센 기운이 얼굴에 가득하였다. 일신이 도시 양기덩어린 듯이 항상 유쾌하였다. 그는 동무들과 아는 여자들에게 사랑을 받았으나, 또 여간해서는 성을 내는 일이 없이 한마디 '이런!' 하고 참아 버리거니와, 한 번 성이 나는 날이면 벼락같고 호랑이 같았다. 아는 사람은 그를 독한 사람이라고 하였다.

궁녀 막산이 이 김득상의 가장 절친한 친구 김덕산의 누이로, 이 용사 득상과 통내외하고 다니는 동안에 깊이 사랑의 정이 들게 된 것은 무척 자연스러운 일이다. 궁녀 된 막산이가 시집갈 수 없는 것은 물론이지만 득상도 아직 장가도 들지 않고 궁중 으슥한 그늘에서 때때로 막산을 만나 보는 것으로 만족히 여겼다.

이러한 사람의 친구는 몇 사람 되지 아니하나 사귄 사람은 다 형제와 같았다. 마음에 맞지 않는 사람은 "저는 저요, 나는 나지" 하여 내어버리고 "여보게, 동관!" 하고 우대조로 혹은 왕심리조로 한 번 반갑게 부른 뒤에 손으로 아프리만큼 어깨를 툭 치는 사이만 되면 "어, 그럼세" 하고 한 번 허락한 것이면 다시 두말이 없고, 어떤 친구에게 어려운 일이 생기면 내 일 내어놓고 나서서 보아준다. 친구가 어느 놈한테 매를 맞았다는 소문을 들으면 그는 밥을 먹다가도 자다가도 "이런 제길, 그놈의 정강이가 성해!" 하고 뛰어 나선다. 그러는 날이면 저놈의 정강이나 내 정강이나 양단간에 하나는 부러지고야 만다.

만일 어느 친구가 친환이 나거나 내환이 있거나 아환이 있거나 하여 돈이 없어 곤란한 것을 보게 되면 그는 곧 아내의 비녀, 속옷이라도 잡혀다가 도와준다.

그들에게는 왕께 대한 충성이 있다. 그러나 막산의 말마따나 벌레같이 미천한 계급에 태어난 그들로서는 충성이 있어야 그것을 보일 기회가 없었다. 쥐가 사자에게 충성을 보이려는 것과 다름이 없다. 그리고 돈에도 팔리고 이름에도 팔리고 아침에는 왕가, 저녁에는 이가를 섬기는 무리들만이 충신열사는 도맡아 가지고 있다. 마치 소경이 보기를 맡은 것과 같다.

그날 밤은 마침 별시위 김득상이 대궐에 번 드는 날이다. 밤 자정에 번을 들어 이튿날 정오에 나가게 되었다. 득상이 맡은 직책은 철여의를 들고 사정전(思政殿) 뒷마당을 지키는 일이었다. 사정전은 왕이 낮에 거처하는 편전이어서 밤에는 그렇게 중요하게 지킬 필요는 없는 곳이지만 그래도 군사 네 명이 전후좌우 사방을 맡아서 밤새도록 지키게 되어 있다.

윤6월 날은 밤에도 더웠다. 대궐 마당에도 모기가 앉았고 경회루 추녀 끝에는 북두칠성 자루가 걸려 있다.

득상은 사정전 뒤뜰을 동에서 서로 왔다가는 가고 왔다가는 가기를 수없이 반복한다. 크나큰 대궐은 어둠 속에 보면 하늘에 솟은 괴물 같았고, 득상의 발자국 소리는 저벅저벅 전각에 울린다.

"어느새 반딧불이 났네" 하고 득상은 발을 멈추고 귀신의 등불 모양으로 파란 불을 껐다 켰다 하며 뒷담을 넘어 사정전 추녀 밑으로 날아가는 반딧불을 때리기나 하려는 듯이 손에 든 철여의를 내둘러 보고는 또 걷기를 시작한다. 걷다가는 한 걸음 멈추는 것은 무엇이 들리기를 기다리는 것이다.

밤에 대궐 안에서 궁녀와 밀회한다는 것은 목숨을 하나만 가지고는 못할 일이다. 한 번 들키는 날이면 그 목숨은 간 곳을 모른다. 그렇지만 어떤 때 사람의 사랑은 죽음보다 힘이 있다. 그래서 한 해에도 몇 사람씩 죽는 양을 보면서도 궁녀는 사랑의 뒤를 따른다. 크나큰 대궐 안에는 사랑하는 두 사람을 감출 만한 으슥한 담 모퉁이와 나무 그늘도 많다. 두어 마디 속살거려 보고 손 한번 마주 잡아 보고, 이것만으로도 사랑하는 사람들이 서로 만나는 것은 목숨 하나 내어 댈 만한 값은 넉넉하다.

득상이와 막산이도 이렇게 만난다. 이틀에 한 번 드는 번이 삼추보다도 오랜 듯하였고, 또 번 들 때마다 반드시 만나지는 것

단종애사

도 아니었다. 혹시 내전에서(막산은 내전에 있는 궁녀니까) 먼 곳에 번을 들게 되어도 만나기 어렵고, 또 혼자가 아니요 두세 명이 같이 있게 되어도 만날 기회는 적었다. 그런데 오늘 저녁 같은 때는 비교적 좋은 기회다.

득상은 혼자서 조용한 곳에 왔다 갔다 할 수가 있는 것이다. 이윽고 담 밖에서 자박자박하는 발자취가 들린다. 득상은 우뚝 선다.

"왔다! 왔다!" 하고 득상은 그 발자국 소리가 그리운 막산의 것인 줄을 안다.

득상은 가만히 뒷문을 나서서 담 그늘에서 몸이 호리호리한 여자의 팔목을 잡을 수가 있었다. 득상의 손바닥은 불같이 덥다.

"아무도 없소?" 하는 것은 어두운 속으로 앞뒤를 바라보는 막산의 말이다.

"그럼 없지, 누가 있어? 마마님 행차에 어느 놈이 얼씬했다 봐, 내님이 가만두어?" 하고 득상은 막산이나 겨우 들을 말로 호통을 빼고는 씩 웃는다. 그러고는 자기도 안심이 아니 되어 서너 걸음씩이나 앞뒤로 왔다 갔다 하며 어두움 속을 살피고 나서는, "아무도 없어. 원 이렇게 어두운 데가 세상에 어디 있담. 요렇게 내 곁에 섰건만도 우리 마누라 얼굴이 다 보이지를 않는걸. 어디 정말 우리 막산 아씨신가, 어디 좀!" 하고 팔을 막산의 목에 걸어 잡아끌며 자기 얼굴을 막산에게로 가까이 대며 "하하, 분명히야. 분명히 우리 정경부인이신걸. 왜, 우리 마누라는 정경부인이 못 되라는 법 있나?" 하고 그 무서운 용사가 마치 어리광

하는 어린아이 모양으로 혼자 좋아라고 한다.

그래도 막산은 말이 없이 다만 색색 숨결만 빠르다.

"웬일이야? 왜 말이 없어? 왜, 무슨 걱정이 있나?" 하고 득상은 흥이 깨지는 듯이 막산의 목을 팔에서 내어놓고 한 걸음 뒤로 물러선다.

막산은 가슴을 두근거리다가 마침내 말을 내었다.

"무엔지 큰일 났소. 오빠헌테 어려운 청이 있어."

"거 무슨 청이람. 말을 해보아. 내 힘에 할 일이면야 동생 청 안 듣겠나."

친구의 누이라 하여 동생이라 하고, 오라버니의 친구라 하여 오빠라 부르는 것이다. 득상이가 농담 삼아 '마누라'라고 불러도 막산은 노여워하지 않는다. 두 사람의 사랑이 깊고 깊어 내외나 다름없는 것은 사실이다.

그러면 막산이가 구실을 물러 나와 득상에게 시집을 가버리면 그만이지마는 그들의 일이 그렇게 뜻대로 되기도 어렵다. 이 사람들은 그냥 두면 언제까지든지 어두운 구석에서 몰래 만나는 사랑의 생활을 보낼 것이다. 그들은 자기가 지금 처하여진 처지에서 벗어나려고 반항적인 노력을 할 생각이 나지 아니한다. 그들은 마치 식물과 같이 누가 어느 곳에 갖다 심으면 일생 그 자리에서 늙는다. 이렇게 평탄한 운명의 물결에 순종하는 백성도 이따금 험한 물굽이를 만나 바위 뿌다구니에 부딪혀 피거품이 되어 버리는 수가 있다. 득상과 막산도 지금 그러한 경우를 당한 것이다.

단종애사

"꼭 내 청을 들어주지?" 하고 막산은 애원하는 듯이 득상을 바라본다. 막산은 의심스러운 듯이 좌우를 돌아보며 "누구 엿듣는 사람 없을까?" 한다.

"엿듣기는, 우리네 따위의 말을 엿을 들어서는 무엇을 얻어먹겠다고" 하고 득상은 웃는다.

막산은 오늘 낮에 왕이 경회루에 납시었을 때에 일어난 일들, 정인지가 들어오던 일, 좌우를 물리라던 일, 내시 김충이 아니 물러나던 일, 자기가 수동이와 함께 기둥 뒤에 숨어서 엿듣던 일, 정인지가 왕께 여쭙던 말, 왕께서 진노하시던 일, 우시던 일, 자기네도 울었단 말, 그런 뒤에 왕후께서 막산이를 부르시와 여량부원군 댁에 기별을 전하라고 부탁하신 말, 그러고는 자기가 염려 없다고 장담한 말까지 여자다운 자세함으로 내리 말을 한 뒤에, "그러니 내야 무슨 힘 있소? 그래서 오빠 말씀을 아뢰었지. 소인 오라비의 절친한 친구에 김아무라는 별시위 다니는 사람이 있습니다고, 그 사람은 의리를 보고는 사생을 불고하는 사람이라고, 그 사람께 말하면 오늘 밤으로 부원군께 기별이 갈 터이니 염려 놓읍사고, 그랬더니 곤전마마 말씀이 그러면 부디 그 사람에게 잘 말하라고, 그러면 후히 상을 주시마고 그러신단 말씀이야요. 내가 잘못했지, 오빠를 위태한 일에 천거해서 안 되었지?" 하고 정말 미안한 표정을 하였다.

"아니 무어? 그놈이, 그 정가 놈이 상감마마께 어쩌고 어쩌고? 이놈을 당장에 때려죽여야······" 하고 득상은 은밀한 말인 것도 잊어버린 듯 소리를 냅다 지르며 철여의를 어두운 허공중에 내어두르고 금방 어디를 달려가기나 할 듯한 기세를 보인다.

"아이, 여보!" 하고 막산은 잠든 사람을 깨우는 모양으로 득상의 팔을 힘껏 잡아 흔들었다.

이때 고루(鼓樓)에서 사경을 아뢰는 북소리가 둥둥 울려온다.

왕후의 친정인 여량부원군 송현수 집에서는 이런 줄은 알 까닭도 없이 상하 내외가 고요히 잠이 들어 있었다. 이러한 때에 별시위 득상이 대문을 두드렸다.

만일 왕이 나라의 실권을 잡았을 양이면 국구 되는 여량부원군 집이 이렇게 소조하지는 않으련만 모든 권세를 수양대군에게 맡겨 버린 왕으로서는 무엇 하나 마음대로 할 수 있는 것이 없어서 그 처가댁 대문이 명색이 솟을대문이지 줄행랑이라고는 대문 좌우에 단 한 칸씩밖에 없었다.

내시 이귀, 김인평, 김충 세 사람은 경회루에서 나오는 길로 각각 기회를 엿보아서 정인지가 오늘 왕께 아뢴 불충, 무엄한 말을 금성대군, 한남군, 영풍군께 전하고 또 지중추 조유례, 호군 성문치에게도 김충이 평소에 친밀하던 까닭에 이 일을 알리고 일이 심히 급하니 곧 무슨 조처가 있기를 청하였다.

궁녀 하석, 고엽석 등도 곧 사람을 놓아 혜빈 양씨에게 이 기별을 전하였다.

혜빈 양씨는 이 기별을 받은 대로 곧 왕의 외숙 되는 예조판서 권자신에게 사람을 보내었다.

이러한 위태한 심부름을 한 이는 다 영민한, 충성된 여자들이

었다. 혜빈의 심복으로 심부름을 한 이는 관노 이오의 처 아가
지다. 아가지는 왕이 어릴 적에 젖을 드린 연고로 줄곧 궁중에
있다가 수양대군에게 혜빈이 쫓겨나는 통에 같이 쫓겨 나와서
혜빈 궁에 붙어 살며 밤낮으로 왕을 생각하고는 울고 혜빈과 함
께 후원에 칠성단을 모으고 왕의 만세를 빌고 있었다.

왕의 외조모 화산부원군 부인 최씨의 심복으로 이번 일에 심
부름을 한 이는 아지와 불덕이라는 두 비자(여종)요, 왕의 장모
되는 여량부원군 부인의 심부름을 한 이는 내근내라는 아직 열
여덟 살 된 비자였다.

그리고 궁중과 외간에 연락하는 일을 많이 하기는 내은, 덕
비, 용안 등 무당이었다.

세종대왕 시절에 내불당을 폐한 뒤로는 궁중에 여승의 출입
이 없어지고 그 대신 무당이 출입하게 되었다. 혜빈도 무당을 믿
는 이였다. 혜빈이 궁중으로부터 쫓겨난 것이 무당들에게도 타
격이었으나, 그래도 궁녀들이 사는 곳에 무당은 언제나 필요하
였고 비록 혜빈이 궁중에서 쫓겨나 아무 세력이 없다 하더라도
내은, 덕비, 용안 같은 무당들은 오랫동안 혜빈의 비호를 받은
옛정, 옛 은혜를 저버리지 아니하였다.

이 어려운 처지에서 왕을 구해 내는 길은 오직 하나다. 그것
은 곧 수양대군을 쳐버리는 것이라 함은 누구나 생각할 수 있는
바다. 금성대군이나 송현수나 권자신이나 또는 혜빈이나, 정인
지가 왕에게 선위하시기를 권하였다는 소식은 그리 놀라울 것
도 없었다. 차라리 기다리는 일이 올 만한 때에 온 것처럼 심상

하게 생각하였다. 그러할 뿐만 아니라 설사 이것이 놀라운 일이라 하더라도 그들에게는 군국대권을 한 손에 잡은 수양대군에 저항할 아무 준비도 없었다.

금성대군, 한남군, 영풍군 세 분은 친형제지만 아직은 서로 의심하는 처지다. 한남군과 영풍군은 둘 다 혜빈의 아드님이요, 따라서 왕과는 숙질인 동시에 형제와 같이 자라났다. 그렇기 때문에 누가 생각하든지 왕의 여러 숙부 가운데 왕께 가장 큰 동정을 가질 이는 이 두 사람이다. 이 점으로 보아서 이귀 등은 곧 이 두 사람에게 정인지가 왕께 선위하시기를 간하였단 말을 전한 것이다.

또 금성대군으로 말하면 왕의 여러 숙부 중에 가장 대의명분을 지키는 이일뿐더러, 바로 석 달 전인 지난 3월에 금성대군 궁에서 화의군, 최영손, 김옥겸 등이 모여 사연(射宴)을 베풀었다 하여 금성대군이 수양대군에게 말로 고초를 당한 것으로 보더라도 수양대군과는 서로 적대적이요, 왕께는 충성과 동정을 가진 줄을 누구나 알 것이다.

그렇지만 이렇게 생각이 일치하면서도 금성대군과 한남군·영풍군 두 분과는 서로 의사가 통할 지경은 아니었다. 비록 형제라 하더라도 대군과 군은 지위가 다를 뿐만 아니라, 왕의 집 형제들은 일반적인 형제들처럼 친근할 수가 없었다. 그래서 서로 저편이 수양대군 편이나 아닌가 하고 의심하는 처지인 것이다.

송현수, 권자신, 금성대군, 한남군, 영풍군, 혜빈, 조유례, 성문치, 영양위 정종…… 이렇게 왕의 편이 될 만한 이들은 아무 연

단종애사

락 없이 모래처럼 알알이 흩어진 힘이다. 이 흩어진 힘이 얼마나 큰 일을 할까.

송현수와 권자신 두 사람의 관계도 그러하다. 송현수는 왕의 장인이나 수양대군하고는 소싯적부터 친한 사이다. 그렇기에 수양대군이 그 딸로 왕후를 삼은 것이기도 하다. 지금도 송현수는 수양대군에게 친근한 대접을 받는다. 그렇기 때문에 금성대군이나 권자신 편에서 보면, 송현수는 수양대군을 없애는 의논을 함께할 사람은 아닌 듯하였다. 또 사실상 송현수는 그렇게 야심이 있고 수완이 있는 사람이 못 되고, 살신성인할 만한 충의의 열정이나 용기가 있는 사람도 아니다. 득상에게 왕후의 전갈을 듣고도 "으응?" 하고 쓴 입맛을 다셨을 뿐이다.

"대감, 이 일을 어찌하시려오? 글쎄, 이런 변도 있을까. 곤전마마가 얼마나 마음이 괴로우실까. 아이, 가엾으셔라. 글쎄, 대감 어찌하시려오? 그 정인진가 하는 놈을 가만두신단 말요?" 하고 부인이 발을 굴러도 현수는 "여보, 하인들 듣겠소. 지금이 어느 세상이라고 그런 소리를 함부로 하오?" 하고 시끄러운 듯이 팔을 내두른다.

"어느 세상이면 누가 어찌할 텐가. 정인지 제가 아무리 세도를 하기로 우리를 어찌한단 말씀이오?" 하고, 그래도 부인은 호기 있는 소리를 한다.

"누가 정인지가 무섭다나?" 하는 현수의 말에 부인은 "그럼 누가 무섭소?" 하고 약간 성을 내며 "수양대군인들 무서울 것이 무엇이오? 다른 사람들은 부원군이 되면 무서운 사람이 없다던

데, 대감은 왜 그리 못나시었소? 그래, 그러면 중전께서 저렇게 대감이 도와 드리기를 바라고 계시는데도 수양대군이 무서워서 가만히 계실 작정이오? 아버지 정리에 어떻게 그러신단 말씀이오?" 하고 현수를 몰아세웠다.

"그러니 어떻게 한담? 수양대군이 내 말을 들을 사람인가. 공연히 섣불리 그런 소리 하다가는 봉변이나 당하지 무슨 소용이 있나. 다 운수지 운수야. 천운이 수양대군께로 돌아가는 것을 어찌하나. 설마 목숨이야 어떻게 하겠소. 왕비전하한테도 가만히 계시기만 하라고. 수양대군 눈 밖에 났다가는 그야말로 무슨 봉변을 당할지 모른다고. 멸문지환을 당한다고 말씀이나 하구려" 하고는 도로 자리에 누워 눈을 감는다.

부인은 애가 타서 콩 튀듯 팥 튀듯 하였다. 따님의 장래를 생각하면 앞이 캄캄하였다. 남편이 어쩌면 저렇게 못났는고, 하고 원망스러웠다.

"아이구, 이 일을 어찌하리. 대감이 아니면 누가 이 일을 막아 내리. 멸문지환? 그래 금상마마가 선위를 하시고 수양이 들어앉으면 대감 댁은 멸문지환을 안 당할 줄 아시오? 그때야말로 멸문지환을 당하는 거지…… 대감 같은 무골충이 어디 있단 말이오? 사내가 왜 한번 나서서 수양의 역모를 막아 내지를 못하고 무서워, 무서워가 다 무엇이오? 부원군이 되어도 세도 한번 못 부려 보고 무서워, 무서워 하다가 멸문지환만 당하게 되니 이런 기막힐 데가 어디 있소?" 하고 발을 동동 구른다.

"허허, 글쎄 이게 무슨 요망이람. 이 밤중에 울기는 왜 울어?

단종애사

멸문지환이란 소리는 왜 자꾸 외어, 방정맞게."

이렇게 내외 싸움만 벌어지고 말았다. 송현수는 아무 책동을 할 기미를 보이지 아니한다.

부인도 송현수가 그렇게 생각하면 어찌할 수 없을 줄을 알고 기운이 줄었다. 그러나 그대로 가만히 있을 수만은 없다고 생각하여, 비자 내근내를 불러 돈과 쌀을 주어 소경 나갈두에게로 문복(問卜)을 보냈다. 신명의 뜻이나 한번 알아보고 나서, 일이 될 듯하다면 그 점괘를 가지고 한 번 더 대감을 졸라 보자는 뜻이다.

"아직 밝지도 아니하였는뎁쇼?" 하고 내근내는 부인의 명령을 이상하게 생각하였다. 밤은 아직 오경도 아니 친 때다.

내근내는 부원군 부인의 말을 들어 이 일이 지극히 크고 은밀한 일인 줄을 알고는, 자기가 그러한 일에 관계되는 것을 만족하게 생각하면서 가마를 타고 뒷문으로 나아가 늙은 아비를 따라서 사직골 나갈두의 집으로 간다.

나갈두는 당시 이름난 점쟁이로 모든 상류 가정 부인들의 신임을 받아, 길흉을 묻는 사람이 들끓던 판이었다. 여량부원군 송현수 부인도 나갈두의 단골 귀부인 중 하나다. 내근내는 어려서부터 부인의 심부름으로 이 집을 다녔다.

소경 나갈두는 깊이 들었던 잠에서 깨어나 내근내를 불러들였다.

"어디서 오시었소?" 하고 소경은 의심스러운 듯이 내객에게 물었다.

"아니, 저 부원군 댁에서 왔는데" 하는 것은 소경의 아내다.

"오, 내근내야?" 하고 나갈두는 반가운 듯이 웃으며, 소경이 흔히 하는 버릇으로 손을 내밀어 저편의 몸을 만지려 든다.

내근내는 나갈두의 손을 피하면서 "부원군 부인마님께서 보내셔서 급한 일로 왔으니 어서 소세나 하셔요" 하고 책망하는 듯한 어조다.

"무슨 문복하실 일이 있나?" 하고 소경은 약간 겸연쩍어한다.

"그저 젊은 여편네 소리만 나면 사족을 못 쓰지. 아이 흉해라, 병신 고운 데 없다고" 하고 마누라가 내근내를 향하여 눈을 실쭉하며 바가지를 긁는다. 나갈두의 아내는 좀 자색이 있고 천성이 음탕하여 소경 남편에게는 결코 충성된 아내가 아니었다. 그는 본래 안평대군 궁 종으로서 안평대군의 온 집안이 멸망하는 통에 이렇게 빠져나와서 돈 잘 번다는 장님 나갈두의 마누라가 된 것이다. 그래서 자기는 귀한 가문에서 생장하였다 하여 마치 제가 귀한 사람이나 되는 듯이 남편을 찾아오는 사람들에게 자랑하고 교만을 부렸다.

이 음탕한 계집에게는 항상 한둘씩 간부가 있어 남편이 앞 못 보는 것을 기화로 여기고 다만 몸만 내어주는 것뿐 아니라 나갈두가 벌어들이는 전곡도 훔쳐 내었다. 그래도 늘그막에 혹한 젊은 계집 앞에 나갈두는 정신이 없었다.

갈두는 소세하고 아내를 시켜 싸서 매달았던 돗자리를 내어 깔게 하였다. 이 돗자리는 어느 대가에서 문복하러 올 때에만 내어 까는 것이다. 그리고 수양대군 부인이 해주었다고 자랑하는 화류 점상과 궁중에서 나왔다는(하사하신 것은 아니나 어찌어찌 굴러나온 것이다) 오동 향로 향합과, 자주 명주 주머니에 넣은 거북을 꺼냈다. 상은 남향하여 놓고 소경은 상을 앞에 놓고 앉아서 거북을 두 손에 받들어 들었다. 향로에서는 향연이 피어올라서 상 위의 양푼에 가득 담은, 내근내가 가지고 온 얼음 같은 백미와 그 앞에 은빛같이 닦아 놓은 놋종발 청수 그릇 위에 구름같이, 안개같이 서려 신령을 청하여 내린다.

천지신명께 묻는 말씀은 이것이다.

지금 조정에 세도 잡은 간신이 있어서 신기를 엿보오니 장차 어디에서 어떠한 충신열사가 일어나서 외로우신 왕과 왕후를 돕사오리까 함이다.

"은밀히, 은밀히"라고 하면서, 이러한 소리를 종에게 통하고 길가에서 점 치는 소경과 그 마누라에게까지 통하는 것은 진실로 여자의 어리석음이다. 그러나 따님이신 왕후를 생각하기에 골똘한 송현수의 부인은 남편인 대감을 믿을 수 없게 된 때에 천지신명에게 물어볼 수밖에 없었던 것이다.

나갈두는 이 심상치 아니한 큰 점에 대하여 어떠한 태도를 취할꼬 하고, 거북을 두 손으로 움켜 받들어서 피어오르는 향연 위에 이윽히 머물게 하였다. 향불 연기는 점점 더 많이 거북을 싸고 올랐다.

내근내는 거북을 향하여 경건하게 일어나서 네 번 절하였다.

나갈두는 이윽히 거북을 공중에 흔들더니 문득 한 손으로 점상을 땅 하고 치며 "사흘 안으로 거사를 하여야 한다. 사흘이 지나면 객성(客星)이 자미성(紫微星)을 범하는 괘라, 궁중에 곡성이 진동하고 나라의 주인이 바뀌리라 하는 것인데, 나라의 주인이 바뀌면 국척(國戚)인들 무사할 리가 있나. 상감 외가댁인 화산부원군 댁과 곤전마마 친정 되는 여량부원군 댁에 큰 화가 미치겠다 하는 괘요" 하고 나갈두는 신명의 뜻을 전하는 어조를 끊고 보통 어조로 "나라에 큰일이 있는 때에는 신하가 점을 아니하는 법이야. 점해서 쓸데가 없거든. 정말 임금께 충성이 있으면야 오는 일을 미리 알아보아 무엇하나. 수인사대천명(修人事待天命)으로, 죽든지 살든지 할 일일랑 하고 보는 법이야. 일이 될까 아니 될까 점을 한다는 것이 말이 되나. 어, 세상도 말세로군" 하고는 입맛을 다시며 거북을 손으로 두어 번 쓸어 보고 자주 명주 주머니에 집어넣는다.

금성대군은 내시들의 내통으로 정인지가 왕에게 한 말을 들어 알고는 주먹을 들어서 서안을 치고 미친 듯이 소리를 질렀다.

"우리집이 망하는고나!"

금성대군은 아다시피 왕의 숙부요 수양대군의 친아우다. 불행히 충의와 강직함을 가지고 이 어지러운 세상에 태어나서 하루도 가슴 끓지 아니할 날이 없었다. 왕께 충성을 다하려면 골육의 형을 원수로 삼지 않으면 아니 될 것이다.

안평대군이 돌아간 뒤로 종실 중에 그래도 수양대군과 겨룰 사람은, 비록 나이는 어리나 금성대군 한 사람밖에 없었다. 그렇기에 수양대군은 일찌감치 금성대군을 미워하여, 가만히 사람

단종애사

을 놓아 그 행동을 살펴 안평대군 모양으로 처치해 버릴 기회만 엿보았다. 요전에 금성대군 궁에서 화의군이며 누구누구와 사연을 베풀었다 하여 처벌을 당한 것도 이 때문이다.

오늘 들은 바와 같은 말이 있을 줄을 금성대군은 미리 짐작하였었다. 만일 진실로 이러한 일이 있다 하면 금성대군은 가만히 앉아 있을 수가 없었다.

금성대군은 식전에 아침도 아니 먹고 수양대군 궁으로 달려갔다. 금성대군이 수양대군 궁에 가기를 싫어해, 세배 간 뒤로는 처음이다. 그래서 금성대군이 단신으로 말을 타고 여름 해가 아직 뜨기도 전에 달려드는 것을 보고 수양대군 궁 사람들은 놀랐다.

금성대군은 형님인 수양대군의 소매를 붙들어 앉히고 "형님, 어저께 정인지란 놈이 상감께 선위하시기를 청하였다 하니, 이것이 정가 놈의 생각이오, 형님이 시키신 게요?" 하고 단도직입으로 질문을 던졌다.

수양대군이 안색이 변하며 "네가 미쳤느냐, 그게 웬 소리냐?" 하고 똑 잡아떼었다.

"그렇거든 오늘로 정가를 삭탈관직하고 내어 베시오! 그러지 아니하면 정가가 제 마음대로 한 말이라 하더라도 세상에서는 형님이 시키신 것으로 알 것이오. 워낙 정가란 할 수 없는 소인이요 간신이오. 그놈을 살려 두었다가는 형님까지도 누명을 쓰시리다. 어떡허실 테요? 형님의 대답을 듣고야 가겠소이다" 하고 금성대군은 따졌다.

"상감 처분이지. 정인지가 대신이어든 낸들 어찌하나" 하고 수양대군은 어디까지나 모른 체한다.

금성대군은 형님의 진의를 의심하는 듯한 눈으로 이윽히 바라보더니 "형님이 그런 간신놈들의 꾀에 넘어가서 외람한 뜻을 두면 우리 집안은 망할 것이오. 금왕의 숙부로서 군국대권을 다 잡으셨으니 무엇이 부족하단 말씀이오? 형님이 만일 잘못된 뜻을 품으시면 천하가 가만있지 않을 것이오. 나부터도 형님의 목에 칼을 겨눌 것이외다" 하였다.

금성대군은 수양대군이 잡아떼는 것을 그대로 믿을 수가 없었지마는 그 이상 더 말해야 쓸데없을 줄 알고 다만 "형님, 매양 주공으로 자처하지 않았소? 부디 주공이 되시오. 그리고 충의를 모르는 간신밸랑 모두 물리쳐 버리시오" 하고 물러 나왔다.

금성대군이 다녀간 뒤에 수양대군은 대단히 불쾌하였을 뿐만 아니라 또 놀랐다. 왜 불쾌한가 하면, 안평대군이 없어진 뒤로 누가 감히 자기의 비위를 거스르지 못하더니, 나이로 말하면 십사오 년이나 어린 금성대군이 얼러 대는 품이 안평대군 이상인 까닭이다. 괘씸한 것을 보아서는 당장 한마디로 호령하여 버리겠지마는 금성대군의 말이 옳고 보니, 옳은 말의 힘에는 수양대군의 패기도 고개를 들기가 어려웠다.

'허, 그것도 없애 버려야 되겠는걸!' 하고 수양대군은 나가는 친아우 금성대군의 뒷모양을 노려보며 생각하였다.

안평대군을 죽이자고 정인지, 권람, 한명회의 무리가 진언할 때에는 골육의 정도 생각하고 세상의 여론도 염려가 되었으나,

단종애사

한번 이러한 일을 저질러 놓은 뒤인 오늘날에는 그것이 다 우스웠다. '제왕가(帝王家)에서는 그러한 일은 예사요' 하던 권가와 한가 등의 말이 과연 그럴듯하게 들렸다.

그것은 그렇다 치고라도 정인지가 어저께 경회루에서 사람들을 물리고 왕께 아뢰었다는 말이 이렇게 빨리 외간에 풀어진 것이 놀랍지 아니할 수 없었다.

"원, 누가 말을 내었담" 하고 수양대군은 매우 초조한 빛을 보인다. 왕이 사람을 시켜 누구누구 하는 사람들에게 정인지의 말을 전하였는가? 그렇다 하면 그 심부름은 누가 하였을까? 이 일을 금성대군 외에 또 누가 아는가? 수양대군은 이 생각 저 생각에 매우 심기가 불편하여 조반도 먹는 둥 마는 둥 하였다.

부인 윤씨가 수양대군의 얼굴에 수심이 있는 것을 보고 물었다. "나으리, 무슨 근심이시오? 천운이 나으리께 돌아왔거든 무슨 근심이시오? 대사를 하시는 양반이 소소한 걱정을 버리시오."

이것은 수양대군이 무슨 근심을 할 때마다 그 부인이 격려하는 말이다. 더구나 '천운이 나으리께 돌아왔거든' 하는 것은 입버릇 모양으로 반드시 하는 말이다. 부인의 이 말은 미상불 수양대군에게는 큰 힘이 되었다.

수양대군은 그렇게 꿋꿋한 사람이면서도 어느 한편 구석에는 나약한 데가 있었다. 때로 그는 냉혹하기 철석같아도 때로는 더운 눈물을 흘리는 이였다. 윤씨 부인이며 정가, 한가, 권가 같은 이들이 돕지 아니하였던들 그는 제왕의 사업을 할 생각은 아니

충신들의 죽음

하고 외로운 조카를 도와 주공을 본받았을는지도 모른다.

"벌써 누설이 되었구려" 하고 수양대군은 부인을 바라보았다. 부인도 잠깐은 놀란다.

수양대군은 금성대군이 와서 하던 말을 하였다.

"그거 누설되었기로 걱정하실 것 있소? 성사하면 더 말할 것 없거니와 만일 일이 틀어지면 정 정승이 한 말이니 정 정승께 미루시오그려" 하고 부인은 태연하다.

수양대군은 부인의 바르지 못한 생각이 불쾌하여 입을 다물어 버렸다.

식후에는 한남군과 영풍군이 와서 금성대군 모양으로 정인지를 엄벌하고 수양대군은 어디까지든지 주공이 되어서 어린 상감의 몸과 자리를 옹호하여야 한다고 말하고, 다음에는 또 송현수가 와서 그와 같은 뜻으로 수양대군에게 간청을 하였다. 송현수는 부인의 성화에 못 이겨 우선 수양대군한테 한번 말이나 하여 보자고 오기 싫은 길을 온 것이다.

수양대군의 화는 상투 끝까지 올랐다. 은밀하게 한다는 노릇이 이렇게 그날 밤으로 누설이 되니 화가 아니 날 수 없었다. 오늘 안으로 몇 놈의 모가지가 달아나고야 말 것이라고 수양대군은 생각하였다. 그 눈에는 살기가 있었다.

한남군과 영풍군도 수양대군을 만나 보고 나서는 분개하기는 하였으나 어찌할 도리가 없었다.

왕의 외숙 권자신도 속수무책이라고 생각하고 다만 일이 되어 가는 양을 볼 수밖에 없었다.

단종애사

나이 많고 부인의 지혜를 가진 혜빈도 섣불리 이 사람 저 사람과 뜻을 통하다가 발각이 되면 한남군, 영풍군 두 분과 아울러 자기 삼모자가 화를 면하지 못할뿐더러 왕에게까지도 누가 미칠 것을 알았다.

밖에서는 오직 따님을 생각하는 여량부원군 부인이 잠시도 가만히 있지 못하고, 궁중에서는 내시 김충 등과 궁녀 막산 등이 발을 동동 굴러 애를 썼다. 그러나 경계가 엄중하고 염탐이 많아서 비록 뜻이 같다 하더라도 서로 의사를 통할 수가 없었다. 가까스로 여편네들이 중간에 나서서 입으로 말을 전하였으나 힘 있는 대감네들이 겁을 집어먹고 쉬쉬하니, 수양대군을 반대하여 왕을 옹호하는 큰 운동을 일으킬 가망은 없었다.

이래서 온 하루 동안이나 왔다 갔다 하던 끝에 세워진 계획이란 것이, 무당을 시켜서 수양대군과 정인지가 죽어 버리도록 예방을 하는 것, 인왕산에 사람을 보내 칠성과 산천에 왕과 왕후를 위하여 기도를 올리는 것 등이다. 가장 유력한 계획이라 할 것이 지중추 조유례, 호군 성문치 등이 중심이 되어 일변 장사를 사서 수양대군과 정인지 등을 습격하고 일변 격문을 돌려 천하의 민심을 일으키자는 것인데, 금성대군을 머리에 떠받들려 한 것이다.

그러나 이러한 일이 준비도 되기 전에 김득상이 어젯밤 밖에 나갔던 것이 발각되고, 경회루에서 정인지가 왕께 선위를 청하는 말씀을 아뢸 때 먼발치에 모시고 있던 내시들과 궁녀들이 왕과 왕후의 목숨을 해하려 음모를 하였다는 혐의로 엄형 국문을 당하게 되었다. 김득상은 대장부라 뼈가 부러져도 실토할 리가 없지마는 젊은 궁녀 막산이 매에 못 이겨서, 왕후의 명으로 김득상에게 말 전한 이야기며, 늙은 상궁 하석과 고염석의 명으로 궁녀 수동과 함께 기둥 뒤에 숨어 정인지의 말을 엿들었단 말이며, 그 밖에 인왕산에서 기도하는 말, 수양대군과 정인지를 저주한다는 말까지 다 일러바쳐 버렸다. 다만, 왕께서 시키더냐 하여 시키셨다는 대답을 듣고 싶어 하였으나 그것은 대답하지 아니하였다. 또 조유례, 성문치 등이 하는 계획은 막산이 몰랐기 때문에 말하지 아니하였다. 그래서 막산이가 실토하는 중에 든 사람들은 모조리 붙들렸다.

사건은 이만하고 말았을 것을, 소경 나갈두의 처 변씨가 그 남편을 없애 버릴 생각으로, 그 정부요 금부에 나졸 다니는 홍갑동에게 여량부원군 댁에서 이러이러한 일로 점을 치러 왔더란 말을 고하여서 내근내가 붙들리게 되고 왕의 유모 아가지, 권자신의 종 아지·불덕, 무녀 내은·덕비·용안 등이 인왕산 기도소에서 붙들리게 되었다.

조유례, 성문치 등은 일이 탄로날 줄을 알고 조유례는 장사 김득성을 하인으로 꾸며 수양대군을 찾아가고, 성문치는 장사 윤갯동을 데리고 정인지를 찾아갔다. 이것은 기회를 엿보아 각각 하나씩 때려죽이자는 꾀였다.

수양대군은 조유례가 금성대군 문객인 줄을 알기 때문에 보지 않고 궁노를 시켜 그가 데리고 온 하인 차림의 김득성을 묶어서 죽도록 때리라고 하였다. 이것은 조유례를 욕보여 금성대

　　　　　　　　　　　　　단종애사

군으로 하여금 분통이 터지게 하려는 뜻이었다.

그러나 무예와 여력이 뛰어난 김득성은 감추었던 철여의를 내둘러 달려드는 수양대군 궁노들을 수십 명이나 두들겨 누이고, "역적 수양대군 나서라!" 소리를 치며 안으로 달려 들어갔다.

김득성은 임금의 원수와 아우(김득상)의 원수를 한꺼번에 갚으려는 듯이 성난 범 모양으로 철여의를 내두르며 수양대군 궁 안마당으로 뛰어 들어갔다. 만일 수양대군이 득성의 눈에 번뜻 보이기만 하였던들 득성의 성난 철퇴에 가루가 되고 말았을 것이다. 그러나 수양대군은 벌써 뒷문으로 도망치고 부인과 두 아들과 맏며느리 한씨(우의정 한확의 딸)와 여러 비복이 크게 놀라 좁은 구석을 찾았다.

그래도 부대부인 윤씨가 태연히 대청에 나서서 "이놈! 어떤 놈이관대 여기가 어디라고 무엄하게시리…… 이봐라, 저놈을 끌어내어 단번에 때려죽이지를 못하느냐" 하고 소리를 지른다.

"어머님! 어머님!" 하고 열아홉 살 되는 맏아들(이름은 숭崇, 후에 왕세자 된 뒤의 이름은 장暲이니, 후에 덕종대왕德宗大王이라는 추숭을 받았다)이 황황하게 어머니 윤씨의 소매를 끌어 만류하고, 여섯 살 되는 둘째아들(이름은 평보平甫, 아버지 수양대군이 왕이 된 뒤의 이름은 황晄, 세조대왕의 뒤를 이어 예종대왕睿宗大王이 되었다)은 어머니의 치마에 매달려 득성을 바라보며 울었다.

부인은 두 팔로 두 아들을 안으며 "이놈, 어디 한 걸음만 올라서 보아라, 천벌이 내릴 터이니!" 하고 소리쳤다. 그 소리에 득성은 기운이 꺾였다. 어차피 이제는 죽는 몸이니 닥치는 대로 수양대군 식구를 때려죽이리라 하였더니 부대부인의 위풍에 눌려서 수양대군을 찾는 모양으로 뒤껼으로 돌아갔다. 거기서 길덕(훗날의 월산대군月山大君)을 안은 수양대군의 맏며느리 한씨를 만나 철퇴를 들었으나 때리지는 아니하였다. 그는 미처 뒷문을 다 나서지 못해서 밖에 매복하고 섰던, 수양대군 궁을 호위하는 30여 명의 갑사 한 떼의 포위를 받아 반이나 죽도록 얻어맞고 잔뜩 결박이 되었다.

조유례는 벌써 수족이 묶여 문밖에 넘어져 있다가 득성이 갑사들에게 끌려 나오는 것을 보고 "수양은 잡았지?" 하고 물었다. 득성은 못 잡았다는 뜻으로 고개를 흔들어 보인다. 흔들 때에 이마며 두 귀 밑에서 흐르는 피가 빗방울 모양으로 좌우로 흩어진다.

"으으응! 역적을 놓쳤고나!" 하고 으쩍 깨문 것이 조유례 자기의 혓바닥이었다. 수양대군을 못 죽였으니 자기는 죽은 목숨이라, 죽기 전에 국문을 받으면 혹시나 정신없는 소리로라도 금성대군을 부를까 겁이 나서 차라리 말을 못하도록 혀를 끊어 버린 것이다. 나이 오십이 넘어 빈발이 반백이나 된 조유례, 그는 결코 국은을 많이 받아 영달한 사람은 아니다. 그의 입에서 흘러내려 반백의 수염을 적시고도 땅바닥을 물들이는 피는 임금께 대한 그의 충성이다.

정인지가 왕께 선위를 청한 것보다도 조유례가 수양대군 궁에 야료한 것이 큰 변이다. 입으로 피를 흘리는 조유례와 전신이 온통 피투성이가 된 김득성은 반은 끌리고 반은 차여서 야주개

단종애사

와 황토마루를 지나 의금부로 왔다. 끌려가는 그들의 다리는 두 마디 세 마디로 부러진 듯하여 바로 서지를 못하였다. 아이들이 구경 삼아 뒤를 따랐다.

금부에는 벌써 성문치와 윤갯동이 역시 반생반사가 되어 붙들려 와 있다가 조유례 일행이 들어오는 것을 보고 실망한 듯이 고개를 숙여 버렸다. 성문치도 장사 윤갯동을 데리고 정인지를 찾아갔으나 정인지 집 대문과 사랑에는 수십 명의 갑사가 옹위하고 있어 사람을 들이지 아니하므로, 성문치는 윤갯동을 데리고 병문 어귀에 숨어 있다가 정인지가 평교자를 타고 나오는 것을 보고 달려들었으나 정인지는 얼른 뛰어내려 길갓집 행랑으로 뛰어 들어가 중과부적으로 붙들려 온 것이다.

이튿날 우의정 한확, 좌찬성 이사철, 우찬성 이계린, 좌참찬 강맹경이 비청에 모여 이번 사건을 의논할 때 영의정 수양대군과 좌의정 정인지는 일부러 의논에 참여하지 아니하였으니, 그것은 그들이 직접 사건 관계자인 까닭도 있거니와 또 하나는 어저께 당한 일이 자못 창피한 까닭이기도 하다. 뒷문으로 도망한 수양대군이나 길갓집 행랑에 숨은 정인지나 결코 남 보기 부끄럽지 않을 수 없었다.

수양대군과 정인지가 비록 이 자리에 있지 않다 하더라도 여기 모인 자가 다 그들의 심복인 것은 말할 것도 없다. 오직 한확이 정인지와 공명을 다투는 일은 있지만.

수양대군과 정인지는 이번 사건의 책임을 왕과 왕후에게까지 돌리고 싶었으나, 왕은 사실상 이번 일을 알지도 못할 뿐만 아니라 아직 일반의 여론을 두려워하여, 동지중추원사 조유례와 호군 성문치를 역적으로 몰고 그들이 한남군 어, 영풍군 천 등과 부화뇌동하여 금성대군 유를 왕위에 올리려고 한 것같이 꾸몄다. 이렇게 한 데는 이유가 있다.

수양대군과 정인지가 욕을 당하였다는 소문은 번개같이 퍼져 '고소하다' '통쾌하다'는 생각을 주었기 때문에, 만일 이제 조유례와 성문치를 대신을 습격한 죄로 다스린다 하면 세상의 동정은 도리어 조유례와 성문치 등에게로 돌아가고 수양대군과 정인지는 불리한 처지에 서게 된다. 그러나 두 사람을 역적으로 몰면(그렇게 백성의 눈을 속일 수가 있을까)…… 몰지 못할 것도 없을뿐더러 자기네는 도리어 왕을 옹호하는 충성으로써 왕을 위하여 조유례와 성문치에게 욕을 당한 것으로 볼 수가 있을 것이니, 이야말로 저편의 화살로 저편을 쏘는 격이라는 것이 권람과 한명회가 내놓은 방책이었고, 또 정부에서도 그럴듯하게 생각한 것이다.

이리하여 조유례와 성문치는 그만 왕을 해하려던 음모자로 몰리고, 혜빈 양씨·금성대군·한남군·영풍군 등은 수양대군한테 찾아갔던 죄로 두 사람의 머리라 하여 삼남 각처로 귀양 보내졌다. 전혀 애매한 사람을 차마 죽이지는 못했던 것이다.

윤갯동, 김득성, 김득상, 왕의 유모인 이오의 처 아가지, 궁녀 하석·고염석·김수동·김막산, 내시 이귀·김인평·김충, 소경 나갈두, 송현수의 비자 내근내, 권자신의 비자 아지·불덕, 무당 내은·덕비·용안 등은 다 사형을 받았다.

이번 통에 요행히 벗어난 것은 송현수와 권자신이니, 이것은 부득이 면하여진 것이다. 왕이나 왕후가 수양대군을 없애기 위한 일이면 왕의 외숙과 장인이 참여할 수도 있겠지만, 금성대군의 무리가 왕을 없애려고 하는 일에 그들이 관계할 까닭이 없었던 것이다.

다만 하나 알 수 없는 일은, 이번 통에 영양위 정종을 유배한 일이다. 어느 편으로 생각하더라도 그는 이번 사건에 관계한 흔적도 없고 또 관계할 리도 없건만, 청천벽력으로 순천부에 귀양을 가게 되었다. 정종이 귀양길을 떠나기 전에 경혜공주는 동생인 왕에게 마지막으로 하직이나 아뢰려 하였으나 국가의 죄인(?)으로는 그러한 특전이 허락될 리가 없었다. 그래서 한 어머니의 피를 나눈 단 두 동기인 왕과 공주는 남북 천리에 이별하게 되었다. 그것은 영원한 이별이 되었다.

이 일이 있은 뒤부터 왕은 유폐된 것과 다름이 없었다. 궐내에서도 마음대로 출입하지 못하고 어느 한 전각에 머물라는 강제를 받아, 왕은 항상 사모하는 조부 세종대왕께서 즐겨 거처하던 자미당에 숨어 왕후와 마주 보고 눈물로 세월을 보내게 되었다.

금성대군은 순흥부에, 영양위는 순천부에…… 이처럼 왕의 편이 될 만한 이들은 모두 먼 곳으로 내쳐졌다. 왕의 곁에서 모시던 낯익은 내시와 궁녀들조차 다 비명에 죽어 버리니 궁중은 왕과 왕후에게는 지옥보다도 더욱 적막하였다.

"상감마마, 모두 소인이 경솔하와······" 하고 왕후 송씨는 당신이 이번 일을 저지른 것을 후회하고 운다.

"이만만 하고 말겠소? 이보다 더한 일이 올 터이지. 그렇게 눈물을 흘려서 되겠소. 마음을 철석같이 가지고도 견디어 내기가 어려울걸. 그렇지만 불서(佛書)에도 인생은 헛된 것이라 하였고, 또 속담에도 우리 인생이 한바탕 꿈이라 하였으니, 꿈이 오래면 얼마나 오래겠소. 그저 가위눌린 줄 알고 지냅시다그려."

왕은 마치 인생의 쓴맛 단맛을 다 본 노성한 사람 모양으로 이렇게 말했다. 그러나 언제나 이렇게 태연한 생각으로 지낼 수는 없었다. 원래 인자한 성품에 왕후가 슬퍼하는 것을 볼 때에는 웃는 얼굴을 짓고 불경 생각도 하여 태연한 태도로 위로하는 말도 하지만, 그것도 한때지, 혼자 촛불을 대할 때나 어원(御苑)의 새소리를 들을 때에는 흐르는 눈물을 금할 수 없었다. 조부님 생각, 아버님 생각, 용모도 기억하지 못하는 불쌍한 어머님 생각, 남편 따라 죄 없이 먼 시골에 귀양 간 누님 생각, 애매한 원혼이 된 가까이 모시던 내시와 궁녀들 생각, 믿던 숙부 수양대군 생각, 막막한 앞길, 가엾은 왕후의 신세······ 모두 불길한 생각, 피눈물을 자아내는 생각뿐이다. 밤에 자다가도 경회루에서 정인지를 꾸짖던 꿈을 꾸고는 "이놈! 늙은 놈이! 그것이 임금 섬기는 도리냐" 하고 소리를 지르며 목을 놓아 울었다.

"상감, 꿈이시오, 꿈이시오" 하고 왕의 옥체를 흔들어 깨우는 왕후도 울음을 참느라고 입술을 깨물었다.

"내가 칼을 빼어서 인지 놈을 치려는 서슬에 나를 깨우셨구

단종애사

려" 하고 왕은 아까운 듯이 입맛을 다셨다.

잠을 깨어서 가만히 눈을 감고 있노라면 죽어 버린 늙은 김충·김인평·이귀 같은 내시들이며, 수동·막산 같은 젊은 궁녀들의 모양이 방 안에 어른거리는 듯하여 몸에 소름이 끼쳤다. 그러다가는 수양대군과 정인지가 횃불을 들고 칼 빼어든 군사들을 데리고 침전으로 들어와 둘의 목에 칼을 겨누는 모양도 보였다.

왕은 이러한 불쾌한 환상을 떼어 버리려고 베개 위에서 머리를 흔들고 혹은 잠든 왕후를 흔들어 "마마, 마마, 자오?" 하고 깨우기도 한다.

그러한 때에는 둘 사이에 무서운 생각이 나지 아니할 만한 말들, 어린 시절 일, 혼인한 뒤에 생긴 일 중에도 유쾌했던 일을 골라서 대화를 나누지만, 어느덧 차고 무서운 현실 문제로 이야기 끝이 돌아와서는 눈물과 한숨으로, 그리고는 서로 위로하는 말로 끝을 맺는 피차에 저편이 먼저 잠들기를 기다렸다.

한번은 왕이 어떤 산 밑, 강가에 정결한 초당을 짓고 농가 생활을 하는 꿈을 꾸다가 깨어서 왕후를 깨워 그 꿈 얘기를 하고는 "그런데 꿈에 그 집에 마마는 아니 왔거든. 그, 어째 아니 왔을까? 내가 있는데 마마가 아니 올 리가 있소?" 하고 웃었다.

'새로 집을 짓는 꿈을 꾸면 흉하다는데' 하고 왕후는 민간에서 들은 이야기를 생각하였으나, 그런 말을 아뢰지 않고 "김씨는 꿈에도 상감 곁을 떠나지 아니하였어요?" 하고 잠깐 질투하는 생각을 내놓았다. 김씨라 함은 왕후와 동시에 권완의 딸과 함께 후궁으로 들어온 김사우의 딸을 말함이다. 왕이 김씨를 특히 사랑하는 까닭이다. 김씨는 가장 영리하고 아름다웠다.

"마마, 내가 왕위를 버리고 일개 농부가 된다면 마마는 어찌하려오?" 하고 왕은 더욱 잠이 달아난 모양으로 왕후에게 농담삼아 말했다.

"상감께서 농부가 되옵시면 소인은 지어미가 되지 아니하오리까…… 그런데 왜 그러한 흉한 말씀을 하옵시는지."

왕후는 심히 염려되는 모양이다.

"농부 된다는 것이 흉한 말일까? 나는 왕가에 태어나지 말고 농부의 집에 태어났으면 하오. 농부들 속에야 수양 숙부와 같이 무정하고 정인지 모양으로 고약한 사람이 있을라구. 산에고 들에고 마음대로 다니고 보리밥에 팥국이라도 마음 편히 끓여 먹고 앉았는 것이 도리어 살찔 것 같단 말이오."

왕이 말끝을 흐렸다.

"그야 상감께서는 인자하셔서 백성을 생각하시기에 그러하시겠지만…… 어찌하여 그런 슬픈 말씀만 하옵시는지" 하고 왕후는 지극히 슬퍼하는 모양으로 몸을 상감 무릎 위에 엎드렸다.

왕은 손을 들어 왕후의 등을 만지며 "농담이오. 부러 하는 말이오" 하고 위로하나 왕후의 등을 만지는 손은 떨린다.

왕은 지난 며칠 동안 심히 수척하였다. 밤에 잠을 잘 못 자고 수라도 원체 많이 먹는 편은 아니지만, 요 며칠 동안은 거의 먹는 듯 마는 듯하였다. 그래 봐야 왕후 외에 왕이 이런 지경임을 근심하는 이조차 없었다.

내시나 나인이나 모두 권람, 한명회가 고르고 골라서 들인 것

　　　　　　　　　　　　　　　단종애사

들이니 왕이나 왕후를 편안하게 모신다기보다는 두 분의 동정을 염탐하고 (설마 그렇기야 하랴마는) 도리어 일부러 두 분의 심사를 불편하게 하는 듯하였다. 그렇게까지는 아니한다 해도 가까이 있는 이로서 두 분을 정성껏 대하는 이는 극히 적었고, 설사 있다 하더라도 그런 빛을 드러내는 것은 생명이 위태한 일이었다.

이렇게 불쾌하고 답답하고 외롭고 괴로운 세월을 보내는 왕에게 날마다 정인지, 신숙주, 이계전, 권람, 이사철의 무리가 번갈아 들어와서 혹은 달래고, 혹은 타이르고, 혹은 가장 충신인 체하고 울며 간하고, 혹은 위협하여 수양대군에게 선위하시는 길밖에 없다고 귀찮게 아뢰었다.

"또 그 말이야?" 하고 왕은 마침내 화를 내기까지 하게 되었다. 그러나 저 무리는 예정한 계획이라 화를 내거나 말거나, 진노하거나 말거나 그것을 교계할 바가 아니다. 다만 왕을 귀찮게 하여 자리에서 물러나게만 하면 그만인 듯하였다.

왕으로 하여금 선위하게 한 공을 어떤 사람 하나에게만 돌리는 것이 못할 일이니 나도 나도 그 공에 한몫 끼자 하는 것이 이 충신들의 심리다. 이대로 오래가면 칼을 품고 달려들어 왕의 목을 베어 들고 수양대군 앞에 공 자랑을 할 사람이 나올는지도 모른다. 그러나 아직은 너무 남보다 뛰어난 공을 세우려다가 자칫 모가지를 잃어버릴지 모르니, 바로 전 사람이 왕께 여쭌 말씀 정도보다 한 걸음만큼 더 나가게 하는 것이 약은 짓이었다. 그래서 갑보다는 을이 더 듣기 어려운 말을 왕 앞에 아뢰고, 병은 을보다 한층 더 심하게 하고, 다시 갑은 병보다 더 심하게 하여 이렇게 끝없이 들락날락, 점점 더 무엄하게 되었다.

왕은 처음에는 괘씸한 생각도 들고 무서운 생각도 들었지만, 나중에는 그 무리가 모두 파리떼와 같고 모기떼와도 같아서 귀찮고 성가시기만 하였다.

저놈들도 사람인가. 인두겁은 썼지만 모두 개돼지만도 못한 놈들이다. 모두 더럽고 염치없고 음흉하고 간교하고 은혜 모르고 야멸차고…… 평소에 그렇게 번드르르하게 공자·맹자 다 된 듯이, 이윤(伊尹)*·주공 다 된 듯이 굴던 놈들이 한순간 똥 묻은 개가 다 된 것을 생각하면 도리어 우스꽝스럽고 통쾌하였다. 이렇게 생각하면 얼마큼 현실의 괴로움을 잊기도 하였다.

아무리 여러 신하들이 성가시게 선위하기를 아뢰어도 왕은 한결같이 물리쳤다.

그러나 하루는 정인지가 왕께 최후의 경고를 하였다. 그것은 왕께서 만일 자진하여 선위하지 않으면 '국가를 위하여' 강제로라도 선위토록 할 터이니 생각하라는 것이었다. 이때에 정인지는 몸소 들어오지 않고 신숙주를 시켜서 말하게 하였다. 정인지가 몸소 예궐하지 아니하고 사람을 시킨 것은 실로 무례하였으나, 그는 병을 핑계 삼았고 또 그렇지 않더라도 이제는 왕에게 그런 것을 책망할 힘이 없었다.

---

* 중국 은나라의 전설상의 인물. 이름난 재상으로 탕왕을 도와 하나라의 걸왕을 멸망시키고 선정을 베풀었다.

　　　　　　　　　　　　단종애사

신숙주는 정인지의 뜻을 아뢰고 나서는 자기 뜻으로 선위하심이 왕을 위하여, 국가를 위하여 가장 온편한 계책임을 아뢰었다. 다년간 외교관으로서 닦은 변설로 신숙주는 어린 왕의 뜻을 움직였다. 그의 말은 마치 충성된 신하로서 임금을 위하여 눈물을 흘리며 부득이한 처분을 청하는 은근한 태도를 가졌다. 은근한 태도만으로도 왕은 한없이 고마웠다. 그동안 왕께 진언한 대관들은 처음에만 군신의 분의를 지켰을 뿐, 자기네 말을 거절하면 가장 무엄한 태도와 말로 지존을 위협했다. 인정 반복이 어찌하면 이토록 심하랴, 하고 왕은 울었다. 그나마 신숙주는 눈에 거슬리는 모양, 귀에 거슬리는 말은 아니하였다.

'저놈인들 내게 무슨 충성이 있으랴' 하면서도 마치 목마른 사람이 물을 가리지 않는 것처럼 은근한 태도만이 고마웠다.

이때에는 왕은 신숙주의 아뢰는 말에 화도 안 내고 가만히 듣기만 하였다.

신숙주도 왕이 고개를 푹 수그리고 근심에 잠긴 것을 볼 때는 가슴에 측은한 생각이 들지 않을 수 없었다. 숙주의 청랑한 기억 속에는 왕께서 왕손으로 계실 때에 세종께서 품에 안으시고 집현전으로 와서 자기와 성삼문, 박팽년 등을 바라보며 "이 어린것을 부탁한다" 하던 것이며, 또 문종대왕께서(문종대왕은 신숙주의 무리와는 군신지의가 있을 뿐 아니라 죽마고우라 할 만한 친구였다. 문종이 동궁으로 계실 때에 얼마나 신숙주 무리를 애경하였나. 공부를 같이 하고 사업을 같이 하지 않았던가) 승하하기 얼마 전에 그때 동궁인 왕의 등을 만지며 눈물겹게 "부탁한다" 하던

충신들의 죽음

것이 역력히 생각난다. 그날 밤에 술이 대취하여 입직청에서 잘 때에 문종대왕은 손수 어의로 숙주의 무리를 덮어 주지 않았던 가. 이것이 얼마만한 은혜며 얼마만한 우정인가. 그때에 숙주는 잠이 깨어 눈물을 흘리며 "이 임금을 위하여 목숨을 안 버리고 어이하리" 하고 성삼문과 함께 맹세하지 않았던가. 그것이 겨우 3년 전 일이다. 그런데 신숙주는 수양대군의 수족이 되어 선왕에게 고명 받아 도와야 할 왕을 보좌에서 떼밀어 내는 것으로 갚으려 한다.

"나도 뜻을 정하였으니 다시는 성가시게 굴지 말라고 수상과 좌상에게 말하오" 하고 신숙주를 내보냈다.

신숙주가 나간 뒤에 왕은 목을 놓아 통곡했다. 자미당 협문을 나서다가 신숙주는 왕의 곡성을 듣고 추연히 배회하였다. 그러나 그는 대세가 이미 이리 된 바에 부질없이 왕께 동정하는 뜻을 보이다가 장래에 화를 사는 것이 극히 어리석은 일인 것을 깨닫고 빨리빨리 걸음을 옮겼는데, 마치 무서운 데서 달아나는 사람과 같았다. 이날 이때의 말할 수 없이 슬픈 인상은 일생 신숙주의 가슴을 떠나지 아니하고 그를 괴롭게 하였다. 그가 임종 (그는 오래 살지도 못하였다)에 가장 괴로움을 받은 것이 이때 생각이었다.

왕후는 불시의 곡성에 놀라지 않을 수 없었다. 이날 두 분은 마주 보고 마음 놓고 울었다. 자미당에서는 흐느껴 우는 소리가 온종일 때때로 울려 나왔다. 비록 무심한 내시들과 궁녀들도 비감하지 아니할 수가 없었다.

단종애사

그러나 이날 왕은 마침내 큰 결심을 하였다.

하룻밤을 울음으로 지낸 왕이 잠을 이룬 것은 짧은 여름밤이 다 지나고 훤하게 먼동이 틀 때였다. 왕은 옷도 끄르지 않고 안 석에 비스듬히 기댄 채 그만 잠이 들어 버린 것이다. 왕이 잠든 것을 보고야 왕후도 눈을 붙이려 하였다.

그러나 왕후는 결국 잠에 들지 못했다. 그것은 왕의 심한 슬 픔이 염려될뿐더러 또 왕께서 어떠한 결심을 하였는지 조금도 발설치 않는 것이 근심되어서였다. 무슨 생각을 하느냐고 묻기 도 어려워서 다만 한마디 눈치만 떠보려 하나 왕은 털끝만큼도, 왕후에게까지 뜻을 보이지 않았다. 그것이 왕후의 가슴을 아프 게 하였다.

다만 한 가지 대견한 것은, 이러한 큰 슬픔이 생긴 뒤부터 왕 후에 대한 왕의 애정이 눈에 띄게 깊어졌다는 것이다. 어려서 혼 인한 까닭도 있지만 왕과 왕후는 그리 정다운 내외는 아니었다. 왕후가 다소 시샘한 바와 같이, 왕은 후궁 김씨에 대한 애정이 더 많았다. 그러던 것이 최근에 와서는 눈물겹도록 왕후를 측은 히 여기는 것이다.

실상 왕에게 이때에 애정이니 뭐니 할 여유가 없었지만 이러 한 인생의 어려운 일, 아픈 일을 당하자 본래 인정을 통찰하는 밝은 마음을 가진 왕은 임금이라는, 사람이 만들어 놓은 지위 를 넘어서 벌거벗은 사람으로서 사람을 대하는 경계를 터득한 것이다. 이 때문에, 정인지 같은 사람까지도 측은히 여기는 마 음을 갖는 이기에, 왕은 남보다 갑절 인생의 슬픔을 맛보는 것일

터이다.

왕은 인정적으로나 인생에 대한 속 깊은 통찰로나 시인(詩人)이었다. 그러나 시인만 되었던들 다행일 것을, 시인의 상상력으로 지어내기 어려운 큰 비극의 가장 비참한 주인공이 되었다. 그래서 왕은 시인의 예민한 감수성으로 인생의 슬픔을 감수할 여가 없이 그 스스로의 아픔과 쓰림을 감수하게 되었다. 그 어리고 연연하고 인자하고 깨끗하고 죄 없는 몸이, 마음이 이렇게 견디기 어려운 수난을 겪으면 너무 애연한 일이다.

윤6월 초열흘. 가뭄은 아직도 끝날 바를 몰라서 대궐 마당의 풀잎사귀도 노릇노릇 시들 지경이다. 대궐 추녀 끝에 지저귀는 참새들도 더위를 못 이겨 입을 벌려 할딱거리고, 먹을 것을 찾으러 나갔던 왜가리, 따오기도 헛걸음을 하고 어원 수풀로 돌아갔다. 더구나 날개도 흔들지 아니하고 마치 날기를 잊어버린 듯이 휘 공중에 떠도는 솔개의 백년 풍상에 다 떨어진 거무튀튀한 날갯죽지가 숨이 막히는 더위를 내뿜는 듯하다. 경회루 연당에 비치는 흰 구름 조각, 그 그림자에 흔들리는 가는 물결 그것조차 부글부글 끓어오르는 듯한데, 몇천 년에 두 번도 있기 어려운 큰 슬픔을 품은 왕의 가슴이야 오죽이나 답답하였을까. 돌아보는 이 하나도 없는, 참으로 단 한 명도 없는 외로운 처지, 잡아먹으려는 흉물에게 에워싸인 처지, 그것은 백날 가문 여름날보다도 더욱 숨 막히는 일이다.

그러한 윤6월 초열흘 정오가 지나서 우의정 한확이 왕을 알

단종애사

현하였다. 사흘 만에 보게 되는 왕은 몰라보게 수척하여 진실로 차마 보기 어려웠다. 왕과 연배가 같은 자녀들을 둔 한확은 왕의 이렇게 초췌한 양을 보고 측은한 정이 일지 않을 수 없었다.

"용안이 초췌하옵니다. 옥체 미령하옵십니까?" 하고 한확은 진정으로 왕을 동정하였다. 실상 이번 선위 문제에 대하여 공이 정인지에게 돌아가 장차 세도가 그에게로 돌아갈 것을 생각하여 한확은 그윽이 불쾌하게 여겼다. 될 수만 있으면 이번 정인지가 머리가 되어서 하는 선위 문제를 방해하여 정의 세력을 때려 누인 뒤에 서서히 자기가 중심이 되어 문제를 해결하고 싶었다. 왜 그런고 하면 한확은 성격으로 보든지, 수양대군과 인척 관계로 보든지, 그보다도 그 딸을 명나라 황제의 후궁에 넣어 광록시 소경(光祿寺小卿)이라는 명나라 벼슬을 가진 것(이것은 당시에 큰 자랑이 아닐 수 없었다)으로 보든지, 자기가 정인지의 아래로 취급당하는 게 달갑지 않은 것이다.

"몸보다 마음이 아프오만, 나 같은 사람이 아프거나 쓰리거나 경 같은 사람에게 무슨 상관 있소?" 하고 왕은 전에 없이 한확의 말을 빈정거렸다.

"황송하오" 하고 한확은 허리를 굽힌다.

"우상은 명나라에도 다녔고 명나라 벼슬도 하였으니 알 만하겠지만, 그 나라에서는 대신들이 무슨 일을 하고 있소?" 하고 왕은 이상한 말을 물었다.

"하문합시는 뜻을 소신이 알지 못하오나, 황조이기로 신하의 도리에야 국조(國朝)나 다름이 있사오리까."

"같단 말요?"

"예, 같은가 하옵니다" 하는 한확은 이렇게 아뢰고 보니, 임금의 뜻이 무엇인지를 몰라 당황하였다.

"그러면 명나라에서도 대신들이 하는 일이라고는, 번갈아 들며 나며 임금더러 자리에서 물러나라고 하기로 일을 삼소?" 하고 낭랑하게 웃는다.

"소신이 지존 앞에 무슨 죄를 범하였사온지?" 하고 한확은 울고 싶도록 어찌할 바를 몰랐다. 그에게는 그만큼 내약한 구석도 있었거니와 또 왕이 이상하게 태연한 태도로, 마치 노성한 사람 모양으로 풍자를 하는 것이 모두 심상치 아니하여 그 태연한 위엄과 열다섯 살답지 않은 지혜에 눌린 것이다.

"우상이 무슨 죄가 있겠소? 세울 공을 못 세웠으니까 오늘 그 공을 세우러 왔나 보오."

"소신이 세울 공이 무엇이온지, 만일 소신더러 하라시는 일이 있다 하면 소신이 분골쇄신을 하옵기로 견마지역을 다하려 하옵거니와, 어리석은 소신이 무슨 일을 하올 바를 알지 못하옵니다."

왕은 한확의 말을 대수롭게 여기지 않는 듯이 눈을 들어 이글이글 불길이 일어날 듯한 뜰에 까치와 참새가 뛰어다니는 것을 바라보다가 한확에게로 얼굴도 돌리지 않고 "흥, 내게 견마지역을 하여서 공 될 것이 있소? 좌의정 본을 받아서 새 임금 밑으로 돌아가야지……."

이때에 마당에 앉아서 무엇을 주워 먹던 참새 두 마리가 물

단종애사

고 차고 오르락 내리락 서로 싸우는 것을 보고 "어, 조놈들이 왜 싸울까. 넓은 천지에 조그만 몸뚱이가 무엇이 부족해서 서로 싸울까. 요놈, 고얀 놈들이로고" 하고, 궁녀를 시켜 싸우는 참새를 날려 버리라고 시켰다.

한확도 고개를 들어 뜰을 바라보았다. 궁녀의 '후어! 후어!' 하는 소리에, 싸우던 참새들은 싸움도 원수도 다 잊어버리고 날아서 지붕을 넘어 버린다.

"새 임금이라 하옵시니 어쩐 말씀이시온지?" 하고 한확이 왕께 여쭙는다.

왕은 참새들이 날아가는 양, 붉은 잠자리가 오고 가는 양, 하늘의 구름…… 모두 무상을 아뢰는 듯한 자연을 바라보다 인생만사가 다 귀찮은 것만 같이 생각되어 아까보다 더욱 냉정한 어조로 "우상, 내가 만기(萬機, 임금이 보는 여러 가지 정무)를 수양 숙부에게 맡기려오. 좋은 일이 있소. 정인지가 나를 내쫓은 공을 혼자 차지할 터이니 경이 가서 내 다짐을 받고 왔노라고 하오. 그것이 좋은 일이 아니오?" 하고 또 하하 웃는다.

한확은 엄연히 위엄을 갖추어 "상감께 아뢰오. 아까 정인지가 새 임금 밑으로 돌아갔다 하옵시고 이제 또 만기를 수양대군에게 맡기신다 하옵시니, 그것이 어찌한 말씀이옵신지? 수양대군은 이미 군국대사를 다 맡았사온즉, 다시 더 맡기옵실 것은 무엇이오리까. 수양대군이 매양 주공 되기로 자처하오니 다른 뜻을 품을 리 없사온즉, 모르옵거니와 좌의정 정인지가 무슨 무엄한 말씀을 아뢴 것이나 아니온지, 도무지 소신은 어찌 아뢸 바를 알지 못하옵니다. 설사 조정에 딴 뜻을 품은 자가 있다 하오면 목을 베어 천하에 보이심이 지당하옵거늘 만기를 맡기신다 하옵심은 어찌한 성의(聖意)이온지?" 하고 한확의 음성에는 충분(忠憤)이 떨리는 듯하다.

이튿날 왕은 정식으로 내시 전균을 우의정 한확에게 보내,

내가 나이가 어리고 안팎(中外)의 일을 알지 못하는 탓으로 간사한 무리들이 은밀히 발동하고 난(亂)을 도모하는 싹이 종식하지 않으니, 이제 대임(大任)을 영의정에게 넘겨주려고 한다.

이라는 뜻을 전하였다.

한확은 어제 아뢴 대로 그러지 말기를 전균을 통하여 청하였다. 그러나 왕의 뜻은 굳었다.

내 전일부터 이 뜻을 가졌노라. 계교 이미 정하였으니 가히 고치지 못할지라. 속히 모든 절차를 차비할지어다.

하는 교지를 다시 내렸다.

이날은 단종대왕 3년 을해 윤6월 11일이다.

이왕 선위를 하지 않으면 안 될 상황이라면 정인지의 무리에게 위협을 당하여 창피한 꼴을 당하느니 차라리 정정당당하게 내 편에서 내던지겠다는 것이 왕의 생각이었다. 이 생각을 내느라고 왕은 지난밤에도 잠을 이루지 못하고 몇 번을 눈물을 흘렸

다. 우의정 한확에게 선위하겠다는 전교를 내린 뒤에는 부랴사
랴 간략한 노부(鹵簿)로 종묘에 하직까지 하였다.

신시(申時)!

정원, 정부, 육조 할 것 없이 대신으로부터 아래 서리에 이르
기까지 난리를 당한 모양으로 끓었다.

신시!

백관은 경회루 아래로 모였다. 아무도 가슴만 두근거릴 뿐이
요 입도 벙긋하지 못하였다. 하늘이 무너지는 큰일이 생기지 아
니하느냐. 발가락만 달싹하여도 무슨 큰 변이 날 것만 같았다.

부슬부슬 안개비가 온다. 음산한 바람이 이따금, 연당의 마르
다 남은 물에 가는 물결을 일으킨다.

승지 성삼문은 명을 받아 내시 전균을 데리고 대보(大寶, 옥
새)를 가지러 상서원(尙瑞院)으로 달려간다.

삼문이 대보를 내시 전균에게 들리고 경회루로 돌아올 때에
사정전 뒷문 밖에서 도총부 관노를 만났다. 관노는 삼문에게 절
하고 종잇조각 하나를 전한다. 도총부 도총관으로 입직한 삼
문의 부친 성승의 필적이다. 다른 말 아무것도 없고 '眞耶(참인
가)?' 두 자뿐이었다. 물론 오늘 왕께서 선위하신다니 정말이냐
하는 뜻이다.

경회루 밑 박석 위에 아무것도 깔지 않고 남향으로 옥좌를
설치하고 앞에는 정원, 정부, 육조, 집현전, 사헌부, 사간원의 중
요한 대관들이 모였다. 그들 중에도 오늘 무슨 일이 있는지 분명
히 아는 이는 몇 사람 되지 않았다. 다만 왕께서 급히 부르신다

고만 들었을 뿐이다. 물론 무슨 일인지 속으로는 다 알았다. 그처럼 창졸간에 이 일이 생겼다.

나중에 수양대군이 좌의정 정인지를 데리고 위풍당당하게 뚜벅뚜벅 걸어 들어왔다. 수양대군이 들어오는 것을 보고 대관들은 모두 약간 허리를 굽혀 경의를 표하였다. 모두의 마음에 그를 무서워하는 생각이 났다. 수양대군은 일동을 휘둘러보고 옥좌에서 댓 걸음 앞에 읍하고 섰다.

그러기를 한참, 음산한 바람만 이슬비를 몰아 연당 위로 오락가락한다.

이윽고 왕이 사정전 뒷문을 나와 초췌한 얼굴을 경회루로 향하며 걸음을 옮겼다. 상감으로는 마지막 걸음인 것이다.

왕은 익선관, 곤룡포를 갖추었다. 감개무량한 모양으로 경회루와 연당과 인왕산을 한번 돌아본 뒤에 약간 걸음을 빠르게 하여 마련된 옥좌에 좌정하였다. 수양대군, 정인지, 한확을 비롯하여 대소 관리가 다 이마가 땅에 닿을 만큼 허리를 굽힌다.

승지 성삼문은 대보를 안고 옥좌에서 두어 걸음 오른편에 시립하였다.

이날에 문관만을 부르고 무관을 부르지 않은 것은 수양대군의 뜻이다. 무신의 곧고 굳센 성정이 이 광경을 보면 어떤 변을 일으킬는지 모르는 까닭이다. 도총관 성승이나, 훈련도감 유응부나, 용양위 대호군 송석동 같은 이는 수양대군이 이날에 꺼리는 사람 중 가장 중요한 사람이요, 금영대장 봉석주도 반드시 수양대군의 심복이라고 할 수 없었다.

권람은 이조판서로, 한명회는 어느덧 병조판서로 모두 차례를 무시한 특례로 엽등하여 의기양양하게 수양대군 뒤에 서 있다.

우찬성 강맹경은 계유사변에 도승지로서 수양대군에게 황보 인·김종서의 계획을 일러바친 사람이요, 그 밖에 옥좌 앞에 늘 어선 대소 관인들은 다 수양대군이나 정인지와 무슨 인연이 있 는 사람들이다.

신숙주가 온 것은 물론이요, 승지와 사관이 시립하고 박팽년 도 집현전에 입직하였다가 불려 왔다.

박팽년은 성삼문, 하위지 등과 아울러 수양대군이 자기 사람 을 만들려고 애쓰는 사람들 중 하나다.

왕은 태연하려 하였으나 그래도 흥분한 빛을 감추지 못하여 손을 가만두지 못하였다. 사람들은 무슨 처분이 내리는가 하고 숨도 크게 쉬지 못하였다.

왕이 일어났다. 아름다운 얼굴과 빛나는 눈!

"영의정!" 하고 낭랑한 음성으로 부르니 수양대군은 서너 걸 음을 추보로 옥좌 앞으로 나와 부복한다.

"오늘 대임을 숙부께 맡기오" 하고 예방승지 성삼문을 향하여 국새(國璽)를 올리라는 뜻을 보인다.

성삼문은 두 팔로 받들었던 옥새를 힘껏 부둥켜안고 그만 실 성통곡한다.

수양대군은 부복하여 있다가 머리를 들어 성삼문을 흘겨본다.

삼문은 두 눈의 눈물을 거둘 수도 없이 왕명을 거스르지 못 하여 국새를 받들어 왕께 드린다.

왕은 삼문에게서 국새를 받아 수양대군에게 전한다.

시립한 사람들 중에 느껴 우는 소리가 들린다. 한확의 눈에서도 눈물이 흘렀다. 비록 밖에서는 왕의 선위를 주장하던 무리라도 손에 옥새를 들고 서 있는 왕을 보며 그 심사를 생각할 때에 눈물이 흐르지 않을 수 없었다.

수양대군은 이마를 조아려 세 번 사양하였다. 그러나 마침내 일어나 옥좌 앞에 꿇어앉아 왕의 손에서 국새를 받아 들고 어찌할 바를 모르고 다시 부복하였다. 수양대군도 마음이 설레고 눈물이라도 흘리고 싶었으나 조금도 슬프지 아니하였다. 손에는 오랫동안 바라고 바라던 옥새가 있지 아니하냐. 이것은 꿈이 아니라야 한다.

왕은 명하여 수양대군을 부축하여 나가게 하라 하고 당신도 모든 시름, 모든 무거운 짐을 벗어 놓은 듯이, 그러나 얼빠진 사람 모양으로 옥좌에서 일어나 왕의 위의도 다 끝났다는 듯이 걸어 나간다.

박팽년은 억색하여(억울하거나 원통하여 가슴이 답답하여) 안색이 죽은 사람 같더니, 왕이(이제는 왕이 아니다) 들어간 후 경회루 연못에 빠져 죽으려 하였다. 그러다가 성삼문에게 붙들렸다.

"이 사람, 참으소. 비록 선위하였다 하더라도 상감께서는 아직 상왕(上王)으로 계시니 우리네는 아직 죽지 말고 할 일이 있지 아니한가. 그러다가 성사가 아니 되면 그때에 죽더라도 늦지 아니할 것이 아닌가 말일세. 이 사람아, 참으소" 하고 손을 마주 잡고 통곡하였다.

단종애사

남산과 낙산에 무지개가 서고 인왕산 머리에 걸린 햇빛이 구름 틈으로 흘러 경회루와 울고 서 있는 두 사람을 비춘다.

수양대군은 곧 근정전으로 올라가려 하였으나 다시 생각하고 대군청(大君廳)으로 나왔다. 이때에는 벌써 수양대군이 아니요 상감마마여서 백관이 좌우에 시립하고 군사가 겹겹이 시위하였다.

일각이라도 지체할 수 없다. 일변 집현전 부제학 김예몽을 시켜 선위, 즉위의 교서를 봉하게 하고 한편으로 유사(有司)를 시켜 근정전에 헌가(軒架)를 베풀어 즉위식 차비를 시켰다. 그 과정이 실로 순식간이었다.

수양대군은 미리 준비하였던 익선관, 곤룡포를 갖추고 위의 엄숙하게 백관의 옹위를 받아 근정전 뜰로 들어가 수선(受禪, 임금의 자리를 물려받음)하는 의식을 마치고는 정전에 올라가 옥좌에 앉아 백관의 하례를 받고 이내 사정전에 들어가 상왕을 뵈려 하였으나 상왕은 거절했다.

그날 밤 왕(수양대군)은 근정전에 큰 연회를 베풀어 백관을 불러 질탕하게 놀았다.

오늘 밤에는 군신지분을 파탈하고 놀자, 누구든지 마음대로 마시고 마음대로 노래하고 마음대로 춤추라. 무슨 일이나 허물치 아니하리라 하였다.

그리고 왕이 친히 잔을 들어 정인지, 신숙주, 강맹경, 한확 같은 공신들에게 술을 권하고, 좀 더 취하게 되매 몸소 무릎을 치고 노래를 불렀다.

신하들도 한없이 기쁜 듯하였다. 아까까지는 영의정이요 같은 신하였지만 지금은 상감이 되신 수양대군이 손수 권하는 술잔을 받을 때에 황송하고도 감격하여 눈물을 흘리는 자까지 있고, 우리 성주(聖主)께 충성을 다하리라고 술 취하여 어눌한 음조로 맹세하는 것은 저마다였다.

질탕한 풍악이 울려올 때에 사정전에 있던 상왕은 왕대비를 돌아보고 말없이 낙루하였다. 새 임금을 모시고 질탕하게 노는 옛 신하들은 흥에 겨워 옛 주인을 생각할 여유가 없었다. 어떻게 해서든 새 임금의 마음에 들자, 어떻게 해서라도 옛 임금을 사모하는 표를 보이지 말자고 그들은 없는 취흥도 돋우었다. 더구나 정인지, 강맹경 같은 사람들은 희색이 만면하여 새 임금의 성덕을 칭양하였다.

권람과 한확 같은 무리는 여러 사람들 새에 끼여 앉아서 술을 마시고 즐기는 체하면서도 누가 불편한 기색을 가지는가 하고 속에 치부하여 두었다. 그중에 성삼문, 박팽년의 무리 같은 것은 말할 것도 없다. 만일 이 자리에 허후라도 살아 있었던들 한바탕 풍파를 일으켰을 것이나, 그러한 노인은 이미 씨를 끊었다. 오직 청년 학사들 중에 비분강개한 눈물을 머금고 끓어오르는 창자 둘 곳을 몰라 할 뿐이다.

잔치가 더욱 질탕하고 군신 간에 취흥이 더욱 무르녹았을 때에 성삼문은 참다못하여 뒷간에 간다 핑계하고 자리에서 물러나와 하늘을 우러러 통곡하였다. 이개도 나오고 유성원도 나왔다. 나중에 박팽년도 나와서 뜰에 서서 서로 손을 잡고 울었다.

　　　　　　　　　　　　　　　단종애사

그러나 말은 없었다.

오직 김예몽이 이번 선위, 즉위의 교서를 짓는 사람으로 뽑힌 것을 자랑삼아 의기양양하고 홍윤성, 양정 같은 무리가 호기 당당하여 공신의 머리인 것을 자랑하였다.

"숙부!"

이윽고 왕이 자리에 들어 있던 양녕대군을 돌아보았다. 마치 그의 승인을 얻으려는 듯이 환심을 사려 하는 것이다. 양녕대군은 오래 산 것과 공연히 서울에 돌아온 것을 후회하고 내일로 금강산을 향해 떠나기로 결심하였다.

이렇게 태평한 잔치가 벌어지고 있는 사이, 한편 구석에서 상왕은 왕대비와 함께 대궐을 빠져나가 수강궁(壽康宮)으로 몸을 피하였다.

왕은 이날 밤을 대궐 안에서 지내기를 원치 않은 것이다. 조부님, 아버님이 계시던 곳이라 떠나기도 쉽지 않았지만 지난 3년 일을 생각하면 지긋지긋하기 그지없는 곳이다. 한 시각인들 이곳에 더 있을 이유가 무엇이랴. 더구나 이제는 남의 집이 아닌가.

"마마, 우리는 나갑시다" 하고 상왕은 왕대비를 향하여 마치 이사나 가자는 보통 사람 모양으로 예사롭게 말했다.

"나가다니, 어디를 나가시오?" 하고 대비는 놀라 묻는다.

"기왕 쫓겨나는 몸이 내쫓기를 기다리고 있을 것이 있소? 나가라기 전에 먼저 나갑시다. 수강궁은 선조께서 동궁으로 계실 때에 오래 계시었으니 그리로 갑시다. 또 혜빈이 바로 얼마 전까지 거기 계시었으니 아직 퇴락하지는 아니하였을 것이오."

이 말에 대비는 새로운 슬픔이 또 솟구쳐 그만 방성통곡하였다.

상왕은 내시 전균을 불러 "내가 지금 수강궁으로 갈 터이니 차비하라"는 명을 내린다. 전균은 황공하여 "황송하오나 지금 상감께서 잔치를 베푸시와 백관이 다 근정전에 입시하오니 차비를 하라 하옵신들 누구를 불러 하오리까. 밤도 깊었사온즉 내일 하심이 어떠하올지."

"그럴 수 없다. 오늘 밤을 여기서 지낼 수가 있느냐. 어서 수강궁으로 갈 차비를 하여라. 차비라야 별것 있느냐. 네 사람이 타고 갈 것이나 장만하려무나. 아무리 쫓겨 나가는 임금이기로 이 밤에 장안 대도상으로 걸어갈 수야 있느냐. 또 탈것이라 하여도 나는 이미 서인(庶人)이니 무엇인들 꺼리랴. 너희들 타고 다니던 것이라도 넷만 내려무나."

"그러하와도……" 하고 전균은 차마 못할 듯이 주저한다. 전균은 실상 어찌할 바를 모르는 것이다. 아까까지 왕으로 계시던 양반이 이 밤중에 초초하게 대궐에서 나간다는 것도 말이 아니요. 또 그냥 나가게 하였다가는 새 왕에게 어떠한 변을 당할는지도 알 수 없는 일이다. 그러나 상왕의 재촉이 심하므로 부득이 궁녀들 타고 다니는 보교 몇을 준비하여 사정전 앞뜰에 들여 대었다.

상왕은 무엇을 아까워하는 빛도 없이 대비와 후궁 권씨, 후궁 김씨 두 분을 데리고 초초히 보교에 오른다.

전균 이하로 내시 몇 사람과 저번 통에 갈아들여 지척에 모시

단종애사

던 궁녀 일고여덟 명이 울며 네 가마 뒤를 따르고, 뒤에 떨어지는 내시와 궁녀들은 울고 땅에 엎드려 배송한다.

"광화문으로 가오리까?" 하고 묻자 상왕은 침음양구(沈吟良久)하다가 "건춘문으로 나가자" 한다. 이 말이 뒤따르는 사람들에게는 더욱 슬펐다.

윤6월 열하루. 송편보다 배가 불룩한 달이 비 오다가 갠 하늘에 떠 있다. 근정전 앞뜰에 불빛 조요한 것이 뒤를 돌아보는 사람들의 눈에 비친다.

네 사람이 탄 가마는 동관과 통안으로, 마치 반우 들어오는 행렬같이 소리도 없이 수강궁 대문에 다다랐다.

텅텅 빈 수강궁은 대문이 열렸을 리가 없다. 본래 수강궁은 창덕궁 가까이 있어서 별궁 모양으로 쓰던 조그마한 대궐이다. 궁을 지키는 군사들도 다 잠이 들어서 한참 동안 대문을 두드리기 전에는 일어나지도 아니하였다.

"누구야!" 하는 졸린 소리는 마치 사삿집 행랑아범 소리나 다름이 없었다.

"쉬! 상감마마 거동이시다" 하고 문 두드리던 관노가 열리는 대문을 좌우로 활짝 열어젖힌다.

쓸쓸한 수강궁에는 번 드는 군사의 방밖에는 불 켜놓은 방도 없다. 우거질 대로 우거진 뜰, 풀에서 제 세상으로 알고 우짖던 늦은 여름벌레 소리가 난데없는 사람의 발자취와 등불 빛에 놀라 끊어졌다 이어졌다 한다. 달빛이 휑뎅그렁하게 빈 대청들과 방들을 더욱 캄캄하게 만든다.

대비와 두 분 후궁은 두 걸음도 서로 떨어지지 아니하고 상왕의 뒤를 따라서 곰팡냄새 나는 장마 지낸 방으로 들어선다. 몇 번을 거미줄이 얼굴에 걸렸고 날아가는 박쥐에 놀랐다. 방에는 먼지가 켜켜이 앉았다. 이런 황량한 곳에 길 잃은 사람들 모양으로 한 줄로 늘어선 사람들의 그림자가 초롱불 빛에 어른어른 춤을 추는 것은 이 세상 사람들 같지도 아니하다.

　"이거 어디 사람이 앉겠느냐. 방을 좀 훔쳐라!"

　대비는 이러한 말까지 하게 되었다. 남치마 입은 궁녀들이 이리저리 오락가락하며 방을 치운다.

　초를 사오려 하나 돈이 없다. 한 나라의 왕으로 주머니에 돈을 지니랴. 내시들이나 궁녀들도 궁중에서 돈 쓸 일이 없었다. 관노의 돈을 꾸어서 초를 사왔다. 대관절 이것이 웬일인고, 이런 법도 있나, 하고 군사들과 관노들도 어찌 된 영문을 몰랐다.

　새 왕이 상왕께서 수강궁으로 옮겨 간 줄을 안 것은 상왕과 대비가 수강궁에 마주 앉아 새로운 눈물을 흘리실 때였다. 왕은 상왕이 이렇게 한 것을 불쾌히 여겼으나 더 어찌할 수 없어서 급히 명하여 상왕이 쓸 것을 넉넉하게 수강궁으로 보내라 하였다.

　이튿날 윤6월 12일은 수양대군이 왕으로서 첫 번째 조회를 받고 정사를 시작하는 날이다. 차마 그날로 집을 옮겨 대궐로 들어올 수는 없어서, 아직 며칠 동안은 수양대군 궁에 머물기로 하고 아침마다 위의를 갖추어 경복궁으로 오되 기치와 창검이 황토마루에서 광화문까지 닿았다.

　　　　　　　　　　　　　단종애사

이날 상왕의 이름으로 교서가 발표되었다. 그것은 집현전 부제학 김예몽이 지은 것이다. 이번에도 유성원더러 지으라 하였으나 그는 굳이 사양하였다. 손을 끊기로 맹세한 것이다.

나 소자(小子)가 방가(邦家)의 부조(不造, 성취)하지 못할 때를 당하여 어린 나이에 선왕의 대업을 이어받고 궁중 안에 깊이 거처하고 있으므로 내외의 모든 사무를 알 도리가 없으니, 흉한 무리들이 소란을 일으켜 국가의 많은 사고를 유발하였다. 숙부 수양대군이 충의를 분발하여 나의 몸을 도우시면서 수많은 흉도(兇徒)를 능히 숙청하고 어려움을 크게 건지시었다. 그러나 아직도 흉한 무리들이 다 진멸(殄滅)되지 않아서 변고가 이내 계속되고 있으니, 이 큰 어려움을 당하여 내 과덕한 몸으로는 이를 능히 진정할 바가 아닌지라, 종묘(宗廟)와 사직(社稷)을 수호할 책임이 실상 우리 숙부에게 있는 것이다. 숙부는 선왕의 아우님으로서 일찍부터 덕망이 높았으며 국가에 큰 훈로(勳勞)가 있어 천명(天命)과 인심의 귀의(歸依)하는 바가 되었다. 이에 이 무거운 짐(負荷)을 풀어 우리 숙부에게 부탁하여 넘기는 바이다. 아! 종친과 문무 백관, 그리고 대소 신료들은 우리 숙부를 도와 조종(祖宗)의 아름다운 유명(遺命)에 보답하여 뭇사람에게 이를 선양할지어다.

이 교서로 보건대, 상왕은 나이 어리고 일을 모르므로 덕망이 많고 국가에 공로가 큰 숙부 수양대군에게 무거운 짐을 옮긴다는 뜻이다. 어린 왕이 그대로 가면 흉악한 무리들 때문에 장차 종묘와 사직이 위태할 것이니, 이때를 당하여 종묘와 사직을 안보할 사람은 수양대군밖에 없다 하여 스스로 선위한 것 같다. 그렇지만 실상 이렇게 하고 싶어 하는 선위가 있을 리가 없다. 또 이 교서라는 것은 정인지가 앉아서 시키고 수양대군이 한번 읽어 본 것이요, 왕(상왕)은 한 번 본 일도 없는 것이다. 만일 상왕이 보았던들 반드시 '이런 거짓말이 어디 있으랴' 하고 찢어 버렸을 것이다.

후에 왕(수양대군)은 상왕을 창덕궁으로 옮기고 공의온문태상왕(恭懿溫文太上王)이라고 존호를 받들고 대비 송씨는 의덕왕대비(懿德王大妃)라고 하였다. 그리고 매달 세 차례 1일, 12일, 22일에 왕이 친히 창덕궁에 나아가 상왕과 대비께 문안을 드리기로 하고 7월에 처음으로 면복(冕服)을 갖추고 왕후 윤씨(본래 수양대군 부대부인)와 함께 백관을 거느리고 크게 위의를 갖추어 창덕궁에 뵈러 갔으나 상왕과 대비는 받지 않았다.

왕이 백관을 거느리고 창덕궁에 진알할 때에 상왕이 "마땅치 아니하오" 하고 거절한 것은 매우 중대한 사건이었다. 첫째로 창덕궁 돈화문 밖에서 왕후와 왕자들과 백관을 거느리고 들어가기를 거절당한 것이 더할 수 없이 창피한 일일뿐더러, 둘째로 이번에 상왕이 왕의 진알을 거절함으로써 민간에서 상왕을 동정하는 마음이 더욱 간절하게 되었다. 아무리 상왕이 자진하여 금상에게 선위를 하였다고 선전하더라도, 이 사실이 있은 뒤에 그 선전은 아무 효과도 얻을 수가 없었다. 그러면 누가 상왕에게 이

　　　　　　　　　　　　　단종애사

런 꾀를 아뢰었는가. 이것이 반드시 어린 상왕의 생각만은 아닐 것이니 응당 책략을 아뢴 자가 있으리라는 것이 왕과 한명회의 추측이었다. 그렇지만 이 말은 상왕께 물어볼 수도 없는 일인즉, 다만 많은 사람을 놓아 염탐할 뿐이었다.

상왕이 왕의 알현을 물리친 뒤로 뜻있는 사람들의 불평이 더욱 높아진다. 성승, 성삼문, 박팽년, 유응부, 박쟁, 이개, 하위지, 유성원, 윤영손, 김질, 권자신, 송석동, 이휘, 성희 등이 금상을 폐하고 상왕을 복위하도록 맹약한 것도 이때 일이다.

위에 적힌 사람들 중 성승은 도총관으로 성삼문의 아버지요, 성희는 당숙이요, 박쟁·유응부·송석동은 다 장신(將臣)으로 병권을 가졌고, 권자신은 상왕의 외숙으로, 윤영손은 상왕의 이모부로 창덕궁에 출입할 수가 있고, 나중에 동지를 팔아서 공명을 산 김질과 이휘는 다 성삼문·박팽년 등과 막역한 친구일뿐더러 그중에도 김질은 그 장인 되는 정창손과 함께 상왕 복위에 대하여 가장 열렬한 패다.

앞서 윤6월 열하루, 상왕께서 선위하시던 날에 성승이 몇십 차례나 정원에 사람을 보내 아들 삼문에게 선위 여부를 묻다가 마침내 삼문이 하늘을 바라보고 울더라는 말을 듣고는 곧 병을 일컫고 집에 돌아와 사랑문을 굳이 닫고 집안사람도 들이지 아니하였다. 밤에 삼문이 돌아온 뒤에야 삼문을 불러 보고 "네 어찌 살아 있느냐?" 하고 꾸짖었다.

"후설지관(喉舌之官)이 되어 상감 지척에 모셨을뿐더러 네가 선조의 고명을 받았거든, 이제 네 손으로 수양에게 국보를 전하고 또 그 잔치에 참예하였다가 살아서 집으로 돌아온단 말이냐.
내 평소에 너를 절의 있는 사람으로 여겼더니, 내 집에 불행이로
구나" 하고 피눈물로써 엄히 꾸짖었다.

삼문은 그 아버지가 죽기를 결심한 줄을 알아차리고 머리맡
에 놓인 칼을 보았다. 이 칼은 일찍이 세종대왕께서 하사하신
것이요, 성승이 평소에 사랑하던 칼이다. 그는 반드시 칼로 자
문하거나 그렇지 아니하면 식음을 전폐하고 굶어서 죽을 결심
인 줄을 알았다. 성승은 그러한 사람이다.

삼문은 아버지 앞에 엎드려 느껴 울다가 아버지의 꾸짖음이
끝나기를 기다려 "소자가 구차히 목숨을 아끼는 것이 아니요,
죽을 곳을 찾으려 하는 것입니다. 한 번 죽기는 쉽거니와 상왕
을 도와 보위를 회복하기는 뉘 있어 하오리까. 다행히 우리 4형
제 다 무엇이나 할 만하고 또 밖에도 충의지사가 없지 아니할 것
이오니, 오늘 구차한 목숨을 살려 가지고 돌아온 것은 이 까닭
이옵니다" 하고, 경회루 밑에서 박팽년과 서로 맹약한 이야기도
하였다.

삼문의 말에 성승은 주먹으로 서안을 치고 기뻐하였다.

"그러하더냐. 진실로 그러할 터라면 나도 죽지 아니하고 너희
가 하는 일에 한몫 참예하리라. 사람이라고 다 믿지 말아라. 큰
일 그르칠라."

백발이 성성한 성승의 눈에서는 대장부의 피눈물이 흘렀다.

왕은 무슨 변란이 일어나기 전에 하루바삐 그 지위를 굳건히

단종애사

하기를 힘썼다. 이리하기 위해서 첫째로 한 일은, 요샛말로 하면 선전이다. 왕이, 왕이 되고 싶어서 된 것이 아니라 상왕이 사양하시고 국가의 사정이 부득이하므로 왕이 되었다는 것을 널리 선전하는 것이다. 왕은 첫째로 이러한 즉위 교서를 내렸다.

공경히 생각하건대 우리 태조(太祖)께서 하늘의 밝은 명을 받으시어 이 대동(大東)의 나라를 가지셨고, 열성(列聖)께서 서로 계승하시며 밝고 평화로운 세월이 거듭되어 왔다. 그런데 주상 전하께서 선업(先業)을 이어받으신 이래, 불행하게도 국가에 어지러운 일이 많았다. 이에 덕 없는 내가 선왕(先王)과는 한 어머니의 아우이고 또 자그마한 공로가 있었기에 장군(長君)인 내가 아니면 이 어렵고 위태로운 상황을 진정시킬 길이 없다고 하여 드디어 대위(大位)를 나에게 주시는 것을 굳게 사양하였으나 이를 얻지 못하였고, 또 종친과 대신들도 모두 이르기를 종사(宗社)의 대계로 보아 의리상 사양할 수 없다고 하는지라, 필경 억지로 여정(輿情)을 좇아 경태(景泰) 6년(1455, 세조 원년) 윤6월 11일에 근정전에서 즉위하고, 주상을 높여 상왕(上王)으로 받들게 되었다.

이것 역시 국가다사한 이때에 어린 임금으로는 종사를 지켜 나갈 수 없다 하여 상왕이 굳이 사양하시고, 또 종친과 대신들이 '다 말하기를' 종사 대계를 사양하는 것이 의리에 어그러진다고 하므로 부득이 여론을 좇은 것이라 한 것이다.

둘째로 할 일은 이때에 있어서는 명나라 황제의 승인을 어서 속히 받는 것이다. 이러한 때의 준비로 상왕이 즉위할 때에도 당시 수양대군으로 명나라에 가기를 전력을 다했던 것이다. 또 명나라 황제 후궁의 아버지 되는 한확도 유력한 사람이다. 비록 이번 선위에 대하여 한확이 속으로 반대하는 뜻을 가졌으나 일이 이렇게 된 뒤에야 보신지책으로라도 새 왕께 요공할 수밖에 없게 되었다.

왕은 곧 예조판서 권자신(상왕의 외숙)을 파면하고 김하로 대신하여 정사(正使)를 삼고, 형조참판 우효강으로 부사를 삼아 명나라로 보냈다. 예조판서 권자신을 보낼 수 없는 것은 말할 것도 없는 일이다.

이번 사신은 상왕이 선위하기 전에, 이를테면 조선 왕이라는 벼슬을 사면한다는 사면 청원을 하는 사신이다. 이것이 절차로는 당연하거니와 또 새 왕에게도 편한 일이 많다. 첫째, 이번 선위가 상왕이 자진하여 하신 것이요, 결코 새 왕이 찬역(簒逆)한 것이 아님을 보이는 데 편하고, 둘째로는 이번 기회에 황보인·김종서의 죄를 역설하여 어디까지나 새 왕이 옳다고 발명하기에 편한 것이다. 미상불 계유정난이라는 이름으로 일컬어지는 계유사변은 명나라에서는 매우 시빗거리가 되었다. 누구나 이 일은 당시 수양대군이 자기의 야심을 펴려는 준비로 생각하였고, 더구나 이번 선위로 말미암아 그것이 증명된 것으로 알고 있었다.

재래의 관례로 보더라도 명나라가 조선의 내정을 간섭한 일

단종애사

은 없으므로 이번 상왕이 선위한 데 대하여 적극적으로 명나라 조정에서 간섭을 하리라고는 생각되지 않지만, 명나라 조정에서 조금이라도 새 왕의 행동을 비난하는 일이 있으면 그것은 곧 조선 민심에 반향이 되어 새 왕에게 적잖은 손해가 될 것이 분명했다.

이에 청사위주문(請辭位奏文)의 필자가 문제 되었다. 가장 글 잘하는 사람, 가장 명성 높은 사람의 손으로 이 글을 짓게 하는 것이 또한 왕에게 유리한 일이요, 될 수만 있으면 문종대왕의 고명을 받은 집현전 학사들 중에서 택하고 싶었다. 이래서 물망에 오른 것이 사헌부 집의 하위지, 승정원 좌부승지 성삼문, 성균관 사예 유성원, 그밖에 상왕의 선위 교서를 지은 김예몽이었다. 박팽년도 물망에 올랐으나 그때 병을 핑계 삼아 집에 누웠기 때문에 문제가 되지 않았다.

하위지, 성삼문, 유성원은 심히 곤란한 처지에 있었다. 그러나 준절히 거절한다 하면 우스운 일에 목숨을 버리는 문제이므로, 왕의 이번 일에 붓을 든 사람이라 하여 김예몽을 천거하였다. 왕은 세 사람의 뜻을 모르지 않으나 그들의 마음을 자신에게 돌리기 위해 힘쓰고 있기에 더 강권하지 않고 김예몽으로 하여금 기록하게 하고 정인지가 지휘하도록 하였다.

그 소위 '청사위주문'이란 것은 이러하다.

(전략) 신이 그윽이 생각하니 어릴 때부터 병을 얻어 기운이 항상 순조롭지 못하였는데, 신의 아버지 선신(先臣) 공순왕(恭順

王, 문종의 시호)이 경태(景泰) 3년(문종 2년, 1452)에 홍서(薨逝)하여 신의 나이 겨우 12세에 승습(承襲)하고 어찌할 바를 몰라 모든 서무(庶務)를 신료(臣僚)에게 위임하였던바, 경태 4년(단종 원년, 1453)에 이르러 간신(姦臣)들이 난역(亂逆)을 꾀하여 화(禍)를 지을 기미가 임박한 것을 신의 숙부인 배신(陪臣) 수양군이 달려와 신에게 이 사실을 고하고 즉시 이를 죽여 진정시켰던 것입니다. 그러나 흉한 무리들이 아직 다 근절되지 않아서 변고가 계속 일어나고 인심이 불안하였습니다.

생각건대 신의 잔약한 자질로써는 이를 진정키 어렵고 사직의 안위에 관계되는바 몹시 중대한데, 수양대군은 선신의 동모제(同母弟)로 학식이 고금에 통하고 공로도 있고 덕망도 있어 여망(輿望)을 지닌 바 있기에 이미 경태 6년(단종 3년, 1455) 윤6월 11일에 군국(軍國)의 기무(機務)의 처리를 임시 승습하게 하였습니다. 엎드려 바라건대, 성감(聖鑑)으로 이를 통찰하시고 특별히 밝으신 윤허를 내려 주소서.

이 글은 다섯 부분으로 되었다. 첫째는 왕이 어려서부터 항상 몸이 약하고 병이 있어 건강상 왕 될 자격이 없다는 것, 둘째로 이러한 몸을 가지고 열두 살에 왕이 되어서는 어찌할 바를 몰라서 모든 일을 신하들에게 맡겼다는 것, 셋째로 그랬더니 간신이 역모를 하는 것을 수양대군이 먼저 왕에게 고하여서 그 공로로 나라를 안보하였다는 것, 넷째로 그런데 아직도 흉한 무리가 남아 있고 왕 자신은 왕 될 자격이 없고 숙부 수양대군이 학문이

단종애사

도저하고 덕이 높고 공이 많고 만민의 숭앙을 받으니 그가 아니면 안 되겠기로 지난 윤6월 11일에 명나라 황제의 윤허도 없이 벌써 왕의 자리를 수양대군에게 물려주었다는 것, 그러하니 제발 허락하여 달라는 것이다.

"과연 일대 문장이다!" 하고, 왕은 이 글을 보고는 격절탄상(擊節歎賞)하였다.

이 글로 보건대, 과연 상왕은 선위하지 않을 수가 없고 수양대군은 왕이 안 될 수가 없었다. 아무 억지도 없이 일이 순순히 된 것 같다. 이 주문에 대한 대명 황제의 조칙은 반년이 넘어도 오지 않았다. 아무리 조선의 내정에 간섭하지 않는 주의를 쓴다 하더라도, 명나라 조정에는 이론이 있었던 까닭이다. 첫째는, 상왕이 결코 병약하지 아니하다는 것이다. 상왕이 비록 수양대군과 같이 장골은 아니고 외탁을 해서 몸이 작고 여자 모양으로 용모가 단아하여 약질인 듯하지만 별로 병환은 갖지 아니하였고, 그뿐만 아니라 근년에 와서 혼인한 뒤로 도리어 건강이 증진되는 형편이었다.

명나라 조정에서 또 한 가지 이번 선위를 의심한 것은, 상왕이 명철하다는 것이다. 비록 교통이 불편한 당시라 하더라도 명나라에서는 결코 조선의 사정 알기를 소홀히 여기지 않았다. 그래서 상왕이 왕손으로 있을 때부터 장차 명군이 될 자질을 가졌다는 정보가 명나라 조정에 들어갔던 것이다.

셋째로, 이 '청사위주문'이 믿어지지 않는 것은 황보인·김종서 등이 역모를 하였다는 것이다. 더구나 황보인은 명나라 대관들도 많이 아는 이다. 그들이 주동이 되어서 역모를 하리라고는 생각되지 않았다.

이러한 여러 가지 이유로 승인이 지체된 것이다.

명나라 조정에 이러한 이론이 있는 것이 얼마쯤 걱정거리였지만 그렇다고 그다지 크게 걱정할 것도 없었다. 그래서 새 왕은 식구를 데리고 당당하게 경복궁으로 들어와 부인 윤씨는 곤전마마, 열아홉 살 된 맏아들 도원군은 왕세자, 여섯 살 되는 둘째 아들은 해양대군(海陽大君)을 봉하여 왕의 영화를 누리고, 정인지·한명회·권람·신숙주 이하 41인은 좌익공신이라 하여 모두 작록을 받아 갑자기 부귀를 누리게 되었다.

다만 마음이 놓이지 않는 것은 상왕의 일이다. 아직도 민심은 상왕에 있고 왕에 대한 상왕의 노여움과 원망이 풀리지 않아 선위 후 첫 원조인 병자년 설날에 왕이 또 백관을 거느리고 창덕궁에 세배차 왔을 때에도 상왕과 대비는 단연히 거절하고 받지 않았다.

왕은 도저히 상왕의 마음을 풀 수 없음을 깨달았다.

상왕을 현재의 지위에 있게 하고는 도저히 화근을 끊을 수가 없었다. 크나큰 창덕궁 대궐에 수백 명의 사람이 왕을 시위하고 또 외척과 상왕이 신임하는 사람들이 출입하니, 그것도 도리어 전에 상왕이 왕으로 있을 때보다 금하기가 어려웠다. 상왕이 선위한 지 반년이 지났건만 이다지 왕을 두려워하는 빛을 보이지 않는 것은 반드시 뒤에 상왕을 충동하는 무리가 있는 것이니, 이대로 두었다가는 혹시 상왕을 받들어 복위시키려는 반란이

단종애사

일어날지도 모를 일이라고 생각되었다. 그래서 왕은 상왕을 창
덕궁에서 어디 조그마한 곳으로 옮기고 교통과 통신을 아주 끊
어 버리기로 결심하였다.

이때에 영의정 정인지가 육조 참판 이상을 거느리고 왕께 아
뢰었다.

"소신 등이 전부터 매양 아뢰옵는 바이옵거니와 상왕을 지금
과 같은 지위에 모시면 반드시 화근이 될 것이오니, 엎드려 바
라건대 전하는 속결무류(速決無留)하옵시오."

정인지의 주장은, 상왕의 지위를 왕보다도 높이 하여 창덕궁
에 거처하게 하지 말고, 상왕의 지위를 낮추어 군으로 강봉하여
서 어느 먼 시골에 계시게 하자는 것이다. 그리하면 첫째로는 민
심도 상왕에게서 떨어질 것이요, 둘째로는 흉악한 무리들이 상
왕을 끼고 흉모를 할 수 없으리라 함이다.

정인지는 두어 번이나 왕께 상왕의 생명을 없애 아주 화근을
끊어 버릴 것을 진언한 일도 있었으나 왕은 말없이 고개를 흔들
었다.

그러나 근래에 와서 민간에 상왕을 사모하는 생각이 점점 간
절해지고, 또 이런저런 소문도 들려 정인지의 마음이 자못 편치
못하였다. 만일 상왕이 다시 정권을 잡거나, 그렇지는 못하더라
도 누가 상왕을 복위하게 할 도모를 한다 하면 반드시 정인지
자기가 미움의 과녁이 될 것이었다. 항간에 전하는 말에도 '정가'
를 좋지 않게 말하는 일이 많았다. '정가'라 하면 곧 정인지를 가
리켰다. 이러한 줄을 눈치 빠른 정인지가 모를 리가 없다. 그러

면 이제 남은 일은 죽기를 각오하고 상왕을 제거하고 새 왕의 업을 왕성케 하는 것이다. 이것이 동시에 정인지 개인의 보신지책이 되는 것이다.

이렇게 생각하는 사람은 정인지뿐이 아니다. 정난공신이니 좌익공신이니 하는, 수양대군의 뒤를 따라 부귀를 누리는 축들은 다 정인지와 같은 생각을 가지지 않을 수 없었다. 그들은 이처럼 이해가 같으므로 한데 뭉칠 수가 있어서, 그들의 독한 눈찌는 밤낮으로 창덕궁을 향하였다. 원컨대 무슨 급한 병으로 상왕이 돌아가셨으면 하는 이도 없지 않았다.

후환을 두려워하는 것뿐 아니라, 마치 사람을 때려서 채 죽이지 않고 돌아선 사람이 어디를 가나 그 사람이 따라올까, 따라올까 겁이 나는 모양으로, 또는 옳은 사람을 모해한 무리들이 하늘 어느 구석에서 이제나저제나 무슨 천벌이 떨어지지 않을까 불안해하는 모양으로, 이 정난공신들과 좌익공신들은 창덕궁에 있는 상왕을 생각할 때마다 이러한 겁과 불안이 있었다.

이래서 그들은 하루라도 바삐 상왕을 제거하기를 도모하였다. 그러자면 왕의 뜻을 움직일 수밖에 없었다. 그런데 왕은 상왕에 대한 말이 날 때마다 항상 말없이 고개를 돌렸다.

왕도 상왕이 후환의 근원이 될 줄을 모름이 아니나 골육의 친조카에게서 이미 나라를 빼앗고 이제 다시 목숨까지 빼앗을 뜻은 없었다. 그럴 수만 있다면 현 상태로 영원히 가고 싶다고 생각한 것이다.

이에 정인지는 상왕을 제거할 정당한 이유를 발견할 필요를

단종애사

느꼈고, 그것은 어렵지 않은 일이었다. 그러면 그 이유란 무엇인가? '첫째는 국가의 안녕을 위해서요, 둘째는 상왕 자신의 안락을 위해서'라 함이었다.

국가를 위해서 상왕을 서울 밖에 계시게 함이 좋다. 상왕이 일생을 편히 지내시기 위해서도 높은 상왕의 지위를 떼고 군으로 강봉하는 것이 좋다 하는 것이, 이제는 왕에게 요공하는 백관의 말투가 되었다. 정인지가 상왕의 목숨을 끊어 버리기를 진언하는 것은 극히 은밀한 때의 귓속말이고, 큰 소리로 하는 말은 역시 이것이었다.

이번에 육조 참판 이상을 거느리고 왕의 최후의 결심을 재촉할 때에도 그 내용은 상왕의 지위를 낮추고 상왕을 어느 조그마한 시골에 가두어 버리자는 것이었다.

그러나 왕은 여전히 "경들의 말이 옳거니와 자고로 제왕이 일어나는 것은 반드시 천명이니 내가 일어난 것도 천명이어든 간사한 놈들이 있더라도 어찌 상왕을 힘입어 못된 도모를 할 수가 있나. 망진자호야(亡秦者胡也)라 하였거니와, 천명을 어찌할 수가 있나" 하였다.

왕이 천명이 자신에게 있는 것을 믿은 것도 사실이다. 그는 본래 자부심이 많은 이인 까닭에. 그러나 이렇게 천명에 미루고 태연함을 보이는 데에는 다른 정책이 있는 것이 물론이다. 그 정책이란 무엇인가? 정인지 등 신료로 하여금 더욱 상왕을 처치할 것을 발론케 하기 위함이요, 또 하나는 왕으로서 경동하지 않는 태연한 태도와 상왕에 대한 골육지정이 깊다는 것을 보이려 함이다. 실제로 왕의 속이 그렇게 편할 수는 없었다. 정인지, 한명회 무리보다 더 조급한 것도 사실이었다.

정인지, 한명회 무리도 왕의 이러한 심정을 잘 알기에 왕이 거절하면 할수록 더욱 졸랐다.

"전하가 일어나옵심이 천명인 것이야 다시 말씀하오리까마는 천명에만 맡길 수 없사옵고 마땅히 인사를 다할 것인가 하오. 상왕은 밖에 나아가 계시게 하여 혐의를 피함이 마땅한가 하오. 만일 늦으면 후회막급이 되올까 하오" 하고 정인지가 물러나지 않고 다시 아뢴다. 지극히 충성을 보임이다.

왕은 지필을 올리라 하여 이렇게 적어 정인지에게 보였다.

나라의 큰일은 마땅히 선경(先庚, 법령 반포할 때 백성들에게 미리 설명하는 일)과 후갑(後甲, 때를 맞추면 반드시 뒷일이 잘됨)에서 곰곰이 생각하고 널리 의논하여 뒷생각이 나면 앞생각은 버려야 한다. 내가 몇 달 동안을 생각하고 천억 번이나 구명(究明)하여 이제야 이를 결정했으니, 경 등은 고집해서는 안 될 것이며, 나 또한 독단해서는 안 될 것이다. 고집이 있지 않으면 어찌 국론(國論)을 취하겠으며, 독단이 있지 않으면 어찌 일인(一人, 임금)에게 품고(稟告)하겠는가? 그것은 이유(금성대군)의 집을 수리하여 그 경계를 엄하게 하고, 그 시종들을 단속하여 나가서 거처하게 하는 것이 옳겠다.

왕에게는 이러한 결심이 벌써 있었던 것이다. 지금 비어 있는

　단종애사

금성대군 궁을 수리하고 그리로 상왕을 옮겨 모시자는 것이다. 창덕궁에서 금성대군 궁에 옮겨 모신다는 것은, 안방에서 행랑으로 내어 모신다는 것보다 더한 일이다. 게다가 '바깥과 통하지 못하게 하고 모시는 사람을 부쩍 줄이자'는 것이다.

만일 상왕의 지위를 낮추어 군을 봉하고 어느 시골로 귀양살이를 시킨다 하면 민심을 경동할 뿐만 아니라 왕의 성덕에 하자가 될 근심이 있겠지만, 서울 안에서 거처만 바꾸면 그다지 눈에 거슬리지 아니할 듯함이다.

이튿날 영의정 정인지는 다시 솔백관하고 상왕 출외(出外)를 청하였으나 왕은 다시 붓을 들어,

어제 쓴 대로 행하라.

라고 썼다. 이 일에 관해 말로 하기는 퍽 불편했던 까닭이다. 하기 싫은 말인 것이다.

이 일에 양녕대군이 매우 어려운 처지에 있었다. 그는 종친의 어른으로서 여러 종친을 거느리고 정인지와 함께 상왕 출외를 주청하지 않을 수 없는 입장이 된 까닭이다.

왕은 이에 제종(諸宗)과 백관의 뜻을 버릴 수 없다는 이유로 상왕을 금성대군 집으로 옮겨 모셨다. 금성대군은 벌써 순흥에 귀양 가 있는 터였다.

상왕을 창덕궁에서 금성대군 집으로 옮겨 모시는 일도 크게 슬픈 일 중의 하나였다. 상왕과 대비 두 분이 창덕궁에 온 지 거

의 1년이 되어 집과 동산에 다 낯이 익고 마음을 붙일 때쯤 하여 한번 상왕께 묻지도 않고 별안간 거마를 보내 두 분을 모셔 내었다. 그것은 마치 잡아 내는 것과 같았다. 쓰던 물건 하나도 마음대로 못 나르고 부리던 사람들조차 마지막으로 불러 볼 사이도 없었다. 그러나 상왕은 반항할 방법도 없어 오직 분을 참고 금성대군 집으로 끌려왔다. 금성대군 집이 바로 원골이기 때문에 궁성 밑을 돌아 단출하게 행차하니 백성들도 누군지 알아보지 못하였다. 그렇기에 상왕과 대비 두 사람이 금성대군 궁에 옮겨 온 뒤에도 얼마 동안 백성들은 두 분이 창덕궁에 계시거니 하였다.

상왕을 창덕궁에서 금성대군 집으로 옮겨 모시고는 왕은 상왕의 거처 범절에 관하여 이렇게 규정하였다.

첫째, 삼군 진무 두 사람으로 하여금 군사 열씩을 거느리고 번갈아 파수하여 잡인의 출입을 금지할 것.

상왕전에는 주부(酒府) 내시 두 사람, 장번(長番) 내시 두 사람, 차비속고적(差備速古赤) 네 사람, 별감 네 사람을 두되 반씩 갈라 번갈게 하고 시녀 열 사람, 수사(水賜) 다섯 사람, 복지(卜只) 두 사람, 수모(水母) 두 사람, 방자(房子) 네 사람을 두고 양별실(兩別室)에는 시인(侍人) 각 두 사람, 수사 각 한 사람을 두고, 각 색장(色掌) 열두 사람은 둘에 갈라 번갈게 하고 덕녕부 관원이 차례로 낮에 입직하기로 하고 대비 한 분, 별실 두 분 본댁에서 내왕하는 환관·시녀의 출입이며, 무슨 물건 진납은 사흘에 한 번씩 덕녕부에서 승정원에 고하여 허가를 얻은 뒤에야 하도

단종애사

록 명했다.

이렇게 되니 존호는 비록 상왕이라 하여도 갇힌 죄인이나 다름이 없었다. 귀찮고 눈칫밥 먹는 식구가 된 것이다.

성삼문 부자는 이 일이 있고 나서 더구나 밤이 깊으면 마주 앉아 통곡하였다.

"저렇게 해놓고 어떤 짓을 할는지 알 수 있느냐" 하는 성승의 말은 옳다. 사람들은 이렇게 상왕을 가두어 놓은 것은 다른 뜻이 있음이라고 수군거렸다. 혹시나 음식에 독을 넣어 드리지나 아니할는지, 독약은커녕 아무렇게 죽이더라도 그 속에서 하는 일을 아무도 알 리가 없다고 생각하였다. 그렇게 돌아가시게 한 뒤에 어떠어떠한 병환으로 승하하셨다고 하면 그만이 아닐까 하였다.

성승이나 기타 상왕을 생각하는 사람들이 가장 염려한 것은 이것이다. 상왕이 살아 계셔야 복위를 꾀하기도 하고 어느 날 흑백을 가려 통분한 것을 씻기도 하겠지만, 상왕이 돌아가시고 나면 만사가 수포로 돌아가고 불의의 무리들은 제 세상이라고 발을 뻗고 누워, 억울한 죽음을 당한 의인들(황보인·김종서 이하로 장차 죽을 수없는 사람들까지)이 영영 누명을 쓰고 말 것이기 때문이다.

이런 이유로 성삼문의 무리는 매우 초조해하며 기회를 엿보았다.

왕이 이들의 음모를 알 리는 없지만 그래도 그들이 마음 놓이지 않은 것은 사실이다. 그래서 그들로 하여금 서울에 모여 있지 못하게 하는 방책으로 박팽년은 충청감사로 보내고, 하위지를 경상감사로 보내고, 그 밖에도 다 상당히 높은 벼슬을 주어 하나씩 하나씩 외방으로 보낼 계획을 세웠다. 제일착으로 박팽년은 충청감사로 갔으나, 하위지는 비록 권도라 하여도 수양대군 조정의 벼슬을 아니 받는다 하여 사헌부 집의라는 상왕 때의 직함을 띤 채로 고향인 선산으로 돌아가 자제들을 데리고 농사일에 숨어 버리고 말았다.

그리하는 동안에 한 기회가 온다. 그것은 상왕이 선위하고 수양대군이 즉위한 문제에 대한 명나라 조정의 의논이 정해져서 수양대군이 조선 왕 됨을 승인한다는 조칙을 가지고 명나라 사신이 서울에 오게 된 것이다.

명나라 사신이 온다는 것은 6월이다. 예조판서 김하 등이 갔던 일에 대한, 즉 상왕이 선위하는 것을 승인한다는 내용의 명나라 조서(詔書)가 온 것은 두 달 전인 4월이다. 김하가 명나라에 갔던 것이 지난해 윤6월이니까 거의 열 달이나 넘은 셈이다. 비록 말썽이 없지는 않았지만 명나라 조정은 마침내 새 왕을 승인하게 된 것이다. 왕이 상왕을 창덕궁에서 옮겨 금성대군 집에 가둘 용기를 낸 것도 이것이 큰 힘이 되었던 것이다.

소위 '천사'라는 명나라 사신이 오는 것은 정식으로 고명(誥命, 임명장)과 관복을 전하기 위함이다. 이때 명나라 사신은 윤봉(尹鳳)이었다.

윤봉은 의주에 건너서는 날, 조선 조정에서 마중 간 접반원 신숙주를 보고 "신왕(新王)이 상왕을 유폐하였다 하니, 참인가?"

단종애사

하고 책망다운 질문을 하였다. 그 접반원은 땀을 흘렸다.

명나라 황제가 지난 4월에 왕에게 보낸 조서 중에 '須常加優待毋忽'이라 한 구절이 있는 까닭이다. '왕은 항상 상왕을 우대하되 모름지기 소홀함이 없이 하라'는, 이를테면 명령이다. 그런데 창덕궁에 계시던 상왕을 금성대군 궁으로 옮겨 모신 것은 결코 우대가 아니었다.

이 시절에 명나라 사신의 말이라면 실로 하늘의 말과 같이 무서웠다. 실상 윤봉이 이런 말을 끌어낸 것은 한번 트집을 잡아 보자는 속셈이요, 왕도 이런 어려운 트집이 나올 줄 짐작하였기에 신숙주 같은 중신을 국경까지 관반으로 파견하였던 것이다.

"아니, 상왕을 유폐하신 것이 아니오. 상왕이 가끔 궁에서 나오시기를 즐겨 하시기로, 나오신 때 거처하실 곳을 권정(權定)한 것이 아마 간인(奸人)의 입으로 천조(天朝)에 오전된가 보오" 하고, 말 부족한 신숙주가 아니므로 극력 변명하였다. 그러고는 사람을 달려 서울에 이 뜻을 급히 알렸다.

의주에서 신숙주가 올린 장계는 1,100리 길을 밤 사흘, 낮 사흘에 땀 흐르는 파발마 편에 실려 서울에 올라왔다.

이 편지에 왕의 놀라움도 적지 아니하였다. 명나라 사신이 그만한 트집을 잡는다고 대세에 무슨 변동이 있을 것도 아니지만 그래도 그에게 책을 잡히는 것은 고통이 아니 될 수 없었다.

이에 왕은 일변 사람을 명하여 창덕궁을 깨끗하게 수리하도록 하고, 일변 친히 금성대군 궁에 상왕을 찾아갔다.

왕이 마지막으로 상왕을 찾아간 것은 지나간 설날이니 벌써 반년 전이다. 그러나 그때에도 상왕을 보지 못하였으니 실제 서로 대면하기는 작년 윤6월 열하루, 경회루에서 선위했을 때다. 그동안 1년이 흘렀다.

왕이 상왕을 뵈러 온다는 말을 듣고 상왕은 놀랐다. 상왕 따위는 다 잊어버렸을 만한 때에 왕이 몸소 온다는 것이 웬일인고, 이렇게 생각한 것이다. 실상 그동안 두어 달, 금성궁에 든 뒤로 말하면 상왕의 지위는 어느 대군 하나만도 못하였다.

상왕은 거절할 생각이었다. 그러나 이 처지에 상왕은 거절할 힘이 없었다. 비록 오너라 하고 부른다든지 관노를 보내 붙들어 가더라도 대항할 힘이 없었던 것이다.

그래서 상왕은 왕을 만났다. 1년 동안에 두 분의 용모는 무척 변하였다. 상왕은 수양 숙부의 얼굴이 과연 왕자답게, 더욱 위엄과 윤택한 빛이 생긴 것에 놀랐고, 왕은 상왕의 얼굴에서 소년다운 빛이 완전히 사라지고 마치 인생의 고초를 다 겪은 중년 남자의 얼굴과 같이 노성하고 초췌한 빛을 띤 것에 놀랐다. 마음 한편 구석에 심히 감동되기 쉬운 인정을 가진 왕은 기구한 인생의 행로에 감개가 일지 않을 수 없었다.

왕은 상왕을 위로하는 말을 많이 하고 또 이튿날부터 다시 창덕궁으로 옮길 것과, 지금 계신 집이 창덕궁과 연장하여 있으니 어느 때에나 기분을 풀러 나올 것도 권하였다.

상왕은 창덕궁으로 다시 가라는 것도 귀찮게 생각되고, 또 이 집에 가끔 나오라는 것도 우습게 생각되었다. 이 집, 숙부 되는 금성대군이 상왕 자신을 위해서 쫓겨난 집이 잠시인들 마음을 편안하게 할 리가 없었던 것이다.

그렇지만 상왕은 입 밖에 내어 반대도 않고 그저 듣기만 할 뿐이었다. "여기도 좋소" 한 것이 유일한 대답이었다.

마지막으로 왕은 명나라에서 사신이 온다는 말과, 그때에는 상왕께서도 왕과 함께 태평관(太平館)에 천사를 방문할 것을 말하였다.

"내가 무엇하러 가오?" 하고 상왕은 거절하였으나 마침내 왕이 오늘 찾아온 것이 이 일 때문이요, 창덕궁으로 도로 가라고하는 것도 다 이 때문인 줄을 대강 짐작하게 되었다.

왕은 상왕이 태평관에 명나라 사신 방문하기를 거절하는 것을 고통으로 생각한다. 새 왕이 상왕을 홀대한다, 두 분의 사이가 좋지 못하다, 하는 것이 거짓 선전이요, 도리어 상왕과 왕의 사이가 극히 친밀하다는 것을 명나라 사신에게 보이는 것이 매우 중요한 일인 까닭이다. 이것은 오직 명나라 조정의 여론을 완화시키기 위해서라기보다 조선 내의 민심을 완화하기 위해서 지극히 중요한 일이다. 그러하기 때문에 왕은 버려 두었던 상왕 궁을 몸소 찾아왔고, 상왕에게 여러 가지로 유리한 조건을 내놓은 것이다.

상왕은 마침내 왕의 청을 들어 왕과 함께 태평관을 방문하였다. 뿐만 아니라 상왕이 결코 창덕궁을 임시로 온 것이 아님을 보이기 위하여 3일 후에는 상왕이 주인이 되어 창덕궁에 명나라 사신을 환영하는 어연을 베풀 것까지도 허락하였다. 실로 이 일이 성공한다면, 왕이 상왕으로부터 무리하게 왕위를 찬탈하고, 또 그 후에도 상왕을 우대함이 부족하다는 시비를 명나라에게서나 본국에서나 덜 듣게 될 것이 확실했다. 일거양득이란 이를 두고 이른 말이다.

왕은 매사가 뜻대로 되는 것을 생각하고 혼자 빙그레 웃었다.

도총관 성승과 훈련도감 유응부가 이날 운검(雲劍)으로 뽑히게 된 것은 성삼문, 박팽년 등의 계략에는 가장 큰 도움이 되었다. 대개 운검이라 하면 검을 빼들고 왕의 뒤에서 왕을 호위하고 서 있는 직책이기 때문이다. 운검으로 선 사람이 왕을 죽이려면 그야말로 일거수로 될 것이 아닌가. 이날 왕이 동궁을 곁에 앉히고 명나라 사신을 대할 예정이니 실로 왕과 동궁의 생명은 성승과 유응부 두 사람의 칼날 밑에 있다 할 것이다.

"수양 부자는 응부가 담당할 것이니 다른 놈들은 군 등이 맡으소" 하고 장담한 유응부의 말은 조금도 보탬 없는 가장 확실한 말이다.

"그담에 죽일 놈은 신숙주야. 숙주는 나와 평생지교지만 죄가 중하니까 불가부주(不可不誅, 죽이지 않을 수 없음)야" 한 것은 성삼문이다.

"그렇고말고. 숙주의 죄는 인지, 명회보다도 가증한 바 있어" 하고 자리에 있던 동지들이 응하여 말하였다. 대개 명나라와 본국 민간에 대하여 선위 사건의 거짓 선전을 맡은 자가 신숙주인 까닭이다.

"신숙주는 내가 맡으리라. 그놈의 모가지는 내가 베리라" 하고
나서는 것이 형조정랑이요 상왕의 이모부 되는 윤영손이다.

"정인지의 늙은 모가지는 내가 맡겠소."

팔을 뽐내고 나서는 것은 김질이다. 그는 이번 모사에 가장
열렬한 급진주의자였다.

"가안(可安)인가. 이번에 성사하면 수상은 자네 장인이 되어
야 할 것일세. 어떻게들 생각하시오?" 하는 것은 성삼문이다. 가
안은 김질의 자다. 그의 장인이라 함은 우찬성 정창손을 이름이
다. 대관 중 이 일에 내통한 이는 정창손뿐이다. 이러한 의논을
한 것은 창덕궁에 어연이 있을 전날 밤이다.

이 밖에 장신 박쟁과 송석동이 각각 밖에서 창덕궁과 경복
궁을 엿보아 안으로부터 무슨 군호만 있으면 움직이기로 하고,
궁내에서는 잔치 중간에 일제히 일을 일으켜 왕과 세자와 정인
지·신숙주 등의 중신을 죽이고 명나라 사신이 증인으로 앉은
자리에서 상왕을 복위하게 하고 왕의 죄를 성토하자는 것이다.

"이렇게 하면 여반장이야" 하고 그들은 맹세하는 술을 마셨다.

"한명회, 권람 두 놈은 내가 담당하마" 하고 늙은 성승의 눈에
불이 난다. 삼문은 정다운 듯이 아버지의 주름 잡힌 얼굴을 바
라본다.

이튿날 창덕궁 광연전(廣延殿)에는 명나라 사신을 맞는 큰 잔
치가 벌어졌다. 대청 동쪽이 주인 측의 자리가 되어 남으로부터
북에 차례로 처음엔 상왕, 다음이 왕, 그다음이 동궁의 자리가
되고, 서쪽이 객의 자리가 되어 역시 남으로부터 북에 차례로

윤봉 이하 부사, 아울러 명나라 사신 세 사람이 늘어앉게 되고, 북벽과 주, 객석 좌우로는 본국 대관과 명나라 사신의 수행원이 벌려 서게 되었다.

영의정 정인지, 좌의정 한확, 우의정 강맹경, 좌찬성 신숙주, 이조판서 권람, 예조판서 홍윤성, 병조판서 양정, 명나라에 사신으로 갔던 현 공조판서 김하, 호조판서를 지내고 나서 도리어 도승지가 된 한명회, 좌승지 박원형, 동부승지 김질, 좌부승지 성삼문, 명나라 사신과 글 짓는 접반이 되기 위하여 충청감사 박팽년, 집현전 직제학 이개 등이 주인 편 좌우에 입시하고 도총관 성승, 훈련도감 유응부는 명예로운 운검으로 왕의 뒤에서 칼을 빼들어 모시게 되었다.

광연전 마당에는 차일을 치고 풍악과 춤을 아뢰게 될 것이며 3천 궁녀 중에서 고르고 고른 꽃같이 아름다운 궁녀들은 비단 소매를 너울거리며 배반 사이에 주선할 것이다. 어찌 되었건 조선의 힘으로 차릴 수 있는 대로 아름답게 차린 잔치다.

왕은 미상불 다소의 근심이 없지 아니하였다. 연락하는 석상에서 명나라 사신한테 상왕의 선위에 대하여 무슨 책이나 잡히지 아니할까 하는 것도 걱정이려니와, 그보다도 이 자리에서 상왕이나 또는 상왕을 사모하는 자 중에서 누가 상왕이 선위하지 않을 수 없었던 내막, 즉 왕이 정인지 무리를 시켜서 한 음모를 발설이나 하지 않을까 하는 것도 염려요, 그보다도 한층 더 나아가서 이 기회(명나라 사신이 오고 사람이 많이 모이고 민심이 홍분되어 무슨 일이 일어나지나 아니하나 하는 기대로)를 타서 왕의 목숨을 엿보는 일이나 있지 아니할까 하는 것도 근심이 되었다. 본래는 무서움이 없던 왕도 왕이 된 뒤에는 겁이 많이 늘어서 잠을 잘 때면 사벽에서 칼날이나 아니 나오는가 하고 의심할 때도 있었다.

그중에도 상왕을 없애자는 말을 정인지·한명회 같은 무리에게서 들은 때나, 또는 혼자서 그러한 생각을 한 날은 유독 그러한 의심이 더하여 잠이 오지 않았다. 비록 심복이라 하더라도 이러한 때에는 의심스러웠다. 어느 신하건 문종대왕이나 상왕의 신하가 아니었던가. 상왕을 배반하고 돌아선 정인지·신숙주의 무리가 지금 왕이라고 배반하고 돌아서지 말라는 법이 있을까. 이렇게 생각하면 도무지 마음이 놓이지 않았다. 왕이란 결코 마음 놓이는 자리가 아닌 것을 깨달았다.

"상감, 내일 운검을 폐하시지요" 하는 한명회의 말에는 깊은 뜻이 있는 듯이 왕에게 들렸다. 등 뒤에 칼을 빼들고 섰을 두 장수, 분명히 속을 믿기 어려운 성승과 유응부, 왕은 생각만 하여도 전신에 찬 기운이 돌았다.

"또 동궁께옵서는 내일 본궁을 지키심이 옳은가 하오." 한명회는 이런 말도 했다.

왕은 밤을 잠 없이 지내서 매우 신기가 불편한 대로 경복궁에 들어 운종가(종로)를 지나 창덕궁으로 거동했다. 동궁은 한명회 말대로 경복궁에 있으라 하였으나 운검을 폐하라는 명회의 말은 듣지 않았다. 그것은 예의에 어긋날뿐더러 너무 비겁하다는 소리를 들을까 두려운 까닭이었다. 성승과 유응부, 저희들이 감히 나를 어찌하랴, 천명이 내게 있지 아니하냐…… 이렇게 생각하고 마음을 진정하려 하였다.

예정대로 상왕이 수석에 앉고 다음에 왕이 앉고 그다음 동궁이 앉을 자리는 비우기로 되었다. 성삼문은 그 빈자리를 힐끗힐끗 바라보고 침을 삼킨다.

운검 성승이 칼을 차고 바야흐로 전에 오르려 할 때 도승지 한명회가 문을 막아서며 "운검 들지 말라 하옵시오" 한다. 명회의 그 태도가 심히 오만무례하였다.

성승은 분김에 칼자루에 손을 대었으나 명회 뒤에 서 있는 삼문이 눈짓하는 것을 보고 말없이 계하로 내려서서 뒷문 밖으로 물러 나왔다. 뒤를 따라 삼문이 나온다.

"명회 놈부터 먼저 죽일란다. 운검을 안 들이는 것을 보면 무슨 낌새를 챈 모양이니 닥치는 대로 한 놈이라도 죽이는 것이 옳지 아니하냐" 하는 것은 성승이 삼문을 보고 하는 말이다. 성승의 목에는 핏줄이 불룩거린다.

"아니올시다" 하고 삼문은 손을 들어 아버지를 막는 모양을 하며 "세자가 아니 왔으니 명회를 죽이면 무엇합니까. 오늘 일은 틀렸습니다. 후일 다시 기회를 보지요" 한다.

이때에 유응부가 역시 칼을 들고 들어온다.

삼문이 유응부를 막으며 "아니외다. 세자가 본궁에 있고 또 운검을 들이지 아니하니, 하늘이 시키는 것이외다. 만일 여기서 거사를 하더라도 세자가 경복궁에서 기병을 하면 승패는 알 수 없으니, 다른 날 상감과 세자가 함께 있는 때를 타서 일을 하는 것이 옳을까 합니다" 한다.

유응부가 삼문의 말을 듣고 미간을 찌푸려 화를 내며 "아닐세. 일은 신속해야 하는 것이야. 공연히 지연하다가는 일이 누설될 염려가 있지 아니한가. 세자가 비록 본궁에 있다 하더라도 모신적자(謀臣賊子)가 다 수양을 따라 여기 있지 아니한가. 오늘 그놈들만 다 죽여 버리고 상왕을 복위하시게 한 뒤에 무사를 시켜 일대병을 거느리고 경복궁으로 짓쳐 들어가면 세자 제가 어디로 도망한단 말인가. 설사 지략 있는 놈이 있다 하더라도 별수 없을 것이야. 이 천재일우를 잃어버린단 말인가, 이 사람아" 하고 발을 구른다.

전정에서는 풍악이 일어난다. 이 풍악 한 곡조가 그칠 만하면 상왕전에 계시던 상왕과 왕이 가지런히 광연전으로 들고 또 다른 전각에서 시각을 기다리던 명나라 사신도 광연전으로 들어올 것이다.

"늦네 늦어" 하고 유응부가 부득부득 들어가려는 것을 박팽년이 또 황망히 "대감, 이게 만전지계(萬全之計)가 아니외다" 하고 막았다.

"만전지계? 만전지계가 어디 있단 말인가. 온 때를 놓치면 또 어느 때가 있단 말인가" 하고 한탄하고 응부는 하릴없이 물러나왔다.

이렇게 일이 중지된 줄도 모르고, 신숙주 죽일 것을 담당한 윤영손이 편상에 앉아 망건을 다시 쓰고 있는 숙주를 죽이려고 칼을 들고 들어가는 것을 역시 삼문이 눈짓하여 막아 버렸다.

"왜? 왜?" 하고 윤영손은 성삼문이 막는 것을 의아하게 생각하였으나 이번 일에 주장 되는 삼문의 말을 아니 들을 수가 없었다.

오늘 일이 모두 중지되는 것을 보고 김질은 그 처부 정창손에게로 달려갔다. 이때에 정창손은 우찬성으로서 예복을 갖추고 바로 광연전으로 들어오려 하는 때였다.

"오늘 운검을 폐하시고 세자께서 수가(隨駕) 아니하신 것은 천명이오. 오늘 일은 다 틀렸으니 먼저 상감께 고하는 것이 옳을까 합니다. 그러면 부귀가 유여할 것이 아닙니까" 하였다.

정창손은 잠깐 주저하였으나 가만히 있다가 화를 당하는 것보다 왕께 이 일을 아뢰어 부귀를 누리는 것이 또한 전화위복하는 상책이라 하여 사위 김질을 데리고 왕이 계신 상왕전으로 달려갔다.

때마침 왕은 곤룡포에 익선관을 벗고 명나라 황제가 보낸 면류관(冕旒冠)과 황포(黃袍)를 입고 백옥 홀을 들고 연회장인 광연전으로 나가려 할 때였다.

정창손이 김질을 데리고 황망히 들어오는 것을 보고 왕은 무슨 일인가 하여 일변 의아하고 일변 놀라운 생각으로 창손과 질을 바라보았다.

"소신 정창손 아뢰오. 지금 성삼문의 무리가 역모를 하오니 상감께옵서 시급히 처분 계옵시오" 하고 정창손이 가장 근심스러운 빛을 보인다.

단종애사

"무엇이? 성삼문이?" 하고 곁에 섰는 한명회를 돌아본다. 한명회는 오래전부터 성삼문·박팽년의 무리가 간흉하여 이심을 품을 염려가 있음을 누누이 왕께 아뢰었고, 또 오늘도 세자를 본궁에 두고 운검을 물리라는 말씀을 아뢴 까닭이다.

한명회는 자기의 선견지명을 자랑하는 듯이 빙그레 웃었다.

"역모라 하니, 그래 어떻게 삼문의 무리가 역모할 줄 정 찬성이 알았단 말요?" 하고 왕이 창손을 노려보았다.

"아뢰옵기 황송하오나 소신의 사위 김질이 평소에 삼문·팽년의 무리와 추축하와 이번 역모에도 참예하였다가 황천이 살피시와 제 마음을 돌리와 소신께 말하옵기로 여기 데리고 왔사옵거니와 죄당만사요. 소신까지도 죽여 줍시오" 하고 눈물을 흘린다.

왕이 김질을 흘겨본다.

김질은 무릎을 덜덜 떨고 이마로 마룻바닥을 두드리며 "소신 죄당만사요, 죽여 줍시오" 하고 느껴 운다.

"그래, 분명 역모를 하였단 말이냐?" 하고 왕의 음성도 흥분으로 떨린다.

"소신이 무엇을 아오리까마는, 따라다니며 삼문·팽년의 무리가 의논하는 것을 들었습니다."

"그래, 무어라고 하더냐? 들은 대로 말하여라" 하는 왕의 눈에서는 불이 나려고 한다. 역모란 말도 불쾌하거니와 더구나 오늘과 같은 날, 조선의 만민이 기껍게 왕을 추대하는 양을 사실로 보이려 하고, 그중에도 상왕과 왕 사이에 왕위를 주고받은 일이 가장 의합하게 된 것을 실제로 보이자는 오늘에 이런 불쾌한 일로 파흥과 망신을 아울러 하게 된 것이 분하였다.

김질은 성삼문이 처음으로 의논하던 것과, 오늘 하려던 계획이며 하려다가 중지하게 된 연유를 극히 자세하게 말했다. 그러나 자기가 그중에서 가장 열렬한 사람 중의 하나인 것은 털끝만큼도 입 밖에 비치지 아니하였다.

"그래, 너도 그 역모에 참예했더란 말이지?" 하고 왕은 당장에 김질을 죽이기라도 할 것같이 노려보았다.

"전하, 김질이 아니면 누가 이 역모를 사전에 아뢰오리까. 김질의 죄는 용서하시오" 하고 한명회가 곁에서 김질을 변호한다.

"환궁하리라" 하고 왕은 연회도 다 잊어버린 듯이 부랴사랴 경복궁으로 돌아왔다. 명나라 사신과 백관에게 왕이 갑자기 미령하여 환궁한 줄로 말하게 하고, 권람과 한명회와 신숙주 등 극히 심복인 몇 중신만 따르라 하였다. 그러고는 상왕이 주인이 되고 계양군과 정인지가 왕을 대표하여 사신과 수작이 있었으나 흥이 날 리가 없었다. 사신은 무슨 눈치를 챘는지 곧 사관으로 돌아가고 말았다.

환궁한 왕은 편전에 좌정하고 숙위장사(宿衛壯士)를 모은 뒤에 명을 내려 승지 전부를 부르라 하였다.

승지 박원형, 윤자운, 김질 등이 들어온 뒤에 성삼문이 무슨 일인가 하고 달려 들어와 추보로 옥좌 앞에 나아가 "좌부승지 성삼문이오" 하고 왕의 앞에 부복하려 할 때에, 왕의 명을 받고 기다리고 있던 내금위 조방림이 달려들어 우선 철여의로 삼문의 어깨를 한 대 후려갈기고 발을 번쩍 들어 삼문의 목을 내려

단종애사

밟으며 "이놈, 바로 아뢰어라" 하고 외친다. 충분을 이기지 못하는 듯하다.

삼문은 일이 탄로난 것을 깨달았고, 오늘 왕이 갑자기 복통이 난다고 하여 어연에 참예도 않고 급히 돌아온 연유도 알게 되었다.

"이놈, 네가 죽을죄를 몰라?" 하고 왕이 발을 구른다.

조방림은 손수 삼문의 두 팔을 잡고 발로 삼문의 뒷가슴을 으스러져라 하고 냅다 자서 붉은 오라로 산뜩 결박을 지운다.

"무슨 일인지 모르거니와 이것은 과하지 아니하오?" 하고 삼문은 고개를 들어 조방림을 바라본다.

왕이 묻는 말에는 대답이 없고 조방림에게 말을 붙이는 삼문의 태도는 왕의 오장을 뒤집어 놓는 듯이 더욱 미웠다.

"이놈, 듣거라. 네 내 녹을 먹거든, 무엇이 부족하여 오늘 우리 부자를 해하려고 역모를 하였다 하니, 과연 그러하냐?" 하는 왕의 말에 삼문은 이윽히 하늘을 우러러보다가 허허, 하고 웃으며 "그런 말씀은 누가 아뢰었는지 아뢴 사람을 만나게 하여 주시오" 하고 얼굴이 홱 풀려 태연하게 된다.

"김질아, 네 나와 삼문과 면질하여라" 하는 왕의 명을 받고 김질이 덜덜 떨리는 무릎을 끌고 나와 삼문의 옆에 두어 걸음 떨어져 선다.

삼문이 김질을 바라보며 "이 사람, 상감께 무슨 말씀을 아뢰었나?" 하고 빙그레 웃는다.

"자네가 그러지 아니하였나. 승정원 입직실에서 그러지 아니하였나. 그때에…… 근일에 혜성이 뜨고 사옹원에서 시루가 울었으니 반드시 무슨 일이 있으리라고 자네가 나더러 그러지 아니하였나. 내 말이 거짓말인가?"

"그래서?"

"그래서 내가 무슨 일이냐고 물으니까 자네 말이, 요새 상왕께옵서 창덕궁 북문을 열고 유(금성대군)의 구가에 왕래하시게 하는 것을 보니 이것은 필시 한명회 같은 놈들이 상왕을 좁은 골목에 드시게 하고 역사를 시켜 담을 넘어 죽이게 하려는 꾀라고, 자네가 나더러 안 그랬나, 바로 승정원 대청에서."

"그래서?" 하고 삼문은 옳다는 듯 비웃는 듯 고개를 끄덕끄덕한다.

"그리고 자네가 나더러 네 장인헌테 이 말을 하라고, 그래서 우선 윤사로, 신숙주, 한명회의 무리부터 없애 버리고 상왕을 다시 세우면 뉘라서 좋지 아니하랴고 그러지 아니하였나. 내 말이 다 옳지 아니한가?" 하고 김질의 얼굴은 처음에는 붉었으나 삼문의 눈살에 전신의 피가 다 말라 버리는 듯이 점점 얼굴이 파랗게 되고 입술이 말라 경련하고 망건편자에는 수없는 식은땀이 방울방울 맺는다.

"그래, 그래서 자네는 자네 장인 정창손헌테 그 말을 전하였던가?" 하고 삼문은 또 한 번 웃는다.

김질은 대답이 없다. 두 무릎이 마주친다.

"그래 그뿐인가, 더 한 말은 없나?" 하고 성삼문의 말은 아직도 부드럽다. 하도 어이없고 기막혀서 나오는 부드러움이다.

성삼문과 김질이 대질하는 말이 한마디 한마디 울려날 때마다 왕과 좌우에 입시한 신하들의 등골에는 찬 기운, 더운 기운이 번갈아 흐른다.

김질이 아무쪼록 자기는 빼고, 또 왕이 듣기 싫어할 말을 빼가면서 지루하게 전말을 말하는 것을 삼문이 고개를 흔들어 막으면서 "그만해라. 네 말이 다 옳지마는 좀 깐깐하다" 하고 다시 왕을 바라보며 "더 말할 것 있소. 상왕께옵서 춘추가 높으셔서 신위하신 것도 아니고 잘못하심이 있어서 하신 것도 아니시오. 나으리라든가 정인지, 신숙주, 한명회 같은 불충한 무리들에게 밀려서 선위를 하옵신 것이니까 복위를 원하는 것은 인신소당위(人臣所當爲)가 아니오? 다시 물을 것 있소. 그래서 오늘 나으리 부자를 죽여서 천하의 공분을 풀려고 하였더니 일이 뜻 같지 못하여서 이 꼴이 되었소. 마음대로 하시오" 하고 왕을 상감이라고 부르지 않고 나으리라고 부른다.

왕은 삼문의 태연한 태도와 불공한 말에 더욱 진노하여 "이놈, 네가 입으로 충효를 부르며 감히 나를 배반하니, 저런 죽일 놈이 있느냐" 하고 무슨 말을 더 하려는 것을 삼문이 막으며 "배반이라니, 말이 되오? 내가 어찌하여 배반이란 말이오? 우리 네 심사는 국인(國人)이 다 아는 것이야. 나으리같이 남의 국가를 도적하는 사람도 있거든 삼문이 인신이 되어 그 군부가 폐함이 되심을 차마 보지 못함이지, 배반이라니 말이 되오? 앗으시오. 나으리가 평일에 언필칭 주공으로 자처하지 아니하였소? 어디 주공이 이런 짓 하였습데까. 성삼문이 한 일은 천무이일(天無

二日)이요 민무이주(民無二主)인 연고요. 앗으오. 그리 마오" 하고 왕을 책망한다.

왕이 용상에서 벌떡 일어나 발을 구르고 소리를 높여 "그러하거든 네 어찌하여 수선하는 날 막지를 못하고 오늘 와서 나를 배반한단 말이냐?" 한다. 명나라 사신이 온 날에 이 일이 일어난 것이 왕에게는 더욱 한이 되는 까닭이다.

"힘이 못 미쳤소. 마음이 없었겠소? 내가 나서야 막지도 못할 것이요, 돌아가 죽으려 하였으나 죽기만 하면 무엇하오. 도사무익(徒死無益)이겠기로 후일을 도모하려고 지금까지 살아 있다가 이 욕이오그려" 하고 삼문은 분과 한을 못 이기는 듯 한숨을 쉬고 힘없이 고개를 숙여 버린다.

"이놈, 네가 칭신을 아니하고 나더러 나으리라 하니 웬말인고? 네가 내 녹을 먹었거든, 녹을 먹고 배반함이 반복이 아니고 무엇인고? 상왕을 복위한다 하나 실은 사욕을 채우려는 것이 아니냐" 한다.

삼문이 고개를 번쩍 들어 노한 눈으로 왕을 노려보며 소리를 가다듬어 "상왕이 계시거든 나으리가 어떻게 나를 신하를 삼는단 말이오? 또 나는 나으리의 녹을 먹은 일이 없소. 내 말을 못 믿겠거든 내 집을 적몰하여다가 계량하여 보오. 나으리께 받은 것은 고대로 쌓아 두었으니 도로 가져가오. 나으리가 하는 말은 다 허망무가취(虛妄無可取)야, 그 말을 누가 믿는단 말이오?" 하였다.

왕은 참다못하여 "이봐라, 네 이놈을 불로 지져라" 하고 발을

　　　　　　　　　　　　　　　　　단종애사

구르고 앉았다 일어섰다 한다.

무사는 청동화로에 숯불을 피우고 인두와 부젓가락을 묻어서 달군다. 번쩍 빼드는 인두는 불 피운 숯과 같이 뻘겋게 달았다.

무사가 달려들어 삼문의 옷을 찢어 벗긴다. 왕은 속히 하라고 성화같이 재촉한다.

왕은 성삼문을 인두로 지져 가며 이번 역모에 공모자가 누구 누구냐고 국문을 계속하고, 한편으로 승지 윤자운을 창덕궁으로 보내 성삼문 등이 상왕을 죽이려 한 역모가 발각된 일과, 시방 공모자들 공초 받기 위하여 국문한다는 말을 전하게 하여 가로되 "성삼문이 심술이 불초하지마는 돼지 학문이 좀 있기로 정원에 두었더니, 근일에 일에 실수하는 것이 많아 예방승지를 공방승지로 고쳤더니, 그것을 마음에 분히 여겨 말을 지어 가로되 상왕이 유의 집에 왕래하시며 그윽이 불측한 일을 도모하신다 하고 또 대신들을 다 죽이려 하옵기로 시방 국문하나이다" 하였다. 이로 보건대, 성삼문이 상왕을 해하려 하는 음모를 하기 때문에 괘씸하여 국문한다는 뜻이다.

이 말을 전하러 온 윤자운에게 상왕은 술을 주었다. 어쩌면 상왕은 윤자운이 전하는 왕의 말을 믿었는지도 모른다. 대개 삼문 등은 이 일을 도모하면서 상왕은 모르게 한 까닭이다. 만일 상왕이 이 일을 안다면 불행히 일이 패한 뒤에 화가 상왕에게 미칠 것을 두려워하였던 것이다.

삼문의 팔과 다리에는 불같이 뻘건 인두가 번갈아 닿아 지글지글 살이 타고 기름과 피가 흘렀다. 그러나 그는 잘못하였다고 빌지도 아니하고 누구와 같이 하였다고 불지도 아니하였다. 또 불어 댈 필요도 없다. 김질이 일러바쳤으면 다 알 것이다. 그렇지마는, 그렇다고 자기의 입으로 동지를 불지는 아니하였다.

그러나 왕은 삼문의 입으로 잘못했다는 말과 또 누구누구와 함께 하였다는 말을 듣고 싶었다. 그래서 뻘겋게 단 부젓가락으로 넓적다리와 장딴지를 뚫기도 하고 두 팔과 손바닥을 뚫기도 하였다. 고기 굽는 냄새와 같은 살과 기름 타는 냄새가 대궐 마당에까지 번지고 방 안에는 노란 연기가 피어오른다.

빨갛게 달았던 부젓가락과 인두는 삼문의 피와 기름으로 하여 순식간에 식어 버린다. 뿌지직 뿌지직 하는 소리가 그칠 때마다 삼문은 "이놈들아, 쇠가 식었고나. 더 달게 하려무나" 하고 소리를 지른다.

왕은 더욱 진노하여 "이봐라, 그놈이 본시 흉악한 놈이라 불이 뜨거운 줄을 모르나 보다. 네 쇠꼬챙이를 불이 다 되도록 달궈서 그놈의 배꼽을 쑤셔라. 그래도 아픈 줄을 모르고 제 죄를 깨닫지 못하는가 보리라. 그러고 저놈이 만일 기색하거든 냉수를 뿜어서 깨워 가며 지져라" 한다. 이는 성삼문이 아픈 것을 못이겨 가끔 꼬빡하고 조는 때가 있기 때문이다.

불같이 빨간 쇠꼬챙이가 삼문의 배꼽을 지진다. 기름이 보글보글 끓고 그 기름에 불길이 일어난다. 꼬빡 졸던 삼문은 번쩍 눈을 떠서 자기가 당하는 것이 무엇인지를 보더니 "성삼문의 몸뚱이가 다 타서 없어지기로, 성삼문의 가슴에 박힌 일편 충성이야 탈 줄이 있으랴" 하고 벽력같이 소리를 지른다. 이 소리에 놀

단종애사

라 쇠꼬치 든 무사가 한 걸음 뒤로 물러선다. 삼문의 배에서 붉은 피가 한없이 흐른다.

이때에 신숙주가 무슨 은밀한 말을 아뢰려고 왕의 곁으로 들어오는 것을 보고 삼문이 눈을 부릅뜨고 소리를 지른다.

"이놈 숙주야. 네가 나와 함께 집현전에 입직하였을 적에 영릉께옵서 원손을 안으시고 뜰에서 거니시며 무어라고 하시더냐. 내가 천추만세한 후에라도 너희는 이 아이를 생각하라고 하신 말씀이 아직도 귀에 쟁쟁하거든 너는 벌써 잊어버렸단 말이냐. 아무리 사람을 믿지 못한다 하기로 네가 이다지 극흉극악하게 될 줄은 몰랐다. 이놈아. 네가 대의를 저버렸거늘 천벌이 없이 부귀를 누릴 듯싶으냐."

숙주의 얼굴은 흙빛이 되어 감히 삼문을 정면으로 바라보지 못한다. 왕은 숙주를 명하여 전(殿) 뒤로 피하게 했다.

삼문은 점점 기운이 없어진다. 힘써 몸을 바로잡으려 하나 몸이 말을 듣지 아니하고 눈이 감긴다. 앞으로 고꾸라질 듯할 때에 왕이 무사를 명하여 냉수를 몸에 끼얹으라 한다.

삼문이 깜짝 정신을 차려, 옥좌에 앉아 숨소리가 높은 왕을 바라보며 "나으리, 형벌이 너무 참혹하구려" 하고는 그만 기절하여 쓰러진다.

왕은 기절한 삼문을 한편으로 비켜 다시 피어나도록 약을 쓰라 하고, 다음에 박팽년을 앞으로 불렀다.

왕은 이번 일에 잃어버릴 인재를 아끼거니와 그중에도 박팽년을 더욱 아꼈다. 그도 그럴 만하다. 집현전 문학지사 중에 가장 이름난 사람으로 신숙주, 최항, 이석형, 정인지, 박팽년, 성삼문, 유성원, 이개, 하위지 등이 있어 삼문의 문(文), 위지의 책소(策疏), 성원의 경사(經史), 개의 시(詩)…… 이 모양으로 각각 특장이 있었지마는 그중에도 팽년은 모든 것을 집대성하여 경학, 문장, 필법 어느 것이나 빼어나지 아니함이 없었다. 이 까닭으로 왕은 박팽년을 아꼈다.

그뿐 아니라 세조가 정난을 마치고 영의정이 되어 부중에 대연을 베풀었을 때에 이러한 시를 지은 것이 있었다.

묘당 깊은 곳에 거문고 구슬프니	廟堂深處動哀絲
오늘 같은 세상만사 도무지 알 수 없네	萬事如今摠不知
버들가지 푸르고 봄바람은 살랑살랑	柳綠東風吹細細
만발한 꽃에 봄날은 더디고 더디구나	花明春日正遲遲
선왕의 대업을 금궤에서 꺼내고	先王大業抽金櫃
성주의 큰 은혜에 옥술잔 기울이네	聖主鴻恩倒玉巵
즐기지 않고 어찌 내내 있겠는가	不樂何爲長不樂
노래 이어지고 배불리 취하니 태평성대로세	賡歌醉飽太平時

왕은 이 시가 자기의 공을 칭송한 것이라고 생각하여 현판에 새겨 부중에 걸게 하였다. 이 때문에도 박팽년은 아까웠다. 그래서 한명회를 시켜, 팽년더러 "네 내게 항복하거나 이 일을 모르노라고만 하라. 그러면 살리리라" 하고 귓속으로 말하게 하였다.

그러나 박팽년은 웃었다. 그리고 마루에 흐른 성삼문의 피를 가리키며 "나으리, 이 피를 보시오. 이것이 충신의 피요" 하고 무릎을 꿇어 감히 그 피를 밟지 못할 양을 보인다.

나으리란 팽년의 말에 왕의 비위는 와락 뒤집힌다.

"삼문이 나를 불러 나으리라 하더니 너도 나으리라 한단 말이냐. 어찌하여 네 내게 칭신을 아니한단 말이냐" 하고 무사를 시켜서 주먹으로 팽년의 입을 쥐어지르게 한다. 그래도 팽년은 굴치 아니하고 말끝마다 왕을 불러 나으리라 하고 자기를 불러 나라고 한다.

"네가 이미 내게 신을 일컬었고 또 내 녹을 먹었거든 이제 와서 칭신을 아니하면 무엇한단 말이냐" 하고 왕은 팽년을 비웃는다.

"내가 상왕의 신하요. 나으리 신하가 아니어든 나으리 앞에 칭신할 리가 있소. 죽여도 안 될 말이오" 하고 팽년이 입으로 피를 뿜는다.

"그러면 어찌하여서 지금까지는 칭신을 하였단 말이냐?" 하고 왕은 어성을 높인다.

"칭신을 할 리가 있소. 내가 충청감사가 되어 나으리에게 계목(啓目)을 보낼 때에 일찍이 신이라고 한 일이 없고, 또 나으리가 주는 쌀 한 알갱이도 먹은 일이 없소. 내 말을 못 믿거든 계목을 고람이라도 하시구려. 또 나으리가 녹이라고 준 것은 딴 곳간에 꼭꼭 쌓아 두었으니까 이제는 도로 가져가시오. 박팽년이 굶어 죽을지언정 두 임금의 녹을 먹을 사람이 아니오" 하고 엄숙하기가 추상과 같다.

"이봐라. 그놈의 입에서 나으리란 소리가 다시 나오지 못하도록 매우 때려서 저리 밀어 놓아 다시 생각하여 보라 하여라" 하고 왕은 유응부를 불렀다.

유응부는 종이품 훈련도감의 위풍이 늠름한 군복을 입었고 투구 밑으로는 희뜩희뜩한 반백의 귀밑 터럭이 보인다.

왕은 유응부를 보고 "너는 나깨나 먹고 귀밑이 허연 것이 의리를 앎직하거늘 저 무지한 놈들의 꾀임에 든단 말이야? 그래 어찌할 작정이냐?" 하고 타이르는 어조로 물었다.

응부는 허리도 아니 굽히고 고개도 아니 숙이고 오연히 왕을 바라보며 "오늘 한칼로 임자〔足下〕를 없애 버리고 옛 임금을 회복하려다가 불행히 간사한 놈에게 고발당한 바가 되었으니 이제 하길 무엇하오. 임자는 빨리 나를 죽이오" 하고 노한 눈을 부릅떠 왕을 흘겨본다. 왕은 응부의 눈에서 불이 번쩍함을 보고 몸에 소름이 끼침을 깨달았다.

"이놈, 무엇이 어찌하여? 상왕을 핑계로 사직을 도모하고서는……" 하고 왕은 분을 못 이겨 주먹을 불끈 쥐고 이를 간다. '나으리'란 말도 비위가 뒤집히거든 하물며 '임자'라고 함이랴. 당장 유응부의 간을 내어 씹고 싶도록 분하였다.

"사직을 도적한 것은 수양 자넬세. 우리네는 무너진 강상(綱常, 삼강과 오상)을 바로잡으려다가 이렇게 자네 손에 붙들린 것일세. 잔말 말고 어서 죽이게, 죽여" 하고 응부가 발을 탕 구르니 대궐이 흔들린다. 전내에 있던 사람들이 모두 실색한다. 지금이라도 손에 칼이 하나 있었으면 하였으나 인제는 결박된 몸이라

단종애사

어찌할 수 없었다.

왕은 '자네'라는 응부의 말에 참다못하여 옥좌에서 벌떡 일어나며 입에 거품을 물고 "이놈을, 이 대역부도한 놈을 세워 놓고 껍질을 벗기되 개 껍질 벗기듯이 하여라" 하고 발을 동동 구른다.

무사들이 번쩍번쩍하는 식칼 같은 칼을 들고 달려들어 응부의 옷을 찢어 벗기고, 세워 놓은 대로 목에서부터 등과 가슴과 팔로 껍질을 내려 벗긴다. 칼이 시나간 뒤를 따라 방울방울 피가 흘러내리고 껍데기 벗겨진 살은 씰룩씰룩 경련한다. 쩍쩍, 하고 껍질 떨어지는 소리가 들린다.

그래도 응부는 아프다는 소리도 내지 아니하고 몸도 꼼짝 아니하고 꼿꼿이 서 있다. 응부가 삼문·팽년 등을 돌아보며 "이르기를 서생(書生)은 불가여모사(不可與謀事)라더니, 과연이로구나. 아까 내가 한번 칼을 써보려 할 때에 너희놈들이 굳게 막아서 천재일시를 놓쳐 버렸으니, 이런 분할 데가 있나. 이놈들, 나더러 만전지계가 아니라고 하였지? 그래, 이 꼴 되는 것이 만전지계냐. 예끼, 못난 놈들 같으니! 너희 같은 놈이 사람이 무슨 사람이야. 개 같은 놈들, 못난 놈들!" 하고 이를 간다.

누구누구와 함께 역모를 하였느냐고 묻는 데는 유응부는 다만 한마디, "무슨 물을 말이 있거든 저 썩어진 선비 놈들한테 물으려무나" 하고는 이내 굳게 입을 닫쳐 버리고 만다.

왕은 더욱 노하여 단근질을 하라고 명한다. 성삼문을 지지던 쇠꼬챙이를 빨갛게 달궈 응부의 불두덩을 지지니 기름이 지

글지글 끓고 그 기름에 불이 붙어 번쩍 불길이 일어나고 살점이
익고 타서 문드러져 떨어진다.

"이놈, 그래도 항복을 아니해? 그래도 같이 한 사람을 안 불
어?" 하고 왕은 소리를 지르고 앉았다 일어섰다 진정을 못하고
분통을 터뜨렸다.

응부는 왕의 말은 귓등으로 듣고 대답도 아니하고 안색이 조
금도 변함 없이 꼿꼿이 서서 큰 종소리 같은 목소리로 "이놈들
아, 쇠꼬챙이가 식었고나. 더 달궈 오너라" 하고 끝내 항복을 안
했다.

왕은 할 수 없이 응부를 물리라 하고 이개를 끌어내어 단근
질을 시작한다. 이개는 서서히 왕을 바라보며 "여보, 이게 무슨
형벌이오?" 하고 물었다. 과연 이런 형벌은 걸주(桀紂)* 이후에는
없는 것이다. 왕은 부끄러워 더 묻지 않고 하위지를 불러낸다.

하위지는 상왕이 선위하신 뒤에 벼슬을 버리고 선산 향제로
내려갔었으나 이번에 동지들에게 불려 올라왔던 것이다.

왕은 위지를 보고 "이놈, 너도 저놈들과 같이 역모를 하였지?"
하고 묻는다.

"참칭왕을 폐하고 상왕을 복위하시게 하려고 하였지요" 하고
위지는 한숨을 쉰다. 불행히 실패하였다는 뜻이다.

"어찌해서 그랬어? 벼슬이 부족해서 그랬느냐?" 하고 다시 묻

---

* 중국 하나라의 걸왕(桀王)과 은나라의 주왕(紂王)을 아울러 이르는 말. 천하의 폭군
을 비유적으로 이른다.

단종애사

는다.

"벼슬? 나으리가 영의정을 주기로 받을 내요? 악을 치고 의를 붙들자는 것이오" 하고 극히 선선하게 대답한다. 그는 본래 침묵하고 또 있는 대로 말하는 사람이었다.

문종대왕이 승하하고 상왕께서 사위(임금 자리를 물려받음)한 지 얼마 안 되던 어떤 날, 박팽년이 하위지를 찾아왔다가 비를 만나서 위지에게 우비를 빌려 입은 일이 있다. 그때에 위지는 시 한 수를 지어서 팽년을 주었다.

남아의 득실이 예나 지금이 같구나	男兒得失古猶今
머리 위에 밝은 달이 밝게 비추는데	頭上分明白日臨
도롱이를 건네주는 뜻이 있을 것이라	持贈簑衣應有意
강호에 비 내리면 즐겁게 서로 찾자는 게지	五湖煙雨好相尋

첫 연(聯)은 남아가 예나 이제나 모름지기 의를 위하여 살고 죽을 것을 말한 것이요, 아래 연은 사생을 같이하자는 뜻을 말한 것이다. 이 시를 받은 팽년은 다만 눈으로 알았다는 뜻을 표하였던 것이다.

왕이 다른 사람과 같이 위지에게도 악형으로 항복을 받으려할 때에 위지는 다만 "내가 반역일 것 같으면 죽일 것이지, 더 물을 것이 무엇이오?" 하고 다시 말이 없다.

왕은 악형도 지리해지고 또 그래 봤자 신통한 것이 없을 것을 알고 화로를 물려 버렸다. 그러고는 다시 성삼문을 향하여 그

같이한 사람이 누구누구인지 물었다. 일이 이렇게 다 발각이 된 뒤에 숨길 것이 없다고 생각하고 삼문은 선선하게 대답한다.

"지금 나으리가 다 물어보지 않았소? 박팽년, 유응부, 하위지, 이개가 다 내 당이오" 한다.

"네 아비 승이 운검으로 들어가면 나를 죽이려 하였지?" 하고 왕이 묻는다.

"그랬소. 내 아버지가 이 일에 아니 참예할 리가 있소?" 하고 삼문이 자긍하는 듯이 대답한다.

"또 그담에는 누가 있어?" 하고 그래도 더 알아보려고 왕이 물을 때에 삼문은 "내 아비도 아니 숨기거든 다른 사람을 숨기겠소? 그 밖에는 더 없소. 오, 김질이 있군" 하고 웃는다. 김질의 얼굴이 파랗게 질린다.

그때 제학 강희안이 붙들려 들어온다. 왕은 그를 고문하였으나 그는 모른다고 한다. 왕이 삼문을 보고 "희안도 네 당이지?" 하고 물었다.

"희안은 참말 애매하오. 나으리가 선조 명사를 다 죽이고 인제 이 사람 하나 남았으니, 이 사람일랑 죽이지 말고 쓰시오. 현인이 멸종되면 나라 꼴이 되겠소? 희안은 현인이요, 또 애매하니 후일에 죽이더라도 아직은 살려 두고 쓰시오" 하는 삼문의 말은 실로 간절하다.

왕은 삼문의 말을 옳게 여겨서 희안을 놓기로 하였다.

악형도 다 끝난 때에 공조참의 이휘가 한편 구석에서 나서며 "소인이 삼문 무리의 역모를 아옵고 진즉 진계하려 하였사오나

단종애사

사실을 더 알아보려고 늦었사옵니다. 여량부원군 송현수와 그 아내 민씨, 또 전 예조판서 권자신과 그 어미 최씨가 다 이 일에 간참한 줄로 아뢰오" 하고 일러바친다.

이휘는 성삼문 등과 같이 일을 의논한 사람 중 하나다. 이 일이 탄로되어 성삼문이 국문을 당하게 되매 혹시나 자기 이름이 나오지 아니할까 하여 전전긍긍하였으나 삼문은 이미 알려진 사람밖에는 말하지 아니하였다. 유성원도 늙은 어머니가 계신 것을 생각해 말하지 아니하였고, 이휘는 늙은 아버지가 있는 것을 생각해 말하지 아니하였다. 그러므로 가만히만 있었으면 이휘도 아무 일 없었을 것이다.

그러나 이휘는 안심이 되지를 아니하였다. 더구나 김질이 큰 공명을 하게 된 것을 생각하면 자기가 그 공명을 못한 것이 분할 뿐더러 또 어느 때 김질의 입에서 자기 이름이 나올는지도 몰랐다. 그래서 궁리해 낸 것이 송현수와 권자신을 걸고 들어간 것이다. 그렇게 공조참의 이휘는 영리한 사람이다.

그러나 예기한 바와 같은 칭찬을 이휘는 받지 못하고 성삼문 등의 무서운 눈질만 받아 몸에 오한이 나도록 몸서리를 쳤다. 그는 집에 돌아오는 길로 병이 나서 누웠다. 그는 악한 일을 먹고 삭힐 만한 뱀의 똥집이 없었던 것이다.

왕은 송현수와 권자신을 이번 기회에 없앨 결심을 하였으나, 해도 이미 다 간 오늘 계속하여 잡아다가 국문할 생각은 없었다. 그만하고 내전에 들어가 편히 쉬고 싶었다. 왕도 너무 격렬한 흥분과 참혹한 광경에 진저리가 나고 심신이 피곤했다. 맥이 풀리는 듯했다.

"이놈을 끌어내어 오차를 하여라" 하는 명령을 도승지 한명회에게 내리고는 옥좌에서 일어나 뒤도 안 돌아보고 내전으로 들었다. 성삼문·유응부 등은 눈을 들어 왕이 문으로 나가는 뒷모양을 바라본다.

여름날 기나긴 해도 인왕산에 거의 올라앉고 대궐 추녀 끝에서는 저녁 까치가 짖는다. 구경하던 여러 신하들도 모가지와 팔다리 힘줄이 돌과 같이 굳어진 듯하였다.

성삼문은 형장으로 가는 길로 무사들에게 끌려 나섰다. 박팽년, 유응부, 이개, 하위지도 차례로 끌려 나선다.

삼문은 옛 친구들을 돌아보며 "자네들은 현주(賢主)를 도와 나라를 태평케 하소. 삼문은 지하에 돌아가 옛 임금을 뵈오려네. 자, 가자" 하고 대궐을 나섰다. 영추문(迎秋門) 협문 밖에는 죄수를 실을 수레가 놓이고 죄수의 가족들이 죽기 전 한 번 마지막 볼 양으로 모여 섰다.

조그마한 판장문이 열리고 전신이 피투성이가 된 성삼문이 먼저 사람들의 눈앞에 나서서 그의 눈이 지는 볕에 번쩍할 때에 가족이나 아니나 보는 사람들이 다 소리를 놓아 울었다.

이개와 하위지 두 사람은 제 발로 걸어 나오나 성삼문, 유응부, 박팽년, 성승, 박쟁 등은 모두 몸을 마음대로 놀리지 못하여 군사들에게 붙들려 나온다.

삼문은 수레에 오르며 소리 높여 시 한 수를 읊는다.

요란한 북소리 내 목숨 재촉하는데	擊鼓催人命
고개 돌리니 저녁 해 떨어지려고 하네	回頭日欲斜
황천길엔 주막 하나 없다는데	黃泉無一店
오늘 밤은 뉘 집에서 자야 할꼬	今夜宿誰家

다 읊고 나니 삼문은 소리와 눈물이 한꺼번에 내리고, 보고 듣는 자도 느껴 울지 않는 자가 없다.

죽을 사람들의 수레는 삐걱 소리를 내며 육조 앞 넓은 길로 나서서 천천히 나간다. 수레에 '역적 성삼문'이라 이 모양으로 먹으로 대자로 쓴 기를 걸고 또 등에도 죄목과 성명을 써 붙였다. 길 좌우에는 장안 백성들이 눈물을 흘리고 모여 섰다.

"충신들이 죽는고나" 하는 한탄 겨운 속삭임이 사람들 사이로 바람과 같이 돌아가고, 그 피투성이 된 참혹한 모양이 바로 앞을 지나갈 때에는 다들 입술을 물고 고개를 돌린다.

삼문의 다섯 살 된 딸이 아버지의 수레 뒤를 따라가며 "아버지, 아버지! 나도 가, 나도 가요!" 하고 발을 구르며 운다. 삼문이 돌아보며 "오, 울지 마라. 네 오라비들은 다 죽어도 너는 계집애니까 살 것이다" 하고 종이 따라 올리는 술을 허리를 굽혀 받아 마시고 또 시 한 수를 읊는다.

임의 밥 임의 옷을 먹고 입으며	食人之食衣人衣
일평생 먹은 마음 변할 줄이 있으랴	願一平生莫有違
이 한 몸 죽음이 충의에 있는 고로	一死固知忠義在

현릉의 푸른 송백 꿈에서도 의젓하여라　　　顯陵松柏夢依依

이개도 수레에 오를 때에 한 시를 읊었다.

우정(禹鼎)이 중할 때에는 삶도 중하지만　　禹鼎重時生亦大
새털처럼 가벼운 곳에는 죽음 또한 영광이네　鴻毛輕處死猶榮
잠 못 이룬 채 날이 밝아 문을 나서는데　　　明發不寐出門去
현릉의 소나무는 꿈속에서도 푸르네　　　　　顯陵松柏夢中靑

첫 연은 사람이 나라를 위하여 큰일을 할 때에는 목숨이 우
임금의 솥같이 중하지만 의를 위하여 죽을 때에는 새털같이 가
볍다는 뜻이요. 아래 연은 문종대왕의 고명을 저버리지 아니하
여 오늘의 죽음을 취하노라는 뜻이다.

일행이 황토마루를 지날 때에 왕은 김질과 금부랑 김명중을
시켜 한 번 더 성삼문 이하 여러 사람에게 뜻을 돌리기를 권하
였다. 뜻만 돌리면 죽기를 면할뿐더러 높은 벼슬로써 갚으리라
한 것이다.

삼문은 붓을 들어,

이 몸이 죽어 가서 무엇이 될꼬 하니
봉래산 제일봉에 낙락장송 되어 있어
백설이 만건곤할 제 독야청청하리라

　　　　　　　　　　　　　　　　　　　　단종애사

하는 단가 한 편을 지어 쓰고, 이개도 붓을 들어,

　가마귀 눈비 맞아 흰 듯 검노매라
　야광 명월이야 밤인들 어두우랴
　임 향한 일편단심이야 변할 줄이 있으랴*

하였고, 박팽년은,

　금생여수(金生麗水)라 한들 물마다 금이 나며
　옥출곤강(玉出崑崗)이라 한들 뫼마다 옥이 나며
　아무리 여필종부(女必從夫)라 한들 임마다 좇을 건가

하였다. 김명중이 팽년을 향하여 "글쎄 왜 노친이 계신데 말 한
마디면 펴일 일을 이 화를 당하시오?" 하고 다시 마음 돌리기를
권할 때에 팽년은 입이 아파 말은 못하고 다시 붓을 들어,

　마음이 편치 않으니 부득불 이럴 수밖에　　中心不平不得不爾

라고 써서 보였다. 김질이 다시 무슨 말을 하려 하였으나 팽년은
더러운 말은 아니 듣는다 하는 듯이 눈을 감고 고개를 돌려 버

---

* 이 단가는 현재 박팽년의 것으로 알려졌다. 이광수가 그것을 알고 썼는지, 착각이었는
　지는 알 수 없다.

린다.

유응부는 말이 없이 다만 눈만 한 번 흘겨볼 뿐이요, 김질·김명중 등이 하는 말은 듣지도 아니한다. 성승과 박쟁도 그러하였다. 하위지는 오직 잠잠할 뿐, 움직이지 않는 것이 산과 같았다.

형장인 군기감 앞에는 상왕의 외숙 되는 권자신과 그 어머니 화산부원군 부인 최씨와 김문기·윤영손·송석동 등이 잡혀 와 있었고, 성삼문의 아우 삼고·삼빙·삼성, 박팽년의 아버지 중림과 아우 대년·기년·영년·인년 등이 벌써 결박되어 죽기를 기다리고 있었다.

유성원과, 허후의 아들이요 이개의 매부인 허조는 잡히기 전에 자살하였다.

그날 유성원은 성균관에서 평소처럼 여러 학생들을 가르치고 있었다. 물론 오늘 일이 감쪽같이 되리라고 믿고 그 결과가 알려지기만 기다리고 있었다.

그러다가 밖에 나갔던 어떤 학생 하나가 뛰어 들어와 유성원을 보고 성삼문 등이 잡혀서 국문을 당한다는 말을 했다. 그때에 성원은 명륜당 앞뜰 은행나무 그늘에서 더위를 피하고 있었다. 성원은 학생이 전하는 말을 듣고 손에 들었던 부채를 던지고 하늘을 우러러 통곡하였다.

성원은 곧 나귀를 내어 타고 집으로 달려 돌아왔다. 의아해하는 부인더러 술을 내오라 하여 그 노모께 한 잔을 드리고 부인에게도 술을 권하고 귀련·송련 두 아들을 불러, 남아가 언제 죽을 때를 당하는지 모르는 것이니 아무 때에 죽더라도 비겁한 모양을 보이지 말고 태연자약하게 죽어야 한다고 말하고는, 아무도 뒤를 따르지 말라 하고 혼자 사당으로 올라가 배례한 뒤에 찼던 칼을 빼들고 "불효 성원이 두 번 가명을 더럽히지 아니하고 죽습니다" 하고 그 칼로 목을 찔러 자진하였다.

오늘 남편이 하는 일이 수상하고 또 사당에 참배하고 오래 돌아오지 아니하는 것을 근심하여 달려갔을 때에는 성원은 벌써 피에 떠서 숨이 끊어져 있었다. 부인은 성원의 목에서 칼을 빼었으나 가버린 목숨은 돌아오지 아니하였다.

이때에 금부 나졸이 달려들었다. 아들 귀련·송련 형제를 잡아 앞세우고 성원의 시체를 지우고 군기감 앞으로 몰아왔다.

유성원의 시체가 형장에 왔을 때에는 성삼문은 벌써 사지를 찢기고 목을 잘려 전신이 모두 여섯 토막으로 나뉜 뒤였다. 그리고 그의 눈 감지 못한 머리는 상투로 끈을 삼아 그의 죄명과 성명과 함께 높다랗게 세워 놓은 시렁에 대롱대롱 매달렸다.

성삼문의 다음이 박팽년이다. 그다음에 이개·유응부·하위지·성승·박쟁·송석동·권자신을 차례로 찢어 죽이고, 그다음에 상왕의 외조모인 화산부원군 부인 최씨를 찢어 죽이고, 다음에 유성원의 시체를 찢고, 그 나머지는 날이 저물어서 내일 죽이기로 하고 황쇄족쇄하여 금부로 옮겨 가두었다.

이 일이 있는 동안 영의정 정인지 이하로 신숙주, 정창손, 김질, 이휘 등 문무백관이 벌려 서서 형벌 행하는 것을 감독하고 구경하였다.

밤이 들어 백관이 각각 집으로 돌아갈 때에는 어디선지 모르게 돌팔매가 날아오고 '정인지야' '신숙주야' 하고 부르는 소리가 들려서 대관들은 모두 군사와 무사의 옹위를 받았다.

피비린내 나는 형장에는 창검 든 군사 수십 명이 죽은 이들의 머리와 몸뚱이를 지키느라고 파수를 보았다. 여름 달빛이 피 묻은 머리를 비추어 감지 못한 눈이 번쩍번쩍할 때에는 군사들도 몸에 소름이 끼침을 깨달았다.

이튿날은 도리어 더욱 참혹하였다. 아버지들과 할아버지들이 죽던 피 묻은 자리에서 60여 명의 어린 자손들과 연루자들이 죽었다. 젖 먹는 어린것까지도 죽여 버리라는 엄명이요, 만일 그들의 아내 중에 잉태한 자가 있거든 해산하는 것을 지켜 나오는 대로 남자거든 죽이라 하였다.

그때에 죽은 사람들을 일일이 다 기록할 수는 없으나, 그중에서 중요한 사람들 몇을 들면 이러하다(의리를 위하여 목숨을 버렸거늘 거기 무슨 중요하고 중요치 아니한 차별이 있으랴마는 가장 사람들의 눈길을 끌 만한 이를 골라서란 뜻이다).

첫째 성삼문의 집안을 말하면 삼문 부자가 이번 사건에 주범으로 죽은 것은 말할 것도 없거니와 맹첨·맹평·맹종 3형제는 그 조부 성승과 아버지로 하여서, 헌·택·무명(無名)·금년생(今年生) 네 어린아이는 그 증조부 승과 조부 삼문으로 하여서 참혹하게 죽었고, 삼문의 아우 되는 부사 삼빙·정랑 삼성·장신 삼고는 그 아버지 성승으로 하여 죽임을 당했다.

박팽년의 집으로 말하면 그 아버지 판서 중림은 팽년과 같이

단종애사

역모에 관련되었다 하여 죽고, 팽년의 아들 헌·순·분 3형제와 손자 점동·개똥·파록대·산흔·금년생 5형제와 팽년의 아우 인년·검열 영년·수찬이요 호를 동재(東齋)라 하는 기년·박사 대년 4형제가 다 한자리에서 죽었다.

유응부의 아들 사수, 박쟁의 아들 숭문과 손자 계남·측동, 권자신의 아들 구지, 허조의 아들 연령·구령, 송석동의 아들 창·영·안·태산 등이 다 죽었다.

우습고 불쌍한 것은 권자신과 송현수를 고발한 이휘가 붙들려 죽은 것이다. 김질이 좌익공신으로 봉함될 때에 이휘는 역적으로 효수를 당한 것은 참으로 우스운 일이다.

하위지의 가족은 선산 시골집에 있었기 때문에 그 아들들은 며칠 뒤 선산에서 죽었다.

하위지의 집은 선산부 영봉리에 있었다. 금부도사가 위지의 가족을 잡아 남자면 죽이고 여자면 종을 만들려고 서울서 내려왔다. 호·박·연·반 4형제 중에 연과 반은 아직 철모르는 어린아이들이요, 호는 장성하였으나 박은 불과 16세의 소년이었다.

금부도사가 거느린 선산 관속이 4형제를 잡아 앞세울 때에 박이 금부도사더러 모친에게 마지막 한마디 할 말이 있으니 잠깐 여유를 달라고 하였다. 금부도사는 박이 연소하면서도 태연자약하며 군자의 품이 있는 것에 감복하여 허락하였다.

박은 안으로 들어가 모친 앞에 꿇어앉았다. 모친은 흘리던 눈물을 거두고 태연하게 "왜 남아답지 못하게 어미를 한 번 더 보려고 들어왔느냐?" 하고 꾸짖었다. 박은 어머니 앞에 이마를 조아리며 "소자가 죽는 것을 어려워하는 것이 아닙니다. 아버지께서 죽임을 당하셨거늘 소자가 살 리가 있습니까. 비록 조명이 없다 하더라도 소자가 마땅히 자결하였을 것입니다. 그러하오나 우리 동기 중에 오직 누이 하나, 저도 이미 과년하였는데 적몰되어 종이 되면 천한 몸이 부인의 의를 지키기가 극히 어려울 것입니다. 비록 죽을지언정 반드시 한 남편을 좇고 개돼지의 행실을 아니하도록 어머님께서 잘 훈계하십사 하고, 그것이 소자가 마지막으로 여쭙는 말씀입니다" 하고 일어나 두 번 절하고 물러나왔다.

그때에 곁에 있던 누이가 "소매가 아녀자지마는 하씨 집 가명을 더럽게 할 사람이 아니니 오라버님 염려 놓으시오" 하였다. 누이는 열다섯 살이었다.

선산부 객사 앞 넓은 마당에서 하위지의 아들 4형제가 일시에 교형을 당하였다. 4형제를 가지런히 늘어세워 놓고 금부도사와 선산부사의 감형으로 4형제의 목에 올가미를 씌울 때에 일곱 살 먹은 연까지도 조금도 두려워함 없이 조용히 서 있었다. 선산부에 하위지 모르는 사람이 어디 있으며 하위지의 덕행에 감복치 않은 사람이 어디 있을까. 형장에는 수천 명의 부민이 모여 모두 눈물을 흘렸다.

그때에 마침 태중에 있던 이가 박팽년의 며느리 한 사람과 허조의 아들 연령의 아내였다. 둘 다 만일 남아만 낳는 날이면 그 아이는 죽을 운명을 가질 것이나, 박팽년의 집에는 마침 종 중에 상전과 같이 해산한 이가 있어서 상전이 낳은 아들은 종의 아들을 삼고 종이 낳은 딸은 상전의 딸을 삼아 박팽년의 후손이 살아남았고, 허연령의 처가 낳은 아들은 자란 뒤에 죽이기로 하고 연령의 처와 함께 괴산부에 맡겨 두었다가 세조대왕의 분한 마음이 풀린 뒤가 되어 아니 죽이기로 하였으니, 그것은 이로부터 7년 뒤 일이다.

이렇게 70여 명의 사람이 죽은 것을 병자원옥(丙子寃獄)이라고 일컫거니와, 이 일이 있은 뒤에도 세속해서 죽이는 일은 한동안 끊이지 아니하였다. 그중에서 가장 큰 것은 혜빈 양씨와 그의 몸에서 난 두 아들 한남군 어와 영풍군 천의 죽음이다.

이 세 분은 성삼문 사건에 관계되었다고 드러난 증거가 없었다. 그러나 왕이나 정인지·신숙주·권람·한명회 등이 생각하기에 혜빈 양씨 세 모자와, 세종대왕의 아드님으로 나이 가장 높은 화의군 영과, 안평대군이 돌아간 뒤에 종실에 가장 명망이 높은 금성대군 유와, 상왕이 가장 정다워하고 또 신임하는 영양위 정종, 여량부원군 송현수 등은 어떠한 죄목을 만들어서라도 이번 기회에 없애 버려야 할 것이라고 보았다.

죽일 죄를 찾기는 어려운 일이 아니었다. 더구나 혜빈 삼모자로 말하면 가장 상왕과 관계가 가까울뿐더러 매양 말썽이 되어 왔다.

알다시피 혜빈은 세종대왕의 후궁이요, 한남군·수춘군·영풍군 세 분의 어머니일뿐더러, 세종대왕의 명을 받들어 상왕을 양육하였고 후에 문종대왕이 승하할 때에는 동궁을 향해 혜빈을

궁중의 어른으로 존경할 것을 명했었다. 그래서 비록 수렴청정
은 아닐지라도 군국대사에 어린 왕의 자문을 받는 지위에 있었
던 것이다.

그뿐 아니라 혜빈이 덕과 지혜를 갖추고 범할 수 없는 위엄
이 있어 수양대군에게는 한 큰 적국을 이루었던 것이다. 또 그의
아들이요 수양대군에게는 친아우 되는 한남·수춘·영풍 셋으
로 말하면, 항상 대의명분론을 주장하여 수양대군의 야심을 달
갑게 여기지 아니하였다. 그중에도 상왕 선위 전에 돌아간 수춘
군이 더욱 충성과 우애지정이 지극하였다. 한남군은 일시 대세
라 어쩔 수 없다 하여 수양대군이 왕위에 오르는 것을 찬성하는
태도까지 취하였으나, 당시 아직 이십 미만이던 수춘군이 눈물
을 뿌리며 상왕께 신절을 지켜야 한다고 극언함으로써 다시 마
음이 돌아왔다고 한다. 한남·영풍 형제분이 선위를 전하는 날
아침에 수양대군을 찾아가서 마지막으로 수양대군의 야심이 옳
지 아니한 것을 극언한 것이 수춘군의 정성에 힘입음이 많다고
한다.

어디로 보아도 혜빈 삼모자(수춘군이 살았더면 사모자)의 목숨
은 부지할 길이 없었다. 성삼문 등이 죽은 지 사흘 뒤에 이 세
분은 화의군과 함께 성삼문의 당이라 하여 사형을 받았으나 다
만 종실이라 하여 결형은 면하고 교형을 받았다. 이리하여 왕은
안평대군과 아울러 친동기 네 사람의 목숨을 끊어 버린 것이다.

금성대군은 왕과 어머니가 같은 덕에 아직 죽기를 면하고 순
흥부에 안치한 대로 두고, 송현수와 정종은 상왕과 극히 가까운

단종애사

척분이 있다 하여 아직 목숨은 보전하여 후일을 기다리게 되었다. 정종은 광주에 귀양을 보냈다.

이렇게 성삼문 등을 죽이고 난 뒤에 왕은 이러한 반교문을 내렸다.

頃者 瑢之謀逆 廣植黨援 盤據中外 遺孼未殄 相繼圖亂 近者 餘黨李塏 包凶稔惡 倡謀作亂 其徒成三問等 潛通宮禁 內外 相應 刻日擧事 將危寡躬 擁挾幼冲 專壇自恣 尙賴 宗社扶佑 之力 大惡自露 咸伏其辜 宣布寬大之恩 以同臣民之慶

이 반교문은 왕이 이번 성삼문 사건을 어떻게 해석하고자 하는가를 보여 주는 중요한 글이다. 그대로 옮겨 보자.

'저즘께 용(안평대군)이 역적을 도모하매 널리 당파를 심어 서울과 시골에 아니 박힌 데가 없더니, 남은 못된 놈들이 다 죽지 아니하여 서로 이어 난을 도모하도다.' 여기까지는 4년 전에 안평대군·황보인·김종서의 무리를 죽인, 이른바 계유정난을 끌어 이번 역모도 그때 그 못된 놈들 중 죽다 남은 것들이 한 일임을 가리킨 것이니, 이것은 한 팔매에 두 마리를 맞히자는 것이다. 즉, 세상이 다 애매한 것을 아는 안평대군·황보인·김종서 등을 한 번 더 역적이라고 선포하는 것이 하나요, 이번도 계유년 역모의 계속이라 하여 이번 성삼문 등의 역모가 뿌리가 깊음을 말하려 함이다.

'근자에 여당 이개가……' 하필 이개를 중심으로 내세운 심사는 성삼문을 머리라 하기 싫은 까닭이다.

'흉악한 생각을 품어 주장하여 난을 지을 제 그의 무리 성삼문 등이 그윽이 궁중과 통하여……' 여기가 상왕을 물고 늘어지는 곳이다.

'내외가 서로 응하여 날을 정하고 일을 들어 장차 내 몸을 해하고 어린이를 끼고 제 마음대로 하려 하더니.' 또 한 번 상왕을 개입시켰다. 이것이 심히 중요한 일이니 이번 일의 근원을, 책임을 상왕께 돌리려 하는 것이 왕과 정인지·신숙주·권람·한명회 등이 일치 협력하여 애를 쓰는 바다.

'그러나 종묘와 사직이 붙들고 도우시는 힘을 입어 큰 악이 스스로 나타나 죄 있는 놈들이 모두 죽었으니……' 이번에 참혹하게 죽은 70여 명의 사람들은 다 죽어 마땅한 죄인들이다.

'마땅히 관대한 은혜를 베풀어 신민과 경사를 같이하리라' 하는 것으로 끝을 맺었으니, 이것은 역적들이 다 죽어 없어져 국가에 이만한 경사가 없은즉, 백성과 이 기쁨을 나누기 위하여 모든 죄인에게 대사·특사의 은전을 주자는 말이다.

이 반교문이 내리자 과연 전국 수천의 죄수는 지옥과 같은 옥에서 풀려나게 되었다.

또 이 사건 덕으로 좌익 삼등공신이던 정창손은 이등공신으로 올라가고, 김질은 좌익 삼등의 녹훈을 받아 상락부원군이 되었으며, 나중에 좌의정으로 문정공이라는 시호까지 받는 귀한 사람이 되었다.

이 통에 하마터면 죽을 뻔한 이가 둘 있으니, 하나는 정보요,

단종애사

하나는 이석형이다.

정보는 고려 말 충신 정몽주의 손자요, 그 서매가 한명회의 첩이 된 사람이다. 천성이 방탕하여 주색으로 일을 삼았으나, 그래도 가슴에 한 점 내조의 기맥을 받은 것이 있어, 비록 궁하되 결코 권문세가에 아부하는 일은 없었다. 그가 현감 한 자리를 얻어 한 것이 한명회 덕이라고 비웃는 사람도 있으니, 이것만은 사실인 듯하나 궁해서 한 일이라 그리 책망할 것은 아니라고 성삼문이나 박팽년도 용서히여 주있다. 삼문·팽년 등과는 매우 친하게 지냈다.

성삼문 사변이 난 날 그는 명회의 집을 찾아서 그 누이를 보고 명회가 간 곳을 물은즉 누이는 "대궐에서 아직 안 나오셨어요. 죄인을 국문한다나" 하였다.

"죄인?" 하고 정보는 손을 두르며 "죄인은 누가 죄인이야? 대감 돌아오거든 그래라, 내가 그러더라고. 이 사람들을 죽이면 만고에 죄인이 되리라고" 하고는 옷을 떨치고 일어나 나갔다. 정보는 다시 이 집에 아니 오리라고 생각한 것이다.

국문이 끝난 뒤에 명회가 집에 돌아와서 첩 정씨에게 정보가 한 말을 듣고 분이 나서 저녁상도 아니 받고 대궐로 뛰어 들어가 왕을 뵈옵고 정보의 말을 아뢰었다.

왕도 분함을 이기지 못해서 곧 정보를 잡아들여 친히 국문을 했다.

"네가 그런 말을 하였느냐?" 하고 왕이 물을 때에 "네, 과연 하였소" 하고 정보는 태연히 대답하였다.

"저런 괘씸한 놈이 있단 말이냐. 어찌하여 감히 그런 난언(亂 言)을 하여?" 하고 왕이 소리를 높였다.

"옳은 말이니 하였소. 상감도 이 사람들을 죽이시면 만고에 죄인이 되시오리다" 하고 정보는 까딱없다.

"이놈, 그러면 성가·박가 놈들이 성인군자란 말이야?"

"그러하오."

이때 곁에 섰던 정인지, 신숙주, 한명회 등이 아뢰기를 "제 입 으로 제 죄를 자복하였사온즉 청컨대 형벌을 바로 하소서" 하 였다.

"그놈을 찢어라!" 하고 왕은 노함을 누르지 못하였다.

정보가 무사에게 끌려 장차 형장으로 나가려 할 때에 왕은 정보가 하도 태연한 것이 심상치 않게 생각되어 좌우에 물었다.

"그놈, 뉘 자손이냐?"

한명회는 감히 자기 첩의 형이라고는 대답하지 못하였다. 그 러다가 자기까지 봉변할까 두려워하는 까닭이다.

이때 곁에서 누가 "정몽주의 손자요" 하고 아뢰었다.

왕도 정보가 정몽주의 자손이란 말을 듣고는 놀랐다. 이 사람 을 죽이면 또 선비들 사이에 무어라고 말썽이 많을 것을 생각한 까닭이다. 이때 만일 정보 하나를 살리면 왕이 충신의 후예를 존중한다는 칭찬을 천추에 남길 것이라고 생각하고 선선히 사 형을 감하여 연일현으로 유배하라는 처분을 내렸다. 이리하여 정보는 목숨을 보전하여 연일 정씨의 조상이 되었다.

둘째로 죽을 뻔한 이는 이석형이다. 이석형은 그 지조로 보든

　　　　　　　　　　　　　　단종애사

지 성삼문·박팽년 등과의 교의로 보든지 반드시 죽었어야 옳은 사람이지만, 그가 병자사변에 들지 아니한 것은 전라감사로 외임에 있었던 까닭이다.

각 읍을 순행하던 길에 익산에 들러서 비로소 성삼문·박팽년 등 옛 친구들이 다 죽었단 말을 듣고 여관 벽에 글 한 수를 써 붙였다.

순임금 때 두 여인의 내나무요	虞時二女竹
진시황 때 대부였던 소나무	秦日大夫松
비록 슬프고 영화로움이 다르긴 해도	縱有哀榮異
어찌 냉정하고 화난 얼굴을 하리오	寧爲冷熱容

성삼문·박팽년 등이 대와 같은 절개를 가졌으면 나도 솔과 같은 절개를 가졌다. 그대들과 함께 죽지는 못하였을망정 속에 품은 뜻은 같다는 말이다. 원체 글줄이나 하는 선비의 객쩍은 짓이다. 이런 글을 써 붙일 까닭이 없는 것이다.

이 글귀가 어떻게 서울에 굴러 올라와서 대간의 탄핵 구실이 되었다. 이때에나 지금이나 잡아먹기를 장기로 알았다. 그러나 왕은 '시인(詩人)의 뜻이 어디 있는지 알지 못하는데 어찌 그릴 필요가 있겠는가'라 하고 대간의 계목을 물리쳤다.

이야기는 좀 뒤로 돌아간다.

성삼문 등의 국문과 처형이 끝나고 무사와 갑사의 호위를 받아 신숙주는 저물게 집에 돌아왔다. 신숙주가 돌아오는 길은 반드시 성삼문의 문전을 통과하였다. 이제 이 집에 누가 있나? 성삼문은 말할 것도 없고 그 아버지와 형제 다 신숙주의 눈앞에서 죽어 버렸다. 숙주의 교자가 삼문의 집 모퉁이를 돌아설 때에 안에서 살아남은 부녀들, 삼문의 어머니와 아내와 제부들과 딸들이 울다 지쳐 흐느끼는 소리가 들려올 때에 숙주의 등골에는 찬땀이 흘렀다.

세상에 친구가 많다 하더라도 숙주와 삼문과 같은 사이는 드물었다. 소년 시절부터 성부동형제(성은 다르나 형제처럼 다정한 사이)와 같이 지낸 것이다. 안에서까지도 다들 친하였다.

아까 대궐에서 삼문이 자기를 노려보던 눈을 숙주는 어두움 속에서 보는 듯하여 눈을 감았다. 가슴이 두근거렸다. 삼문의 원혼이 자기의 뒤를 따르지나 않나 하는 어림없는 생각까지도 나서 소름이 끼침을 깨달았다.

숙주가 집에 다다르니 중문이 환히 열렸다. 어찌하여 중문이 열렸는고, 하고 안마당에 들어서서 기침을 하여도 부인이 내다봄이 없었다. 평일 같으면 반드시 대청마루 끝에 나서서 남편을 맞던 부인이다.

숙주는 안방에 들어왔다. 거기도 부인이 없었다. 건넌방을 보아도 없었다. 어디를 보아도 부인의 그림자도 없었다.

"마님 어디 가셨느냐?" 하고 집 사람더러 물어도 아는 이가 없었다.

숙주는 다락문을 열었다. 들이쏘는 등잔불 빛이 소복을 하고

단종애사

손에 긴 베 한 폭을 들고 울고 앉은 부인을 비추었다. 숙주는 놀랐다. 의아하였다.

"부인, 어찌하여 거기 앉았소?" 하고 숙주가 물었다.

부인은 눈물에 젖은 눈으로 남편을 바라보며, "나는 대감이 살아 돌아오실 줄은 몰랐구려. 평소에 성 승지와 대감과 얼마나 친하시었소? 어디 형제가 그런 형제가 있을 수가 있소. 그랬는데 들으니 성 학사, 박 학사 여러분의 옥사가 생겼으니 필시 대감도 함께 돌아가실 줄만 알고, 돌아가시었다는 기별만 오면 나도 따라 죽을 양으로 이렇게 기다리고 있는데, 대감이 살아 돌아오실 줄을 뉘 알았겠소?" 하고 소리를 내어 통곡한다.

부인의 말에 숙주는 부끄러워 머리를 숙이고 어찌할 바를 모르다가 겨우 고개를 들며, "그러면 저것들을 어찌하오?" 하고 방에 늘어선 아이들을 가리킨다. 이때에 숙주와 부인 사이에는 아들 8형제가 있었다. 나중에 옥새를 위조하여 벼슬을 팔다가 죽임을 당한 정이 그 맏아들이었다.

그러나 숙주가 이 말을 하고 고개를 든 때에는 부인은 벌써 보꾹에 목을 매고 늘어졌다.

숙주가 놀라 집 사람들과 함께 부인의 목맨 것을 끄르고 방에 내려 누였으나, 그렇게 순식간이건만 어느새에 숨이 끊어져 다시 돌아오지를 아니하였다. 부인 윤씨는 죽은 것이다.

윤씨는 성삼문 등을 국문하노라는 기별을 전하러 상왕께 심부름 갔던 승지 윤자운의 누이다. 자운은 후에 숙주의 당이 되어 영의정까지 지냈다.

비록 윤씨가 이렇게 죽었건만 숙주는 집 사람들을 단단히 타일러 경계해서 이 말이 세상에 흘러나지 못하게 하였다. 그 말이 나는 것은 체면에 큰 수치로 생각한 것이다.

그래서 목매 죽은 윤씨는 의정부 좌찬성 고령부원군의 부인으로 비단에 씌워 가장 영화로운 장례로써 땅에 묻혔다.

한편, 죽은 사람들의 집은 어떠하였나? 오직 눈물과 분함과 욕봄뿐이라 할 수 있었다. 살아남은 부인과 딸들은 그날로 종이 되어, 다른 집에도 가지 아니하고 정인지·신숙주·김질·한명회·권람·홍윤성·양정 같은 소위 공신의 집으로 분배되어 가게 되고, 그중에도 과년한 처자는 서로 가지기를 원하여 다투는 형편이 되었다.

그중에도 가장 불쌍한 이는 유응부의 부인이었다. 유응부는 본래 청렴하여 재물을 알지 못하므로 몸이 재상의 지위에 있으되 집에 문짝이 없어 기직(베틀로 짠 직물)을 늘이고, 일찍이 그 밥상에 고기가 올라 본 일이 없다 하며, 어떤 때는 조석 지을 양식이 떨어지는 일까지 있었고, 그 부인이 육십이 되도록 깁(거친 비단) 것을 몸에 걸어 보지 못하였다. 아들이 없고 오직 딸 형제가 있었으나 다 출가하고 부인 혼자 집을 지니고 있다가 가산과 몸을 적몰당할 때에 부인은 "생전에도 굶주리다가 죽을 때에까지 이 화를 당하다니" 하고 통곡하였다.

이 정경을 보고 이웃과 군사들까지도 울었다.

그러나 그렇게 구차하면서도 상왕이 선위하신 뒤에 받은 녹은 곡식 한 알갱이, 피륙 한 자 건드리지 않고 철 찾아 내리는 부

단종애사

채, 책력 등속까지도 꽁꽁 모아 쌓아 두었었다.

성삼문·박팽년 등도 받은 녹은 다 봉하여 두었음을 발견하고 왕이 "독한 놈들이다" 하고 한탄하였다.

유응부, 성승, 박쟁 같은 이의 부인들은 다 연로하여 아무도 욕심내는 이가 없으므로 도리어 여생을 보내기가 그리 힘들지 아니하였으나, 가장 곤경을 당한 이는 박팽년 부인 이씨와 성삼문 부인 김씨다. 그들은 다 후실이어서 아직 이십사오 세의 청춘이었고, 또 자색도 있었기 때문에 가는 곳마다 유혹과 위협이 있었으나 죽기로써 절을 지켰다.

왕은 세종대왕 이래로 인재 양성의 기관이 된 집현전을 혁파하고 거기 있던 책을 예문관으로 옮겼다. 왜 집현전을 혁파하였느냐? 성삼문, 박팽년, 이개, 유성원, 하위지 등이 모두 집현전 학사들이기 때문이다. 그놈의 집현전이라 하면 왕의 잇새에는 신물이 돌았던 것이다.

다시 상왕을 창덕궁에서 금성대군 궁으로 옮겨 모시고 전보다 대우를 낮추고 단속을 엄하게 하여 일절 외간과 교통을 금하였다. 먹는 것까지 전에는 왕으로 있을 때와 같이 하였으나 지금은 보행객주(걸어서 길을 가는 나그네만을 치르던 객줏집)의 손님이나 다름없이 하게 했다.

상왕을 창덕궁에서 다시 금성대군 궁으로 옮겨 모실 때에 정인지는,

지난번 성삼문 등의 역모를 상왕이 알고 있었으므로 종묘사직
에 죄를 지었으니 상왕의 위호(位號)는 가당치 않사옵니다. 청
컨대 미리 대책을 세워 후환을 없애야 하옵니다.

라고 상소를 하였다.

　상왕이 성삼문 등의 도모를 미리 알았다고 하는 것은 정인지
의 멀쩡한 거짓말이다. 그러나 상왕을 없애려면 이것을 핑계로
삼는 것이 가장 편하겠기 때문에 이렇게 상왕이 미리 안 것으로
만들어 버리는 것이다.

　'청컨대 미리 대책을 세워(請早圖)'라 함은 어서 죽여 버리자
는 말이다. 상왕을 벌써 죽여 버렸다면 이번 성삼문의 일도 아
니 생겼을 것이라고 정인지는 자기의 선견지명을 자랑한다. 이
제라도 죽여 버려야지, 그냥 살려 두면 또 제2의 성삼문 사건이
납니다, 하고 정인지는 왕의 결심을 재촉하려 하였다. 그러나 왕
은 아직도 애매한 상왕의 목숨을 끊어 버릴 생각까지는 나지
아니하였다.

단종대왕,
죽음으로 살다

서강에 김정수라는 사람이 살았다. 그는 일정한 직업 없이 서울 대갓집 사랑으로 돌아다니는 자다. 의술도 안다 하고, 풍수 노릇도 하고, 또 삼전·사과 점도 치노라 한다.

그의 과부 누이 하나가 여량부원군 송현수 집에 침모로 들어가 있다가 부인의 의심을 받아서 매우 창피한 꼴을 당하고 쫓겨나왔다. 그 의심이란 대감이 가까이하는 듯하다는 것이다.

누이가 나와서 그 오라버니 정수에게 서러운 사정을 말할 때에 정수는 "오냐, 속 시원하게 해주마" 하고는 혼자 웃었다. 속 시원하게 한다 함은 물론 원수를 갚는다는 뜻이다.

그렇지만 이 사람이 결코 원수만 갚고 말 작자가 아니다. 원수도 갚고 이익도 보자는 생각이 났기에 웃은 것이다.

김정수는 곧 갓을 내어 쓰고 사대문 안으로 들어왔다. 누구를 찾아가서 이 말을 할까 하고 주저하였으나, 얼른 제학 윤사균의 집으로 발을 돌렸다. 그것은 사균이와 가장 친분도 있을뿐더러 또 그가 신숙주와 교분이 있는 것을 알기 때문이다.

김정수가 들어오는 것을 보고 사균은 매양 하는 버릇으로 "어, 김 서방인가" 하고 반쯤 조롱하는 빛으로 맞는다.

"글쎄 영감, 나이 사십이 되어도 밤낮 김 서방이니, 그래 김정수의 이마빼기에는 서방 두 자를 새겨 붙였단 말씀이오?" 하고 김정수는 성내는 양을 보인다.

"그럼 무어라고 부르나. 김 정승이라고나 부를까" 하고 사균은 적이 무안해진다. 그는 좀 못난 편이다.

"정승이야 간대로 바라겠소마는 왜 김정수의 머리에는 탕건이 올라앉지를 못한답니까. 김정수의 귀밑에는 옥관자, 금관자가 못 붙는답니까?"

"허, 이 사람이 오늘은 웬일인가."

"웬일이라니요? 권람은 우참찬이 되고 한명회는 오늘 이조판서 승차 아니하였소? 영감, 어디 나 같은 사람 감투 하나 얻어 씌워 보시구려" 하고 정수가 농치어 웃는다.

윤사균은 어른한테 놀림받는 아이 모양으로 싱글싱글할 뿐이다.

얼마 동안 농담과 잡담을 한 뒤에 윤사균이 혼자 있게 된 때를 타서 정수는 정색하고(그가 정색할 때에는 뒤로 젖혀진 갓을 바로잡는다) 말한다.

"그것은 다 웃자고 한 말이고. 그런데 영감, 큰일 났소이다."

사균도 덩달아 엄숙하게 되며 "어, 무슨 큰일?" 하고 정수를 바라본다. "왜? 어디 또 역모라도 일어났나?"

단종애사

이때에 큰일이라면 상왕을 회복하려는 도모(왕의 편에서 보면 역모다)밖에 없을 것이다. 이 역모라는 말을 들을 때에 웬만한 지위에 있는 사람들에게는 두 가지 생각이 번개같이 지나간다. 나도 몰려 죽지나 아니하나, 또는 내가 먼저 알아다가 고발하였으면, 하는 것이다. 사균도 이 두 가지 생각을 동시에 하였으나 자기가 신숙주와 긴한 것을 생각하고는 첫 근심은 없어지고 둘째 희망이 남을 뿐이었다.

정수는 사균을 믿지 못하는 듯이 이윽히 물끄러미 바라보더니 말없이 다만 고개만 끄덕끄덕하여 보인다.

"누가? 누가?" 하고 사균은 대단히 구미가 동하는 듯이 싱겁게도 정수를 조른다.

정수는 말을 할까 말까 하는 듯이 가만히 눈을 감고 입을 다물었다.

"이 사람, 누가? 내게야 못할 말이 어디 있단 말인가. 이 사람, 누가?" 하고 사균은 정수의 소매를 잡아끈다.

이런 경우에 호락호락하게 말해 버릴 김정수가 아니다. 저편의 비위를 부쩍 당길수록 이익이 많은 줄을 알기 때문에 말을 할 듯 할 듯하며 아니하는 것은 매우 요긴한 일이다. 그뿐더러 이런 말이라는 게 섣불리 해버리면 공은 남에게 빼앗기고 정작 자기는 헛물만 켤뿐더러 도리어 죄를 뒤집어쓰는 일이 십상팔구다. 더구나 인심이 효박하고 악착스러워져서 의리보다도 이익을 따르는 이때인 것을 정수는 잘 안다.

물론 윤사균은 그렇게 살짝 남의 공을 빼앗고 그 대신 죄를 뒤집어씌울 사람은 아니다. 그것은 의기남아가 되어서 그런 것이 아니라 그만한 꾀가 없어서, 정수의 생각을 빌리면 못나서 그런 것이다. 김정수가 하고많은 사람 중에 윤사균을 택한 것은 이 때문이다.

"내가 영감을 의심할 리가 있소이까. 의심을 하지 않기에 이런 참 대사를 의논하는 것이지요. 그렇지만 매사 튼튼히 하는 것이 대장부의 일이니까……" 하고 또 잠깐 주저하다가 "분명 영감이 나를 저버리지 아니하실 테요?" 하고 한 번 다진다.

구미가 대단히 동한 윤사균은 "저버리다니, 말이 되나? 어서 말을 하소. 그래, 누가 또 역모를 한단 말인가?" 하고 애원하는 빛을 보인다.

그제야 정수는 사균의 귀에 입을 대고 "송현수" 하고 한 마디를 불어넣는다.

"응?" 하는 사균의 눈에는 웃음이 있다.

"그래 송현수가? 응, 그럴 일이야. 그래 누구허고?"

정수는 대답이 없다.

"언제 거사하기로?" 하고 사균이 재차 물어도 정수는 여전히 대답이 없다. 이 자리에서 윤사균에게 다 말해 버리는 것이 아무래도 공을 빼앗길 염려가 있는 까닭이다.

"영감, 그럴 게 없소. 나허고 신 찬성 댁으로 가십시다. 그렇지 아니하면 승정원으로 바로 가든지. 이 자리에서 영감한테 말씀해도 좋지마는, 이목이 번거하니 같이 나가시지" 하고 정수가 먼저 일어선다.

단종애사

사균은 정수가 자기를 의심하는 것이 괘씸하게는 생각되었으나 또한 어쩔 수 없는 일이다. 김정수의 비위를 거스르는 것은 날아 들어오는 부원군 첩지를 몰아내는 셈이라고 생각하여 사균은 정수를 따라나섰다.

신숙주에게로 갈까, 바로 대궐로 들어갈까 망설이다가 대궐로 들어가기로 하였다. 이왕 세울 공이면 신숙주를 사이에 내세울 것도 없었고, 또 요사이 역모를 고발하는 일이면 당상관만 되어도 아무 때에나 예궐할 수가 있었다.

이리하여 송현수가 왕을 시해하고 상왕을 복위하려는 음모를 한다는 말과, 매양 권완이 밤들게 송현수를 찾아와서는 늦도록 있다는 말과, 송현수 부인 민씨가 상왕과 내통한다는 말과, 기타 김정수가 그럴듯하게 지어낸 말을 입직승지에게 고하였다.

왕은 누구든지 송현수와 권완의 무리를 없앨 죄목을 갖다가 바치기를 기다리던 터라, 내전으로 사균을 불러들여 자세한 말을 묻고 누가 이 역모를 알아내었느냐고 물을 때에 사균은 할 수 없이 김정수의 이름을 아뢰었다.

왕은 사균과 정수에게 술을 주라 하고, 즉시 대관을 궁중으로 부르고 한편 금부에 명해 판돈령 송현수와 판관 권완을 잡아오라 하였다. 궁중에는 등불이 휘황하고 또 친국이 있다고 법석이었다. 사균과 정수는 의기양양하여 승정원에 앉아서 떠들었다.

왕이 사정전에 들어 영의정 정인지, 우의정 정창손, 좌찬성 신숙주, 좌참찬 권람, 우참찬 박중손, 병조판서 홍달손, 예조판서 홍윤성, 영중추원사 윤사로, 판중추원사 이인손, 공조판서 양정, 이조판서 한명회, 도승지 박원형, 우승지 조석문, 우부승지 권지, 동부승지 김질 등을 불러 송현수와 권완의 역모를 말하고 제신의 뜻을 물었다.

"송현수가 불측한 뜻을 품었다는 말을 들은 지 오래되 상왕의 낯을 보아 지금껏 묻지 아니하였으니 감격하여 마땅하거든, 제가 부녀들의 말에 혹하여 상왕과 통하여 이런 불궤를 도모한단 말인가. 가증한 일이로다" 하고 왕은 은근히 상왕과 대비와 송현수 부인 민씨도 동죄인 것을 비추어 도저히 용서할 수 없다는 뜻을 제신에게 암시하였다.

영의정 정인지는 백관을 대신하여 "송현수, 권완의 죄는 만사무석이오" 하고 아뢰었다. 물론 아무도 감히 이 말에 반대하는 자가 없었다.

이윽고 여량부원군 송현수와 돈령부 판관 권완이 들어온다. 그들은 붙들려 오는 것이지마는 관복을 갖추었고 결박도 되지 아니하였다. 여기서도 왕이 상왕의 친척을 존중하는 모양을 보인 것이다.

송현수와 권완은 왕께 배례도 않고 읍하지도 않고 도승지 박원형이 지정하는 자리에 우두커니 섰다. 그들은 모든 일을 다 안 것이다.

왕은 크게 진노하여 "네 어찌 내 앞에서 읍하지 아니하고 부복도 아니하고 빳빳이 섰단 말이냐" 하고 두 사람을 노려본다.

"지금까지는 후일을 바라고 나으리 앞에서 허리를 굽혔소마

단종애사

는, 이제 상왕을 회복지도 못하고 나으리 손에 죽는 마당에 허리를 굽혀 무엇하오? 내가 살아 있고는 나으리가 잠을 편히 못잘 모양이니 잘 되었소. 어서 죽여 주오" 하고 송현수가 왕을 바라본다.

"권완이 너는?" 하고 왕이 권완에게 물으니 권완은 소리를 가다듬어 "나는 죽어서 지하의 선조를 대하기가 부끄럽소. 나으리 같은 무도한 역신을 진멸하지 못하고 집안에 가만히 앉았다가 붙들려 죽는 것이 부끄럽기 짝이 없소. 이렇게 나으리 마음에 안 드는 사람들을 다 잡아 죽이면 나으리는 천추만세에 복락이 무궁할 듯하지마는, 머리 위를 보시오. 창천이 무심하실 리가 없으니 나으리가 가슴을 두드리고 죄를 뉘우칠 날이 머지아니하리다" 하고 왕을 노려본다. 키가 작은 권완의 음성은 쇳소리와 같이 울렸다.

왕은 분함을 참지 못하고 "두 놈을 결박하고 때려라" 하는 영을 내렸다.

도승지 박원형이 무사를 부르니 모두 한명회의 심복이라. 달려들어 송현수와 권완의 사모를 벗기고 품대를 끄르고 두 손을 뒷짐을 지워 결박한 뒤에 손을 들어 두 사람의 입을 때리니 코와 입에서 피가 쏟아진다. 얼마큼 때려서 두 사람이 정신없이 고꾸라지는 것을 보고서야 왕이 겨우 노함을 진정하였다.

"네가 역모를 할 때에는 상왕과 통모를 하였겠다?" 하고 두 사람이 다시 정신이 들 만한 때에 왕이 송현수에게 물었다.

"내가 역모하는 줄은 나도 몰랐으니 상왕이 아실 리가 있소.

죽이려거든 내나 죽일 것이지 상왕까지 죽이려 하시오? 앗으시오, 그런 법은 없습니다. 더욱 불충일뿐더러 골육상잔이 아니오" 하고 송현수가 고개를 흔든다.

송현수와 권완은 죄를 자복하지 아니하였으나 어전에서 발한 이 불공한 말만 하여도 결형을 당하기에 넉넉하였다. 그러나 오늘은 이미 밤이 늦었으니 내일을 기다려서 죽이기로 하고 밤 동안 금부에 가두라 하였다. 정인지와 신숙주의 무리는 당장 그 무리를 박살하지 아니하는 것이 망극한 성은이라고 칭송을 올렸다.

송현수와 권완과 그 부인들과 자손들이 멸망을 당한 지 나흘째 되는 6월 26일에 왕은 교지를 내려 상왕의 어머니요, 왕 자기에게는 형수님이요, 문종대왕의 왕후이신 현덕왕후 권씨를 폐하여 서인을 만들었다. 현덕왕후는 돌아가신 지가 벌써 17년이 된 양반이다.

이것도 역시 정인지와 신숙주의 계책에서 나온 것이니, 표면 이유는 현덕왕후의 친정어머니 되는 화산부원군 부인 최씨가 역모에 걸려서 죽었거늘 그 딸 되는 현덕왕후가 어찌 감히 종묘에서 제향을 받으랴 함이지만, 기실은 상왕을 욕보이자는 것이 목적이요, 정가와 신가의 생각에 상왕을 욕보이는 것은 곧 금상을 기쁘게 함이었다.

이날 왕은 특별히 상왕이 종묘에 참배하는 것을 허락하였다. 영문을 모르는 상왕과 대비는 우선 오래간만에 문밖에 나오는

단종애사

것이 좋았고, 둘째로는 슬픔 많고 외로운 몸이 평소에 사모하는 조부모님과 부모님의 위패를 뵈올 것이 기뻤다.

상왕이 탄 남여(그것은 임금이 타는 연이 아니요, 벼슬아치들이 타는 남여였다)가 종로로 지나갈 때에 그가 상왕인 줄 아는 백성들은 뒤를 우러러보고 울었다. 그러나 이렇게 초초하게 가는 이가 이전 왕이던 상왕임을 아는 사람도 얼마 되지 않았다.

상왕이 종묘에 들자, 동부승지 김질이 왕명을 받아 가지고 문종대왕의 위패를 모신 독에서 현덕왕후의 위패를 빼내어 상왕이 보는 곳에서 뜰로 홱 내던지니, 둘러섰던 군사와 궁노들이 발길로 그 위패를 차서 굴렸다.

상왕은 신도 안 신고 뛰어내려 "나를 차거라, 나를 차거라" 하며 흙 묻은 위패를 가슴에 안고 기색하여 땅에 쓰러졌다.

그러나 상왕은 그 위패를 보호할 힘이 없었다. 군사들은 기색한 상왕의 품에서 그 위패를 빼앗아 도끼로 산산조각으로 패어서 아궁이 불 속에 집어넣어 버렸다.

이튿날 27일에 왕은 마침내 상왕을 노산군(魯山君)으로 강봉한다는 교지를 내렸다.

전날 성삼문 등이 말하기를, 상왕도 그 모의에 참여하였다 하였으므로, 종친과 백관들이 함께 아뢰기를, "상왕도 종사에 죄를 지었으니, 편안히 서울에 거주하는 것은 마땅하지 않습니다" 하고 여러 달 동안 청하여 마지않았으나, 내가 진실로 윤허하지 아니하고 초심을 지키려고 하였다. 지금에 이르기까지 인심이 안정되지 아니하고 계속 잇달아 난을 선동하는 무리가 그치지 않으니, 내가 어찌 사사로운 은의(恩誼)로써 나라의 큰 법을 굽혀 하늘의 명과 종사의 중함을 돌보지 않을 수 있겠는가? 이에 특별히 여러 사람의 의논을 따라 상왕을 노산군으로 강봉하고 궁에서 내보내 영월에 거주시키니, 의식(衣食)을 후하게 봉공(奉供)하여 종시(終始) 목숨을 보존하여서 나라의 민심을 안정시키도록 하라. 오로지 너희 의정부에서 안팎에 효유(曉諭, 깨달아 알아듣도록 함)하라.

허두에 '전날 성삼문 등이 말하기를, 상왕도 그 모의에 참여하였다 하였으므로, 종친과 백관들이 함께 아뢰기를, 상왕도 종사에 죄를 지었으니' 하였다. 성삼문이 그런 말 한 일은 없지마는 성삼문의 입으로 이 말이 나왔다고 하는 것은 심히 필요한 것이다.

'내가 어찌 사사로운 은의(恩誼)로써 나라의 큰 법을 굽혀 하늘의 명과 종사의 중함을 돌보지 않을 수 있겠는가?' 하여 부득이 종친과 백관의 청을 들어 상왕을 노산군으로 하고 영월로 내려가게 한다는 것이다.

상왕을 노산군으로 강봉하여 영월로 가게 하는 일에 대하여 종친과 백관이 '함께 아뢰었다' 함은 노상 없는 말은 아니다. 종친 중에는 임영대군이 왕의 편이 되어서 종친이 나서야 할 때에는 항상 앞장을 선다. 양녕대군이 집안의 어른이지만 그는 성삼문 사건을 듣고는 속리산으로 들어가 숨어 버리고 말았다. 그가

단종애사

서울에만 있다면야 억지로라도 이번 일에 필두가 되고야 말았을 것이다. 임영대군은 왕의 친아우요, 노산군에게는 마찬가지 숙부다. 또 백관 중에서는 무릇 네 번 상왕을 서울에서 내쫓자는 상서가 있었다. 그 하늘이 낸 충성을 만세에 전하기 위하여 그들의 향기로운 이름을 아니 기록할 수 없다. 첫 번은 정인지·정창손·신숙주·황수신 등이 의정부의 이름으로 계목한 것이니 그 글의 요지는,

지금 상왕의 명위(名位)가 서로 같으므로 소인이 틈을 타서 난을 꾀하는 자가 있으니, 근일의 성삼문의 난이 그것입니다. 청컨대 피하여 다른 곳에 있게 하여 간사하고 속이는 것을 막으소서.

라 했는데, 왕은 '불윤(不允, 안 된다)'이라 하였다.
두 번째는 권람·이인손·박중손·홍달손·성봉조·김하·박원형·어효첨 등이 육조 이름으로,

청컨대 상왕으로 하여금 피하여 있게 하여 혐의스러운 것을 끊게 하소서.

라 한 것이니 역시 왕은 불윤했다.
세 번째는 다시 정인지·정창손·신숙주 등이 정부 이름으로,

비록 친부자의 사이라도 만일 혐의스러운 일이 있으면 오히려 피하는 것이니, 청컨대 신 등의 청을 따라서 종사의 계책을 공고하게 하소서.

라 한 것이니, 이것은 심히 간절한 청이다. 비록 친부자간이라도 이런 경우에는 내어쫓을 것이거늘 하물며 그까짓 조카랴. 어서 내쫓으시어 왕의 자리를 굳히소서, 함이다. 이에 대하여 왕은,

중국에 정통고사(正統故事, 중국 영종의 복위 사건)가 있고, 또 내 뜻이 본래 이와 같지 않으니, 경 등은 다시 말하지 말라.

라고 하여 불윤하였고, 다시 계목하였으나 불윤이라 하였다.
다음에는 대사헌 안숭효·좌사간 권개 등이,

이개의 무리가 다시 옹립하기를 꾀하여 종사를 위태롭게 하고자 하는데 상왕도 또한 참여하여 들었으니, 종사의 대계에 있어 어떠하겠습니까? (중략) 상왕은 의당 법궁(法宮)에서 피위(避位)하여 밖에 옮겨 거처하여야 합니다. 이것이 종묘사직을 위한 계책이니, 따르지 않을 수 없습니다. 엎드려 바라건대 강작(强作)하여 공의(公義)를 따르시어 속히 결단하여 지체하지 않으시면, 종사가 매우 다행하고 국가가 매우 다행하겠습니다.

라 하였다. 이 계목 중에는 '피위(避位)'라는 문자가 있다. 이에

단종애사

대해서도 왕은 불윤이라 하였다.

이만하면 왕이 상왕을 아끼는 성덕을 보이기에는 넉넉하였다. 아무도 감히 상왕의 존호를 폐하고 강봉하자는 말을 내지 못하였다. 이것이 왕의 생각에 퍽 답답하였다. 상왕이라는 존호를 가진 대로 서울에서 내쫓는다 하면 듣기에 매우 좋지 못하다. 용서할 수 없는 죄를 지어서 상왕의 존호를 잃고 목숨까지도 잃어야 옳을 것을 왕의 바다 같은 성은으로 목숨 하나는 용서함을 받아서 시골로 가는 것으로 하지 않으면 안 된다.

아무리 왕이 상왕에게 호의를 보인다 하더라도, 상왕의 바로 눈앞에서 그 어머님의 위패를 욕보였으니, 아무도 왕의 호의를 알아주지 아니할 것이다.

어찌 되었건, 이리하여 왕은 첨지 어득해와 금부도사 왕방연에게 명하여 노산군을 강원도 영월부로 호송하게 하고 군자정 김자행, 내시부사 홍득경을 종행하게 하였다.

노산군이 서울을 떠나는 날(병자 6월 28일), 노산군이 있던 금성대군 궁은 초상난 집과 같았다. 노산군은 그나마 대장부의 기개를 보여 울음을 참았지만, 부인 송씨와 본래 후궁이었고 지금은 무엇이라고 부를 만한 칭호조차 잃어버린 권씨와 김씨, 세 사람은 기색하기를 몇 번을 하다시피 애통해하였다. 그까짓 국모의 지위를 잃고 대궐에서 쫓겨나는 일 같은 것은 생각할 새도 없다. 낳아 주신 부모(송현수 부처)가 살육을 당한 지 이레 만에 남편 되는 어른을 살아 영 이별하는 설움을 겪게 된 것이다. 인생에 있어서 이보다 더한 설움이 또 있을까.

권씨도 이번에 그 아버지 권완과 몇 일족이 도륙을 당하였다. 권씨는 송씨와 같이 노산군을 따라 영월로 가려 하였으나 왕은 이를 허락하지 않았다. 그 이유가 무엇인지 알 수는 없으나, 밖에서 전하는 말은 아이를 낳을 것을 염려해서였다 한다. 아이가 난다 하면 살려 두게 되더라도 후환이 있을 것이오, 죽여 버릴 계제가 되더라도 귀찮을 것이니, 차라리 내외가 한데 있지 못하게 하자는 것이 그 이유였다.

"종사에 큰 죄인이 목숨만 부지하는 것도 어분에 과의어든 솔권(率眷)이 말이 되오" 하는 것이, 한확의 노산군을 위한 간청에 대한 왕의 대답이었다.

이날 왕은 내시 안로를 시켜 화양정에 약간 잔치를 베풀고 노산군을 전송하게 하였다.

안로는 노산군에게 술을 권하며 "나으리, 이게 웬일이시오? 나으리는 아무 죄도 없으시건마는 성삼문 때문에 애매히……" 하고 동정하는 듯이 노산군의 눈치를 보았다. 이것은 왕이 노산군의 입으로 성삼문의 역모를 알았다는 말씀을 들어 오라 한 까닭이다.

"소인에게야 무슨 말씀은 못하시오? 성삼문이 나으리께 그런 말씀을 아뢰입더니까?" 하고 늙고 교활한 안로는 더욱 간절히 물었다.

지존의 지위를 앗기고 죄인의 몸이 되어 혈혈단신으로 서울을 쫓겨나는 노산군은 예전 당신의 신하들 중에 한 놈도 따르기는커녕 나와 보지도 아니할 때에 안로가 그래도 전별하는 정을 보이는 것을 보고 마음에 고마워하다가 이러한 말을 묻는 것을 보고 괘씸하여 "이 늙은 여우놈아, 물러나거라" 하면서 술잔을 들어 안로의 면상을 때렸다. 잔이 안로의 코허리를 쳐 빨갛게 피가 흘렀다.

노산군이 다 낡은 남여를 타고 종로를 지나 동대문으로 나갈 때에 장안 백성들은 길가 땅바닥에 엎드려 울면서 배웅했다.

"우리 상감마마, 어디를 가시오?" 하고 소리 내어 외치다가 관노들의 손에 입을 얻어맞는 순박한 늙은이도 있었다.

장마는 걷혔으나 무시로 비가 오락가락하였다. 볕이 났다 들었다 하였다. 볕만 나면 길가 풀잎이 시들도록 날이 더웠다. 말복이 엊그제 지나지 아니하였는가.

첨지 어득해가 앞을 서고 군사 50명을 두 대에 갈라 앞뒤에 서게 하고, 의금부도사 왕방연은 날쌘 나졸 네 명으로 더불어 노산군의 바로 뒤에 말을 타고 따라나섰다. 군자정 김자행과 내시부사 홍득경도 항상 노산군 남여 곁으로 말을 몰았다.

군사들은 밥을 배불리 먹고 또 몸에 밥과 떡을 지녀 길 가면서도 시장하면 내어 먹었으나 노산군은 그저께 종묘에서 그 욕을 당한 뒤로 거의 조석을 폐한 것과 다름이 없고, 오늘도 아침에 궁을 나설 때에 부인이 마지막으로 내놓는 미음을 먹었을 뿐이어서 해가 기울 때쯤 하여서는 시장하고 탈진함을 금할 수 없었다.

혹시 주막에 쉬어 60명 일행이 막걸리 한 잔이라도 사먹을 때에도 노산군에게는 냉수 한 모금도 주지 않았다. 하도 허기가 지고 목이 마르므로 곁에 따르는 홍득경을 불러 먹을 것을 청하면 그는 "아, 왜 이리 급하시오? 나으리 잡수실 것은 영월부에 가야 있지요" 하고 말조차 버릇없이 거절하였다.

"이것도 왕명이냐?" 하고 노산군이 소리를 높이면 "명대로 아니하거든 걸려서 압송하랍시었소. 암말 말고 가만히 계시오" 하고 첨지 어득해가 호령을 하였다.

이 모양으로 점심 요기도 못하고 기나긴 여름 햇발이 어느새 석양이 되었다. 40리 길을 걸어 양주 의정부에 거의 다다랐을 적에 어떤 사람 하나가 마주 오다가 노산군 행차를 만나 길을 피하고 있었다. 그는 곧, 양성 사는 차성복이었다.

행차가 다 지나가도록 성복은 그것이 누구 행차인지를 몰랐다. 그래서 후배더러 "어느 행차시오?" 하고 물었다.

"노산군이오" 하고 후배 군졸 하나가 대답한다. 군사들도 더위와 먼 길에 피곤하였다.

"노산군이라, 노산군이 누구시오?" 하고 성복은 의아하여 다시 물었다. 일찍이 노산군이란 이름을 듣지 못하였고, 또 이렇게 50여 명의 군사가 따를 때에는 여간한 양반이 아닐 듯하였기 때문이다. 또 하나 이상한 것은, 남여 속에 앉은 이의 의표가 비범하였음이다.

"상왕이라면 알겠나? 상왕이 인제 노산군이라오" 하였다. 상왕이라는 말에 차성복은 무릎을 굽히고 땅바닥에 엎드렸다. 상왕께서 마침내 높은 지위를 잃고 어느 시골로 떨어지시는가 하고 성복은 황송한 생각을 금하지 못하였다.

　　　　　　　　　　　　　단종애사

이윽히 앞으로 지나간 행차를 바라보고 한탄하고 있는 즈음에 어떤 행인 두세 사람이 지나가며 하는 말이 들린다.

"온종일 수라를 안 올렸대."

"온종일이 무엇인가. 영월부에 가시기까지는 일절 잡수실 것을 올리지 말라고 전교가 내렸다네."

설마 영월부까지 먹을 것을 드리지 말라는 전교야 내렸겠는가(그것도 알 수 없는 말이다)마는, 이러한 소문이 어디서 났는지 모르게 장안에도 퍼지고 행차가 지나가는 노변에도 퍼졌다. 그것은, 온종일 길을 가도 군사와 나졸들까지도 다 주식을 먹건만 노산군에게 무엇을 주는 것을 보지 못한 것이 증명하게도 되었다.

군자정 김자행과 내시 홍득경이 행차를 따르는 것은 노산군이 어떻게 대접을 잘 받나 하는 것을 살피려는 것이 아니라, 얼마나 학대를 받나 하는 것을 감독하려는 것이다. 만일 어 첨지나 왕 도사가 설혹 노산군에게 잘해 드리려 하는 생각이 있더라도 이 두 사람의 눈망울이 무서워 어찌할 수 없을 것이다. 사실상 금부도사 왕방연은 노산군에 대한 그윽한 충성과 동정을 가지고 있어, 오늘도 먹고 마시는 것이 차마 목에 넘어가지를 아니하였다. 그러나 어찌할 수가 없었던 것이다.

행인들이 하는 말을 듣고 성복은 나귀를 돌려 행차 뒤를 따랐다.

행차가 의정부에 들매 처음에는 백성들이 웬일인 줄을 잘 모르다가 차차 이 양반이 어린 상감님으로, 삼촌한테 쫓겨나서 영

월로 귀양 가는 길인 줄을 알게 되매 모두 동정하였다. 다만 군
사와 관인들이 무서워 입 밖에 내어 말을 못할 뿐이었다.

노산군 숙소는 어떤 주막 안채에 정하고 그 사랑채에는 첨지
어득해, 도사 왕방연, 내시부사 홍득경, 군자정 김자행이 들었
다. 주막집이란 안채는 보잘것없는 것이다.

차성복은 일행이 다 들고 남은 주막을 택하여 사처를 정하였
다. 성복은 주인 노파에게 명하여 백설기 한 시루를 찌라 하였
다. 그리고 성복은 행장에서 원산에서 가지고 오던 대구어 수십
마리를 꺼내 잘게 찢기 시작하였다. 노파는 이 손님이 대체 무엇
을 하려는고, 하고 시키는 대로 하였다.

밤이 깊은 뒤에 성복은 떡과 대구어 뜯은 것을 보자기에 싸
서 들고 노산군 사처로 찾아갔다. 군사들은 다 곤하여 잠이 들
고 성복의 발자국 소리가 날 때마다 개들이 콩콩 짖는다. 여름
그믐밤은 지척을 분별할 수 없도록 캄캄하고 벌써 가을이 가깝
다고 벌레들이 울고 먼 논에 개구리 소리도 들렸다.

길가로 향한 대문은 걸었으나 개천으로 향한 뒷 사립문은 방
싯 열린 대로 있다. 초저녁에는 거기도 군노 한두 사람이 앉아
이야기를 하더니 그들도 어디로 가버리고 말았다. 아무도 없는
모양이다.

성복은 발자취를 숨겨 안마당으로 들어왔다. 노산군이 어느
방에 들었는지는 미리 노파를 시켜 알아도 보았거니와, 그 방인
안방에는 문이 닫히고 희미하게 불이 비쳤다.

성복은 문을 들어섰다.

단종애사

이때에 노산군은 자리에 누워 부채로 모기를 날리며 잠을 이루지 못하다가 불의에 사람이 들어오는 것을 보고 깜짝 놀라 일어났으나 말은 없었다. 혹시 자객이나 아닌가 하는 의심도 가졌다. 노산군 생각에 결코 이 길을 무사히 가서 영월 구경을 할 것 같지 않아서였다. 중로 어느 주막에서 필시 살해를 당할 줄로 생각하였던 것이다.

성복은 손에 들었던 것을 앞에 놓고 노산군 앞에 부복하였다.

"무엄하온 죄는 만번 죽어 마땅하오나 오늘 상감마마 노중에서 수라 못 잡수신 말씀을 듣잡고 소신이 시루떡과 대구어 자반을 바치오니 내일 가시는 길에 행리 속에 감추시었다가 내어서 잡수시옵소서" 하는 성복의 음성은 울음으로 끝을 막았다.

노산군은 저녁을 잘 먹지 못하여 정히 시장하던 때라, 성복이 올리는 뭉치를 손수 끌러 아직 김이 나는 떡을 떼어 입에 넣고 맛나게 들며 "오, 네 충성이 가상하다" 하고 눈물을 머금으며, "너는 누구냐?" 하고 물었다. 성복은 감히 머리를 들지 못하고 엎드려 "소신은 양성 사옵는 차성복이오" 하고 아뢴다.

"머리를 들어 나를 보라" 하는 말에 성복이 황송하여 약간 고개를 들어 노산군을 올려보니 비록 초췌하나 용안의 아름다움이 이 세상 사람 같지 않아 보였다.

"물건은 네 붉은 정성이니 잊지 못하리라. 나는 아마 세상에 오래 있지 못할 것이요 또 죽어도 돌아갈 곳이 없으니, 만일 혼이 있으면 네 집에 가서 의탁할는지 어찌 아느냐" 하고 심히 감개가 많은 데다가 "여기 오래 있을 데가 아니니 어서 나가거라"

한다. 혹시 들키면 성복에게 무슨 화가 있을까 두려워함이었다.

성복은 부엌을 더듬어 냉수 한 그릇을 떠다가 드리고 숙소로 물러 나왔다. 후에 노산군이 죽임을 당한 뒤에 성복의 꿈에 익선관과 곤룡포를 입으신 단종대왕(노산군)께서 나타나 '내가 네 집에 의탁하러 왔다' 하므로, 성복은 기일마다 시루떡을 쪄놓고 제사를 지냈고, 성복이 죽은 뒤에도 대대로 제사를 계속하여 숙종대왕 때 단종대왕을 복위하신 때에까지 이르렀다고 한다.

산을 넘고 강을 건너 또 산을 넘고 강을 건너, 비에 젖고 볕에 그을어 7월 초승달 빛에 두견성이 슬피 들릴 때에 하늘에 사무치는 한을 품은 노산군은 마침내 영월부 청령포(清泠浦) 적소에 도착하였다.

청령포는 영월부의 서쪽 서강(西江) 가에 있는 조그마한 동리다. 남·서·북이 모두 산이요, 동으로는 서강을 건너 영월부중이 바라보였다.

삼면 산에는 수목이 울창하여 항상 구름이 머물고 앞으로 흐르는 서강 물소리는 밤새도록 끊일 줄을 몰랐다.

노산군 거처로 정한 것이 수풀 속에 있는 촌가 서너 채. 그중에 한 집이 노산군이 머물 곳이요. 다른 집들은 노산군을 지키는 군사와 궁노들의 숙소다. 군사 20명, 궁노 10명, 후에 따라온 궁녀 6명, 내시 2명. 모두 이만하였고 또 영월부에서도 날마다 중군·천총이 거느린 10여 명의 군사와 형리와 호장이 나와서 다녀갔다.

노산군이 있는 집은 나뭇조각으로 지붕을 인 침침한 집이었다. 뒤꼍은 바로 산에 연하여 밤에는 밤새, 낮에는 낮새 소리가 시끄럽게 들렸다. 부엌에 연한 두 칸 방 가운데에 장지가 있어, 새를 막고 아랫방에 노산군이 머물고 윗방 하나에 궁녀 여섯이 살았다. 처음 노산군이 떠나올 때에는 궁녀도 내시도 없었으나 사오 일 후에 상왕전에서 모시던 궁녀들 중 넷은 예전 대비, 지금의 노산군 부인 송씨를 따르고 여섯은 천리 머나먼 길에 옛 주인을 따라온 것이다.

왕도 그것까지는 막지 아니하였다. 내시 두 명도 이 모양으로 온 사람이다. 뒤에 정인지가 알고, 궁녀가 따라가서 노산군을 모시는 것은 마땅치 않다고 누차 말했지만, 왕은 인지의 말을 듣지 아니하였고, 뒤에 신숙주가 또 "노산군이 종사의 죄인으로 천지에 용납치 못하거든 궁녀와 환관이 수종한다 하옵고 또 범절이 너무 호사하오니 유사에게 명하시와 자의로 따라간 궁녀와 환관을 엄벌하시고 범절을 줄이도록 하심이 마땅한가 하오. 그렇지 아니하면 이것이 성습이 되어 차차 무슨 폐단이 생길는지 알 수 없사온즉 화근을 미연에 막으심이 옳을까 하나이다" 하고 아뢰었으나, 왕은 머리를 흔들고 "내버려 두라" 하였다.

아무려나 이리하여 평소에 모시던 궁녀들이 노산군의 좌우에서 모시게 되었다.

노산군이 서울을 떠나 영월 청령포까지 오는 오륙 일 길에 노산군을 모시던 사람들은 다 노산군이 인자하고 아무리 어려운 처지에 있더라도 제왕의 위덕이 조금도 손상됨이 없는 것을 보고 깊이 감동하였다. 시장하거나 목이 마르거나 모기 때문에 잠을 못 이루고 밤을 새우거나 좌우에 모시는 무지한 무리들이 무엄한 언동을 하거나, 노산군은 한 번도 불쾌한 빛을 드러내지 아니하였다. 그래서, 따르는 자들은 조금이라도 이 가련한 옛 임금의 불편을 덜어 드리려고 마음으로는 애를 쓰나 서로 무서워서 감히 남의 눈에 띄게 도와드리지는 못하였다. 만일 노산군에게 충성된 빛을 보였다가 그 말이 왕의 귀에 들어갈까 봐 두려워서였다. 그래도 차차 산간의 맑고 찬 샘물을 떠다 드리는 이도 있고, 비에 젖은 산딸기를 따다가 드리는 이도 있고, 주막에서 밤중에 일어나 모깃불을 피워 드리는 이도 있었다. 그러면 노산군은 언제나 비록 조그마한 호의라도 가상히 여기고 기억하는 표를 보였다. 그것은 혹은 빙그레 웃음으로, 혹은 고개를 한 번 끄덕임으로 표하였으나 일절 말을 하는 일이 없었다.

이렇게 노산군은 따르는 군사들의 사모함을 받았다. 그중에서도 금부도사 왕방연은 가장 감동받음이 컸다. 그는 노산군을 청령포에 모셔 두고 사흘 만에 서울로 회정할 제, 떠나기 전날 밤 차마 잠을 이루지 못하고 냇가에 앉아서 이런 노래를 불렀다.

천만리 머나먼 길에 고운 님 여의옵고
이 마음 둘 데 없어 냇가에 앉았으니
저 물도 내 안 같아서 울며 밤길 예노매라

이날 밤에 잠 못 이룬 이는 금부도사만이 아니었다. 방연은 아무도 듣는 줄 모르고 부른 노래건만 이때까지 잠 못 이루고

단종애사

있던 노산군이 듣고 곧 궁녀를 불러 이 노래를 부르는 이가 누구가 알아 올리라 하였다. 그리고 그것이 금부도사 왕방연인 줄을 듣고 더욱 감개무량해하였다.

이튿날 금부도사 왕방연은 노산군을 뵙고 "소인 올라가오" 하고 하직을 아뢴다. 마땅히 소신이라고 일컬어야 옳을 처지에 소인이라고 일컫기가 왕방연의 마음에 심히 괴로웠다. 그렇지만 지금 노산군은 대군도 못 되고 군이니 소인이라고 일컫는 것도 과한 대접이 될는지도 모른다. 그렇지만 관인들은 다 노산군에게 칭소인하고 다만 궁녀들과 내시들만이 옛날 말대로 칭신을 하였으나 아무도 이것까지는 간섭하지 아니하였다.

"오, 가느냐. 애썼다" 하는 노산군의 눈에는 눈물이 돌았다. 그러나 곧 위의를 정제하고 "애썼다. 상감 뵈옵거든 내 잘 왔다 아뢰고, 거처가 좀 협착하나 수석이 좋으니 다행이라고 아뢰어라" 하고 망연히 무엇을 잃은 듯하다.

"소인 물러가오" 하고 왕방연은 그래도 차마 떠나지 못하여 노산군 앞에 엎드린 채로 이윽히 일어나지를 못하였다.

"소인 물러가오" 하고 한 번 더 하직하는 절을 드리고 물러날 때에 노산군은 "오, 애썼다" 하고 궁녀를 시켜 금부도사에게 술을 주라 하였다. 왕방연이 지난밤에 부른 노래 한 머리가 뒤에 남아 있는 여러 사람의 속에 말할 수 없는 깊은 인연을 맺게 하였다.

청령포에 온 지도 벌써 10여 일이 넘어 7월 백중절을 맞았다.

이때에도 아직 신라와 고려에서 불도를 숭상하던 유풍이 많이 남아서, 7월 백중이 되면 서울이나 시골이나 관가와 민가에서 열나흘·보름·열엿새 사흘 동안을 쉬고 새 옷을 갈아입고 절에 가서 우란분회(盂蘭盆會)에 참예하며, 혹은 집에 중을 청하여 각각 제 조상과 돌아갈 곳 없는 무연(無緣)한 혼령들을 제도하기 위하여 재를 올리고, 또 조상의 산소에 가 성묘하고 지전을 불살랐다.

노산군을 모시는 궁녀들 중에는 늙은이도 있고 젊은이도 있거니와, 그들은 궁중에 있는 동안에 다 불도를 존숭하였고 또 지나간 몇 해 동안 하도 세상의 변천과 수없는 인명이 초로같이 스러지는 것을 보아서 인생의 무상을 느낌이 심히 간절하여서 더욱 염불을 외고 진언을 염하는 일이 성풍이 되었다.

더구나 일찍이 한 나라의 지존이시던 양반이 보잘것없이 비참한 처지에 계시게 된 것을 뵈옵는 그들은 오직 나무아미타불을 염하여 왕생극락을 하거나 그것은 못하더라도 한 번 더 인생에 태어나 금생에 맺힌 무궁무진한 원한을 풀어 보기나 할까 하는 생각이 아니 날 리가 없다.

또 그들이 진정으로 사모하는 '상감마마(노산군)'를 위하는 길도 내생 복락이나 빌어 드리자 하는 것밖에 다른 도리가 없다고 생각한다.

이래서 이 궁녀들은 백중을 차리기로 결심하였다. 떡가루를 빻자니 방아가 있나, 떡을 찌자니 시루가 있나, 도라지·고비·고사리가 산에 가득하건만 일찍이 산 것을 보아 본 사람이 궁중에

단종애사

있을 리가 없으니 캐어 올 도리가 없었다. 그래서 늙은 궁녀가 인근 민가로 다니며 없는 기구와 물재를 빌려 오기로 하였다. 민가에서 기쁘게 빌려줄뿐더러 기름, 차조, 옥수수, 버섯, 송기, 열무, 멧나물, 오이, 참외, 수박, 가지, 풋고추 등속을 너도나도 들고 와서 수두룩하게 헛간에 쌓이게 되었다.

등도 많이 만들었다. 떡도 찌고 나물도 삶았다. 후원 늙은 소나무 밑에 단을 모아서 제단을 삼았다. 이 제단은 평시에는 노산군이 나와 앉으실 데라고 생각하면서 정한 황토를 깔았다.

이날, 볕은 났으나 몹시 무더웠다. 첫가을다운 새파란 하늘이 보이면서도 여기저기 때때로 뭉게뭉게 구름이 피어올랐다. 오늘밤에 비나 아니 오려나 하고 궁녀들은 들며 나며 구름머리를 바라보았다.

밤이 들어 조그마한 등들이 달렸다. 냇물에 띄워 보낼 등들도 동글동글하게 쌓여 있었다. 환하게 달이 떠올라서 지나가는 구름장 속에 들락날락하였다.

제단에는 두를 병풍이 없어서 정면에 기둥 두 개를 세우고 거기 널빤지 하나를 가로 건너 매고 커다란 종이에다가 길게 지방을 써서 붙였다.

이 지방은 노산군이 손수 쓴 것이다. 첫머리에 '삼생부모영가(三生父母靈駕)'라고 썼다. 이것을 쓸 때에 가장 간절히 생각난 이는 조부 되시는 세종대왕과 아버님 문종대왕이시거니와, 금생에 한 번 대면해 보지도 못하고 또 일전에 종묘에서 그 위패까지도 철폐함을 당한 어머니 현덕왕후 권씨를 생각할 때에는 피눈물이 솟음을 금치 못하였다.

다음에 쓴 이는 조모도 되고 어머니와도 같은 혜빈 양씨와 그 세 아드님. 그다음이 안평 숙부 부자, 그다음이 아버님 항렬 중에 가장 나이 많은 화의군 영, 다음에 황보인·김종서·정분·허후 등 계유정난 때에 죽은 사람들을 쓰고, 또 그다음에는 성승·유응부·박쟁·성삼문·박팽년·이개·하위지 등을 쓰고, 다음에 외조모와 외숙 권자신의 패를 쓰고, 다음에 장인장모 되는 송현수 부처를 쓰고, 나중에 노산군의 유모 이오 부처를 쓰고, 나중에 대자로 '충혼원혼영가(忠魂寃魂靈駕)'라고 썼다.

이것을 쓸 때에 감개가 무량했음은 말할 것도 없는 일이다. 정성으로 이 모든 충혼, 원혼을 부르는 슬픈 뜻이 촛불에 어른어른 비친 그 필적에 드러났다.

노산군은 친히 이 제사에 참예하지는 않고 다만 궁녀들끼리만 제사를 지냈다. 그렇지만 친필로 위패를 썼으니 친제함이나 다를 것이 없다.

노산군은 의관을 정제하고 방에 홀로 앉아 지난 일, 이제 일을 생각할 때 제 후원에서 늙은 궁녀가 축원하는 소리가 들린다. '왕생극락', '천추만세' 같은 구절이 수없이 들린다. 혼령더러는 왕생극락하라고 비는 것이요, 우리 임금(노산군)은 천추만세나 사시라고 비는 것이다. 축문을 지어 읽을 만한 한문의 힘도 없고 또 푸념, 덕담을 할 만한 무당의 구변도 없는 그들은 그저 같은 소리를 뇌고 뇌고 할 뿐이었다. 중얼중얼하다가는 왕생극락, 천추만세, 상감마마, 이러한 소리가 크게 들린다.

　　　　　　　　　　　　　　　단종애사

나무아미타불, 관세음보살의 합창이 들리는 것은 제사가 다 끝이 나는 모양이다.

이때쯤부터 투드럭투드럭 똘배나무 잎사귀에 굵은 비가 떨어지는 소리가 들린다. 그것이 순식간에 천병만마를 몰아오는 듯한 큰비가 되어 순식간에 마당에는 무릎이 잠기도록 물이 괴었다. 우레와 번개와 빗소리와 갑자기 불어서 미처 내려갈 길을 찾지 못하는 수없는 시냇물 소리는 실로 천지가 뒤집히는 듯하였다. 불을 켜서 흘리려 하였던 등은 불도 아니 켠 채로 다 떠내려가 버리고 말았다.

궁녀들은 노산군 좌우에 둘러서서 무슨 벌이나 당하기를 기다리는 듯이 덜덜 떨었다.

어디서 우루루 하는 소리가 난다. 무엇이 무너지는 소리다. 궁녀들은 더욱 무서워서 입술이 파랗게 질린다. 부엌 뒷벽이 무너지고 그리로 뒷산 물이 물결을 치고 달려들었다.

위험은 가까웠다. 노산군이 앉은 방에도 뒷문으로 물이 들어오기 시작하였다. 번쩍하고 한 번 크게 번개 하는 빛에 보면, 마당은 바다와 같이 붉은 물이 편하였고, 뜰 가에 선 똘배나무와 느릅나무가 바람에 흔들려 풀잎사귀 모양으로 번쩍번쩍 뒤집혔다. 그 광경은 여자가 아니더라도, 사내대장부라도 무서울 만하였다.

마침내 노산군은 궁녀들을 데리고 집을 떠났다. 군사들이 유숙하는 집에도 물이 들어차 이 청령포 온 동리가 떠나갈 지경이 되어, 백성들은 늙은이를 끌고 어린것들을 업고 퍼붓는 빗속으로 갈팡질팡하였다. 이따금 번개가 크게 번쩍할 때에는 물이 무릎 위에까지 올라오는 속으로 부녀자들과 아이들이 울고 헤매는 모양이 보였다. 읍내로 통하는 서강 다리가 떠버린 것이다.

노산군은 어찌할 줄 모르는 궁녀들더러 산으로 가자, 나를 따르라 하였다. 노산군 말대로 궁녀들은 산 있는 곳으로 길을 더듬었다. 눈 깜짝할 사이에 옷이 젖어 몸에서 물이 흐르고 바람이 후려갈기는 빗발에 눈을 뜰 수도 없었다. 어디가 어딘지도 모르고 산속으로 헤매기를 얼마 지났으나 물론 인가를 찾을 길도 없었다. 군사들도 저마다 저 살길을 찾느라고 사방으로 흩어져 어디로 간 줄을 몰랐다.

그래도 태연히 풀을 헤치고 나뭇가지를 더위잡고 나아가던 노산군은 걸음을 멈추고 "내가 어찌 이리 덕이 박한고" 하고 한탄한다. 궁녀들은 이러한 처지에도 그 말을 듣고 눈물을 씻었다. 그러나 산길을 찾기 위하여 다시 번개가 번쩍하기를 기다렸다.

과연 노산군이 하늘을 우러러 한탄함이 끝나자마자 서북편에 온 하늘이 모두 불빛이 되는 듯한 큰 번개가 일어났다. 이 무서운 큰 빛에 어둠에 잠겼던 산과 벌과 그 위에 있는 모든 움직이는 것들이 일시에 번쩍 보인다. 누울락 말락 하는 나무들, 철사같이 휘움하게 하늘에서 내리뻗은 빗줄기까지 역력히 눈에 보인다. 그 통에 바로 수십 보 앞 낭떠러지 밑에 잔뜩 붇은 물굽이가 불빛같이 보이고, 그 위에 분명히 큰 나무 하나가 가로 넘어져 다리처럼 되어 있는 양이 보인다. 그러고는 번개가 씨물씨물 동편 하늘로 흘러가 버리고 도로 캄캄한 밤이 되고 말았다.

단종애사

노산군은 "이리로 나가자" 하고 손을 들어 그 나무 보이던 곳을 가리키며 앞서간다.

번갯불에는 그렇게 지척같이 보이던 곳도 걸어가면 대단히 멀었다. 그러나 천신만고로 마침내 물가에 다다랐다. 거기는 과연 수십 척 돌벼루요, 어두운 속에도 그 밑으로는 바위라도 부술 듯하게 급한 물살이 좁은 목을 넘느라고 비비고 틀고 용솟음쳐 흘러가는 것이 보이고, 그 요란한 소리가 천지가 움직이는 듯하였다.

아까 번개 빛에 노산군이 본 바는 추호도 틀림이 없었다. 이쪽 벼루 위에 섰던 큰 소나무 하나가 뿌리가 끊어져 가로누워서 그 머리를 저편 벼루에 걸쳐 놓았다. 밑동이 두 아름은 될 듯하였다.

"천우다. 나는 죽어도 아깝지 아니한 몸이다마는 너희야 죽어서 되겠느냐. 자, 건너가거라. 여기만 건너가면 읍내가 얼마 멀지 아니할 것이요, 또 읍내 가기 전에 민가가 있을 터이니 사람 사는 곳에 인정 없겠느냐. 어서 건너가거라" 하고 노산군은 아니 건너갈 듯한 빛을 보였다. 노산군은 이제 이 모양을 하고 살아갈 뜻이 없어 무고한 궁녀들, 당신을 따라 불원천리하고 아무 영광도 없는 곳에 따라온 그들이나 살길을 얻어 주고는 차라리 이 밤에 몸을 던져 이 세상을 버리자고 작정하였던 것이다.

그러나 궁녀들은 노산군 앞에 꿇어 엎디어 이 다리를 건너시기를 빌고, 만일 아니 건너시면 자기네가 먼저 벼루에서 몸을 던져 죽을 것을 맹세하였다.

이리하여 노산군은 무사히 읍내에 들어올 수가 있었다.

이 일이 있은 뒤로부터 관에서는 노산군을 청령포에 나가 있게 하지 않고 객사 동헌을 수리하고 거기 머물게 하였다.

새 감사가 올 때마다, 새 부사가 올 때마다, 또 서울서 갑자기 무슨 명이 내려오면 노산군을 대우함이 혹은 후하고 혹은 박하고 여러 가지 변천이 있었으나, 영월부중에서 여기저기 다니는 자유까지는 빼앗는 자가 없었다. 영월부사 중에는 노산군을 너무 잘 대접한다 하여 갈린 자도 있었다. 그러므로 약은 사람은 아무리 마음으로는 노산군을 동정하더라도 겉으로는 노산군을 학대하는 척하지 않을 수 없었다. 평시에도 금부 진무 한두 사람이 늘 있을 뿐만 아니라, 언제 경관이 무슨 명을 가지고 오는지도 몰랐고, 또 관속 중에서도 노산군에 관한 무슨 죄목을 찾아내어 서울에 밀고하여 공명을 세우려는 놈이 없지 않았다.

그러하기 때문에 영월부사로 내려오는 사람은 서울을 떠날 때에 벌써 근심거리가 되었다. 감사도 그러하였다. 노산군을 학대하자니 양심도 괴롭거니와 민심에 거슬려지고, 후대하자니 왕이 무서웠다. 그래서 무서운 부스럼 모양으로 노산군은 아무쪼록 건드리지 않고 모른 체하기로만 주장을 삼았다. 한둘이 노산군에게 매우 까다롭게 굴어 관풍헌, 자규루, 금강정 같은 데 소풍 나가는 것조차 이 핑계 저 핑계로 말썽을 부렸으나 그중 한부사가 갈려서 올라가는 길에 돌팔매를 얻어맞고 죽인다는 위협을 받은 뒤로는 그처럼 까다로운 자도 없었다.

노산군이 영월 온 지도 반년이 넘게 지나서 가을이 가고 겨울

단종애사

이 가고 정축년 봄이 된 때에는 노산군을 감시하는 것도 전보다는 많이 해이해지고 구신(舊臣)들 중에 비밀은 비밀이지만 찾아와 뵙는 이가 있는 것도 내버려 두게 되었다. 이제 와서 노산군이 무엇을 하랴, 백성들인들 더 이상 노산군을 생각하려고……이러한 심리도 섞였는지 모른다.

사실상 그렇게 전국의 민심, 초동목수까지도 아이들까지도 여편네들까지도 이를 갈게 흥분시키던 노산군 손외(遜外)도 지금은 얼마쯤 김이 빠져 버렸다. 슬픈 일, 괴로운 일이 끊일 새 없이 뒤대어 오는 이 인생에서는 한 가지 슬픔이나 분함을 오래 가지고 가기도 어려운 일이다. 새로운 슬픔과 분함이 들어와서는 낡은 그것들을 아주 잊어버리게 할 지경은 아니라 하더라도 기운이 약하게 만들어 버리는 것이다. 그렇지만 한번 민심에 깊이 박혔던 슬픔이나 분함은 결코 영영 사라져 버리는 것은 아니다. 언제까지라도, 마치 생나무에 난 생채기와 같이 세월이 갈수록 껍질은 비록 성한 것처럼 되더라도 속으로는 더욱 언저리가 커가고 깊어 가는 것이다.

노산군 손외 사건에 대해 비등하던 민론이 적이 가라앉을 때쯤에는 왕이 노산군을 불쌍히 여기는 마음도 때때로 솟았다. 가만히 생각해 보면 그 어린 조카가 무슨 죄가 있나. 성삼문 사건에 노산군이 관계하지 않았을 것을 왕이 모를 리가 없다. 아무리 성삼문이 어리석기로 그런 말을 성사도 되기 전에 어린 상왕에게 여쭈었을 리가 없다. 이렇게 왕은 생각한다. 다만 노산군의 오직 하나 큰 죄는 그가 왕, 당신 위에 임금 된 것이다.

'내가 왕이 되자 하니 불쌍한 너를 죄를 씌워 내쫓은 것이로구나.' 만일 왕이 면류관을 벗어 놓고 그냥 한 사람으로 노산군과 삼촌, 조카가 되어서 만난다 하면 반드시 이렇게 말하고 '잘못했다. 모두 내 욕심 탓이로구나. 풀의 이슬 같은 영화를 탐내는 욕심 탓이로구나' 하고 조카님에게 사죄하였을 것이다. 과연 이로부터 10년이 못 돼 왕은 이러한 후회를 실제로 하게 된다(그렇지만 아직 왕이 지을 죄는 판연하지 못하였다).

왕은 영월에 있는 조카이자 예전 임금이던 노산군을 생각할 때에 불쌍하고 가여운 마음이 없지 않아서 강원감사 김광수에게 명을 내렸다.

노산군이 있는 곳에 사철 과실을 따는 대로 잇달아 바치고, 원포(園圃, 울안 밭)를 마련하여 수박이나 참외와 채소 등속을 많이 준비해서 지공(支供, 음식을 이바지함)하고, 또 매월 수령을 보내 그 기거(起居)를 문안케 하며, 그 지공하는 물자의 수와 기거 절차를 월말에 기록하여 아뢰어라.

그리고 내시부 우승지 김정을 영월로 보내 노산군에게 문안을 하였다. 이것은 노산군이 과연 어떻게 지내는지 알고자 하는 것이 첫 목적이라 하더라도, 또한 어린 조카의 가슴에 맺힌 원한이 무시무시하여 그것을 조금이라도 풀어 보자는 목적도 있었던 것이다.

여기에는 아주 이유가 없는 게 아니다. 현덕왕후를 폐하고 노

단종애사

산군을 영월로 내쫓은 후로는 줄곧 왕의 마음이 편치 않아서 무서운 원혐이 원수 같은 칼을 품고 왕의 신변을 범하는 듯한 생각이 가끔 번개같이 지나가서 머리카락이 쭈뼛거림을 느낄 때가 있고, 어떤 때는 형수님 되는 현덕왕후가 원망스러운 눈으로 노려보는 꿈을 꾸는 일도 있었다. 더구나 몸이 피곤하거나 편치 아니할 때 그러했다. 꿈이 무어? 죽은 사람이 무어? 귀신이 나를 어찌해? 하고 자신의 강한 운수를 믿으면서도 무시무시하고 쭈뼛쭈뼛한 무엇이 떠나지 않았다. 노산군에게 문안을 보내고 또 강원감사에게 노산군을 편안히 하여 두라는 분부를 내린 것이, 전부는 아니라 하더라도 일부분 그 때문이기도 했던 것이다.

강원감사 김광수는 이 명을 받아서 명대로 할 것인가 아닌가 하고 주저하였다. 대개 왕이 비록 겉치레로 이러한 명을 내리더라도 속으로는 그렇게 노산군을 위해 주는 것을 기뻐하지 않을 것 같았기 때문이다. 그래서 얼마 동안 주저하다가 마침내 영월부사에게 명하여 노산군 처소에서 가까운 곳에 밭 한 뙈기를 장만하여 그 밭에 각가지 채소와 참외, 수박 등속을 심어서 노산군이 마음대로 따 드시게 하라고 하였다.

왕의 이 명은 얼른 보면 그리 큰 것도 아니었지만 그 영향은 적지 않았다. 노산군을 편하게 해드려도 죄가 되지 아니한다는 생각을 여러 사람에게 준 것이나 다름 아니었던 것이다. 이후 부사가 매달 일차 문안을 나오게 되고, 나올 때마다 혹은 먹을 것을 혹은 피륙을 갖다가 바치는 것을 보고, 버릇없이 굴던 군사들도 차차 공손하게 되고 백성들도 마음 놓고 채소, 과일 같은 것을 보내 드릴 수가 있었다.

그러나 그것이 노산군에게 무슨 큰 위로가 될 리가 만무하다. 봄철이 되어 초목에 새 움이 나오고 철 찾아 오는 새들이 목이 메어 우는 소리를 들을 때면 노산군의 흉중에도 말할 수 없는 슬픔이 끓어올랐다. 그러나 이 슬픔을 뉘게다 말하랴, 말할 사람이 없었다. 마음이 자못 산란하여 진정키 어려운 때에는 퉁소 부는 늙은이 하나를 데리고 관풍매죽루(觀楓梅竹樓)에 올라 봄달을 바라보며 퉁소를 들었다. 밤에 퉁소 소리가 들리면 인근 백성들은 노산군이 관풍루에 오른 줄 알고 다들 한숨을 쉬었다. 우는 이도 있었다. 혹시 퉁소 소리를 따라 관풍루 앞으로 지나가는 이도 있었다. 그들의 말을 들으면, 노산군은 반드시 익선관에 곤룡포를 입으시고 난간 앞에 단정히 앉아 하늘에 뜬 달을 바라보되, 퉁소 한 곡조가 다 끝나도 몸을 움직이지 아니하더라고 한다.

이러다가 밤이 이슥한 뒤에야 숙소로 돌아오기를 일과로 삼았다.

달 밝은 밤 두견 울 제	月白夜 蜀魂啾
수심 품고 누 머리에 기댔으니	含愁情 倚樓頭
네 울음 슬프거든 내 듣기 애달파라	爾啼悲 我聞苦
네 울음소리 없다면 나도 근심 없으련만	無爾聲 無我愁
여보소 세상 근심 많은 분네	寄語世上苦勞人

단종애사

부디 춘삼월 자규루에 오르지 마소 　　　愼莫登春三月子規樓

하는 것이나 또,

한 번 원통한 새가 되어 임금의 궁을 나올 때로부터
　　　　　　　　　　　　　　　　　　一自寃禽出帝宮
외로운 몸, 짝 없는 그림자가 푸른 산 속에 있도다
　　　　　　　　　　　　　　　　孤身隻影碧山中
밤이 가고 밤이 와도 잠이 깊이 아니 들고
　　　　　　　　　　　　　　　假眼夜夜眼無假
해가 가고 해가 와도 한이 닿지 않는도다
　　　　　　　　　　　　　　窮恨年年恨不窮
우는 소리 새벽 멧부리에 끊이니 지샌 달이 희었고
　　　　　　　　　　　　　　　聲斷曉岑殘月白
뿜는 피 봄 골짜기에 흐르니 지는 꽃 붉었도다
　　　　　　　　　　　　　　血流春谷落花紅
하늘은 귀먹어 오히려 애달픈 하소연을 듣지 아니하시거늘
　　　　　　　　　　　　　　　天聾尙未聞哀訴
어쩌다 수심 많은 사람의 귀만 홀로 밝았는고.
　　　　　　　　　　　　　　胡乃愁人耳獨聰

하는 것이나 다 봄날 잠 안 오는 밤에 퉁소 소리를 들으며 지은
것이다.

영월은 산읍이라 사면이 산이어서 봄철 밤에 달이 질 때쯤 하여 누에 오르면 반드시 어디서나 두견의 소리가 들린다. 밤이 깊을수록 더욱 슬피 울고, 새벽달에 차마 눈물 없이는 들을 수 없도록 슬피 운다. 관풍헌이나 자규루나 다 노산군이 밤을 새워 자규성을 듣던 곳이다.

지은 시를 다른 사람더러 읊으라 하고는 그 소리를 들으며 엄숙히 눈물을 떨군 적이 몇 번이었던가. 좌우에 따르던 사람들도 옷소매를 적셨다.

차차 날이 더워 여름이 되면 노산군은 금강정에도 가끔 올랐다. 금강정은 금강 가에 있어 누에 앉았으면 물소리가 구슬피 들렸다. 이것을 노산군은 심히 사랑해서, 더구나 달 밝은 밤이면 밤 깊은 줄도 모르고 여울여울 울어 가는 강물 소리를 들었다.

천하가 다 변하는 중에도 옛정과 옛 의를 잊지 않고 찾아와서 뵙는 구신들도 있었는데, 그네들을 본 것도 이러한 곳에서였다. 이목이 번다한 곳에서 구신들을 만나면 누가 무슨 말을 지어낼지도 모를 것이요, 또 찾아오는 구신들로 보더라도 밤 조용한 처소가 편하였던 것이다.

영월부에 노산군을 찾아와 뵌 이를 다 적을 수는 없겠고, 그 중에는 조상치, 구인문, 원호, 권절, 송간, 박계손, 유자미 같은 이들이 있었다. 비록 구신은 아니나 김시습도 거사의 행색으로 두어 번 노산군을 뵈었다. 노산군은 일찍이 시습을 대면한 적은 없었으나 그 이름을 듣고 누구인지 알아보았다. 이때에는 시습이 아직 머리를 깎지 아니하였던 것이다.

그들은 다 성명을 바꾸고 행색을 꾸미고, 혹은 거사 모양으로 혹은 유람객 모양으로 혹은 농부 모양으로 변장을 하고 영월부에 들어와 하루 이틀 묵으면서 동정을 보다가 노산군이 자규루나 관풍헌이나 금강정에 나오는 기회를 타서 무심코 그 앞으로 지나가는 행객 모양으로 점점 가까이 들어와 노산군을 보는 목적을 이루었다. 그러고 와서 뵙는 이는 노산군 앞에 엎드려 가슴과 목이 메어 오래 일어나지를 못하고 노산군도 낙루하는 일이 잦았다. 이때의 낙루는 찾아오는 자의 정성에 감격해서였다.

뵈어야 길게 드릴 말도 없거니와 또 오래 모시고 있는 것도 옳지 아니할 듯하여 흔히는 맥맥히 서로 바라보고 눈물을 흘릴 뿐이었다. 이번에 떠나면 다시 언제 뵈오리, 이번이 마지막이다 하는 생각이 자연히 날 때에 피차 감회는 더욱 깊었다.

찾아왔던 이가 하직하고 물러날 때에는 노산군은 반드시 일어나 그의 팔이나 손을 만지고 석별하는 뜻을 보였다. 가는 사람은 10보에 한 번, 20보에 한 번 뒤를 돌아보고 눈물이 앞을 가려 비틀거림을 금치 못하였다.

금성대군이 순흥부에서 귀양살이한 지가 벌써 이태나 되었다. 집을 빼앗긴 것은 물론, 왕은 그가 처자와 함께 있는 것도 허락지 아니하였다. 그래서 금성대군은 순흥부 어떤 조그마한 민가 하나를 잡고 시녀 두엇과 사내 하인 두엇과 함께 있게 되었다. 시녀는 본래 금성대군 궁에 있던 사람으로 상전을 따라온 사람이다. 두 궁녀 중에는 금련이라는, 나이 이십이삼 세에 자못 자색이 있는 계집이 있었다.

이 시녀 금련은 어려서부터 금성궁에서 자라나며 십칠팔 세 적부터는 그윽이 금성대군을 사모하여 그 곁을 떠나지 않으려 하였고, 금성대군도 금련이 아름답고 영리한 것을 귀히 여겨 미워하지 아니하였다. 순흥에 금성대군을 따라온 것도 그만한 생각이 있었기 때문이다. 그러나 금성대군은 본이 근엄한 사람인데다 단종대왕이 선위하신 이후로는 더구나 주색에 뜻을 두지 아니하였다. 이것이 금련에게는 불만이요 또 원한이 되었다.

금성대군은 이곳에 온 뒤로 기회만 있으면 남중 인사와 사귀었다. 그는 금지옥엽의 몸으로서 모든 존귀한 생각과 태도를 버리고, 어떤 사람을 대하여도 겸손하고 정답게 이야기를 나누고 속마음을 털어놓았다. 이것이 남중 인사들 사이에 큰 칭찬과 존경을 산 것은 말할 것도 없다.

본래 영남 사람은 의리가 있다. 상왕을 노산군으로 감봉하여 영월에 안치한 것을 보고는 가슴속에 억제할 수 없는 불평을 품고 한번 죽기로써 의를 위하여 싸우리라는 비분강개한 생각을 가진 선비도 적지 않았다. 이러한 인사들은 금성대군에게서 그 영수를 발견한 것이다.

금성대군은 죄인의 몸이라 사람들과 교제하기가 자유롭지 못하였다. 부사에 따라서 그 자유는 혹 넓어도 지고 좁아도 졌다. 그러나 열 눈이 한 도적 못 막는다는 말처럼, 그러한 중에도 금성대군이 사람 만나 볼 기회는 있었다. 봄철이면 산에서, 여름이면 냇가 낚시터에서, 또는 밤에 술자리에서 어떻게든지 만나

단종애사

는 방법은 있었고, 또 의리로 서로 사귀므로 여러 번 만나 길게 이야기할 필요가 없었다. 관부의 눈에 띌 위험을 무릅쓰고 찾아오는 것만 보아도 금성대군 편에서는 저편 생각을 짐작할 수 있고, 또 금지옥엽 귀한 몸으로서 이름도 없는 하향 선비의 손을 잡고 차마 놓지 못하는 금성대군의 태도를 보면 저편에서도 이편의 생각을 짐작할 것이다. 만나서 말을 한대야 다만 한훤(寒暄, 날씨에 관한 인사)을 펼 뿐이나 그것으로써 의를 맺기에 족하였다.

이렇게 한번 금성대군과 마음이 통한 사람이면 또 자기의 동지를 구하여 금성대군에게 소개하였다. 이 모양으로 순흥부에 온 뒤에 금성대군이 사귐을 맺은 사람이 무려 수백 명에 달하였다.

마침 정축년을 맞아 이보흠이 순흥부사로 내려왔다.

보흠은 세종대왕 기유년에 문과에 급제하여 집현전 박사를 지낸 사람이다. 자를 경부(敬夫)라 하고 호를 대전(大田)이라 하여 글을 잘하고, 이재(吏才)가 있고, 천성이 사치한 것을 싫어하여 옷이 해어지고 때가 묻어도 부끄러워하지를 아니하였다.

선위가 있고 성삼문 변이 있은 뒤에 벼슬에 뜻이 없어 집에 있다가 이번에 순흥부사로 내려온 것이다.

그는 일찍이 글을 지어 길주서(吉注書, 길재)의 묘전에 제를 지냈다. 그 글에 이러한 구절이 있다.

주나라 무왕이 의(義)를 행하였으나 백이(伯夷)와 숙제(叔齊)는

수양산(首陽山)에서 고사리를 캐어 먹었고, 광무황제가 한나라
를 중흥했으나 엄자릉(嚴子陵)은 부춘산(富春山)에서 낚시질하
였다네.

이 글 구절을 보아도 그가 시국에 대하여 불평한 생각을 품
은 줄을 알 것이다. 그가 친구와 술을 나누다가도 말없이 문득
낙루하는 것은 상왕(노산군)을 생각함이었다.

그러나 그는 한 강개한 생각을 품은 선비요, 일꾼은 아니다.
그가 순흥부사로 와서 금성대군을 만나지 아니하였던들 그는
무슨 일을 도모할 생각을 내지도 못하였을 것이다. 그러나 그가
금성대군의 맵고 매운 충성과 의리를 볼 때에 그만 감격하여 몸
을 바치기를 맹세한 것이다.

저녁이 되면 부사 이보흠은 미복으로 급창 하나만 데리고 금
성대군을 찾아갔다. 이 급창은 얼굴이 잘나고 또 영리하여 보
흠이 도임한 이래로 항상 곁을 떠나지 아니하는 사람이다. 아주
공손하고 삽삽하여 보흠의 부인까지도 그를 사랑하였다. 그는
다만 보흠 내외의 사랑만 받을 뿐 아니라 그보다도 더한 믿음을
받았다.

금성대군과 이보흠이 마주 대하면 서로 낙루함을 금치 못하
였다. 금성대군은 보흠을 만나 뜻이 서로 맞는 것을 보고 크게
기뻐하였다. 비록 보흠이 지인지감(사람을 알아보는 능력)이 부족
하고 일솜씨가 없다 하더라도 그는 순흥부사요, 순흥부 300명
군사와 70명 관속을 부릴 권력을 가진 사람이다. 맨주먹밖에 없

단종애사

던 금성대군에게 한 고을 권세라는 것은 여간한 것이 아니었다.

두 사람이 일을 하기로 작정하던 날 밤(닭 울 때나 되었다)에 금성대군은 자기 갓에 달았던 산호 영자를 뚝 떼어 보흠에게 주며 "내 몸에 지닌 것이, 벗에게 줄 만한 것이 이것밖에 없소" 하였다. 갓끈을 떼어서 정표로 주는 것, 그것은 실로 작은 일이 아니었다. 보흠은 일어나 절하고 받으며 죽기로써 맹세하였다.

이렇게 순흥부사 이보흠이 밤이면 금성궁에 나아가서 밤이 깊도록 일을 의논하는 동안 다른 일 하나가 생긴다. 그것은 시녀 금련과 급창의 사랑이다.

처음 급창을 볼 때부터 금련의 마음이 끌리지 않은 게 아니었으나 금성대군 같은 고귀한 양반을 오래 마음에 두어 온 금련의 눈에 시골 급창 같은 것은 너무도 초라하였다.

그러나 한 달 두 달 지나고 열 번 스무 번 만나는 수가 많아지는 동안 그만 두 남녀는 서로 좋아하는 사이가 되고 말았다.

하루는 이보흠이 금성궁에서 늦도록 상의한 끝에 거사할 계책을 확실히 정하여 놓았다. 그 계책은 이러하다.

순흥부에 조련받는 군사가 300명, 관속이 70명이요, 순흥 경내에 흩어져 있는 정병(精兵)과 기타 잡역을 모조리 징발하면 또한 300명이 되니, 이리하여 순흥 한 고을에서 육칠백 명 군사를 얻을 수가 있고, 또 비밀히 격서를 보내 각처의 의기남아를 모집하면 깃발 아래 모일 사람이 또한 많을 것이다. 그동안 남중에서 얻은 금성대군의 명망과 그윽이 의를 맺어 둔 인사가 수백 명에 이르러 적지 아니한즉, 한 번 격서를 보는 날이면 이 사람들이 다 향응할 것은 분명한 일이다.

이리하여 순흥에 넉넉한 병력과 군량을 준비해 놓고(넉넉한 병력이라 함은 인근 어느 고을 병력이라도 감히 대항하지 못할 만한 병력이라는 뜻이다. 이때에 벌써 태조, 태종 시대에 정하여 놓은 제도가 해이해지기 시작하여 각읍의 군비와 군량도 실제로 전쟁을 치를 만한 데가 많지 못하였던 것이다), 아무 때나 인근 읍을 점령할 만한 실력을 이룬 뒤에(한 달 안에 이 실력을 얻을 수 있으리라고 금성대군과 이보흠은 생각하였다) 영월에 계신 노산군을 모셔 닭선재〔鷄立嶺〕을 넘어 순흥에 이봉하고, 새재〔鳥嶺〕와 대재〔竹嶺〕 두 길을 막아 영남과 서울의 교통을 끊어 놓고 영남 일로를 호령하면 영남 각읍을 손에 넣기는 그리 어렵지 아니할 것이다.

세력이 이만큼만 되면 영남 말고도 팔도 지사가 다 향응할 것이니 서서히 경중을 찔러 장안을 점령하고 노산군을 복위하여 하늘에 사무친 불의와 원한을 한꺼번에 풀어 버리자는 것이다.

이렇게 계획을 세워 놓고 두 사람은 너무도 감격하여 손을 마주 잡고 이윽히 말이 없었다.

"자, 인제 격서를 짓는 것은 대전의 재주요" 하고 금성대군이 서안 위에 놓인 지필을 보흠의 앞으로 밀어 놓는다.

"남아가 글을 배웠다가 이런 데 쓰게 되니 사무여한(죽을지라도 남은 한이 없음)이오" 하고 순흥부사는 붓을 든 손으로 눈물을 씻었다. 깊은 밤 벼루에 먹 가는 소리가 삭삭 들린다.

이보흠은 일생 정력을 다하여 격문을 지었다. 다 쓰고 붓을 던질 때에 보흠의 망건편자에는 땀방울이 맺혔다. 그 격서는 그리 길지 아니한 것인데, 대요는 수양대군이 정인지·신숙주 등 간신에게 그릇함이 되어 골육상잔하는 옳지 못한 일을 하고 마침내 왕위를 찬탈하였으니, 이는 천인이 공노할 일이라, 천하 의사는 일어나 그릇된 일을 바로잡아 상왕을 복위하시게 하자 함이었다. 그중에는 이러한 구절도 있다.

한 줌의 땅이 채 마르지 않았는데, 어린 임금은 어디에 거하시나이까?

또 이러한 구절도 있다.

천자(天子)의 칙령(勅令)을 끼고 제후(諸侯)에게 영을 내리는데 누가 감히 따르지 않겠는가?

또 이러한 구절도 있다.

일을 꾸미는 것은 사람에 달렸고, 그것이 이루어지느냐는 하늘에 달렸다.

격서 쓰기가 끝난 뒤에 금성대군은 서너 번이나 읽어 보고 문구에 의혹되는 데를 토론하여 몇 군데 교정도 하였다. 그래서 더할 수 없이 완전하다고 본 뒤에야 다시 정서하고 끝에다가 금성대군이라고 서명하고, 그보다 한 자 떨어뜨려 순흥부사 이보흠이라고 썼다.

보흠이 돌아간 뒤에 금성대군은 그 격서를 봉하여 문갑 속에 넣고 여러 가지 올 일을 생각하다가 잠이 들었다.

늦도록 어려운 일을 생각하고 또 이야기하던 금성대군은 매우 몸이 피곤하였다. 오늘 하루만 아니라 근래에 연일 노심초사로 그의 안색은 매우 초췌하고 잠이 들면 심히 깊이 들었다. 게다가 오늘 밤에는 만사가 다 작정이 되고 격서까지 써놓아서 마음을 턱 놓고 잠이 깊게 들어 버렸다.

그 다음다음 날이 순흥 장날이다. 장날을 이용하여 장꾼 모양으로 동지들이 왕래하는 것이 가장 편하였다. 더욱이 여러 사람이 남모르게 한데 모이기는 이 길밖에 없었다. 이번 장에는 각처 동지가 모여들어 최후 의논을 하게 되었다. 최후 의논이란 다른 것이 아니라 금성대군이 이보흠과 같이 상의한 일을 전하고 아울러 격서에 착명할 사람은 착명하고 그 격서를 돌릴 직분을 맡을 사람은 맡는 일이다.

금성대군이 등잔불도 끄지 않고 깊이 잠들었을 때에 시녀들이 자는 협실(그것은 건넌방이다) 문이 방싯 열리고 금련의 모양이 나타났다. 때는 10월 초승이나 아직 가을날 같은 기후였다.

금련은 마루청 널이 울리지 않도록, 마치 고양이 모양으로 사뿐사뿐 발을 떼어 놓아 금성대군의 방문 밖에 섰다. 그는 귀를 기울여 방 안에서 나오는 숨소리를 듣는 것이다. 그 숨소리는 가볍게 코를 고는 소리였다.

금련은 방싯하게 문을 연다. 금성대군의 수염 좋은, 옥 같은 얼굴이 보인다. 금련이 여는 문으로 들이쏘는 바람에 등잔불이 춤을 춘다. 금련의 그림자가 벽에서 춤을 추었다. 이때에 만일 금성대군이 눈을 떠서 금련의 자태를 보았던들, 그가 아무리 지사의 철석같은 간장을 가졌더라도 금련에게 혹하지 않을 수 없으리만큼, 불빛에 비친 금련의 모양은 아름다웠다. 그러나 가슴에 한 뭉치 충성밖에 남은 것이 없는 금성대군은 잠결에도 향락적인 마음을 갖지 않으려는 사람처럼 금련을 등지고 돌아누워 버린다.

금련은 울렁거리는 가슴을 억제하고 문 안에 쪼그리고 앉아서 숨소리를 죽인다. 도로 나올까 하고 한 손으로 문을 잡는다.

그러나 금성대군은 돌아누울 때에 잠깐 중지하였던 가벼운 코 고는 소리를 다시 시작하였다. 금련은 불현듯 금성대군이 원망스러운 생각이 난다. 칠팔 년을 두고 사모하여도 거들떠보아주지 않는 야멸찬 정든 임을 원망한 것이다.

'어디 견디어 보아' 하고 금련은 무릎으로 걸어 금성대군 머리맡에 놓인 문갑을 열고 간지 하나를 집어내어 날쌔게 허리춤에 끼워 버린다. 문갑 열리는 소리에 금성대군의 숨소리는 잠깐 가늘어졌으나 다시 여전히 잠이 드는 모양이다.

금련은 그 일을 위해서나 들어왔던 모양으로 금성대군의 이불을 끌어 올려 드리고 "가엾으시어라, 오죽 곤하시면" 하고 종알거리며 나와 버렸다.

금련은 마루에서 내려와 종종걸음으로 대문간으로 나온다.

대문 밖에는 웬 사내가 어정어정하다가 안마당에 발자국 소리 들릴 때 대문 곁으로 바싹 가까이 간다. 그 사내는 말할 것 없이 순흥부사 이보흠의 심복 되는 급창이다. 영리한 급창은 금성대군과 부사가 자주 상종하는 것이 무슨 일인지 낌새를 알고 기회만 있으면 엿들었다.

이날도 두 사람이 대사를 의논하고 격문을 초할 때에는 물론 급창이나 시녀나 부르기 전에는 가까이 오지 말 것을 분부하였으나, 이날따라 더욱 엄하게 좌우를 물리는 것이 더욱 수상하여 급창은 시녀들에게도 밖에 술 사먹으러 나간다고 일컫고 뒤꼍으로 돌아가 뒷문을 열고 가만히 금성대군 방 반침 속에 들어가 숨어서 두 사람의 의논을 자초지종으로 다 듣고 나중에 금성대군이 격문을 어디 두는 것까지 살피고 나왔다.

그러고 나와서는 금련을 불러내 그 이야기를 하고, 격문만 훔쳐 내면 부귀가 돌아오고 자기네 두 사람이 팔자 좋게 백년해로를 하려니와, 그렇지 않으면 금성대군이 역적으로 몰리는 판에 금련도 같이 적몰되어 죽을 것이라고 말하였다.

이래서 금련은 마침내 서방과 부귀에 미쳐 10년 상전으로 섬기고 정든 임으로 사모하여 오던 금성대군을 배반하여 죽을 곳에 빠지게 할 양으로 문갑 속에 두었던 격문을 훔쳐 낸 것이다.

"찾았어?" 하는 것은 밖에 선 사내의 말이다.

"응" 하는 것은 안에 선 계집의 말이다.

"이리 주어!" 하고 급창은 문틈으로 눈과 손을 댄다.

"가만있어!" 하고 금련은 소리 안 나게 대문 빗장을 열려고 손을 옴질옴질한다.

단종애사

"이러다가 나으리가 알면 모가지 달아나. 어서 그것부터 내보내" 하고 사내는 재촉한다.

이 문답이 모두 소리 없는 말로 되었다.

그러나 금련은 그 보물을 문틈으로 내보내려고는 아니하였다. 그래서 기어이 대문을 열고야 말았다.

"이리 내!" 하고 사내는 금련의 팔을 잡았다.

"나는 어찌할 테야, 임자만 서울로 달아나면 나는 어찌할 테야?" 하고 금련은 사내의 옷소매에 매달린다.

"나를 기다리고 있어! 내가 귀히 되면 저는 귀히 되지 않나. 어서 이리 내!" 하고 급창은 계집이야 어찌 되었든지 그 격문만 있었으면 좋겠다는 빛을 보이며 금련의 품에 손을 넣으려고 한다.

"웬 소리야? 나으리가 내일이라도 아시면 나는 죽게. 웬 소리야, 나도 같이 가, 데리고 가" 하고 금련은 가슴을 헤치는 급창의 손을 뿌리친다.

급창은 금련을 달래도 아니 듣는 것을 보고 와락 금련에게 달려들어 한 팔로 금련을 꼭 껴안고 한 손을 금련의 허리에 넣어 간지를 빼들고는 한 번 힘껏 금련을 떼밀어 대문 안에 비틀비틀 들어가게 하고 자기는 어둠 속으로 달아나 버리고 말았다.

"이 녀석! 이 녀석!" 하고 금련이 이를 갈고 따라나왔으나 벌써 사내는 간 곳을 모르고 동넷집 닭과 개만 놀란 듯이 소리를 높여 짖었다.

급창은 그 격문을 전대에 넣어 안 허리에 꼭 둘러 띠고 서울을 향하여 길을 떠났다. 그의 얼굴에는 웃음이 떠돌았고 발에는 날개가 돋쳐 저절로 옮겨지는 듯하였다.

이 격문이 없어진 것을 발견한 것은 그 이튿날 저녁이었다. 마침 어느 동지가 금성대군을 찾아와서 그 격문을 보려 하여 문갑을 열어 본즉 격문이 간 곳이 없었다. 금성대군은 크게 놀라 집 안을 뒤졌으나 아무리 찾아도 급창이 가지고 서울로 간 격서가 나올 리가 없었다.

"이게 웬일이냐?" 하고 금성대군은 절망한 듯이 한숨을 쉬었다.

금성대군은 곧 부사 이보흠에게 그 연유를 말하였다. 부사도 이 말을 듣고 깜짝 놀랐다. 이것은 급창 놈이 온종일 보이지 아니한 때문이다. 곧 나졸을 급창의 집에 보내 급창의 어미 아비를 잡아들였으나 어젯밤 나간 뒤에는 간 곳을 모른다고 잡아떼었다. 사실상 그의 부모도 그가 간 곳을 알지 못하였다.

급창은 공명에 탐이 나서 이것저것 돌아볼 사이가 없었다. 부사 이보흠 부처가 평소에 저를 어떻게 심복으로 사랑하여 준 것도 그에게 털끝만 한 의리의 속박을 주지 못했다. 정든 금련도 그의 마음을 끄는 힘이 되지 못하고, 늙은 부모도 다 잊어버려 마음의 어느 구석에도 생각이 남지 아니하였다. 그는 다만 서울로 서울로 달려갔다.

마침내 금성대군과 이보흠은 이것이 급창 놈의 농간인 것을 짐작하였으나, 그 격문을 가지고 간 것은 급창이라 하더라도 훔쳐 낸 사람은 따로 있을 수밖에 없다는 결론에 달하였다.

단종애사

"그게 누굴까? 이 문갑에 그것이 든 줄은 어찌 알았으며 또 알았기로서니 그것을 누가 집어내었을까?"

의심은 금련에게로 돌아갈 수밖에 없었다.

금성대군은 금련을 불렀다. 금련은 많이 울고 난 사람 모양으로 해쓱하였다.

처음에는 금련이 실토하지 않고 뚝 잡아떼었으나 마침내 이실직고하여 버리고 "살려 줍시오!" 하고 금성대군 앞에 엎어졌다.

금성대군은 부사에게 부탁하여 금련을 옥에 가두라 하고 곧 급창 따라잡을 계교를 생각하였다.

"저놈이 본래 길을 잘 걸어 하루에 족히 200리를 가는 놈이오" 하는 이보흠의 말에 금성대군의 입술은 파랗게 되었다.

"어찌하면 저놈을 따라잡소?" 하고 금성대군이 부사의 찡그린 얼굴을 바라본다. 보흠은 이윽히 침음하더니 "한 가지 길이 있소. 기천현감 김효흡이 말을 잘 타고 또 걸음 잘하는 말을 먹이니 그 사람에게 청을 할 수밖에 없소. 지금 곧 사람을 기천으로 보내서, 그 사람이 마침 어디를 가지 않고 기천에 있기만 하면, 곧 말을 타고 떠나기만 하면 급창이 그놈이 아무리 빨리 가더라도 대재를 넘지 못해서 붙들릴 것이오" 한다.

이 말을 듣고 금성대군은 적이 안심하는 빛을 보였으나 다시 미우에 근심이 떠돈다.

"어디, 기천현감은 믿을 수가 있소?"

"그것은 염려 없을 듯하외다. 그 아비가 생전에 소인과 친분이 있었고, 또 저도 조상부모하고 혈혈무의한 것을 소인의 선친이 거두어 소인의 집에서 생장하다시피 하였고, 또 남행으로 출륙이나 하게 된 것도 소인의 반연이 적지 아니하니, 설마 제가 소인의 청을 아니 듣겠소이까. 그걸랑 염려 마시지요" 하고 보흠이 안심하는 한숨을 내쉰다. 금성대군도 그제야 적이 안심이 되었다.

그러나 그렇다고 아주 안심할 수는 없는 일이다. 그 영리한 급창이 뒤에 따를 것을 미리 짐작하고 샛길로 들어갈는지도 모르고, 낮에는 숨고 밤이면 갈는지도 모르는 것이다. 이러한 의심이 나면 보흠의 말도 그리 탐탁하게 믿어지지를 아니하지만, 이 길밖에는 더 어찌할 수가 없었다. 그래서 보흠으로 하여금 기천현감 김효흡에게 간곡하게 통정하고 부탁하는 편지를 쓰게 하고, 금성대군도 이번 일에 힘을 쓰기를 바란다는 말과, 또 그리하면 후일에 공이 크리라는 말까지 적은 편지 한 장을 동봉하였다. 그리고 관아에 급한 차사 다니기에 쓰는 썩 걸음 잘 걷는 관노 하나를 뽑아 상을 주겠다며 나는 듯이 기천에 다녀올 것을 명하였다.

기천현감 김효흡이 순흥부사 이보흠의 편지를 받은 것은 이튿날 해 뜰 즈음이었다.

김효흡은 좋게 말하면 쾌남아요, 나쁘게 말하면 건달 같은 사람이었다. 문관이면서도 말달리기와 활쏘기를 좋아하고 또 주색을 좋아하였다.

문하라기도 우습지만 기천 읍내에는 말달리기, 활쏘기, 노름하기, 술먹기 좋아하는 건달패들이 현감의 휘하로 모여들어 동헌에는 밤낮으로 풍류가 질탕하였다. 이러고도 파직을 당하지 않는 것은 이보흠의 힘인 것은 말할 것이 없다. 이보흠은 일개 부사에 불과하지만, 그의 문명은 대관들에게까지도 상당히 존경을 받았던 것이다. 이러한 관계이기 때문에 이보흠은 김효흡을 조카 모양으로 믿고 있었던 것이다.

효흡은 보흠의 편지를 받아 보고 곧 말을 달려 대재를 향하고 달렸다. 급창이 그제 밤에 순흥부를 떠났다 하면 제아무리 빨리 걸었다 하더라도 충주를 지나지 못하였을 것이니, 역마를 갈아타고 달리면 빠르면 장호원, 아무리 더디더라도 이천 안짝에서 따라잡을 것은 틀림없다고 생각하였다.

기천현감은 준마를 달려 단풍도 다 지나고 낙엽이 표요하는 대재를 단숨에 넘어 단양 60리를 점심 지을 때도 다 못 되어 다다랐다.

이 모양으로 그는 밥도 마상에서 먹고 밤에도 주막에서 눈을 붙이는 둥 마는 둥 또 길을 떠나서 사흘 만에 급창을 장호원과 음죽 사이에서 따라잡았다.

김효흡이 한 달에도 한두 번은 반드시 순흥의 이보흠을 찾아보는 관계로 급창을 잘 알았다.

"이놈아, 게 섰거라!" 하고 김효흡은 말을 달려, 소로로 피하려 하는 급창을 꼭 붙들었다. 여러 날 길에 놈도 더 뛸 근력이 없었던 것이다.

"이놈아, 그 편지 내어!" 하고 손으로 급창의 몸을 뒤져 격문이 든 전대를 빼앗았다.

"허 요놈, 발칙한 놈 같으니. 그렇게 너의 사또 신세를 졌거든,

그래 요짓이야" 하고 말채찍으로 급창의 잔등을 한 대 후려갈기고 격문을 내어서 본다.

급창은 분함을 금할 수 없었다. 손에 잡았던 금덩어리를 그만 떨어뜨린 셈이 되었다. 처음에는 좀 저항하여 보려고도 하였으나 아무리 보더라도 견딜 도리가 없어서 이만 뽀드득뽀드득 갈며 길가에 서 있었다.

효흡이 이것을 다 보고 나서 "허 고놈, 네 이게 무엇인 줄 알고 훔쳐 가지고 어디로 간단 말이냐?" 하고 그 격문을 찢으려고 두 끝을 잡는 것을 급창이 달려들어 효흡의 팔을 붙들며 "사또, 잠깐만 참읍쇼. 소인 말씀을 한 마디만 들읍쇼" 하고 막는다.

이 꾀 많고 구변 좋은 급창이 좀 어리숙한 기천현감을 휘어넘기려는 것이다.

"그래, 무슨 말이니? 요놈, 때려죽일 놈 같으니. 어디 말해 봐!" 하고 효흡도 격서 찢기를 잠깐 정지한다.

"사또, 경상감사 한 자리 안 버시렵쇼? 지금 경상감사 철인뎁쇼. 사또만 하신 양반이 기천현감이 당합쇼."

"요놈, 웬 소리야?" 하고 효흡은 급창의 말에 놀라면서도 경상감사란 말이 노상 듣기 싫지는 아니하다.

"사또, 이 격서를 가지고 서울로 올라갑쇼. 그러시면 내려오실 때에는 경상감사는 떼어 놓은 당상입쇼. 경상감사 하시거든 소인 부르시와 두둑한 구실이나 한 자리 줍쇼" 하고 급창이 당장 경상감사 앞에 청이나 하는 듯이 허리를 굽실굽실한다.

기천현감 김효흡은 잠깐 주저하였다. 급창의 말이 과연 옳은

단종애사

말이 아니냐. 그러나 이보흠의 신세를 어찌할꼬! 옳다. 이보흠의 성명 석 자는 칼로 오려 버리자, 하고 마음을 작정하였다.

김효흠이 이렇게 생각하고 그 격서를 소매 속에 집어넣고 말에 올라 서울을 향하고 달아나려 할 적에 급창이 앞을 가로막으며 "사또, 소인은 어떻게 하랍시오?" 한다.

"순흥으로 가려무나."

"죽기는 누가 죽고요. 사또 귀히 되시거든 소인 공도 내세운다고 무슨 필적이라도 줍쇼."

필적이란 말에 기천현감은 열이 상투 끝까지 올라 말채찍을 높이 들어 급창을 후려갈기니 채찍 끝이 머리에서 귀통을 감싸고 돌아 뺨이 터져 피가 흐른다. 급창이 아파서 몸을 휘청하고 쓰러지는 틈을 타서 먼지를 차고 말을 달려 가버리고 말았다.

급창은 의기양양하게 달려가는 기천현감의 뒷모양을 노려보며 이를 갈았으나 어찌할 수 없었다. 그는 안타까운 듯이 땅에 엎드려 손으로 잔디 뿌리를 뜯다가 문득 벌떡 일어나며 "옳다, 되었다" 하고 오던 길로 기천을 향하고 돌아섰다. 그는 아무런 데서나 실망하고 자빠질 사람이 아니다. 발길에 채어서 죽는다 하면 그는 반드시 차는 사람의 발바닥이라도 떼어먹고, 그러고는 한 번 웃고야 죽을 사람이다.

그는 한 묘책을 얻은 것이다. 그것은 이러하다.

아무리 기천현감이 말을 잘 탄다 하더라도 서울을 가려면 아직도 이틀은 가야 할 것이요, 서울서 기천현감의 기별을 듣고 관병이 순흥부에 내려오려면 아무리 빨라도 칠팔 일은 걸릴 것이다. 이 동안 그는 안동으로 가서 안동부사 한명진에게 이 말을 하여 안동 군사를 가지고 불의에 순흥을 엄습하기는 나흘 안에 할 수가 있을 것이다. 이리하면 격문을 가지고 서울까지 올라간 기천현감이 도리어 헛물을 켜고 금성대군과 순흥부사를 잡은 공은 도리어 자기에게로 돌아올 것이다. 이렇게 생각하고 급창은 김효흡에게 얻어맞아서 아픈 것도 잊어버리고 있는 기운을 다 내어 안동부로 향하였다.

김효흡은 급창이 말하던 경상감사 인두영이 손에 잡힐 듯 잡힐 듯하여 몸이 피곤한 줄도 모르고 말을 채쳐 서울에 득달하였다. 그래서 판중추원사 이징석을 통하여 그 격문을 왕께 올렸다. 격문 끝에 쓰인 순흥부사 이보흠의 이름은 칼로 도려내고 오직 금성대군의 서명만이 있었다.

왕은 격문을 보고 일변 놀라고 일변 분하여 기천현감 김효흡을 불러 이번 역모에 관한 자세한 말(그것을 김효흡은 본래 모르는 일이기 때문에 되는대로 지어서 아뢰었다)을 묻고, 그 일을 고하는 충성을 가상히 여긴다 하였다. 그러고 즉시 영의정 정인지를 불러 금성대군과 그 관련자들을 잡을 것을 명하고, 대사헌 김순, 판례빈사 김수를 보내 금성대군을 국문하게 하고, 또 소윤 윤자, 우보덕 김지경, 금부 진무 권함 등으로 금성대군 이외의 죄인을 국문토록 하여 그날로 출발하라 명했다. 안동, 예천 군사로 하여금 순흥을 엄습하게 하고, 한명회의 종제 되는 안동부사 한명진으로 하여금 토적사(討賊使)의 중임을 맡게 하였다.

단종애사

이때에 금성대군과 순흥부사 이보흠은 기천현감의 회보를 기다렸으나 이틀이 지나고 사흘, 나흘이 지나도 소식이 없음을 보고 비로소 의아해하기 시작하였다. 만일 김효흡이 그 격문을 가지고 서울로 올라갔다 하면(이보흠은 김효흡이 그리하리라고 믿지는 아니하였다) 만사는 수포로 돌아갈뿐더러 금성대군과 이보흠의 목숨은 부지하지 못할 것이다.

써놓았던 격문을 잃어버린 금성대군은 새로 격문을 써 우선 예천·안동으로 띄웠다. 그러나 그 격문이 안동 지경을 다 돌기도 전에 밤중을 타서 안동·예천 군사 500여 명이 안동부사 한명진의 거느림을 받아 순흥부를 엄습하였다. 불의에 수많은 군사의 엄습을 받은 순흥부는 미처 손쓸 사이도 없이, 개미 한 마리 샐 틈 없이 포위를 당하였다. 빗발 같은 화살과 돌이 성중으로 쏟아졌다.

한편 한명진은 순흥부사 이보흠에게 사자를 보내 속히 금성대군을 잡아 보내라, 그러지 아니하면 성중을 무찌르리라 하고 위협을 하였다.

본래 용병지재가 아닌 이보흠은 이 불의의 변에 어찌할 바를 알지 못하였다. 그는 한낱 격문은 지을 줄 알아도 실제로 싸울 줄은 몰랐다.

게다가 한명진은 성중에 글을 던져 누구나 항복하면 목숨을 용서하려니와 만일 관명을 거역하면 도륙을 면치 못하리라고 위협하였다. 게다가 실상 약간 반항하는 언행이 있는 사람을 잡아 목을 베어서 높은 곳에 달아 백성들의 기운을 눌러서, 성중 백성들은 오직 전전긍긍하고 군사들도 싸울 뜻이 없이 성문에서 도망할 틈만 엿보았다. 오직 어떤 중군 한 명과 천총 한 명이 각각 100명가량의 군졸을 수습하여 동헌과 사방을 지키며 죽기로써 안동군에 저항할 뿐이었다.

이때에 금성대군은 정히 잠이 들어 있다가 병마 소리가 요란한 것을 보고 옷을 떨쳐 입고 칼을 들고 뛰어나와 동헌으로 향하였다. 얼마를 가지 않아서 뛰어오는 관노 하나를 만났다. 그는 부사의 심부름으로 금성궁으로 오는 길이었다.

"나으리마님입시오?"

"오, 누구냐?"

"소인이오, 돌쇠요. 큰일 났습니다. 안동·예천 군사가 수없이 몰려와서 지금 부중을 겹겹이 에워싸고 나으리마님 잡아내라고 야단입니다. 사또께옵서는 소인더러 나으리마님 어서 피신하십사 여쭙고 오라 하시와 지금 뵈오러 가는 길입니다. 나으리마님, 시각이 바쁘니 어서 피신하십쇼" 하고 관노는 황황하게 재촉한다.

"사또는 어디 계시냐?"

"시방 군사를 모으려 하시는 모양이오나 군사들이 안동 군사가 무서워 더러는 도망하옵고 더러는 항복하옵고 또 죽기도 하였는지 알 수 없사오나, 모여드는 군사는 얼마가 되지 못하는 듯하옵니다."

이때에 '뚜우…… 뚜우……' 하는 나발 소리와 북소리가 들린다.

"취군이오" 하고 관노가 가만히 귀를 기울인다. 금성대군도 귀

단종애사

를 기울이니 철철, 터벅터벅, 하고 군사들의 발이 땅을 차고 달리는 소리가 땅속에서 나오는 소리 모양으로 들린다. 동헌으로 점점 가까이 갈수록 인기척은 요란하였으나 말소리는 들리지 아니하였다. 한참 동안 짖던 개들도 이윽고 짖기에는 어마어마하다는 듯이 소리를 잠가 버리고 말았다.

백성들은 모두 잘 수도 없고 뛰어나오기도 무서워 방에서 덜덜 떨고 믿을 수 없는 문고리만 비끄러매었다.

"어서 피신하십시오" 하고 관노가 성화를 하는 것도 듣지 않고 금성대군은 삼문 안까지 들어왔다.

삼문 안에는 한 50명가량 되는 군사가 활을 메고 창을 들고 모여 섰다. 이것이 천총 한 사람이 한 알갱이 두 알갱이 모아들인 군사다. 중군이 거느린 군사는 밖에서 동으로 달리고 서로 달려 무척 수효가 많은 듯이 안동군에게 엄포를 놓고 있었다.

천총은 분명히 계상에 서 있는 부사 이보흠의 명령을 기다리는 모양이었다.

금성대군이 들어오는 것을 보고 부사 이보흠이 펄쩍 뛰며 "나으리 웬일이시오? 왜 아직도 피신을 아니하시오?" 하고 심부름 보냈던 관노더러 "이놈, 내 무어라고 이르더냐. 너더러 나으리 모셔 오라고 이르더냐?" 하고 호령을 한다.

"아니오" 하고 금성대군이 부사의 팔을 붙들고 "아니오, 내가 피신할 때가 아니오. 이제 내가 불명해서 대사를 그르쳐 놓고 나 혼자 피신하여 살기를 도모할 수는 없소. 아닌 게 아니라 운이여, 운이니까 내 혼자 안동부사를 만나 보고 무고한 목숨을 살해하지 말도록 말이나 하려고 하오. 날 잡으러 왔다 하니 나만 가면 무사할 것 아니오?" 하고 일어나 나가려 한다. 부사 이하로 여러 사람이 만류하고 죽고 살기를 같이하기를 원하였으나 금성대군은 "그대들은 살아남아 상왕을 복위하시게 하라" 하고 듣지 아니하였다.

이리하여 금성대군은 안동부사의 손에 붙들려 안동 옥에 갇히게 되었다.

금성대군이 붙들려 마침내 안동 옥에서 교살당하자 신숙주는 이때야말로 노산군을 없앨 좋은 기회라고 생각하고 왕께 노산군을 제거해 버리기를 청하여 이렇게 말했다.

"지난해에 이개의 무리도 노산을 빙자하였삽고, 이제 유(금성대군)도 또한 노산을 끼고 난을 일으키려 하였사온즉 노산을 살려 둘 수가 없습니다."

왕은 숙주의 말을 듣고 고개를 흔들며 "이제 의정부에서 또 무슨 말이 있겠지. 그때에 다시 의논해서 시행하지" 하였다. 숙주는 왕의 이 말을 의정부로 하여금 청하게 하라는 뜻으로 해석하여 영의정 정인지, 좌의정 정창손, 이조판서 한명회 등에게 말하여 함께 청하기를 "노산군이 역적의 핵심이니 그냥 두어서는 아니 되옵니다!" 하였다. 노산군이 역적 금성대군의 받든 바 되었으니 살려 둘 수 없다는 뜻이다.

왕은 한참을 생각한 후에 붓을 들어(왕은 말로 하기 어려운 때에는 흔히 글로 쓰는 버릇이 있었다) '敬知群臣之意 薄德之至 何

단종애사

敢復爲傷殘骨肉之事乎(삼가 군신들의 뜻은 알았으나, 박덕하여 어찌 감히 골육을 죽이는 일을 다시 하겠는가)'라고 써서 신숙주에게 보이고, 다시 한참 있다가 또 붓을 들어 '魯山已降封君 廢爲庶人可也(이미 강봉된 노산군을 폐하여 서인으로 하라)'라고 써서 정인지에게 주었다. 그 뜻은, 삼가 그대들의 뜻(노산군을 죽여야 한다는)은 알거니와, 내가 더할 수 없이 박덕하여 형제를 많이 죽였거늘 또 어찌 감히 조카를 죽이랴. 노산군을 폐하여 뭇 백성이나 만들라는 것이다. 진심으로 왕도 안평대군, 금성대군, 화의군, 한남군, 영풍군, 합하여 친동기를 다섯이나 죽였고 조카들은 헤아릴 수 없을 만큼 죽였으므로 또 골육을 죽인다 하면 입에서 신물이 돌았다. 될 수만 있으면 노산군은 죽이고 싶지 않았다.

그러나 신숙주와 정인지, 그중에서도 신숙주가 주동이 되어 종친부, 의정부, 충훈부, 육조 연명으로 계목을 올렸다.

노산군은 종묘사직에 죄를 지었습니다. 근래에 어지러운 말들은 모두 노산군의 말에서 비롯되었으니, 지금 법으로 다스리지 않으면 또다시 역모를 꾀하여 어지럽힐 터이므로 용서할 수 없습니다.

이리하여 마침내 노산군을 죽이기로 조의가 확정되었다.

10월 24일 노산군을 죽이라 명했다.

라고 정원일기에 적히게 되었다. 10월이라 함은 정축년 10월이다.

이날 영월부에는 금부도사가 내려왔다고 사람들이 수군거리고, 노산군을 모시는 시녀들과 중인들도 이 말을 듣자 자연 가슴이 두근거렸다. 순흥부에서 큰 고개 하나 넘으면 영월이라 사흘 길이 다 되지 못하니, 금성대군 사건 일어난 소문이 영월에 들어온 지가 벌써 수십 일이나 되고 금성대군이 안동 옥에서 교살을 당하였다는 소문이 온 지도 대엿새는 되었다. 이러한 일이 있은 뒤에는 반드시 노산군의 몸에 무슨 일이 일어날 것은 누구나 다 짐작하던 일이다.

금성대군이 순흥에서 잡혀 안동으로 이수되었다는 소식을 들은 날에 노산군은 하룻밤을 내리 울었다. "금성 숙부마저 돌아가면 나는 누구를 의지하나" 하고 한탄하며 흐느껴 우니 좌우가 다 목을 놓아 울었다. 그러고 나서 노산군은 시녀들과 내시들, 제 소원으로 따라와서 수종 드는 대여섯 선비에게 각기 돌아갈 곳을 구하는 것이 좋겠다는 뜻을 밝혔다. 그러나 사람들은 다 노산군을 사생 간에 끝까지 따르기를 맹세하였다.

이러하던 판에 금부도사가 내려온 것이다. 내려온 금부도사는 작년에 노산군을 모시고 왔던 왕방연이다. 그는 사약을 가지고 노산군 처소에 이르렀다.

이때에 노산군은 익선관과 곤룡포를 갖추고 당중에 좌정하여 뜰아래 부복한 방연을 보며, "무슨 일로 내려왔느냐? 상감 강녕하시냐?" 하고 물었다.

처음 왕방연은 문전에 이르러 차마 들어오지 못하여 머뭇거

단종애사

리기를 마지아니하였다. 그러나 나장(羅將)이 시각이 늦는다고 발을 구르고 재촉하므로 부득이 들어간 것이다. 들어오기는 하였지만 노산군의 위의를 보자 차마 내려온 뜻(사약을 가지고 내려왔다는)을 입 밖에 낼 수가 없어서 다만 이마를 마당에 조아리고 흐느껴 울 따름이었다.

노산군은 왕방연이 차마 말을 못하는 양을 보고, 또 그가 엎드린 곁에 백지로 봉한 네모난 조그마한 상자가 놓여 있음을 보고서 그가 가지고 온 사명을 짐작하였다.

대문 밖에서는 "유시요! 유시요!" 하는 나장의 재촉이 들려온다. 유시가 노산군이 사형을 받을 시각이다.

금부도사 왕방연이 울고만 엎드려 언제 일이 끝날지 모를 때에 평소 노산군을 따라와 모시던 공생(貢生) 한 놈이 활시위를 뒤에 감추어 들고 노산군의 등 뒤로 달려와서 노산군의 목을 졸라매고 북창 밖으로 잡아당겼다. 노산군은 뒤로 넘어져서 줄을 따라 끌려가다가 북창 문턱에 걸려 절명하였다. 그사이 소리도 안 지르고 몸도 움직이지 않았다. 시녀들이 알고 달려들어 목맨 줄을 끄르고 애써 소생하게 하려 하였으나 다시 깨어나지 않았다.

"아이고, 아이고" 하고 시녀들은 머리를 풀어헤치고 통곡하였고, 다른 사람들(그때에도 수십 명 되었다)도 통곡하였다.

공명을 이루려고 노산군의 목을 매어 죽인 공생은 대문을 나서지 못하여 피를 토하고 즉사해 버렸다.

금부도사 왕방연은 군사들에게 명하여 노산군의 시체를 금강에 띄우게 하였다. 그는 만류하는 사람에게, 이렇게 하지 않으면 반드시 시체도 온전치 못하리라고 하였다.

노산군의 시체가 물에 들어가 둥둥 떠서 흐르지 않고 하얀 열 손가락이 떴다 잠겼다 하는 것을 보고는 시녀들과 종자들은 모두 통곡하며 사랑하는 임금의 뒤를 따라 물에 뛰어들었다.

밤에 영월 호장 엄흥도(嚴興道)가 몰래 시체를 건져 어머니 위하여 짜두었던 관에 넣어 부중에서 북으로 5리 되는 곳에 평토장을 하고 돌을 얹어 표하여 두었다.

단종애사